JE SUIS PILGRIM

Terry Hayes est scénariste pour le cinéma. Né dans le Sussex, il a émigré en Australie où il a suivi une formation de journaliste. Il a écrit plusieurs scénarios portés à l'écran par les plus grands studios de Hollywood dont *Calme blanc*, *From Hell* et *Mad Max 2*. *Je suis Pilgrim*, son premier roman, est déjà un best-seller dans le monde entier.

TERRY HAYES

Je suis Pilgrim

ROMAN TRADUIT DE L'ANGLAIS PAR SOPHIE BASTIDE-FOLTZ

JC LATTÈS

Titre original :

I AM PILGRIM
Publié par Bantam Press, un département
de Transworld publishers, Random House.

« Il n'y a pas de terreur aussi solide et en même temps aussi difficile à décrire que celle qui obsède un espion en pays étranger. »

John LE CARRÉ, *Le Miroir aux espions*, (traduction de Jean Rosenthal)

« Dans ces rues malsaines se trouvera toujours un homme qui, lui, n'est pas malsain, ni corrompu, ni effrayé. »

Raymond CHANDLER, *L'Art simple d'assassiner*

I

1

Il y a des endroits dont je me souviendrai toute ma vie : la place Rouge balayée par le souffle d'un vent brûlant ; la chambre de ma mère du mauvais côté de 8-Mile Road[1] ; le parc d'une riche famille d'accueil, si grand qu'on n'en voyait pas le bout ; un ensemble de ruines, le Théâtre de la Mort, où un homme m'attendait pour me tuer.

Mais aucun n'est aussi profondément gravé dans ma mémoire que cette chambre à New York, dans un immeuble sans ascenseur : rideaux élimés, meubles cheap, table couverte de crystal et autres drogues festives. Par terre, près du lit, un sac, un slip noir pas plus épais que du fil dentaire, et une paire de Jimmy Choo taille 38. Pas plus que leur propriétaire elles n'ont leur place ici. Elle est nue dans la salle de bains, la gorge tranchée, flottant sur le ventre dans une baignoire remplie d'acide sulfurique, l'élément actif d'un déboucheur d'évier qu'on trouve dans n'importe quel supermarché.

Des dizaines de bouteilles vides de DrainBomb – le déboucheur – gisent un peu partout sur le sol. J'en

---

1. À Detroit, barrière symbolique entre banlieue blanche et quartiers noirs. (*Toutes les notes sont de la traductrice.*)

ramasse quelques-unes, discrètement. Les étiquettes de prix sont encore en place ; pour éloigner les soupçons, celui qui l'a tuée les a achetées dans vingt magasins différents. Je dis toujours qu'une bonne préméditation force l'admiration.

L'endroit est sens dessus dessous, le bruit assourdissant : les radios de police qui beuglent, les assistants du légiste qui demandent des renforts, une Hispanique qui sanglote. Même quand la victime est absolument seule au monde, on dirait qu'il y a toujours quelqu'un pour pleurer devant pareil spectacle.

La jeune femme dans la baignoire est méconnaissable ; les trois jours passés dans l'acide ont totalement effacé ses traits. C'était le but, je suppose. Celui qui l'a tuée a aussi placé des annuaires téléphoniques sur ses mains pour les maintenir sous la surface. L'acide a dissout ses empreintes digitales, mais aussi toute la structure métacarpienne sous-jacente.

À moins d'un gros coup de veine avec les empreintes dentaires, les gars de la médecine légale du NYPD vont avoir un mal fou à mettre un nom sur ce corps.

Dans des endroits comme celui-ci, où on a le sentiment que l'enfer est encore accroché aux murs, il vous vient parfois de drôles d'idées. Cette jeune femme sans visage me fait penser à une vieille chanson de Lennon / McCartney – *Eleanor Rigby*, qui gardait son visage dans un pot à côté de la porte. Pour moi, la victime s'appellera désormais Eleanor. L'équipe de la scène de crime est loin d'avoir fini son boulot, mais nul ne doute, sur place, qu'Eleanor a été tuée au cours de l'acte sexuel – le matelas dépassant à moitié du sommier, les draps froissés, une giclée brune de sang artériel décomposé sur la table de chevet. Les plus tordus pensent qu'il l'a égorgée alors qu'il était encore en elle. Le pire, c'est qu'ils ont peut-être raison. Quelle que soit la façon dont elle est morte, que les optimistes, s'il s'en trouve, se rassurent : elle ne s'est pas rendu compte de ce qui lui arrivait – jusqu'au tout dernier moment, en tout cas.

Le meth – ou crystal – y aura veillé. Ce truc-là vous excite tellement, vous rend si euphorique quand il atteint le cerveau que vous ne voyez rien venir. Sous son emprise, la seule pensée cohérente qui puisse vous traverser l'esprit est de vous trouver un partenaire et de vous envoyer en l'air.

À côté du papier d'alu ayant contenu le meth, j'aperçois un de ces petits flacons de shampoing qu'on trouve dans les salles de bains d'hôtel. Sans étiquette, il renferme un liquide clair – du GHB, j'imagine. Très recherché ces temps-ci dans les recoins les plus sombres du Web : à fortes doses, ça remplace le rohypnol, la meilleure drogue du violeur en ce moment. La plupart des événements musicaux en sont inondés. Les habitués des boîtes de nuit s'en envoient une petite capsule pour couper le meth et atténuer le risque de paranoïa. Mais le GHB a lui aussi ses effets secondaires : une perte d'inhibitions et un plaisir sexuel plus intense. Easy Lay[1], c'est un des noms qu'on lui donne dans la rue. Après s'être débarrassée de ses Jimmy Choo et de sa minuscule jupe noire, Eleanor devait être un véritable feu d'artifice un jour de fête nationale.

Glissant au milieu de tous ces gens – inconnu de la plupart d'entre eux, étranger, avec ma veste coûteuse jetée sur l'épaule et mon lourd passé –, je m'arrête

---

1. Littéralement, « baise facile ».

devant le lit. J'évacue les bruits et, dans ma tête, je l'imagine là, nue, le chevauchant. Une vingtaine d'années, bien foutue, je la vois en pleine action – le cocktail de drogues qui l'emporte vers un orgasme fracassant, la température qui grimpe en flèche, les seins gonflés qui retombent, le cœur qui s'emballe sous les assauts du désir et des molécules chimiques, le souffle haletant, la langue humide qui cherche son chemin, dardée en quête de celle de son partenaire. Le sexe aujourd'hui, c'est pas pour les petites natures.

La lumière fluorescente des enseignes de bars alignés de l'autre côté de la rue devait tomber sur les mèches blondes de sa coiffure très tendance et se refléter sur une montre de plongée Panerai. D'accord, c'est une fausse, mais elle est bien imitée. Je connais cette femme. Nous la connaissons tous – ce genre-là, tout au moins. On les voit dans l'énorme nouvelle boutique Prada de Milan, faisant la queue devant les boîtes de Soho, sirotant un maigre latte aux terrasses des cafés in de l'avenue Montaigne – des jeunes femmes qui prennent *People* pour un magazine d'informations et un idéogramme japonais dans le dos pour un signe de rébellion.

J'imagine les mains du tueur sur sa poitrine, touchant son anneau de téton. Un bijou. Le type le prend entre ses doigts, tire dessus d'un coup sec pour l'attirer à lui. Elle pousse un cri, s'emballe – tout est hypersensible à ce stade, surtout le bout de ses seins. Mais ça lui est égal. Pour vouloir la dérouiller comme ça, il faut qu'il la trouve particulièrement bandante. Juchée sur lui, la tête de lit heurtant violemment le mur, elle devait faire face à la porte d'entrée, verrouillée, chaîne mise, à coup sûr. Dans ce quartier, c'est le minimum.

Au dos de la porte, il y a un plan d'évacuation. Elle est dans un hôtel, mais la ressemblance avec le Ritz-Carlton s'arrête là, ou presque. L'Eastside Inn, refuge pour V.R.P., routards, paumés, et quiconque pouvant aligner vingt dollars la nuit. Pour aussi longtemps que vous voulez – un jour, un mois, le restant de votre vie –, tout ce qu'il vous faut, c'est deux pièces d'identité, dont une avec photo.

Le type qui s'était installé dans la chambre 89 y était depuis un moment. Sur le bureau, un pack de six bières, quatre bouteilles d'alcool à moitié vides et deux boîtes de céréales. Sur une table de chevet, une mini-chaîne et quelques CD, que je passe en revue. Il avait bon goût en musique, au moins une chose qu'on sait de lui. Mais la penderie est vide, à croire qu'il n'a emporté que ses vêtements en partant, laissant derrière lui le corps se liquéfier dans la baignoire. Au fond du placard, un tas de cochonneries : des vieux journaux, une bombe anti-cafards vide, un calendrier mural taché de café. Chaque page représente une ruine antique en noir et blanc : le Colisée, un temple grec, la bibliothèque de Celsius vue de nuit. Très artistique. Mais les pages sont vierges, aucun rendez-vous n'a été noté. On dirait qu'il n'a jamais servi, sauf de set pour le café, il ne m'est d'aucune utilité.

En me retournant, sans même y penser, juste par habitude, je passe la main sur la table de nuit. Étrange : pas de poussière. Je vérifie le bureau, la tête de lit et la minichaîne, avec le même résultat. Le tueur a tout essuyé pour éliminer ses empreintes. Rien d'exceptionnel, mais tout bascule quand, portant les doigts à mon nez, je remarque une odeur particulière. Les relents sont caractéristiques d'un antiseptique utilisé en spray dans les unités de soins intensifs pour combattre les infections nosocomiales. Non seulement il tue les bactéries, mais il a pour effet secondaire de détruire tout matériau ADN : sueur, peau, cheveux. En le pulvérisant partout dans la pièce, puis en aspergeant la moquette et les murs avec, le tueur a fait en sorte que les spécialistes de la police scientifique de New York n'aient même pas à sortir leur aspirateur.

Une chose m'apparaît clairement tout à coup : c'est tout sauf un banal homicide pour de l'argent, de la drogue, ou une quelconque pulsion sexuelle. Avec ce meurtre, on est dans le registre de l'extraordinaire.

2

Vous l'ignorez sûrement – ou vous vous en fichez, ce qui revient au même –, mais la première loi en médecine légale est le Principe d'échange de Locard, en vertu duquel « tout contact entre un criminel et une scène de crime laisse une trace ». Dans le fourmillement de cette chambre, avec toutes ces voix qui bourdonnent autour de moi, je me demande si le professeur Locard a jamais été confronté à quelque chose de semblable à la chambre 89. Tout ce que le tueur a touché se trouve à présent dans une baignoire pleine d'acide, bien essuyé ou imbibé d'antiseptique industriel. Je suis bien certain qu'il n'a pas laissé la moindre cellule, le moindre follicule derrière lui.

Il y a un an, j'ai commis un livre confidentiel sur les techniques modernes d'investigation. Dans un chapitre intitulé « Nouvelles Frontières », j'écrivais que je n'avais rencontré qu'un seul cas dans ma vie où avait été utilisé un pulvérisateur bactéricide : pour un contrat de haute volée placé sur un agent de renseignement en République tchèque. Ce dossier-là est de mauvais augure ; on ne l'a toujours pas résolu à ce jour. Celui qui occupait la chambre 89 connaissait son affaire, et je dois examiner la chambre avec tout le respect qui s'impose.

Notre homme n'était pas quelqu'un d'ordonné et, parmi d'autres cochonneries, j'aperçois une boîte à pizza vide par terre, à côté du lit. Mon esprit est sur le point de passer à autre chose quand je réalise que c'est là que devait être le couteau : sur la boîte à pizza, à portée de main, si *évident* qu'Eleanor n'y a probablement même pas prêté attention.

Je l'imagine sur le lit, cherchant l'entrejambe du type sous le drap en fouillis. Elle lui embrasse l'épaule, le torse, descend lentement. Peut-être qu'il sait ce qui l'attend, peut-être pas : le GHB a, entre autres effets secondaires, celui de supprimer le réflexe de haut-le-cœur. Il n'y a plus rien qui vient alors empêcher une personne d'engloutir un sexe de quinze, dix-huit, vingt-cinq centimètres ; c'est pourquoi on en trouve aussi facilement dans les saunas gays. Ou sur le tournage de films porno.

Je le vois empoigner la fille. Il la plaque sur le dos et place ses genoux de part et d'autre de sa poitrine. Elle pense qu'il se positionne par rapport à sa bouche mais, mine de rien, il laisse retomber sa main sur le côté du lit. Sans qu'elle s'en aperçoive, les doigts du type trouvent le dessus de la boîte à pizza et atteignent ce qu'ils cherchent : froid et bon marché, mais neuf, et bien assez tranchant pour faire son office.

Quiconque observant la scène de dos aurait vu la

fille se cambrer, ses lèvres laissant échapper une sorte de grognement à l'instant où son sexe s'approchait de sa bouche. Pas du tout. Les yeux de la fille, que la drogue fait briller d'excitation, sont remplis de peur. Il la bâillonne de la main gauche, lui projetant la tête en arrière pour dégager sa gorge. Elle se cabre, se tortille, essaie de se servir de ses bras, mais il a anticipé la chose. À califourchon sur sa poitrine, il l'écrase de ses genoux, la clouant à la hauteur des biceps. On peut voir les deux hématomes sur le corps gisant dans la baignoire. Elle est sans défense. La main droite du type se lève, visible tout à coup. Eleanor la voit et tente de hurler, se tordant désespérément, luttant pour se dégager. La lame d'acier du couteau à pizza luit près de son sein, vers sa gorge pâle. Et tranche sec…

Le sang gicle sur la table de chevet. Avec une des artères qui alimentent le cerveau complètement sectionnée, ça n'a pas dû traîner. Eleanor se recroqueville, gargouille, se vide de son sang. Ses derniers instants de conscience lui disent qu'elle vient juste d'assister à son propre meurtre. Tout ce qu'elle a été, tout ce qu'elle espérait devenir n'est plus. C'est comme ça qu'il s'y est pris ; il n'était pas du tout en elle. Une fois encore, c'est mieux comme ça, je suppose.

Le tueur va préparer la baignoire d'acide et, en chemin, enlève la chemise blanche pleine de sang qu'il devait porter. Ils en ont trouvé des fragments sous le corps d'Eleanor dans la baignoire, en même temps que le couteau. Dix centimètres de long, manche en plastique noir, fabriqué en Chine par millions dans un de ces ateliers de misère.

Je suis encore en train de me repasser le film dans ma tête, si bien que je n'enregistre pas tout de suite qu'une main ferme m'a pris l'épaule. Aussitôt je me dégage, prêt à casser un bras – vestige d'une vie antérieure, je le crains. C'est un homme qui marmonne une excuse laconique, me regardant curieusement, essayant de me pousser à l'écart. Il est à la tête d'une équipe médico-légale – trois types et une femme – en train d'installer des lampes UV et des boîtes de Bluestar, le révélateur qu'ils utilisent pour rechercher la présence de taches de sperme sur le matelas. Ils n'ont pas encore découvert le truc de l'antiseptique, et je me garde bien de le dire car, pour autant que je sache, le tueur a pu oublier une partie du lit. Si c'est le cas, vu le genre de l'Eastside Inn, c'est plusieurs milliers d'échantillons qu'ils vont récolter, certains remontant à l'époque où les putes portaient encore des bas.

Je leur cède la place, mais je suis ailleurs. J'essaie de faire abstraction de tout ce qui m'entoure. Il y a quelque chose dans cette chambre, dans cette situation – je ne sais pas quoi exactement – qui me turlupine. Une partie du scénario ne colle pas, sans que je puisse dire pourquoi. Je regarde autour de moi, faisant un nouvel inventaire de ce que j'ai sous les yeux, mais je ne trouve pas. J'ai le sentiment que c'était plus tôt dans la soirée. Je reviens en arrière, rembobinant mentalement le film jusqu'au moment où je suis entré.

Qu'est-ce que c'était ? Je cherche au plus profond de mon subconscient, essayant de revenir à ma première impression. C'était quelque chose qui n'avait rien à voir avec la violence, un truc mineur, mais d'une importance capitale.

Si seulement je pouvais le toucher… une sensation… c'est comme… c'est un *mot* qui gît au fin fond de ma mémoire. Je repense à ce que j'ai écrit dans mon

19

livre, sur le fait que ce sont les hypothèses, les hypothèses qu'on ne remet pas en question qui vous plantent chaque fois – et là, ça me revient.

Quand je suis entré, j'ai vu le pack de bières sur le bureau, un carton de lait dans le frigo, j'ai enregistré les titres de quelques DVD qui se trouvaient à côté de la télévision, j'ai remarqué l'eye-liner dans la poubelle. Et l'impression – le mot – qui m'est venue à l'esprit, mais sans atteindre ma conscience, fut le mot « féminin ». J'avais bien reconstitué ce qui s'était passé dans la chambre 89, sauf le plus important. Ce n'était pas un jeune homme qui vivait ici ; ce n'était pas un type à poil qui s'envoyait en l'air avec Eleanor avant de l'égorger. Ce n'était pas un petit malin d'enfoiré qui avait effacé ses traits avec de l'acide et aspergé la chambre d'antiseptique.

C'était une femme.

3

J'ai rencontré beaucoup de gens de pouvoir au cours de ma carrière, mais un seul était doté d'une autorité vraiment naturelle, le genre de type capable de vous faire taire d'un simple murmure. Et il est là, dans le couloir, qui dit à l'équipe de médecine légale qu'ils vont devoir attendre : les pompiers veulent sécuriser l'acide avant que quelqu'un ne se brûle.

« Gardez tout de même vos gants en caoutchouc, conseille-t-il, et profitez-en pour vous faire un toucher rectal entre vous en attendant, histoire de surveiller votre prostate. » Tout le monde rit, sauf les gars de la médecine légale.

Cet homme-là, c'est Ben Bradley, le lieutenant de la criminelle chargé de la scène de crime. Il vient de remonter de la réception, où il essayait de mettre la main sur le branleur qui dirige cet hôtel. C'est un grand Noir – Bradley, pas le branleur –, la cinquantaine, de grandes mains, et un jean Industry au bas retroussé. Sa femme l'a poussé à l'acheter récemment en une vaine tentative de rajeunir son image, au lieu de quoi il dit que ça lui donne l'air d'un personnage tiré d'un roman de Steinbeck, moderne survivant des tempêtes de poussière des années 1930.

Comme tous ceux qui ont l'habitude de se retrouver au milieu de ce cirque que sont les scènes de crime, il n'aime pas beaucoup les spécialistes de médecine légale. D'abord parce qu'on a commencé à sous-traiter le travail il y a quelques années, et que des gens surpayés se sont pointés, habillés de combinaisons blanches marquées « Service biologique de Médecine légale, Inc. » dans le dos. Ensuite – ce qui a fait déborder le vase pour lui – à cause de ces deux séries télé mettant en scène des légistes en action, et qui ont eu un tel succès que ces praticiens en ont conçu un besoin de célébrité pour le moins pénible.

« Seigneur, se plaignait-il récemment, y a-t-il encore dans ce pays quelqu'un qui ne rêve pas de figurer dans un sitcom ? »

Regardant les prétendues célébrités remballer leur laboratoire portatif, il m'aperçoit soudain, debout silencieux contre le mur, en observateur, comme j'ai l'impression d'avoir été la moitié de ma vie. Il ignore les gens qui réclament son attention et se dirige vers moi. Nous ne nous serrons pas la main. Je ne sais pas pourquoi, ça n'a jamais été notre truc. Je ne sais même pas si nous sommes amis. J'ai toujours été plutôt en marge de tous les clans qui peuvent exister, si bien que je ne suis pas le mieux placé pour juger. Mais une chose est sûre, nous nous respectons.

« Merci d'être venu », dit-il.

J'opine du chef, en regardant son jean retroussé et ses chaussures montantes noires, idéales pour patauger dans le sang et la merde d'une scène de crime.

« Qu'est-ce que t'as trouvé – un tracteur ? » lui demandé-je.

Il ne rit pas ; Ben ne rit pratiquement jamais, c'est un des pires pince-sans-rire qui soient. Ce qui ne veut pas dire qu'il n'est pas drôle. « Tu as eu le temps de faire le tour, Ramón ? » dit-il doucement.

Je ne m'appelle pas Ramón et il le sait. Mais il sait aussi que, jusqu'à tout récemment, j'appartenais à une de nos agences de renseignement les plus secrètes du pays. J'imagine donc qu'il fait allusion à Ramón García.

Ramón était un agent du FBI qui se donna un mal infini pour cacher son identité alors qu'il vendait aux Russes les secrets de notre pays, avant de laisser ses empreintes partout sur les sacs-poubelle Hefty dont il se servait pour livrer les documents volés. Ramón est très certainement l'agent secret le plus incompétent de l'histoire. Je vous l'ai dit, Ben est très drôle.

« Oui, j'ai vu quelques trucs, lui dis-je. Qu'est-ce que tu as sur la personne qui occupe ce taudis ? C'est elle le suspect numéro un, non ? »

Ben est capable de dissimuler beaucoup de choses, mais ses yeux ne peuvent cacher sa surprise – une femme ?!

Excellent, me dis-je : Ramón contre-attaque.

N'empêche que Bradley est un chouette flic.

« Intéressant, ça, Ramón, dit-il, essayant de voir si j'ai vraiment mis le doigt sur quelque chose ou si j'ai juste perdu la main. Qu'est-ce qui te fait penser ça ? »

Je montre du doigt le pack de six sur le bureau, le lait au réfrigérateur. « Tu connais un gars qui ferait ça, toi ? Un gars mettrait la bière au frais ; et laisserait tourner le lait. Regarde les DVD – des comédies romantiques, pas un seul film d'action. T'en veux encore ? » Je continue : « Demande-toi combien de gars dans ce trou à rats mettent des sacs dans leur poubelle ? Une femme, oui – une femme qui n'est pas de ce monde-là, quel que soit le rôle qu'elle est venue y jouer. »

Il réfléchit à ce que je viens de dire, soutenant mon regard, mais impossible d'affirmer que je l'ai convaincu. Avant que je ne puisse lui poser la question, deux jeunes inspecteurs – une femme et son partenaire – apparaissent derrière les barils destinés aux matières dangereuses des pompiers. Ils se précipitent vers nous et s'arrêtent pile devant Bradley.

« On a quelque chose, Ben, dit la femme flic. C'est à propos de l'occupant des lieux… »

Bradley opine tranquillement. « Oui, c'est une femme – dites-moi quelque chose que je ne sais pas déjà. Vous avez quelque chose sur elle ? »

Apparemment je l'ai convaincu. Les deux flics le dévisagent, se demandant comment il l'a découvert. Dès demain, la légende de leur patron va encore être magnifiée. Moi ? Je me dis que le mec n'a aucun scrupule. Il va s'en attribuer le mérite sans sourciller. Je me mets à rire.

Bradley me lance un regard et, pendant un moment,

je me demande s'il ne va pas se mettre à rire lui aussi, mais c'est peine perdue. Une lueur apparaît dans ses yeux endormis, cependant que son attention se porte à nouveau sur les deux flics. « Comment avez-vous su que c'était une femme ? leur demande-t-il.

— On a mis la main sur le registre de l'hôtel et les informations sur les chambres, répond l'homme. » Connor Norris, c'est son nom.

Bradley est soudain sur le qui-vive. « Vous tenez ça de qui, du gérant ? Vous avez trouvé ce branleur – vous lui avez fait ouvrir le bureau ? »

Norris fait non de la tête. « Il y a quatre mandats d'arrêt à son nom pour des affaires de drogue ; il est probablement déjà en route pour le Mexique. Non, c'est Alvarez – il désigne sa partenaire –, elle a reconnu un type recherché pour cambriolage qui vivait au-dessus. » Il regarde sa collègue, ne sachant trop s'il doit poursuivre.

Alvarez hausse les épaules, se met à table, pensant que ça vaut mieux. « J'ai proposé au cambrioleur qu'il nous ouvre le bureau du directeur et son coffre en échange d'une carte *vous-êtes-libéré-de-prison*. »

Elle regarde Bradley, inquiète, se demandant ce que ça pourrait leur coûter.

Le visage de son patron ne laisse rien paraître ; sa voix baisse d'un ton, se fait encore plus douce. « Ensuite ?

— Huit verrous en tout, et il en est venu à bout en moins d'une minute, dit-elle. Pas étonnant que plus rien ne soit en sécurité dans cette ville.

— Qu'est-ce qu'il y avait au nom de la femme ? demande Bradley.

— Des factures. Il y avait plus d'un an qu'elle

vivait ici, dit Norris. Elle payait en espèces, n'avait pas le téléphone, pas la télé, pas le câble, rien. Une chose est sûre, elle ne voulait pas laisser de traces. »

Bradley approuve d'un signe de tête – c'est bien ce qu'il pensait. « Quand un voisin l'a-t-il vue pour la dernière fois ?

— Il y a trois ou quatre jours. Personne ne sait exactement, répond Norris.

— Disparue juste après avoir tué sa copine, j'imagine, murmure Bradley. Et les pièces d'identité ? Il devait bien y avoir quelque chose dans son dossier ? »

Alvarez jette un œil sur ses notes. « Des photocopies d'un permis de conduire de Floride et d'une carte d'étudiant ou un truc de ce genre – sans photo, dit-elle. Je parie qu'ils sont authentiques.

— Vérifiez quand même, leur dit Bradley.

— On les a filés à Petersen, dit Norris, parlant d'un autre jeune inspecteur. Il s'en occupe. »

Bradley manifeste son approbation. « Est-ce que le cambrioleur – ou un autre – connaît la suspecte, ou sait quelque chose à son sujet ? »

Ils secouent la tête en signe de dénégation. « Ils l'ont juste vue comme ça en passant, dit Norris. La vingtaine, un mètre soixante-douze, bien gaulée, d'après le cambrioleur... »

Bradley lève les yeux au ciel. « Pour un type comme lui, ça doit simplement vouloir dire qu'elle a deux jambes. »

Norris sourit, pas Alvarez. Elle aurait voulu que Bradley dise quelque chose de son deal avec le cambrioleur. S'il doit lui remonter les bretelles, qu'on en finisse. Au lieu de ça, il lui faut continuer d'intervenir, très pro : « D'après une soi-disant actrice du 114, la fille n'arrêtait pas de changer de look. Un jour Marilyn Monroe, le lendemain Marilyn Manson, parfois les deux Marilyn le même jour. Parfois aussi Drew et Britney, Dame Edna, k. d. lang…

— Vous êtes sérieux, là ? » demande Bradley. Les jeunes flics acquiescent, lui alignent quelques noms de plus, comme pour le lui prouver. « J'ai hâte de voir ce portrait-robot, dit-il, comprenant que toutes les voies classiques dans une enquête criminelle sont des impasses. Quoi d'autre ? » Ils secouent la tête, l'air accablé.

« On ferait mieux d'aller interroger ces barges – au moins ceux qui n'ont pas de mandat aux fesses, ce qui devrait réduire leur nombre à trois environ. »

Bradley les congédie, se tournant vers moi dans l'ombre, pour me poser une question qui le turlupine.

« T'as déjà vu un de ces trucs, là ? » demande-t-il, enfilant des gants en latex et prenant une boîte en métal posée sur une étagère dans le placard. Elle est de couleur kaki, si mince que je ne l'ai même pas remarquée. Il est sur le point de l'ouvrir mais se retourne, son regard s'attardant sur Alvarez et Norris. Ils s'éloignent au milieu des pompiers qui sont en train de remballer leurs pompes à produits toxiques.

« Eh, les gars ! » leur lance-t-il. Les inspecteurs se retournent, le regardent. « Pour le cambrioleur… bon boulot. »

Le soulagement est visible sur le visage d'Alvarez, et tous deux lèvent la main en signe de reconnaissance, un sourire aux lèvres. Pas étonnant que ses troupes le vénèrent.

J'examine la boîte en métal ; à y regarder de plus près, plutôt une sorte d'attaché-case, un numéro de série inscrit au pochoir en lettres blanches sur le côté. Ça vient de l'armée, manifestement, mais je n'ai qu'un vague souvenir d'avoir vu un truc de ce genre. « Une trousse de secours ? » dis-je sans grande conviction.

« Tu y es presque, dit Bradley. Dentaire. » Il ouvre la boîte et là apparaît, niché dans sa mousse, un kit complet d'instruments dentaires de l'armée : écarteurs, sondes, daviers.

Je le regarde. « Elle a arraché les dents de la victime ? demandé-je.

— Toutes. On n'en a pas trouvé une ; j'imagine qu'elle les a balancées. Avec un peu de chance, elle les a peut-être jetées dans les toilettes ; c'est pour ça qu'on démonte toute la plomberie.

— Les dents ont été arrachées avant ou après que la victime a été tuée ? »

Ben voit où je veux en venir. « Non, elle n'a pas été torturée. L'équipe du légiste a jeté un œil à l'intérieur de la bouche. Ils sont pratiquement sûrs que ça s'est passé post mortem, pour empêcher l'identification. C'est pour ça que je t'ai demandé de passer. Je me suis souvenu qu'il y avait quelque chose dans ton livre à propos de soins dentaires maison et d'un meurtre. Si ça s'est passé aux États-Unis, j'espérais qu'il pourrait y avoir…

— Rien à voir, je l'interromps, c'était en Suède. Un type avait utilisé un marteau chirurgical sur son bridge et sa mâchoire – dans le même but, je suppose –, mais des pinces à extraction ? Je n'ai jamais rien vu de semblable.

— Eh bien maintenant tu as vu, commente Ben.

— Merveilleux. Je veux dire… on n'arrête pas le progrès. »

Outre que c'est à désespérer du genre humain, je dois dire que je suis encore plus impressionné par l'assassin. Il n'a pas dû être facile d'arracher trente-deux dents une par une sur un cadavre. Elle avait manifestement compris quelque chose d'important, un principe qui échappe à la plupart des gens qui ont choisi cette filière : on n'arrête pas les gens pour un meurtre ; mais parce que leur crime a été insuffisamment préparé.

Je désigne la boîte métallique. « Où est-ce qu'un civil peut se procurer ça ? »

Ben hausse les épaules. « N'importe où. J'ai appelé un copain au Pentagone, il est allé voir aux archives : il y en avait un surplus de quarante mille. Ces dernières années, l'armée s'en est débarrassée dans des magasins vendant du matériel de survie. On va remonter cette piste, mais c'est pas comme ça qu'on va mettre la main dessus ; je doute que quiconque puisse… »

Sa voix s'estompe ; il est dans un labyrinthe, promenant son regard autour de lui, essayant de trouver une porte de sortie. « Je n'ai pas de visage, dit-il doucement. Pas de dossier dentaire, pas de témoins. Et le pire, pas de mobile. Tu connais le métier mieux que personne. Si je te demandais un pronostic sur les chances d'élucider cette affaire, qu'est-ce que tu dirais ?

— Là, tout de suite ? Une chance sur un million. Tu arrives sur les lieux, la première chose que tu te dis : travail d'amateur, encore une histoire de drogue ou un jeu sexuel qui a mal tourné. Et puis tu regardes de plus près – je n'ai vu qu'un ou deux crimes aussi bien ficelés que celui-ci. » C'est là que je lui parle du spray antiseptique, et évidemment, c'est bien la dernière chose qu'il a envie d'entendre.

« Merci de tes encouragements », dit-il. Machinalement, il frotte son index contre son pouce ; une observation attentive au fil des années m'a appris que cela signifie chez lui un besoin de cigarette. Il m'a dit une fois qu'il avait arrêté dans les années 1990, et il a dû penser un million de fois depuis qu'il s'en fumerait bien une. C'est manifestement le cas. Pour oublier l'envie, il parle. « Tu sais quel est mon problème ? Marcie m'a dit ça un jour – Marcie, c'est sa femme : je m'implique trop, en fin de compte ; quand je pense aux victimes, il y a des fois où je me dis que je suis le seul ami qu'il leur reste.

— Leur champion ? suggéré-je.

— C'est exactement le mot qu'elle a employé. Et il y a une chose que je n'ai jamais été capable de faire – et Marcie dit que ça pourrait bien être la seule chose qu'elle aime vraiment chez moi –, je n'ai jamais pu laisser tomber un ami. »

Champion des morts, pensé-je. Il y a pire. Je voudrais bien pouvoir faire quelque chose pour l'aider, mais je ne vois rien ; ce n'est pas mon enquête et, bien que je n'aie que la trentaine, je suis retraité.

Un technicien entre en trombe dans la pièce, criant avec un accent asiatique : « Ben ? » Bradley se retourne. « Au sous-sol ! »

4

Trois techniciens en combinaison ont mis à bas un vieux mur de briques. Ils portent un masque, mais l'odeur qu'exhale la cavité leur donne envie de vomir. Ce n'est pas un cadavre qu'ils ont trouvé, la chair en putréfaction a une odeur très particulière ; c'est un mélange d'égout qui fuit, de moisissure et d'excréments de cent générations de rats.

Bradley se fraye un chemin au milieu des caves immondes et s'arrête dans la lumière crue d'une batterie de projecteurs qui illuminent le mur démoli. Je le suis de près, avec les autres enquêteurs, et nous arrivons juste à temps pour voir l'Asiatique – un Sino-Américain que tout le monde appelle Bruce, pour des raisons évidentes – braquer une torche dans l'espace qui vient d'être mis au jour.

À l'intérieur, un enchevêtrement de tuyauterie bricolée. Bruce explique qu'ayant démonté la salle de bains de la chambre 89 sans trouver quoi que ce soit dans le siphon, ils ont cherché plus loin. Les légistes leur ont donné une capsule de révélateur Fastblue B, qu'ils ont dissoute dans un demi-litre d'eau, avant de verser le produit dans l'évacuation.

Ça a mis cinq minutes à s'écouler, et ils se sont dit que si c'était aussi lent, c'est qu'il y avait quelque part un bouchon entre le sous-sol et la chambre 89. Et c'est ce qu'ils viennent de trouver – au beau milieu des tuyaux et des connexions sauvages derrière le mur.

« Je t'en supplie, dis-moi que ce sont les dents, implore Bradley. Elle les a balancées dans les toilettes ? »

Bruce secoue la tête et dirige sa torche vers une bouillie de papiers carbonisés formant bouchon dans un coude à angle droit. « Le tuyau vient directement de la chambre 89 ; nous avons vérifié, dit-il, désignant la mixture. Je sais pas ce que c'est, mais elle l'a probablement brûlé et balancé dans les chiottes. C'était une bonne idée – sauf qu'elle savait pas que l'installation était pas conforme. »

À l'aide d'une pince à épiler, Bradley commence à trier toutes ces saletés agglutinées. « Des bouts de tickets de caisse, le coin d'une carte de métro, un ticket de cinéma, énumère-t-il à l'intention de ceux qui regardent. On dirait qu'elle a fait un dernier ménage et qu'elle s'est débarrassée de tout ce qui lui avait échappé. » Il sépare avec soin d'autres fragments brûlés : « Une liste de courses – ça pourrait être utile pour comparer l'écriture si on trouve un jour… »

Il s'arrête, considère un morceau de papier un peu moins carbonisé que les autres. « Sept chiffres. Écrits à la main : 9.0.2.5.2.3.4. Ce n'est pas complet, le reste a brûlé. »

Il présente le morceau de papier au groupe, mais je sais que c'est à moi qu'il s'adresse en réalité, comme si le fait d'avoir travaillé pour une agence de renseignement me qualifiait en tant que cryptographe. Sept chiffres écrits à la main, à moitié détruits : ils pourraient signifier n'importe quoi, mais j'ai un avantage. Dans les milieux que j'ai fréquentés, les gens sont habitués à traiter des fragments, si bien que je ne l'écarte pas.

Bien entendu, tous les autres se lancent immédiatement dans des spéculations : compte bancaire, carte de crédit, code postal, adresse IP, numéro de téléphone. Alvarez dit qu'il n'existe pas de code téléphonique 902, et elle a raison. Enfin presque.

« Oui, mais nous sommes interconnectés avec le système canadien, lui dit Petersen, un jeune inspecteur bâti comme un rugbyman. Et 902, c'est la Nouvelle-Écosse. Mon grand-père avait une ferme là-bas. »

Bradley ne réagit pas ; il a toujours l'œil fixé sur moi, attendant mon avis. J'en ai fait l'amère expérience, il ne faut jamais rien dire avant d'avoir une certitude, si bien que je me contente de hausser les épaules. Résultat : Bradley et toute l'équipe passent à autre chose.

À dire vrai, je n'arrête pas de penser au calendrier mural, qui me turlupine depuis que je l'ai vu. D'après le prix figurant au dos, il a coûté quarante dollars chez Rizzoli, la très élégante librairie de New York – c'est beaucoup d'argent pour donner la date et ne jamais s'en servir. La tueuse est manifestement une femme intelligente, et la pensée me vient que pour elle, ce n'était pas du tout un calendrier. Peut-être s'intéressait-elle vraiment aux ruines antiques.

J'ai passé l'essentiel de ma carrière à travailler en Europe et, même si ça fait un bout de temps que je ne suis pas allé aussi loin vers l'est, je suis pratiquement sûr que 90 est le code international de la Turquie. Il suffit de passer une journée à voyager dans ce pays pour savoir qu'il recèle plus de ruines gréco-romaines que n'importe quel endroit au monde. Si le préfixe de ce pays est bien 90, il est possible que les autres chiffres soient un code régional et une partie du numéro d'appel. Sans que personne le remarque, je sors et me dirige vers un recoin tranquille du sous-sol pour appeler Verizon[1] sur mon portable. J'ai des codes régionaux turcs à vérifier.

En attendant que la compagnie du téléphone décroche, je jette un coup d'œil à ma montre et réalise avec stupéfaction que la nuit doit être en train de tomber dehors. Il y a dix heures qu'un gardien chargé de vérifier un problème d'alimentation électrique dans la chambre voisine a déverrouillé la 89 pour accéder aux câbles. Pas étonnant que tout le monde ait l'air fatigué.

---

1. Un des principaux opérateurs téléphoniques américains.

J'ai enfin quelqu'un de Verizon au téléphone, une femme avec un fort accent sur un plateau que j'imagine à Mumbai. Ma mémoire ne m'a pas trahi – 90 est effectivement le code international de la Turquie. « Et 252 ? C'est un code régional ?

— Oui, une province… qui s'appelle Muğla ou quelque chose comme ça », dit-elle, essayant de le prononcer le mieux possible. La Turquie est un grand pays, plus grand que le Texas – avec une population dépassant les soixante-dix millions –, et ce nom ne me dit rien. Je la remercie poliment, prêt à raccrocher, quand elle ajoute : « Je ne sais pas si ça peut vous aider, mais je vois ici qu'une des principales villes de la région se trouve sur la côte de la mer Égée. Elle s'appelle Bodrum. »

Le nom m'envoie une décharge d'adrénaline dans tout le corps, me donne la chair de poule, même après tant d'années. « Bodrum », dit-elle, et ce nom s'échoue sur le rivage comme les débris d'un lointain naufrage. « Vraiment », dis-je calmement, luttant contre le tourbillon de pensées qui m'assaillent. Puis la partie de mon cerveau axée sur le présent me rappelle que je ne suis qu'un invité dans cette enquête, et le soulagement m'envahit. Je ne veux plus rien avoir à faire avec cette partie du monde.

Je retourne à la chambre 89. Bradley me voit, et je lui dis ce que je pense : sur le morceau de papier figure bien le début d'un numéro de téléphone, mais, si j'étais lui, j'oublierais le Canada. Je lui parle du calendrier et il me dit qu'il l'a vu un peu plus tôt dans la soirée, ça l'a intrigué lui aussi.

« Bodrum ? Ça se trouve où, Bodrum ?

— Il faut sortir, mon vieux. En Turquie, l'une des destinations estivales les plus à la mode.

— Et Coney Island, alors ? demande-t-il, sans rire.

— C'est presque ça », lui dis-je, revoyant le port bourré de yachts extravagants, les élégantes villas, la minuscule mosquée nichée dans les collines, et les cafés portant des noms comme Mezzaluna et Oxygen, inondés d'hormones et de cappuccinos à dix dollars.

« Tu y es déjà allé ? » demande Bradley.

Je fais non de la tête. Il y a des choses que je ne suis pas autorisé à raconter. « Mais pourquoi irait-elle appeler quelqu'un à Bodrum ? » m'interrogé-je à haute voix, changeant de sujet.

Bradley hausse les épaules, préférant ne pas s'avancer davantage, soucieux. « Le baraqué a fait du bon boulot, lui aussi, dit-il, désignant Petersen à l'autre bout de la pièce. C'est pas une carte d'étudiante qu'Alvarez a trouvée chez le gérant – avec un faux nom, bien sûr –, c'est une carte de la bibliothèque de New York.

— Ah, bien, dis-je, sans m'y intéresser plus que ça. Une intellectuelle, alors.

— Pas vraiment, répond-il. D'après leur base de données, elle n'a emprunté qu'un seul livre en un an. » Il marque une pause et me regarde bien en face. « Le tien. »

Je soutiens son regard, les mots me manquent. Je comprends à présent son air soucieux. « Elle a lu mon livre ? parvins-je enfin à dire.

— Pas seulement lu ; étudié, si tu veux mon avis, ajoute-t-il. Tu l'as dit toi-même : tu n'as pas rencontré beaucoup de professionnels de ce calibre. Maintenant, nous savons pourquoi : les dents manquantes, la pulvérisation de bactéricide – tout ça se trouve dans ton livre, non ? »

Ma tête part en arrière tellement je suis sous le choc. « Elle a pris des infos dans différents dossiers et s'en est servie comme manuel. Comment tuer quelqu'un, comment effacer tous les indices.

— Tout juste », dit Ben Bradley, et, ce qui est exceptionnel chez lui, il sourit. « Je tiens vraiment à te remercier : maintenant, c'est comme si je devais te retrouver toi, le plus grand criminel du monde.

5

Je vais être honnête avec vous : mon livre sur les techniques d'investigation était assez obscur, le genre d'ouvrage qui, pour ce que j'en savais, était un défi à toutes les règles de l'édition : une fois posé, la plupart des gens ne pouvaient plus le reprendre.

Et pourtant, au sein du petit cercle de professionnels à qui il était destiné, il avait provoqué un véritable séisme. Son contenu flirtait avec les limites de la technologie, de la science et même de la *crédibilité*. Mais à y regarder de plus près, même les sceptiques les plus endurcis se devaient de revoir leur position. Dans toutes les affaires qui illustraient mon propos, on retrouvait ces infimes détails, cet étrange climat qui entoure les circonstances et les mobiles d'un meurtre et donnent à un bon enquêteur les moyens de faire la différence entre le vrai et le faux.

Le lendemain de la sortie du livre, une rafale de questions fusa, ricochant dans le monde fermé des enquêteurs de haut vol. Comment se faisait-il que personne n'ait jamais entendu parler de ces affaires ? C'était comme des communiqués venant d'une autre planète. Seuls les patronymes avaient été changés pour protéger les coupables. Et, plus important encore, qui avait bien pu l'écrire ?

Je n'avais aucune intention de divulguer cette information un jour. Compte tenu de mon ancien métier, je préférais ne pas penser à tous les ennemis que j'avais et ne voulais pas, en démarrant le moteur de ma voiture un matin, être réduit à une poignée de poussière cosmique tournant autour de la lune. Si les lecteurs se posaient des questions sur le profil de son soi-disant auteur, ils ne trouveraient rien d'autre qu'un homme récemment décédé à Chicago. Une chose était sûre : je ne l'avais pas écrit pour la gloire ni pour l'argent.

J'avais écrit ce livre au départ parce que, ayant résolu des crimes dont l'ingéniosité dépassait tout ce qu'on pouvait imaginer, je pensais que d'autres enquêteurs pourraient tirer profit de mes techniques, dont certaines étaient très novatrices. C'est du moins ce que je me disais alors, et c'était vrai – dans une certaine mesure. Mais d'un autre côté, je suis encore jeune, et j'espère, avec un peu de chance, avoir une autre vie bien réelle devant moi, et ce livre était peut-être une façon de tirer un trait, de mettre un point final à ma vie passée.

Pendant presque dix ans, j'ai appartenu à l'une des organisations les plus secrètes de notre pays, tellement obscure que seuls une poignée de gens étaient au courant de son existence. La mission de l'agence était de contrôler l'ensemble des services de renseignement du pays, un peu comme la police des polices appliquée au monde des services secrets. On pourrait presque dire que nous incarnions un retour au Moyen Âge. Nous étions les chasseurs de rats.

Les effectifs des vingt-six organisations américaines du renseignement recensées officiellement – et les huit anonymes – sont une information classifiée, mais on peut raisonnablement estimer à plus de cent mille le nombre de personnes opérant dans notre orbite. Avec une population de cette importance, la gamme des crimes sur lesquels nous enquêtions était très large : de la trahison à la corruption, du meurtre au viol, du trafic de drogue au vol. La seule différence, c'est que certains de ces criminels étaient parmi les meilleurs et les plus brillants au monde.

C'est John Kennedy qui, dans les premiers mois de son mandat, confia à ce groupe cette mission d'élite ultra-confidentielle. Après un scandale particulièrement épouvantable à la CIA – dont les détails sont toujours classés confidentiels –, il semble qu'il ait décidé que les acteurs du monde du renseignement n'étaient pas plus infaillibles que la population en général. Peut-être même moins.

En temps normal, c'est le FBI qui aurait dû enquêter dans cet univers opaque. Mais sous la férule parfumée de J. Edgar Hoover, cette agence était tout sauf normale. Lui donner le pouvoir d'enquêter sur les barbouzes aurait été, disons, comme laisser Saddam en liberté dans une usine d'armements. C'est pourquoi Kennedy et son frère créèrent une agence dotée de pouvoirs sans précédent en raison même de son cahier des charges. Née de la volonté de l'exécutif, elle devint aussi l'une des trois agences à rendre compte directement au président sans passer par le Congrès. Inutile de me demander quelles sont les deux autres ; la loi m'interdit de les nommer.

Dans le monde très fermé de ceux qui bénéficient d'accréditations de haute sécurité, les gens commencèrent par décrier la nouvelle agence et ses ambitions.

Ravis de leur trouvaille, ils commencèrent par l'appeler la 11ᵉ division aéroportée, autrement dit la cavalerie. Peu parmi eux s'attendaient à des succès de sa part, mais sa réputation s'affirmant, ils trouvèrent ça beaucoup moins réjouissant.

Comme d'un commun accord, une partie de ce nom disparut progressivement, jusqu'à ce que le monde du renseignement l'appelle, sur un ton plein de révérence, « la Division », tout simplement. Bon nombre de ceux qui y travaillaient étaient brillants, et ce n'est pas vanité de ma part que de le dire. Il le fallait bien. Certaines des cibles de la Division étaient les agents les plus talentueux qu'aient jamais connus les services secrets. Des années de formation avaient appris à ces hommes et femmes à mentir, à esquiver, à disparaître, à agir en sous-main partout sans laisser d'empreintes nulle part. Résultat, il fallait que ceux qui les chassaient soient encore plus brillants. Pour ces traqueurs, qui devaient avoir un coup d'avance sur leur proie, la pression était énorme, parfois presque insupportable, et il n'y avait rien d'étonnant à ce que la Division présentât le taux de suicide le plus élevé parmi les agences gouvernementales, la Poste exceptée.

C'est au cours de ma dernière année à Harvard que j'ai été enrôlé dans ces troupes d'élite sans même m'en rendre compte. Un recruteur – une femme agréable, avec de jolies jambes et une jupe étonnamment courte, qui se présenta comme la vice-présidente de la Rand Corporation – vint à Harvard pour s'entretenir avec de jeunes diplômés prometteurs.

J'avais fait trois années de médecine, me spécialisant dans la pharmacologie des stupéfiants – et spécialiser n'est pas un vain mot. Pendant la journée, je les étudiais sur le plan théorique ; le week-end, je passais à une approche plus pratique. Et puis un jour, alors que je consultais un médecin de Boston, ayant lu la description des symptômes de la fibromyalgie et l'ayant convaincu de me faire une ordonnance de Vicodin, j'eus une révélation.

Et si c'était moi le médecin, moi qui me trouvais derrière ce bureau, traitant les souffrances – réelles ou imaginaires – des patients que j'avais tranquillement observés dans la salle d'attente ?

Et là, j'ai compris que ce qui m'intéressait, ce n'était pas la souffrance des gens, mais leurs motivations. J'ai laissé tomber médecine ; je me suis inscrit en psychologie, j'ai obtenu un diplôme *magna cum laude*, et j'étais tout près de terminer mon doctorat.

Mes études à peine finies, la dame en jupe courte m'offrit un salaire de départ deux fois plus important que tout autre employeur, ce qui m'apparut comme des possibilités de recherches et de promotion quasi illimitées. Résultat, je passai six mois à rédiger des rapports qui ne devaient jamais être lus, à concevoir des questionnaires auxquels personne ne devait jamais répondre, jusqu'à ce que je découvre que je ne travaillais pas du tout pour la Rand Corporation. J'étais observé, auditionné, évalué, contrôlé. Et Jupe Courte avait soudain totalement disparu du décor.

À la place, je me retrouvai dans une pièce sécurisée avec deux hommes pas commodes, que je n'avais jamais vus auparavant et que je n'ai pas revus depuis, dans un bâtiment quelconque au cœur d'une zone industrielle située au nord du quartier général de la CIA, à Langley, en Virginie. Ils me firent signer toute une série de formulaires me tenant au secret, avant de me dire qu'un service de renseignement qu'ils ne nommeraient pas était intéressé par mon profil.

Je les ai regardés, me demandant ce qui avait pu les amener à penser à moi. Mais, pour être honnête, je connaissais la réponse. J'étais un candidat idéal pour les services secrets. J'étais intelligent, j'avais toujours été un solitaire, et j'avais pas mal de bleus à l'âme.

Mon père s'était tiré avant ma naissance ; on ne l'avait jamais revu. Quelques années plus tard, ma mère avait été assassinée dans sa chambre, dans l'appartement où nous résidions, derrière 8-Mile Road à Detroit. Je vous l'ai dit, il y a des endroits dont je me souviendrai toute ma vie.

Fils unique, je finis par atterrir chez des parents adoptifs à Greenwich, Connecticut : huit hectares de pelouse impeccable, les meilleures écoles auxquelles l'argent donne accès, la maison la plus tranquille qui puisse exister. Leur famille désormais au complet, je suppose que Bill et Grace Murdoch ont fait de leur mieux, mais je ne suis jamais parvenu à être le fils qu'ils auraient voulu.

Un enfant privé de ses parents apprend à survivre ; il s'emploie très tôt à dissimuler ce qu'il ressent et, si la souffrance devient insupportable, à se creuser un abri dans sa tête et à s'y cacher. Vis-à-vis du monde en général, j'ai essayé de me conformer à ce que je croyais être les attentes de Bill et Grace, et j'ai fini par être un étranger pour l'un et pour l'autre.

Mais alors que j'étais là, assis dans cette pièce non loin de Langley, je compris qu'endosser une autre identité, dissimuler une grande partie de ce que vous êtes et ressentez faisait de moi un candidat idéal pour les services secrets.

Au cours des années qui suivirent – celles que j'ai passées à parcourir le monde sous moult identités différentes –, je dois dire que les meilleures barbouzes que j'aie jamais rencontrées avaient appris à vivre une double vie bien avant de rejoindre les services secrets.

Parmi eux, il y avait des homos refoulés dans un monde homophobe, des maris adultères ayant une gentille épouse quelque part, des joueurs, des toxicomanes, des alcooliques, des pervers. Quel que fût leur fardeau, ils étaient rompus à l'exercice consistant à donner au monde une fausse image d'eux-mêmes. Ils n'avaient donc qu'un pas à franchir pour endosser un autre déguisement et servir leur pays.

J'imagine que ces deux hommes patibulaires avaient détecté en moi quelque chose de ce genre. Ils arrivèrent à la partie où ils m'interrogeaient sur la question de l'illégalité. « Parlez-nous de la drogue », dirent-ils.

Je me souvins de ce qu'on m'avait dit un jour au sujet de Bill Clinton – qu'il aimait toutes les femmes qu'il rencontrait. Mais il serait peut-être contre-productif de leur déclarer que c'était ce que je ressentais pour les stupéfiants. Je niai même avoir essayé, rendant grâce de ce que je n'avais jamais adopté le style de vie irresponsable qui va généralement de pair avec leur usage. J'en avais fait une vie secrète que je gardais bien cachée, en suivant mes propres règles : je ne me défonçais jamais qu'en solitaire, n'allais jamais me fournir dans les bars et les clubs, trouvais que les drogues festives étaient pour les amateurs, et l'idée de me balader en voiture dans une zone de deal en plein air était le meilleur moyen de se faire tirer dessus.

Ça avait toujours marché, je n'avais jamais été arrêté ni interrogé à ce sujet, si bien qu'ayant déjà réussi à

vivre une vie secrète, j'étais très confiant à l'idée de
m'engager dans une autre. Et quand ils se levèrent pour
me demander combien de temps il me faudrait pour
réfléchir à leur proposition, je leur ai simplement
demandé un stylo.

Voilà, c'est comme ça que ça s'est passé. J'ai signé
leur Protocole d'Engagement dans une pièce sans
fenêtre d'une zone industrielle glaciale, et c'est ainsi
que j'ai rejoint le monde des services secrets. Quant à
savoir si j'ai eu une pensée pour le prix qu'il y aurait
à payer, pour toutes ces choses banales que je ne pourrais jamais faire ni partager, je n'en ai absolument
aucun souvenir.

6

Après quatre ans de formation, au cours desquels
j'ai appris à déchiffrer des signes minuscules qui pourraient échapper à d'autres, à survivre dans des situations où d'autres mourraient, j'ai été rapidement promu.
Mon premier poste à l'étranger fut Berlin et je n'y étais
pas depuis six mois que j'avais déjà tué un homme.

Depuis la création de la Division, ces opérations en
Europe avaient été placées sous le commandement de
l'un de ses agents les plus expérimentés basé à
Londres. La première personne à occuper cette fonction était un officier supérieur de la marine, un homme
nourri de l'histoire de la guerre navale. Du coup, il se
faisait appeler l'Amiral de l'escadre bleue, la personne
qui avait jadis été au troisième rang dans la hiérarchie
du commandement de la flotte britannique : très exactement sa position au sein de la Division. Le nom

demeura mais, au fil des décennies, il se transforma, se dénatura, jusqu'à devenir le Cavalier de la Bleue.

Lorsque je suis arrivé en Europe, celui qui occupait cette fonction dirigeait un service très apprécié et il semblait n'y avoir aucun doute qu'il retournerait un jour à Washington pour prendre le commandement de la Division. Ceux qui gagnaient ses faveurs étaient inévitablement promus dans la foulée, et la rivalité était rude pour briller à ses yeux.

C'est dans ce contexte que le bureau de Berlin m'a expédié à Moscou début août – le pire mois qui soit dans cette ville horrible et si chaude en été – pour enquêter sur des soupçons de fraude financière à l'intérieur d'un service secret américain opérant sur place. Certes, l'argent avait disparu, mais, en fouillant en peu plus, ce que je découvris était bien pire : un officier de renseignement américain d'un certain niveau s'était rendu à Moscou dans le but de vendre les noms de nos informateurs russes les plus précieux au FSB – le successeur du KGB, aussi bien pour ce qui était de ses missions que de sa brutalité.

Comme j'avais découvert très tardivement la chose, je devais prendre une décision sans attendre. Pas le temps de demander conseil ni d'y réfléchir à deux fois. J'ai surpris notre agent alors qu'il se préparait à rencontrer son contact russe. Et oui, ce fut le premier homme que j'aie jamais tué.

Je lui ai tiré dessus – j'ai abattu le Cavalier de la Bleue sur la place Rouge, un vent vicieux grondant en provenance des steppes, brûlant, charriant avec lui l'odeur de l'Asie et celle, nauséabonde, de la trahison. Je ne sais pas s'il y a lieu d'en être fier mais, bien que je fusse jeune et inexpérimenté, j'ai tué mon patron comme un pro.

Je l'ai filé jusqu'à l'extrême sud de la place, où tournait un manège pour enfants. Je me suis dit que le son tonitruant de la musique masquerait le bruit mat d'une détonation. C'est de biais que je me suis avancé vers lui, cet homme que je connaissais bien, et il ne m'a vu qu'au dernier moment.

L'étonnement apparut sur son visage, le cédant très vite à la peur. « Eddy... », fit-il.

Je ne m'appelais pas vraiment Eddy mais, comme tout le monde à l'agence, j'avais changé d'identité le jour où j'étais allé sur un théâtre d'opérations pour la première fois. Je pense que ça a facilité les choses, comme si ce n'était pas vraiment moi qui agissais.

« Quelque chose ne va pas ? Qu'est-ce que tu fais là ? » Il était du Sud, et j'avais toujours aimé son accent.

Je me contentai de secouer la tête. « *Vyshaya mera* », dis-je. C'était une vieille expression du KGB que nous connaissions l'un et l'autre, et qui signifiait littéralement « peine capitale » – un euphémisme pour tirer une balle de gros calibre dans la nuque de quelqu'un.

J'avais déjà la main sur l'arme qui était dans la poche de ma veste – un PSM 5.45 extra-plat ; l'ironie de la chose, c'est que c'était une création soviétique spécialement conçue pour n'être pas plus épaisse qu'un briquet. Autrement dit vous pouviez le porter dans une veste de bonne coupe sans que cela fasse un faux pli. Je vis son regard paniqué glisser vers les gamins qui faisaient un tour de manège, pensant probablement à ses deux gamines à lui, et se demandant comment on en était arrivé à une telle folie.

Sans même sortir le pistolet de ma poche, j'appuyai sur la détente – tirant une balle à haute pénétration capable de transpercer les trente couches de Kevlar et la couche de titane du gilet pare-balles qu'il portait à coup sûr.

Personne n'entendit le bruit au milieu du vacarme du carrousel.

La balle entra dans sa poitrine à une vitesse telle qu'elle provoqua immédiatement un arrêt cardiaque, le tuant instantanément, conformément à la manière dont elle avait été conçue. Je sortis le bras pour le rattraper dans sa chute, essuyant de la main la sueur sur son front, comme si mon camarade avait eu un malaise provoqué par la chaleur.

Je le portai tant bien que mal jusqu'à une chaise en plastique sous un parasol libre claquant au vent, m'adressant dans un russe approximatif à un groupe de mères qui attendaient leurs enfants à trois mètres, désignant le ciel, accusant la chaleur.

Elles sourirent, secrètement ravies d'avoir une nouvelle confirmation que les Slaves étaient forts et les Américains faibles : « Ah, la chaleur… terrible, oui », dirent-elles, compatissantes.

Je lui ôtai sa veste et la posai devant lui pour masquer l'orifice en train de rougir. Je me tournai à nouveau vers les mères pour leur dire que je le laissais un instant pour aller chercher un taxi.

Elles me répondirent par un signe de tête, plus intéressées par leurs gamins que par ce que je faisais. Je doute que l'une d'elles ait même vu que je portais son attaché-case – son portefeuille encore moins – alors que je me hâtais en direction des taxis de la Perspective Kremlevski.

Personne n'avait remarqué le filet de sang qui coulait du coin de sa bouche ni appelé les flics que j'étais déjà de retour dans ma chambre d'hôtel. Je n'avais pas eu le temps de vider toutes ses poches, et je savais qu'il ne leur faudrait pas longtemps pour l'identifier.

Lors de mes passages à Londres, j'avais dîné chez lui et joué à plusieurs reprises avec ses enfants – deux petites filles encore à l'école élémentaire – et j'ai compté les minutes jusqu'au moment où le téléphone sonnerait chez lui et où elles apprendraient la mort de leur père. À cause de ma propre enfance, je savais très exactement comment un enfant pouvait vivre ce genre d'événement : la vague d'incrédulité, la difficulté à comprendre le caractère inéluctable de la mort, la panique, le gouffre de l'abandon. Malgré tous mes efforts, je n'arrivais pas à chasser cette scène de mon esprit. C'étaient elles que je voyais, mais je crains que l'émotion n'ait été mienne.

Pour finir, je m'assis sur le lit et fis sauter le verrou de son attaché-case. La seule chose intéressante qui s'y trouvait était un DVD de musique avec Shania Twain sur la jaquette. Je le glissai dans le lecteur de mon ordinateur et le soumis à un algorithme. Dissimulés dans la musique numérisée se trouvaient les noms et les informations classifiées de dix-neuf Russes qui nous transmettaient des secrets. Si le Cavalier avait transmis ça, ils étaient bons pour *vyshaya mera*.

Alors que j'exploitais les fichiers, parcourant les dossiers personnels des dix-neuf sujets, j'entrepris de faire le décompte des enfants russes dont les noms y figuraient. Je réalisai que, malgré moi, j'étais en train d'établir un compte de pertes et profits. Quatorze enfants russes dans une colonne, les deux filles du Cavalier dans une autre. Le bilan était indéniablement positif. Mais ça ne suffisait pas : les noms des Russes étaient une abstraction, alors que les filles du Cavalier étaient bien trop réelles.

Je ramassai ma veste, jetai mon nécessaire de voyage sur l'épaule, j'empochai mon PSM 5.45 et je me dirigeai vers une aire de jeux près du parc Gorki. J'avais vu dans les fichiers que certaines des femmes de nos informateurs russes y emmenaient souvent leurs enfants l'après-midi. Je m'assis sur un banc et, à partir des descriptions que j'avais lues, j'identifiai avec certitude neuf des femmes, pendant que leurs enfants bâtissaient des châteaux de sable sur un semblant de plage.

Je doute qu'ils aient remarqué cet étranger avec un trou dans sa veste qui les regardait à travers la grille, ces enfants souriants dont je pouvais désormais espérer que les étés dureraient plus longtemps que les miens. Et alors que j'étais parvenu à les rendre bien réels, je ne pus m'empêcher de penser que j'avais autant perdu de moi-même que je leur avais donné. Appelons ça mon innocence.

Avec l'impression d'être plus vieux, mais d'une certaine façon plus serein, je me suis dirigé vers une file de taxis. Quelques heures plus tôt, alors que je me hâtais vers ma chambre d'hôtel après avoir abattu le Cavalier, j'avais adressé un message codé à Washington, et je savais qu'un avion de la CIA, volant sous couverture d'un jet directorial de la General Motors, devait atterrir à l'aéroport de Cheremetievo pour m'exfiltrer.

Je craignais que les flics russes ne m'aient déjà identifié comme l'assassin ; le trajet jusqu'à l'aéroport fut l'un des plus longs de mon existence, et c'est avec un immense soulagement que j'ai grimpé à bord du jet. Ma joie fut de courte durée : environ douze secondes. À l'intérieur m'attendaient quatre hommes armés, qui refusèrent de me dire qui ils étaient mais qui m'avaient tout l'air d'appartenir à des Forces spéciales.

Ils me tendirent un document officiel stipulant que je faisais l'objet d'une enquête du plus haut niveau dans le monde du renseignement – une enquête relative à un incident critique – au sujet de l'assassinat. Le chef du groupe me dit que nous volions à destination des États-Unis.

Puis il me lut mes droits et me plaça en état d'arrestation.

7

Je penchai pour le Montana. Quelque chose dans le découpage des montagnes que je voyais par le hublot du jet me donna la quasi-certitude que nous survolions le Nord-Ouest. Rien d'autre qui me permît de reconnaître l'endroit – juste une piste d'atterrissage, si discrète qu'il n'y avait que quelques bunkers serrés les uns contre les autres sans inscription, une douzaine de hangars en sous-sol et des kilomètres de clôtures électrifiées.

Nous avions volé toute la nuit et quand nous avons atterri, juste après l'aube, j'étais déjà assez perturbé. J'avais eu tout le temps de réfléchir à ce qui s'était passé et le doute avait grandi au fil des kilomètres. Et si le DVD de Shania Twain était un faux, ou que quelqu'un l'avait mis dans les affaires du Cavalier ? Pratiquait-il un montage que j'ignorais, ou est-ce qu'une autre agence se servait de lui pour transmettre à l'ennemi des informations bidon ? Sans compter que les enquêteurs allaient peut-être prétendre que ce DVD était le mien, que c'était moi le traître et que le Cavalier m'avait démasqué, ce qui pouvait expliquer que j'aie dû l'abattre sans consulter qui que ce soit.

Je sombrais plus profondément encore dans le labyrinthe du doute lorsque les types des Forces spéciales me poussèrent hors du jet pour me faire monter dans un SUV aux vitres teintées. Les portes se verrouillèrent automatiquement et je vis qu'on avait ôté les poignées intérieures. Il y avait cinq ans que j'avais intégré le monde des services secrets et voilà que, après trois folles journées à Moscou, tout était remis en question.

Nous avons roulé deux heures sans franchir les limites de la clôture, nous arrêtant finalement devant un ranch entouré d'une pelouse brûlée.

Confiné à deux petites pièces et privé de tout contact sauf avec les gens chargés de m'interroger, je savais que, dans une autre aile de la maison, une douzaine de spécialistes de la police scientifique devaient être en train de passer ma vie et celle du Cavalier au peigne fin pour tenter de découvrir la vérité. Je savais aussi comment ils allaient m'interroger. Mais quel que soit le niveau d'entraînement qu'on a reçu, on n'est jamais totalement préparé à l'épreuve réelle d'un interrogatoire hostile.

Quatre équipes se relayaient, et qu'on se le dise, parce que c'est un fait : les femmes étaient les pires – ou les meilleures, suivant de quel point de vue on se place. L'une d'elles, particulièrement sexy, semblait penser qu'en déboutonnant son chemisier et en se penchant vers moi elle ferait un pas de plus vers la vérité. Je l'appelai Wonderbra. Ce serait le même genre de méthodes qui seraient utilisées quelques années plus tard, avec beaucoup d'effets sur les détenus musulmans de Guantanamo.

Le principe est simple : vous rappeler le monde qui vous manque, un monde de plaisirs, loin du lieu d'angoisse permanente où vous vous trouvez. La seule chose à faire dans ce cas est de coopérer. Et laissez-moi vous dire que ça marche. À vous assommer de questions jour et nuit, à chercher la moindre incohérence, ils vous fatiguent, vous épuisent jusqu'à l'os. Deux semaines de ce régime et vous rêvez d'un autre monde – n'importe quel monde.

Tard un soir, après douze heures d'interrogatoire ininterrompues, j'ai demandé à Wonderbra : « Vous imaginez que j'ai tout planifié – et que je l'ai abattu sur la place Rouge ? *La place Rouge* ? Mais pourquoi aurais-je fait ça ?

— Par stupidité, dit-elle, d'un ton égal.

— Où vous ont-ils recrutée ? Chez Hooters[1] ? » criai-je.

Pour la première fois, j'avais élevé la voix. C'était une erreur ; maintenant, les analystes et les psychologues qui m'observaient grâce à une caméra cachée savaient qu'ils me tenaient.

J'espérai aussitôt qu'elle riposte, mais c'était une pro. Elle se pencha encore un peu plus, son chemisier tirant sur les boutons, et, d'une voix calme, me dit : « Ce sont des vrais, et le soutien-gorge n'y est pour rien, si c'est la question que vous vous posez. Quel était l'air diffusé par le manège ? »

Je chassai ma colère. « Je vous l'ai déjà dit.

— Redites-le.

— *Smells Like Teen Spirit*[2]. Je suis sérieux, c'est la Russie moderne, plus rien n'a de sens.

— Vous l'aviez déjà entendu ?

---

1. Hooters est une chaîne de restaurants américains connue pour avoir une clientèle essentiellement masculine à cause de l'uniforme sexy des serveuses. *Hooters* signifie « nichons » en argot américain.

2. « Comme un parfum d'adolescence ».

— Bien sûr que je l'avais entendu ; c'est de Nirvana.

— Sur la place Rouge, je veux dire, quand vous cherchiez le bon endroit…

— Je n'ai rien cherché du tout, parce que ce n'était pas planifié », lui dis-je tranquillement, une migraine me prenant du côté gauche.

Quand ils me laissèrent enfin dormir, j'eus le sentiment qu'elle était en train de marquer des points. Or, quand vous vous trouvez dans une maison isolée et que vous vous cramponnez à votre liberté, alors que le monde entier vous ignore, vous avez beau être totalement innocent, c'est un constat très négatif.

Tôt le lendemain matin (je pensai que c'était un mercredi, mais c'était un samedi en réalité, ce qui montre à quel point j'étais déboussolé), la porte de la zone où je dormais fut déverrouillée et l'officier traitant y suspendit des vêtements propres. Il m'adressa la parole pour la première fois et me proposa de prendre une douche au lieu de la toilette habituelle au lavabo qui se trouvait dans le coin de la pièce. Je connaissais aussi cette méthode, me donner à penser qu'ils commençaient à me croire, m'encourager à leur faire confiance, mais, à ce stade, je n'en étais plus du tout à me soucier de psychologie. Et comme Freud aurait pu le dire, une douche reste une douche.

L'officier traitant déverrouilla la porte d'une salle de bains adjacente et me laissa seul. C'était une pièce blanche, glaciale, avec des anneaux au plafond et aux murs qui laissaient supposer qu'on en faisait aussi un usage plus inquiétant. Mais je m'en fichais. Je me rasai, me déshabillai et laissai l'eau couler. En me séchant, je me surpris nu dans un miroir en pied et me figeai – c'était étrange, il y avait longtemps que je ne m'étais pas vraiment regardé.

J'avais perdu une dizaine de kilos au cours des trois semaines passées au ranch et je ne me souvenais pas de m'être vu aussi hagard. Ça me donnait l'air beaucoup plus vieux, et je me suis regardé un moment, comme s'il s'agissait d'une fenêtre sur le futur. Je n'étais pas laid : j'étais grand et, grâce à l'été européen, mes cheveux avaient pris des reflets blonds.

Avec les kilos en trop que cette enquête m'avait fait perdre à la taille et aux fesses, j'étais redevenu mince – je n'avais pas les tablettes de chocolat dont s'enorgueillissent certaines stars de cinéma, mais j'étais taillé comme un adepte du krav maga. C'est une méthode d'autodéfense israélienne, selon les initiés, et c'est aussi la technique de combat à mains nues la plus prisée des trafiquants de drogue new-yorkais au nord de la 140e Rue. J'ai toujours pensé que si c'était bon pour les professionnels, c'était bon pour moi aussi. Un jour, plusieurs années plus tard, seul et dans une situation désespérée, elle me sauverait la vie.

Debout devant le miroir, soumettant à l'inspection l'homme qui me faisait face et me demandant si ce que je voyais me plaisait vraiment, il me vint à l'esprit que je n'étais peut-être pas le seul à regarder. Wonderbra et ses amis se trouvaient probablement de l'autre côté du miroir, opérant leur propre évaluation. Je n'étais peut-être pas pressenti pour le rôle principal au casting de *Gorge profonde 2*, mais je n'avais rien non plus dont j'eusse à rougir. Non, ce n'est pas ça qui me mit en colère – c'était cette intrusion dans tous les domaines de ma vie, cette recherche sans fin de preuves qui n'existaient pas, cette abrutissante conviction qu'on ne pouvait pas faire quelque chose pour la seule raison qu'on pensait qu'elle était juste.

Les instructeurs de krav maga vous diront que l'erreur que commettent la plupart des gens quand ils se battent consiste à envoyer un coup de poing à la tête. C'est votre propre main que vous risquez de casser. C'est pourquoi un véritable pro serre le poing et l'utilise comme un marteau qui frappe une enclume. Avec une personne relativement en forme, un coup de cette nature libère une énergie – d'après les instructeurs – supérieure à quatre newtons au point d'impact. Vous pouvez imaginer les dégâts sur le visage de quelqu'un. Ou dans un miroir. Celui-là se brisa et se répandit en éclats sur le sol. Le plus surprenant, c'est que le mur derrière était nu. Pas de glace sans tain, rien. Je l'ai regardé en me demandant si ce n'était pas moi qui étais en train de craquer.

Douché et rasé, je revins dans la chambre et j'enfilai les vêtements propres, puis je m'assis sur le lit et j'attendis. Personne ne vint. Je m'apprêtais à donner de grands coups dans la porte quand je découvris qu'elle n'était pas verrouillée. Oh, charmant, pensai-je – le coefficient de confiance devenait sous-orbital. Ou bien j'étais dans un épisode de *The Twilight Zone*, et j'allais découvrir que la maison était vide et inhabitée depuis des années.

Je me dirigeai vers le living-room. J'y trouvai toute l'équipe, environ quarante personnes, qui me souriaient. Pendant un moment affreux, je crus qu'ils allaient applaudir. Le responsable de l'équipe, un type dont le visage avait l'air fait de pièces détachées, dit quelque chose que je compris à peine. Puis Wonderbra me tendit la main, disant que c'était juste le boulot, et qu'elle espérait que je ne leur en tiendrais pas rigueur.

J'étais prêt à lui suggérer de monter à l'étage, où je pourrais lui rendre la politesse de ses actes de violence, à forte connotation sexuelle pour certains, mais ce que dit alors le responsable du groupe m'arrêta net. Je décidai que ces pensées-là étaient indignes de quelqu'un qui avait reçu une lettre manuscrite du président des États-Unis. Elle était là, sur la table, et je m'assis pour la lire. Sous le magnifique sceau bleu et or, elle disait qu'une enquête complète et approfondie m'avait totalement blanchi. Le président me remerciait de ce qu'il appelait un grand courage, qui « dépassait de beaucoup le sens du devoir. En territoire hostile, sans aide extérieure et à vos risques et périls, en situation de devoir agir vite, vous n'avez pas hésité, au mépris de votre propre sort », avait-il écrit.

Il disait que, même si mes actions ne pourraient jamais être connues du public, il m'était personnellement, et avec lui le pays dans son ensemble, très reconnaissant du service rendu. Quelque part dans la lettre, il employait aussi le mot « héros ».

Je marchai vers la porte. Tous les yeux étaient braqués sur moi, mais je le remarquai à peine. Je sortis et m'arrêtai un instant sur la pelouse pour regarder le morne paysage. « Blanchi de tout manquement au devoir », disait la lettre, et, alors que j'y réfléchissais, à cela et à l'autre mot qu'il avait employé, je fus submergé par tout un tas d'émotions. Je me demandai ce que Bill et Grace en auraient pensé : en auraient-ils conçu la fierté dont je les avais si longtemps privés ?

J'entendis un crissement de pneus dans la longue allée de gravier et une voiture s'arrêta devant la maison, mais je l'ignorai. Et la femme qui était morte à Detroit, celle qui avait les mêmes étonnants yeux bleus que moi ? Elle m'avait aimé, de cela j'étais certain, mais c'était difficile à concevoir compte tenu du fait que je l'avais à peine connue. Qu'aurait éprouvé ma mère si j'avais pu le lui dire ?

Je restais là, la tête rentrée dans les épaules face au vent et aux résidus d'émotions qui tournoyaient autour de moi, puis j'entendis une porte s'ouvrir. Je me retournai – le chef de groupe et Wonderbra se tenaient sur la véranda. Avec eux, un homme plus âgé, qui venait d'arriver dans la voiture et que je connaissais depuis longtemps. Peu importe comment il s'appelait – à dessein, personne n'a jamais entendu parler de lui. C'était le directeur général de la Division.

Il descendit lentement les marches et s'approcha de moi. « Vous avez lu la lettre ? » demanda-t-il. Je fis oui de la tête. Il mit sa main sur mon bras, y exerçant une légère pression – sa façon de me remercier. Je suppose qu'il savait qu'aucune parole de sa part ne pourrait rivaliser avec ce sceau bleu et or.

Il suivit mon regard en contemplation devant le morne paysage et me parla de l'homme que j'avais tué. « Si on oublie la trahison finale, dit-il, c'était un bon agent – l'un des meilleurs. »

Je le dévisageai. « On peut le voir comme ça, oui, répliquai-je. Si on oublie la bombe, le 6 août à Hiroshima était probablement une belle journée aussi.

— Seigneur, Eddy ! Je fais ce que je peux, là, j'essaie de trouver quelque chose de positif. C'était un de mes amis.

— Moi aussi, monsieur le directeur, dis-je, impassible.

— Je sais, Eddy, je sais », répondit-il, sur la retenue – étonnant ce qu'une lettre présidentielle peut faire.

« J'ai dit une douzaine de fois que j'étais content de ne pas avoir été à votre place. Même plus jeune, je ne suis pas certain que j'aurais été capable de le faire. »

Je ne fis aucun commentaire. À en croire ce qu'on disait de lui, il aurait introduit une mitrailleuse à Disneyland s'il avait pensé que cela puisse servir sa carrière.

Il releva son col à cause du vent et me dit qu'il voulait que je retourne à Londres. « J'ai consulté tous ceux qui ont leur mot à dire. La décision a été unanime – je vous nomme nouveau Cavalier de la Bleue. »

Je n'ai rien dit, je me suis contenté de regarder au loin les champs desséchés pendant un long moment, envahi par une tristesse indicible à la pensée des circonstances et de ces deux petites filles. J'avais vingt-neuf ans et j'étais le plus jeune Cavalier de la Bleue qu'il y ait jamais eu.

8

La ville de Londres n'a jamais été aussi belle que la nuit où j'y ai atterri. La cathédrale Saint-Paul, le Parlement de Westminster et toutes les autres vieilles citadelles du pouvoir et de la grandeur se détachaient comme des sculptures sur un ciel rouge, s'assombrissant peu à peu.

Ma promotion datait de moins de vingt heures et je n'avais pas cessé de voyager depuis. Je m'étais trompé sur la localisation du ranch ; il était dans les Black Hills du Dakota du Sud, encore plus reculé que je ne l'avais imaginé. Il avait fallu deux heures de route pour atteindre le plus proche aéroport, d'où un jet privé m'avait amené à New York pour prendre la correspondance d'un vol transatlantique de British Airways.

Un SUV Ford, de trois ans d'âge et couvert de poussière pour être encore plus discret, me prit à Heathrow et me conduisit à Mayfair. C'était un dimanche soir et, même s'il y avait très peu de circulation, on avançait lentement. Le véhicule était blindé et le supplément de poids en faisait un veau à conduire.

Le type qui se débattait au volant finit par tourner dans un cul-de-sac près de South Audley Street, et la porte du garage d'un hôtel particulier se leva. Nous entrâmes dans le parking souterrain d'un bâtiment qui, d'après la plaque en cuivre figurant sur la porte d'entrée, était le quartier général européen du Fonds d'investissement des îles Baléares.

En dessous, il était indiqué au public que les rendez-vous ne pouvaient être fixés que par téléphone. Il n'y avait pas de numéro et, si quelqu'un avait la curiosité de vérifier, rien à ce nom auprès des renseignements téléphoniques londoniens. Inutile de préciser que personne n'a jamais appelé.

Au sous-sol, je pris l'ascenseur jusqu'au dernier étage, et pénétrai dans ce qui avait toujours été le bureau du Cavalier de la Bleue : une vaste pièce au parquet de bois ciré avec des canapés blancs, mais sans fenêtre ni lumière naturelle.

Le cœur du bâtiment lui-même était en béton, et c'est à partir de ce saint des saints que j'entrepris de démêler l'imbroglio de fourberie de mon prédécesseur. Tard cette première nuit, j'appelai des numéros secrets ignorés même des compagnies de téléphone qui les hébergeaient, pour rassembler une équipe spéciale de cryptographes, d'analystes, de documentalistes et d'agents de terrain.

En dépit de ce que déclarent les autorités, toutes les

batailles ne sont pas livrées au vu des correspondants de guerre ou sous les projecteurs des caméras des journalistes. Le lendemain, le nouveau Cavalier et son petit groupe de francs-tireurs lancèrent leur propre campagne dans toute l'Europe, pour se battre contre ce qui se révéla être la plus sérieuse tentative de pénétration du renseignement américain depuis la Guerre froide.

Nous avons eu quelques succès significatifs, mais, même si au fil du temps les cadavres ennemis ont commencé à s'empiler comme des bûches, je n'arrivais toujours pas à trouver le sommeil. Une nuit, à Prague, alors que je tentais de remonter un tuyau crevé, je marchai pendant des heures dans la vieille ville et me forçai à faire le point sur la situation. D'après mes critères, j'avais failli. Après vingt mois d'un travail incessant, je n'avais toujours pas découvert comment les Russes arrivaient à payer nos agents – en d'autres mots les traîtres – qu'ils avaient corrompus.

La piste financière demeurait plus mystérieuse que jamais, et tant que nous ne parviendrions pas à la remonter, nous ne saurions pas quelle était l'étendue de la contamination. Par conséquent, je résolus de mettre le paquet sur ce problème. Mais sans aboutir : ce fut en fin de compte un timide comptable du service médico-légal ainsi qu'un heureux hasard qui vinrent à notre secours.

Fouillant une dernière fois dans la montagne de documents saisis au domicile de mon prédécesseur avant qu'ils ne disparaissent dans les archives de la Division, ce comptable découvrit une liste de courses manuscrite collée au dos d'un chéquier. Il allait la jeter quand il la retourna et vit qu'elle était écrite au dos d'une fiche d'expédition vierge de Federal Express, ce qui était curieux car aucune de nos recherches n'avait mis en évidence l'existence d'un compte FedEx. Intrigué, il appela la société et découvrit qu'une série d'enlèvements avait eu lieu à cette adresse, tous payés en espèces.

Un seul se révéla intéressant : une boîte de cigares cubains hors de prix qui avait été envoyée au Burj-al-Arab, un luxueux hôtel de Dubaï. Il apparut assez vite que le nom du récipiendaire sur le bordereau FedEx était faux, et cela aurait pu être la fin de l'histoire, s'il n'y avait eu ce coup de hasard heureux : une femme qui travaillait avec notre comptable et qui avait été agent de voyage par le passé, et qui savait que tous les hôtels des Émirats arabes unis sont tenus de conserver une copie du passeport de chaque client.

J'appelai l'hôtel en me faisant passer pour un agent spécial du FBI détaché à Interpol et réussis à convaincre le directeur d'examiner ses fiches et de me communiquer les détails du passeport du client ayant séjourné dans la suite 1608 à la date en question.

Il s'avéra que c'était un homme qui s'appelait Christos Nikolaïdes. C'était un beau nom. Mais ça ne lui porterait pas chance pour autant.

9

Tout le monde était d'accord sur un point : Christos aurait été beau si ce n'était sa taille. Son teint mat, sa masse de cheveux noirs indisciplinés et ses belles dents n'arrivaient pas à faire oublier ses jambes, beaucoup trop courtes. Mais l'argent facilitait sans doute bien des choses, surtout avec le genre de femmes qu'il aimait fréquenter, et des femmes, Christos Nikolaïdes n'en manquait pas.

À en croire une ribambelle d'avis de recherche de la police, c'était une sacrée pointure : un vrai voyou qui n'avait jamais été condamné, mais qui était sérieusement impliqué dans trois meurtres et plusieurs autres crimes violents. Trente et un ans, de nationalité grecque, il était le fils aîné de parents sans éducation qui vivaient dans les faubourgs de Thessalonique, dans le nord du pays. « Sans éducation », c'est important de le souligner, par opposition à stupide, ce qu'ils n'étaient certainement pas.

Dans les semaines qui suivirent, alors que nous fouillions un peu plus profondément dans sa vie, sa famille se révéla fort intéressante. C'était un clan très soudé de frères, d'oncles et de cousins avec, à sa tête, Patros, le père de Christos, âgé de soixante ans, qui imposait sa loi. Comme on dit à Athènes, c'était du lourd ; il avait un casier judiciaire à rallonge, mais cela s'accompagnait d'une belle réussite matérielle. Un satellite américain surveillant les Balkans, dérouté pour l'occasion, nous fournit des photos du domaine familial d'une précision étonnante.

Niché au milieu d'hectares de lavande, c'était un complexe de sept maisons luxueuses, avec piscines et écuries gigantesques, entourées d'un mur de quatre mètres de haut où patrouillaient ce que nous pensions être des Albanais armés de pistolets mitrailleurs Skorpion. Pour une famille dont l'activité était le commerce des fleurs en gros, on pouvait s'en étonner. Le vol des fleurs, dans le nord de la Grèce, était peut-être un problème plus sérieux qu'on pouvait le penser.

Nous en avons déduit qu'à l'instar du cartel colombien de Medellín, ils avaient adapté le réseau complexe de logistique rapide par les airs et la route nécessaire au transport d'un produit périssable comme les fleurs, en sorte d'y inclure une matière première beaucoup plus rémunératrice.

Mais qu'est-ce qu'une famille de trafiquants de drogue grecque avait à voir avec mon prédécesseur, et pourquoi avait-il envoyé au fils aîné une boîte de cigares dans un hôtel sept étoiles du Moyen-Orient ? Il était possible – mais peu vraisemblable – que le précédent Cavalier ait été toxicomane et Christos son dealer : il était évident que les Grecs occupaient une position de grossistes dans ce trafic.

Je m'apprêtais à classer l'enquête au rayon des impasses, une de plus – Christos et mon prédécesseur n'étaient peut-être que des crapules amies – quand, par chance, j'eus une insomnie lors d'une sombre nuit londonienne. Je contemplais les toits depuis mon appartement de Belgravia, imaginant les deux hommes dînant ensemble dans un des restaurants étoilés du coin, quand il me vint à l'esprit que la réponse à notre problème le plus délicat était peut-être là, sous mon nez.

Et si ce n'étaient pas les Russes qui effectuaient les paiements de nos agents doubles ? Supposons que Christos Nikolaïdes et sa famille aient été chargés de les payer ? Pourquoi ? Parce qu'ils devaient en passer par là pour être autorisés par l'État russe, alors fauché, à acheminer de la drogue à Moscou. Une taxe professionnelle, en quelque sorte.

Autrement dit, les Grecs utiliseraient leur argent noir ainsi que leurs techniques de blanchiment pour transférer des fonds de leur propre compte vers ceux ouverts au nom de nos traîtres, les agences de renseignement russes n'apparaissant ainsi nulle part dans le processus. Suivant un tel scenario, quelqu'un ayant reçu un paiement important – le Cavalier de la Bleue, par exemple –

avait très bien pu envoyer une boîte de cigares de prix à l'homme qui venait de le rétribuer : Christos Nikolaïdes, alors en vacances à Dubaï.

Je renonçai à dormir et retournai au bureau pour lancer une enquête approfondie sur le fonctionnement financier occulte de la famille Nikolaïdes avec l'aide des autorités grecques.

Ce sont les informations découvertes au cours de cette enquête qui me conduisirent en Suisse, dans les rues paisibles de Genève. Une sale petite ville, malgré sa réputation de propreté.

10

Les bureaux de la banque privée la plus secrète au monde se trouvent derrière une façade anonyme en pierre de taille dans le quartier des banques de Genève. Pas de plaque sur la porte, mais Clément Richeloud & Cie, qui occupent ces locaux depuis deux cents ans, comptent parmi leurs clients un nombre incalculable de despotes africains, une ribambelle de criminels en col blanc et les riches descendants de quelques figures notables du IIIe Reich.

Richeloud était également le banquier de la famille grecque et, pour autant que je pouvais en juger, la seule piste susceptible de nous faire avancer. Il fallait que nous les persuadions de nous donner une liste des transactions effectuées par la famille Nikolaïdes au cours des cinq dernières années, documents qui montreraient si Christos agissait effectivement comme l'agent payeur des Russes, et, dans l'affirmative, qui étaient les Américains bénéficiaires.

Certes, nous aurions pu introduire une action devant les tribunaux, mais Richeloud se serait alors prévalu de ce qu'il était illégal de divulguer la moindre information en application des lois sur le secret bancaire du gouvernement helvétique – une législation qui a fait de ce pays le paradis des tyrans et des criminels.

Je contactai donc la banque en tant qu'avocat établi à Monaco représentant des intérêts liés à l'armée du Paraguay et gravis les marches de marbre des établissements Richeloud dans l'intention de discuter de toute une série de questions financières de la plus haute confidentialité. Portant un attaché-case plein de documents contrefaits accréditant mon intention d'effectuer des dépôts pour des centaines de millions de dollars, je pris place dans la salle de conférence, pleine de faux objets d'art, pour y attendre l'associé gérant de la banque.

La réunion s'avéra être l'un des moments les plus mémorables de ma vie professionnelle – non pas à cause de Christos Nikolaïdes, mais en vertu de la leçon que j'en tirai. Mon éducation débuta avec l'ouverture d'une porte lambrissée d'une boiserie de chêne.

Une bonne partie de mon travail consistait à parcourir un égout en ramant dans une barque à fond de verre, mais même dans cette abjection, il ne serait pas exagéré de dire que Markus Bucher sortait du lot. Il avait beau être prédicateur à l'austère cathédrale calviniste de Genève, il baignait dans le sang et la merde jusqu'au cou, comme la plupart des membres de sa profession. Il avait la cinquantaine, et on pouvait dire qu'il cartonnait – une grande propriété à Cologny surplombant le lac, une Bentley dans le garage –, mais il était né avec une cuiller en argent dans la bouche, ce n'était donc pas un exploit ; sa famille était l'actionnaire le plus important de cette banque privée.

Il insista sur le fait que la pièce où nous nous trouvions était à l'épreuve de tout dispositif d'écoutes selon « les normes des agences américaines de renseignement », mais il oublia de mentionner la caméra que j'avais aperçue dissimulée dans le cadre d'un portrait accroché au mur. Orientée par-dessus l'épaule du client, elle enregistrait tous les documents qu'il était amené à consulter. Pour le plaisir de les emmerder, je déplaçai négligemment les chaises de manière que le dos de mon attaché-case soit tout ce que l'objectif puisse voir. Des amateurs, pensai-je.

Tandis que Bucher parcourait les faux documents, essayant probablement d'évaluer le montant des honoraires de gestion qu'ils allaient pouvoir gagner sur des sommes aussi importantes, je jetai un coup d'œil à ma montre – 12 h 57, presque l'heure du déjeuner.

Malheureusement pour elle, en déversant des sommes de plus en plus importantes chez Richeloud, la famille Nikolaïdes avait négligé un détail qui avait son importance : la fille unique de Bucher était également entrée dans la banque. À vingt-trois ans et sans beaucoup d'expérience des hommes du monde, elle travaillait dans un secteur plus présentable, la filiale du Crédit suisse à Hong Kong.

Je regardai à nouveau ma montre – 12 h 58. Je me penchai en avant et dis tranquillement à Bucher : « Je serais incapable de faire la différence entre un militaire paraguayen et un putain de garde suisse pontifical. »

Il me regarda, troublé, puis s'esclaffa, pensant que c'était un trait d'humour typiquement américain. Je l'assurai qu'il n'en était rien.

Je lui donnai le nom complet de Christos, ce que je pensais être son numéro de compte, et lui dis qu'il me fallait une copie de ses relevés bancaires des cinq dernières années, les siens mais aussi ceux de sa famille et des sociétés auxquelles ils étaient associés. Tout au fond de moi, j'espérais ne pas faire fausse route, ou bien le prix à payer serait exorbitant. Mais il était trop tard pour reculer.

Bucher se leva, la poitrine gonflée d'une indignation légitime, pesta contre les gens s'introduisant sous de faux prétextes, déclara qu'il avait tout de suite vu que les documents étaient des faux, qu'il fallait être américain pour croire qu'un banquier suisse allait divulguer ce genre d'informations, même s'il les avait. Il s'avança vers moi et je me rendis compte que j'étais sur le point d'être gratifié de l'honneur rare, refusé à tant de dictateurs et de criminels de guerre, d'être mis à la porte d'une banque suisse.

Il était 13 heures. Il marqua une pause, et je le vis lorgner son bureau du coin de l'œil : son téléphone portable privé, qui traînait au milieu de ses papiers et dont il pensait le numéro connu seulement de ses proches, était en train de vibrer. Je l'observai en silence tandis qu'il jetait un rapide coup d'œil au numéro. Puis, décidant de s'en occuper plus tard, il fonça sur moi, portant son indignation comme une armure.

« Il est 8 heures du soir à Hong Kong, dis-je sans bouger de mon siège, prêt à lui casser un bras s'il faisait mine de me toucher.

— Quoi ? rétorqua-t-il, sans bien comprendre.

— À Hong Kong, dis-je plus lentement, il est déjà tard. »

Je vis un éclair de frayeur passer dans ses yeux : il

venait de comprendre. Il me regarda, assailli de questions auxquelles il ne pouvait pas répondre : comment diable pouvais-je savoir que l'appel venait de Hong Kong ? Il se tourna et s'empara de son téléphone.

Je gardai les yeux fixés sur lui pendant qu'il découvrait que non seulement j'avais raison, l'appel venait bien de Hong Kong, mais que sa fille, s'efforçant de lutter contre la panique, lui disait qu'elle était confrontée à un problème majeur. Ce n'était peut-être que l'heure du déjeuner à Genève, mais pour Marcus Bucher, la journée s'assombrissait de seconde en seconde.

Deux heures plus tôt, dans la tour luxueuse où résidait sa fille, toutes les communications avaient connu une défaillance majeure : le téléphone, la télévision par câble, le Wi-Fi, la connexion Internet à haut débit, tout était tombé en panne. Une douzaine d'équipes de techniciens de Hong Kong Telecom avaient commencé à chercher l'origine du problème. L'une de ces équipes d'entretien – trois hommes, tous portant les combinaisons blanches réglementaires et les laissez-passer avec photos autour du cou – s'était introduite dans l'appartement de Clare Bucher.

Au moment où elle appelait son père, elle s'était rendu compte qu'ils n'étaient peut-être pas ce qu'ils prétendaient être. Premier indice, deux d'entre eux ne semblaient pas connaître un mot de chinois. À les entendre, ils étaient même plutôt américains. Deuxième indice, le matériel de communications. Elle n'y entendait pas grand-chose, mais elle était quasi certaine qu'on n'avait pas besoin d'un Beretta de type NATO 9 mm muni d'un silencieux pour réparer une ligne défectueuse.

Je vis le visage du père virer au vert à l'écoute des explications de la fille. Il me regarda avec un mélange de désespoir et de haine. « Qui êtes-vous ? demanda-t-il, d'une voix si basse qu'elle était presque inaudible.

— D'après ce que je viens d'entendre, dis-je, je suis la seule personne au monde qui puisse vous aider. Par chance, le responsable de Hong Kong Telecom me doit un service. Disons juste que je l'ai aidé à obtenir un marché de téléphones important au Paraguay. »

Je crus à cet instant qu'il allait se jeter sur moi, si bien que je me tins prêt à riposter violemment au cas où, tout en continuant à parler. « Si les choses évoluent dans le bon sens, je pense que je pourrais lui demander de rappeler ses techniciens. »

Bucher parvint à se maîtriser. Il me regarda comme s'il était perdu au fin fond d'une forêt, arrivé à une croisée de chemins qui déciderait du reste de sa vie.

J'observais sur son visage la bataille qui se livrait en lui : il ne pouvait pas abandonner sa fille, ni renier les valeurs qu'il croyait avoir défendues toute sa vie. Il était paralysé, et il fallait que je l'aide à prendre la bonne décision. Comme je l'ai déjà dit, c'était une matinée terrible. « Permettez-moi juste de vous dire ceci : si vous décidez de ne pas coopérer et que les techniciens doivent éliminer votre fille, je ne pourrai pas les empêcher de faire ce qu'ils voudront avant, si vous voyez ce que je veux dire. Ça ne dépend plus de moi. »

Je n'aimais pas employer le mot « viol », pas face à un père. Il ne dit rien puis se détourna et vomit sur le sol. Il s'essuya la bouche sur sa manche et se redressa, chancelant. « Je vais chercher les extraits de comptes », dit-il, s'éloignant en titubant.

On dit que l'amour est faible, mais on a tort : l'amour est *fort*. Chez pratiquement chacun d'entre nous il l'emporte sur tout le reste : le patriotisme et l'ambition, la

religion et l'éducation. Et, de toutes les sortes d'amour
– le grandiose et le modeste, le noble et le vil –, celui
qu'un parent a pour son enfant est le plus puissant de
tous. C'est la leçon qu'il m'a été donné d'apprendre ce
jour-là, ce dont j'aurais à me féliciter toute ma vie.
Quelques années plus tard, au beau milieu des ruines
qu'on appelle le Théâtre de la Mort, elle allait tout sauver.

Le temps que je lui prenne le bras, Bucher était déjà
à mi-chemin vers la porte, prêt à tout lâcher, voulant
à tout prix sauver sa fille. « Stop », lui dis-je.

Il se tourna vers moi, au bord des larmes. « Vous
croyez que je vais appeler la police, cria-t-il, avec vos
"techniciens" qui sont encore dans son appartement ?

— Bien sûr que non, dis-je. Vous n'êtes pas idiot.

— Alors laissez-moi aller chercher les extraits de
comptes, pour l'amour du ciel !

— Et qu'est-ce qui vous empêcherait de me donner
des comptes bidon ou ceux d'autres clients ? Non, on
va y aller ensemble. »

Il secoua la tête, paniqué. « Impossible. Personne
n'a le droit de pénétrer dans le service de gestion – le
personnel va s'en rendre compte. »

C'était exact ; enfin, pas tout à fait. « Pourquoi
croyez-vous que j'ai choisi 13 heures, un vendredi,
juste avant le week-end ? dis-je. Tout le monde est
parti déjeuner. » Je pris mon sac, lui emboîtai le pas
hors de la salle de conférence et ne le quittai pas des
yeux tandis qu'il déverrouillait la porte donnant sur les
services internes avec son pass.

Nous nous installâmes devant un terminal ; il se servit d'un procédé de reconnaissance d'empreintes digitales pour accéder au système, et entra les chiffres du
numéro de compte. Elles étaient là – les pages des

extraits de comptes secrets de Christos Nikolaïdes, avec toute une arborescence d'autres comptes familiaux. Il nous fallut quelques minutes pour toutes les imprimer.

Je regardai ces pages un long moment : le grand livre de tant de corruption et de morts. La famille était milliardaire – ou en tout cas pas loin de l'être –, mais ces comptes apportaient aussi la démonstration indubitable que Christos était l'agent payeur des Russes. Mieux encore, comme je l'avais espéré, les documents mirent au jour un autre volet de l'affaire. Les noms de six de nos agents, dont je n'aurais jamais supposé qu'ils fussent des traîtres et titulaires de comptes à la banque, apparurent comme bénéficiaires de virements réguliers.

Deux d'entre eux étaient des agents du FBI chargés du contre-espionnage, les quatre autres des diplomates de carrière en poste dans des ambassades américaines en Europe – dont une femme avec qui j'avais eu des relations. Pour ce crime, le tarif est généralement connu d'avance. Au fond de moi, j'espérais qu'ils auraient de bons avocats et qu'ils parviendraient à négocier une peine d'emprisonnement à vie. Ne croyez pas ce qu'on vous raconte : c'est une chose terrible que d'avoir la vie de quelqu'un entre ses mains.

C'est donc avec moins de satisfaction que je ne l'aurais souhaité que je mis les documents dans mon attaché-case et que je me tournai vers Bucher. Je lui dis que, deux heures plus tard, j'appellerais le responsable de Hong Kong Telecom pour qu'il redéploie ses techniciens. Je me levai et, compte tenu des circonstances, décidai de ne pas lui serrer la main. Je sortis sans un mot, le laissant seul – dans son costume taché de vomi, une main tremblante, se demandant si les palpitations qu'il ressentait dans la poitrine n'étaient que de la nervosité ou quelque chose de plus sérieux.

Je ne savais pas si l'homme s'en remettrait, et peut-être aurais-je éprouvé un peu de compassion pour lui, n'était un événement étrange survenu dans mon enfance.

Avec Bill Murdoch, j'étais un jour allé visiter un petit village français appelé Rothau sur la frontière allemande. Vingt années ont passé, et j'ai vécu d'innombrables aventures dans l'intervalle, mais, d'une certaine manière, une partie de moi n'a jamais quitté cet endroit. Ou peut-être devrais-je dire qu'une partie de cet endroit ne m'a jamais quitté.

11

Si jamais vous voulez vous briser le cœur et que vous vous trouvez un jour dans cette partie du monde où la France et l'Allemagne se rencontrent, remontez la route tortueuse qui part du village, traverse les forêts de pins et arrive au pied des Vosges.

Tôt ou tard, vous arriverez à un lieu isolé appelé Natzweiler-Struthof. C'était un camp de concentration nazi, aujourd'hui presque oublié, ne pouvant rivaliser dans le guide des circuits de l'horreur avec Auschwitz ou Dachau. Vous sortez des pins et, à un carrefour, un simple panneau routier vous indique le bistrot local par une flèche, la chambre à gaz par une autre. Non, je ne plaisante pas.

Des dizaines de milliers de prisonniers ont franchi les portes de ce camp, mais ce n'est pas ça le pire. Le pire, c'est que presque personne n'en a entendu parler.

La somme des souffrances vécues là n'est tout simplement pas suffisante pour figurer sur l'échelle de Richter des séismes du XXᵉ siècle. Une autre façon de mesurer le progrès, j'imagine.

J'avais douze ans lorsque j'y suis allé. C'étaient les vacances d'été et, comme toujours, Bill et Grace avaient retenu une suite au George V à Paris pour le mois d'août. Ils s'intéressaient tous les deux à l'art. Elle aimait les grands maîtres du passé qui démontraient à ses hôtes qu'elle était une personne fortunée et qu'elle avait du goût. Bill, heureusement, était plutôt à la pointe – *dansait* à la pointe la moitié du temps. Il n'était jamais aussi heureux que lorsqu'il découvrait une nouvelle galerie d'art ou explorait l'atelier d'un jeune artiste.

Grace, nullement intéressée, lui avait depuis longtemps interdit d'accrocher l'une de ses acquisitions, et Bill me faisait un clin d'œil en disant : « Elle a raison – je ne sais pas comment on peut appeler ça, mais ce n'est pas de l'art. Moi j'appelle ça mes bonnes œuvres. Certains donnent à United Way[1], moi je soutiens les artistes qui crèvent de faim. »

Mais il avait beau plaisanter, il savait très bien ce qu'il faisait. Des années plus tard, j'allais me rendre compte qu'il avait un œil d'expert, ce qui était curieux compte tenu du fait qu'il n'avait aucune formation dans ce domaine et que la chimie avait été le seul centre d'intérêt de sa famille. Sa mère était à l'origine une DuPont[2].

La deuxième semaine de notre séjour parisien, Bill

---

1. Regroupement d'organisations de bienfaisance basé en Virginie, USA.

2. E.I. DuPont de Nemours et Cie, géant de la chimie depuis deux siècles.

reçut un appel d'un type de Strasbourg lui annonçant qu'il avait une liasse de dessins de Robert Rauschenberg remontant à l'époque où cette figure emblématique du pop art était un marine inconnu. Dès le lendemain, Bill et moi prîmes l'avion en emportant juste un sac pour le week-end, laissant Grace se livrer à sa seconde passion : le shopping chez Hermès.

Et c'est ainsi, après que Bill eut acquis les dessins, que nous nous sommes retrouvés un dimanche à Strasbourg sans savoir que faire. « J'ai pensé qu'on pourrait aller faire un tour dans les Vosges, dit-il. Grace trouverait sans doute que tu es trop jeune, mais il y a un lieu qu'il faudrait que tu voies. La vie peut parfois paraître difficile, et tu gagneras beaucoup à être capable de mettre les choses en perspective... »

Bill avait entendu parler de Natzweiler-Struthof par son père, lieutenant-colonel dans la sixième armée des États-Unis qui avait fait campagne en Europe. Le colonel était arrivé au camp juste après que les SS l'avaient abandonné, et il fut chargé de rédiger un rapport qui servit au tribunal de Nuremberg jugeant les crimes de guerre.

Je ne sais pas si Bill avait lu le document de son père, mais il n'eut aucune difficulté à trouver la route tortueuse, et nous nous arrêtâmes au parking juste avant midi, par un beau jour d'été. Lentement, nous pénétrâmes dans la maison de la mort.

Les Français avaient fait de ce camp un site historique parce qu'un grand nombre de résistants y avaient perdu la vie. Bill désigna une dépendance d'un vieil hôtel que les Allemands avaient transformée en chambre à gaz et en crématorium plein de fours et de monte-charges pour les corps.

72

Ce fut une des rares fois dans ma vie que je lui tins la main.

Nous passâmes devant les gibets utilisés pour les exécutions publiques, le bâtiment où ils pratiquaient des expériences médicales, et nous arrivâmes au baraquement de prisonniers numéro Un, qui abritait un musée. À l'intérieur, parmi les vieux uniformes de prisonniers et les plans d'ensemble du camp de concentration, nous fûmes séparés.

Dans un coin tranquille, au fond, près d'une rangée de couchettes superposées où les fantômes qui nous entouraient semblaient encore plus tangibles, je découvris une photo affichée au mur. Il y avait de nombreuses photos de l'Holocauste, en réalité, mais le souvenir de celle-ci ne m'a jamais quitté. En noir et blanc, on y voyait une femme de petite taille, robuste, marchant au milieu d'une large allée bordée de clôtures électrifiées. D'après la lumière, on devait être en fin d'après-midi, et comme on aurait dit à l'époque, elle était habillée comme une paysanne.

Heureusement, il n'y avait ni gardes, ni chiens, ni miradors sur la photo, bien que je sois certain qu'il s'en trouvait – juste cette femme avec un bébé dans les bras, ses deux autres enfants agrippés à sa jupe. Stoïque, inébranlable, soutenant leurs vies minuscules, les aidant autant qu'une mère pouvait les aider, elle les conduisait vers la chambre à gaz. On pouvait presque entendre le silence, sentir sa terreur.

Je la regardai un long moment, à la fois inspiré et anéanti par cette terrible image, cette famille et l'amour infini de cette mère. Une petite voix en moi, une voix d'enfant, me répétait quelque chose que je ne devais jamais oublier : j'aurais tant aimé l'avoir connue. Puis je sentis une main sur mon épaule. C'était Bill venu me chercher. Je vis à ses yeux qu'il avait pleuré.

Bouleversé, il me montra la pile de chaussures et de menus objets, comme des brosses à cheveux, que les détenus avaient laissés derrière eux : « Je ne savais pas que des objets ordinaires pouvaient avoir une telle force. »

Pour finir, nous prîmes un sentier longeant la vieille clôture électrifiée, lequel nous mena jusqu'aux portes du camp. Alors que nous le remontions, il me demanda : « As-tu vu la section consacrée aux Tziganes ? »

Je fis non de la tête.

« En proportion, il en est mort plus que de Juifs.

— Je ne savais pas, répondis-je, essayant de paraître adulte.

— Moi non plus, répondit-il. Les Tziganes n'appellent pas ça l'Holocauste. Dans leur langue, ils ont un autre mot pour le désigner. Ils l'appellent la Dévoration. »

Nous marchâmes en silence jusqu'à la voiture et reprîmes l'avion le soir même pour Paris. Par une sorte d'accord tacite, nous n'avons jamais dit à Grace où nous étions allés. Nous savions l'un et l'autre qu'elle n'aurait pas compris.

Des mois plus tard, la veille ou l'avant-veille de Noël, je descendais l'escalier de notre tranquille maison de Greenwich quand je les entendis élever la voix, pleins de colère. « Cinq millions de dollars ? s'étonnait Grace, incrédule. Enfin, c'est ton argent, tu en fais ce que tu veux après tout.

— Je ne te le fais pas dire.

— Le comptable dit que c'est destiné à un orphelinat en Hongrie, dit-elle. Ça non plus, je ne comprends pas – qu'est-ce que tu connais de la Hongrie ?

— Pas grand-chose. Apparemment, c'est de là que venaient un bon nombre de Tziganes. C'est un orphelinat tzigane », dit-il, d'une voix qu'il s'efforçait de garder calme.

Elle le regarda comme s'il était devenu fou.

« Tziganes ? *Tziganes ?* »

Puis ils se retournèrent et virent que je les observais depuis le seuil de la porte. Le regard de Bill croisa le mien et il sut que j'avais compris. *Porrajmos*, comme disent les Tziganes en romani : la Dévoration.

Après Noël, j'entrai à la Caulfield Academy, un établissement d'enseignement secondaire bidon qui s'enorgueillissait de travailler à l'épanouissement futur de leurs élèves. Compte tenu du niveau ahurissant des frais de scolarité, cet aspect des choses était déjà réglé : il fallait avoir été précédé par six générations d'investisseurs avisés ne serait-ce que pour en franchir la porte.

La deuxième semaine après mon arrivée, nous suivions un cours destiné à améliorer notre prise de parole en public. Seule la Caulfield Academy pouvait imaginer des cours de cette nature. Le sujet que quelqu'un avait tiré d'un chapeau était la maternité, et nous avons passé trente minutes à écouter des garçons parler de ce que leur mère avait fait pour eux, ce qui revenait sans doute à peu de choses, ou de trucs amusants qui avaient eu lieu dans leur villa du midi de la France.

Puis ce fut mon tour. Je me levai, plutôt nerveux, commençai à leur parler de pins et d'une longue route de montagnes en été, puis je tentai d'expliquer la photo que j'avais vue, que pour moi cette mère aimait ses enfants plus que tout au monde, et puis ce livre que j'avais lu, mais dont je ne me rappelais pas le nom de l'auteur, dans lequel se trouvait cette expression « une immense vague de chagrin », et que c'était ce que j'avais ressenti devant cette photo. Et j'étais là, en train d'essayer de relier tout cela, quand les autres se sont mis à rire, et m'ont demandé ce que j'avais fumé, et la prof aussi, qui était une toute jeune fille qui se croyait, à tort, pleine de sensibilité, m'a dit de m'asseoir et d'arrêter de parler pour ne rien dire, et même que je devrais peut-être y réfléchir à deux fois avant de me présenter à une élection importante, ce qui les fit tous rire encore plus fort.

Je ne me suis plus jamais levé pour prendre la parole en classe au cours des cinq années que j'ai passées à Caulfield, quels que soient les problèmes que cela a pu me causer. Les gens en ont déduit que j'étais un solitaire, qu'il y avait quelque chose de sombre chez moi, et j'imagine qu'ils avaient raison. Combien d'entre eux ont, comme moi, fait le choix d'une vie de clandestinité ou ont fini par tuer ne serait-ce qu'une seule personne ?

Ce qui est étrange, cependant, c'est que, malgré toutes les difficultés traversées et les vingt années écoulées, le temps n'a pas effacé le souvenir de cette photo. Au contraire, cela n'a fait que le rendre plus net : elle est là qui m'attend juste avant que je n'aille me coucher, et, malgré tous mes efforts, je n'ai jamais réussi à l'évacuer de mon esprit.

12

J'y repensais encore en sortant de chez Clément Richeloud & Cie dans le soleil genevois. Certes, j'aurais pu éprouver de la compassion pour Markus Bucher et sa fille, mais je ne pouvais m'empêcher de penser au fait que le IIIe Reich avait bénéficié du soutien et du financement de banquiers suisses comme Bucher et sa famille.

Cette mère figurant sur la photo, ainsi que les millions d'autres familles des wagons à bestiaux, auraient sans nul doute volontiers échangé les quelques heures désagréables que venaient de vivre les Bucher contre le sort qui leur avait été réservé. Comme Bill l'avait dit tant d'années auparavant, il faut mettre les choses en perspective.

Pensant à ce volet sombre attaché à tant de fortunes genevoises cachées, je marchai jusqu'à la rue du Rhône, tournai à droite et m'arrêtai près de l'entrée de la vieille ville pour passer un coup de fil codé quelque part sur une île grecque.

Les grands livres de la banque qui se trouvaient dans mon attaché-case, à présent relié à mon poignet par une chaîne, signaient l'arrêt de mort de Christos Nikolaïdes, et dans le monde qui était le mien, c'était sans appel ni sursis d'exécution de dernière minute. Le tuer n'était pas une erreur en soi ; mon mode opératoire en fut une, en revanche, comme la suite de l'histoire allait le démontrer.

Cinq exécuteurs – trois hommes et deux femmes – attendaient mon appel à Santorin. Avec son port d'azur, ses maisons d'un blanc éblouissant accrochées aux falaises et ses ânes qui font la navette pour amener les visiteurs à des boutiques de la taille d'un coffret à bijoux, c'est la plus belle de toutes les îles grecques.

Avec leurs pantalons de toile ou leurs corsaires, l'équipe se fondait parfaitement parmi les milliers de touristes visitant l'île chaque jour. Leurs armes se trouvaient dans les étuis d'appareils photo.

Quelques mois plus tôt, alors que la mystérieuse famille Nikolaïdes était apparue plus clairement dans notre collimateur, nous nous étions intéressés à un ancien brise-glace appelé l'*Arctic N*. Immatriculé au Liberia, ce bateau de cent mètres, capable de résister à pratiquement toutes sortes d'attaques, avait été transformé à grands frais en un luxueux bateau de croisière avec plateforme pour recevoir un hélicoptère et un garage de bord pour une Ferrari. Théoriquement équipé pour accueillir la crème du business des charters méditerranéen, il était pour le moins étrange qu'il n'ait qu'un seul client – Christos Nikolaïdes et sa cohorte de bimbos, parasites, acolytes et gardes du corps.

Grâce à un satellite, nous avions surveillé le bateau tout l'été, et pendant que nous étions à Grozny et à Bucarest, sur la piste de traîtres et de narcotrafiquants, nous avions observé cette fiesta ininterrompue voguer entre Saint-Tropez et Capri, jusqu'à ce qu'il finisse par jeter l'ancre dans le creux du volcan qui forme le port de Santorin.

Et le bâtiment y demeura, Nikolaïdes et ses invités faisant des allers et retours entre l'immense pont supérieur et les restaurants ainsi que les nightclubs de l'île.

Pendant ce temps, à un demi-continent de distance, j'attendais à un coin de rue de Genève qu'on décroche un téléphone. Quand ce fut le cas, je prononçai trois mots à l'intention d'un homme assis dans un café perché sur une falaise.

« C'est toi, Reno ? demandai-je.

— Faux numéro », dit-il, et il raccrocha. Jean Reno était le nom du comédien qui jouait le rôle de l'assassin dans le film *Léon*, et le chef de groupe assis dans ce café savait que cela signifiait la mort.

Il fit un signe à son collègue, lequel appela immédiatement les trois autres agents mélangés à la foule des touristes dans d'autres cafés. Tous les cinq se retrouvèrent devant le magnifique bar-restaurant Rastoni, passant pour un groupe de vacanciers européens fortunés venus déjeuner. Les deux femmes de l'équipe devaient tirer les premières et c'est là, je le crains, que fut mon erreur.

Il était près de 14 heures, le restaurant était encore bondé quand mes soi-disant vacanciers y entrèrent. Les trois hommes demandèrent une table au gérant affairé, cependant que les femmes se dirigeaient vers le bar, pour vérifier leur maquillage dans le miroir et, ce faisant, s'assurer de la position de chaque personne dans la salle voûtée.

Christos et sa petite troupe – trois gardes du corps albanais et quelques poules dont sa mère lui aurait probablement dit de se méfier – étaient installés à une table avec vue sur le port.

« Vous y êtes ? » demanda une de nos femmes à ses collègues masculins dans un italien à peu près correct, le formulant comme une question, mais lui donnant le sens d'une affirmation. Les hommes acquiescèrent.

Les femmes, qui avaient leur sac ouvert, mirent leur rouge à lèvres de côté pour prendre leur étui d'appareil photo. Elles en sortirent des SIG Sauer P232 en acier inox et se retournèrent en un arc de cercle serré.

Les gardes du corps de Christos, avec leurs jeans True Religion, leurs T-shirts de culturistes et leurs pistolets-mitrailleurs tchèques, n'avaient aucune chance face à de vrais professionnels. Deux d'entre eux n'eurent même pas le temps de se rendre compte de ce qui leur arrivait ; le premier bruit qu'ils entendirent fut celui des os se brisant sous l'impact des balles qui les frappaient à la tête et à la poitrine.

Le troisième garde du corps réussit à se lever, une tactique qui lui valut seulement de présenter une cible plus large pour la chef de groupe, preuve de son incompétence. L'agent le frappa de trois balles, ce qui s'avéra superflu vu que la première le toucha en plein cœur et lui explosa la poitrine.

Comme d'habitude dans ce genre de situation, les gens se mirent à hurler, sans la moindre efficacité. Parmi eux, Christos, essayant de prendre les choses en main, je suppose, se leva d'un bond et chercha à atteindre, sous son ample chemise en lin, le Beretta glissé dans la ceinture de son pantalon.

Comme pas mal de durs qui ne s'entraînent pratiquement jamais, il pensait être bien préparé, le cran de sûreté enlevé. Dans la panique d'un échange de coups de feu bien réel, il sortit l'arme le doigt sur la gâchette et se tira dans la jambe. Luttant contre la douleur et l'humiliation, il se tourna pour faire face à ses attaquants. Et là, il vit deux femmes d'âge moyen, jambes bien écartées qui, s'il y avait eu un orchestre, auraient eu l'air de se préparer à un étrange ballet.

Au lieu de cela, elles tirèrent à sept mètres, deux coups chacune. C'en était fini des organes vitaux de Christos – y compris son cerveau – avant même qu'il ne touche le sol.

Les cinq agents vidèrent aussitôt leurs chargeurs à travers les miroirs, créant un bruit impressionnant et un maximum de panique. Les dîneurs terrifiés se précipitèrent vers la sortie, un touriste japonais essaya de filmer la scène sur son portable et, en ricochant, une balle atteignit aux fesses une femme qui faisait partie de la bande de Christos. Comme me le dit plus tard l'une de nos agents, vu la façon dont la bimbo était habillée, la dernière fois qu'elle avait eu aussi mal au cul, elle avait probablement été payée pour ça.

80

Cette blessure superficielle fut le seul dégât collatéral – ce qui n'était pas une mince réussite, eu égard au nombre de personnes présentes dans le restaurant et le caractère imprévisible de toute exécution.

Les agents rempochèrent leurs armes, se ruèrent dehors au milieu de la panique et hurlèrent que l'on appelle les flics. À un endroit prévu à l'avance – une petite place pavée –, ils se regroupèrent et enfourchèrent quatre scooters Vespa, autorisés aux seuls résidents, mais obtenus plus tôt ce même jour en échange d'une somme généreuse versée à un réparateur du coin. L'équipe fonça dans les étroites ruelles de l'île et le chef se servit de son portable pour appeler deux horsbord qui attendaient dans la baie voisine.

En trois minutes, les exécuteurs arrivèrent à un téléphérique panoramique, alternative bien plus rapide que les ânes à la descente vers le port. Pour quatre cents mètres de dénivelé, le trajet ne prend que deux minutes, et les hors-bord étaient déjà en train de s'immobiliser à quai. L'équipe était en route vers l'île voisine, filant à toute vitesse sur la mer d'un bleu éclatant dans un geyser d'écume blanche, quand les premiers flics arrivèrent chez Rastoni.

Pour les flics grecs, qui ne furent pas longs à découvrir que Christos, le fils aîné et préféré de Patros Nikolaïdes, avait été flingué par deux dames en pantalon corsaire et lunettes de soleil Channel, la rigolade fut de taille. Mon erreur, aussi. Pas de l'avoir tué ; que des femmes s'en soient chargées. Je n'y avais absolument pas pensé, j'avais choisi les gens les plus qualifiés pour le boulot, c'est tout ; mais, comme il me faut le réapprendre chaque fois, ce sont les questions qu'on ne se pose pas qui vous plombent.

Dans les villages du nord de la Grèce, où les décisions ne sont prises que par des conseils d'hommes, le fait que quelqu'un ait mandaté des femmes était d'une certaine façon pire que la mort elle-même. C'était une *insulte*. Pour le patriarche, c'était comme si les exécuteurs lui disaient que Christos était un moins que rien dépourvu de couilles qui ne méritait même pas un tueur digne de ce nom.

Peut-être que Patros, le père et impitoyable gardien des traditions, serait sorti de son domaine pour se venger de toute façon, mais lorsqu'il apprit comment cela s'était passé, pour sa dignité masculine, pour son *honneur* – non, oubliez ça, vu son passé, il n'avait ni l'un ni l'autre –, il se dit qu'il n'avait pas le choix.

L'exécutante fit également une erreur en blessant la fille : malgré le body en lycra, ce n'était pas du tout un cul de location. C'était la sœur cadette de Christos. De plus, comme je l'apprendrais plus tard, pour une fois dans sa vie d'adulte, elle était relativement clean et sobre chez Rastoni. Tandis que les autres clients se ruaient dehors, elle s'avança tant bien que mal entre les débris de verre pour se pencher sur son frère et l'encourager à s'accrocher à la vie.

Se rendant compte que c'était peine perdue, elle prit son téléphone portable et passa un coup de fil. Malgré des années de débauche sexuelle, ce fut le seul homme de sa vie – son père – qu'elle appela. Résultat, Patros et sa phalange d'Albanais furent très précisément au courant avant moi des ravages causés cet après-midi-là par mon équipe.

Je n'avais pas quitté mon coin à proximité de la vieille ville quand je reçus un appel dix minutes après lui. C'était un texto me donnant le prix d'un DVD de

Léon sur Amazon. Cela signifiait que Christos était mort, que l'équipe était saine et sauve à bord des bateaux et qu'il n'y avait aucun signe de poursuite. Je rangeai mon téléphone et regardai ma montre. Dix-huit minutes s'étaient écoulées depuis que j'avais passé l'appel donnant le top départ de l'opération.

Entre-temps, j'avais donné mes ordres pour le déploiement d'équipes plus ramassées en vue d'arrêter les six autres collaborateurs désignés, mettant un point final aux événements qui avaient commencé plusieurs années auparavant sur la place Rouge. J'imagine que j'aurais pu prendre un moment pour me féliciter moi-même, m'autoriser un peu d'autosatisfaction, mais je suis enclin à douter de moi-même – à douter en permanence, je le crains.

Alors que je reprenais ma serviette en main – jeune homme d'affaires anonyme sortant de l'ombre pour se fondre dans une foule sans visage –, ce fut un orateur et écrivain anglais disparu qui me vint à l'esprit. Edmund Burke disait que le problème avec la guerre, c'est qu'elle entraîne la disparition des valeurs mêmes pour lesquelles vous combattez – la justice, la morale, l'humanité –, et je ne pouvais m'empêcher de penser au nombre de fois où j'avais transgressé les valeurs les plus importantes de notre pays pour les défendre.

Perdu dans mes pensées, je me dirigeai vers le petit pont qui traversait le fleuve. Il y a huit cents pas des limites de la vieille ville à l'hôtel où j'étais descendu. Huit cents pas, quatre minutes environ – en termes d'histoire, un clin d'œil à peine, et pourtant, dans ces quelques instants, toutes nos existences se retrouvèrent entre les mains d'une poignée de fous.

13

L'hôtel du Rhône était désert quand j'y pénétrai. Les portiers étaient partis, le concierge n'était pas à son poste et il n'y avait personne à la réception. Le plus troublant, c'était le silence. J'ai appelé et, comme personne ne répondait, je me suis dirigé vers le bar qui se trouvait au fond du hall.

Tout le personnel était là, debout avec les clients, en train de regarder un écran de télévision. Il était 14 h 55, 9 heures du matin à New York. On était le 11 septembre.

Le premier avion venait de frapper la tour Nord du World Trade Center, et les images repassaient déjà en boucle. Deux présentateurs émirent l'hypothèse qu'il pourrait s'agir de terroristes s'en prenant aux États-Unis, et cette théorie fut accueillie avec joie par plusieurs demeurés qui se trouvaient au bar – des Suisses. Ils parlaient français, mais grâce à mes étés à Paris, je le maîtrisais suffisamment pour comprendre qu'ils saluaient le courage et l'ingéniosité de ceux qui avaient fait ça.

Je pensai aux gens au pays, à New York, qui regardaient les mêmes images que nous, sachant que des êtres chers étaient quelque part dans ce brasier et qui priaient pour que, d'une façon ou d'une autre, ils s'en sortent. Il y avait peut-être pire que de regarder votre famille mourir en direct à la télévision, mais je ne voyais pas quoi. J'avais un pistolet dans ma poche – tout de céramique et de plastique, conçu pour mettre en échec les détecteurs de métal tels que ceux qui se trouvaient dans le bureau de Bucher – et j'étais tellement en colère que j'ai pensé un instant m'en servir.

Alors que je tentais de maîtriser mes émotions, le vol 175 de United Airlines venant de Boston frappa la tour Sud. Tout le monde dans la pièce en resta K.-O., même les demeurés. Si je me souviens bien, il y eut un cri, puis ce fut le silence, mais ce n'est peut-être pas exact ; tout ce que je sais, c'est que j'ai eu l'horrible sensation de mondes entrant en collision, que la Grande République basculait sur son axe.

Seul, loin de chez moi, j'ai craint que plus rien ne soit jamais comme avant : pour la première fois de l'histoire, un ennemi non identifié avait pris des vies sur le territoire continental des États-Unis. Pire encore, ils avaient détruit un symbole emblématique de la nation elle-même – ambitieuse, moderne, allant toujours plus haut.

Personne ne pouvait savoir quelle serait l'étendue des dégâts, mais, dans le bar de l'hôtel, la vie ne fut plus qu'une succession de moments décousus – un téléphone qui sonnait sans qu'on décroche, un cigare se consumant dans un cendrier, la télévision sautant du passé immédiat au terrifiant présent.

Et les gens qui continuaient de se taire. Peut-être que même les demeurés se demandaient, comme moi, si ça allait continuer. Jusqu'où ça irait – la Maison-Blanche, Three Mile Island ?

Je laissai mon pistolet dans ma poche, traversai la foule qui s'était formée derrière moi sans que je m'en rende compte, et montai à ma chambre dans un ascenseur vide. Je passai un appel à Washington, d'abord sur une ligne conventionnelle terrestre allant jusqu'à Londres, puis *via* le satellite Pine Gap, mais tout le système de communications sur la côte Est des États-Unis s'était effondré en raison de l'importance du trafic.

Je finis par appeler une station relais de la NSA au

Pérou, leur communiquai le code de priorité du Cavalier de la Bleue et obtins le siège de la Division grâce à un réseau satellitaire d'urgence. Ma liaison avec le directeur général sonnait tellement creux qu'on nous aurait crus en train de parler dans une cuvette de chiottes. Je lui demandai de m'envoyer un avion pour que je puisse rentrer, voulant savoir comment me rendre utile.

Il me répondit que je ne pouvais rien faire et que, de toute façon, il venait d'apprendre du Conseil national de sécurité que tous les vols à destination ou en partance des États-Unis allaient être suspendus d'un moment à l'autre. Je ne devais pas bouger ; personne ne savait où cette saloperie allait nous mener. Ce ne fut pas tant ce qu'il me dit qui m'effraya que le soupçon de panique qu'il y avait dans sa voix. Il me dit qu'il devait y aller ; on était en train d'évacuer l'immeuble où il se trouvait, de même que la Maison-Blanche.

Je raccrochai et j'allumai la télévision. Quiconque a vécu ce jour terrible sait ce qui s'est passé : des gens sautant de Dieu sait quelle hauteur en se tenant la main, l'effondrement des deux tours, la poussière et les scènes d'apocalypse dans le sud de Manhattan. Dans les maisons, les bureaux et les salles de crise à travers le monde, les gens assistaient à des scènes qu'ils n'oublieraient jamais. Une immense vague de chagrin.

Et même si je ne le découvrirais que bien plus tard, en regardant les flics et les pompiers se précipiter dans ce qui allait devenir leur sépulture de béton, il y eut une personne qui vit la chance de sa vie dans ce tourbillon de folie. C'était une des personnes les plus intelligentes que j'aie jamais rencontrées et, malgré les nombreuses relations que j'ai pu avoir avec des substances d'un autre ordre, j'ai toujours eu une véritable addiction à l'intelligence. Rien que pour cette raison, je n'oublierai jamais cette femme. Peu importe ce qu'on peut penser de l'aspect moral de la chose, il fallait sans doute une dose de génie pour commencer à programmer le crime parfait dans le maelstrom du 11 Septembre, puis l'exécuter longtemps après dans un sordide petit hôtel appelé l'Eastside Inn.

Pendant qu'elle mettait au point ses sinistres projets, je passai la soirée à regarder des gens sauter jusqu'à ce que, vers 22 heures, heure de Genève, le plus fort de la crise soit passé. Le président quittait son bunker de la base de l'Air Force d'Offutt au Nebraska pour rentrer à Washington en avion, l'incendie du Pentagone avait été maîtrisé, et on était en train de rouvrir les premiers ponts menant à Manhattan.

À peu près à la même heure, je reçus un appel d'un assistant au Conseil national de sécurité me signalant que le gouvernement disposait de renseignements désignant un ressortissant saoudien, Oussama Ben Laden, et que, sous couvert d'un groupe rebelle appelé l'Alliance du Nord, des attaques étaient déjà lancées contre ses bases en Afghanistan. Vingt minutes plus tard, aux informations, je vis que des explosions s'étaient produites dans la capitale afghane de Kaboul, et je sus que ce qu'on appellerait bientôt la « guerre contre le terrorisme » avait commencé.

Claustrophobe, déprimé, je sortis faire quelques pas. Parler de guerre contre le terrorisme sonnait à peu près aussi creux que guerre contre la drogue, et je savais d'expérience ce que cela avait donné jusque-là. Les rues de Genève étaient désertes, les bars silencieux, les tramways vides. J'appris plus tard qu'il en avait été de même de Sydney à Londres, comme si, pour une fois, les lumières du monde occidental avaient été mises en veilleuse par solidarité envers l'Amérique.

Je traversai ce qu'on appelle les Jardins anglais, j'évitai la poignée de dealers marocains qui se lamentaient entre eux de l'absence de clients, caressant un instant l'idée de leur trouer la peau, juste pour le plaisir, et poursuivis ma promenade le long du lac. Juste devant moi, le très sélect village de Cologny où résidaient Fahd, le dirigeant d'Arabie saoudite, l'Aga Khan et la moitié des escrocs de la planète. Je m'assis sur un banc au bord du lac et regardai en face l'immeuble des Nations unies – brillamment éclairé, totalement inutile.

En contrebas, presque tout au bord du lac, la silhouette massive de l'hôtel Président-Wilson, qui jouissait d'une vue parfaite sur la plage la plus prisée du lac Léman. Chaque été, les Saoudiens et autres Arabes fortunés payaient un énorme supplément pour disposer de chambres donnant sur la plage afin de pouvoir observer les femmes qui bronzaient seins nus sur la pelouse. Avec des minibars bien approvisionnés, c'était comme une version arabe d'un club de strip-tease haut de gamme – les pourboires en moins.

Il était tard, mais il y avait encore de la lumière dans la plupart des chambres. Ils avaient probablement réalisé qu'ils allaient au-devant d'un certain nombre d'emmerdes et ils devaient être en train de remballer leurs jumelles, de faire leurs valises et de se préparer à prendre le premier vol pour rentrer chez eux.

Mais quelle que soit la revanche occidentale exercée contre Oussama Ben Laden et les Arabes en général, une chose était sûre : les événements de ces douze dernières heures étaient, pour les services de renseignement, une faillite qu'on pouvait qualifier d'historique. La mission première du Renseignement américain dans son ensemble, dont le budget était faramineux, était de protéger la mère patrie, et jamais, depuis Pearl Harbor, ces organisations toutes-puissantes n'avaient foiré à ce point, au vu et au su de tous.

Assis dans la fraîcheur de la nuit genevoise, je n'accusais pas les autres – aucun de nous n'était à l'abri des critiques. Nous portions tous des badges bleus, nous avions tous notre part de responsabilité. Mais le président et les membres du congrès aussi, que nous servions et qui définissaient nos budgets et nos priorités d'action. Contrairement à nous, ils pouvaient au moins s'exprimer publiquement. Mais je me dis que le peuple américain allait devoir attendre longtemps avant d'en voir un présenter ses excuses – au prochain millénaire, peut-être.

Le vent se levait, venant des Alpes, apportant avec lui l'odeur de la pluie. J'étais assez loin de l'hôtel, et j'aurais dû me mettre en route à ce moment-là, mais je ne bougeai pas.

J'étais sûr, même si personne ne le pensait encore, que très bientôt, le sud de Manhattan ne serait pas la seule ruine – toute l'organisation du Renseignement du pays serait bientôt mise en pièces. Il le fallait, pour mieux se reconstruire. Rien dans l'univers des services secrets ne serait plus pareil, et encore moins s'agissant de la Division : l'exécutif ne verrait plus l'intérêt de faire secrètement le ménage dans le monde du renseignement. La seule chose qui les intéresserait serait de faire secrètement le ménage dans le monde islamique.

Je m'étais levé tôt ce matin-là et, à l'heure où je fus prêt à me coucher, la planète avait changé de visage. Le monde ne se transforme pas sous vos yeux, il se transforme dans votre dos.

Je savais n'avoir aucun des talents linguistiques ou opérationnels nécessaires pour ce Nouveau Monde du renseignement sur le point de naître, si bien que je me retrouvais soudain – comme Markus Bucher – à un tournant. Ne sachant pas ce que me réservait l'avenir, ne cherchant pas forcément le bonheur, juste un minimum d'épanouissement, je me sentis perdu. Il fallait que je réfléchisse à ma vie, à ce que je voulais vraiment.

Seul, assis là avec l'orage qui arrivait sur moi, je remontai quelques années en arrière et trouvai, sinon une réponse, tout au moins une direction où m'engager. Un petit village perdu appelé Khun Yuam, juste sur le côté thaï de la frontière birmane, surgit du passé et vint à ma rencontre. En y repensant, je crois que le souvenir que j'en avais était resté des années dans l'obscurité, attendant son heure, sachant qu'elle viendrait.

C'est une contrée sauvage, une zone de non-droit que celle-là, pas très éloignée du Triangle d'or et, quand j'ai débuté dans le métier – je n'étais encore allé qu'un mois à Berlin –, on m'avait débarqué sur ses rives. Rien ne distinguait Khun Yuam des autres villages de tribus montagnardes, sauf qu'à cinq bornes de là, dans la jungle, se trouvait une série de bâtiments en parpaings sinistres entourés de tours de garde et d'une clôture électrifiée.

Officiellement un relais GPS, c'était en fait une prison clandestine de la CIA, qui faisait partie d'un goulag américain énergiquement nié mais bien réel : des installations au milieu de nulle part servant à accueillir des prisonniers qu'il n'eût pas été légal de torturer sur le territoire des États-Unis.

L'un des gardiens y était mort et la station de Tokyo aurait dû normalement s'en occuper, mais ils étaient tellement débordés par un autre scandale d'espionnage chinois que je dus quitter l'Europe pour rejoindre un lieu appelé Mae Hong Son – la Cité des Trois-Nuages – à bord d'un vieil avion à turbo propulseur.

La plupart du temps, il ne fallait qu'un saut de puce en hélico pour rejoindre la station GPS, mais nous étions en période de mousson et ce n'est pas pour rien qu'ils l'appelaient la Cité des Trois-Nuages. Je louai un 4 × 4 Toyota à un type qui m'avait l'air d'être un baron local de l'opium, et me dirigeai vers Khun Yuam et sa prison de la CIA.

Passant par des montagnes spectaculaires, j'arrivai à un vieux bac à câble. C'était le seul moyen de traverser une rivière tumultueuse gonflée par la mousson, en l'occurrence un affluent du grand Mékong, théâtre de si nombreuses opérations secrètes et de tant de déboires américains pendant la guerre du Vietnam.

Je sortis de la voiture émacié, les yeux creusés ; trente-deux heures de voyage, nourri seulement de mon ambition et de mes inquiétudes quant à l'issue de cette mission. Tandis que j'attendais au milieu d'une poignée de cuisiniers ambulants et de villageois, regardant un câble rouillé haler vers nous le bac à fond plat au milieu de grandes gerbes d'eau, un moine bouddhiste en robe safran me demanda si je voulais une tasse de masal-chai, le thé local. Il parlait assez bien l'anglais et, n'ayant rien d'autre à boire sinon l'infecte bière thaïe aux deux éléphants, j'acceptai, reconnaissant.

Le moine était lui aussi en route vers l'intérieur du pays et, en tant qu'« expert de l'OMS enquêtant sur les maladies endémiques », il me fut difficile de lui refuser de l'emmener. Nous traversâmes la rivière dans la Toyota, le bac plongeant, peinant à surnager, l'eau venant se briser sur les plats-bords, un simple câble rouillé de deux pouces nous retenant de dériver vers les chutes d'eau les plus hautes du pays, à cinq cents mètres en aval. La traversée la plus terrifiante de ma vie.

En sortant des gorges, la jungle formant une canopée au-dessus de nos têtes, le moine me regarda un peu trop longuement et me demanda quel était mon métier. Grâce à ma formation médicale, je lui fis un excellent topo sur la dingue, mais il m'apparut très vite qu'il ne croyait pas un traître mot de ce que je lui racontais. Peut-être était-il au fait de l'existence du camp en parpaings de Khun Yuam.

Il avait vécu dans un ashram non loin de New York, connaissait bien mieux la vie américaine qu'on n'aurait pu le supposer, et il parlait avec intelligence des drogues festives et des pressions de la vie moderne. Je commençai à avoir l'impression que cette conversation n'était pas aussi informelle qu'il y paraissait.

« Vous avez l'air traqué », dit-il finalement, avec cette façon, typiquement bouddhiste, de compatir et non de juger.

Traqué ? Je ris et lui dis que c'était la première fois que j'entendais ça : les gens me situaient habituellement à l'autre bout de la chaîne alimentaire.

« Il n'y a pas d'autre bout de la chaîne alimentaire, dit-il tranquillement. Il n'y a que les Occidentaux pour croire ça. En l'absence de grâce, nous fuyons tous quelque chose. »

Nos regards se croisèrent. Souriant, je lui demandai s'il avait jamais envisagé une vocation religieuse. Il rit à son tour et voulut savoir si j'avais connaissance de la façon dont les villageois capturaient les singes.

Je lui répondis que je connaissais un certain nombre de choses de la vie, mais pas celle-là.

« Nous mangions très peu de singes à Harvard
– seulement pour Thanksgiving et pour Noël », dis-je

Alors il me raconta que les villageois enchaînaient
une aiguière – un vase avec un col étroit et une base
arrondie – au pied d'un arbre.

« Ils y mettent des noisettes et tout ce que les singes
aiment manger. Durant la nuit, un singe descend de
l'arbre et glisse la main le long du col. Il attrape les
douceurs et en prend une poignée. Du coup, sa main
ne peut plus ressortir du col étroit, et il est piégé. Au
matin, les villageois arrivent et l'assomment. »

Il me dévisagea un moment.

« C'est un conte zen, bien sûr, dit-il, souriant à nouveau. La morale, c'est que, pour être libre, il faut lâcher
prise. »

Oui, cela, je l'avais compris, et je le lui dis. C'était
une bonne histoire mais je ne voyais pas en quoi elle me
concernait, en tout cas pas à ce moment-là de ma vie.

« Je veux bien le croire, répliqua-t-il, mais ce n'est
peut-être pas un hasard si je me suis trouvé sur votre
chemin pour vous la raconter. Vous êtes jeune, docteur ; un jour viendra peut-être où cette histoire aura
un sens pour vous. »

Et, bien entendu, il avait raison, ce jour était arrivé,
dans des circonstances qui n'étaient pas du tout celles
auxquelles j'aurais pu m'attendre : j'étais assis là dans
la nuit genevoise, attendant l'orage, pensant à la tuerie
de New York et à ces femmes en jupes courtes qui
allaient recruter des jeunes diplômés plus brillants que
jamais pour une ère nouvelle.

J'avais trente et un ans et je pris conscience que,
même si ce n'était pas ma faute, j'avais été formé pour
une guerre de blindés en Europe, alors que la bataille

à mener s'avérait être une guérilla en Afghanistan. Que ça me plaise ou non, j'étais dépassé par l'accélération de l'histoire.

Sur un autre plan, tout au fond de moi, je savais que, tôt ou tard, je voudrais trouver quelque chose – quelque chose qu'il m'était difficile de nommer… que la plupart des gens appellent l'amour, j'imagine. Je voulais marcher sur une plage avec quelqu'un sans avoir à me demander à quelle distance un sniper pouvait atteindre sa cible. Je voulais oublier que l'on sent l'impact de la balle bien avant d'entendre la détonation. Je voulais trouver quelqu'un qui puisse me dire ce qu'était vraiment un havre de paix.

Mon cœur me disait que, si je ne quittais pas le monde du renseignement maintenant, je ne le ferais jamais. Tourner le dos à tout ce qu'on a connu est difficile, l'une des choses les plus difficiles qui soient, mais je me répétais une chose en boucle.

Pour être libre, il faut lâcher prise.

14

Je rédigeai ma lettre de démission tard ce soir-là à l'hôtel du Rhône, l'expédiai par courrier diplomatique dès le lendemain matin et pris aussitôt l'avion pour Londres.

Je passai les trois semaines suivantes à liquider les affaires en cours et à transmettre les dossiers au FBI : à la suite d'un des changements majeurs intervenus dans le Renseignement américain et après quarante années de bons et loyaux services, la Division avait été supprimée et ses missions confiées aux fédéraux.

Chose étrange, ma dernière journée en poste se passa à Berlin, la ville où tout avait commencé pour moi. Je fermai le bureau pour la dernière fois, et accompagnai l'équipe jusqu'à Tempelhof pour prendre le vol de retour au bercail. Je leur serrai la main et, professionnel jusqu'au bout, leur dis que j'avais ma réservation sur un vol suivant.

Au lieu de quoi je sortis de l'aéroport et, porteur d'une toute nouvelle identité, je demandai à un taxi de m'emmener chez un concessionnaire automobile. Avec ma Porsche Cayenne Turbo, cinq cents chevaux sous le capot, je me dis que je ne serais pas trop mal outillé pour l'autoroute.

Je jetai mes bagages à l'arrière, et ayant dépassé Francfort dans la soirée, je franchis la frontière aux petites heures du matin. L'automne était en retard cette année-là, et même au clair de lune, je n'avais jamais vu la campagne française aussi belle. Je traversai un peu vite des villages aux noms romantiques et j'arrivai au *péage*[1] que je cherchais.

Si vous entrez dans Paris par le sud, il y a, entre les barres d'immeubles dans lesquelles les Français parquent leurs immigrés, un endroit remarquable où la première vue sur la ville vous est presque complètement dissimulée. On ne voit que la tour Eiffel se dressant à l'horizon.

Il était encore tôt, et tout était nimbé de la vive clarté qu'apporte la fraîcheur matinale. J'avais vu ce spectacle maintes fois auparavant, mais j'en eus quand même le souffle coupé. Le sentiment de libération qui montait en moi depuis la nuit déborda, et je m'arrêtai sur le côté : être à Paris quand on est jeune et libre – ma foi, il n'y a pas grand-chose de mieux en ce bas monde.

---

1. En français dans le texte.

Je louai un appartement dans cette partie du VIIIᵉ arrondissement que les Parisiens appellent le Triangle d'or, juste à côté de la magnifique rue François-Iᵉʳ. Jour après jour, tard le soir, j'écrivis le livre qui ne serait jamais lu – sauf par une jeune femme à New York dont j'aurais tellement préféré qu'elle s'en abstînt.

Au bout de six mois, c'était fait. Des centaines de milliers de mots, le tout annoté et vérifié. J'eus le sentiment d'avoir définitivement tiré un trait sur ma vie d'avant. J'avais écrit le chapitre final de cette période de ma vie et l'avais lancé dans le courant comme une barque funéraire. Service rendu à la collectivité, ou naïveté peut-être, appelez ça comme vous voudrez, mais j'étais fier du livre et je me disais que si mes compétences pouvaient permettre de vaincre ne serait-ce qu'un seul homme comme Christos Nikolaïdes, le jeu en valait la chandelle.

Après avoir été attentivement revu par une équipe d'analystes travaillant pour le directeur du Renseignement, le livre fut publié par une petite maison d'édition spécialisée dans les souvenirs saignants de personnes ayant fui le régime de Castro et les lapidations de femmes chez les Arabes. Autrement dit, c'était une filiale secrète de la CIA.

Ce genre de maisons d'édition était évidemment habitué aux auteurs dont l'identité devait restée cachée, mais ma situation était tout de même complexe : lorsque j'ai démissionné, il a été décidé que j'en savais assez sur la sécurité nationale pour que jamais personne ne sache qui j'étais ni quel avait été mon travail. Les services secrets m'enlevèrent ainsi sans le vouloir mon identité et mon histoire.

Lorsque le livre parut, non seulement ce fut sous le

nom de Jude Garrett, mais une identité complète avait été fabriquée pour lui. Quiconque cherchait à s'informer se voyait gratifier de la biographie suivante : Jude Garrett, diplômé de l'université du Michigan, a passé plus de quatorze ans dans les services chargés de faire respecter la loi, tout d'abord dans les services du shérif de Miami, puis comme enquêteur spécial pour le FBI. Il est mort en mission à Chicago. Le manuscrit de ce livre, abondamment documenté, a été retrouvé dans son bureau peu après sa mort. C'est l'ultime témoignage de l'un des meilleurs enquêteurs au monde.

Et c'était vrai – en partie du moins. Il y avait bien eu un agent du FBI répondant au nom de Jude Garrett, qui était mort – un accident de voiture en rentrant du travail. Il n'était pas marié ; c'était un solitaire ayant peu de centres d'intérêt en dehors de son métier. L'éditeur se contenta de s'approprier son identité et lui donna un talent littéraire posthume qu'il n'avait jamais connu de son vivant.

Je dois admettre que sa biographie me plut ; qu'il soit mort également. Qui donc irait s'enquérir d'un mort ?

Quelqu'un le fit, pourtant.

Le livre enfin paru, la barque funéraire presque hors de vue, je commençais, et ce pour la première fois de ma vie d'adulte, à vivre dans un monde sans secrets. Je regardais toutes les femmes rire, rouler des hanches, marcher d'un pas léger sur les grands boulevards de Paris, et, le printemps laissant la place à l'été, je me mis à croire que tout était possible.

Le problème, avec le métier d'espion, c'est qu'on peut démissionner, mais on ne le quitte jamais tout à fait. J'imagine que je ne voulais pas l'admettre à l'époque, mais trop d'épaves flottent dans le sillage d'une vie comme la mienne. Les gens que vous avez offensés n'oublient pas. Et quelque part dans ma tête restait gravée une leçon qu'on vous serine quand vous êtes jeune et que votre carrière est encore devant vous : dans ce métier, on n'apprend rien de ses erreurs. On ne vous en donne pas l'occasion. Il en suffit d'une et vous êtes mort.

Votre intuition et vos techniques d'espionnage sont les seules choses qui vous sauveront. Mettez-vous bien ça dans la tête. J'ai dû apprendre la leçon, j'imagine, parce que, après seulement neuf mois de retraite, je remarquai un taxi qui faisait le tour de mon pâté de maisons avec un passager. Personne ne fait cela à Paris. À cause de la circulation, ça peut prendre des heures.

Il était 20 heures passées, un vendredi soir animé, et j'étais à la terrasse d'un café place de la Madeleine, attendant un médecin d'un certain âge. C'était un gourmand, qui payait plus cher les jeunes Russes à qui il donnait rendez-vous pour la nuit que les dîners dont il les régalait, si bien qu'il était toujours à court d'argent. À mes yeux, une pauvreté digne est un grand atout chez un médecin. Cela signifie que, lorsqu'il pose un diagnostic et rédige une ordonnance, il est prêt à écouter les suggestions d'un patient, si vous voyez ce que je veux dire.

Je ne remarquai pas le taxi blanc à son premier passage – pas consciemment en tout cas –, mais quelque part grâce à ma technique professionnelle de veille, j'avais dû enregistrer le changement constant de circulation. À son deuxième passage, j'eus la certitude de l'avoir déjà vu.

J'avais le cœur qui battait à tout rompre, mais je restai impassible – c'était le métier qui parlait. Je le suivis du regard avec autant de désinvolture que possible, pestant contre les phares et les feux de circulation qui semblaient se liguer pour m'empêcher de voir qui était assis à l'arrière. Cela n'avait aucune importance, me direz-vous. C'est juste qu'on préfère connaître l'identité des gens qui sont à nos trousses.

Le flot de véhicules emporta le taxi, et je sus que je n'avais pas beaucoup de temps devant moi : au premier passage, ils vous localisent, au second, ils choisissent l'angle de tir, au troisième ils tirent. Je laissai dix euros sur la table et fonçai sur le trottoir. Derrière moi, une voix cria – c'était le docteur, mais je n'eus pas le temps de lui dire que nous ne pourrions pas sacrifier à nos habitudes ce soir-là. Je me précipitai chez Hédiard, la meilleure épicerie de luxe de Paris, et, passant devant des pyramides de fruits parfaits, j'allai au rayon des vins où il y avait foule.

Tout se déroula très vite, comme toujours dans ce genre de situation, et même si je manquais de preuves, mon instinct me criait que c'étaient les Grecs. Le patriarche avait non seulement le nerf de la guerre, autrement dit l'argent, mais un sérieux mobile pour vouloir se venger – cette sorte de motivation que chaque Noël ou anniversaire manqué ne pouvait qu'avoir renforcée. Et il avait tout le personnel nécessaire à sa disposition : n'importe quel service de police affecté au crime organisé en Europe vous dirait que la moitié de l'Albanie est impliquée dans le business de l'assassinat sur commande.

Au rayon vins de Hédiard, il y avait une porte donnant sur une petite rue. Je sortis sans m'arrêter, prenant à gauche. C'était une rue à sens unique et je marchai d'un bon pas face à la circulation, seule stratégie dans de telles circonstances. Au moins, vous voyez le tireur arriver.

Scrutant la rue devant moi, je me rendis compte que j'agissais en suivant un plan bien établi. Je ne l'avais pas compris avant, mais partout où j'allais, une partie de moi-même pensait toujours à la meilleure façon de m'en sortir, un programme d'évasion inédit tournant en permanence quelque part dans ma tête. Mon plus grand regret, c'était mon pistolet.

Une tasse de café, un bref rendez-vous avec le médecin et un retour en taxi – une demi-heure maximum, m'étais-je dit. J'avais donc laissé le pistolet à l'abri dans un coffre de l'appartement. Je suppose que j'étais devenu négligent. Du coup, même si je les voyais venir, je ne pourrais pas faire grand-chose.

L'appartement, c'était précisément là que j'allais – ouvrir ce foutu coffre pour être convenablement outillé. Je tournai à droite, j'accélérai le pas sur quelques dizaines de mètres, je tournai à gauche et retrouvai la rue du Faubourg-Saint-Honoré exactement où je le souhaitais, juste à la hauteur du palais de l'Élysée. La rue la plus sûre de Paris, et le Grec ou l'Albanais dans le taxi le saurait aussi bien que moi, avec, tout du long, des snipers sur le toit et une surveillance antiterroriste de tous les instants. Alors seulement je me sentis suffisamment en sécurité pour prendre un taxi.

Je demandai au chauffeur qu'il s'arrête juste devant l'entrée de service de mon immeuble. En ouvrant à peine la portière et en restant baissé, je pouvais ouvrir la porte d'acier et entrer sans qu'on me voie. Le type me crut fou. Mais vu que dans sa religion il est acceptable de lapider une femme adultère, nous étions plus ou moins à égalité.

Je claquai la porte derrière moi et courus vers le garage en sous-sol. L'immeuble en pierres de taille avait été autrefois un magnifique hôtel particulier construit aux alentours de 1840 par le comte du Crissier, mais il était tombé en ruine. Il avait été restauré l'année précédente, transformé en appartements, dont le mien, au premier étage. Même s'il n'était pas bien grand, quelqu'un comme moi n'aurait jamais pu se l'offrir, mais ma situation matérielle avait changé. Bill Murdoch était mort trois ans plus tôt alors que j'étais en mission de courte durée en Italie.

Je n'avais pas été invité aux obsèques, ce dont je fus très affecté. J'avais juste reçu un mot de Grace me disant que sa mort avait été soudaine et qu'on l'avait déjà inhumé. Il faut dire que c'était ma mère adoptive – jalouse jusqu'à la fin. Quelques mois plus tard, je reçus une lettre d'un avocat m'informant de ce que l'ensemble des sociétés de Bill, toutes contrôlées par un trust offshore, avaient été laissées à Grace. Ce n'était pas une surprise ; ils étaient mariés depuis quarante ans. Cette lettre indiquait que, bien qu'il n'y ait pas de disposition me concernant, Grace avait décidé de constituer une dotation suffisante pour que je dispose d'un revenu à vie de quatre-vingt mille dollars annuels. Ce n'était pas dit comme ça, mais le ton était clair : elle se voyait ainsi déchargée de toute responsabilité à mon égard.

Deux ans après cet arrangement – presque jour pour jour –, Grace mourut à son tour. J'eus le sentiment que son attitude récente me dégageait de toute obligation, et je ne suis pas revenu pour les obsèques grandioses données en la vieille église épiscopalienne de Greenwich.

Une nouvelle fois, je me retrouvais seul au monde ; mais je ne pus m'empêcher de sourire de la différence que deux années peuvent faire : si l'ordre de leurs décès avait été inversé, je savais que Bill m'aurait fait un legs substantiel. En l'état, Grace légua tous ses biens au Metropolitan Museum of Art pour la reconstruction de la galerie des maîtres anciens en son nom.

Cette information me fut transmise par une lettre du même avocat, qui m'indiquait également qu'il convenait de finaliser un détail mineur au sujet du patrimoine de Bill. Je lui dis que je passerais le voir à son bureau de New York lorsque je serais de nouveau aux États-Unis, puis cette histoire me sortit de l'esprit. Les chèques provenant du legs de Grace me parvenaient régulièrement, ce qui signifiait que je pouvais jouir d'une vie beaucoup plus confortable que celle à laquelle j'aurais pu prétendre avec la pension de retraite prévue par l'État.

L'appartement parisien en était la manifestation la plus tangible, et c'est ainsi que je traversai en courant ce qui avait été la cuisine de l'hôtel particulier d'autrefois – convertie en serre – avant de monter quatre à quatre l'escalier de service pour rentrer chez moi. J'ouvris une porte dérobée à côté de l'ascenseur et fis irruption sur le palier.

Une femme se tenait là. C'était Mme Danuta Furer, ma voisine, qui devait avoir dans les soixante-dix ans et qui habitait le plus grand appartement de l'immeuble. Veuve d'un industriel d'origine aristocratique, toujours tirée à quatre épingles, elle avait ce don étrange de donner systématiquement aux gens l'impression d'appartenir au tiers-monde.

Elle me vit m'humecter les lèvres, la chemise sortie.

« Quelque chose ne va pas, monsieur Campbell ? » me demanda-t-elle de cet air indéchiffrable qu'ont les Français de la haute société.

Pour elle, j'étais Peter Campbell, en congé sabbatique de mon activité de gestionnaire de fonds spéculatifs – le seul métier que je connaisse qui puisse permettre à quelqu'un de mon âge d'habiter un tel appartement sans travailler.

« Tout va bien, madame. Je craignais juste d'avoir laissé le four allumé », mentis-je.

Elle monta dans l'ascenseur et j'ouvris la porte blindée donnant accès à mon appartement. La verrouillant de l'intérieur et sans allumer de lumière, je traversai en trombe le living-room, avec ses superbes baies vitrées et sa collection d'art contemporain encore modeste mais prometteuse. Bill aurait aimé ça.

Dans l'obscurité, j'entrai dans le dressing, ouvris un placard et je tapai un code sur un petit coffre-fort placé au sol. S'y trouvaient une importante somme en espèces, une pile de papiers, huit passeports établis à des noms différents et trois pistolets. Je sortis un Glock 9 mm équipé d'un canon allongé – le plus précis de tous –, j'en vérifiai le fonctionnement et attrapai un chargeur supplémentaire.

Tout en le glissant à la taille, je m'attardai un instant sur une question qui m'avait trotté dans la tête pendant tout le chemin du retour. S'il s'agissait bien des Grecs, comment avaient-ils bien pu me retrouver ?

Tout ce qui me vint à l'esprit, c'était que les Russes avaient pu tomber sur quelque chose qu'ils avaient transmis à leurs anciens partenaires, juste en souvenir du bon vieux temps – et pour un paquet de cash intraçable.

Ou bien aurais-je commis une erreur chez Richeloud, que Markus Bucher aurait communiquée à ses clients, ce qui leur aurait permis de finir par découvrir qui j'étais ? Mais dans tous les cas, qu'est-ce qui avait pu amener les Grecs à Paris ? Je vivais pourtant bien sous une identité complètement différente.

Un coup frappé à la porte, ferme, pressant.

Je ne réagis pas. Je m'étais toujours dit qu'un ennemi n'aurait pas beaucoup de difficulté à entrer dans l'immeuble. François, le concierge, un homme entre deux âges, qui passait sa vie à se plaindre, ne fermait jamais les portes quand il se laissait aller à toucher le fond de la servitude. À peine avait-il entendu Mme Furer monter dans l'ascenseur qu'il s'était probablement rué dehors pour avertir le chauffeur de sa limousine et s'agiter autour d'elle afin d'être bien sûr de figurer en bonne place sur sa liste d'étrennes de Noël.

Sans hésitation, je fis très précisément ce qu'on apprend à l'entraînement – je me repliai vite et sans bruit à l'autre bout de l'appartement. Les assassins expérimentés utilisent une tactique consistant à placer quelques grammes de Semtex – un explosif malléable ayant la consistance de l'argile – sur l'encadrement d'une porte avant de sonner.

Le tueur se met à l'abri – dans ce cas, ce serait dans la cabine de l'ascenseur – et déclenche l'explosion par un téléphone portable. Deux cent cinquante grammes de Semtex ont fait tomber le vol 103 de la Pan Am au-dessus de Lockerbie, alors vous pouvez imaginer ce que la moitié seulement pourrait faire à une porte blindée et à quiconque serait derrière en train de regarder par l'œilleton.

Je traversai la salle à manger à reculons, pris une veste au passage pour dissimuler le Glock et me dirigeai vers la chambre d'amis. Quand l'immeuble était la résidence du comte du Crissier, son personnel utilisait un monte-plats mécanique pour acheminer les repas à l'étage depuis la cuisine. Ce valet muet, qui avait fini en office, était à présent ma chambre d'amis.

Au cours des travaux de restauration, la cage avait

été convertie en gaine électrique et, sous prétexte d'installer une connexion à haut débit pour gérer les activités de mon fonds spéculatif inexistant, j'avais obtenu qu'une entreprise, qui avait installé des équipements de surveillance pour le compte de la Division, puisse accéder à la cage. Lui faire installer une échelle à l'intérieur, donnant accès au sous-sol, justifiait presque le loyer extravagant que je payais. Pour l'heure, en tout cas, ça n'avait pas de prix.

J'ouvris une porte de placard, enlevai le panneau d'accès et, en moins d'une minute, je me retrouvai dans un étroit passage à l'arrière de l'immeuble. Je m'attendais à tout instant à voir la façade du XIXe siècle et les baies vitrées classées atterrir bruyamment sur les Champs-Élysées.

Mais non, rien. Qu'est-ce qui les retenait ? Je me dis que m'ayant perdu place de la Madeleine, ils avaient dû aussitôt retourner à mon appartement. Ne sachant pas si j'y étais déjà, ils avaient frappé à la porte pour s'en assurer.

J'avais bien fait de ne pas répondre. J'étais presque sûr qu'ils étaient deux – c'est ce que j'aurais préconisé à leur place – et qu'ils se cachaient maintenant près de l'ascenseur, attendant mon retour. Ce qui me donnait un avantage ; si j'entrais par la porte principale et prenais l'escalier, j'étais presque sûr de les surprendre. Je n'avais jamais été le meilleur tireur de ma promotion, mais j'étais quand même assez bon pour les éliminer tous les deux.

Je ralentis le pas en sortant du passage et jetai un œil professionnel sur les piétons, rien que pour m'assurer qu'il n'y avait pas de renforts dans la rue. Je vis des femmes qui rentraient chez elles après avoir fait leur shopping dans les luxueuses boutiques de l'avenue Montaigne, des couples promenant leur chien, un type en casquette portant le logo des New York Mets qui me tournait le dos – un touriste, d'après son allure –, faisant du lèche-vitrines à la pâtisserie jouxtant mon immeuble, mais je ne vis personne ayant le profil auquel je m'attendais. Je me tournai vers les véhicules : pas de taxi blanc en vue, ni de tireur embusqué dans les voitures en stationnement.

Je m'avançai derrière une femme d'une cinquantaine d'années en hauts talons accompagnée de son petit ami, de vingt ans son cadet. Ils ne me protégeraient pas complètement du tir d'un sniper sur un toit, mais lui rendraient certainement la tâche plus difficile. Ainsi abrité par eux, je me rapprochai progressivement de mon immeuble : quatre-vingts mètres, quarante, vingt…

Au moment où je passais devant la pâtisserie, le type à la casquette me parla dans mon dos : « Vous ne trouvez pas qu'il aurait été plus simple d'ouvrir cette foutue porte, monsieur Campbell ? »

Mon cœur cessa de battre, je fus saisi d'une peur viscérale. L'instant d'après, deux pensées distinctes et contradictoires se bousculèrent dans ma tête. La première : alors c'est comme ça que ça devait finir ? L'agent à la retraite dépassé, abattu d'une balle dans la tête, probablement par quelqu'un qui se trouvait à l'intérieur d'une pâtisserie dans une rue de Paris. *Vyshaya mera* pour moi, je suppose, me vidant de mon sang sur le trottoir, un homme que je ne connais même pas rengainant son pistolet avant de s'éloigner avec le type à la casquette et d'être pris au passage par… un taxi blanc, évidemment !

L'autre pensée qui me vint fut que non, ils n'avaient aucune intention de me tuer. Même s'il y avait un tireur sur le toit d'un immeuble ou dans une chambre du Plaza Athénée, le type à la casquette aurait donné le signal discrètement, et le sniper aurait fait son boulot. Dans le monde réel, ces gens-là ne vous parlent pas. Il n'y a que dans les films que les méchants éprouvent ce besoin pathologique de vous raconter leur vie avant de presser la détente. Dans le monde réel, le danger est trop grand, et vous avez l'esprit bien trop affûté pour ne pas en finir au plus vite. Voyez Santorin.

Cela étant, il y a toujours une première fois – si bien que je ne savais toujours pas si je devais me pisser dessus de peur ou de soulagement. Je regardai l'homme : c'était un Noir d'une cinquantaine d'années, mince, un visage agréable, un peu usé sur les bords. Le genre faïence de second choix plutôt que porcelaine de Limoges, me dis-je. Une appréciation qui se confirma quand il s'approcha un peu et que je vis qu'il boitait bas de la jambe droite.

« Je crois que vous m'avez appelé M. Campbell. Vous faites erreur, dis-je en français, donnant à chaque syllabe l'intonation la plus fidèle possible de la morgue parisienne. Je ne m'appelle pas Campbell. » J'essayais de gagner du temps ; je voulais comprendre ce qui se tramait.

« Bon, c'est au moins un point d'accord entre nous, dit-il en anglais, vu qu'aucun Peter Campbell n'a d'autorisation d'opérer à Wall Street et que le fonds spéculatif qu'il gère n'existe pas. »

Comment diable pouvait-il le savoir ? Je me déplaçai mine de rien, pour le cadrer entre la vitrine de la pâtisserie et moi.

« Alors si vous n'êtes pas Campbell, qui êtes-vous ? enchaîna-t-il. Jude Garrett, agent du FBI et écrivain ? C'est vrai que là aussi c'est compliqué, vu qu'il est mort. Tenez, un autre truc bizarre à propos de Garrett, dit-il tranquillement. J'ai parlé à sa cousine à La Nouvelle-Orléans. Elle était très étonnée de ses exploits littéraires. Elle doutait qu'il ait jamais lu un seul livre, alors en avoir écrit un… »

Il en savait long sur moi, et pourtant, j'étais toujours vivant ! C'était le point le plus important, et il n'avait pas l'air de le comprendre. Je scrutai les toits à la recherche d'un sniper éventuel.

Il suivit mon regard, sachant ce que j'étais en train de faire, mais il n'en fut pas du tout déstabilisé : « Voilà ce que je pense, monsieur Campbell ou qui que vous soyez. Vous vivez sous une fausse identité, mais vous avez écrit ce livre en utilisant le nom d'un homme mort, juste pour votre sécurité.

» Je pense que vous avez servi votre pays, et qu'une poignée de gens seulement connaissent votre véritable identité. Peut-être même moins que ça.

» Pour moi, cela signifie qu'il ne serait pas très judicieux de vous demander quel était votre travail mais à dire vrai, ça m'est égal. Votre livre est le meilleur ouvrage consacré aux techniques d'enquêtes que j'aie jamais lu. J'aimerais juste en discuter avec vous. »

Je le dévisageai. Puis je finis par le lâcher, en anglais, cette fois : « Vous voulez me parler d'un livre ? Mais j'étais prêt à vous *tuer* !

— Pas tout à fait, dit-il avant de baisser le ton. Dois-je vous appeler M. Garrett ?

— Campbell, répliquai-je sans desserrer les dents. Campbell.

— Pas tout à fait, monsieur Campbell. Je pense que si l'un de nous s'apprêtait à tuer, c'était plutôt moi.

Il avait raison, bien sûr, et – comme on pouvait s'y attendre – ça m'a encore un peu plus agacé. Il me tendit la main, sans sourire. J'apprendrais par la suite que c'était un homme qui ne souriait pratiquement jamais.

— Ben Bradley, dit-il tranquillement. Lieutenant à la criminelle, NYPD.

Ne sachant que faire d'autre, je lui serrai la main – un flic qui réapprenait à marcher et un agent secret à la retraite.

Je sais que, ce soir-là, où nous nous sommes rencontrés pour la première fois, nous pensions être l'un et l'autre en fin de parcours, que nos vies professionnelles respectives étaient finies, mais voilà : étrangement, cette rencontre devait avoir une portée inouïe.

Elle allait compter – Dieu qu'elle allait compter. Tout se révélerait important, tout se révélerait lié d'une certaine façon : le meurtre de l'Eastside Inn, l'exécution de Christos Nikolaïdes dans un bar de Santorin, l'opération clandestine ratée à Bodrum, mon amitié avec Ben Bradley, et même la rencontre avec ce moine bouddhiste sur une route de Thaïlande. Si je croyais au destin, je dirais qu'une main invisible aura été à l'œuvre dans tout ça.

J'apprendrais bientôt qu'une tâche très importante m'attendait encore, une tâche qui, plus que toute autre, donnerait un sens à ma vie. Peu de temps après, en fin de journée, j'allais être ramené dans le monde des services secrets, et tout espoir que je pouvais nourrir d'une vie normale serait perdu, vraisemblablement pour toujours. Comme on dit, si vous voulez amuser le bon Dieu, dites-lui que vous avez des projets.

Avec très peu d'informations et encore moins de temps, on me confia la tâche de trouver ce que toute agence de renseignement craint le plus : un homme dépourvu de tout lien avec un mouvement extrémiste, ne figurant dans aucune base de données, un type sans pedigree. Un terroriste inconnu des services de police, un fantôme.

Je crains que ce qui suit ne soit pas très engageant. Si vous voulez dormir tranquille, si vous voulez pouvoir regarder vos enfants en pensant qu'ils ont une chance de vivre dans un monde meilleur que celui que nous laisserons derrière nous, mieux vaudrait pour vous ne pas avoir affaire à lui.

II

1

Les années passeront, et même si j'ai la chance de
vivre une longue retraite au soleil, pour moi il restera
toujours le Sarrasin. C'est d'emblée le nom de code
que je lui ai donné et j'ai mis si longtemps à découvrir
sa véritable identité qu'il m'est difficile de penser à lui
autrement.

Sarrasin signifie Arabe ou – dans une acception
beaucoup plus ancienne – un musulman qui combattait
les chrétiens. En remontant encore plus loin, il fut un
temps où cela signifiait nomade. Tous ces attributs lui
allaient parfaitement.

Même aujourd'hui, nous n'avons de lui que des
informations fragmentaires. Ce qui n'est pas surprenant, puisqu'il a passé l'essentiel de son existence à
courir entre les ombres, brouillant résolument toutes
les pistes, comme un Bédouin dans le désert.

Mais toute vie laisse un trace, tout bateau un sillage,
et même si ce n'était souvent qu'une lueur phosphorescente dans la nuit, nous les avons toutes suivies. J'ai
dû ainsi parcourir la moitié des souks et des mosquées
de la planète, fouiller les archives secrètes de certains
États arabes, entrer dans les bureaux de dizaines de
personnes susceptibles de l'avoir connu. Plus tard

– même au terme des événements de ce dramatique été –, des équipes d'analystes n'ont cessé d'interroger sa mère et ses sœurs durant des semaines et si on m'accuse d'avoir mis des mots dans sa bouche ou des pensées dans sa tête, je l'assume pleinement. Sur le Sarrasin et sa famille, j'ai fini par en savoir plus que qui que ce soit au monde.

Une chose est certaine, en tout cas : très jeune, il a été amené à assister à une décapitation publique. C'était à Djeddah, la deuxième plus grande ville d'Arabie saoudite et, paraît-il, la plus raffinée. Ce qui ne veut pas dire grand-chose, croyez-moi.

Djeddah se trouve au bord de la mer Rouge et, jusqu'à ses quatorze ans, le Sarrasin vécut avec ses parents et ses deux sœurs cadettes dans une modeste villa des faubourgs, si proche de la mer qu'on en sentait la salinité. Nous le savons parce que, bien des années plus tard, je me suis arrêté devant la vieille maison pour la photographier.

Comme la plupart des Saoudiens, le père de l'adolescent, un zoologiste, méprisait les États-Unis et ce que la presse arabe appelait son « éternelle putain » : Israël. Sa haine, toutefois, ne reposait pas sur la propagande, ni sur la situation critique des Palestiniens, ni même sur un fanatisme religieux. Non, les racines étaient beaucoup plus profondes.

Au fil des ans, il avait écouté à la fois Washington et Tel-Aviv et, contrairement à la plupart des Occidentaux, il croyait les leaders politiques quand ils disaient que leur objectif était d'apporter la démocratie au Moyen-Orient. Une telle perspective le mettait hors de lui. Convenablement éduqué, tout au moins selon les critères locaux, il savait que la séparation de la religion et de l'État était l'un des fondements de la démocratie. Alors que, pour beaucoup de musulmans, la religion *est* l'État. Les séparer est donc la dernière chose qu'ils souhaitent.

Selon lui, si les infidèles défendaient cette position, ce n'était que pour diviser et régner, saper les bases du monde arabe, le détruire, continuer une campagne engagée par les chrétiens avec la Première Croisade il y a mille ans.

Il serait facile de taxer le zoologiste d'extrémiste mais, dans le monde ténébreux de la politique au Moyen-Orient, il appartenait à l'aile modérée de l'opinion publique saoudienne. Une chose, pourtant, le distinguait du courant dominant : sa position concernant la famille royale.

Il y a bien des interdits au royaume d'Arabie saoudite : prêcher le christianisme, aller au cinéma, conduire une voiture quand on est une femme, renoncer à sa foi. Mais le pire est de critiquer la Maison des Saoud, la dynastie régnante constituée du roi, de deux cents princes puissants et des vingt mille membres de sa famille.

Tout au long de cette année-là, Djeddah avait bruissé de murmures selon lesquels le roi avait autorisé des troupes américaines, les soldats d'un pays de mécréants, à fouler la terre sacrée du prophète. Tout aussi inquiétant, des dissidents saoudiens en Europe prétendaient que des princes éminents perdaient des fortunes dans les casinos de la Côte d'Azur et comblaient de montres en or des jeunes femmes dénichées dans des agences de « mannequins » parisiennes. Comme tous les Saoudiens, le zoologiste avait toujours été au courant de l'existence des palaces dorés et de la vie dissolue du roi, mais le mauvais goût et l'extravagance ne sont pas *haram* – interdits – par l'islam. En revanche, la prostitution, le jeu, et l'alcool, si.

En Arabie saoudite, vous pouvez certes exprimer votre dégoût à l'égard de la politique du roi et du comportement de sa famille, dire que c'est une offense à Dieu si vous voulez, et même souhaiter qu'ils soient écartés. Mais assurez-vous de ne le faire que dans votre tête. En parler à quelqu'un d'autre qu'à votre femme ou à votre père, même par allusions, serait irresponsable. La Mabahith, la police secrète saoudienne – une loi à elle toute seule – et son réseau d'informateurs entendent tout.

Tard un jour de printemps, quatre de ses agents, tous portant la tunique blanche qu'on appelle *thobes* et le traditionnel foulard à damier rouge et noir, vinrent surprendre le zoologiste sur son lieu de travail. Ils présentèrent leur carte d'identité, puis le firent sortir de son bureau, traverser les laboratoires et les stations de travail pour l'emmener jusqu'au parking.

Aucun des vingt autres employés de cette section du département de biologie marine de la mer Rouge ne dit un mot en regardant la porte claquer derrière lui, pas même ses trois amis les plus proches, dont l'un était certainement le dénonciateur.

Nous ne saurons jamais précisément de quoi le zoologiste était accusé, ni quelle défense il produisit, parce que les procédures judiciaires saoudiennes conduites en secret ne s'embarrassent pas de subtilités telles que des témoins, des avocats, des jurés ou même des preuves qui sont autant de pertes de temps.

Le système repose entièrement sur des aveux signés, obtenus par la police. Curieusement, les méthodes de torture sont l'une des rares choses qui traversent toutes les barrières, raciales, religieuses et culturelles : une pauvre milice adepte du culte des fantômes au Rwanda utilise pratiquement les mêmes méthodes que les riches catholiques qui contrôlent la sécurité d'État en Colombie. Bref, les policiers musulmans qui placèrent le zoologiste dans une prison de Djeddah n'eurent rien de neuf à proposer, si ce n'est la batterie d'un gros camion avec des pinces spéciales pour les parties génitales et les tétons.

La famille du zoologiste pressentit la catastrophe qui allait tous les engloutir en ne le voyant pas rentrer du travail. Après les prières du soir, ils passèrent à ses collègues une série de coups de fil qui restèrent sans réponse ou furent accueillis par une ignorance de façade. D'expérience, les gens savaient que ceux qui surveillaient leurs communications cibleraient quiconque tenterait d'aider la famille d'un criminel. En désespoir de cause, la femme du zoologiste finit par accepter que son fils de quatorze ans sorte pour essayer de le retrouver. Elle ne pouvait pas le faire elle-même, car la loi saoudienne interdit à une femme de se montrer en public à moins d'être accompagnée de son frère, de son père ou de son mari.

L'adolescent laissa donc sa mère et ses deux sœurs et fila sur sa moto tout-terrain, cadeau de son père pour son dernier anniversaire. Ne s'écartant pas des petites rues, il fonça vers un ensemble d'immeubles de bureaux en bord de mer, où il trouva la voiture de son père restée seule sur le parking. Il n'y a que dans un État policier qu'un enfant espère qu'il ne soit rien arrivé de plus sérieux qu'un grave accident à l'un de ses parents. Priant que le zoologiste soit blessé, étendu par terre, quelque part dans le bâtiment obscur qui abritait son bureau, le garçon s'approcha de l'entrée.

Un gardien pakistanais en faction à l'intérieur fut surpris en voyant le visage d'un garçon apparaître de l'autre côté des portes vitrées. Hurlant dans un mauvais arabe, il lui fit signe de s'en aller, se saisissant d'une matraque, prêt à s'en servir s'il le fallait.

Mais, loin de céder, le garçon l'interpella désespérément en arabe, implora l'aide du prophète, dit quelque chose concernant un père disparu. Ce n'est qu'alors que le gardien comprit que cette visite avait un rapport avec l'événement qui avait causé un tsunami de bruits de couloirs tout l'après-midi. Il dévisagea l'adolescent en détresse – il était bien trop jeune pour se raccrocher à des espoirs aussi minces – et il baissa sa matraque. Peut-être était-ce parce que lui-même avait des enfants, mais les plaques tectoniques de l'univers du gardien bougèrent et, chose qui ne lui ressemblait pas du tout, il prit un risque.

Le dos tourné aux caméras de sécurité, gesticulant comme s'il le chassait, il révéla au garçon le peu qu'il savait : quatre membres de la police d'État, un colonel à leur tête, avaient emmené son père menottes aux poignets. D'après leur chauffeur – un compatriote pakistanais auquel il avait apporté une tasse de thé –, il y avait des mois qu'ils enquêtaient secrètement sur lui. Mais écoute bien, lui dit-il, et c'était le plus important : ils envisageaient de l'inculper pour « corruption sur terre[1] », un terme si vague qu'il ne signifiait rien sinon que c'était un crime passible de la peine de mort.

---

1. Le fait de provoquer et d'attiser la rancœur et la haine à l'égard des dirigeants dans le cœur du peuple. L'expression vient

« Dis-le à ta famille, ajouta le Pakistanais. S'ils veulent le sauver, il faut agir vite. »

Sur ce, il ouvrit grandes les portes comme s'il avait perdu patience et, pour les caméras, se mit à agiter sa matraque avec une mâle énergie. Le garçon courut vers sa moto et la démarra au kick. Il traversa le parking en trombe, faillit la coucher sur un amoncellement de sable et se rua vers la sortie.

On ne le saura jamais avec certitude, mais j'imagine qu'il se sentit écartelé : l'enfant en lui recherchait désespérément le réconfort de sa mère, mais l'homme, chef de famille en l'absence de son père, avait besoin des conseils d'autres hommes. Il était arabe, autrement dit héritier de deux mille ans de fierté masculine, il n'y avait donc qu'une façon de résoudre ce conflit. Il mettrait immanquablement le cap sur le nord, la partie la plus sinistre de la ville, et se rendrait chez son grand-père.

Il fit tout le trajet avec le sentiment, fondé, que quelque chose de funeste se préparait. Il savait que son père n'était pas mieux loti que s'il était enfermé dans une bétaillère conduite par la sécurité d'État et qu'il lui faudrait une sacrée dose de *wasta* pour que ce ne soit pas à l'abattoir. En l'absence de démocratie et d'administrations efficaces, la *wasta*, c'est la façon dont fonctionne le monde arabe : relations, influence, un réseau de services rendus et de liens tribaux. Avec de la *wasta,* les portes – y compris celles des palais – s'ouvrent. Sans *wasta*, elles restent à tout jamais closes.

Le garçon n'y avait jamais pensé jusqu'ici, mais il

---

de la sourate Al-Baqarah, verset 11 : « Et quand on leur dit, "Ne semez pas la corruption sur la terre", ils disent, au contraire, "nous ne sommes que des réformateurs". »

voyait maintenant que sa famille, y compris son grand-père, qu'il chérissait tendrement, étaient des gens modestes : modestes dans leurs ambitions, modestes par leurs relations. Pour eux, influencer la sécurité d'État, et obtenir un non-lieu pour ce qui était considéré comme une attaque contre la Maison des Saoud reviendrait à s'équiper d'un couteau dans une guerre nucléaire.

Vers la fin de la nuit – après qu'en un conseil restreint ses oncles, grand-père et cousins se furent longuement consultés sans parvenir à déboucher sur le moindre appel téléphonique significatif –, il sut que, comme il l'avait pressenti, leurs chances étaient bien faibles. Mais ils n'abandonnèrent pas pour autant, aucun d'entre eux : pendant cinq mois, et quoique près de s'effondrer sous l'effet du stress, toute la famille tenta de pénétrer le goulag saoudien et de trouver une vie minuscule dans son labyrinthe.

Et que gagnèrent-ils à se donner autant de mal ? Aucune information, aucune assistance de la part des autorités, et surtout aucun contact avec le zoologiste. Comme les victimes du 11 Septembre, il était parti travailler un matin et n'était pas rentré.

L'homme avait disparu dans un brouillard surréaliste, retenu parmi les morts vivants de centaines de cellules surpeuplées. Et là, il ne fut pas long à apprendre que tout le monde finit par signer des aveux – un testament à la batterie au plomb-acide de douze volts –, mais qu'il y avait deux groupes distincts parmi ses codétenus.

Les uns s'abandonnaient à leur destin, ou à Allah, et se contentaient de griffonner leur nom au bas de ce foutu document. Les autres fondaient tous leurs espoirs dans cette signature, persuadés d'être enfin présentés devant un juge. Auquel cas ils pourraient se rétracter et proclamer leur innocence.

C'est cette stratégie qu'adopta le zoologiste. Le système judiciaire saoudien a cependant développé une façon de gérer la chose : le prisonnier est tout simplement renvoyé devant les policiers pour expliquer son changement d'avis. Inutile d'entrer dans le détail des méthodes « perfectionnées » employées contre ces hommes et ces femmes. Qu'il vous suffise de savoir qu'aucun prisonnier n'a jamais été présenté à un juge, pas plus qu'il n'a eu l'occasion de changer d'avis une deuxième fois. Jamais.

Ayant fini par avouer, puis par être déclaré coupable de déclarations séditieuses et de corruption sur terre, le zoologiste connut une fin brutale.

Il y eut d'abord de gros problèmes de circulation au centre de Djeddah : dix jours de préavis furent nécessaires pour fermer l'immense parking situé devant la mosquée principale. Alors seulement, l'estrade de marbre blanc put être érigée en son centre.

2

Les spectateurs commencèrent à se rassembler tôt le matin, dès qu'ils virent s'élever les barrières et l'équipe spéciale de menuisiers installer l'estrade. Les exécutions imminentes font rarement l'objet d'annonces publiques dans le royaume, mais par téléphone portable et par textos la nouvelle finit toujours par se répandre.

Au cours des heures qui suivirent, une foule nombreuse se pressa sur le parking, et un garçon de douze ans – le meilleur ami du Sarrasin – qui passait par là en voiture avec son père, sut très exactement de quoi il retournait. C'était un vendredi, le jour de repos des musulmans, et comme on circulait très mal, le gamin mit plus d'une heure à rentrer chez lui. Il empoigna immédiatement son vélo et fit douze kilomètres pour aller en avertir son ami.

Craignant le pire, et sans rien dire à sa mère ni à ses sœurs, le Sarrasin enfourcha sa moto tout-terrain, fit monter son ami derrière lui et fonça en direction de la Corniche, la route qui longe la mer Rouge jusqu'au centre-ville de Djeddah.

Au moment où les deux adolescents arrivèrent en vue de la mer, les prières de midi s'achevaient à la mosquée principale et des centaines d'hommes en sortaient pour aller grossir la foule des spectateurs attendant sur le parking. Dans la lumière crue de l'été, les hommes, dans leur *thobes* d'un blanc immaculé, offraient un contraste saisissant avec les grappes de femmes en *abayas* et voiles noirs. Seuls les tout jeunes enfants en jean et chemise apportaient une touche de couleur à l'ensemble.

Les exécutions sont pratiquement la seule forme de distraction publique autorisée en Arabie saoudite. Les films, les concerts, la danse, le théâtre, et même les cafétérias mixtes sont interdits. Mais tout le monde est bienvenu pour voir quelqu'un perdre la vie, y compris les femmes et les enfants. Les innovations modernes telles que l'injection létale, ou même le peloton d'exécution, n'ont pas la faveur des foules saoudiennes qui leur préfèrent la décapitation publique.

Il faisait près de quarante-trois degrés sur la Corniche ce jour-là, la chaleur se réverbérant en vagues chatoyantes sur l'asphalte, tandis que la moto tout-terrain se faufilait à toute vitesse dans la circulation du week-end. Plus loin devant, ça commençait à être la panique ; la route avait été éventrée pour la construction d'un nouvel autopont, le matériel de travaux publics bloquait tout à l'exception d'une file, créant un embouteillage sans fin.

La panique gagnait aussi le fils du zoologiste, étouffant de chaleur sous son casque, paniqué à en avoir la nausée, caressant le fol espoir que ce ne serait qu'un trafiquant de drogues africain qui allait être conduit sur l'estrade. Il ne pouvait pas supporter l'idée que, s'il se trompait, la dernière image qu'il aurait de son père serait celle d'un homme agenouillé sur le marbre, les mouches déjà toutes bourdonnantes, le sabre argenté disparaissant dans une gerbe rouge.

Il regarda le bouchon devant lui, sortit de la file en prenant par le bas-côté et, dans un tourbillon de poussière et de décombres, fonça à travers le chantier complètement défoncé.

Malgré l'importance du public rassemblé sur le parking pour la manifestation, il n'y avait pas beaucoup de bruit – juste une rumeur et la voix d'un mollah lisant le Coran dans les haut-parleurs de la mosquée. Progressivement, la rumeur elle-même cessa, alors qu'une voiture officielle franchissait le cordon de sécurité et s'arrêtait au pied de l'estrade.

Un homme solidement bâti, vêtu d'un *thobes* d'un blanc immaculé, en sortit et monta les cinq marches d'accès à l'estrade. Une lanière de cuir lustré à laquelle était suspendu un fourreau renfermant un long sabre incurvé lui barrait la poitrine jusqu'à la hanche gauche. C'était le bourreau. Saïd bin Abdullah bin Mabrouk al-Bishi était considéré comme le meilleur du royaume, une pratique appelée amputation croisée ayant contribué à faire sa réputation. Bien plus difficile qu'une simple décapitation et infligée comme punition aux voleurs de grand chemin, elle requiert une rapidité d'exécution exceptionnelle et consiste à couper la main droite et le pied gauche d'un prisonnier avec des couteaux spécialement conçus pour ça. Depuis des années qu'il appliquait cette méthode, Saïd al-Bishi était parvenu à élever les châtiments publics d'Arabie saoudite au plus haut niveau d'exigence. Le public ne voyait désormais que très rarement le bourreau utiliser la hache.

Répondant aux saluts de plusieurs spectateurs, al-Bishi avait à peine eu le temps de se familiariser avec son espace de travail qu'il vit un fourgon blanc se frayer un passage dans la foule. Un policier souleva une barrière et le véhicule climatisé s'arrêta près des marches. La population se pencha en avant pour essayer d'apercevoir son occupant tandis que les portes arrière s'ouvraient.

Le zoologiste descendit du fourgon pieds nus dans la fournaise, un épais bandeau blanc sur les yeux, menotté dans le dos.

Parmi les spectateurs, il y avait des gens qui le connaissaient ou pensaient le connaître, et il leur fallut un moment pour le reconnaître. Dieu sait ce que la police secrète lui avait infligé au cours des cinq mois écoulés. Il n'était plus que l'ombre de lui-même, brisé, diminué, dans son corps en tout cas, comme ces vieillards diaphanes qu'on voit parfois dans les maisons de retraite. Il avait trente-huit ans.

Il savait exactement où il se trouvait et ce qui l'attendait ; un fonctionnaire du soi-disant ministère de la Justice était venu dans sa cellule quarante minutes plus tôt pour lui lire le décret officiel. Il n'avait rien su de sa condamnation à mort jusque-là. Des témoins racontèrent que, lorsque deux policiers en uniforme le conduisirent aux marches de l'estrade, il tourna son visage vers le soleil et essaya de se redresser. Je suis sûr qu'il ne voulait pas que son fils et ses filles apprennent que leur père avait manqué de courage.

Sur la Corniche, des conducteurs prisonniers des embouteillages regardèrent avec un mélange de dégoût et d'envie la moto tout-terrain les dépasser à toute allure, utilisant le chantier de construction comme une autoroute privée. Ah, ces jeunes !

L'adolescent se glissa entre les tuyaux d'incendie utilisés pour arroser les travailleurs bangladais épuisés et éviter qu'ils tombent d'inanition à cause de la chaleur, puis se faufila à travers une forêt de pylônes de béton. Il lui restait environ sept minutes pour atteindre la place.

Même plus tard dans sa vie, il n'a sans doute pas été en mesure d'expliquer pourquoi il avait entrepris cette équipée sauvage. Qu'allait-il faire là-bas ? Ce que je crois, c'est que dans la peur et l'angoisse qui le tenaillaient, il n'avait qu'une seule idée : il était relié à l'âme de son père autant qu'à son corps et un tel lien n'exigeait rien de moins que sa présence. Il vira brusquement à gauche, engageant sa moto à travers un terrain vague où s'entassaient toutes sortes de débris et, sans ralentir, emprunta une rue qui menait à la place. Elle était condamnée par un grillage mais, de l'autre côté d'un faisceau de tiges d'acier, il vit une ouverture juste assez large pour s'y glisser. Allah était avec lui !

Il prit un virage à gauche au plus serré, slalomant entre les tiges métalliques, soulevant des nuages de poussière, se rapprochant vite de l'étroit passage. Il y arriverait !

Sur l'estrade, les yeux bandés, le zoologiste sentit une main faire pression sur lui pour l'obliger à se baisser. C'était celle du bourreau ; on lui dit de s'agenouiller. Comme il se penchait, la sensation du soleil sur le visage lui indiqua qu'il faisait face à La Mecque, à soixante kilomètres de là. Sa maison était exactement dans la même direction et, à la pensée d'être définitivement privé de sa femme et de ses enfants, assis dans cet intérieur baigné d'amour, tout son corps frissonna.

Le bourreau prit l'homme par l'épaule. Il n'en était pas à sa première exécution, et il savait exactement à quel moment un homme avait besoin d'être soutenu. Une voix s'éleva pour lancer un ordre dans les haut-parleurs de la mosquée.

D'un bout à l'autre de la place, s'étirant depuis l'austère bâtiment du ministère des Affaires étrangères jusqu'à la pelouse devant la mosquée, des milliers de personnes s'agenouillèrent pour prier. Comme tous les musulmans pieux, le zoologiste connaissait les versets par cœur et les prononça à l'unisson avec la foule. Il en connaissait aussi la longueur : on pouvait raisonnablement estimer à quatre minutes le temps qu'il lui restait à passer sur terre.

Le fils, à moitié aveuglé par la poussière soulevée par une embardée de la moto, vit un faisceau de tiges métalliques une seconde trop tard. L'une d'elles dépassant les autres de trente centimètres se glissait déjà dans les rayons de la roue quand il s'en aperçut.

Son temps de réaction fut incroyable – il lança sa moto sur le côté, mais pas tout à fait assez vite. La tige fracassa les rayons de la roue avant, arrachant le métal avec une extrême violence. Des lambeaux d'alliage transpercèrent le réservoir de la moto et la tête du cylindre, la roue se disloqua, la fourche avant s'enfonça dans la terre et la moto s'arrêta net. Le fils du zoologiste et son ami furent projetés en avant, par-dessus le guidon, et atterrirent les quatre fers en l'air, sonnés, leur moto bonne pour la casse.

Le temps que le premier des automobilistes abasourdis observant la scène depuis la corniche arrive à leur hauteur, les prières sur le parking étaient finies, la foule se relevait. Le bourreau s'approcha du prisonnier agenouillé et le silence se fit sur la place. L'homme au sabre modifia légèrement l'angle du cou du zoologiste et les spectateurs les plus proches les virent échanger quelques mots.

Bien des années plus tard, je me suis entretenu avec un certain nombre de personnes présentes sur la place ce jour-là ; parmi elles Saïd al-Bishi lui-même, le bourreau. Prenant le thé avec lui dans le *majlis* – la pièce de réception – de sa maison, je lui ai demandé ce que le zoologiste avait dit.

« Rares sont ceux qui arrivent à dire quoi que ce soit dans ce genre de situation, me confia Saïd al-Bishi, alors, bien sûr, ça ne s'oublie pas. » Il prit une grande inspiration. « Ça a été bref, mais il y a mis beaucoup de conviction. Il m'a dit : "La seule chose qui importe est qu'Allah et le peuple saoudien me pardonnent mes péchés." »

Al-Bishi se tut et regarda en direction de La Mecque. Apparemment, c'était tout. J'opinai avec déférence. « *Allahu Akbar*, répondis-je. Dieu est grand. »

Il prit une autre gorgée de thé, les yeux dans le vague, perdu dans des pensées sur la sagesse qu'un homme trouve dans ses derniers instants. Je le regardai, hochant la tête avec componction. Dans un pays arabe, on ne doit jamais accuser un homme de mentir, même indirectement.

Du coup, je continuai de le regarder pendant que lui continuait de contempler le visage de la sagesse. Dehors, j'entendais l'eau couler d'une fontaine dans sa magnifique cour intérieure, les servantes s'affairer dans le quartier des femmes. Être l'exécuteur officiel des hautes œuvres devait être très rémunérateur.

Au bout d'un moment, il finit par remuer, mal à l'aise sur son siège, et il me regarda du coin de l'œil pour voir si j'étais du genre à me taire ou bien si j'étais vraiment en train de le provoquer.

Je ne le quittai pas des yeux et il rit. « Vous êtes intelligent, pour un Occidental. Alors à présent parlons de ce qu'il a vraiment dit, voulez-vous ?

» Quand je me suis penché vers le prisonnier, je lui ai demandé de tendre le cou le plus possible et de ne pas bouger – cela nous faciliterait les choses à tous les deux. Il n'a pas eu l'air d'y accorder de l'importance ; il s'est contenté de me faire signe d'approcher. Quelqu'un avait dû lui blesser la bouche, avec une électrode peut-être, car il avait du mal à parler. "Tu connais le roi ?" a-t-il murmuré.

» Ça m'a paru étrange, mais j'ai répondu que j'avais eu plusieurs fois l'honneur de rencontrer Sa Majesté.

» Il a hoché la tête comme s'il s'y attendait. Et puis il m'a dit : "La prochaine fois que tu le vois, dis-lui que c'est un Américain qui a déclaré un jour qu'on peut tuer un penseur mais qu'on ne peut pas tuer la pensée." » Le bourreau me dévisagea et haussa les épaules.

« Et vous lui avez dit ? demandai-je. Au roi, je veux dire. »

Le bourreau rit. « Non. Je sais à quoi je me serais exposé, et je préfère garder ma tête sur mes épaules. »

Je n'ai pas eu besoin de lui demander comment ça s'était passé ensuite, d'autres personnes présentes sur le parking ce jour-là me l'ont raconté. Au moment où al-Bishi finissait son bref échange avec le prisonnier, une forte brise se leva venant de la mer Rouge. Presque tout le monde en parla à cause de la très forte chaleur sur l'asphalte. Le bourreau se leva et sortit son sabre d'un geste fluide. Il recula d'un pas et, d'un œil expert, mesura la distance qui le séparait du prisonnier avant de se planter fermement sur ses pieds.

On n'entendait que les parasites du système de sonorisation de la mosquée. Al-Bishi tint le long sabre à l'horizontale, se redressa de toute sa taille et leva le menton pour mettre son profil en valeur – lors de notre rencontre, sa vanité m'avait frappé. D'une seule main, il leva le sabre très haut et tous les yeux sur la place, presque aveuglés par un soleil blanc zénithal, suivirent sa trajectoire jusqu'à l'apogée de son arc.

Il marqua une pause, comme pour exploiter à fond le drame qui se jouait là, avec ce sabre éblouissant, puis il assura la prise de sa deuxième main sur la poignée et abattit la lame avec une rapidité à couper le souffle. La lame tranchante comme un rasoir frappa le zoologiste en plein sur la nuque. Comme on le lui avait demandé, le prisonnier n'avait pas bougé.

Ce qui revint dans tous les commentaires, c'est le bruit : fort, humide, comme quelqu'un ouvrant une pastèque d'un coup. La lame trancha la moelle épinière du zoologiste, ses artères carotides et le larynx jusqu'à séparation de la tête.

Elle roula sur le marbre, un arc de sang dans son

sillage. Le torse sans tête du zoologiste sembla flotter un moment, comme en état de choc, puis bascula en avant dans ses propres fluides.

Le bourreau resta planté là, dans sa *thobes* immaculée, et regarda son œuvre, les parasites du système de sonorisation firent place à une prière musulmane, une nuée de mouches commencèrent à se rassembler et, sur la place, la foule applaudit.

Essoufflé d'avoir essayé de courir, salement écorché sur tout le côté gauche, un mouchoir enveloppant une main ensanglantée, le jeune fils de l'homme mort entra sur le parking en clopinant juste après que le corps de son père eut été chargé dans la saisissante fraîcheur du fourgon blanc. C'était pour cette raison que le véhicule était climatisé ; pas pour le bien-être du vivant mais pour freiner la puanteur du mort.

La plupart des spectateurs étaient partis ; il ne restait que les policiers pour démonter les barrières et deux travailleurs bangladais qui lavaient le marbre à grande eau.

Le garçon regarda autour de lui, à l'affût de quelqu'un qu'il connaissait pour lui demander l'identité du prisonnier exécuté, mais les hommes se hâtaient pour échapper au vent, baissant leur foulard à damier comme des Bédouins pour se protéger le visage. Devant la mosquée, le *muezzin* – l'assistant de l'imam – était en train de fermer les volets de bois, mettant le bâtiment à l'abri de ce qui ressemblait de plus en plus à une forte tempête de sable.

Fouetté par le vent, le garçon courut vers lui et le héla à travers la grille, lui demandant un nom, une profession. Le *muezzin* se retourna et, protégeant son visage du sable, cria quelque chose en retour. Le vent emporta sa voix si bien que le garçon n'entendit qu'un seul mot : « zoologiste ».

Exhumés longtemps après, les enregistrements vidéo des caméras de surveillance saoudiennes couvrant la place montrent que le *muezzin* retourna à son travail et ne vit pas le garçon pivoter sur lui-même, puis fixer l'estrade de marbre, le corps battu par le vent brûlant, le cœur manifestement consumé par un immense chagrin. Il resta quelques minutes là, sans bouger, résolu à se conduire en homme et à ne pas pleurer, semblable à une statue balayée par le souffle du vent.

En vérité, je crois qu'il était déjà loin, ailleurs : comme la plupart des gens confrontés à une telle horreur, le continuum espace-temps n'existait plus. Il serait sans doute resté planté là des heures, mais l'un des flics s'approcha, lui criant de s'en aller, et il s'éloigna d'un pas mal assuré pour échapper à la brutalité du policier et de sa matraque de bambou.

Les larmes finirent par avoir raison de sa ferme résolution et, alors qu'il marchait, seul, dans une ville qu'il haïssait désormais, il laissa échapper un cri horrible. Des gens m'ont dit plus tard que c'était un hurlement, mais je sais qu'ils se trompent. C'était le cri primal du nouveau-né.

Par un processus aussi sanglant et douloureux qu'un accouchement, le Sarrasin était né au terrorisme dans un parking battu par les vents au cœur de Djeddah. À son heure, par amour et fidélité à l'égard de son père, il allait devenir plus croyant que jamais en l'islam conservateur, ennemi juré de toutes les valeurs occidentales, torpilleur déclaré de la dynastie Fahd et partisan du *djihad* par l'épée.

Merci à l'Arabie saoudite, merci.

Malgré d'immenses richesses, des réserves pétro-
lières considérables et une prédilection pour les armes
américaines de haute technologie, rien ne fonctionne
correctement en Arabie saoudite. Le réseau d'autobus
de Djeddah en est un exemple.

Sa moto tout-terrain étant bonne pour la ferraille, le
fils du zoologiste n'avait pas d'autre moyen de transport,
si bien que – compte tenu des horaires fantaisistes des
bus et de la tempête de sable qui forcissait – la nouvelle
de l'exécution le devança de vingt minutes chez lui.

Dans le modeste *majlis* de la villa, sa famille étendue
s'était déjà rassemblée autour de sa mère, qui inquiétait
de plus en plus son entourage. Entre deux vagues de
chagrin et d'incrédulité, elle se répandait en injures
contre le pays, son système judiciaire et la famille royale
elle-même. Aucun Saoudien de sexe masculin ne l'aurait jamais admis – et la société dans son ensemble
encore moins –, mais elle était presque toujours la plus
intelligente des personnes présentes dans une pièce.

Ses attaques acerbes ne prirent fin que lorsque
quelqu'un vit son fils arriver. La gorge nouée, en
larmes, elle alla à sa rencontre dans l'entrée, craignant
que – un malheur ne venant jamais seul – il n'ait
assisté à l'exécution de son père.

Quand il secoua la tête, lui relatant par bribes son
accident de moto sur le chantier de construction, elle
se laissa tomber à genoux pour la première et unique
fois, remerciant Allah pour chacune de ses blessures.
Le garçon se pencha, releva sa mère et, par-dessus son

épaule, aperçut ses deux jeunes sœurs seules dans un coin, comme abandonnées sur leur îlot de désespoir.

Il les entoura toutes les trois de ses bras et leur parla d'un sujet qui l'avait accablé d'un chagrin supplémentaire durant le chemin du retour, mais auquel aucune d'elles n'avait encore pensé : s'agissant d'un prisonnier exécuté, il n'y aurait ni obsèques ni inhumation, pas de fermeture des paupières, pas de toilette ni de linceul, aucune des dernières manifestations de tendresse habituelles dans le rite islamique. Ses restes seraient jetés dans une fosse commune, enterrés dans une tombe dépourvue de toute inscription. Avec un peu de chance, l'un des fossoyeurs le mettrait sur son côté droit, visage tourné vers La Mecque. Avec un peu de chance.

Au cours des mois qui suivirent et selon ce que sa mère déclara lors d'un interrogatoire auquel il fut procédé longtemps après, rien ne vint alléger leur deuil et une chape de plomb s'abattit sur leur maison. Hormis quelques parents proches, aucune visite, aucun coup de fil. La nature du crime commis frappait automatiquement la famille d'ostracisme, tant de la part de ses amis que de la communauté dans son ensemble. La famille avait été d'une certaine façon jetée avec le père dans une tombe anonyme, enterrée elle aussi. Le temps fit néanmoins son œuvre et, le chagrin s'émoussant, le garçon – élève extrêmement brillant – finit par reprendre ses livres pour poursuivre ses études à la maison. Ce qui eut l'effet le plus stabilisateur qui soit pour la famille. L'éducation n'est-elle pas toujours la promesse d'un avenir meilleur, même si faire des projets pouvait paraître impossible à l'époque ?

Huit mois après l'exécution, une aube inattendue se leva dans le ciel oriental. À l'insu de la famille, le grand-père n'avait eu de cesse de s'employer à améliorer leur sort et grâce au peu de *wasta* qu'il maîtrisait et au paiement des quelques pots-de-vin qu'il pouvait se permettre, il avait réussi à obtenir des passeports, des permis de sortie et des visas pour sa bru et ses trois enfants. C'était un témoignage de l'amour qu'il leur portait, certes, mais à dire vrai les autorités furent probablement ravies de voir partir cette famille qui les gênait. Quel qu'ait été le fin mot de l'histoire, il arriva un soir tard, apprit la stupéfiante nouvelle à la famille et leur annonça que le départ était fixé au lendemain matin tôt, avant que les gens dont il avait acheté le concours ne changent d'avis.

Toute la nuit, ils emballèrent le peu de biens auxquels ils tenaient, firent un dernier tour au milieu de leurs souvenirs et, à l'aube, n'ayant aucun adieu à faire, ils se mirent en route. Le convoi des quatre véhicules surchargés de la famille roula douze heures, parcourant toute l'étendue du pays, à travers un désert intemporel, des champs pétrolifères à perte de vue, jusqu'à ce que, au crépuscule, leur apparaissent les eaux turquoise du golfe d'Arabie.

La digue miroitante reliant l'Arabie saoudite à la nation insulaire de Bahreïn ondulait comme un sautoir sur la mer. C'était une enfilade de vingt-cinq kilomètres de ponts et de viaducs, une merveille d'ouvrage d'art hollandais connue sous le nom de Chaussée du Roi Fahd. Ils franchirent le golfe de Bahreïn sous les yeux du monarque saoudien qui leur souriait tous les kilomètres, du haut de gigantesques affiches, ironie qui n'échappa nullement au garçon : c'était l'homme qui avait signé le décret d'exécution de son père. Le visage haï de Fahd fut la dernière chose qu'il vit de son pays natal.

Après avoir payé un autre pot-de-vin à la frontière, le grand-père et trois cousins furent autorisés à entrer brièvement à Bahreïn sans papiers pour pouvoir transporter les biens de la famille jusqu'à une maison que le vieil homme avait louée, grâce à l'ami d'un voisin. Personne ne fit de commentaires mais, en la voyant, le découragement s'empara d'eux.

La maison, sur un petit terrain vague dans une zone semi-industrielle de Manama, la capitale du pays, était en très mauvais état. La porte d'entrée bâillait, la plomberie était défectueuse et l'électricité ne fonctionnait que dans deux pièces. Mais un retour était exclu et tout valait mieux que la vie à Djeddah.

Une fois les maigres biens de la famille déchargés, la mère du garçon resta dans la cuisine vétuste en compagnie du vieil homme, essayant de le remercier le plus simplement possible pour ce qu'il avait fait. Il secoua la tête, lui mit dans la main un petit rouleau de billets et lui promit d'en envoyer d'autres chaque mois – pas beaucoup, mais suffisamment. Alors qu'elle se mordait les lèvres pour ne pas pleurer face à tant de générosité, il alla voir ses petites-filles qui les observaient depuis la cour et les prit dans ses bras.

Puis il se retourna et hésita. Il avait gardé le plus dur pour la fin. Son petit-fils, sachant ce qui les attendait, feignait d'avoir l'air occupé à ouvrir les cartons sur la véranda de derrière. Son grand-père s'approcha et attendit qu'il lève les yeux. Ni l'un ni l'autre ne savait, en hommes qu'ils étaient, jusqu'où montrer leur émotion. Mais le grand-père tendit les bras et étreignit le garçon. L'heure n'était plus à l'orgueil ; il était vieux, et Dieu seul savait s'il reverrait son petit-fils un jour.

Il recula et regarda l'adolescent. Il ne se passait pas de jour sans qu'il pense à son incroyable ressemblance avec son propre fils, celui qu'ils avaient exécuté. Pourtant, la vie se perpétue à travers nos enfants et leurs enfants après eux, et même un roi ne peut vous enlever cela. Il fit brusquement demi-tour et se dirigea vers les véhicules, faisant signe aux cousins de démarrer. Il ne se retourna pas, de crainte que la famille ne voie les larmes qui coulaient sur ses joues.

Le garçon, entouré de sa mère et de ses deux sœurs, resta un bon moment dans l'obscurité qui était en train de les envelopper, à regarder les feux arrière de leur vie passée disparaître dans la nuit.

4

Deux jours plus tard, pour la première fois dans sa vie d'adulte, la mère des enfants sortit en public sans être accompagnée d'un homme. Malgré la peur, la gêne, elle n'avait pas le choix ; si elle ne faisait pas quelque chose pour occuper les enfants, la solitude et leur nouvelle pauvreté finiraient par devenir trop pesantes.

À la dérive dans un pays étranger, sans parents ni amis, elle trouva l'arrêt de bus, fit monter les enfants à bord, puis se promena des heures durant avec eux dans les galeries marchandes de la ville. Ce fut une révélation. Aucun d'eux n'avait la moindre expérience d'une interprétation libérale de l'islam, si bien que ce fut avec des yeux ronds qu'ils découvrirent les affiches de films américains et de comédies musicales de Bollywood, qu'ils regardèrent les Occidentales en T-shirts sans manches et en short et des femmes musulmanes vêtues d'*abayas* sophistiquées, ayant troqué leurs voiles pour des lunettes de soleil Chanel.

Une chose entre toutes grisa le garçon. Les seuls visages féminins qu'il avait vus étaient ceux de sa mère et de ses parentes proches. Il n'avait même jamais vu de femme en photo : les magazines et les affiches montrant des femmes non voilées étaient interdits en Arabie saoudite. Alors, dans les boutiques de Bahreïn, disposant tout à coup d'une base de comparaison, il découvrit que sa mère était belle.

Certes, tous les fils sont en admiration devant leur mère, mais le jeune homme savait que cela n'avait rien d'un préjugé. Elle n'avait que trente-trois ans ; des pommettes hautes, une peau sans défaut, de grands yeux en amande qui respiraient l'intelligence, un nez fin et droit qui attirait le regard sur sa bouche, parfaitement dessinée. Et puis les épreuves récentes lui donnaient une grâce, une certaine noblesse bien au-dessus de sa modeste condition.

Un soir, peu de temps après, alors que ses sœurs étaient allées se coucher, il s'assit à côté d'une ampoule nue qui pendait d'un fil tendu d'un bout à l'autre de la cuisine et, d'une voix hésitante, dit à sa mère qu'il la trouvait très belle. Amusée, elle lui déposa un baiser sur le sommet du crâne mais, dans son lit cette nuit-là, elle pleura silencieusement : un garçon qui commence à remarquer la beauté d'une femme est en train de devenir adulte, et elle savait qu'elle allait le perdre.

Au cours des semaines qui suivirent, elle réussit à inscrire les trois enfants dans de bonnes écoles et l'adolescent, de son côté, après six tentatives, trouva une mosquée suffisamment stricte et anti-occidentale pour avoir reçu l'aval de son père, eût-il été vivant. Un garçon de quinze ans débarquant de nulle part dans un groupe de fidèles sans être accompagné par un homme de sa famille était chose si inhabituelle que, le premier vendredi après les prières, l'imam, aveugle de naissance, et plusieurs autres hommes l'invitèrent à prendre le thé dans un magnifique jardin derrière le bâtiment.

Sous un jacaranda pourpre, le garçon manifesta une certaine réticence à parler des événements qui l'avaient amené à Bahreïn, mais ces hommes-là ne s'en laissaient pas conter et, en phrases un peu hachées, incapable de mentir à l'imam, il finit par leur relater la mort de son père. À la fin, les hommes inclinèrent la tête et louèrent ce dernier. « Quel fils, quel pieux musulman ne serait pas fier d'un homme qui s'était exprimé pour défendre sa foi et ses valeurs ? » demandèrent-ils avec colère.

Pour un adolescent qu'on avait couvert de honte, que sa communauté avait rejeté, qui se sentait seul depuis si longtemps, l'expérience fut salutaire. Déjà, la mosquée commençait à combler le vide émotionnel au centre de sa vie.

L'imam aveugle lui dit que Dieu n'envoie à un homme que la somme de souffrances qu'il peut supporter. Par conséquent, le fils devait considérer les horribles événements de Djeddah comme un témoignage de la profonde dévotion et du courage de son père. Là-dessus, il tendit le bras et passa ses doigts sur le visage de l'adolescent, pour le garder en mémoire. C'était un signe de respect, une façon toute particulière de l'accueillir parmi eux.

N'évoquant que l'immense culture des fidèles de la mosquée, le jeune homme n'expliqua rien à sa mère de l'enseignement qu'il y suivait presque tous les soirs. C'était une affaire d'hommes, avait dit l'imam, et un homme ne peut parler librement que s'il a la certitude que ce ne sera pas répété.

Tandis que le garçon franchissait ces premières étapes de l'action politique violente au cœur de ce qui se révéla être une cellule des Frères Musulmans, le reste des siens s'orientait dans la direction opposée. Contrairement à la plupart des gens à Bahreïn, la famille n'avait pas la télévision, mais les filles étaient de jour en jour plus exposées à la culture pop – à l'école, dans les galeries marchandes, par les affiches – et, comme dans tous les autres pays de cette région du monde, culture populaire ne signifiait pas culture arabe.

L'américanisation grandissante de ses sœurs provoquait des disputes de plus en plus fréquentes entre le jeune homme et sa mère, si bien qu'un soir elle lui parla sans ménagement. Elle lui dit que leur seul avenir était à Bahreïn, et elle voulait que les filles puissent s'intégrer, y trouver des amitiés – elle voulait cela pour tous ses enfants –, et si cela impliquait de rejeter en bloc la manière dont ils avaient vécu en Arabie saoudite, elle ne verserait pas une larme sur ce qui leur avait apporté tant de souffrances.

Elle lui dit que la solitude était un rasoir qui découpait le cœur en lambeaux, qu'un enfant a le droit de rêver, et que les filles devaient tout faire pour être heureuses maintenant, au risque de ne pouvoir l'être plus tard. Elle le lui dit avec discernement et franchise, et pourquoi ne l'aurait-elle pas fait ? Elle aurait tout aussi bien pu parler pour elle. Il n'avait jamais entendu sa mère s'exprimer avec une telle flamme, et il se rendit compte que même si, pour le monde extérieur, elle était toujours musulmane, au fond d'elle-même – se sentant abandonnée de Dieu –, elle n'avait plus de foi qu'en la vie et en ses enfants. Profondément troublé, il lui rappela qu'Allah les regardait et il alla se coucher.

Il dormait quand sa mère alla dans la chambre des filles, les réveilla doucement et les prit par les épaules. Elle leur expliqua avoir conscience de ce qu'elles évoluaient différemment, mais qu'elles ne pouvaient plus offenser leur frère dans sa propre maison. Fini la musique, et quand elles quittaient la maison pour l'école, elles devraient porter le voile.

Les filles ressemblaient à leur mère, physiquement aussi bien que de caractère, et l'une et l'autre commencèrent par protester. Elle les fit taire et leur dit que leur frère les aimait, qu'il essayait seulement d'assumer l'énorme responsabilité dont il se sentait investi à l'égard de leur père. Elle vit leurs regards implorants et se retint de sourire ; elle s'apprêtait à partager un secret avec ses filles, ce qu'elle n'avait jamais fait avec qui que ce soit hormis sa propre mère.

« J'ai besoin de votre aide. Il y a un sujet très important que je dois aborder avec lui. Et il ne sera jamais d'accord s'il pense que vous êtes déjà corrompues. »

Les deux filles oublièrent leurs objections, curieuses d'entendre la suite.

« On ne peut pas continuer comme ça. Il n'y a pas que la maison, votre grand-père n'est plus tout jeune ; que se passera-t-il s'il meurt et que l'argent n'arrive plus ? » Elle leur laissa le temps d'en imaginer les conséquences avant d'ajouter : « J'ai postulé pour un emploi. »

De toutes les leçons que les filles allaient apprendre en tant que jeunes musulmanes, celle que leur mère leur donna cette nuit-là fut la plus importante : prendre son destin en main, comprendre que le seul escalier menant au ciel est celui qu'on se construit soi-même sur terre. Elles la regardèrent tout étonnées. Un emploi !

Elle avait entendu parler d'un poste vacant par l'une des mères de leur école et téléphoné à l'entreprise quelques semaines auparavant. Elle allait se résigner, mais une lettre était arrivée ce jour-là, lui demandant de se présenter pour un entretien. Elle n'avait rien dit à leur frère au cas où elle ne serait pas embauchée. Soyons réalistes, leur dit-elle, il y avait très peu de chances qu'elle soit retenue, surtout à la première tentative, si bien qu'elle préférait ne pas provoquer un conflit pour rien. Elle refusa d'entrer dans les détails, se contentant de leur dire l'essentiel, et insista sur le fait qu'il était tard et qu'il fallait dormir.

Au matin, les filles avaient tout fait pour apporter leur soutien à leur mère : les affiches avaient été enlevées, les piles de magazines jetées dans des sacs-poubelle, sans oublier leur musique et leur maquillage qu'elles avaient cachés avec soin.

Le jour de l'entretien, une fois les enfants à l'école, leur mère réunit ses quelques économies puis, suivant un plan bien réfléchi, se rendit dans une petite boutique d'une des meilleures galeries marchandes et s'acheta une bonne contrefaçon d'un sac Louis Vuitton et de lunettes Gucci.

Dans les toilettes publiques, elle transvasa dans le nouveau sac tout ce qui se trouvait dans le vieux, jeta ce dernier à la poubelle et enleva son voile. Elle était résolue à jouer de tous ses atouts, y compris celui que son fils avait évoqué quelques mois plus tôt. Mais oublier toute une vie de modestie n'était pas aisé et, même après avoir mis ses lunettes de soleil, elle ne put trouver le courage de se regarder dans le miroir.

L'air moderne, très belle, elle se dirigea vers la tour de bureaux voisine où se trouvait le siège de Batelco, l'entreprise ayant le monopole local du téléphone. Tremblant de peur et d'excitation, elle s'assit sur une banquette et attendit d'être appelée. Il lui vint à l'esprit que ce qu'elle éprouvait n'était pas très éloigné de ce qu'elle avait ressenti lors de sa nuit de noces, et là, à cet instant, elle eut l'impression d'être tout aussi nue.

Pas étonnant que les femmes aiment sortir comme ça, songea-t-elle.

Une secrétaire s'approcha et l'invita à la suivre dans une salle de réunion où deux hommes et une femme lui expliquèrent que la société augmentait le nombre de ses responsables de « relations clients ». Qu'en pensait-elle ? Elle leur dit que c'était une bonne idée, et même que, au vu de la réputation plutôt médiocre de l'entreprise en termes de services, on aurait pu douter de l'existence de cette fonction.

Celui qui était le plus élevé dans la hiérarchie la dévisagea et se mit à rire. Toute la journée, ils avaient entendu des candidates leur chanter les louanges de l'entreprise. Ils avaient enfin face à eux quelqu'un qui avait compris l'utilité du poste. Souriant encore, il expliqua que l'essentiel du travail consistait à gérer les réclamations des clients concernant des facturations excessives, à éclaircir la fréquence des factures et les arcanes des grilles tarifaires.

Elle avança que, même sans expérience professionnelle, elle était experte en la matière ; en tant que veuve disposant de faibles revenus, il lui fallait bien comprendre et analyser les factures du foyer, y compris celles de Batelco. Nerveuse, elle continua son laïus sans se rendre compte que, même s'ils approuvaient de la tête, les membres du panel n'écoutaient plus vraiment.

Ils savaient que ce travail consistait plus à calmer des abonnés en colère qu'à maîtriser des données techniques. La femme qui était devant eux semblait avoir de quoi tenir tête au client le plus enragé : une combinaison peu commune d'intelligence et de force de caractère.

Ils communiquèrent entre eux par un langage codé fait de regards interrogateurs et de petits haussements d'épaules et, sans échanger un seul mot, prirent une décision. Le plus âgé l'interrompit et lui demanda si elle pouvait commencer dès lundi. Elle était si contente qu'elle fut incapable de répondre ; ce n'est que lorsqu'il eut répété la question qu'elle parvint à dire oui.

Elle sortit tout excitée de la salle de réunion, les pensées se bousculant dans sa tête, tout en sachant qu'elle ne pourrait pas partager la nouvelle avec ses filles. Tout pouvait encore achopper sur un dernier obstacle : son fils.

Après le dîner, elle lui demanda très innocemment de l'accompagner à l'épicerie voisine. Elle avait passé tout l'après-midi à échafauder un plan et constata, en sortant avec lui, que ça ne pouvait pas mieux tomber : on était au début du week-end, et des groupes de jeunes étaient rassemblés devant un magasin d'accessoires automobiles, des bandes de Pakistanais hébergés sur place par des usines locales bavardaient au coin des rues, et des voitures pleines de jeunes bruyants convergeaient vers les cinémas de la ville. Alors qu'ils marchaient, elle lui fit remarquer que, voilées ou non, ses sœurs seraient bientôt à l'âge où elles ne pourraient plus quitter la maison.

Il acquiesça. Lui aussi y avait songé. En tant qu'homme, il était le chef de famille, responsable de la vertu des femmes.

« Il faudrait qu'on aille vivre ailleurs, dans un bon quartier, suggéra-t-elle.

— Je veux bien. Mais avec quel argent ?

— Je pourrais prendre un travail », dit-elle, avec douceur, omettant habilement de mentionner qu'elle en avait déjà trouvé un.

Il s'arrêta, la dévisagea. « C'est ridicule ! »

Elle baissa son visage voilé en signe de soumission, laissant sagement passer la première salve de colère et de surprise. Il se tourna pour repartir en direction de l'épicerie, mais elle resta sur place.

« Ridicule, peut-être, mais tu as une autre solution ? enchaîna-t-elle, d'une voix égale. Comment protéger les filles, sinon ? »

Il continua d'avancer vers le magasin. Mais elle s'obstina, ne bougeant toujours pas, résolue à s'opposer à son fils dans la perspective d'une vie meilleure pour eux tous.

« On ne peut pas continuer de vivre éternellement de la charité des autres, lui argua-t-elle. Quel homme accepterait ça ? Aucune mère ne le permettrait. Si j'avais un travail, nous pourrions nous offrir une nouvelle vie... »

Elle ne finit pas sa phrase. Il fit demi-tour et, furieux, lui lança à son tour : « La réponse est non. C'est mal. »

Il la tira par la manche, mais l'ouverture qu'elle attendait désespérément était là : « Le travail des femmes n'est peut-être pas conforme à une certaine idée de la virilité. Cela offense peut-être quelques imams illuminés, mais ce n'est pas *mal* », rétorqua-t-elle, glaciale.

Son fils entrevit un instant l'abîme qui s'ouvrait

devant lui, mais il ne pouvait pas revenir sur ce qu'il avait dit. Du coup, il essaya de clore le sujet, en montrant les groupes d'hommes qui regardaient cette prise de bec familiale. « Allez viens, tu nous donnes en spectacle ! »

Mais elle refusa d'avancer. « Mes études religieuses remontent à quelques années, poursuivit-elle, alors dis-moi où, dans l'islam, il est écrit qu'il est mal qu'une femme exerce un métier honnête ?

— C'est mal parce que je le dis… », mais elle ne le laissa même pas aller au bout de cette absurdité.

« Alors ton opinion compte plus que celle du Prophète, la paix soit sur lui ? »

Le seul fait de penser une telle chose était un sacrilège, et il resta un instant interdit.

Sa mère enfonça le clou : « C'est par la volonté de Dieu que tu as dû prendre la place de ton père, alors commence par agir comme il l'aurait fait. Crois-tu qu'il voudrait que ses filles vivent ainsi ? Crois-tu qu'il voudrait que sa *femme* vive ainsi ? »

Le jeune homme connaissait la réponse. Il porta son regard sur l'énorme distance qui séparait les sexes, puis à l'intérieur d'une minuscule fenêtre. C'était l'étroite fente du voile de sa mère ; depuis plus de mille ans la seule façon dont les hommes et les femmes s'observaient dans le monde arabe.

Elle soutint son regard de ses beaux yeux ombrés. « Je t'ai demandé si tu pensais que ton père aurait voulu que nous vivions dans ces conditions, alors réponds-moi », exigea-t-elle.

Il essaya de lui faire baisser les yeux, en vain. C'est lui qui les détourna. C'était toujours sa mère, et il l'aimait tendrement. « Et combien ça rapporterait, un travail ? » demanda-t-il pour finir.

5

L'embellie que connut la famille aurait pu continuer indéfiniment, n'eût été l'intervention d'une équipe d'ouvriers du bâtiment bangladais.

Environ un mois après que son fils avait donné son accord pour qu'elle travaille, ils avaient déménagé dans un bon quartier et, cinq jours par semaine, elle prenait le bus avec ses filles puis se rendait à son travail. Jamais elle n'avait autant eu l'impression que sa vie avait un sens, ni senti ses filles aussi épanouies et sereines. Tout cela prit fin deux jours après que les ouvriers eurent attaqué la construction d'un petit immeuble de bureaux à côté de l'école de l'adolescent.

Peu au fait des subtilités de la préparation d'un site, les Bangladais rompirent les canalisations d'eau et d'électricité d'un coup de tractopelle, privant ainsi toute l'école de climatisation. Pendant que l'infortuné conducteur contemplait sa machine grillée, hors d'usage, les gamins saluèrent son exploit depuis les fenêtres, se doutant bien qu'ils seraient libres pour le reste de la journée.

Du coup, le Sarrasin décida de faire à sa mère la surprise de l'emmener déjeuner ; mais le service d'autobus de Manama étant à peu près aussi fiable que celui de Djeddah, il arriva quelques minutes après la fermeture de l'immeuble Batelco pour la pause déjeuner. Pensant que sa mère se trouvait à la cantine du personnel, il se rendit dans la galerie marchande pour prendre un verre et réfléchir à ce qu'il allait faire de son après-midi de liberté.

Mais alors qu'il débouchait d'un escalator, il la vit

à une trentaine de mètres et, là, en un instant, le petit univers qu'il avait réussi à se construire à Bahreïn bascula. Non voilée et portant du rouge à lèvres, ses lunettes de soleil Gucci relevées sur la tête, elle déjeunait dans un café avec un groupe de collègues.

Anéanti, il resta là à regarder son visage non voilé, son maquillage. À ses yeux, elle aurait tout aussi bien pu être nue. Pire encore que son manque de pudeur, il y avait quatre hommes assis avec elle à une grande table. Et il lui suffit d'un coup d'œil pour voir qu'ils n'étaient ni les pères ni les frères d'aucune des autres femmes.

Une sensation d'écœurement, de trahison, l'envahit, si forte qu'il s'en étrangla presque et à peine fut-il parvenu à repousser cette vague-là qu'un terrible sentiment d'échec le submergea : il avait manqué à son devoir, trahi son père, de la pire façon qui soit.

Il pensa un instant affronter sa mère devant tous, lui couvrir le visage et la traîner à la maison mais, prenant sur lui, il finit par trouver la force de s'éloigner. Furieux, profondément blessé, il se dirigea vers le seul refuge qu'il connût – la mosquée –, avide de réconfort et de conseils de la part de l'imam et des autres soldats des Frères Musulmans.

Il rentra chez lui si tard ce soir-là et fut tellement lent à se lever le lendemain matin qu'il ne vit sa mère et ses sœurs qu'à l'heure du dîner. Il ne fit aucune allusion à ce qu'il avait vu dans la galerie marchande, curieusement, mais tout au long du repas, sa mère eut conscience que quelque chose n'allait pas.

Une fois les filles couchées, elle l'interrogea mais, renfermé, maussade, il refusa d'aborder le sujet. Pensant que cela concernait une fille, sa mère décida de ne pas insister ; elle-même avait eu des frères et savait

que les années d'adolescence pouvaient être très difficiles pour les garçons.

Plusieurs jours passèrent avant qu'il ne se décide à
lui parler. Les yeux baissés, il lui dit qu'après des mois
de réflexion il avait résolu de suivre la voie religieuse
et un jour – si telle était la volonté de Dieu – de devenir imam.

Elle le regarda interloquée, mais ne tenta pas de l'en
dissuader. Quels qu'aient pu être les rêves qu'elle avait
pour son fils, être imam n'en faisait pas partie.

Il lui dit calmement qu'il savait que la voie spirituelle n'était pas la plus facile, mais que, depuis la mort
de son père, la religion lui avait apporté plus de réconfort que toute autre chose et que, comme l'imam le lui
avait à plusieurs reprises fait remarquer, c'était une
décision dont son père aurait été extrêmement fier.

Sa mère savait que c'était vrai mais, même si c'était
une explication à son récent mutisme, elle ne pouvait
s'empêcher de penser que, derrière ce choix, il y avait
autre chose qu'elle ne comprenait pas.

Elle scruta son fils unique – dont la ressemblance
avec son père ne faisait qu'augmenter, ce qui renforçait
d'autant plus son amour pour lui –, espérant l'amener
à se dévoiler, mais il se contenta de lever les yeux et,
inébranlable, de la regarder lui aussi.

« J'aurai seize ans dans deux semaines, mais j'ai
quand même besoin de ta permission pour obtenir un
passeport. Je voudrais aller passer un mois au Pakistan. »

Elle ne dit mot, interloquée. Le Pakistan ? Mais d'où
pouvait bien lui venir cette idée ?

« Ça tombe au moment des vacances d'été, ça n'af-
fectera pas mes études, enchaîna-t-il, froidement. Près

de Quetta, il y a une *madrassah*[1] qui propose un enseignement parfaitement adapté pour un jeune qui démarre. D'après l'imam, ça placera la barre très haut pour le reste de ma carrière.

Sa mère acquiesça ; elle pouvait presque entendre l'aveugle le lui dire. Que savait-il de son fils ? Il était grand et fort, étonnamment athlétique, et elle doutait qu'une vie d'études religieuses puisse le satisfaire. « Mettons que je sois d'accord. Comment pourrions-nous en supporter les frais ? demanda-t-elle, choisissant de commencer par l'objection la plus rationnelle.

— Les cours sont gratuits et l'imam a proposé de payer le billet d'avion. D'autres membres de la mosquée ont offert d'écrire à des amis pour organiser mon hébergement. »

Elle se mordit la lèvre. Elle aurait dû s'en douter.

« Quand partirais-tu ?

— Dans dix jours, répondit-il, la mettant au défi de dire que c'était trop tôt.

— *Quand ?!*

— Dans dix jours », répéta-t-il, sachant qu'elle avait parfaitement entendu.

Elle mit un moment à calmer les battements de son cœur. Ensuite seulement, elle put tenter d'affronter sa peur du fossé que cela risquait de créer et qui pourrait ne jamais se refermer si elle ne l'aidait pas.

« Alors, qu'en dis-tu ? s'enquit-il, d'un ton suffisamment agressif pour qu'elle comprenne quelle était la réponse qu'il attendait.

— Je ne m'opposerais jamais à une ambition si honorable, finit-elle par dire. Mais il est normal que je

---

1. École coranique.

m'inquiète ; ça dépendra donc de ma rencontre avec l'imam, et des assurances qu'il me donnera sur l'organisation de ce voyage. »

Un sourire satisfait aux lèvres, il se leva de sa chaise. « Pas de problème. Il attend ton appel. »

Deux jours plus tard, rassurée par son entretien, elle signa la demande de passeport et, cet après-midi-là, il se rendit à l'agence de Pakistan Air pour acheter son billet.

Entre-temps, sa mère avait réalisé qu'il serait absent pour son anniversaire et, dans l'agitation des courses et des préparatifs en vue du voyage, elle et ses filles prirent sur elles d'organiser une fête surprise pour le jour de son départ. Le secret ne fut pas très bien gardé, mais il joua le jeu, feignant de n'avoir pas remarqué le surplus de nourriture apporté, ni les invitations adressées à son école ainsi qu'à la mosquée.

Mais à 4 heures du matin le jour de la fête, il était déjà réveillé et habillé. Il se glissa silencieusement dans la chambre de ses sœurs et resta un moment au pied de leur lit. Elles étaient épuisées, ayant veillé jusqu'à minuit pour finir de tout préparer, et aucune des deux ne bougea.

Il regarda leurs jolis visages voguant paisibles sur les noirs océans du sommeil, et peut-être est-ce à cet instant seulement qu'il comprit à quel point il les aimait. Mais ce n'était pas le moment de mollir ; il glissa un exemplaire du Coran portant son nom sous leur oreiller et les embrassa une dernière fois.

Le cœur plus lourd qu'il ne l'aurait cru, il descendit dans l'entrée et ouvrit la porte de la chambre de sa mère. Elle dormait sur le côté, lui faisant face, éclairée par une faible lueur venant d'une veilleuse de la salle de bains.

Sans le dire à personne, il était retourné à l'agence de la compagnie aérienne trois jours plus tôt et avait déplacé son billet pour un vol de 6 heures du matin. Depuis qu'il avait vu sa mère dans la galerie marchande, il avait dissimulé ses sentiments, mais il n'était pas certain de pouvoir continuer à en faire abstraction au cours du tourbillon d'émotions de ce que lui seul savait devoir être une fête d'adieux. Il avait prétendu être de retour au bout d'un mois, mais ce n'était pas vrai. En réalité, il ne savait absolument pas s'ils allaient se revoir un jour.

Regardant sa mère, à présent, il comprit que rien n'était simple. Ayant grandi dans le désert, il n'avait vu le brouillard qu'une seule fois dans sa vie. C'était un matin de bonne heure, son père l'avait réveillé, et ils avaient observé le mur de vapeur blanche surgir, surnaturel, puis avancer vers eux sur la mer Rouge. Les souvenirs surgirent de la même façon : le ventre de sa mère s'arrondissant avec l'une de ses sœurs, son père la frappant violemment sur la bouche pour avoir désobéi, son beau visage transfiguré par le rire à l'une de ses plaisanteries. Cette masse d'émotions qui déferlait – de l'espoir au désespoir, de son amour d'enfant à l'amère déception – l'enveloppa de ses étranges nuées jusqu'au moment où il se perdit dans la blancheur de leur univers changeant.

Il serait resté ainsi au bord des larmes à dériver dans ces souvenirs si un muezzin n'avait appelé les fidèles à la prière quelque part au loin. Cela signifiait que le jour se levait et qu'il était déjà en retard. Il s'avança vers le lit et se pencha tout près du visage de sa mère, pour sentir sur sa joue la douceur de son souffle endormi. On dit que les hommes qui meurent sur un champ de bataille ont presque toujours les doigts qui se crispent au sol, tentent de s'agripper à la terre, à la souffrance et à l'amour qu'elle renferme.

Le jeune homme n'en eut pas conscience, mais s'il avait baissé les yeux, il aurait vu ses doigts étreindre le couvre-lit de sa mère. En l'embrassant sur le front, il murmura un mot, un seul, qu'il n'avait jamais prononcé auparavant : il murmura son nom, comme si elle était son enfant.

Il se releva et recula jusqu'à la porte, gardant les yeux sur elle aussi longtemps que possible. Il empoigna son sac à dos, sortit dans le jour naissant, courut dans l'allée, vite, de peur que les larmes ne le submergent et que ses pieds n'obéissent à son cœur et ne lui fassent faire demi-tour.

Comme convenu, à l'autre bout de la rue, une voiture l'attendait. À l'intérieur, l'imam et deux responsables des Frères Musulmans. Ils le saluèrent alors qu'il grimpait sur le siège arrière, le chauffeur passa une vitesse et fonça pour le déposer à l'aéroport.

Sa mère se réveilla deux heures plus tard et se leva aussitôt pour finir les préparatifs de la fête. Dans la cuisine, elle trouva une lettre qui lui était destinée. En commençant la lecture, elle sentit ses jambes se dérober sous elle et n'eut que le temps d'agripper une chaise avant de s'y écrouler.

Avec des mots simples, il lui disait qu'il l'avait vue dans la galerie marchande, toute honte bue, qu'il était certain que ses sœurs étaient complices de sa conduite et que sa seule ambition avait été de protéger les femmes, exactement comme son père l'aurait voulu.

La lecture de ces deux pages, qu'il avait écrites en s'appliquant, lui enseigna une leçon que la plupart des parents apprennent un jour : ce sont généralement vos enfants qui vous infligent les blessures les plus douloureuses.

Pour finir, arrivant au dernier paragraphe, elle comprit que l'imam l'avait totalement trompée. Et, complètement déstabilisée par ce qu'elle avait lu, elle sombra, happée par un terrible sentiment de perte, de culpabilité et de peur.

Son fils avait écrit qu'il allait à Quetta mais qu'il ne s'y trouvait aucune *madrassah* réputée, juste une sorte de camp d'un genre différent caché très haut dans la montagne. Il allait y suivre un entraînement de base de six semaines avant d'être conduit le long d'une vieille route de contrebandiers de l'autre côté de la frontière, sur le théâtre des opérations.

Il révéla qu'il n'avait jamais eu l'intention de s'engager dans une vie religieuse. Comme tout authentique fidèle musulman, il partait en Afghanistan, pour mener le *djihad* contre les envahisseurs soviétiques qui assassinaient les enfants de l'islam.

6

Au cours des neuf années que dura la guerre en Afghanistan, il y eut plus d'un million de morts. Le Sarrasin ne fut pas du nombre – un fait qui, compte tenu de ses actes ultérieurs, amènerait la plupart des gens à s'interroger, sinon sur l'existence de Dieu, tout au moins sur Son bon sens.

Après avoir franchi la frontière, le Sarrasin combattit les Soviétiques pendant deux ans, jusqu'au jour où, planté en haut d'une crête par une froide nuit de février

– âgé de dix-huit ans, grand de taille et endurci –, il porta son regard sur une route qui s'étirait jusqu'en Europe.

Derrière lui, un croissant de lune éclairait un alignement de pics et de rochers escarpés où une dizaine de milliers de *moudjahidin* aguerris étaient également postés comme des sentinelles.

Tous avaient vu des choses étonnantes – la vitesse à laquelle dansait un prisonnier russe quand il était arrosé d'essence et qu'on y mettait le feu ; à quoi ressemblaient leurs morts avec leurs parties génitales tranchées et fourrées dans la bouche – mais là, par cette nuit aux myriades d'étoiles, ils auraient tout aussi bien pu se trouver sur le cinquième anneau de Saturne à regarder le vol de la flotte de l'Empire galactique. Personne n'avait jamais rien vu de pareil.

Sur soixante kilomètres le long de la vallée qui s'étendait sous leurs yeux – et, selon des rapports de la radio militaire afghane, sur cent cinquante kilomètres au-delà –, la route goudronnée à deux voies était pleine de semi-remorques à plateforme surbaissée, de camions et de porte-chars. Tous les quelques kilomètres des feux brûlaient, illuminant la nuit, un peu comme des bûchers funéraires. Quand les véhicules passaient à côté de ces feux, les soldats qui y étaient embarqués jetaient le matériel en surplus : des tenues neige, des boîtes de rations, des tentes, des trousses de premier secours.

De temps à autre, des munitions ou des fusées partaient par erreur, éjectant les hommes qui se trouvaient à bord des véhicules, illuminant le ciel comme de lugubres feux d'artifice, plongeant l'un des plus grands convois jamais vus sur terre dans des moments aveuglants d'intense soulagement. Les véhicules faisaient route vers le fleuve Amu Darya et la frontière avec l'Ouzbekistan : l'énorme quarantième armée soviétique – l'armée d'occupation de l'Afghanistan – se retirait, défaite.

Le Sarrasin, de même que les autres *moudjahidin,* savait exactement pourquoi les Soviétiques avaient perdu. Ce n'était pas à cause du courage des rebelles ou de la détermination de Moscou à mener une guerre injuste. Non, la raison en était que les Soviétiques n'avaient pas de Dieu : c'était leur *foi* qui avait donné la victoire aux *moudjahidin.*

« *Allah Akbar !* cria une voix du haut d'un des sommets les plus élevés. Dieu est grand. » Dix mille autres voix le reprirent, s'époumonant avec révérence, écoutant son écho. « *Allah Akbar !* », encore et encore, pleuvant sur les Soviétiques qui rentraient chez eux en toute hâte. L'Afghanistan, tombeau de tant d'empires, pouvait se targuer d'avoir fait une victime de plus.

Deux semaines plus tard, vingt hommes lourdement armés entrèrent à cheval dans le village recouvert d'un manteau de neige où le Sarrasin campait en compagnie d'autres rebelles marqués par les combats.

Leur chef s'appelait Abdul Mohammad Khan, une légende à lui tout seul, même dans cette époque qui ne manquait pourtant pas de géants. Âgé d'une quarantaine d'années lorsque les Soviétiques avaient envahi le pays, il avait conduit son clan à la guerre, été piégé par deux « conseillers militaires » d'une autre tribu, capturé à la suite d'une fusillade sauvage et, dans une prison de Kaboul, torturé à en donner la nausée aux gardiens russes eux-mêmes. Il avait réussi à s'évader lors d'une mutinerie sanglante et, le corps meurtri, tenant par la force de sa volonté, il était parvenu à regagner son bastion montagnard.

Six mois plus tard, partiellement remis de ses blessures, il tint la promesse qu'il s'était faite et qui lui avait permis de résister aux heures de passage à tabac et aux séances d'électrodes à Kaboul : ses guerriers capturèrent vivants les deux hommes qui l'avaient trahi. Il ne les tortura pas. De lourds blocs d'acier leur furent attachés dans le dos, et ils furent étendus nus, sur le dos, dans de grands moules. Ne pouvant se lever, ils se mirent à battre des bras et des jambes en voyant que l'on versait du ciment liquide dans les moules.

Lorsque le ciment eut recouvert leur corps et leur visage juste assez pour les noyer, on le laissa prendre. Leurs membres se débattant et leurs visages hurlant se profilaient désormais, figés dans la pierre pour l'éternité en un bas-relief grotesque.

Les blocs contenant les hommes ensevelis et leur éternelle tentative de s'échapper furent incrustés dans les murs de la luxueuse salle de réunion de la forteresse dans le but d'éclairer tous les esprits venant rendre visite à Lord Abdul Mohammad Khan. Personne ne se risqua plus à le trahir.

À l'époque où il débarqua dans le village glacial avec son escorte militaire, cet homme profondément pieux, qui se considérait comme un seigneur de guerre sans égal, s'était déjà proclamé gouverneur de la province. C'était donc à ce titre qu'il parcourait son immense domaine, pour remercier les combattants étrangers de leur aide et organiser leur rapatriement.

Or il y avait un homme entre tous qu'il tenait à rencontrer. Pendant deux ans, il avait entendu parler du Sarrasin, de ses campagnes à travers les montagnes, équipé d'un Blowpipe missile sol-air de quarante livres sur le dos et d'un AK-47 à l'épaule.

Au cours de la guerre, les Russes avaient perdu plus de trois cent vingt hélicoptères. Trois d'entre eux, tous des hélicoptères de combat Hind, avaient été abattus par le jeune Arabe et son Blowpipe – deux au cours des pires mois et un dans la dernière semaine du conflit. C'était un succès remarquable à tout point de vue.

Abdul Khan – boiteux à vie à cause de son séjour dans ce que les Soviétiques appelaient affectueusement le Sports Club de Kaboul, son visage à la fois défait et beau jamais loin d'un sourire, même quand il transformait des hommes en sculptures de ciment – tint sa cour devant les hommes rassemblés et écouta leurs requêtes, lesquelles allaient d'un traitement médical à des frais de voyage. Seul le Sarrasin, debout au fond, ne dit rien, ne demanda rien, et le seigneur de guerre ne l'en admira que davantage.

Quand tous eurent fini de dîner dans la cuisine collective du village, le gouverneur fit signe au Sarrasin de venir le rejoindre dans un coin, près du feu ronflant. Dehors, le vent fouettait les vallées et grondait jusqu'en Chine, les bourrasques de neige s'amoncelaient en congères contre les maisons blotties les unes à côté des autres. Abdul Khan servit lui-même le thé et déclara qu'il avait entendu dire que le jeune homme était un musulman très pieux.

Le Sarrasin acquiesça, et Khan lui apprit qu'il y avait un érudit religieux, un ancien commandant *moudjahid* ayant perdu un œil au combat, qui venait de fonder une *madrassah* d'élite dans la ville de Kandahar. Ses étudiants étaient tous d'anciens combattants et, si le Sarrasin souhaitait étudier l'islam dans toute sa splendeur, le gouverneur Abdul Khan serait heureux de financer ses études.

Le Sarrasin, buvant à petites gorgées à son quart métallique et tirant sur une des cigarettes américaines du gouverneur, avait entendu parler du Mollah Omar et de son groupe de talibans – mot arabe qui désignait une personne en quête de connaissances religieuses – et, bien que flatté par la proposition, il secoua la tête : « Je rentre chez moi, au pays où je suis né.

— À Djeddah ? » demanda le gouverneur, incapable de dissimuler sa surprise. Au cours d'autres nuits, autour d'autres feux, il avait entendu des hommes raconter l'histoire de l'exécution qui avait mis le jeune homme sur sa déjà longue route du *djihad*.

« Non, à Riyad », dit-il et le gouverneur devina de quoi il retournait. Riyad était la capitale de l'Arabie saoudite, le siège de la monarchie et de la maison de Saoud. « Tu as entendu parler de ce qu'ils ont fait à mon père ? interrogea le jeune homme, regardant les yeux enfoncés de son aîné.

— On m'en a parlé, oui, répondit le seigneur de guerre, d'un ton égal.

— Alors tu comprends. J'ai un travail de vengeance à accomplir. »

Ce fut prononcé simplement, sans rancœur ni émotion. La plupart des jeunes gens auraient dit cela au gouverneur que celui-ci aurait ri et leur aurait offert une autre de ses excellentes cigarettes. Mais ces jeunes-là n'avaient pas affronté un hélicoptère de combat soviétique Hind déchaîné, pas une seule fois, pas même dans leurs pires cauchemars. Les yeux rivés sur le Sarrasin, le gouverneur se demanda, et ce n'était pas la première fois, si lui-même, seulement armé d'un

Blowpipe, en aurait trouvé le courage. Comme tout le monde en Afghanistan, il savait que ce missile était l'une des plus authentiques merdes jamais inventées, entraînant presque à coup sûr la mort de quiconque se trouvait dans la fâcheuse situation d'avoir à s'en servir.

Tiré à l'épaule, le missile d'un mètre vingt utilisait un système de guidage manuel : autrement dit, on tirait le missile, puis on le dirigeait sur sa cible avec une manette de jeux sur un petit émetteur radio. Comme si ce n'était déjà pas assez dangereux, le missile produisait une lueur tellement brillante au lancement que la victime visée, généralement un hélicoptère, le voyait venir à tous les coups.

Aussitôt, l'équipage à bord de l'hélicoptère virait pour pointer la mitrailleuse à canons multiples et les canons de cinquante vers l'opérateur. Le pilote essayait alors de l'annihiler sous une grêle de métal avant qu'il n'ait pu diriger le missile à bon port.

Avoir dix-sept ans, être seul, sans parent pour vous enterrer, encore moins vous protéger, se tenir au coucher du soleil sur un éboulis en montagne en Afghanistan avec rien d'autre que de longues ombres pour vous dissimuler, des éclats de rochers et des balles explosant tout autour de vous, tandis que des aviateurs aguerris lâchent les chiens de l'enfer ; se tenir dans l'œil d'un cyclone, le monde tourbillonnant et se désintégrant autour de vous, entendre le bruit assourdissant des rotors et des moteurs, le hurlement des mitrailleuses et des canons arrivant sur vous ; tenir la position, ne pas courir, ne pas reculer face à la mort qui se rue sur vous, compter les interminables secondes avant que le cheval de l'apocalypse ne se détourne, effrayé ; actionner la manette pour guider l'ogive droit sur le point vulnérable de son moteur, sentir la chaleur de l'explosion puis l'odeur de mort et de chair brûlée, et prendre conscience, soudain, que ce n'est pas la vôtre, en tout cas pas cette fois… eh bien, il n'y a pas beaucoup d'hommes qui en sont capables.

Trois fois, le Sarrasin avait joué à qui se dégonfle le dernier et, à ce jeu, le plus mortel qui soit, les trois fois il avait gagné. Lord Abdul Khan ne rirait jamais de ce que pourrait dire un jeune homme de cette trempe.

« Reste, lui dit doucement le Seigneur de la guerre. Tu seras à peine arrivé à la frontière que les Saoudiens t'arrêteront. Avec ton nom et ton passé de djihadiste, tu n'iras pas au-delà.

— Je sais, répondit le Sarrasin en leur versant encore du thé à tous les deux. J'irai d'abord à Quetta – avec mille dollars au bazar aux armes, on peut s'acheter un passeport avec le nom qu'on veut.

— Peut-être, mais fais attention, la plupart des faussaires pakistanais sont des ordures. Quelle nationalité vas-tu prendre ?

— Je ne sais pas, n'importe laquelle du moment que je puisse entrer au Liban. Il y a une école de médecine, à Beyrouth, une des meilleures qui soient. »

Abdul Khan marqua une pause avant de parler. « Tu veux faire des études, devenir médecin ? »

Il acquiesça. « Si je ne suis plus saoudien, je ne vois pas d'autre moyen de retourner vivre dans mon pays. Il est fermé aux étrangers, mais pas aux médecins. Un musulman étranger avec un bon diplôme médical est certain d'obtenir un visa. Et ça aurait un autre avantage. La Mabahith ne perdra pas son temps à surveiller un médecin. Ils sont censés sauver des vies, pas vrai ? »

Abdul Khan sourit tout en continuant de le dévisager. « Mais ça va prendre des années, dit-il pour finir.

— Peut-être même toute une vie. » Le Sarrasin lui sourit en retour. « Mais je n'ai pas le choix. Je le dois à mon père. Je crois que c'est pour cela que Dieu m'a gardé en vie dans les montagnes : pour détruire la maison des Saoud. »

Le gouverneur resta un long moment silencieux – il n'aurait jamais pensé que le jeune combattant puisse faire quelque chose qui l'impressionnerait plus encore qu'affronter les hélicoptères de combat Hind. Il se trompait.

Il fit tourner le thé dans sa tasse puis la leva pour le saluer. Sur la vengeance, il en savait plus que la plupart des hommes. « À l'Arabie saoudite et à la vengeance, alors. *Inch'Allah*.

— *Inch'Allah* », répéta le Sarrasin. Si Dieu le veut. Et ils n'échangèrent plus un seul mot pendant près de quinze ans ; le gouverneur et son escorte partirent à l'aube le lendemain matin. Trois semaines plus tard, cependant, les combattants étrangers ayant levé le camp et attendant que la dernière tempête de neige de l'année passe, deux des jeunes neveux du gouverneur se traînèrent jusqu'au village.

Ils avaient été contraints de lâcher leurs montures dans le blizzard et, pendant que les chevaux redescendaient péniblement vers des terres plus sûres, les deux jeunes avaient continué à pied dans la tempête. Sans avoir prévenu qui que ce soit, ils débarquèrent, porteurs d'un petit paquet en toile cirée destiné au Sarrasin, le *moudjahid* légendaire à peine plus âgé qu'eux.

Seuls dans la cuisine avec lui, ils attendirent qu'il signe l'accusé de réception de son contenu : un passeport libanais avec un faux nom. Pas un médiocre acheté au bazar de Quetta ; non, un authentique avec tous les détails correctement enregistrés, négocié auprès d'un employé corrompu de l'ambassade du Liban à Islamabad, la capitale du Pakistan, pour dix mille dollars US payés cash.

Mieux encore, y figuraient des visas et des autorisations montrant que son porteur était revenu d'Inde trois ans plus tôt pour obtenir un baccalauréat d'une école internationale appréciée. Quatre mille dollars US en billets usagés avaient été glissés dans la couverture. Aucune lettre ni explication ; c'eût été superflu : c'était comme un AK-47 bien entretenu, un cadeau de la part d'un combattant dont la guerre était terminée à un autre dont la campagne venait de commencer.

C'est à la fonte des glaces que le Sarrasin entreprit son long périple pour sortir d'Afghanistan. Les ravages de la guerre étaient partout visibles sur les petites routes qu'il parcourait : des villages en ruine, des champs dévastés, des cadavres dans les fossés. Pourtant, les familles plantaient déjà la plus lucrative de toutes les semences : le pavot somnifère. Approchant de la frontière pakistanaise, il rencontra le premier des cinq millions de réfugiés retournant chez eux et, à partir de là, nagea à contre-courant dans une marée montante d'humanité.

À la frontière, tout semblant de contrôle ayant disparu, il sortit d'Afghanistan sans être remarqué, tard dans l'après-midi, sous un ciel sans nuage – jeune homme doté d'un faux passé, d'une fausse identité et d'un vrai passeport.

Pas étonnant que, le moment venu, j'aie mis autant de temps à le dénicher. Je l'ai déjà dit : c'était un fantôme.

7

C'est sous les premières rafales de la mousson que le Sarrasin arriva à Karachi, où il dépensa quelques-uns de ses dollars à l'achat d'un espace pour dormir sur le pont d'un vieux cargo en partance pour Dubaï. De là, une dizaine de compagnies aériennes assure des vols directs pour Beyrouth et, une semaine plus tard, le passeport remplit toutes ses coûteuses promesses en lui permettant de franchir les services d'immigration libanais sans encombre.

Beyrouth était elle-même ravagée, la moitié en ruine, une bonne part de sa population blessée ou épuisée. Mais cela arrangeait le Sarrasin : le pays se remettait de quinze années de guerre civile et un homme sans racines n'avait aucun mal à passer pour un autochtone dans une ville pleine de vies brisées.

Il avait toujours été bon élève et, en six mois de travail acharné, avec l'aide de tuteurs rencontrés à la mosquée la plus radicale et intellectuelle de la ville, il passa aisément l'examen d'entrée à l'université. Comme pour la plupart des étudiants, le montant élevé des frais de scolarité était un obstacle mais, heureusement, il trouva un programme de bourse du Département d'État américain visant à participer à la reconstruction du pays et y favoriser l'émergence de la démocratie. Le personnel de l'ambassade américaine l'aida même à remplir les formulaires.

Renfloué par cet argent, le Sarrasin consacra ses longues journées à l'étude de la médecine – que seuls la prière et des repas frugaux venaient interrompre –, ses nuits au terrorisme et à la révolution. Il lut tous les auteurs majeurs – Mao, le Che, Lénine – et assista aux réunions et aux conférences de nationalistes panarabes forcenés, de bellicistes palestiniens et de plusieurs autres qu'on pourrait qualifier d'hommes des cavernes islamiques. L'un d'eux, venu dans le but de lever des fonds, créait une organisation dont le nom signifiait « la loi » ou « la base » – al-Qaïda en arabe. Quand il se battait en Afghanistan, le Sarrasin avait entendu parler de ce grand cheikh, un Saoudien comme lui, mais, contrairement à tous les autres dans la mosquée ce jour-là, il n'essaya pas d'impressionner Oussama Ben Laden avec un discours enflammé – preuve supplémentaire que l'homme le plus calme dans une pièce est souvent le plus dangereux.

Ce fut lors d'une autre de ces réunions, avec cette fois un groupe si petit qu'elle se tint dans une pièce miteuse généralement utilisée par le club philatéliste de l'université, qu'il fut confronté à une idée qui devait changer sa vie. La nôtre aussi, dois-je en convenir avec tristesse. Ironie du sort, comme l'intervenante était une femme, il faillit ne pas y assister. Elle dit s'appeler Amina Ebadi – probablement un nom d'emprunt – et être militante politique dans le gigantesque camp de réfugiés de Jabalia, situé dans la bande de Gaza, qui accueillait plus de cent quarante mille réfugiés palestiniens, l'un des kilomètres carrés les plus démunis et les plus radicaux au monde.

Le sujet de son intervention, la crise humanitaire dans le camp, attira une dizaine de personnes à tout casser. Mais elle était tellement habituée à nager à contre-courant de l'indifférence internationale qu'elle ne s'en offusqua pas. Un jour, quelqu'un l'entendrait, et celui-ci changerait tout.

La soirée était affreusement chaude et, au beau milieu de son intervention, elle fit une pause et ôta son voile. « Nous sommes en si petit comité que j'ai l'impression d'être en famille », dit-elle avec le sourire. Personne parmi cette audience si réduite n'émit d'objection et, quand bien même le Sarrasin aurait été tenté de le faire, il mit si longtemps à se remettre de la vision de son visage qu'il ne put réagir.

À partir de sa seule voix, pleine de gravité, il s'était fait d'elle une image qui n'avait rien à voir avec ses grands yeux, sa bouche expressive et sa peau sans défaut. Ses cheveux tirés en arrière lui donnaient un petit côté garçon manqué et, bien qu'elle eût des traits trop irréguliers pour être qualifiée de belle, tout semblait s'harmoniser dès qu'elle souriait et personne n'aurait pu convaincre le Sarrasin qu'elle ne l'était pas.

Elle avait cinq ans de plus que lui, mais il y avait quelque chose – la forme de ses yeux, sa soif de vivre – qui lui rappelait l'aînée de ses sœurs. Il n'avait eu aucun contact avec sa famille depuis ce jour où il avait quitté Bahreïn et là, soudain, il fut assailli par le mal du pays.

Le temps qu'il réussisse à le chasser, la femme avait dit quelque chose à propos d'« ennemis proches ».

« Excusez-moi, intervint-il, pourriez-vous répéter ? »

Elle tourna ses grands yeux vers le jeune homme qui avait l'air très sûr de lui et dont on lui avait dit qu'il était un étudiant en médecine très pieux, mais dont elle devinait, à son visage buriné, que c'était très certainement un ancien combattant du *djihad*. Elle connaissait ces hommes-là ; le camp de Jabalia était plein d'anciens *moudjahidin*.

S'adressant à lui avec tout le respect qu'il méritait, elle expliqua que presque tous les problèmes du monde arabe étaient causés par ce qu'on pouvait appeler ses ennemis proches : Israël, bien sûr, les impitoyables dictatures éparpillées un peu partout dans la région, et les monarchies féodales corrompues comme l'Arabie saoudite qui étaient à la solde de l'Occident.

« J'entends partout dire que la plupart de nos problèmes seraient résolus si nos ennemis proches étaient détruits. Je ne crois pas que cela soit possible – ces ennemis-là sont trop impitoyables, trop heureux de nous opprimer et de nous tuer.

» Mais ils ne survivent et ne prospèrent que parce qu'ils bénéficient du soutien de l'ennemi éloigné. Certains penseurs visionnaires – des sages – disent que si on anéantissait l'ennemi éloigné, ce serait la fin de tous les ennemis proches.

— C'est ce qu'il y a de bien avec la théorie, rétorqua l'étudiant en médecine. Ça marche toujours. Quand il s'agit de la mettre en œuvre, c'est une autre paire de manches. Peut-on même envisager de détruire un ennemi aussi puissant que l'Amérique ? »

Elle sourit. « Comme vous le savez sûrement, les djihadistes ont bien brisé les reins d'une nation aussi puissante en Afghanistan. »

Ce fut dans un état de grande agitation que le Sarrasin parcourut les huit kilomètres le séparant de chez lui ce soir-là. Il n'avait jamais eu une idée claire de la manière d'abattre la Maison des Saoud, et il devait bien reconnaître qu'il y avait une raison pour laquelle tous les dissidents saoudiens étaient établis à l'étranger : ceux qui vivaient ou voyageaient à l'intérieur de ses frontières étaient invariablement surveillés et éliminés. Il n'y avait qu'à voir ce qui était arrivé à son père. Mais provoquer la chute de la monarchie saoudienne sans

166

jamais entrer dans le pays en infligeant une très grave blessure à l'ennemi éloigné – ça, c'était une idée !

Arrivé sur le seuil de son minuscule appartement, il sut quelle voie il suivrait : il continuerait probablement ses études de médecine, mais il ne retournerait pas en Arabie saoudite. Il ne savait pas encore comment il allait s'y prendre – Allah le lui montrerait le moment venu – mais il allait livrer bataille ailleurs, dans le pays qui menaçait plus que tout autre l'imaginaire collectif arabe.

Cela prendrait des années, les obstacles sembleraient parfois insurmontables, mais son long cheminement vers le meurtre de masse avait commencé. Il allait frapper au cœur de l'Amérique.

8

Dix ans après la révélation du Sarrasin et à quelques milliers de kilomètres de distance, j'étais à Paris, en train de discuter sur un trottoir avec un étranger, un Noir qui boitait.

Le lieutenant Bradley allait un jour tenir ma vie entre ses mains mais, à cet instant-là, je le vouais silencieusement aux gémonies. En voulant me parler de mon livre, il avait complètement démoli toutes les couches de fausses identités que je m'étais soigneusement fabriquées pour me protéger.

Apparemment inconscient de ces répercussions, il m'expliquait à présent qu'une heure plus tôt, au moment où il s'était présenté devant mon immeuble, une personne dont il avait pensé que c'était moi montait dans un taxi. Lui-même en avait pris un et m'avait suivi place de la Madeleine, fait le tour du pâté de maisons pour me trouver et, n'ayant pas réussi, était retourné chez moi pour remonter la piste. C'était lui qui avait frappé à la porte puis avait décidé d'attendre dans la rue dans l'espoir que je réapparaisse.

J'avais le sentiment qu'il trouvait tout cela assez amusant, ce qui me le rendit encore plus antipathique. J'aurais bien aimé lui envoyer mon poing dans la figure, mais je ne pouvais pas – j'avais peur. Il m'avait trouvé et, si lui y était parvenu, quelqu'un d'autre le pourrait aussi. Les Grecs, par exemple. Avant toute chose, y compris écouter mes états d'âme, il fallait que je découvre comment il s'y était pris.

« On prend un café ? » suggérai-je aimablement.

Oui, ce ne serait pas de refus, m'a-t-il répondu, se proposant même de me l'offrir. C'était une erreur. Vu le quartier de Paris où nous nous trouvions, il allait sûrement devoir taper dans son plan d'épargne-retraite pour un café et un éclair, mais je n'étais pas d'humeur à avoir pitié de lui.

Nous descendîmes la rue François-Ier à quelques pas de distance l'un de l'autre, en silence, mais nous n'avions pas fait plus de cinq mètres que je dus m'arrêter : Bradley essayait hardiment de suivre, mais il boitait plus que je ne le croyais.

« C'est de naissance ? » demandai-je. Je peux être très désagréable quand je suis en colère.

« Non, ça c'est l'autre jambe, riposta-t-il. Celle-ci, ça date de l'an dernier.

— Boulot ou sport ? » Vu que j'étais bien obligé de marcher avec lui, il me sembla stupide de ne pas poursuivre la conversation.

« Boulot. » Il fit une courte pause. « Au sud de Manhattan, j'ai foncé dans un immeuble. Ce n'était pas la

168

première fois, mais là, c'était différent. J'ai eu de la chance d'en réchapper. » D'après le ton de sa voix, il était clair qu'il n'avait aucune envie de s'étendre sur ce qui s'était passé.

« C'est la hanche, on dirait, poursuivis-je, alors que nous continuions encore plus lentement, assez sûr de ne pas me tromper à la façon dont il se balançait et à ce que j'avais retenu de ma formation médicale.

— Ils m'ont mis une prothèse en titane et en plastique. Et prévenu que j'aurais besoin de beaucoup de rééducation, mais pas huit mois, merde ! »

Un flic de la criminelle, une hanche bousillée, des clous en titane pour faire tenir les os – ça m'avait plutôt l'air d'une blessure causée par un gros calibre. Il ne voulut pas en dire plus et je dois avouer que, malgré moi, je commençais à le trouver sympathique. Il n'y a rien de pire que les policiers qui vous racontent leurs faits d'arme. Sauf les barbouzes, peut-être.

Nous nous arrêtâmes aux feux, et je lui montrai un hôtel en pierres de taille avec trois Rolls-Royce Phantom garées devant. « Le Plaza Athénée. On peut y prendre un café.

— Ça doit pas être donné », fit-il, sans se douter qu'il allait très vite savoir à quel point. Nous franchîmes la porte à tambour et entrâmes dans le hall principal de l'hôtel. De là, de grandes portes donnaient sur l'une des plus belles cours de Paris.

Totalement fermée, entourée de tous côtés par des chambres, ses murs étaient tapissés de lierre. Au milieu de toute cette verdure, les balcons étaient ombragés par des stores rouges, et les hôtes avaient vue sur un piano à queue, des arbustes bien taillés, une pléthore d'oligarques russes et un assortiment d'autres Euro-ordures.

Nous prîmes une table au fond, presque à l'abri des regards, et le flic esquinté entreprit de m'expliquer comment il avait mis à mal la légende d'un des agents les plus secrets au monde.

J'appris très vite que les blessures qu'il avait reçues en fonçant dans l'immeuble en question lui avaient laissé des séquelles autrement plus sérieuses qu'une simple hanche amochée. Il y avait laissé un poumon – une autre balle, supposai-je –, sa colonne vertébrale avait morflé et il avait reçu un coup violent à la tête, le tout l'ayant envoyé en soins intensifs pendant trois semaines.

La première semaine, le pronostic vital étant engagé, Marcie n'avait pas quitté son chevet. Elle et les médecins réussirent tout de même à le faire revenir à la vie, et il finit par être transféré en soins semi-intensifs. Et là, il apparut que les blessures n'étaient pas seulement physiques. Il parlait à peine et semblait encore moins éprouver quoi que ce soit. C'était peut-être de la peur, de la couardise, ou des remords de ne pas être parvenu à sauver quelqu'un, il ne me l'expliqua jamais, mais quelle qu'ait été la rencontre qu'il fit dans cet immeuble, il y avait laissé une bonne partie de lui-même.

« J'étais vivant, mais je n'étais plus que l'ombre du type qui était allé bosser ce jour-là, dit-il calmement. J'étais tétanisé, coupé de mes émotions, c'était pire que n'importe quelle blessure physique – pas seulement pour moi, pour Marcie aussi. »

Même l'amour de sa femme n'avait pas pu lui faire tourner le visage vers la lumière et j'étais certain, bien qu'il n'ait utilisé ce terme à aucun moment, qu'il était victime de ce qu'on surnommait alors la commotion du soldat, appelée aujourd'hui « syndrome de stress post-traumatique ». Après des semaines d'anxiolytiques sans grande amélioration, les médecins conseillèrent un retour à la maison où, selon eux, il aurait plus de chance de se retrouver. Sans doute avaient-ils besoin de disposer du lit.

Marcie passa deux jours à réorganiser l'appartement – transformant un coin de leur chambre en espace de rééducation, y rassemblant ses livres et sa musique préférés, tout ce qui pouvait le mobiliser.

« Ça n'a pas marché. J'étais trop en colère, et je souffrais de ce que les psychologues appellent la "culpabilité du survivant". »

Pour la première fois, je pris conscience que d'autres avaient dû mourir au cours de cette opération – un collègue, peut-être, un ou deux membres de son équipe ? Je me sens un peu idiot en y repensant mais, pour ma défense, je n'avais pas le temps d'y réfléchir vraiment – il continuait sans marquer la moindre pause.

Les espoirs de Marcie de lui faire recouvrer la santé grâce à son amour furent vite balayés par le terrible poids que la maladie mentale fait peser même sur un couple qui s'entend bien.

Parce qu'il avait été blessé en service commandé, elle n'avait pas à se préoccuper des frais de soins et, au bout de trois semaines de calvaire, elle finit par trouver le numéro d'un établissement spécialisé très réputé situé dans le nord de l'État de New York. Dans les heures les plus sombres, elle se demanda si, une fois admis, son mari reviendrait un jour à la maison.

J'ai suffisamment fréquenté les réunions de Narcotiques Anonymes pour savoir qu'il ne faut pas plus de vingt minutes pour que quelqu'un se lève et avoue qu'il lui a fallu toucher le fond avant de pouvoir entreprendre une longue remontée. Il en alla de même pour

Marcie. Veillant tard un soir, elle avait commencé à remplir les formulaires qu'elle avait reçus ce matin-là de la Wellness Foundation, l'établissement spécialisé de Hudson Falls.

Tandis que Ben dormait dans la pièce d'à côté, voyant encore et encore des gens mourir dans ses rêves, elle était face à un questionnaire qui la ramenait à tant d'expériences partagées et plongea plus profondément que jamais dans le désespoir. Elle ne le savait pas mais, à cet instant, elle toucha le « fond ». Une question portait sur les effets personnels que le patient aimerait avoir avec lui. Rien, en réalité, répondit-elle – à quoi bon, elle avait déjà tout essayé. Elle allait poursuivre quand, relisant le mot, il lui vint une idée étrange. « Rien », dit-elle doucement.

Professeur dans un lycée privé sous contrat à New York, Marcie était une femme intelligente et, comme la plupart des femmes, elle avait beaucoup pensé à l'amour. Elle savait que, même dans le mariage, si on va trop loin pour faire plaisir à l'autre, c'est toujours sur son territoire qu'on finit par rire, se battre ou merder. Il faut parfois tenir bon et attendre que l'autre vienne à vous – juste pour maintenir l'équilibre.

Elle se retourna vers la porte de la chambre. Elle savait qu'elle en avait fait beaucoup pour que son mari retrouve sa santé mentale. Trop ; l'équilibre était rompu. La solution était peut-être de le faire sortir de la prison qu'il s'était construite, l'obliger à revenir vers elle.

Quand Ben se réveilla sept heures plus tard de son sommeil artificiel, il crut s'être trompé de vie. Ce n'était pas la chambre qu'il partageait avec Marcie, ce n'était pas la chambre où il avait fermé les yeux. Certes, les portes et les fenêtres étaient au même endroit, mais tout ce qui la personnalisait, qui en faisait son espace et celui de Marcie, avait disparu.

Aucune photo, pas de tableau, pas de désordre. La télévision n'était plus là, et même le kilim qu'ils adoraient s'était évaporé. Hormis le lit et quelques équipements de rééducation, il n'y avait… *plus rien*. Autant qu'il pouvait en juger, c'était la chambre blanche au bout de l'univers.

Ne sachant plus trop où il se trouvait, il se leva du lit et, clopinant sur sa mauvaise cuisse, se dirigea vers la porte, l'ouvrit et jeta un coup d'œil sur un univers parallèle.

Dans la cuisine, sa femme se dépêchait de boire son café. Bradley l'observa en silence. Au cours des vingt années qu'ils avaient passées ensemble, elle était devenue encore plus belle à ses yeux. Grande et mince, elle avait une coupe de cheveux très simple qui accentuait la finesse de ses traits mais, surtout, semblait affirmer son désintérêt total pour sa beauté. Ce qui, bien entendu, la rendait encore plus attirante.

À la regarder au milieu de cet intérieur qu'ils aimaient, il eut la gorge serrée. Il se demanda si on n'était pas en train de lui montrer ce qu'il avait laissé derrière lui ; peut-être qu'il n'était jamais ressorti de l'immeuble et qu'il était mort.

Puis Marcie remarqua sa présence et lui sourit. Bradley fut soulagé. Il était presque certain qu'une personne voyant un mort sur le seuil de sa chambre ne réagirait pas comme ça. Pas Marcie, en tout cas, qui n'aimait pas beaucoup Halloween et avait une véritable aversion pour les cimetières.

Pour la première fois depuis des mois, le moral de Marcie monta d'un cran : cette nouvelle stratégie avait eu au moins le mérite de le faire venir jusqu'à la porte de sa prison pour regarder à l'extérieur. « Je pars bosser dans une minute, je serai de retour pour le dîner, dit-elle.

— Bosser ? » s'étonna-t-il, essayant de se faire à cette idée. Elle n'était pas retournée travailler depuis qu'il avait été blessé.

Elle ne dit mot. S'il voulait des réponses, il allait devoir faire ce qu'il fallait pour les obtenir. Il la regarda enfourner un morceau de toast, prendre sa Thermos de café et quitter la pièce avec un petit geste de la main à son intention.

Bradley resta tout seul, abandonné, dans l'embrasure de la porte et, après un moment de silence, incapable de se tenir sur sa jambe bandée, il fit la seule chose qui lui parut sensée : il abandonna le monde parallèle et revint dans la chambre blanche.

Allongé, malgré tous ses efforts, il ne parvint pas à réfléchir à ce qui se passait avec la quantité de psychotropes qu'il avait dans le corps. Dans le silence de cette matinée déjà bien avancée, il décida que la seule chose à faire était d'arrêter d'en prendre. C'était une décision dangereuse, mais cruciale ; enfin, il prenait la responsabilité de son propre rétablissement.

Malgré sa promesse, Marcie ne lui prépara pas le dîner ce soir-là ; il dormait d'un sommeil agité, si bien qu'elle décida de ne pas le réveiller. Au lieu d'un plateau-repas, elle mit un livre sur sa table de chevet, espérant que, n'ayant rien d'autre pour s'occuper, il finirait par l'ouvrir. L'idée du livre lui était venue ce matin-là et immédiatement après l'école elle s'était précipitée dans une librairie près de Christopher Street. Elle s'appelait Zodiac Books, mais n'avait rien à voir avec l'astrologie. Le nom lui venait d'un tueur en série du nord de la Californie dont les exploits avaient engendré un fonds de commerce monomaniaque dans le monde de l'édition.

Marcie ne connaissait Zodiac que pour en avoir entendu parler par Ben, si bien qu'une fois grimpée la volée de marches raides qui y accédaient elle fut étonnée de découvrir un espace aussi vaste qu'un entrepôt, où s'empilaient la plus grande quantité au monde de livres consacrés au crime, aux enquêtes, à la médecine légale et à la police scientifique et technique. Elle expliqua au libraire, un homme âgé assis derrière son bureau, ce qu'elle recherchait : un ouvrage technique, factuel, quelque chose qui puisse intéresser un professionnel.

Le libraire mesurait un mètre quatre-vingt-dix-huit et aurait eu l'air plus à sa place au fin fond d'une forêt que dans une librairie. Ancien profileur au FBI, il se déplia lentement pour la guider à travers les rayonnages couverts de poussière vers « les nouvelles parutions », une rangée de livres et de magazines dont certains devaient être là depuis quarante ans. Il sortit un pavé à la couverture chamois d'un petit carton qui se trouvait par terre, tout juste arrivé de chez l'éditeur.

« Vous me dites qu'il est malade ? dit le Séquoia, ouvrant l'ouvrage très technique pour le lui montrer. Cinquante pages de celui-ci devraient l'achever.

— Sérieusement, il est bon ? »

Il sourit, montra d'un geste tout son stock. « On pourrait tout aussi bien jeter le reste. »

Et c'est ainsi que le livre que j'avais mis tant de mois à écrire finit sur la table de chevet de Bradley. Il le vit en se réveillant tôt le matin suivant, mais ne l'ouvrit même pas. On était samedi, et quand Marcie lui apporta le petit déjeuner, il l'interrogea : « C'est quoi, ça ?

— J'ai pensé que ça pourrait t'intéresser. Tu peux y jeter un œil, si tu veux », dit-elle, s'efforçant de ne pas faire pression sur lui.

Il n'eut pas un regard pour l'ouvrage, se concentra plutôt sur son petit déjeuner. Chaque fois qu'elle vint le voir dans le courant de la journée, sa déception grandissait : il n'avait pas touché au livre.

Elle ne le savait pas mais, rien que pour avoir interrompu les tranquillisants, Bradley s'était déjà réveillé particulièrement agité, et une migraine lui martelait le crâne. Son corps essayait de s'adapter au sevrage et il était assailli par un kaléidoscope de pensées qui faisaient remonter des tas de choses.

Quand l'heure de préparer le dîner arriva, Marcie avait perdu tout espoir. Voyant que son mari n'avait manifesté aucun intérêt pour le livre, elle ressortit les formulaires de la Wellness Foundation et commença à réfléchir au meilleur moyen de lui dire qu'il vaudrait mieux qu'il retourne à l'hôpital. Elle ne trouva aucune manière de tourner la chose sans que ça ait l'air d'une défaite. Elle avait conscience que ça pourrait l'achever, mais elle avait épuisé toutes les ressources de la psychologie et, au bord des larmes, ouvrit la porte de la chambre, prenant son courage à deux mains face à l'imminence du naufrage.

Assis dans son lit, transpirant à grosses gouttes, le visage marqué par la souffrance, il avait déjà lu trente pages de mon livre. Dieu seul sait quel effort il avait dû faire pour aller jusque-là, mais il savait que c'était important pour Marcie. Chaque fois qu'elle était entrée, elle n'avait pu s'empêcher de jeter un œil vers le livre.

De surprise, Marcie faillit laisser tomber le plateau, mais en attirant son attention là-dessus, elle risquait de l'inquiéter au risque de le voir se murer à nouveau, si bien qu'elle fit comme si de rien n'était.

« C'est n'importe quoi ! » s'exclama-t-il. Oh mon Dieu. C'était la douche froide ; elle se prépara à un autre de ses accès de colère.

« Je suis navrée, le type de la librairie m'a dit que…

— Non, pas le livre, le livre est fabuleux, enchaîna-t-il, tout excité. Je parle de l'auteur. Appelle ça de l'intuition, tout ce que tu veux, mais il n'est pas du FBI. Je connais ces gars-là, ils ne sont pas aussi pointus… Celui-là, c'est autre chose. »

Il lui fit signe d'approcher, lui montrant les passages qui l'avaient plus particulièrement intéressé et qu'il avait soulignés. Elle regarda son mari du coin de l'œil, n'ayant pas le souvenir d'avoir déjà vu ça, se demandant si cette étincelle d'intérêt allait allumer un feu ou si – comme elle avait vu que cela se produisait pour des gens sortis du coma –, celui-ci ne prenant pas, il allait replonger.

Il prit la serviette sur le plateau du dîner et essuya son visage en sueur. Marcie en profita pour feuilleter le début du livre. Elle s'arrêta sur les quelques lignes de biographie, mais la photo de l'auteur brillait par son absence. « Qui est-ce, alors ? demanda-t-elle. Qui est vraiment Jude Garrett, à ton avis ?

— Aucune idée. J'espère qu'il commettra une erreur, qu'il nous le révélera involontairement. »

Pendant tout le week-end, au grand soulagement de Marcie, le feu continua de brûler. Elle s'asseyait sur le lit pendant qu'il poursuivait sa lecture ou lui en lisait des passages tout haut, revenant sur des idées qui lui paraissaient particulièrement intéressantes. À mesure qu'il avançait, réfléchissant constamment à la science de l'investigation, il fut contraint de repenser au crime qu'entre tous il s'était tant efforcé d'oublier. Des bribes de ce qui s'était passé dans l'immeuble ne cessaient d'affleurer à son esprit, le laissant haletant, en sueur.

Le dimanche soir, tout à coup, la digue se rompit, les mots affluèrent et il lui révéla qu'à un moment donné il s'était retrouvé piégé dans ce qui lui avait fait l'effet d'une tombe en béton et qu'il y faisait tellement noir qu'il n'avait pas vu le visage de l'homme à l'agonie qui était avec lui. Il se mit à pleurer et dit qu'il n'avait rien pu faire d'autre que recueillir ses dernières paroles – un message pour sa femme et ses deux jeunes enfants – et, pour la première fois, alors que son mari sanglotait dans ses bras, Marcie pensa que les choses allaient peut-être s'arranger.

Lentement, il se remit à lire, et Marcie demeura auprès de lui tout au long de sa lecture. Plusieurs heures plus tard, Bradley conclut que l'auteur était bien trop futé pour révéler son identité malgré lui, en fin de compte. Et, sur le ton de la plaisanterie, il ajouta que rien ne serait plus motivant pour un grand enquêteur que de découvrir qui était vraiment ce type. Ils se tournèrent l'un vers l'autre et se dévisagèrent.

Sans un mot, Marcie alla chercher son ordinateur portable dans la pièce d'à côté. Et, à partir de là, découvrir mon identité devint leur entreprise, leur guérison, la renaissance de leur histoire d'amour.

Et pour moi ? Une catastrophe.

9

Dix-neuf mots. Assis au Plaza Athénée, sans admettre quoi que ce soit, je demandai à Bradley ce qui l'avait conduit à penser que l'auteur se trouvait à Paris. Sur un total de trois cent vingt mille mots du livre, dix-neuf saloperies de mots avaient dévoilé le pot aux roses.

Il me dit que l'auteur en avait utilisé sept pour essayer de décrire les différentes couleurs par lesquelles passait le sang en cours de décomposition. Je me rappelais très précisément cet extrait ; j'avais comparé ces nuances à un arbre très particulier que j'avais vu virer du rouge vif au brun au cours de chaque automne de mon enfance. Et alors ? Vérifiant chaque détail, Bradley avait téléphoné à un professeur de botanique pour l'interroger sur cet arbre. Apparemment, il n'y en avait que sur la côte Est ; j'avais donc involontairement fourni un indice quant à la région où j'avais grandi.

Les douze autres mots, deux cents pages plus loin, concernaient une arme de crime : la crosse du jeu de la crosse au champ, un objet dont je disais l'avoir reconnu parce que j'avais vu des étudiants avec dans mon lycée. Bradley m'expliqua que si vous téléphonez à l'Association américaine de la crosse, vous saurez que cent vingt-quatre lycées proposent la pratique de ce sport sur la côte Est. Il se rapprochait.

Entre-temps Marcie avait identifié un cousin de Garrett vivant à La Nouvelle-Orléans et appris que son champ lexical se limitait à quatre lettres : ESPN[1]. Le cousin raconta que Garrett avait eu son bac en 1986, et Bradley en déduisit, à partir de deux références dans le livre, que le véritable auteur avait eu le sien à peu près à la même période.

---

1. Entertainment Sport Programming Network : réseau de télévision centré sur le sport.

Il appela les cent vingt-quatre lycées où l'on jouait à la crosse et, en tant qu'inspecteur du NYPD, demanda les noms de tous les étudiants de sexe masculin ayant obtenu leur diplôme entre 1982 et 1990 – élargissant la recherche pour avoir de la marge. Il se retrouva avec une longue liste de noms, convaincu que l'identité du véritable auteur s'y trouvait.

L'exploiter aurait été beaucoup trop laborieux – sauf qu'il s'agissait d'écoles privées, toujours à la recherche de dons pour compléter leur budget. La meilleure source de contributions venait des anciens élèves et il y avait peu de bases de données plus performantes que celles des associations d'anciens élèves pour faire le boulot. Elles disposaient d'informations très complètes, et Bradley passa au peigne fin des pages et des pages d'avocats et de banquiers de Wall Street à la recherche de tout ce qui pouvait sortir de l'ordinaire.

Il n'eut rien à se mettre sous la dent jusqu'à ce que, un soir, parmi les noms d'une école appelée Caulfield Academy, Marcie et lui tombent sur un certain Scott Murdoch.

« Il a obtenu son bac en 1987, me dit Bradley, prenant une bouchée de l'éclair le plus cher du monde. Il a été admis à Harvard où il a étudié la médecine et obtenu un doctorat en psychologie. Une grande carrière s'offrait à lui, et puis plus rien. L'association des anciens élèves n'avait pas d'adresse, pas de références professionnelles, pas d'informations. Il avait obtenu son diplôme, puis tout bonnement disparu du paysage. Et parmi tous ceux dont nous avons suivi le parcours, il était le seul dans ce cas. »

Il leva les yeux vers moi pour voir ma réaction. Je ne pipai mot, trop préoccupé que j'étais. Entendre prononcer le nom de Scott Murdoch après tant d'années m'avait fait un drôle d'effet. Parfois – aux pires moments de ma vie dans la clandestinité, lorsque j'étais à la fois juge et bourreau –, je me demandais ce que cette personne était devenue.

Après un long silence, Bradley continua, en bon petit soldat. « Au bout de plusieurs semaines de recherches, Harvard m'apprit que le docteur Murdoch avait été embauché par la Rand Corporation. Il avait été recruté sur le campus et l'université en avait conservé la trace. Mais, chose étrange, la Rand Corporation était certaine de n'avoir jamais entendu parler de lui. Les associations professionnelles non plus ; même chose pour les ordres professionnels et toutes les autres organisations que nous avons pu contacter.

» Pour ce qu'on a pu en savoir, le docteur Scott Murdoch a disparu de la surface de la terre le jour où il a quitté Harvard. Où est-il allé ? Nous nous le demandons encore. »

Un frisson né à la base de ma colonne vertébrale était en train de m'envahir tout entier. Ils avaient exhumé Scott Murdoch et ils savaient qu'il s'était évanoui. C'était du beau travail, mais, suspectai-je, le plus beau restait à venir.

« Nous disposions d'une adresse, pour Scott Murdoch, qui remontait à ses années de lycée, enchaîna Bradley. Alors, nous nous sommes rendus sur place à Greenwich, dans le Connecticut. Je me suis entretenu par interphone avec quelqu'un ; quand je lui ai dit que c'était la police de New York, les portes se sont ouvertes. »

Je l'ai regardé, me demandant ce que lui et Marcie, un couple de Manhattan aux revenus modestes, avaient dû ressentir en remontant l'interminable allée de la propriété de mon enfance, en passant devant le lac d'agrément et les écuries, jusqu'à ce qui avait été décrit comme l'une des dix plus belles demeures du pays. Comme par hasard, Bradley répondit à ma question. « Nous ne savions pas que des maisons pareilles existaient en Amérique. »

Le propriétaire de l'époque, un raider bien connu, leur annonça que les parents Murdoch étaient morts tous les deux. « "D'après ce que je sais, ils n'avaient qu'un seul enfant", m'a-t-il dit. "Tout ce que je peux dire c'est qu'il doit être plein aux as." »

Le lendemain, les deux enquêteurs étudièrent le registre des décès et trouvèrent les mentions relatives à Bill et Grace. « Nous avons même parlé à certaines personnes qui étaient présentes aux obsèques de l'un et de l'autre. Tous ont affirmé que Scott n'y avait pas assisté. »

Il était évident, au ton de sa voix, que, pour lui, c'était le plus surprenant, mais je n'avais pas l'intention de lui dire que j'aurais fait tout ce qui était en mon pouvoir pour assister aux obsèques de Bill, si seulement j'en avais été averti.

Je pense que Bradley sut qu'il avait touché un point sensible, mais je constatai que c'était un type bien, parce qu'il n'insista pas. Au lieu de cela, il me dit que, à ce stade, ils étaient persuadés que Scott Murdoch était bien leur homme. « Deux jours plus tard, nous en avions la certitude. »

Lui et Marcie avaient apparemment envoyé mon numéro de sécurité sociale – en tout cas celui que j'avais à la Caulfield Academy et à Harvard – à Washington pour une recherche approfondie. Ils voulaient savoir où il avait été attribué, s'il avait été remplacé et tout autre détail susceptible de fournir des indices quant à l'endroit où pouvait se trouver le docteur Murdoch. La réponse leur parvint, d'une brièveté inquiétante : ce numéro n'avait jamais été attribué.

Je demeurai silencieux. À la Division, un abruti d'administratif avait merdé dans les grandes largeurs. Je compris immédiatement ce qui s'était passé. Des années auparavant, quand, prêt à partir pour la première fois en opération, on m'avait donné une couverture, une équipe spéciale avait fait disparaître mon identité d'origine ainsi que tout son historique. Ils avaient clôturé les comptes bancaires, annulé les cartes de crédit, supprimé les passeports, expurgeant tout ce qui pouvait lier un agent secret à sa vie antérieure. L'agent était censé être parti voyager, comme le font beaucoup de jeunes, et avoir disparu.

L'une des équipes de nettoyage – soit par excès de zèle soit par insuffisance de contrôle – avait dû décider qu'il serait plus efficace de supprimer mon numéro de sécurité sociale. Ils auraient pu signaler à l'administration que j'étais mort, ils auraient pu laisser ce numéro tomber en déshérence, ils auraient pu faire cent choses différentes, mais ils n'auraient jamais dû leur demander de le *supprimer*.

Cette erreur avait conduit à la situation à laquelle j'étais maintenant confronté : un gamin du Connecticut avait un numéro de sécurité sociale qui, selon les services officiels, n'avait jamais été attribué. Pas la peine d'être Bradley pour se douter qu'il y avait anguille sous roche.

« Je me suis dit que seule la CIA ou quelque chose du même genre pouvait faire disparaître un numéro de sécurité sociale dans un trou noir », déclara le flic. Cela confirmait ce qu'il commençait à soupçonner : bien que de nombreux détails aient été modifiés, les affaires dont il était question dans le livre appartenaient au monde des services secrets.

Une soirée qui avait commencé comme un rendez-vous agréable avec un médecin accommodant s'était transformée en catastrophe et cela empirait à chaque seconde. Le livre avait conduit Bradley à Scott Murdoch et l'avait convaincu que Jude Garrett et lui n'étaient qu'une seule et même personne. Désormais, il savait quelles avaient été mes activités.

Mais était-ce vraiment si grave que ça ? me demandai-je. Très grave, répondit l'agent en moi. Je songeai que ce pourrait être ma dernière nuit à Paris.

N'ayant pas de temps à perdre, je lui parlai avec une tranquille détermination. « Le temps nous manque, lieutenant. Répondez-moi. Mettons que Garrett soit un espion, il aurait pu se trouver n'importe où dans le monde. Qu'est-ce qui vous a conduit à chercher en Europe ?

— Son école. »

Son école ? Comment diable la Caulfield Academy aurait-elle pu savoir que j'avais été en poste en Europe ?

« Lorsque je me suis rendu sur le campus, un certain nombre de membres du corps professoral se sont souvenus de lui. Un garçon bizarre, qui refusait de s'exprimer en classe, mais très bon en langues – surtout en français et en allemand. S'il travaillait pour une agence gouvernementale secrète, ils ne l'auraient pas envoyé en Amérique du Sud, si ?

— Peut-être pas, répondis-je, mais l'Europe, c'est sept cent quarante millions de personnes, et vous vous retrouvez à Paris ? Allons donc, quelqu'un a dû vous dire où le trouver, non ?

C'est le véritable cauchemar de tout agent. La trahison, qu'elle soit accidentelle ou délibérée, c'est ce qui tue la plupart d'entre nous. Le flic me dévisagea, révolté qu'on puisse penser que ses capacités soient aussi limitées. « Un tuyau ? Non, j'ai eu beaucoup plus de mal que ça. »

Après des mois de recherche, convaincu que Scott Murdoch travaillait pour un service de renseignement, il en était arrivé à la conclusion qu'il devait le chercher sous une autre identité. Si Murdoch était un agent secret américain, comment s'y était-il pris pour entrer dans un pays étranger ? La méthode la plus sûre consistait à endosser l'identité et le job d'un obscur fonctionnaire – un analyste débutant, un attaché commercial ou quelque chose d'analogue.

Comme le père de Bradley avait travaillé à Washington, ce dernier savait que toutes ces nominations faisaient l'objet de publications dans un certain nombre d'organes officiels. On y trouvait généralement des informations comme les études, l'âge, le parcours professionnel, les codes postaux, les dates de naissance et autres détails apparemment sans importance.

Une nuit, dans son lit, ne pouvant dormir, il essaya d'imaginer ce que ce serait de devoir constamment changer d'identités, avec toute la tension qui allait avec à chaque frontière, devoir garder en tête une liste sans fin de mensonges réflexes à produire, sans hésiter.

Il songea que, si cela avait été lui, pour avoir ne serait-ce qu'une chance, il lui faudrait nourrir les fausses identités de données faciles à mémoriser : un numéro de téléphone de son enfance, une vraie date de naissance dont il ne changerait que l'année, les vrais prénoms de ses parents.

« Vous pigez », dit-il alors que nous sirotions notre café, à des années-lumière d'un poste de contrôle sur la frontière bulgare, où vous pouviez vous retrouver interrogé par une brute en uniforme, l'haleine puant la cigarette et son dîner de la veille, qui triturait vos papiers d'identité, vous posait des tas de questions complètement saugrenues, guettait la moindre hésitation, bien trop content de jouer au héros et d'appeler ces mal rasés de Vopos[1] pour leur dire qu'il ne croyait pas cet Américain, ou cet Anglais, ou ce Canadien ou quelle que soit votre prétendue nationalité à ce moment-là, à cet endroit-là, ce jour-là.

Oui, j'avais pigé, mais j'étais trop secoué pour répondre. Armé de sa seule intelligence, Bradley avait très précisément deviné comment les agents sous couverture entraient dans un pays, et comment ils maîtrisaient la foule de détails dont leur vie dépendait. Honnêtement, je trouvais difficile de continuer d'en vouloir à quelqu'un pour qui je commençais à avoir autant d'admiration.

Bradley avait discuté de son hypothèse avec Marcie et ils avaient décidé de la mettre à l'épreuve des faits. À partir de toutes les informations qu'ils avaient réunies sur la jeunesse de Scott Murdoch, ils établirent une liste de vingt faits mineurs. Pendant qu'elle allait travailler, lui passait sa journée sur son ordinateur à télécharger les dix dernières éditions annuelles d'une des publications recensant les nominations officielles, le Registre fédéral hebdomadaire.

Un soir, Marcie et lui entrèrent les données dans un système expert, et espérant trouver une corrélation

---

1. Gardes-frontières en Europe de l'Est au temps du Rideau de fer.

entre elles, lancèrent la machine sur l'énorme quantité de fichiers du Registre.

Trente-six heures plus tard, ils avaient trois pistes. La première était le code postal de Greenwich, dans le Connecticut, utilisé par un homme nommé en tant que délégué des États-Unis au Conseil international des arts de Florence. La deuxième piste les mena à un attaché commercial qui avait joué au squash à Harvard, tout comme Scott Murdoch, et semblait très prometteuse – jusqu'à ce qu'ils réalisent que c'était sa nécrologie qu'ils consultaient. La troisième les conduisit à un certain Richard Gibson, observateur américain se rendant à une rencontre de l'Association météorologique internationale à Genève. Dans sa biographie abrégée, une date de naissance identique à celle de Scott Murdoch et un résumé de ses études. Son lycée : la Caulfield Academy.

« Nous avons parcouru les listes d'anciens élèves, mais aucun Richard Gibson n'avait jamais fréquenté Caulfield », déclara Bradley.

C'était vraiment un exploit. À partir de rien de plus que le nom d'un arbre du Connecticut, Marcie et lui avaient trouvé Richard Gibson, la couverture que j'avais utilisée pour aller à Genève bavarder avec Markus Bucher chez Richeloud & Cie.

Le nom de Gibson était une démonstration de principe. Certains, à présent, que la méthode fonctionnait, ils mirent le paquet. Trois semaines plus tard, le système identifia un fonctionnaire subalterne travaillant au Trésor américain, qui s'était rendu en Roumanie pour une conférence. Le nom utilisé par cet homme était Peter Campbell.

« J'ai appelé le ministère des finances de Roumanie et trouvé un gus qui avait participé à l'organisation de l'événement. Il était en possession d'une copie du visa d'entrée de Peter Campbell et de toutes les informations relatives à son passeport. Un copain à la Sécurité intérieure fit une recherche et découvrit que le même passeport avait été utilisé pour entrer en France.

» Les autorités françaises nous ont appris que Campbell ne s'était pas contenté d'entrer dans le pays, il avait fait une demande de résidence permanente à Paris. Dans le dossier administratif, il déclarait être le gestionnaire d'un fonds spéculatif, si bien que Marcie appela la Commission des opérations de Bourse. Aucun Peter Campbell n'avait jamais eu la moindre autorisation pour négocier des valeurs mobilières ; le fonds spéculatif n'existait pas. »

Je regardais sans mot dire Bradley sortir de sa poche de veste deux papiers qu'il posa sur la table.

Le premier était une page extraite d'un vieil annuaire de lycée avec une photo des quatre membres de l'équipe de squash de la Caulfield Academy. Un adolescent se tenait à l'écart, comme s'il jouait dans l'équipe sans en faire partie. Son visage et son nom étaient entourés : Scott Murdoch.

La deuxième feuille était une photographie de passeport jointe à la demande de résidence en France de Peter Campbell. Aucun doute : il s'agissait bien de la même personne sur les deux photos. Moi. Je ne pipai pas.

« Bon, selon moi voilà le topo, résuma Bradley. Scott Murdoch est allé à la Caulfield Academy ; il a étudié à Harvard et a été recruté pour les opérations opaques d'une agence gouvernementale. Il est devenu agent sous couverture, a utilisé une centaine d'identités différentes, et l'une d'entre elles était Campbell… »

Je n'avais pas quitté la photo de l'annuaire des yeux,

essaying de me remémorer les membres de cette équipe de squash. L'un s'appelait Dexter Corcoran – un sale type, tout le monde le détestait, ça je me le rappelais. Je n'arrivais même pas à me souvenir du nom des deux autres – des connards encore pires que lui. Un psychologue aurait appelé ça un refoulement.

« Peut-être que le docteur Murdoch a été exclu du monde des services secrets, ou bien il s'en est lassé, je ne sais pas, était en train de dire Bradley. Mais il est entré en France avec le passeport de Campbell, a écrit un livre pour transmettre ce qu'il savait et l'a publié sous le nom de Jude Garrett, un agent du FBI décédé. »

Comme je ne réagissais toujours pas, il haussa les épaules : « Et voilà pourquoi on est là tous les deux. »

Oui, et il n'y avait aucun doute que Bradley et sa femme avaient remarquablement travaillé, mais – comme je l'ai dit – ce qu'ils avaient découvert aujourd'hui, quelqu'un d'autre pouvait le découvrir demain.

Il ne me restait qu'une seule chose à faire ; je me levai donc. Il était temps de mettre les voiles.

10

Bradley me rattrapa aux portes de la magnifique cour de l'hôtel juste avant que je ne pénètre dans le hall principal, se déplaçant étonnamment vite, compte tenu de sa claudication.

J'avais écourté les adieux et m'étais dirigé vers la sortie, mais il avait réussi à me prendre le bras avant que je ne me sois rendu compte qu'il me suivait. « J'ai un service à vous demander, dit-il. C'est pour ça que Marcie et moi sommes venus à Paris. »

Je secouai la tête. « Il faut que j'y aille.

— Écoutez, je vous en prie… » Il respira un bon coup, cherchant la meilleure manière de formuler ce qu'il avait à dire. Mais je ne lui en laissai pas le temps. Je repoussai sa main et m'apprêtai à partir.

« Non », affirma-t-il d'une voix pleine d'autorité. Je regardai autour de moi et vis qu'aux tables les plus proches les gens nous observaient. Je ne voulais pas créer d'incident, ce qui lui donna un peu de répit.

« Il faut être tombé tout au fond d'un trou noir pour savoir que plus rien n'est pareil après, ajouta-t-il doucement. Depuis que j'ai été blessé, je ne vois plus les choses de la même façon – la vie, ma relation avec Marcie, mon travail. Surtout mon travail. S'il y avait quelque chose qui puisse… »

J'en avais assez entendu. « Je suis désolé, coupai-je, vous avez vécu une épreuve qui a dû être terrible et je suis heureux que vous vous en soyez sorti, mais j'ai des choses urgentes à régler. » Je n'avais pas le temps pour un mélo ni d'écouter un homme que je ne reverrais plus jamais philosopher sur la vie. Je devais quitter Paris, courir me mettre à l'abri, peut-être même sauver ma peau, et le temps m'était compté.

« Encore une minute, rien qu'une », insista-t-il.

Un temps, puis j'acquiesçai en poussant un soupir. J'imagine que je lui devais bien ça, rien que pour m'avoir dit que ma vie antérieure pouvait être aussi facilement mise à nu. Mais je ne bougeai pas pour autant, et tout dans mon attitude lui disait que le Mur des Lamentations était à Jérusalem et qu'on n'allait pas y rester des heures.

« Vous ne m'avez pas demandé comment j'avais été blessé, et je tiens à vous en remercier. C'est vrai que les pros ne posent généralement pas de questions. La plupart d'entre nous avons connu des situations difficiles et ça ne sert à rien d'en parler. »

Oui, bon, on est d'accord sur l'attitude d'un vrai pro. Et alors ? Où veux-tu en venir ? pensai-je.

« Je vous ai raconté que j'ai été piégé dans un bâtiment. L'histoire est un peu plus compliquée que ça. J'étais dans la tour Nord du World Trade Center quand elle s'est écroulée. »

11

Bradley continua de parler mais, aujourd'hui encore, je n'ai pas la moindre idée de ce qu'il a dit. Le fait est que nous sommes retournés à notre table, mais j'étais bien trop occupé à maudire ma stupidité pour l'écouter. Pas étonnant qu'il ait souffert du syndrome posttraumatique et qu'il ait passé des semaines en soins intensifs ; pas étonnant qu'il ait souffert de la culpabilité du survivant, et pas étonnant non plus qu'il ait eu besoin d'un projet d'enquête impossible pour revenir du monde des morts.

Bradley avait dit qu'il avait soutenu un gars dans le noir, qu'il l'avait écouté mourir. Pendant ce temps, à l'extérieur de leur tombe de béton, le sud de Manhattan était en flammes. Et pourtant j'étais si malin que j'avais été m'imaginer qu'il avait reçu une blessure par balle à la hanche et qu'une autre lui avait emporté un poumon. Si c'était tout ce dont j'étais capable, j'avais probablement bien fait de prendre ma retraite.

Sa voix me tira du jugement sévère que je portais sur moi-même. Il avait sorti son téléphone portable.

« Vous permettez que je passe un coup de fil ? J'ai un mot à dire à Marcie. »

J'acquiesçai. Il attendit qu'elle réponde, se tourna et lui dit quelques mots brefs que je ne pus entendre. En raccrochant, il demanda d'un geste un supplément de café et de pâtisseries. J'espérais que sa carte de crédit n'avait pas de plafond de dépenses.

« Je n'ai mentionné le 11 Septembre que parce que c'est directement lié à ce que je veux vous demander.

— Allez-y, dis-je doucement, essayant de me racheter d'avoir même pensé envoyer ce pauvre bougre au Mur des Lamentations.

— Comme prévu dans mon programme de rétablissement, j'ai fini par retourner à Ground Zero, à l'endroit où s'élevait la tour Nord. Je l'ai regardé longuement – Dieu qu'il faisait froid – et, finalement, je me suis rendu compte que j'étais tellement en colère que je n'avais aucun espoir de m'en remettre vraiment.

» Mais je n'étais pas en colère contre les pirates de l'air – ils étaient déjà morts. Et ce n'était pas non plus à cause des blessures qui m'avaient été infligées – j'étais *vivant*, après tout.

» Non, c'était l'injustice qui me mettait en colère, l'indifférence dans laquelle baigne le monde. Je savais que si un grand nombre de gens ordinaires étaient morts ce jour-là, ce n'était pas à cause du feu ni de l'écroulement de la structure, mais en raison de leur compassion. C'était leur tentative désespérée pour sauver d'autres êtres humains – de parfaits inconnus pour la plupart – qui leur avait coûté la vie, en fin de compte. »

Il prit une gorgée de café, mais je savais que c'était pour gagner du temps, pour trouver le meilleur moyen de continuer. J'attendis. De mon point de vue, il avait gagné le droit de prendre tout son temps.

« Vous êtes-vous jamais demandé combien de handicapés travaillaient ce jour-là dans les tours jumelles ? s'enquit-il, pour finir.

» Non, moi non plus je n'y ai jamais pensé, enchaîna-t-il, sauf après que les avions ont frappé. Bien entendu, si vous étiez en fauteuil roulant, la situation était bien plus dramatique que pour les autres – ce n'était pas comme si vous pouviez sortir par l'ascenseur. C'est quelque chose que nous savons tous, n'est-ce pas ? Les panneaux nous avertissent toujours d'utiliser les escaliers. Mais supposons que vous ne puissiez pas marcher ? Si jamais j'étais piégé dans un immeuble en feu, monsieur Campbell, tout ce que je demanderais, c'est de pouvoir me servir de mes jambes. Avoir juste cinquante pour cent de chances de m'en tirer. Ce n'est pas trop demander, n'est-ce pas ? Cinquante pour cent.

» Il y avait un type là-bas – il travaillait dans une société de services financiers – qui connaissait parfaitement la marche à suivre en cas d'incendie et savait où se trouvait son fauteuil d'évacuation. Vous en avez déjà vu un ? C'est comme une chaise de salle à manger mais avec deux longues perches qui dépassent devant et derrière pour que les gens puissent la soulever et la transporter.

» Il était paraplégique et je suppose qu'il était fier d'avoir vaincu son handicap et trouvé du travail. Il avait peut-être aussi une femme et des enfants, qui sait ?

» Le 11 Septembre, c'était la rentrée des classes et pas mal de gens étaient en retard. Ce qui veut dire qu'il était seul dans son coin de la tour Nord quand l'avion d'American Airlines a frappé.

» Sous le choc, son fauteuil roulant a été projeté à l'autre bout de la pièce. Par la fenêtre, il a vu une explosion de flammes décrivant un arc dans le ciel et il savait qu'il devait vite réagir s'il voulait en sortir vivant.

» Le voilà donc qui va chercher sa chaise d'évacuation, la prend sur ses genoux et se dirige vers l'escalier de secours. Au passage, il est trempé – les extincteurs automatiques se sont mis en marche et le courant a sauté.

» Il sort sur le palier où se trouvent les ascenseurs, mais comme il n'y a pas de fenêtre, il fait noir. C'est grâce aux types du service d'entretien qu'il a pu continuer. Quelques années auparavant, ils avaient utilisé de la peinture phosphorescente sur les issues de secours pour qu'en cas de catastrophe les gens puissent les trouver. Dieu seul sait combien de vies cette décision a sauvées ce jour-là.

» Maintenant, il maintient la porte de l'escalier A ouverte avec son fauteuil roulant et y place sa chaise d'évacuation. Il n'est pas très vaillant, mais il réussit à passer de l'un à l'autre. Immobilisé, à présent, il est assis dans un escalier de secours à l'intérieur d'une tour en feu et fait la seule chose qui est en son pouvoir. Il attend.

» Il y a trois escaliers de secours dans la tour Nord. Deux font un mètre douze de large, l'autre un mètre quarante-deux. La différence est énorme ; dans la plus large deux personnes peuvent se croiser et il y a plus de place dans les tournants. Ces tournants seraient difficiles à négocier pour quiconque essaie de porter ce qui est en fait un brancard avec un siège. Comme vous pouvez l'imaginer, le destin étant sans pitié, le paraplégique se retrouve dans un des escaliers étroits.

» Dans la tour, les gens se demandent dans quelle

direction courir, vers le sol ou vers le toit dans l'espoir d'une évacuation par hélicoptère. Ceux qui sont montés meurent : la porte donnant accès au toit est verrouillée pour prévenir les suicides.

» L'escalier A est plein de poussière, de fumée, de gens et d'eau. Comme un torrent, elle se déverse dans l'escalier depuis les arroseurs automatiques trop sollicités et les tuyaux endommagés. Mais le gars dans sa chaise d'évacuation n'appelle personne, ne demande pas d'aide. Il attend, c'est tout. Un miracle, je suppose. »

Bradley marqua une pause, pensant au miracle, j'imagine. Pendant un instant, alors qu'il reprenait le cours de son récit, il y eut un tremblement dans sa voix, mais qu'il parvint à maîtriser. « Bien plus bas, un homme entre deux âges, pas très en forme, entend parler de l'homme à la chaise et se met à crier. Il veut des volontaires pour remonter le chercher et l'aider à le descendre.

» Trois hommes se présentent. Des types ordinaires. Ils suivent l'homme, empoignent chacun une perche et font le bon choix – ils ne remontent pas, ils le descendent. Au milieu de la foule, de la fumée, de l'eau, en prenant ces putains de tournants trop serrés. »

Il s'interrompit de nouveau. « Ils l'ont descendu sur soixante-sept étages ! Et vous savez ce qu'ils ont découvert en arrivant au rez-de-chaussée ? Qu'il n'y avait pas d'issue.

» Le temps qu'ils descendent, l'écroulement de la tour Sud, juste à côté, a déstabilisé sa voisine. Devant eux, il n'y a que des gravats. Derrière eux, le feu. »

Bradley haussa les épaules. Je demeurai silencieux. Que pouvais-je dire même si je pouvais être sûr que ma voix ne tremblerait pas. Une immense vague de chagrin, c'est la seule chose à laquelle je pensais.

« Il sont donc obligés de rebrousser chemin ; ils atteignent une porte qui mène à une mezzanine et accèdent au hall d'entrée. Quelques instants plus tard, la tour s'écroule et c'est l'enfer. Le type au fauteuil roulant et deux des sauveteurs ont réussi à s'en sortir, je ne sais pas comment, mais pas les deux autres. » Il marqua une pause. « Vous savez de quoi ils sont morts, monsieur Campbell ?

— De compassion ?

— Exactement ! Comme je vous l'ai dit, ce n'est pas l'effondrement de la tour ni le feu qui les a tués, c'est leur foutue tentative d'aider autrui. C'est pour ça que j'étais en colère. Où était la justice dans tout ça ? » Il reprit son souffle puis ajouta : « Je n'étais pas sûr de vouloir vivre dans un monde pareil. »

Je sus alors que Bradley était allé à Ground Zero de bien des manières, pas seulement ce jour-là. Je l'imaginais dans la neige au crépuscule, petite silhouette dans ces arpents de vide où ces tours jumelles s'étaient dressées jadis, s'efforçant de retrouver une raison de vivre.

Heureusement, Marcie était avec lui, et il me raconta qu'ils s'étaient tenu la main tout le temps qu'il lui avait parlé de son désespoir. « Alors quelle est ta solution ? » voulut-elle savoir, avec le plus grand pragmatisme.

Il l'avait regardée, perplexe, sans savoir ce qu'elle voulait dire. « Oui, ça j'ai compris, Ben, tu ne veux pas vivre dans un monde pareil, ajouta-t-elle. O.K. Mais, comme on dit, vas-tu maudire l'obscurité ou allumer une chandelle ? Alors je te le demande à nouveau, quelle est ta solution ? »

C'était tout Marcie. Elle était devenue si forte ; elle n'allait plus céder d'un pouce.

« Elle avait raison, bien sûr, continua Ben. Et nous

avons parlé de solutions pendant tout le trajet de retour à la maison.

» À cause de mes blessures, je n'avais pas su grand-chose de l'enquête conduite sur le 11 Septembre et, tout en remontant Uptown, je l'écoutai me raconter que quinze des dix-neuf pirates de l'air étaient saoudiens, qu'on avait fait sortir la famille de Ben Laden du pays juste après, que la plupart des terroristes se trouvaient sur le territoire américain avec des visas ayant expiré et que plusieurs d'entre eux avaient appris à piloter des avions sans s'intéresser à la façon de les faire atterrir.

» Il devint clair que, si les pirates avaient commis une foule d'erreurs, ils s'étaient quand même montrés supérieurs à nous. Et si quelqu'un en doutait, nous avions trois mille homicides sur les bras pour en attester. Arrivés au Village, je me rendis compte qu'une idée était en train de germer dans mon esprit.

» J'y ai réfléchi toute la nuit et, le lendemain – un lundi –, je suis allé à la New York University et là, j'ai allumé ma chandelle. »

Dans un grand bureau face à Washington Square, il avait expliqué aux plus hauts responsables de l'université qu'il voulait organiser un événement qui deviendrait, dans son domaine, aussi célèbre que le Forum économique mondial de Davos : chaque année une série de conférences, de séminaires et de *master classes* destinés aux enquêteurs les plus éminents au monde. Une manifestation au cours de laquelle on pourrait exposer de nouvelles idées et présenter les techniques scientifiques de pointe. Les débats seraient animés par les plus grands experts dans leur domaine, ils aborderaient toutes les disciplines et dépasseraient les cloisonnements des différentes agences.

« Par la fenêtre, j'ai pointé mon doigt en direction de l'endroit où s'étaient dressées les tours jumelles. "Des hommes comme ceux-là reviendront, leur ai-je dit, et la prochaine fois ils seront meilleurs, plus intelligents, plus forts. Nous aussi il faudra qu'on le soit. Notre objectif, à nous autres enquêteurs, est clair : la prochaine fois, il faudra qu'on ait une longueur d'avance sur eux."

» Il y avait onze personnes dans la pièce et je pensais en avoir convaincu trois, alors je leur ai raconté l'histoire du type dans son fauteuil roulant et je leur ai rappelé que leur université était la plus proche de Ground Zero, et que cela leur conférait une certaine responsabilité. Si eux n'organisaient pas cet événement, qui le ferait ?

» À la fin, la moitié d'entre eux avait honte, certains étaient en larmes et le projet a été voté à l'unanimité. Peut-être que l'an prochain je me présenterai aux élections municipales. » Il essaya de rire, mais il n'avait pas le cœur à cela.

L'organisation du Forum mondial d'investigation se présentait encore mieux qu'il ne l'avait espéré, et il me sortit une liste de noms de ceux qui avaient donné leur accord pour intervenir ou y assister.

J'opinai, sincèrement impressionné. « Oui, tous les plus grands y sont, renchérit-il, puis il me regarda. Sauf un. »

Il ne me laissa pas le temps de répondre. « Votre livre a eu un sacré retentissement, continua-t-il. Comme vous étiez ici, vous n'en avez probablement pas idée, mais il n'y a pratiquement pas un professeur de premier plan qui…

— C'est pour ça que vous êtes venu à Paris ? Pour me recruter ?

— En partie. Bien entendu, je suis venu pour élucider le mystère Jude Garrett mais, maintenant que j'y suis arrivé, je me dis que vous pourriez faire une intervention. Je sais que nous ne pouvons pas dévoiler votre véritable identité, mais vous pourriez être le collaborateur de longue date de Garrett. Son docteur Watson en quelque sorte. Quelqu'un qui l'a aidé…

— Taisez-vous », l'interrompis-je – chose qu'on n'avait pas dû souvent lui dire. J'avais les yeux rivés sur la table et, quand je les ai levés, je me suis mis à parler suffisamment bas pour qu'il soit le seul à entendre. « Maintenant, je vais transgresser toutes les règles de mon ancienne profession, je vais vous dire la vérité. C'est probablement la seule fois que vous entendrez cela de la bouche de quelqu'un qui est dans ma partie, alors écoutez bien.

» Vous avez fait un sacré boulot en me retrouvant. Si je devais un jour publier une autre édition du livre, j'y inclurais certainement votre travail. Vraiment remarquable. »

Il eut un petit haussement d'épaules – flatté, je crois, vraiment fier, mais trop modeste pour le reconnaître.

« Vous avez trouvé un tas de noms, détricoté mes couvertures successives, mais vous n'avez rien trouvé sur ce que j'ai véritablement fait pour mon pays, n'est-ce pas ?

— C'est vrai. Mais je ne suis pas certain d'avoir voulu le faire. Des trucs aussi secrets doivent le rester.

— Et vous avez eu raison. Alors je vais vous dire une chose. J'ai arrêté des gens et tué ceux que je n'ai pas pu arrêter. Et à trois reprises au moins, je les ai d'abord arrêtés, puis je les ai tués.

— Seigneur, murmura-t-il. Vraiment, notre pays exige ça ?

— Je crois que les inspecteurs de la criminelle et les magistrats ont un nom pour cela, n'est-ce pas ? Croyez-moi, des actions de ce genre pèsent lourd sur le moral d'un homme, surtout quand il vieillit. Je peux vous promettre une chose, en tout cas : personne ne pourra jamais m'accuser d'avoir pratiqué une quelconque discrimination dans mon travail. J'ai été très œcuménique. J'ai descendu des catholiques, des musulmans, des protestants, des athées et au moins quelques juifs. Les seuls qui semblent avoir été épargnés sont les zoroastriens. Mais je n'aurais pas fait dans le détail si j'avais su qui ils étaient exactement. Le problème, c'est qu'une bonne partie des gens à qui j'ai fait du mal – leurs amis, leur famille, surtout – ne sont pas adeptes de ce que vous et moi appellerions des préceptes chrétiens, monsieur Bradley. Notamment, ce truc qui consiste à tendre l'autre joue, c'est pas vraiment ce qui les branche. Vous connaissez les Serbes ? Ils n'ont pas décoléré depuis 1389 ; une bataille qu'ils ont perdue. Il y en a qui disent que les Croates et les Albanais sont pires. Pour des gens comme eux, quelques dizaines d'années à mes trousses ne compteraient pas plus qu'un week-end. Je vous raconte ça pour que vous compreniez : je suis venu à Paris pour vivre dans l'anonymat. J'ai essayé de revenir à une vie normale. Ce que vous m'avez appris là n'est pas précisément une bonne chose pour moi et je vous avoue que ma priorité est de sauver ma peau, pas d'animer un quelconque atelier pour sauver le pays. »

Je me levai et lui tendis la main. « Au revoir, monsieur Bradley. »

Il me serra la main et cette fois ne fit aucune tentative pour me retenir. Le patio s'était vidé et je laissai

Bradley, silhouette solitaire et malheureuse, assis seul au milieu des bougies.

« Bonne chance, lui lançai-je en me retournant. Le forum est une excellente idée, le pays en a besoin. » Puis je continuai mon chemin, et tombai face à face avec une femme.

Elle sourit. « À voir la tête de mon mari, je suppose que la réponse est non. » C'était Marcie. Bradley avait dû lui dire au téléphone où nous étions.

« C'est exact. Je ne peux pas y participer. Il sait pourquoi.

— Merci quand même de l'avoir écouté, répondit-elle doucement. De lui avoir consacré tout ce temps. »

Il n'y avait chez elle aucun ressentiment, aucune colère. Le bien-être de son mari semblait être la seule chose qui comptait. Elle me plut immédiatement.

Bradley se détourna de nous un instant pour attirer l'attention du serveur et avoir la note.

« Vous savez, Ben vous admire énormément, déclara Marcie. Il n'a pas dû vous le préciser, mais votre livre, il l'a lu trois fois, rien que pour son plaisir. Il dit toujours qu'il aurait voulu avoir fait la moitié des choses que vous racontez. »

L'espace d'un instant, j'eus la vision d'un autre Bradley : un excellent enquêteur qui n'avait jamais eu l'occasion de jouer dans une cour à la hauteur de son talent. Je savais mieux que personne que les regrets professionnels sont difficiles à vivre et, comme souvent, je me remis à penser à deux petites filles et à ce que j'avais fait à Moscou longtemps auparavant.

Marcie m'avait touché le bras pour me sortir des avenues de la mémoire et me tendait une carte de visite. « C'est notre numéro à New York. Si jamais vous passez par là, appelez-nous – peut-être pas tout de suite, mais un jour. » Elle remarqua mon hésitation et sourit. « Même dans quelques années. »

Mais je ne la prenais toujours pas. « C'est un type bien, dit-elle gravement. Le meilleur que je connaisse. Meilleur que la plupart des gens ne pourront jamais l'imaginer. Vous lui feriez un très grand plaisir. »

Bien entendu, je savais que je ne l'appellerais jamais, mais il me parut inutilement blessant de ne pas la prendre et j'acquiesçai d'un signe de tête. Au moment où je la mettais dans ma poche, Bradley se retourna, et son regard croisa celui de Marcie à travers le patio silencieux.

Pendant cette seconde d'inattention, l'un et l'autre ne se sachant pas observés, je les vis à nu, sans leur carapace sociale. Ils n'étaient plus à Paris, et bien loin d'un hôtel cinq étoiles ; je lus sur leur visage qu'ils étaient exactement tels qu'avant et après l'écroulement de la tour Nord : amoureux. Ce n'étaient plus des gamins, ce n'était pas une tocade, et savoir que, dans un monde plein de tricheries et de trahisons, quelque chose comme ça existait encore faisait chaud au cœur. La soirée n'avait pas été complètement foutue, en fin de compte.

L'instant passa, Marcie porta de nouveau son regard sur moi et je lui dis au revoir. Je franchis les grandes portes et m'arrêtai au lutrin où le maître d'hôtel du patio se tenait en arbitre. Il me connaissait bien et, après l'avoir remercié pour son accueil, je lui demandai de renvoyer le chariot à leur table et lui donnai deux cents euros pour régler la note.

Quant à savoir pourquoi j'ai payé… Je ne suis sans doute qu'un idiot.

12

Le vol d'American Airlines arriva à New York tôt dans la matinée, des nuages noirs dissimulant la ville, la pluie et des bourrasques de vent nous ballottant tout au long de la descente. Deux heures après le décollage de Paris, le signal ATTACHEZ VOS CEINTURES s'était allumé, après quoi les conditions de vol s'étaient détériorées si rapidement que le service à bord avait été interrompu. Pas de nourriture, pas d'alcool, pas moyen de dormir. Les choses ne pouvaient que s'améliorer, me raisonnai-je.

Je voyageais avec la parfaite copie d'un passeport diplomatique canadien, ce qui expliquait mon siège en première classe, mais me permit aussi d'éviter toute question de la part des services d'immigration américains. Ils me laissèrent passer rapidement, je récupérai mes bagages et sortis sous une pluie battante. J'étais chez moi, mais je trouvai cela moins réconfortant que je ne l'avais anticipé. J'avais été si longtemps éloigné de mon pays que j'avais du mal à le reconnaître.

Dix-huit heures s'étaient écoulées depuis que j'avais quitté les Bradley au Plaza Athénée. Après avoir réalisé que ma couverture avait volé en éclats, je sus ce qu'il me restait à faire. Ma formation était sans ambiguïté : fuir, trouver la meilleure planque possible, essayer de se ressaisir puis écrire son testament. Peut-être pas la dernière partie, mais c'est en ces termes qu'on envisageait toujours une couverture qui volait en éclats.

Je pensais avoir plus de chances aux États-Unis. Pas seulement parce que l'ennemi aurait plus de mal à me retrouver parmi les millions de mes compatriotes, mais parce que je savais que, si je devais un jour être enfin en sécurité, il me fallait effacer les empreintes digitales que j'avais laissées derrière moi, interdisant ainsi à d'autres de suivre la piste ouverte par Ben et Marcie.

J'avais parcouru la distance du Plaza Athénée à mon appartement en six minutes et, à peine entré, commencé à appeler les compagnies aériennes. Par chance, il restait une place en première classe sur le premier vol en partance.

L'inconscient fonctionne d'une drôle de façon, en tout cas. Dans le tourbillon qui s'ensuivit, alors que je venais d'attraper mes vêtements, de régler mes factures et de faire mes bagages, les deux lettres de l'avocat de Bill et de Grace Murdoch me revinrent soudain à l'esprit, sans raison apparente. Je farfouillai dans un dossier de courrier, les fourrai dans mon bagage à main et m'attaquai au seul problème encore non réglé : le contenu du coffre.

Il m'était impossible d'emporter les trois pistolets, cent mille dollars en différentes monnaies étrangères et huit passeports, même dans des bagages enregistrés. Si les détecteurs de métaux ou les rayons X les faisaient apparaître, je serais soumis à un examen approfondi, même en tant que prétendu diplomate. Dès qu'on aurait découvert que mes documents diplomatiques étaient faux, ce qui arriverait à coup sûr, je serais parti pour des semaines d'explications à fournir, d'abord au sujet de ma véritable identité, puis des autres objets. J'étais censé avoir restitué les armes, les faux passeports et la liste de mes contacts lorsque j'avais quitté la Division.

Du coup, j'ouvris mon matelas, enlevai une partie du rembourrage et je fixai mes instruments de travail à l'intérieur, au moyen de ruban adhésif. Une fois aux États-Unis, j'appellerais François, notre pleurnichard de gardien, pour qu'il demande à une société de déménagement de m'expédier tous mes meubles. Quand tout fut en sûreté, je refermai l'ouverture, remis l'enveloppe en place et appelai un taxi pour qu'il me conduise à Charles-de-Gaulle.

Dix heures plus tard, j'étais sous la pluie à l'aéroport Kennedy, demandant à un autre taxi de me conduire à Manhattan. Pendant le trajet, j'appelai le Four Seasons, l'un de ces hôtels où l'anonymat est garanti par le nombre de chambres et en réservai une.

Après avoir passé trois jours d'une agence immobilière à l'autre, je louai un petit loft à NoHo. Pas une merveille, mais il recevait la lumière du matin et, le premier jour que j'y passai, je retrouvai les lettres de l'avocat et pris rendez-vous.

Nous nous installâmes en fin d'après-midi dans son vaste bureau qui donnait sur Central Park, et ce qu'il avait décrit comme une affaire de peu d'importance concernant la succession de Bill se révéla de nature à transformer ma vie pour toujours.

Pendant les quelques jours suivants, je me promenai dans la ville jusque tard le soir, retournant la chose encore et encore dans ma tête, essayant de l'intérioriser – comme un psychologue l'aurait dit. Je laissai mes pas me porter, passai devant des bars et des restaurants bondés, évitant les longues files d'attente devant les clubs les plus *in* et les cinémas où se jouaient les derniers films sortis. Finalement, ayant mal aux pieds et constatant que j'avais bien peu l'expérience de ce que les gens appellent une vie normale, je commençai à accepter ce que l'avocat m'avait dit. Ce n'est qu'alors que je me souciai du problème des empreintes digitales.

Mon premier appel fut pour une contrôleuse du FBI, la femme à laquelle j'avais transmis les dossiers européens de la Division quand l'agence avait été fermée. Elle se mit en relation avec l'un de ses directeurs adjoints, lui chuchota que j'avais été le Cavalier de la Bleue et, dès le lendemain, je le rencontrai dans une salle de réunion miteuse d'une tour insignifiante du sud de Manhattan.

Après que je lui ai demandé de m'entretenir seul à seul avec lui et que ses deux assistants ont fermé la porte derrière eux, je lui expliquai que le numéro de sécurité sociale de Scott Murdoch avait été écrasé et le danger que ça représentait pour moi. Il lui fallut un moment pour dominer son incrédulité mais, après avoir donné toutes sortes de noms d'oiseaux au responsable de cette bourde, il passa un coup de fil et fit le nécessaire pour que le numéro soit rétabli.

« Je le toperai ; pour être sûr que, si quelqu'un interroge ce numéro un jour, vous soyez aussitôt alerté, assura-t-il. Quoi d'autre ?

— J'ai besoin qu'on modifie les bases de données informatiques. Il y a un tas d'informations sur moi – ou des noms d'emprunt que j'ai utilisés – qui doivent disparaître.

— Des bases de données publiques ou privées ?

— Les deux. Tout depuis les fichiers d'une association d'anciens élèves d'une école appelée Caulfield Academy jusqu'à un bon nombre d'annonces de nominations du Registre fédéral.

— Sans espoir, dit le directeur adjoint. Les bases de données sont soumises aux mêmes règles que le strip-tease – la Cour Suprême dit qu'on peut regarder, mais pas toucher. Je serais dans l'illégalité si je vous indiquais seulement quelqu'un qui puisse vous y aider. »

J'insistai, évoquant toutes ces années où j'avais servi mon pays, lui expliquant pourquoi j'avais besoin de lui pour enfreindre ces règles.

Il opina d'un air pensif, puis quelque chose sembla le déranger au-delà du supportable, et il se lança dans une diatribe. « Enfreindre les règles ? Vous me demandez d'être complice d'un piratage informatique, là. Vous avez une idée de ce que ce genre de choses coûte à la communauté ? Je ne parle pas des geeks, ça c'était il y a des années ; le cyberespace est livré aux casse-béliers aujourd'hui. Ils crackent un site, se moquent des dégâts causés, et volent tout ce qui peut avoir de la valeur… »

J'en restai abasourdi. Je me fichais de la Cour Suprême ou des derniers développements de la cyber-criminalité. Je voulais juste nettoyer mon passé. Je compris que j'avais touché un point sensible, mais ça n'allait pas m'aider à assurer ma sécurité.

Mais il était lancé, et rien ne pouvait l'arrêter. « Il y a encore un niveau supérieur chez les crackers, continua-t-il. Ce sont des sortes de monte-en-l'air – ils s'introduisent, copient tout et personne ne sait qu'ils sont passés par là. Ce sont les plus brillants. Comme ce type qui a volé quinze millions de dossiers hypo-thécaires. *Quinze millions !* Dans chacun figuraient les informations de cartes de crédit, le numéro de sécurité sociale, le compte bancaire et l'adresse de domicile. Vous savez ce qu'il voulait en faire ?

— Usurpation d'identité ? supposai-je, ne comprenant pas pourquoi nous en étions encore à parler de ça.

— Bien sûr. Mais il n'allait pas s'en servir lui-même – oh non, ça aurait été trop de boulot. Il s'apprêtait à les vendre à la mafia russe. Un dollar pièce pour le premier million, qu'il nous a dit, juste pour les appâter. Puis il allait monter les tarifs jusqu'à obtenir dix dollars par fichier. Il pensait se faire cent millions de dollars. En restant assis devant son écran.

» Savez-vous quel est le butin moyen d'un braqueur de banques ? demanda-t-il en se penchant par-dessus la table. Neuf mille dollars et peut-être une balle dans la peau. Selon vous, quelle est la meilleure stratégie de développement ? »

Je haussai les épaules. C'était le cadet de mes soucis.

« Ce gars-là a vingt-trois ans, probablement le meilleur au monde.

— Il a pris combien ? questionnai-je, essayant de manifester quelque intérêt.

— C'est pas encore décidé. Peut-être que dalle ; ça dépend s'il continue de coopérer et de nous aider à coincer les crackers qui se prennent pour des samouraïs et font autant de dégâts que lui. Battleboi, c'était son pseudo en ligne ; du coup, c'est comme ça qu'on l'appelle.

— Battleboy ? répétai-je, pas sûr d'avoir bien entendu.

— Oui, avec un *i*. Un salopard d'Hispanique. Il a grandi à Miami mais il habite pas loin, à présent, du côté de Canal Street, au-dessus de Walgreens. »

Il leva la tête vers moi et nos regards se croisèrent. Les écailles me tombèrent des yeux et je compris pourquoi il m'avait raconté cette histoire.

« Bon, assez parlé de mes problèmes. Il faut que je m'arrête avant de dire quoi que ce soit d'illégal, reprit-il. Y a-t-il quelque chose d'autre que je puisse faire pour vous ?

— Non, rien, vous m'avez déjà bien aidé. Merci »,
dis-je chaleureusement. Il se leva pour me raccompagner.

Arrivé à la porte, il marqua un temps d'arrêt et se
tourna vers moi : « Je suis heureux d'avoir pu vous
aider à résoudre ce problème de sécurité sociale. Je
connais votre réputation – comme bon nombre d'entre
nous – et c'est un honneur, un grand honneur, vraiment, d'avoir rencontré le Cavalier de la Bleue. »

Il le dit avec une telle admiration, sans oublier sa
poignée de main, assez forte pour changer du charbon
en diamants, que j'en fus tout décontenancé. Ses assistants et lui me regardèrent silencieusement marcher
vers l'ascenseur, avec ce qu'on peut appeler du respect,
je suppose. Tout flatté que j'étais, je ne pus m'empêcher de penser qu'un homme peut se retrouver grillé
bien avant sa réputation.

Une fois dehors, je pris un taxi et traversai la ville,
observant le visage des passants. Les ombres s'allongeaient dans la nuit et j'eus une fois encore un sentiment étrange de détachement, d'être un étranger dans
mon propre pays. Je savais que ceux qui continuent
sur cette pente finissent par mourir au monde. On en
voit assis sur les bancs des jardins publics, dans les
salles de lecture des bibliothèques, ou seuls dans des
gares. Le bel avenir que voilà, pensai-je. Mais je n'y
pouvais rien : la caravane passe, les chiens aboient et
je devais absolument enterrer mon passé.

Le taxi s'arrêta devant Walgreens ; je longeai la
façade et découvris une petite porte dans le mur. Il n'y
avait qu'un interphone et les quelques mots figurant
dessus étaient en japonais. Super.

Me demandant si j'avais mal compris le type du
FBI, j'appuyai quand même sur le bouton.

13

Une voix masculine bourrue répondit en anglais. Je lui dis qu'un ami commun travaillant au vingt-troisième étage d'un immeuble proche m'avait suggéré de venir le voir. Il appuya sur le bouton pour me faire entrer et je grimpai une volée de marches, remarquant que quelqu'un s'était donné beaucoup de mal pour dissimuler quatre caméras en circuit fermé qui surveillaient l'escalier. Des craintes à propos de la mafia russe, supposai-je.

Je tournai dans un couloir et ne le vis qu'une fois mes yeux habitués à la pénombre : Battleboi se tenait juste devant moi, sur le seuil d'une porte blindée qu'un cambrioleur aurait été fier d'avoir réussi à fracturer. Le plus surprenant, chez lui, n'était pas son gabarit – alors qu'il devait peser autour de deux cents kilos. Non, le plus frappant, c'était qu'il était habillé comme un daimyo du Japon médiéval. Un vrai samouraï, ce cracker-là.

Il portait un kimono de soie scandaleusement coûteux, des chaussettes traditionnelles japonaises spécialement conçues pour isoler le gros orteil, les cheveux lissés avec de l'huile et tirés en arrière en chignon haut sur la nuque. Si jamais vous avez besoin d'un lutteur de Sumo hispanique, j'ai le type qu'il vous faut. Il s'inclina légèrement, avec un minimum de bonnes manières – je doutais qu'il apprécie notre ami du vingt-troisième étage –, et s'écarta pour me laisser entrer.

Certes, ses terres féodales se limitaient à quatre pièces donnant sur une ruelle, mais le sol était couvert de magnifiques tatamis, l'espace divisé par des cloisons de papier et, sur un mur, il y avait un paravent ancien représentant le mont Fuji dont je pariai qu'il avait dû lui coûter au moins vingt mille de ses fichiers les plus onéreux.

J'évitai de justesse un impair après avoir franchi le seuil. Au dernier moment, je me rendis compte que je devais troquer mes chaussures pour une paire de sandales destinées aux invités. Tout en ôtant mes chaussures de barbare, je lui demandai comment je devais l'appeler.

Il eut l'air de ne pas comprendre. « Comment ça ? Ils vous l'ont pas dit ?

— Ben si, ils me l'ont dit, répondis-je. C'est juste que ça ne me paraît pas correct de vous donner du Battleboi en face. »

Il haussa les épaules. « Je m'en bats les couilles, mon vieux », puis il me conduisit vers une paire de coussins posés par terre.

« Le directeur adjoint m'a dit que vous coopérez avec lui », déclarai-je comme si j'étais dépositaire d'une autorité venant de Dieu le père en personne.

Il me regarda d'un air dégoûté, mais ne le nia pas. « Qu'est-ce que vous voulez ? »

Nous nous étions assis en tailleur et je lui expliquai mon projet d'effacer toute référence à Scott Murdoch des bases de données gérées par les associations d'anciens élèves des écoles que j'avais fréquentées. C'était un bon point de départ.

Il demanda qui était Murdoch et je prétendis l'ignorer. « Il a été décidé que son passé devait être enterré ; pour l'instant, c'est tout ce qui compte. »

Il me demanda la date de naissance de Murdoch, des précisions sur les associations d'anciens élèves en question et un paquet d'autres informations pour s'assurer qu'il s'agissait bien de la bonne personne. Finalement, il ajusta son kimono et annonça qu'on allait s'y mettre dans quelques minutes.

« *Cha, neh ?* » fit-il avec désinvolture, mais je n'eus pas besoin de sous-titres ; j'aurais dû avoir l'air de ne rien comprendre, me sentir rabaissé mais, honnêtement, je n'étais pas d'humeur.

Je fis appel au souvenir d'un été, il y avait bien longtemps. J'étais sur une plage baignée de sang, au beau milieu d'une épidémie de décapitations et d'une horde de samouraïs commettant leur suicide rituel. Autrement dit, j'avais passé mes vacances à lire *Shôgun*. De toutes ces pages épiques, il me restait quelques phrases-clés – *cha* voulait dire thé.

« *Hai, domo* », répondis-je, espérant que ma mémoire ne m'avait pas trahi et que je disais bien « Oui, merci », et non pas « Va te faire foutre ».

J'avais dû tomber juste. « Vous parlez japonais ? s'exclama-t-il, avec un mélange d'étonnement et de respect.

— Oh, très peu », dis-je modestement.

Il claqua des mains et l'un des paravents s'ouvrit. Une fille mince de type hispanique habillée d'un kimono en soie rouge entra et s'inclina, soulevant en moi une question qui préoccupe les plus grands philosophes depuis la nuit des temps : comment se fait-il que les moches ont presque toujours des femmes sexy ?

Elle avait deux ou trois ans de moins que lui, de grands yeux et une bouche sensuelle. En y regardant de plus près, je constatai qu'elle avait librement adapté le kimono traditionnel : il était beaucoup plus serré sur ses hanches et ses seins que vous ne le verrez jamais à Tokyo. Pour

212

être à l'aise dans ses mouvements, elle l'avait fendu dans le dos jusqu'aux cuisses et, à la voir se déplacer à travers la pièce, à la façon dont la soie ondulait et se plaquait sur son corps, il m'apparut qu'elle n'avait pas à se soucier des marques de slip ou des bretelles de son soutien-gorge. Elle ne portait ni l'un ni l'autre. L'ensemble avait quelque chose de troublant et de dingue.

« Du thé ? » demanda-t-elle.

Je fis oui de la tête et Battleboi se tourna vers moi. « Je vous présente Rachel-san. » Elle me lança un coup d'œil et m'adressa un sourire à peine perceptible.

Battleboi ? Rachel-san ? Le Japon médiéval au-dessus de Walgreens ? Quoi qu'ait pu dire le FBI sur ses capacités, je ne nourrissais pas beaucoup d'espoir. J'avais le sentiment d'avoir affaire à une paire de marginaux déjantés.

Trois heures plus tard, je fus bien obligé de réviser radicalement mon jugement. Non seulement Lorenzo – ainsi que Rachel l'avait appelé – avait effacé toutes les informations me concernant des fichiers d'anciens élèves, mais il déclara qu'il pouvait faire de même avec les fichiers autrement plus complexes détenus par la Caulfield Academy et Harvard.

« Vous arriveriez à écraser tout un fichier d'inscription et de présence académiques ? demandai-je. À faire croire que Scott Murdoch n'a jamais été à Caulfield ni à Harvard ?

— Pourquoi pas ? s'esclaffa-t-il. On est devenus tellement nombreux sur cette putain de planète qu'on n'est plus que ça, des lignes de code sur un disque dur. Enlevez ces lignes, et on n'existe plus ; rajoutez-les et nous voilà de nouveau quelqu'un. Vous voulez une chaire d'enseignant ? Indiquez-moi juste dans quelle université. Vous avez besoin d'un paquet de fric ? Attendez que j'aie tripatouillé un code binaire. Ah, j'oubliais, vous pouvez m'appeler Dieu, si vous voulez.

— Merci, mais j'aime assez Battleboi, en fin de compte », souris-je.

Tard ce soir-là, je l'ai regardé confier au vide électronique le dernier des exploits universitaires du docteur Murdoch. « C'est dommage, commenta-t-il, toutes ces études pour rien. »

Je ne sus quoi dire, inondé que j'étais de souvenirs, tout particulièrement de Bill monté à Boston dans sa vieille Ferrari, seule personne à être venue assister à ma remise de diplôme.

Une fois Lorenzo sûr de n'avoir laissé aucune trace de son passage dans les données, je lui parlai de l'étape suivante sur ma liste : les informations qui devaient être supprimées des ordinateurs de l'administration et des nominations officielles.

« Combien d'entrées ? demanda-t-il.

— Deux cents, peut-être plus. »

Il faisait une tête, on aurait cru que je l'avais invité à se faire *harakiri*.

« Laissez-moi deviner : c'est urgent, *neh* ? » Mais il n'attendit pas la réponse ; il la connaissait. « Vous avez des copies de ces nominations, ou bien il faut qu'on les ressorte ? »

J'hésitai. Ben Bradley et sa femme disposaient de toutes les informations, mais c'étaient les dernières personnes à qui je voulais les demander. « Il faut que j'y réfléchisse, répondis-je.

— Si on doit partir de zéro, ça peut prendre des mois. Faites-moi savoir ce que vous aurez décidé », conclut-il, et il commença à ranger sa collection de disques durs.

Il me raccompagna à la porte, suffisamment détendu pour faire un brin de conversation. « J'ai fait trois ans de japonais – une saloperie de langue, hein. Où est-ce que vous l'avez étudié ?

— *Shôgun* », répondis-je simplement et, une fois le choc passé, je dois dire qu'il le prit avec beaucoup de bonne grâce. Cette montagne de chair se mit à trembler de rire, se moquant de sa propre crédulité et, à voir ses yeux danser et la grandeur d'âme dont il était capable, j'entrevis ce qui avait dû attirer Rachel en premier.

« Merde, dit-il, s'essuyant les yeux, et ça fait six heures que je me dis que je suis pas à la hauteur. Comme si j'étais revenu à l'école. »

Pendant que je remettais mes chaussures, enhardi par notre rire, il me demanda : « Vous faites quoi, exactement, au FBI ?

« Je ne… C'est compliqué. Disons que j'ai été un de leurs compagnons de route, c'est tout.

— Scott Murdoch, c'est vous ? »

Je ris à nouveau. « Vous pensez que si j'avais toutes ces qualifications je serais là assis sur mon cul en train de discuter avec vous ? » J'avais utilisé la tonalité juste d'amertume mêlée d'humour – je suis un sacré bon menteur quand il le faut.

« Qui que vous soyez, vous devez être au mieux avec le vingt-troisième étage, non ?

— Pas vraiment. Pourquoi ?

— Je me disais que vous pourriez glisser un mot au directeur adjoint ; qu'on y aille mollo sur les charges.

— D'après ce que j'ai compris, si vous continuez de collaborer avec eux, peut-être bien qu'ils les abandonneront, les charges.

— C'est ça, rétorqua-t-il en riant avec amertume.

Et pourquoi auraient-ils créé un département spécial pour la cybercriminalité, alors ? C'est leur meilleur des mondes. Ils vont me saigner à blanc, vous allez voir, et puis quand je leur aurai tout donné, ils me feront un enfant dans le dos. Vous savez, juste pour l'exemple. »

Je secouai la tête, lui disant qu'il était parano, qu'ils ne fonctionnaient pas comme ça. Mais c'est lui qui avait raison, bien sûr. Quelques mois plus tard, ils lui ont collé toutes les charges qu'ils ont pu trouver, puis ils lui ont proposé une négociation de la peine qui n'avait rien d'une négociation. Pour finir, ne pouvant plus se payer un avocat – ayant été jusqu'à vendre son précieux paravent du mont Fuji –, il a été forcé d'accepter. Et il a pris quinze ans à Leavenworth.

Et il y aurait croupi, pratiquement oublié, si, par une effrayante succession d'événements, la poursuite du Sarrasin n'avait abouti à une épouvantable impasse.

14

Le Sarrasin arriva à la frontière syrienne juste avant l'heure du déjeuner, descendant du car en provenance de Beyrouth avec une trousse médicale en cuir dans une main, une valise indéfinissable dans l'autre, et un plan remarquable en tête.

Il avait obtenu son diplôme de médecin cinq ans auparavant, avec mention, et ce furent les années manquantes, les années difficiles de vaches maigres. Il me fallut un bon bout de temps pour reconstituer ses mouvements au cours de cette période, mais une chose est sûre : à l'époque où il passa devant le fonctionnaire syrien de l'immigration, il avait déjà trouvé la solution au casse-tête qui lui avait occupé l'esprit sans discontinuer pendant tous ses moments de veille. Il savait comment il allait attaquer l'Amérique.

Un médecin déclarant se rendre dans les camps de réfugiés tentaculaires n'eut aucune difficulté à faire tamponner son passeport libanais. Évitant les chauffeurs de taxi et les rabatteurs de tous poils, il tourna à gauche dans le parking couvert d'immondices et trouva un bus pour l'emmener à Damas.

À la principale gare routière de la ville, le Sarrasin enregistra ses deux bagages à la consigne, sortit par une porte latérale et se mit en route. Il était résolu à laisser aussi peu de traces que possible de ses déplacements et, pour cette raison, avait décidé de ne même pas prendre un taxi.

Il marcha plus d'une heure dans des rues poussiéreuses, traversant des quartiers de plus en plus sinistres. Il y a presque deux millions d'habitants à Damas, dont cinq cent mille sont des réfugiés palestiniens vivant dans la plus grande précarité.

Enfin, au croisement de deux voies rapides, il trouva ce qu'il cherchait. Sous ces voies surélevées se trouvait un no man's land, une forêt de pylônes en béton noircis par les échappements de Diesel. L'endroit était décoré de guirlandes de lumières, de drapeaux ramollis et de citations du Coran qui témoignaient de l'amour des propriétaires pour l'honnêteté. On y faisait commerce de voitures d'occasion.

Là, chez ce marchand de voitures le plus bas de gamme qui soit, le Sarrasin jeta son dévolu sur une vieille Nissan Sunny. Pendant que le vendeur louait la clairvoyance d'un homme capable de voir au-delà de la rouille et de dénicher le diamant dans le lot, le Sarrasin paya en espèces. Il rajouta cinq livres syriennes pour échapper au changement d'immatriculation et disparut dans le crépuscule. La voiture consommait plus d'huile que d'essence, mais le Sarrasin n'en avait cure. Les déplacements n'étaient qu'un objectif secondaire pour ce véhicule, qui devait faire office d'hébergement avant tout. Il savait que même dans les hôtels bon marché les gens ont trop de mémoire, et il parcourut la ville trois heures durant avant de trouver un coin tranquille au fond du parking d'un supermarché où il s'installa.

Au cours des semaines qui suivirent, il réunit le matériel dont il avait besoin pour la tâche qu'il s'était assignée et négligea totalement son hygiène personnelle. Il laissa ses vêtements devenir de plus en plus crasseux, quand bien même cela heurtait ses principes, mais il n'avait guère le choix. Son plan reposait sur le fait qu'il devait avoir toutes les apparences d'un sans-abri. Finalement, il se rendit sur le théâtre des opérations et, après l'avoir longuement surveillé, se sentit prêt à l'action.

Dans les faubourgs de Damas, un bâtiment de quatre étages de verre et de béton se dressait, pratiquement isolé. À l'extérieur, sur un panneau, on pouvait lire INSTITUT SYRIEN DE MÉDECINE DE POINTE, mais on ne savait pas très bien quelle en était la véritable activité. Il y avait des lustres que les hauts fonctionnaires du pays ne se faisaient plus soigner ailleurs que dans les cliniques privées de Londres ou de Paris.

Parce que les services de renseignement occidentaux s'inquiétaient de ce que le bâtiment puisse être utilisé à des fins de recherches nucléaire et biologique, l'un des huit satellites d'observation américains qui couvraient le Moyen-Orient gardait cet institut sous surveillance constante. Il photographiait les visages à travers les fenêtres, enregistrait toutes les livraisons et contrôlait la signature chimique des émissions, mais ne prenait, hélas, aucune photo des environs immédiats. Résultat : il n'y a jamais eu la moindre image du sans-abri qui, d'après un rapport ultérieur de la police secrète syrienne, installa peu à peu un campement de bric et de broc.

Un vendredi en début de soirée, un gardien passant par un jardin qui se trouvait au bout du bâtiment vit qu'une vieille tente avait été dressée entre deux palmiers, annexant une prise d'eau utilisée pour arroser les plantes sous son toit. Quelques jours plus tard, un petit réchaud, une bouteille de gaz de récupération et une glacière endommagée firent leur apparition.

Mais la cohorte de gens qui passaient devant pour aller du parking à l'entrée de l'institut n'avait toujours pas vu le squatter, même après qu'un exemplaire du Coran avec une reliure ancienne bien fatiguée ainsi que deux couvertures élimées furent venus compléter le tableau.

Et, à ce stade, il était déjà trop tard pour s'en émouvoir. Ramadan, le neuvième mois du calendrier islamique et de loin le plus sacré, avait commencé, et le livre saint sur la couverture agissait comme un muet rappel à chacun de ce que tout bon musulman devait venir en aide aux mendiants, aux voyageurs et aux pauvres. Quel vrai croyant irait chasser un sans-abri pendant le Ramadan ?

Ce n'est qu'alors, protégé par sa religion, que le Sarrasin se montra, abandonnant la Nissan dans le parking du supermarché, sortant des broussailles desséchées, s'installant sous la tente comme s'il avait toujours vécu là, ce qui était son plan, j'en suis sûr.

Barbu, en haillons, vêtu de la longue tunique et du keffieh anonymes que portent des milliers de réfugiés palestiniens, il se servit au point d'eau pour se désaltérer et se mit à lire le Coran.

Aux heures prescrites il remplissait sa casserole, faisait les ablutions qui précèdent les cinq prières quotidiennes, orientait son tapis vers ce qui était soit La Mecque soit les toilettes des gardiens chargés de la sécurité, selon, j'imagine, le regard que chacun porte sur le monde.

Personne ne se plaignit de sa présence ; il avait franchi le premier obstacle. Le lendemain matin, il se mit au travail, lavant les vitres des voitures en stationnement, balayant les ordures et agissant d'une manière générale comme le gardien du lot numéro trois du parking al-Abah. Comme la plupart des réfugiés, il ne demandait jamais d'argent, mais il plaça tout de même une soucoupe sur le passage réservé aux piétons au cas où quelqu'un serait pris d'un urgent besoin d'accomplir son devoir de charité.

Quelle que soit la façon de voir les choses, c'était lumineux. Quelques semaines plus tard, quand le corps mutilé de l'un des plus hauts responsables de l'institut fut découvert, la police et les barbouzes syriennes se répandirent dans les bâtiments voisins, le sans-abri dans leur collimateur, et essayèrent d'établir son portrait-robot. Tous ceux à qui ils parlèrent furent unanimes : disons un mètre quatre-vingts, à peu près quatre-vingt-dix kilos, barbe très fournie et puis... Ma foi, rien d'autre.

Dans le monde des services secrets, on appelle légende une identité fictive et un CV inventé de toutes pièces pour dissimuler le véritable état civil de quelqu'un. Le gardien déguenillé du lot numéro trois du parking al-Abah, ressortissant d'Arabie saoudite, diplômé en médecine de l'université de Beyrouth, héros de la guerre d'Afghanistan, s'était créé une légende de réfugié palestinien efficace au point de se rendre presque invisible. Qu'un professionnel y soit parvenu aurait été une grande réussite : pour un amateur sans ressources ni formation, c'était remarquable.

Une semaine après son arrivée, le Sarrasin prit l'habitude d'aller lire son Coran accroupi dans un bosquet de palmiers près de l'entrée principale du bâtiment, pour profiter d'un courant d'air frais venant d'un conduit défectueux de ventilation au moment le plus chaud de la journée. Les gens souriaient de son ingéniosité mais, à la vérité, lui se fichait complètement de la chaleur. Il avait vécu dans le cercle extérieur de l'enfer au cours des étés caniculaires d'Afghanistan, et l'automne à Damas n'était pas un problème pour lui. Non, l'emplacement sous le conduit lui permettait, à travers une paroi vitrée, d'observer le détail des procédures de sécurité appliquées à quiconque pénétrait dans le bâtiment. Une fois convaincu de les avoir cernées, il se mit à soupeser – au sens propre comme au sens figuré – les gens travaillant sur le site.

Le directeur adjoint de l'institut, Bashar Tlass, était toujours le dernier à partir. La cinquantaine, il était parent d'un des dirigeants de la Syrie, ancien membre éminent de la police secrète du pays et – navré d'avoir à le préciser – une ordure de la pire espèce.

Mais ni ses importantes responsabilités, ni sa qualité d'ingénieur chimiste, ni sa faiblesse pour les lentes exécutions au garrot pendant sa carrière dans la police secrète n'eurent la moindre incidence sur le fait qu'il ait été choisi. N'importe qui, y compris Tlass lui-même, aurait été étonné d'apprendre qu'il ne serait tué que pour la raison qu'il pesait quatre-vingt-dix kilos – tout au moins autant que pouvait en juger le docteur installé sous les palmiers. Une fois sa cible choisie, le Sarrasin n'eut plus qu'à attendre. Dans toute la communauté musulmane, les trente jours de jeûne, de prière et d'abstinence sexuelle de Ramadan se terminent par la fête de l'Aïd el-fitr, avec une débauche de festivités, de cadeaux et d'invitations. La soirée précédant la fête, presque tout le monde quitte son travail plus tôt pour se préparer au rituel de la prière de l'aube, qui sera suivi par un jour de bombance.

Damas n'échappait pas à la règle et, dès 16 heures, les banques et les bureaux étaient fermés, les boutiques avaient baissé leur rideau, les rues étaient de plus en plus désertées. Prêt à partir, Tlass se dirigea vers la porte principale de l'institut et entendit les gardes de la sécurité verrouiller électroniquement les portes depuis leur poste de contrôle. Cela signifiait que le bâtiment était complètement vide, et il savait – comme tout le monde – que, dès qu'il serait hors de vue, les gardes mettraient le reste du système de sécurité en marche et rentreraient tranquillement chez eux faire leurs préparatifs pour la fête.

Des années auparavant, le directeur avait tenté d'obtenir des gardiens qu'ils travaillent pendant l'Aïd, mais il avait rencontré une telle opposition, y compris de la part des mosquées des employés, que tout le monde en était rapidement revenu à la situation antérieure d'obéissance à la règle. De toute façon, Tlass savait mieux que personne qu'ils vivaient dans un État policier. Qui pourrait être assez fou pour essayer de s'introduire dans un bâtiment officiel ?

La réponse à cette question lui fut donnée quelques minutes plus tard, alors qu'il se dirigeait vers sa voiture en passant par le jardin. Les quelques bâtiments alentour et les parcs de stationnement étaient déserts, si bien que, lorsqu'il tourna le coin et qu'il fut momentanément entouré d'allées et de palmiers, il entendit derrière lui un bruissement qui l'alerta vaguement. Il se retourna et sourit presque en réalisant que ce n'était que ce stupide Palestinien qui insistait toujours pour laver le pare-brise de son SUV, même s'il n'avait jamais laissé tomber la moindre piécette pour sa peine dans la soucoupe en fer.

Le mendiant se dit maintenant qu'il le tenait. Il s'inclina à plusieurs reprises tout en s'approchant, lui tendit la soucoupe et murmura la salutation rituelle « Aïd Mubarak ». Tlass retourna la salutation, comme l'exigeait la tradition, mais c'était tout ce qu'il était prêt à céder. Il écarta la soucoupe et fit mine de continuer son chemin.

Le bras du Sarrasin partit en travers de la courte distance qui les séparait, et, en un éclair, se verrouilla en une clé autour du cou de Tlass, le surprenant et l'étouffant à la fois.

La première pensée du directeur adjoint, hors de lui, fut que le réfugié n'aurait rien, pas le moindre sou, qu'il faudrait qu'il le tue pour obtenir de lui quoi que ce soit. La deuxième fut de se demander comment un mendiant, ne se nourrissant que de reliefs, pouvait être aussi foutrement fort.

Tlass était déjà en train de suffoquer et, alors qu'il faisait appel à ses souvenirs pour exhumer la contreprise du combat à mains nues en cas d'étranglement, il ressentit une très vive douleur à la base du cou. La

cervelle brouillée par la sensation de chaleur qui s'ensuivit, il aurait hurlé s'il avait pu reprendre son souffle.
Il sut immédiatement que ce n'était pas un couteau – il
aurait eu la gorge tranchée et senti la chaleur de son
sang sur sa poitrine. Il avait à peine formulé cette idée
qu'une boule de feu explosa dans son cou et commença
de malmener sa circulation sanguine.

Tétanisé par la douleur, il savait ce que c'était. Une
seringue, dont le piston avait été poussé au maximum.
Ébranlé, terrifié, Tlass voulut aussitôt crier à l'aide,
mais quel qu'ait été le produit chimique qui coulait
dans son corps, ses lèvres ne purent articuler les mots
qui hurlaient dans sa tête.

Le fluide chimique atteignit ses membres – il comprit, fou de rage, que rien ne pourrait plus l'arrêter, et
il vit ses clés de voiture tomber de la gélatine qui lui
tenait lieu de mains désormais. Vifs comme l'éclair,
les doigts de son attaquant les attrapèrent à la volée,
comme pour signifier à Tlass qu'il était entre les mains
d'un maître.

15

Les genoux de Tlass ployèrent sous lui. Le Sarrasin
le rattrapa avant qu'il ne tombe et le traîna jusqu'à sa
voiture : un SUV américain de couleur noire, celui-là
même dont il avait si souvent lavé le pare-brise. À
mi-chemin, il s'arrêta.

Il frappa Tlass en plein visage et vit une étincelle de
douleur et de rage s'allumer dans ses yeux.

Au cours de la préparation, l'une de ses préoccupa-
tions majeures avait été que des sédatifs administrés

en intraveineuse puissent renfermer un marqueur chimique permettant de les rattacher à un numéro de lot. Un tel numéro conduirait à l'hôpital régional où il avait travaillé au Liban et il ne faudrait pas longtemps à de bons enquêteurs – une équipe de la police secrète syrienne, par exemple – pour exploiter la liste du personnel et découvrir qu'il était censé être en vacances pendant la période où ces lots étaient disponibles.

Il y avait toutefois assez d'ânes tirant des charrettes à Beyrouth pour que se soit développé un important marché noir de produits vétérinaires dans la ville. Résultat, c'était une ampoule d'un sédatif pour cheval, intraçable, qui se répandait dans le corps de Tlass, et le Sarrasin espérait l'avoir bien dosé, suffisamment pour inhiber tout contrôle musculaire mais pas trop, pour ne pas risquer une perte de conscience chez sa victime. Si les yeux de Tlass devenaient vitreux, le bonhomme ne lui servirait à rien ; quoi qu'il arrive, il fallait qu'il reste conscient.

Vlan ! Le Sarrasin le frappa une seconde fois au visage pour faire bon poids, puis s'approcha du SUV. Comme il avait vu faire Tlass, il se servit du contact se trouvant sur la clé pour déverrouiller les portières, ouvrit celle de l'arrière et y poussa le prisonnier.

L'intérieur du véhicule était comme une cave. De la Méditerranée au golfe Persique où sévit une chaleur torride, il existe une manière infaillible de savoir si quelqu'un a de la *wasta* ou non. Il y a un mot d'argot pour cela : *makhfee*, qui veut dire teinte – comme le revêtement qu'on met sur les vitres pour se protéger du soleil. Étant donné que la loi le limite à quinze pour cent, plus vous avez de *wasta*, plus vous pouvez avoir de *makhfee* sans être inquiété.

Et Tlass en avait beaucoup, de la *wasta*, si bien que les vitres de sa Cadillac étaient teintées à quatre-vingts pour cent, ce qui intimidait et mettait l'habitacle totalement à l'abri des regards indiscrets, idéal pour ce qui allait s'y dérouler. Le Sarrasin se glissa à l'intérieur, derrière son prisonnier, claqua la porte, grimpa sur le siège du conducteur, introduisit la clé et fit démarrer le moteur. Il n'allait nulle part, mais il fallait que l'air conditionné souffle le plus d'air froid possible. Il appuya sur le bouton électrique qui commandait le siège arrière et regarda la banquette se baisser jusqu'à ce que Tlass soit étalé à plat, sur un plan horizontal, comme un thon sur le pont d'un bateau.

Suivant le ballet mis au point depuis des semaines, il sortit de sa poche des rouleaux de chatterton épais. Tlass, une terreur muette dans les yeux, regarda le maître lui attraper les poignets et les attacher avec le ruban adhésif aux poignées de portes, le mettant sur le dos. Exactement comme Tlass l'avait fait avec une femme nue qu'il avait « interrogée » avec beaucoup de plaisir, jusqu'au moment où elle avait été trop épuisée pour crier et où, lassé, il l'avait exécutée au garrot.

Ensuite, le maître attacha les pieds, les cuisses et la poitrine de Tlass au plan horizontal, en sorte qu'il ne puisse plus bouger. Puis, curieusement, le maître fixa étroitement le front et le menton de Tlass sur l'appuie-tête, toujours avec le ruban adhésif, lui maintenant la tête aussi fermement que si elle se trouvait prise dans un étau. Tlass essaya de parler, voulant savoir ce qu'il fabriquait – avait-on jamais vu une tête s'enfuir ? Mais aucun mot ne voulut sortir de sa bouche qui bavait.

Ce fut avec une tranquille satisfaction que le Sarrasin le vit essayer de parler, le regarda rouler des yeux horrifiés : la dose de sédatif était la bonne. Certain que Tlass, les bras en croix, était incapable de bouger, le Sarrasin ouvrit la porte arrière, s'assura que la voie était libre, et courut vers son campement.

Il plia la tente en un clin d'œil, et entassa dessus son réchaud et ses autres possessions, ne laissant rien derrière lui qui puisse aider la police scientifique. Il fit un ballot de la tente, le balança sur l'épaule et ramassa sa vieille glacière qu'il avait soigneusement emballée plus tôt dans la journée, comme s'il se préparait à un curieux pique-nique.

La dernière chose qu'il avait placée à l'intérieur était ce qui lui avait causé le plus de souci : un grand sac de glace. Il réfléchissait depuis des semaines au moyen de se la procurer, mais la solution qui se présenta se révéla d'une simplicité désarmante : il demanda au plus amical des responsables de la sécurité, celui-là même qui lui avait parlé de l'habitude qu'avaient prise les gardes de disparaître pour l'Aïd, de l'aider à garder quelques boissons au frais pour qu'il puisse, lui aussi, célébrer modestement la rupture du jeûne.

« Ce serait possible d'avoir un peu de glace venant du réfrigérateur de la cantine du personnel ? » avait-il demandé au garde, et ce bon musulman la lui avait effectivement apportée quelques heures auparavant.

« *Aïd Mubarak* », s'étaient-ils souhaité l'un et l'autre, tandis que le Sarrasin la mettait de côté dans la glacière, au-dessus de deux petites boîtes en plastique, de restes de nourriture et de quelques bouteilles de limonade, qui n'étaient en réalité qu'un leurre. Le contenu réel de la glacière – le reste de l'équipement de spécialiste dont il avait besoin – était dissimulé dans un compartiment au fond.

La glacière sous le bras et le ballot sur son dos, il courut vers le SUV. Tlass entendit une porte arrière s'ouvrir et, tournant ses yeux fous vers le Palestinien, le vit décharger ses affaires dans la voiture, grimper à l'arrière et claquer la portière derrière lui. D'un geste qui ne présageait rien de bon, le maître tendit le bras vers le tableau de bord pour activer le système de verrouillage centralisé, les enfermant à l'intérieur.

Le Sarrasin se pencha pour vider les poches du directeur adjoint, mit de côté son téléphone portable, ouvrit son portefeuille, ignora l'argent et les cartes de crédit et prit juste ce dont il avait besoin : la carte d'accès sécurisée de Tlass.

Plus confiant à vue d'œil, il s'agenouilla, attentif à se positionner tout près de la tête de Tlass, et ôta le couvercle de la glacière. Il en sortit la nourriture et accéda au double fond où il prit une trousse en plastique lourde, roulée et attachée avec un cordon qu'il étala à côté de lui. Puis il remplit les deux boîtes en plastique de glace. Il y avait dans le calme et la méthode avec lesquels il agissait quelque chose que Tlass reconnut.

Ce fumier est médecin ! réalisa-t-il. Il jeta des regards paniqués autour de lui : cette alarmante intuition l'effrayait au-delà de tout ce qu'il aurait pu imaginer.

Quelle espèce de débile mental avec tant d'années d'études derrière lui et une bonne carrière devant lui irait balayer un parking ?

Quelqu'un ayant un plan, comprit-il immédiatement. Et, par expérience, il savait que les hommes qui ont des plans sont généralement des fanatiques, pas le genre de personnes avec qui on peut discuter – même quand vos muscles fonctionnent et que vous pouvez prononcer les mots qui vous font si cruellement défaut.

Le médecin prit une paire de gants en latex dans le compartiment secret. Tlass en éprouva une véritable terreur. *Mais à quoi vont-ils servir ?!* essaya-t-il de hurler.

Comme pour lui répondre, le médecin lui parla. En différentes occasions, les gens l'avaient complimenté pour son attitude au chevet des patients. « Je vais vous prendre vos yeux », dit-il.

16

Qu'est-ce qu'il a dit ? s'écria Tlass en lui-même. *Qu'est-ce que cet enfoiré a dit au sujet de mes yeux ?!*

Le Sarrasin regarda la panique percer dans les deux orbites sombres. À dire vrai, il n'avait aucun intérêt à expliquer à Tlass ce qu'il était en train de faire, sauf qu'il avait besoin d'une montée de peur et d'adrénaline pour dilater les pupilles et gorger de sang les organes. Plus il y aurait de sang en eux, plus longtemps les yeux garderaient l'apparence de la vie une fois prélevés.

« Je ne vous connais pas, déclara le Sarrasin, je n'ai donc rien contre vous. » Mais si, bien sûr que le Sarrasin le connaissait. Il le connaissait dans la mesure où il correspondait à l'image qu'il se faisait de ces hommes qui avaient mis son père dans une cellule à Djeddah, il y avait tant d'années.

Rien contre moi ? Tlass hurlait dans sa tête. Oui, c'était ça, ce type-là était un fanatique ; c'est ce que disent toujours les fanatiques. Il mobilisa toute son énergie, allant chercher au fond de lui tout ce qu'il avait de force pour faire réagir ses muscles, essayant de se secouer pour se libérer. Le Sarrasin vit un mouvement imperceptible parcourir le corps de l'homme. C'était triste, au fond.

Les yeux de Tlass se remplirent de larmes – de terreur, de frustration et de haine. Le Sarrasin ramassa la trousse, en défit le cordon pour la laisser se dérouler. C'était une trousse chirurgicale, et il était content que Tlass la voie. Une autre montée d'adrénaline et de peur, espéra-t-il. D'une des poches, il tira un instrument : un scalpel en acier de dix centimètres de long.

Tlass le regarda fixement : un putain de scalpel ? Il fallait qu'il fasse quelque chose ! N'importe quoi. Ah, là c'est bon, remarqua le Sarrasin avec satisfaction. « Je crois que je vais commencer par l'œil droit », déclara-t-il.

En rassemblant toutes les forces qui subsistaient encore en lui, Tlass parvint à parler. « Non », fit-il, en un murmure étranglé.

Si le Sarrasin l'entendit, il n'en laissa rien paraître. « Enlever les yeux est une opération relativement facile », dit-il calmement, empoignant le manche de son instrument.

Tlass commença à escalader le mur noir de la terreur et du désespoir en voyant le scalpel s'approcher de ce que bien des gens considèrent comme la partie la plus vulnérable de leur anatomie. La lame apparut, immense dans son œil droit, tandis que du pouce et de l'index le médecin lui tenait les paupières écartées.

D'un mouvement adroit, le Sarrasin commença à découper les paupières. « Techniquement parlant, on appelle ça une énucléation. »

Tlass crut qu'il allait vomir. Il voulait vomir ; n'importe quoi qui puisse arrêter ce fou.

Du sang coula, lui obscurcissant la vue de l'œil droit. Il sentait le pouce du dingue à l'œuvre entre l'arête du nez et le côté du globe oculaire. Le Sarrasin écarta le globe oculaire à la recherche des muscles orbitaux qui le tenaient en place dans la cavité, et trancha le tendon.

Submergé par une énorme vague de douleur, Tlass pouvait encore voir de l'œil qui était en train d'être opéré. Ha, ça ne va pas marcher ! Le Sarrasin trouva la dernière attache : le nerf optique et la circulation sanguine qui serpentait tout autour. Puis il le coupa.

La moitié du champ de vision de Tlass disparut instantanément, aspirée dans un trou noir. Le globe oculaire sauta.

Le Sarrasin, qui devait agir rapidement à présent, ligatura la circulation sanguine, essayant de bloquer autant de fluide que possible, et plongea le globe dans la glace pour ralentir sa détérioration. C'était pour cette même raison que la climatisation marchait à plein. Puis il se concentra sur l'œil gauche. Quelle qu'ait été sa rapidité d'exécution jusque-là, il travaillait désormais deux fois plus vite.

Tlass perdit le reste de sa vision en quelques secondes ; la douleur était si intense qu'il eut à peine conscience d'être complètement aveugle.

Le Sarrasin déverrouilla les portières de la Cadillac, fonça dehors sur le parking et courut jusqu'aux portes principales de l'institut. Dans sa main, il transportait les deux yeux de Tlass, bien rangés chacun dans sa boîte à glace.

Mais ils n'étaient que la première partie du puzzle. Le problème suivant était une question de poids.

17

La carte d'accès sécurisée que le Sarrasin avait prise dans le portefeuille de Tlass fit aussitôt son office ; les portes coulissantes de l'institut s'ouvrirent à lui.

Bien que le poste de sécurité soit inoccupé et le bâtiment désert, les détecteurs de métaux fonctionnaient toujours. Il les franchit sans difficulté. Quelques heures auparavant, il avait enlevé sa montre et vidé ses poches. Il fit encore quelques pas et s'arrêta.

Face à lui, un couloir étroit, seule voie d'accès bloquée à son extrémité par une porte d'acier automatique. Entre la porte et lui, le sol n'était qu'une longue plaque de métal.

À travers la baie vitrée, alors qu'on croyait qu'il profitait d'un conduit de ventilation défectueux, il avait percé l'un des nombreux secrets de la sécurité du bâtiment : le plancher était en réalité une balance dissimulée. Avant de poser le pied sur le métal, il fallait faire passer votre carte codée dans un autre lecteur. Un ordinateur comparait alors le nom du titulaire de la carte à une base de données comportant le poids de l'individu.

S'il n'y avait pas eu ce dispositif, le Sarrasin aurait pu empoigner Tlass par la peau du cou le long de ce couloir. Mais deux hommes de quatre-vingt-dix kilos pesant sur cette planche auraient déclenché le verrouillage du bâtiment.

Portant toujours ses gants chirurgicaux, le Sarrasin inséra la carte de Tlass dans le lecteur. Il monta sur la balance sans savoir quelle était la marge d'erreur de poids calibrée dans le système, s'attendant à moitié à se retrouver piégé par des volets descendant du plafond.

Rien ne se produisit. Son estimation de ce que Tlass faisait le même poids que lui était juste. Maintenant, le dernier obstacle : le scanner rétinien. Il prit un œil dans chaque main, veillant à ne pas confondre le gauche et le droit. Tenant un globe glissant entre le pouce et l'index, il les pressa fortement contre ses propres paupières, bien enfoncés dans les orbites. Ne pouvant rien voir, avec l'espoir et la prière pour seuls soutiens, il se tourna pour faire face au scanner placé dans le mur.

Il savait que ses mains gantées n'étaient pas un problème. Le système avait été conçu pour ne pas tenir compte des lunettes en plastique ou cerclées de métal, ni des lentilles de contact, du maquillage ou de quoi que ce soit d'autre. Il ne se focalisait que sur une chose : les vaisseaux sanguins de la membrane située à l'arrière de l'œil, chacun des six milliards d'individus vivant sur terre ayant une configuration unique, même les vrais jumeaux.

Le fabricant affirmait que sa technologie ne pouvait être prise en défaut et, même si la rétine des morts s'altérait très vite, la véritable question était de savoir si des yeux prélevés sur une personne vivante trois minutes seulement auparavant avaient conservé assez de sang en eux pour convaincre le logiciel qu'il était bien en présence de Bashar Tlass. Le Sarrasin n'avait aucun moyen de connaître la réponse, pas plus que quiconque, d'ailleurs – personne ne s'étant jamais proposé pour une expérimentation.

Le Sarrasin avait constaté que la plupart des gens restaient environ deux secondes face au scanner ; il s'astreignit donc à compter jusqu'à trois. Il laissa tomber les yeux dans la glace et se tourna vers la porte métallique à l'autre bout du couloir. Et là, il se remit à compter. Il n'avait jamais vu personne attendre plus de quatre secondes avant l'ouverture des portes.

Il compta sans se presser jusqu'à six et sut qu'il allait devoir courir. Sa stratégie de repli, en cas d'échec, consistait à exploser la baie vitrée en partant du principe que la carte codée et les portes seraient gelées par le système. Une fois dehors, il prendrait le SUV pour se rendre dans une zone proche d'une décharge qu'il avait déjà identifiée en reconnaissance, en finir avec Tlass et marcher trente kilomètres jusqu'à un arrêt de car. Il prendrait alors le premier car pour la frontière en espérant pouvoir la franchir avant qu'elle ne soit fermée.

À huit, il s'apprêtait à rebrousser chemin, la belle organisation de son plan se muant en une colère retournée contre lui-même, la peur et la tension nerveuse obérant chacun de ses gestes, lorsque la porte métallique s'ouvrit en coulissant. Il était à l'intérieur.

La raison de ce temps de retard resterait un mystère. De subtiles modifications intervenues dans les yeux avaient peut-être perturbé le système, l'obligeant à utiliser un algorithme plus complexe, ou peut-être avait-il dû quitter un mode de veille. Peu importait. Il franchit la porte en acier et entra dans un grand atrium, anticipant déjà sur le sentiment d'exaltation que sa réussite allait lui procurer. Au lieu de quoi ses espoirs s'écroulèrent.

À cause des hauts murs, des fils de fer barbelés et des caméras de surveillance, il n'avait vu de l'institut que la façade principale. Sans même y penser, il avait imaginé la taille du bâtiment à partir de ces informations. Il se révéla que c'était une grosse erreur – peut-être même fatale. Maintenant qu'il était à l'intérieur de l'atrium, il voyait que l'établissement était gigantesque.

Allah seul savait combien de temps il mettrait à trouver ce qu'il cherchait dans un lieu aussi vaste, pendant qu'à l'extérieur, à un moment ou à un autre, sans doute très vite, on s'inquiéterait de l'absence de Tlass. Lorsque ses amis ou sa famille ne parviendraient pas à le joindre au bureau ou sur son portable, quelqu'un allait immanquablement arriver pour le chercher.

Combien de temps cela lui laissait-il, le Sarrasin l'ignorait – peut-être étaient-ils déjà en route –, mais il savait que le temps lui était compté et que la tâche était énorme. Comme le disait un proverbe turc, ce serait comme creuser un puits avec une aiguille.

Sans arme, livré à la merci – bien improbable – de quiconque entrerait dans les lieux, il courut le long du premier des cinq larges couloirs qui s'offraient à lui et prit à droite en arrivant à une intersection. Il s'arrêta en pleine course : une vitre blindée et un pupitre de sécurité déserté barraient le passage.

Deux gardes avec lesquels il avait partagé un thé au cours d'un week-end, juste après son arrivée, avaient fait allusion à une mesure spéciale de sécurité enfouie quelque part dans le bâtiment et qui, d'après la description qu'ils en avaient faite, lui avait donné à penser qu'il comportait un scanner à ondes millimétriques et à rétrodiffusion. Impossible de tenter de passer, parce que c'était comme si vous étiez tout nu, les rayons X pouvant vérifier un bon nombre de mesures corporelles dont la longueur du fémur droit, la distance entre le nez et un lobe d'oreille. Contrairement à un scanner rétinien, il fallait véritablement être qui on prétendait être.

Aucun établissement médical de recherche avancée au monde ne se prévalait de disposer de vitres blindées ou de scanner à rétrodiffusion, et le Sarrasin savait que, derrière tout ça, l'institut devait certainement se livrer à des recherches absolument terrifiantes. Il n'avait jamais pensé pouvoir accéder au saint des saints, et il s'en fichait. S'il avait vu juste, ce ne serait pas nécessaire.

Il rebroussa chemin et revint vite à l'intersection – un étranger dans un pays étranger, essayant désespérément de trouver quelque chose de rare mais, curieusement, totalement inoffensif : juste une boîte de petits flacons servant à protéger les gens qui travaillaient là.

Il s'enfonça dans un dédale de couloirs et de bureaux, traversant des zones d'obscurité profonde et passant devant des formes menaçantes qui auraient pu receler toutes sortes de dangers quand, tout à coup, les lumières jaillirent le long des plinthes dans les couloirs. Il s'immobilisa et pivota sur lui-même.

Quelqu'un était entré dans le bâtiment et avait allumé les lumières ! Il tendit l'oreille de toutes ses fibres, en quête du moindre signe permettant de le localiser. Il entendit de loin une sonnerie de téléphone, un robinet qui gouttait, un volet extérieur qui claquait au vent. Un battement au rythme presque identique à celui de son cœur qui tambourinait dans sa poitrine. Il guetta des pas, un froissement de vêtements, le tintement d'une arme sortie de son étui. Rien.

Puis il comprit – et la peur retourna dans sa grotte – que les lumières étaient commandées par une cellule et que, dehors, la nuit avait dû tomber.

18

L'éclairage urbain au sodium s'alluma avec un petit sifflement partout sur le parking désert de l'institut. Tlass ne pouvait pas voir sa lueur jaune, il ne verrait plus jamais rien, mais il l'entendit, et son moral remonta en flèche : l'arrivée de la nuit signifiait que le temps était compté pour cette ordure de Palestinien.

Une douleur rouge monstrueuse lui vrillait le front, il sentait encore le sang couler de ses orbites, mais l'effet du sédatif s'estompait et si la douleur de Tlass augmentait de manière exponentielle, son énergie aussi. C'était un homme fort, en forme, mais à quoi bon s'il se laissait abattre ? Ce qui le soutenait encore et qu'il était le seul à savoir, c'était qu'il était déjà en retard au moment où il avait quitté le bâtiment. Maintenant que la nuit était tombée, on finirait par donner l'alarme.

Sa femme et ses quatre enfants, qui l'attendaient impatiemment chez sa fille aînée pour une réception autour de la piscine, avaient déjà dû essayer de le joindre par téléphone à tous les numéros qu'ils connaissaient. L'un de ses deux fils, deux colosses – l'un et l'autre se faisant un nom dans l'ancienne boîte de leur père –, se serait déjà glissé à l'intérieur pour passer un coup de fil à la maîtresse de leur père, prêt à la réprimander pour l'avoir retenu loin de ses obligations familiales.

Sans nouvelles et la nuit tombant, les deux garçons avaient certainement dû prendre l'une de leurs voitures pour parcourir son itinéraire habituel, dans l'éventualité où il aurait eu un accident. En tant que membres de la police secrète, ils étaient toujours armés, et tout ce que Tlass avait à faire était de rester en vie et de les aider à le trouver aussi vite que possible. Or, malgré ses blessures, malgré la douleur et la nausée, il savait comment y parvenir.

Remuant la tête d'un côté à l'autre, il réussit à détendre les bandes de ruban adhésif et parvint progressivement à en libérer ses cheveux, sa peau et sa barbe. C'était une entreprise affreusement douloureuse, mais s'il parvenait à se dégager la tête, il pourrait se servir de ses dents pour arracher l'adhésif qui lui maintenait la poitrine et retrouver l'usage de ses bras.

Un peu plus tôt, le fanatique avait sorti son téléphone portable de sa poche puis décroché le combiné de la voiture de son support. Quelques instants après, il avait fracassé les deux appareils sur l'asphalte. Mais cet idiot avait laissé le moteur tourner pour le cas où il aurait eu besoin de partir rapidement et, ne connaissant rien aux voitures de luxe, ne s'était pas rendu compte que le système mains libres du téléphone fonctionnait encore. Si Tlass pouvait dégager ses bras et se pencher vers le siège du conducteur, il n'aurait pas besoin de ses yeux pour trouver, sur le volant, le bouton qui mettait en marche le téléphone de la voiture. Et il n'avait aucunement besoin du combiné.

Le dernier appel passé ce matin-là était vers le portable de son fils aîné, et actionner le bouton au volant le recomposerait automatiquement. Tlass n'aurait qu'à parler suffisamment fort pour que le micro situé au-dessus de sa tête le capte. « Bureau. Parking », murmura-t-il, pour s'entraîner.

Son fils reconnaîtrait sa voix, et qu'Allah vienne en aide au Palestinien quand les deux garçons arriveraient. Les cris de la femme demandant grâce juste avant qu'il ne pénètre en elle, puis ses suppliques pour une mort rapide quelques heures après, résonneraient comme de la douce poésie en comparaison du chant que ses fils et leurs collègues feraient entonner à ce fumier. Il était encore en train de répéter ces deux mots, de plus en plus fort, quand il parvint à se libérer la tête et le menton du ruban adhésif. Il suffoqua sous le coup de la douleur et aurait versé de vraies larmes s'il lui était resté des canaux lacrymaux.

Il resta un moment immobile pour se remettre du martyre qu'il venait d'endurer, et quiconque mettant les mains en coupe contre la vitre pour regarder à travers les glaces fumées de la Cadillac à cet instant aurait vu un homme aux orbites vides, avec des touffes de cheveux et la peau du visage arrachées par endroits.

Si on avait continué de regarder, on l'aurait vu se pencher en avant pour déchirer le ruban adhésif qu'il avait autour de la poitrine avec ses dents et – compte tenu de la farouche détermination dont il faisait preuve – on se serait dit que quelques minutes allaient lui suffire pour être libre.

19

Un minuscule scaphandrier travaillait inlassablement sur le naufrage d'un galion espagnol, cinq magnifiques poissons-clowns nageant à travers les bulles de son casque.

La sinistre lueur de l'aquarium qui occupait toute la paroi éclairait la salle d'attente de la luxueuse aile de la direction, projetant l'ombre miroitante du Sarrasin sur le mur opposé. Alors qu'il se déplaçait dans cet espace silencieux – pas loin de perdre espoir, ne sachant quel couloir ou quelle niche explorer ensuite –, il hésita à la vue des poissons aux couleurs chatoyantes.

Il n'en avait pas vu depuis au moins vingt ans, mais il les connaissait. « Amphitrion ocellaris », dit-il surpris de se souvenir de leur nom scientifique si longtemps après. C'était, parmi toutes les espèces de poissons tropicaux, la préférée de son père qui, souvent, lorsqu'il travaillait le week-end, emmenait son jeune fils dans son bureau du front de mer et l'installait devant les gigantesques bassins de recherche. Le plus grand était rempli d'anémones de mer, fleurs aussi magnifiques que traîtresses du monde marin.

« Regarde le poisson-clown, lui disait son père. C'est le seul poisson au monde que les tentacules de l'anémone ne peuvent pas empoisonner et tuer. Pourquoi ? C'est ce que j'essaie de découvrir. »

Maintenant que tant d'années après il était seul dans un établissement affecté aux armes secrètes, l'ironie de la situation n'échappa pas au Sarrasin. Tout comme son père, lui aussi était désespérément à la recherche de quelque chose qui offrirait une protection contre un agent pathogène mortel.

Il aurait aimé pouvoir s'attarder un peu plus longtemps devant les poissons, essayer de se rappeler encore à quoi ressemblait l'innocence, mais le temps lui manquait. Il allait faire demi-tour lorsque son regard fut attiré par un passage sombre qu'il n'avait même pas remarqué. Tout au bout, il y avait une porte et, curieusement, il sut que c'était la pièce qu'il cherchait, avant même de voir le croissant rouge fixé au mur.

Version islamique de la Croix-Rouge, le signe indiquait qu'il s'agissait du centre de premiers secours et de soins médicaux du site. Une ancienne employée lui avait parlé de son existence – une infirmière avec qui il avait travaillé à l'hôpital, au Liban –, mais ce fut le poisson-clown de son père qui l'y avait conduit, et il y vit un signe d'Allah.

La porte n'était pas fermée et il se glissa rapidement puis, traversant les zones de soin, s'avança jusqu'aux réserves de fournitures qui se trouvaient au fond. Ce centre avait été conçu pour traiter tous les problèmes de santé professionnels et faire passer des visites médicales aux employés récemment recrutés. Il était donc équipé d'électrocardiographes, de tapis de jogging, de défibrillateurs, d'appareils respiratoires et d'un assortiment d'autres matériels qui auraient fait la fierté de n'importe quel hôpital.

Au milieu de tout ça, une pharmacie, où le Sarrasin entra avec l'aisance d'un homme qui avait l'habitude de travailler dans des hôpitaux. Le mur derrière le comptoir était couvert de boîtes de médicaments et de casiers de fournitures chirurgicales. Sur un autre mur, des vitrines verrouillées, protégées par des grilles dont le Sarrasin sut qu'elles contenaient des médicaments du groupe 1 et 2 : narcotiques, hallucinogènes, amphétamines et autre opiacés utilisés comme anesthésiants.

Il ignora tout cela. Au fond, il y avait une plus petite pièce et, à l'intérieur, la rangée d'armoires réfrigérées qui l'avait amené dans ce maudit pays et contraint à vivre comme un chien sur un parking.

Plein d'espoir, impatient, il avança le long des vitrines réfrigérées. Son œil exercé enregistra les poches de produits sanguins, les ampoules de médicaments sensibles à conserver au frais et, comme dans tous les hôpitaux, la nourriture et les boissons du personnel. Mais rien de ce qu'il lui fallait. Il était de plus en plus inquiet : tout ce qu'on lui avait raconté, chaque hypothèse qu'il avait échafaudée ne débouchait peut-être sur rien de plus qu'une grande désillusion. Comme un imbécile, il avait cru ce qu'il voulait croire…

Puis il regarda dans la dernière vitrine et inclina la tête en une prière silencieuse. Sur un rayonnage, il y avait huit cartons remplis de rangées de minuscules flacons et, sur chacun d'entre eux, une description technique complexe qui indiqua au Sarrasin qu'il avait trouvé très exactement ce qu'il cherchait.

Il ouvrit la vitrine, qui n'était pas fermée à clé, et prit six flacons. Le liquide clair qu'ils renfermaient était le fruit d'une expérience conduite dans un petit village anglais deux cents ans plus tôt et, en les emballant dans un tissu puis en les mettant dans sa poche, le Sarrasin pensa à tout ce que lui et le poisson-clown auraient bientôt en commun. Car lui aussi allait pouvoir se déplacer dans un environnement beau mais hostile, totalement protégé du poison mortel qu'il contenait. Il n'y avait pas de mot pour exprimer ce que cela signifiait pour lui : au cours des mois terribles pendant lesquels j'ai essayé de le trouver, et même alors que mon voyage se transformait en une effroyable course contre la montre, je n'ai jamais trouvé que deux morceaux de papier révélant quelque chose sur son identité. Et sur tous les deux était écrit le mot « poisson-clown ».

Les flacons en sûreté dans sa poche, il se tourna vers le registre des médicaments qui se trouvait sur un comptoir et, pour être certain que personne ne remarque l'absence de ces flacons, il prit la peine de modifier plusieurs entrées remontant à trois ans. Il remit le registre en place et se dirigea vers le couloir, ferma la porte et, grâce à ses gants en latex, quitta le centre de soins sans laisser la moindre trace exploitable qu'il y soit jamais entré. Il passa devant l'aquarium et se dirigea au pas de course vers les longs couloirs silencieux qui menaient aux portes d'entrée.

Il estima qu'il ne lui faudrait pas plus de deux minutes pour être au bout de ses peines. Seulement voilà : le prisonnier, dans le SUV, était sur le point de le coiffer au poteau.

20

Craaack ! Les derniers bouts d'adhésif ligotant la poitrine de Tlass cédèrent sous ses dents. Remarquant à peine qu'il saignait d'une incisive cassée, il libéra ses bras des restes de bande et se redressa.

Tandis que la circulation sanguine se rétablissait dans ses mains et le faisait suffoquer de douleur, il se projeta en avant et entreprit de détacher ses jambes et ses chevilles. Il retombait en arrière chaque fois qu'il perdait l'équilibre, se propulsait de nouveau en avant pour continuer, s'imaginait déjà les mains sur le volant, pressant le bouton du téléphone, puis le hurlement de la sirène déclenchée par ses fils et, quelques minutes plus tard, leur arrivée sur le parking dans un crissement de pneus.

Ce n'était pas le goût du salut qu'il commençait à sentir sur ses lèvres. C'était celui de la vengeance. Il libéra une jambe et utilisa son pied chaussé pour arracher ce qui restait du ruban adhésif. À tâtons dans son obscurité perpétuelle, il réussit à se mettre à genoux. Il était libre.

À deux cents mètres de là, les portes vitrées de l'institut s'ouvrirent et les boîtes contenant les yeux en main, le Sarrasin courut hors du bâtiment dans l'allée qui menait au parking. Il n'était plus qu'à vingt secondes de la Cadillac. Le moteur tournant déjà, il passerait une vitesse et serait sorti du parc de stationnement quand les verrous électroniques et les ordinateurs de l'institut auraient réactivé la protection du bâtiment.

Déjà il apercevait l'étrange lueur des éclairages à vapeur de sodium. Il coupa à gauche à travers les plates-bandes, gagnant ainsi quelques secondes, et vit le SUV noir droit devant lui. Le véhicule se balançait sur sa suspension. Ça remuait à l'intérieur...

Tlass – qui était un homme de sang-froid – se traîna aussi vite que possible sur les sièges rabattus pour atteindre le volant, faisant frémir les amortisseurs. Il se cogna l'épaule sur le dossier du siège du conducteur, récupéra et parvint à se glisser entre les sièges avant. Il tendit un bras pour se retenir et, par chance, put empoigner le volant.

Le Sarrasin laissa tomber les boîtes en plastique contenant les yeux et fonça vers le véhicule. Il n'avait aucune idée de ce que Tlass essayait de faire : appuyer sur l'accélérateur et précipiter la voiture sur un obstacle ? Endommager le levier de vitesse pour le rendre inopérant ? Verrouiller la voiture pour lui en interdire l'accès ? Dans tous les cas, le danger venait du siège du conducteur.

Vers la fin de cette course effrénée, il prit une décision qui allait se révéler déterminante tant pour sa vie que pour celle de Tlass. Plus important encore, l'issue de tout son plan en serait modifiée. Un homme meilleur, un homme avec une femme et des enfants, des rêves pour eux, si modestes soient-ils, un homme qui aurait vu moins de massacres et plus d'amour, autrement dit un type bien, aurait pris le temps d'ouvrir la porte. Mais le Sarrasin fit exactement ce que moi ou n'importe quel véritable tueur aurait fait : il décida d'envoyer son poing à travers la vitre teintée côté conducteur.

Le bras déjà armé pour frapper, il eut un instant de panique : et si le verre était blindé ? Il l'aurait été si Tlass était resté dans la police secrète, mais la Cadillac – grosse et voyante – était sa voiture personnelle. De toute façon il n'était plus temps de réfléchir…

Tlass s'était déjà hissé dans le siège du conducteur, avait trouvé la commande du téléphone et appuyé sur le bouton. Le système composait le numéro avec des bips rapides. Plus que quelques chiffres et les secours seraient là. Trois, deux…

Un Land Cruiser Toyota blanc – sirène hurlant, la rampe de lumière rouge et bleue clignotant derrière la calandre, sans circulation en cette veille de fête pour ralentir sa progression – fonçait sur l'autoroute longeant les limites de la vieille oasis en direction de l'institut. À l'intérieur, les deux fils de Tlass, coupe de cheveux réglementaire, scrutaient la route devant eux, guettant des camions de pompiers, des ambulances, un rail de sécurité endommagé ou tout autre signe d'accident.

Le téléphone au tableau de bord sonna et les frères consultèrent aussitôt l'écran. C'était leur père, enfin !

Le poing du Sarrasin surgit dans une pluie de morceaux de verre, frappant Tlass sur l'aile du nez. C'était un coup violent, du genre dont n'importe quel *moudjahid* afghan aurait été fier, qui écrasa la cloison nasale du bonhomme, répandant son sang, et l'envoya s'étaler sur le siège du passager, l'assommant de douleur.

Le plus grand des fils de Tlass, assis sur le siège du passager, décrocha le combiné et cria : « Papa ! » Il n'y eut pas de réponse.

Son père était recroquevillé, gémissant, aveugle, en vrac sur la console centrale de son SUV. Mais il était toujours conscient : il entendait son fils l'appeler avec une insistance grandissante. Comme un converti à l'article de la mort, tout ce que Tlass avait à faire, c'était de trouver la force de prononcer les quelques mots qui le sauveraient. Dans ce cas : « Bureau. Parking. »

Perplexe, ne comprenant pas comment le téléphone pouvait fonctionner sans combiné, le Sarrasin entendit une voix inconnue appelant son père et vit Tlass se soulever sur son épaule, les lèvres prêtes à articuler une réponse. Pour la seconde fois, le Sarrasin prit une décision inspirée : il ignora Tlass et sa propre confusion, tendit la main vers la clé de contact, la tourna et l'extirpa d'un coup sec, arrêtant le moteur, supprimant ainsi l'alimentation électrique sur laquelle était branché le téléphone.

Tlass, dans l'impossibilité de voir ce qui se passait, essaya de surmonter la douleur irradiant de son nez éclaté. Tout ce qu'il savait, c'est qu'il n'avait pas eu l'occasion de dire les mots qui l'auraient sauvé, et il tenta de se redresser à grand-peine.

Dans la Toyota, les deux hommes entendirent la connexion s'interrompre, et le plus grand recomposa immédiatement le numéro. Ils n'avaient toujours aucune idée de l'endroit où se trouvait leur père, si bien que son frère continua de filer vers l'institut.

Tlass s'était redressé sur un coude quand il entendit s'ouvrir la porte du SUV côté passager. Il sentit les mains puissantes du Sarrasin l'empoigner par le devant de sa tunique et le redresser pour l'installer en position assise dans le siège du passager. Il tenta de résister, mais en vain.

Le Sarrasin dévida la ceinture de sécurité côté passager et la passa serrée autour du cou et des bras ensanglantés de son prisonnier, maintenant l'homme épuisé droit sur son siège. Il plaça la boucle de la ceinture dans son logement, vérifia que Tlass était complètement immobilisé et ressortit du véhicule. Il traversa en courant le parking, ramassa les boîtes contenant les yeux et revint au pas de course.

Dès qu'il tourna la clé de contact, le téléphone se remit à sonner. Le Sarrasin aurait voulu l'éteindre mais, ne connaissant rien au système, il décida de ne pas y toucher. Il recula brutalement le SUV et s'assura que les roues écrasaient bien les morceaux de vitre brisée. Il aurait préféré les ramasser, pour ne laisser aucune preuve, mais il ne voulait pas perdre de temps. D'abord la voix désincarnée et maintenant l'insistance de la sonnerie du téléphone lui disaient que les chiens étaient lâchés et, puisqu'il ne savait pas à quelle distance ils se trouvaient, il devait modifier son plan au plus vite.

Il tourna le volant et appuya sur la pédale d'accélérateur, zigzaguant pour gagner la sortie du parking. Au lieu de rejoindre l'autoroute et se diriger vers le parc de stationnement de longue durée de l'aéroport où il avait prévu d'exécuter Tlass et de laisser la voiture parmi des milliers d'autres, il décida de déclencher le plan B et d'abandonner le véhicule au plus vite.

Ce fut pour cette raison, et cette raison seulement, que tout tourna au désastre pour le reste d'entre nous. Il continua sur la route d'accès et sortit en trombe par l'arrière du complexe. Les fils de Tlass, pistolet sur les genoux, quittèrent l'autoroute, franchirent l'entrée principale et il s'en fallut d'à peine dix secondes pour qu'ils aperçoivent la Cadillac noire.

Dix secondes – rien, en vérité –, mais ce fut suffisant. Cela voulait dire, et ce n'était pas la première fois, que d'innombrables vies allaient basculer à cause d'un événement infime. Si seulement la bombe n'avait pas été placée sous une table de chêne dans la salle de conférence du Führer. Si seulement le tsar de Russie n'avait pas fait exécuter le frère de Lénine. Si seulement... Mais j'en ai fait la malheureuse expérience, on ne peut pas se reposer sur l'intervention divine, et le destin favorise aussi souvent les méchants que les gentils.

Les hommes dans leur Toyota arrivèrent quelques secondes trop tard et ne virent pas la voiture de leur père, ce qui signifie qu'ils ne la prirent pas en chasse, qu'ils ne capturèrent pas le Sarrasin et que personne ne découvrit jamais que six petits flacons de verre manquaient à l'institut.

21

Les fils n'avaient pas encore fini d'explorer toute la zone du parc de stationnement que le Sarrasin avait déjà trouvé la route qu'il voulait. Il éteignit les phares de la Cadillac et fut avalé par le long ruban noir de bitume plein de nids-de-poule.

Sur un côté de la route, il y avait une décharge municipale, et le Sarrasin veilla à rouler suffisamment doucement pour ne pas déranger la ribambelle de mouettes qui s'affairaient dessus, ni effrayer les chiens qui erraient en permanence autour. De l'autre côté s'étendait un terrain vague broussailleux avec, pour seuls points de repère, des épaves de véhicules abandonnés ainsi qu'un canal d'évacuation envahi de roseaux et rempli d'eau fétide.

Le Sarrasin ralentit devant une clôture grillagée, engagea la Cadillac dans une porte qui pendait sur ses gonds et s'arrêta dans un cul-de-sac désert qui donnait accès à ce qu'un promoteur optimiste avait un jour qualifié de zone industrielle. Donnant sur la route, un ensemble de bâtiments parmi lesquels un parc de réparateur automobile, qui trafiquait probablement les véhicules volés, un entrepôt tout en longueur qui vendait des machines à laver d'occasion et cinq anciens garages reconvertis dans le conditionnement de plats d'agneau pour gourmets. Avec la nourriture, parfois, mieux vaut ne pas savoir.

La douleur, la ceinture de sécurité autour de son cou aussi serrée qu'un garrot, la fièvre et une infection galopante causée par un scalpel non stérilisé avaient plongé Tlass dans une inconscience psychédélique et agitée. Le Sarrasin ouvrit la porte, détacha la ceinture de sécurité et le tira dehors dans le silence nauséabond. L'air chaud que Tlass aspira dans ses poumons laissa entrer un éclair de réalité dans son monde enfiévré, et il parvint à se tenir debout, chancelant.

« Entre pros, je peux te dire que tu te débrouilles rudement bien avec un garrot », articula-t-il péniblement, son larynx ayant beaucoup souffert. Sur quoi il s'écroula sur le bitume craquelé et se mit à murmurer des bouts de phrases où il était question de Dieu et de lumière céleste.

Le Sarrasin savait d'où cela venait : comme les gens amputés d'un bras sentent encore leurs doigts, une personne ayant perdu l'usage de ses yeux voit souvent des effets de lumière spectaculaires. Le Sarrasin laissa Tlass à son aurore boréale personnelle, prit à l'arrière du SUV ce dont il avait besoin, puis tira le prisonnier par le col jusqu'à une benne à ordures pleine de déchets provenant des abattoirs.

Parmi les roseaux et les broussailles rachitiques, il vit des formes primitives bouger – à peine plus que des taches noires – et il sut que les chiens errants arrivaient. Les abattoirs étaient une source de nourriture de prédilection pour les plus forts d'entre eux et là, ils sentaient la sueur et le sang qui leur indiquaient qu'un animal, un animal de bonne taille, avait de sérieux problèmes.

Le Sarrasin fit basculer Tlass dans la benne à ordures. Il sortit les yeux morts des boîtes à glace, les remit en place dans leurs orbites et enroula adroitement un lambeau de tissu autour de la tête de l'homme. Un bandeau sale, mais dont la fonction était de maintenir les yeux bien en place.

Quand Tlass sentit la soudaine fraîcheur sur sa chair en feu, le kaléidoscope de lumière s'estompa et, dans sa folie, il pensa qu'on s'occupait de ses blessures. Certes, il avait eu envie de tuer son ravisseur, mais maintenant, comme la plupart des gens soumis à la torture, il éprouvait une gratitude débordante pour la moindre prévenance. « Merci pour le bandage », murmura-t-il.

À la pensée de l'impeccable uniforme blanc, il reprit courage et focalisa son attention sur la puanteur suffocante provenant du sang, du vomi et des défécations. Grâce à son expérience dans la police secrète, il savait précisément où il se trouvait : on l'avait redescendu, traîné jusque dans les cellules. Bientôt, quelqu'un allait venir lui arracher ses vêtements et le passer au jet. Les geôliers ne touchent jamais eux-mêmes leurs clients couverts de merde, et cette tâche serait confiée à deux prisonnières.

D'habitude, les gardes obligeaient les femmes à le faire nues et, une fois qu'elles étaient suffisamment près, Tlass devait se rappeler de les peloter un peu ; ça les faisait toujours rire. Il entendit un claquement sec. Voyons, réfléchissons ; c'était un bruit familier, comme un… comme… ? Cela lui revint à travers sa fièvre et il rit : c'était comme un pistolet qu'on arme. C'était ridicule, personne n'avait jamais été abattu dans les cellules, c'était bien trop salissant. Et pourquoi soigner ses blessures, s'ils s'apprêtaient à l'exécuter ? Non, ça devait être autre chose.

« Qui est-ce ? Il y a quelqu'un ? » appela-t-il d'une voix qu'il crut ferme mais amicale.

La seule personne présente – en train de pointer le canon d'un pistolet de l'époque afghane qu'il avait sorti du compartiment secret du fond de sa glacière – l'entendit croasser la question, des mots déformés, à peine audibles, qu'il ignora. Le Sarrasin se tenait à deux mètres, suffisamment loin, jugea-t-il, pour ne pas être atteint par les os et le sang, visant le bandeau couvrant l'œil gauche de Tlass.

L'oreille tendue, certain qu'il y avait quelqu'un d'autre dans la cellule, Tlass se tenait parfaitement immobile. Le Sarrasin sut qu'il n'y aurait jamais de meilleur moment. Dieu était avec lui. Il pressa la détente.

Crac ! Tlass sentit la douleur de… puis ne sentit plus rien. Une giclée de sang vif, d'éclats d'os et de matière cervicale s'échappa de l'arrière de sa tête juste au moment où le Sarrasin sentit un mouvement de débandade derrière lui qui le fit se retourner brusquement. C'étaient les chiens errants qui détalaient dans un sauve-qui-peut général.

Le Sarrasin se remit en position, visa et tira à nouveau, atteignant cette fois l'homme mort sur le côté droit du bandeau, détruisant – par chance – toute preuve que les yeux avaient été prélevés chirurgicalement. Il avait l'espoir que les enquêteurs penseraient que Tlass, ayant oublié quelque chose, était retourné à son bureau et avait été dépouillé puis enlevé seulement après avoir quitté l'institut pour la seconde fois. Ainsi n'iraient-ils même pas imaginer que l'institut ait pu être volé.

Bien entendu, moins ils en sauraient, mieux ce serait, et il fut ravi d'entendre les chiens revenir en bondissant dans l'obscurité, impatients de déguster leur content de preuves. Entre-temps, il avait garé la Cadillac dans le coin le plus sombre au fond du parc à voiture, sûr qu'un observateur lambda penserait que ce n'était qu'une voiture de plus attendant d'être désossée. Portant toujours ses gants en latex, il enleva de l'arrière du SUV tout ce qui pourrait présenter de l'intérêt pour les spécialistes de la police scientifique.

Il s'engagea sur le terrain vague en emportant avec lui la glacière et le reste de ses affaires. Il avançait vite, le pistolet armé dans une main – juste au cas où des chiens décideraient qu'ils préféraient leur humain sur pied.

À la décharge municipale, il mit la glacière en pièces et dispersa tout le reste de son équipement de camping sur les tas d'immondices. Il savait que deux heures après l'aube, ils auraient déjà été récupérés par les chiffonniers puis recyclés dans les zones de non-droit des camps de réfugiés.

Hormis la seringue, un ticket en carton et un peu de

monnaie, tout ce qui lui restait au monde, c'était un pistolet, le Coran de son père et les six fioles. De minuscules flacons de verre qui, de son point de vue, faisaient de lui l'homme le plus riche de la terre.

22

Le Sarrasin marcha des heures sous la lumière pâle des étoiles. Après avoir quitté la décharge, il prit à travers les broussailles et suivit le canal jusqu'à trouver une structure de bois branlante faisant office de pont.

Il le franchit et parcourut des kilomètres le long des roseaux avant d'apercevoir ce qu'il lui fallait : le châssis d'un vieux 4 × 4 en train de rouiller, à moitié submergé dans les eaux boueuses et nauséabondes.

Il mit la seringue, le portefeuille de Tlass et autres effets dans les boîtes en plastique, les lesta avec des pierres et jeta le tout au milieu du canal.

Ce fut à grand regret qu'il leva son pistolet. Cette arme l'accompagnait depuis plus longtemps qu'aucune autre de ses possessions à l'exception du Coran de son père, mais c'était la seule chose qui le reliait directement au meurtre de Tlass. Il lança l'arme pour qu'elle atterrisse bien juste à côté du châssis rouillé dans l'eau. S'ils venaient du côté du canal, promenant un détecteur de métal dans l'eau, ils imputeraient le signal au véhicule.

Accélérant le pas, à présent, il se dirigea vers les lueurs au loin qui annonçaient Damas.

Quatre heures plus tard, crasseux, les pieds douloureux, il tendit le ticket cartonné au comptoir des bagages de la gare routière et récupéra sa valise et sa sacoche de médecin. Il ôta la sangle à combinaison qui protégeait la valise, en sortit un mince rouleau de billets, paya la consigne et donna une livre au préposé pour l'utilisation d'une cabine de douche.

Le prochain bus pour la frontière libanaise, et de là pour Beyrouth, ne partait que deux heures plus tard et il employa tout ce temps à se tailler la barbe et à se doucher jusqu'à en avoir la peau presque à vif. Il enfila des vêtements occidentaux bon marché – costume, chemise et cravate qu'il sortit de sa valise – et plaça deux des flacons de verre volés, étiquettes d'identification arrachées, dans sa sacoche médicale, dissimulées parmi d'autres bouteilles et médicaments. Lorsqu'il ressortit avec son passeport et son bagage, il avait exactement l'air de ce qu'il prétendrait être si on l'interrogeait : un médecin libanais dévoué qui retournait chez lui après avoir travaillé dans un camp de réfugiés.

Il avait placé les vêtements crasseux qui lui avaient permis de créer sa légende palestinienne dans un sac en plastique et, se dirigeant vers le vieux bus déglingué, le lança dans une benne destinée à des œuvres de charité. Il ne s'arrêta encore que pour jeter dans une poubelle les restes d'un repas de pita, de fruit et de thé qu'il s'était offert, geste qui aurait paru parfaitement anodin à n'importe quel observateur, mais qui était mûrement réfléchi.

Peu après 4 heures du matin, il alla s'asseoir au fond du bus – presque exactement une heure avant que les deux fils de Tlass, qui avaient perdu beaucoup de temps à chercher dans un cercle de plus en plus étendu, ne découvrent le corps de leur père, attirés par le bruit des chiens errants qui se le disputaient.

L'heure était indue et l'une des plus importantes fêtes de l'islam venait de commencer mais, comme ils appartenaient à la police secrète, ils surent à qui s'adresser. La nouvelle fut relayée aux plus hautes autorités du pays et, très vite, les ondes bruissèrent de conversations téléphoniques et de textos sur des réseaux de communication réputés sûrs.

Échelon les aspira tous.

Échelon ne se lasse jamais, ne dort jamais. Il patrouille le grand vide de l'espace sans avoir besoin d'air, de nourriture ni de confort, travaille comme un voleur silencieux dans les centres mondiaux de fibres optiques et pilote d'innombrables radomes – des bouquets de balles de golf géantes – sur des bases militaires réparties dans le monde entier. Bref, Échelon, qui écoute chaque communication électronique sur Terre, est un vaste réseau satellitaire et électronique tellement secret que son existence même n'a jamais été reconnue par les cinq pays de langue anglaise qui l'ont mis en place pendant la Guerre froide.

Les milliards d'octets de données qu'il enregistre chaque nanoseconde sont téléchargés dans une série de super ordinateurs au quartier général de la NSA à Fort Meade, dans le Maryland, où des logiciels ultra-secrets exploitent des mots-clés, des phrases types et même – selon des rapports tout aussi secrets – de la reconnaissance vocale, pour extraire tout fragment méritant une enquête plus poussée.

Et des fragments, il y en eut beaucoup à Damas cette nuit-là. Échelon écoutait lorsque l'un des fils de Tlass, accablé de chagrin, appela sa sœur au téléphone et lui dit que les dissidents et les ennemis de l'État qui devaient être responsables allaient connaître leur douleur. « Qu'Allah leur vienne en aide, à eux et à leurs familles », dit-il.

Les analystes du Renseignement américain chargés d'évaluer ces interceptions en arrivèrent à une conclusion similaire. Tlass était tellement connu pour sa cruauté que la liste était longue de ceux qui n'auraient été que trop heureux de le donner à bouffer aux chiens. Un meurtre de vengeance dans un État arabe défaillant ne présente pas grand intérêt pour la sécurité des États-Unis, et on se désintéressa vite de l'événement.

Ce fut une terrible erreur – comme le fait que la sécurité d'État syrienne, en raison de l'heure matinale et de la fête du week-end, néglige de fermer aussitôt ses frontières.

23

Le vieux bus pcina et pétarada toute la nuit à une allure ralentie par les importants travaux d'entretien de la Route 1 de Syrie, puis ne fut contraint de s'arrêter que pour *fajr*, la prière de l'aube.

Lorsque, enfin, il atteignit la frontière, les fonctionnaires revêches de l'immigration et des douanes examinèrent les papiers du Sarrasin, le toisèrent de la tête aux pieds et ne firent preuve d'un peu de respect que lorsqu'ils comprirent qu'il était médecin. Même s'ils s'étaient donné la peine de le fouiller, ils n'auraient pas pu trouver quatre de ses flacons. Leur contenu était bien caché. Parfaitement hors d'atteinte dans sa circulation sanguine.

La dernière chose qu'il avait faite avant de quitter la cabine de douche à Damas avait été de sortir une seringue à double action de sa sacoche de médecin, de la remplir du contenu des flacons et de s'inoculer la solution dans le bras jusqu'à le faire saigner. Il savait que la dose était quatre fois supérieure à la normale, mais voulait disposer d'une marge de sécurité confortable. Puis il avait mis un pansement sur son bras, enfilé sa chemise et écrasé le flacon vide en sorte qu'il soit impossible de l'identifier. C'était ce qu'il avait jeté dans la poubelle en même temps que les restes de son repas.

Comme il l'avait prévu, quand on s'occupa de lui à la frontière, il était déjà fiévreux, en sueur, tenaillé par une très forte migraine. Il espérait juste pouvoir tenir le temps de trouver un hôtel bon marché dans Beyrouth. Ses symptômes étaient presque les mêmes que, deux cents ans auparavant, ceux d'un jeune garçon d'un village anglais qui fut le premier bénéficiaire d'une procédure imaginée par un médecin local appelé Edward Jenner. Le père de la vaccination.

Car c'était très précisément ce qu'avait fait le Sarrasin. Au péril de sa vie, il s'était introduit dans un laboratoire d'armes chimiques et avait tué un homme qu'il ne connaissait même pas dans le seul but de voler un vaccin. Et le plus étrange, c'est que, dans ces toilettes, il s'était vacciné contre une maladie qui n'existait plus, ne menaçait personne et avait été totalement éradiquée de la surface de la terre un peu plus de trente ans auparavant.

Mais, avant cela, c'était la maladie la plus catastrophique jamais connue, responsable de plus de pertes en vies humaines que toute autre cause, la guerre y compris, tuant plus de deux millions de personnes chaque année jusqu'aux années 1960 – l'équivalent d'un nouvel Holocauste tous les trois ans. Cette maladie était connue des scientifiques sous le nom de Variola vera, et des autres sous le nom de variole.

Cette complète éradication du virus était une des raisons pour lesquelles on ne trouvait presque plus ce vaccin. Hormis dans les centres de recherche et les laboratoires d'armes secrètes, on n'en avait plus besoin. À moins, bien sûr, que, comme le Sarrasin, vous ne vous apprêtiez à synthétiser le virus et ne craigniez qu'une minuscule erreur dans ce processus quasi impossible ne vous infecte et ne vous tue. C'est la raison pour laquelle il avait cherché le nec plus ultra des vaccins, testé à fond, dont l'efficacité avait été démontrée, et qui lui autoriserait désormais autant de bourdes que nécessaire.

Toutes les vaccinations ne « prennent » pas et toutes les vaccinations ne fonctionnent pas de la même manière sur tous les patients. Pour essayer de pallier cela et – comme je l'ai dit – de bénéficier de la plus grande protection humainement possible, il avait qua-druplé la dose. Il n'était donc pas étonnant qu'il se sentît mal mais, pour le Sarrasin, cette fièvre était une bonne nouvelle : elle signifiait que son organisme était mis à l'épreuve et que son système immunitaire se mobilisait pour combattre l'envahisseur. Le vaccin avait « pris ».

Pendant que le fonctionnaire de l'immigration atten-dait que l'écran d'ordinateur qui était en face de lui valide le passeport, un téléphone se mit à sonner dans le bureau d'à côté. Le temps que quelqu'un décroche et transmette l'ordre de fermer la frontière, le fonction-naire avait fait signe au Sarrasin qu'il pouvait y aller et c'est ainsi qu'un homme avec une fausse identité, un vrai passeport et une immunité grandissante contre le virus pathogène le plus mortel du monde, entra au Liban.

258

24

Je ne peux pas nier qu'il y avait plusieurs jours que ça me travaillait. Je ne suis pas du genre superstitieux mais, peu de temps après avoir quitté Battleboi, et alors que je rentrais chez moi par les rues sombres de Manhattan, j'eus le sentiment écrasant que j'allais être confronté à quelque chose qui me dépassait.

Je pénétrai dans mon petit loft, avec son climat de tension et de solitude chronique, et me mis à fouiller les sacs que j'avais rapportés de Paris. J'avais à peine quitté Battleboi que je décidai que la seule façon de traiter les centaines de nominations officielles qui menaçaient ma vie consistait à demander à Ben et Marcie de me transmettre le fruit de leurs recherches. Franchement, ni le hacker ni moi n'avions le temps ou le talent de refaire le même travail. Je finis par trouver ce que je cherchais : la veste que je portais au Plaza Athénée le soir où je les avais rencontrés. Dans la poche se trouvait la carte de visite que Marcie m'avait donnée et que je n'avais acceptée qu'avec beaucoup de réticence.

Il était trop tard pour que je les appelle ce soir-là mais, le lendemain soir, je leur téléphonai. Ce fut Marcie qui décrocha.

« Peter Campbell à l'appareil. Nous nous sommes rencontrés à Paris.

— Il ne vous aura pas fallu bien longtemps pour appeler ! s'exclama-t-elle, revenant de sa surprise. Ça fait plaisir de vous entendre. Où êtes-vous ?

— À New York pour quelques jours, lui dis-je, toujours aussi prudent. Je me demandais si vous et votre mari seriez disposés à me transmettre le fruit de vos recherches sur Scott Murdoch.

— Ben n'est pas là… mais, bien sûr, je ne vois rien qui s'y oppose.

— Merci, dis-je, soulagé. Puis-je venir les prendre ?

— Pas ce soir. Je dois le retrouver pour aller au cinéma, et demain nous avons un dîner avec des amis. Que diriez-vous de vendredi autour de 7 heures ? »

Attendre deux jours ne m'enthousiasmait guère, mais je n'étais pas en position de rechigner. Je la remerciai, notai leur adresse et raccrochai. Un professionnel très expérimenté, rompu aux méthodes et aux spécificités du monde des services secrets, un homme qui – comme je crois l'avoir déjà évoqué – avait été formé pour survivre dans des situations où d'autres pouvaient y rester, aurait dû raisonnablement craindre un traquenard. Mais pas moi. La prof de lycée élevée dans le Queens me joua un tour et je ne la vis pas venir, jusqu'au moment où j'entrai dans leur appartement.

Les lumières étaient tamisées, *Hey Jude* passait sur la chaîne, la pièce sentait partout une bonne odeur de cuisine et la table était mise pour trois : j'avais été invité à dîner. Bien sûr, ils allaient passer toute la soirée à me mettre la pression pour me faire changer d'avis au sujet du séminaire de Bradley, mais il n'y avait pas d'échappatoire, pas quand des gens ont passé des mois à rassembler un dossier sur votre vie et que vous voulez désespérément l'obtenir.

« Vous n'auriez pas dû vous donner tout ce mal, dis-je, avec le sourire le plus hypocrite dont j'étais capable.

— C'est le moins qu'on puisse faire, répondit Marcie, après tous les ennuis qu'on vous a causés. »

Bradley apparut, main tendue, me demandant ce que

je voulais boire. Il se trouve que j'étais dans une de mes phases périodiques de bonnes résolutions : j'avais décidé que New York serait le lieu idéal pour « arrêter définitivement » la drogue, une bonne occasion de devenir clean, et ce ne seraient pas que des paroles, cette fois. Je m'étais même procuré les horaires des réunions locales de Narcotiques Anonymes. Mais étant du genre à ne pas savoir me restreindre, je ne pouvais rien faire à moitié, pas même être sobre, si bien que j'avais aussi proscrit l'alcool. La soirée allait être longue.

Bradley revint avec mon Évian. Pendant que Marcie surveillait le dîner, il se servit un verre et me conduisit vers la chambre blanche au bout de l'univers. Sauf que ce n'était plus du tout ça : le kilim était à sa place sur le sol, les rideaux de nouveau accrochés, et le seul témoignage du terrible drame qui s'était joué entre ces murs était le matériel de rééducation dans un coin.

Des dizaines de boîtes à archives se trouvaient à côté. Bradley les montra du doigt et sourit : « C'est votre vie, monsieur Murdoch. »

Je me penchai et, y jetant un œil, fus abasourdi par l'étendue de leurs recherches. Les cartons étaient bourrés de sorties informatiques, de disques de stockage et de copies de toutes sortes allant des annuaires de la Caulfield Academy aux rapports annuels d'agences des Nations unies. Je pris un dossier au hasard ; c'était la liste centralisée des nombreuses identités que j'avais utilisées, et tous ces patronymes firent remonter un tas de souvenirs.

Bradley m'observait pendant que je tournais les pages. « Marcie et moi en parlions ; est-ce que ça vous dérange si on vous appelle Scott ?

— Pourquoi, Peter Campbell, ça vous gêne ? demandai-je.

— Je me disais… tout au moins entre nous, ce serait plus facile d'utiliser votre véritable nom. C'est comme ça qu'on vous a toujours appelé. »

Je l'ai regardé. « Le problème, Ben, c'est que Scott Murdoch non plus n'est pas mon vrai nom. »

Bradley me dévisagea. Étais-je en train de mentir, d'essayer une dernière manœuvre pour leur faire perdre la piste qu'ils avaient suivie avec tant d'application, ou bien était-ce une mauvaise blague ?

Je lui montrai la liste de mes identités. « C'est comme tout le reste. Juste une identité de plus – un autre moment, un autre lieu, une autre identité. » Je haussai les épaules. « Ça a été comme ça toute ma vie.

— Mais… à l'école, vous étiez bien Scott Murdoch… un gamin… C'était des années avant le monde des services secrets, objecta-t-il, encore plus perplexe.

— Je sais. Personne n'aurait fait le choix de ce qui est arrivé, mais c'est comme ça. »

Je vis l'enquêteur réfléchir à toute allure – le nom de l'enfant n'était pas son vrai nom, mon absence aux funérailles de l'un et de l'autre, le fait que je n'avais apparemment hérité de la fortune d'aucun des Murdoch. Il me regarda et comprit : j'avais été adopté. Je n'étais pas du tout l'enfant naturel de Bill et de Grace.

Je lui souris, d'un de ces sourires qui sont totalement dénués d'humour. « Je suis heureux que vous ne soyez pas remonté plus loin que Scott Murdoch. Tout, avant Greenwich, m'appartient, Ben, et personne ne doit y mettre le nez. »

Il n'y avait aucun doute qu'il le comprît comme un avertissement. Les trois chambres du mauvais côté de

8-Mile Road, les traits de la femme qui avaient fini par s'estomper dans ma mémoire, année après année, le véritable nom qu'elle m'avait donné, tout cela constituait le noyau de mon être, les seules choses qui m'appartenaient en propre.

« Le nom importe peu, finit par dire Bradley, en souriant. Peter m'ira très bien. »

Marcie nous appela, et la soirée prit un tour auquel je ne m'attendais pas. Tout d'abord, c'était une remarquable cuisinière, et si un bon repas ne vous met pas de bonne humeur, c'est probablement qu'on vous a fait *MacBouffer* une fois de trop. De plus, ils ne dirent pas un mot du séminaire et je dus admettre que me recruter n'avait pas l'air d'être leur priorité. Je commençai à me détendre, et l'idée me vint qu'ils en savaient tellement sur mon passé que, au moins pour eux, c'était comme dîner avec un vieil ami.

Bradley avait des tonnes de questions à me poser sur le livre et les affaires qu'il traitait et Marcie prenait un plaisir évident à regarder son brillant mari essayer de me coincer sur des détails qu'il m'était interdit d'aborder. Au cours d'un échange particulièrement passionné, elle se mit à rire et dit ne l'avoir jamais vu aussi furieux de sa vie. Je la regardai et ne pus m'empêcher de rire avec elle.

Lorsque des gens vous font rire, vous invitent à leur table et font tout ce qu'ils peuvent pour que vous vous sentiez bienvenu, qu'ils vous donnent des cartons de matériaux qui pourraient fort bien vous sauver la vie, qu'ils vous aident à les descendre dans la rue et à les charger dans un taxi, que vous vous tenez sous un lampadaire à Manhattan, et que tout ce qui vous attend n'est qu'un appartement tellement froid que vous l'appelez Camp NoHo ; lorsque vous êtes perdu dans votre propre pays et que le monde n'a pas répondu à vos attentes, que vous avez le sentiment inexorable que l'avenir qui vous attend ne va pas être des plus agréables ; lorsqu'ils vous sourient, vous serrent la main, et vous remercient d'être venu en disant qu'ils n'ont aucun moyen de vous contacter, arrive le moment de faire un choix, si difficile soit-il.

Je marquai une pause, tenté par toute ma connaissance du métier et mon expérience de leur donner un faux numéro de téléphone et de partir avec le fruit de leurs recherches. En quoi avais-je encore besoin d'eux ? Mais je pensai à la chaleur avec laquelle ils m'avaient accueilli, au plaisir qu'avait pris Bradley à choisir la musique de la soirée et, non, je suis désolé, mais je ne pus m'y résoudre. Je sortis mon portable, fis apparaître mon numéro à l'écran et regardai Marcie le noter.

Nous nous sommes revus à plusieurs reprises dans les semaines qui ont suivi. Ils m'appelaient, et nous allions au cinéma ou dans un club écouter les vieux chanteurs de blues que Bradley aimait, parfois jusqu'au bout de la nuit – toujours rien que nous trois. Dieu merci ils n'ont jamais essayé de m'organiser une rencontre ni ne se sont fourvoyés en remettant le sujet du séminaire de Bradley sur le tapis.

Au cours de cette même période, Bradley se prêta à une série d'examens et de tests psychologiques et, à son grand soulagement, fut jugé apte à reprendre du service. Comme il boitait encore un peu, on lui confia des tâches moins lourdes que la normale, mais parfois, souvent tard le soir, il me faisait signe et me demandait si je voulais passer voir une scène de crime dont il pensait que certains éléments pourraient m'intéresser.

Un soir, en particulier, il me laissa un message alors que j'assistais à l'une de mes réunions habituelles des douze étapes. À ce stade, j'étais passé aux Alcooliques Anonymes. Pour paraphraser Tolstoï, les toxicomanes sont tous les mêmes, alors que chaque alcoolique a sa propre folie. Le changement conduisit à des réunions bien plus intéressantes, et j'avais décidé que, quitte à passer ma vie au régime sec, autant y prendre plaisir.

La réunion, qui se tenait dans une église délabrée de l'Upper West Side, touchait à sa fin, et je laissai mes compagnons d'infortune tourner sans but dans le foyer. Je mis le cap à l'est, profitant d'une soirée chaude pour la saison, et ce n'est qu'en vue des tours gothiques du Dakota que je pensai à vérifier les messages de mon portable. Je vis le numéro de Bradley s'afficher, et me dis qu'il avait encore dû retrouver une de ses vieilles gloires du rock'n'roll, mais son message me surprit : il me demandait de l'aide pour la première fois depuis que nous nous connaissions.

« J'ai un meurtre très étrange sur les bras », disait-il dans son message. Sans fournir d'autre détail que le fait qu'il s'agissait d'une jeune femme, il me donnait l'adresse d'un hôtel sordide où il voulait que je le retrouve.

Il s'appelait l'Eastside Inn.

25

La meurtrière de la chambre 89 s'était servie de mes connaissances, de mon expérience, de mon *cerveau* pour le commettre, ce qui me rendait complice par fourniture de moyens, tout au moins à mes yeux.

Je n'allais pas laisser passer une chose pareille et, dès que les assistants du médecin légiste eurent remonté la fermeture Éclair du sac contenant le corps d'Eleanor, je sortis de la chambre, plus en colère que je ne l'avais été depuis longtemps, et descendis l'escalier.

Je trouvai ce que je cherchais – la porte du bureau du directeur – dans un renfoncement près de la réception. Alvarez, ou l'un des autres jeunes flics, l'avait verrouillée en sortant, si bien que je reculai et que j'écrasai violemment la semelle de ma chaussure juste en dessous de la poignée.

Le bruit du bois fendu attira un flic en uniforme. « Je suis avec Bradley », dis-je avec autorité. Il haussa les épaules, je finis mon travail à coups de pied et pénétrai dans la tanière de ce branleur, qui puait la transpiration et la cigarette.

Au milieu de cette pièce sordide, il y avait un haut classeur à tiroirs en métal qu'on avait fait pivoter, révélant une cachette dans le plancher. Et, dans cette cavité, il y avait un coffre très robuste. Le cambrioleur devait savoir exactement où chercher et, en bon connaisseur, il en avait déjà trouvé la combinaison puis ouvert la porte.

Parmi les espèces et les documents, il y avait des sorties informatiques de la comptabilité de l'hôtel, deux pistolets bon marché et un tas de minuscules sachets de couleurs différentes. J'en examinai un ou deux à la lumière : les verts contenaient de la cocaïne, les noirs des cailloux de crack ; le crystal, lui, était dans des sachets bleu métallique. Des couleurs différentes pour chaque produit, comme dans tout bon entrepôt. L'enfoiré avait manqué sa vocation : il aurait dû diriger Wal-Mart.

Regardant la planque, je mentirais si je disais que je

ne fus pas tenté, surtout par les sachets jaunes qui contenaient du Percoda. Je voulus compter combien il y en avait – juste par simple curiosité. Étrangement, ma main s'arrêta avant de les toucher, puis s'écarta lentement. Qui a dit que les programmes en douze étapes sont une perte de temps ?

Je sortis les documents du coffre et m'assis devant l'épave qui faisait office de bureau. C'est là que Bradley me trouva une demi-heure plus tard.

« Qu'est-ce que tu fais ? demanda-t-il, appuyé contre le chambranle de la porte, si fatigué que son visage ressemblait à un lit défait.

— Je donne un coup de main. »

La surprise lui donna un coup de fouet. « Je croyais que tu avais pris ta retraite.

— Exact ; tu me trouveras peut-être vieux jeu, mais quelqu'un s'est servi d'un livre que j'ai écrit pour assassiner une jeune femme, et ça me gonfle. »

Il s'assit en douceur dans un fauteuil. Il m'avait dit que sa jambe allait sans doute le gêner pour le restant de sa vie, surtout quand il était fatigué.

« Tu devrais rentrer chez toi te reposer. Ton équipe a fini ?

— Il y en a pour une demi-heure. Ils sont en train de remballer. Tu as trouvé quelque chose ? demanda-t-il, montrant les documents étalés partout sur le bureau.

— Oui. » Je poussai un classeur vers lui. « C'est le dossier de la chambre 89. Tes enquêteurs l'ont parcouru et ils avaient raison. Elle s'est installée ici il y a plus d'un an et elle a payé d'avance. Mais les informations sont en bordel ; même pas de dates précises. J'ai l'impression que le désordre est volontairement entretenu…

— En cas de contrôle fiscal ? interrompit Bradley.

— Exactement. Alors je suis allé voir au fond du coffre à stups. Et j'y ai trouvé les vrais comptes. Ils sont parfaits, précis au centime près.

— Il le faut bien. Ils sont destinés aux mafieux à qui appartient ce bouge ; tu peux imaginer ce qu'ils feraient à ce branleur s'il essayait de les plumer. »

Je lui montrai l'un des documents que j'avais soulignés. « Ici, on voit que la tueuse est arrivée le 11 septembre. »

Sur son visage en lit défait, des plis de surprise apparurent. Il se pencha en avant pour regarder l'inscription de plus près. « Tu en es sûr ?

— Oui, un cachet horaire indique qu'elle s'est enregistrée vers 17 heures – soit environ six heures après l'écroulement des tours jumelles.

» Tu étais encore en chirurgie, Ben, mais je suppose que, comme moi, tu as lu les récits de cette journée. Tout le périmètre était une zone de guerre, sous une pluie de cendres, un sauve-qui-peut général, les gens craignaient tous que le pire ne soit encore à venir. Il y avait tellement de fumée dans l'air qu'on se serait cru en pleine nuit, les voitures étaient abandonnées au milieu de la rue, tout était silencieux à l'exception des sirènes.

» Je me rappelle avoir lu qu'un prêtre parcourait les rues, invitant les gens à se confesser une dernière fois. Il régnait une atmosphère de fin du monde et, si l'on en croit les relevés, même les maquereaux et les putes de l'Eastside Inn le savaient. La nuit d'avant, il y avait quatre-vingt-dix chambres occupées. Au soir du 11, il n'y en avait que six. Tout le bouclard – tout le *quartier* – avait fichu le camp.

» Mais notre tueuse, elle, a réussi à arriver jusqu'ici.

Elle a dû marcher, avancer laborieusement parmi les décombres. Imagine, Ben : couverte de poussière, probablement méconnaissable, les chaussures presque brûlées par la cendre chaude, un bandana sur le visage, peut-être, pour tenter de se protéger des fumées âcres. Elle arrive enfin devant la porte, la pousse et enlève son bandana. Elle ne commencera à se déguiser que le lendemain matin, ce qui signifie que notre branleur est le seul à savoir à quoi elle ressemble, s'il est capable de s'en souvenir. Encore faudrait-il mettre la main sur lui.

» Elle lui demande une chambre. Comme je l'ai dit, c'est pas un coin pour elle, ici, mais elle sait déjà qu'elle va rester. Les comptes montrent qu'elle a payé deux mois d'avance. »

Je repoussai les documents. « Pourquoi, Ben ? demandai-je. Pourquoi a-t-elle fait tout ça ? Elle n'avait pas d'autre endroit où aller, c'était le seul hôtel à New York ? Il lui plaisait tellement qu'elle aurait littéralement marché sur des charbons ardents pour y arriver ? »

Il sortit une Camel d'un paquet qui traînait sur le bureau. Il se contentait d'en tenir une, parfois. Je notai mentalement de lui parler des vertus du programme en douze étapes.

« Tu as déduit tout ça à partir de quelques colonnes de chiffres ? » demanda-t-il, impressionné. Je ne répondis pas.

« Je ne sais pas pourquoi elle a fait ça, dit-il enfin. Je n'en ai pas la moindre idée.

— Moi non plus, mais il s'est passé quelque chose. Il s'est passé quelque chose qui a tout changé pour elle. »

Il haussa les épaules. « Ça c'est sûr – c'est le cas pour beaucoup de gens, d'ailleurs.

— Oui, mais les autres ne sont pas venus à l'East-side Inn. Elle était résolue à cacher son identité et à vivre en marge. Je pense que c'est ce jour-là qu'elle s'est décidée : elle allait tuer quelqu'un. S'installer ici était la première étape de ses préparatifs. »

Le flic me regarda et il sut que ça n'annonçait rien de bon : il était assez peu vraisemblable qu'une personne ayant consacré autant de temps à préparer un crime ait commis une erreur. Ses épaules retombèrent à la pensée de la longue enquête qui se profilait et cela, conjugué à la douleur à sa jambe, suffit à donner l'impression qu'il était sur le point de se recoucher dans le lit défait.

Je levai les yeux et vis quelqu'un passer la porte. « Petersen ! criai-je. Vous avez une voiture de patrouille, dehors ?

— Je peux en avoir une, oui.

— Embarquez votre patron, prenez-le sur l'épaule et ramenez-le chez lui. »

Bradley protesta, mais je l'interrompis. « Tu as dit toi-même qu'ils étaient en train de remballer. Personne ne va résoudre cette affaire ce soir. »

Petersen n'avait jamais entendu quiconque donner un ordre à Bradley jusque-là et il ne put cacher son plaisir. Il se baissa comme s'il allait suivre mes instructions, mais son patron le repoussa, lui disant qu'il y avait toujours un poste vacant dans la brigade des égouts.

Petersen me sourit. « Et vous ? Vous ne voulez pas qu'on vous dépose ?

— Ça va, je peux rentrer tout seul. » Mais ce n'était pas vrai, je n'allais pas rentrer. J'allais me rendre là où je pensais que la tueuse avait commencé son propre périple en cette terrible journée. J'allais me rendre à Ground Zero.

26

J'ai vu bien des lieux sacrés, mais aucun d'aussi étrange que les six hectares de Ground Zero. C'était un chantier de construction.

Pendant le temps qui s'était écoulé entre l'attaque des tours jumelles et le meurtre d'Eleanor, le quartier s'était transformé en une gigantesque fosse et deux millions de tonnes de décombres en avaient été extraites pour en préparer la reconstruction.

Sur cette cicatrice, de nouvelles tours se dresseraient un jour où l'on verrait des plaques aux noms des victimes et puis, en moins de temps que la plupart d'entre nous ne l'auraient cru, les gens s'y bousculeraient à nouveau, ayant presque oublié qu'ils foulaient une terre sanctifiée.

Mais en ce dimanche tranquille, cette surface toute nue fut l'une des choses les plus émouvantes qu'il m'ait été donné de voir : la désolation même de l'endroit était un témoignage plus éloquent de ce qui avait été perdu que tout monument commémoratif. Le contemplant de la plateforme d'observation, je compris que l'attaque était si profondément gravée dans nos esprits que le site formait une toile blanche, un écran sur lequel nous projetions nos propres pires souvenirs.

Le cœur brisé, j'ai vu le ciel d'un bleu éclatant et les tours en feu, les gens faire des signes aux fenêtres dans l'espoir d'une aide qui ne devait jamais venir ; j'ai vu les blessés courir dans les rues couvertes de poussière, entendu le grondement de tonnerre des immeubles qui s'écroulaient et j'ai vu les sauveteurs écrire leur nom sur leur bras au cas où on les sortirait morts des décombres. J'ai respiré et vu tout cela, et j'ai tenté de dire quelques mots silencieux aux deux mille sept cents âmes qui ne quitteraient jamais plus cet endroit. Deux mille sept cents, et plus d'un millier d'entre eux dont les corps ne furent jamais retrouvés.

Qu'on en ait retrouvé est déjà surprenant. À huit cents degrés, il ne faut que trois heures pour réduire en cendres des os humains. Dans le World Trade Center, les incendies ont atteint jusqu'à mille degrés et n'ont été éteints qu'au bout de cent jours.

Il est écrit dans le Coran qu'ôter une seule vie détruit un univers, et j'en avais la preuve sous les yeux : deux mille sept cents univers avaient volé en éclats en quelques instants. Des univers de familles, d'enfants, d'amis.

Tandis que le soleil se levait, je quittai la plateforme et me remis en marche. Je ne savais pas ce que je cherchais – l'inspiration, probablement –, mais je n'avais aucun doute que, pour arriver à l'Eastside Inn, la tueuse avait emprunté un chemin qui commençait tout près de celui que je suivais.

Il n'y avait pas d'autre itinéraire pour aller à l'hôtel. Juste après la frappe du premier avion, l'autorité portuaire avait fermé tous les ponts et tunnels conduisant à Manhattan ; les bus, les métros et les rues traversant l'île s'étaient retrouvés bloqués ou embouteillés. Une heure et demie plus tard, le maire avait ordonné l'évacuation de toute la zone située au sud de Canal Street. Pour se rendre à l'hôtel, elle devait déjà se trouver à l'intérieur de cette zone.

Tout en marchant, j'essayai d'imaginer ce qu'elle venait faire dans ce quartier de la ville à ce que je pensais être autour de 9 heures un mardi matin. Travailler peut-être, ou bien était-ce une touriste se dirigeant vers l'Observatoire de la tour Sud, ou la conductrice d'un camion de livraison, ou une criminelle ayant un rendez-vous dans l'un des cinq cabinets d'avocats des tours ? Que faisait-elle là ? Je n'arrêtais pas de me le demander. Si je trouvais la réponse, j'aurais fait la moitié du chemin.

Et s'il est vrai que je n'avais pas la moindre idée de ce que je cherchais, une chose est sûre : je n'étais pas du tout préparé à la découverte que je fis alors.

Perdu dans mes spéculations, il me fallut une minute pour remarquer les témoignages qui avaient été déposés de chaque côté du chemin. Pour les milliers de personnes qui n'avaient jamais récupéré les corps de leurs proches, Ground Zero semblait tenir lieu de cimetière. Au cours des semaines qui avaient suivi l'attaque, elles étaient venues se recueillir en silence – pour méditer, se souvenir, essayer de comprendre. Au fil des mois, alors qu'elles revenaient pour les anniversaires et autres commémorations, Thanksgiving et fêtes diverses, elles y laissèrent tout naturellement des fleurs, des cartes, des petits souvenirs. Les grillages et les passages pour les piétons en étaient parsemés tout du long.

Presque à côté de moi, il y avait plusieurs peluches laissées par trois jeunes enfants à leur père décédé. Une photo d'eux était fixée sur le grillage : le plus âgé devait avoir à peu près sept ans. Ils lâchaient des ballons pour que, en accord avec leur mot, leur père puisse les attraper dans le ciel.

Je continuai mon chemin et vis plusieurs témoignages de parents âgés en hommage à leurs enfants disparus, je lus des poèmes d'hommes dont le cœur avait été brisé et regardai des collages de photos réalisés par des femmes ayant du mal à maîtriser leur colère.

Curieusement, pourtant, au milieu de tant de chagrin, je n'étais pas déprimé. Je me trompais peut-être, mais il me semblait qu'il émanait de tout cela autre chose, qui irradiait : le triomphe de l'esprit humain. Partout je constatais que des familles brisées s'étaient fait la promesse de tenir, je lisais que des hommes et des femmes avaient risqué leur vie pour sauver des inconnus et je voyais plus de photos de pompiers morts que je n'aurais pu en compter.

Je m'arrêtai à l'épicentre, seul au milieu de tant d'hommages faits de bric et de broc, et m'inclinai. Je ne priais pas – je ne suis pas croyant, ni adepte d'une des religions du Livre, comme ils disent – et je n'étais pas non plus si affecté que ça par toutes ces morts. Je suis allé à Auschwitz, à Natzweiler-Struthof ainsi qu'à l'ossuaire de la bataille de Verdun, et la mort à l'échelle industrielle a cessé de m'étonner depuis longtemps. Mais tant de courage m'était une leçon d'humilité, sans doute parce que je doutais beaucoup d'être capable d'en manifester autant.

La douleur et la souffrance se sont très tôt imprimées en moi – voyez-vous, enfant, j'étais dans l'appartement quand ma mère a été tuée. Ne vous méprenez pas, je n'ai pas particulièrement peur de mourir, mais j'ai toujours demandé que, le moment venu, cela soit net et rapide. J'ai toujours eu très peur d'être blessé comme ma mère, de ne pas pouvoir faire cesser l'agonie. Telle était la peur secrète qui me guettait dans les lieux où s'arrêtait l'éclairage public.

Entouré de tous ces témoignages de bravoure de gens ordinaires, qui me rappelaient une fois de plus que, s'agissant de courage, j'étais imparfait, je décidai de rentrer chez moi. C'est alors que je le vis : un panneau blanc, pendu au grillage, à moitié caché dans un tournant, qu'on aurait pu aisément manquer n'était la lumière du soleil levant qui se reflétait dessus. Juste en dessous, un tas de bouquets plus important que d'habitude attira mon attention.

Sur le panneau de bois, écrit avec soin, les noms de huit hommes et femmes, tous avec leur photo. Une légende expliquait qu'ils avaient été sortis vivants de la tour Nord sur le point de s'écrouler par un homme : un flic de New York. Une adolescente dont la mère était une de ces rescapées était à l'origine de ce témoignage, et c'était un hommage plein d'amour rendu au courage d'un seul homme. Cette fille avait fait la liste des personnes que le flic avait sauvées. Parmi eux, une avocate en tailleur strict, un courtier obligataire, en famille sur la photo, qui avait l'air d'un vrai tombeur, un homme en fauteuil roulant…

Un homme en quoi ? me dis-je. Et là, plus bas sur le panneau je vis la photo du flic qui les avait tous sortis de là. Bien sûr, je le reconnus : Ben Bradley en personne. C'était la dernière chose que je m'attendais à trouver.

Lorsque à Paris Ben m'avait raconté qu'il avait été piégé dans la tour Nord du World Trade Center, j'avais supposé qu'il s'y était trouvé pour des raisons professionnelles, mais je me trompais. L'adolescente connaissait la véritable histoire. Elle racontait qu'il se trouvait dans Fulton Street lorsqu'il avait vu l'avion frapper et une grande partie de la tour exploser dans le ciel comme l'orifice de sortie d'une monstrueuse blessure par balle.

Au milieu du chaos général qui avait commencé sous une pluie de débris, il avait épinglé son insigne sur le col de sa chemise, jeté sa veste et couru vers la tour. Comme pour la ville de New York elle-même, ce fut à la fois le moment le plus sombre de la vie de Bradley et son heure de gloire.

Il avait fait cinq fois l'aller-retour, grimpant chaque fois un escalier de secours à contre-courant d'une marée de gens qui descendaient, essayant de voir comment se rendre utile et qui il pouvait sauver. À un moment donné, sur un palier au treizième étage – pendant que les premières des deux cents personnes qui devaient sauter plongeaient le long de la façade –, Bradley avait dû mettre sa chemise autour de sa bouche pour pouvoir respirer. En l'enlevant, il avait perdu son insigne, seul moyen de l'identifier.

Craignant le pire pour lui-même, il s'était rué dans un bureau désert, y avait trouvé un marqueur pour griffonner son nom et le numéro de téléphone de Marcie sur son bras. Il avait regardé par la fenêtre, n'en avait pas cru ses yeux. À quarante mètres de là, la tour Sud était en train de s'écrouler. Jusqu'à cet instant, il ignorait qu'elle eût été touchée.

Il avait couru se mettre à l'abri vers l'escalier de secours A, et c'est là que quelqu'un lui avait signalé qu'un type en fauteuil roulant, plus haut, attendait les secours. Grâce au récit de l'adolescente, j'appris que Bradley était ce type d'âge moyen qui avait demandé des volontaires, conduit les trois autres hommes à la recherche du handicapé puis, l'ayant trouvé, avait porté la chaise d'évacuation sur soixante-sept étages avec eux.

L'équipe avait réussi à se frayer un chemin jusqu'à la mezzanine puis à sortir la chaise d'évacuation et son occupant hors de la tour. Terrifiés à l'idée que le bâtiment ne s'écroule, ils avaient couru se mettre à l'abri. L'un des sauveteurs – un grand type, un jeune vendeur d'assurances – s'était rendu compte que les autres étaient au bout du rouleau, et il avait laissé tomber son bout de perche et balancé le handicapé sur son épaule. Il avait crié à Bradley et aux deux autres – un garde de sécurité et un opérateur de change – de se tirer.

Deux minutes plus tard, le monde s'écroulait – la tour Nord s'effondrait de haut en bas, comme si on l'épluchait. Dans ces instants, tout était devenu aléatoire, y compris la mort. Le vendeur d'assurances et le handicapé s'étaient réfugiés dans une embrasure de porte qui n'offrait guère de protection et, réussissant à échapper aux débris, en étaient sortis indemnes. À trois mètres de là, le garde de sécurité, atteint de plein fouet par la chute d'un matériau, était mort sur le coup. Bradley et l'opérateur de change s'étaient jetés sous un camion de pompiers qui allait être enterré sous une montagne de béton.

C'était lui, l'opérateur de change – trente-deux ans et millionnaire –, que Bradley avait tenu dans ses bras et dont il avait mémorisé le dernier message à transmettre à sa famille.

Cinq heures plus tard, une équipe de pompiers accompagnée d'un chien renifleur avait exhumé Bradley et, grâce aux informations figurant sur son bras, appelé Marcie pour qu'elle se rende aux urgences aussi vite que possible.

Je restai un long moment recueilli. C'était l'un des témoignages de courage les plus remarquables que j'aie lu, et je savais que, le lendemain, j'offrirais à Bradley le seul cadeau de valeur que je puisse lui faire. Je lui dirais que j'allais inventer une dernière légende et participer à son foutu séminaire.

Je quittai les lieux, réfléchissant à ce que j'allais dire devant une assemblée des plus grands enquêteurs au monde. Sans doute me présenterais-je en tant que Peter Campbell, ancien médecin devenu gestionnaire de fonds spéculatifs. Je leur dirais que j'avais rencontré Jude Garrett pour la première fois à l'époque où il était venu consulter le médecin que j'étais encore au sujet d'un meurtre sur lequel il enquêtait. Nous étions devenus amis et il n'y avait pratiquement aucune affaire ou technique d'investigation qu'il avait développée dont il ne m'avait pas parlé. Je prétendrais que c'était moi qui avais découvert le manuscrit du livre après sa mort et l'avais mis en forme avant publication. Je les amènerais à croire, comme l'avait suggéré Bradley, que je lui avais en quelque sorte servi de docteur Watson.

Ce n'était pas parfait, mais ça ferait l'affaire. Surtout, je savais que les références académiques de Campbell et une foule d'autres détails que j'allais devoir inventer résisteraient aux examens les plus minutieux. Pour ça, je pouvais compter sur Battleboi.

Certes, je pouvais asseoir la légitimité de Peter Campbell, mais qu'allais-je trouver à leur dire ? Je me demandais s'il serait possible d'amener une telle élite d'enquêteurs sur une affaire non résolue, leur faire partager les données surprenantes d'un crime hors du commun. En d'autres termes, allais-je pouvoir mettre le meurtre de l'Eastside Inn sur le tapis ?

Ce qui était sûr, c'est que tous les éléments étaient réunis pour en faire un cas d'école : une femme qui changeait d'apparence tous les jours, une chambre d'hôtel nettoyée de fond en comble avec un antiseptique industriel, un corps dont les dents avaient été arrachées, et l'utilisation par l'assassin du livre de Jude Garrett, celui-là même qui avait eu un tel retentissement dans l'assistance, comme manuel à suivre point par point.

Mais il ne s'agissait que de faits et l'auditoire ne s'en satisferait pas. Proposez-nous une hypothèse, diraient-ils. Où cela nous mène-t-il ? Pourquoi le 11 Septembre ? N'est-ce pas là la toute première question que se poserait un homme aussi brillant que Jude Garrett ?

Et ils auraient raison : pourquoi ce jour-là entre tous ? Si j'étais Garrett – et, par chance, c'était moi –, je leur dirais…

Une pensée surprenante me traversa l'esprit. Bousculé par mon intervention imaginaire, j'eus une idée de la raison pour laquelle, alors que tout le monde fuyait, elle était à la recherche d'un point de chute.

Partons du principe qu'elle voulait assassiner quelqu'un, mais n'avait jamais trouvé le moyen d'y arriver sans risquer de se faire prendre. Supposons qu'elle travaillait dans les tours jumelles et qu'elle était en retard ce matin-là. Qu'elle n'était pas à son poste, mais à l'extérieur, et avait vu les immeubles brûler et s'effondrer. Si tous ses collègues de travail étaient morts, qui saurait qu'elle avait survécu ?

Elle pouvait tout simplement disparaître. Tout ce qu'il lui fallait, c'était un point de chute et s'assurer que personne ne la reconnaisse jamais. Elle pourrait alors commettre son meurtre quand bon lui semblerait.

Y a-t-il meilleur alibi que d'être mort, en fin de compte ?

27

Je retrouvai Ben et Marcie pour dîner le lendemain soir, mais je ne dis rien à Ben de la théorie que je m'étais forgée. Je voulais continuer de la retourner dans ma tête comme un modèle architectural complexe afin de voir si elle était cohérente.

Pour renvoyer l'ascenseur, après les bons repas préparés à mon intention par Marcie, je les avais invités chez Nobu et, quelque part entre le tempura aux crevettes et la limande à queue jaune, je leur annonçai que j'avais changé d'avis et que je serais heureux de participer au séminaire.

Ils me dévisagèrent tous les deux. Ce fut Marcie qui parla la première : « Laisse-moi deviner ; tu as aussi rencontré Jésus ? »

Je ris, mais – les hommes étant ce qu'ils sont – je me refusai à mettre Bradley ou moi-même dans l'embarras en parlant du témoignage que j'avais lu à Ground Zero et de l'émotion qui m'avait saisi en lisant le récit de sa bravoure.

« Peut-être est-ce de me retrouver chez moi, dis-je. Mais je pense que l'heure est venue de rendre à la communauté ce que j'en ai reçu. »

Bradley faillit s'étouffer en buvant son saké. Marcie et lui échangèrent un regard. « Mais c'est merveilleux, dit Bradley. Tu ne veux pas t'inscrire au groupe participatif des voisins vigilants, pendant que tu y es ? Et si tu nous disais la vraie raison, juste pour satisfaire notre curiosité ?

— Non, je n'y tiens pas, répondis-je, le sourire aux lèvres, avec une pensée pour les soixante-sept étages et le gabarit plutôt imposant de l'homme dans le fauteuil roulant, à en juger par sa photo.

Un ange passa, et Marcie, finissant par comprendre que je n'avais aucune intention de m'expliquer davantage, changea de sujet. « Et aller revoir la maison de ton enfance, tu y as pensé ? » demanda-t-elle.

La surprise changea de camp. Je la fixai comme si elle avait perdu la raison. « Greenwich, tu veux dire ? Quoi, appuyer sur l'interphone et demander au raider s'il peut me laisser y jeter un œil ?

— Tu peux essayer si tu veux mais, l'ayant rencontré, je ne crois pas que ça marchera, dit-elle. Je pensais juste que tu avais peut-être lu l'article paru dans le magazine *New York*. »

Je baissai mon verre d'eau et la regardai d'un air interrogateur.

« Une association locale d'horticulture fait visiter les lieux dans le but de collecter des fonds pour une œuvre caritative. Si ça t'intéresse, Ben et moi serions ravis de t'accompagner. »

J'avais la tête qui tournait – retourner à Greenwich ? – mais je poursuivis. « Merci, mais non. Ce n'est qu'une maison, Marcie. Ça ne signifie plus rien pour moi. Tant de temps a passé. »

Naturellement, à peine nous étions-nous séparés après le dîner que j'achetai un exemplaire du magazine et, dès le lendemain, appelai la société d'horticulture du Connecticut pour acheter un billet.

Bill aurait adoré ça. « Deux cents dollars pour voir quelques arbres ? Qu'est-ce que tu reproches à Central Park ? »

Un samedi, par une radieuse matinée, le soleil montant dans un ciel sans nuages, me voilà donc en train de suivre les avenues bordées d'arbres du Connecticut. J'aurais pu demander au taxi de me déposer devant la maison, mais j'avais envie de marcher, pour donner à ma mémoire l'occasion de s'aérer. Les immenses grilles en fer forgé du portail étaient ouvertes et je donnai mon ticket à une vieille dame portant une cocarde, puis pénétrai dans le passé.

Étonnant ce que les choses avaient peu changé en vingt ans. Les sycomores formaient toujours une voûte au-dessus de l'allée de gravier, les hêtres donnaient toujours de la profondeur aux collines et, dans leur clairière fraîche, les rhododendrons étaient plus beaux que jamais. À mi-chemin, il y avait une trouée dans le feuillage, conçue pour donner au visiteur une première vue sur la maison. Le but était de lui couper le souffle, et ça fonctionnait à tous les coups.

Je m'arrêtai et regardai à nouveau Avalon. Elle se dressait au loin, sa façade se réfléchissant dans les eaux du grand lac. Le grand-père de Bill, lors d'un voyage en Angleterre dans les années 1920, était descendu chez les Astor, à Cliveden, leur impressionnant château de style italien sur la Tamise. Il était rentré avec des dizaines de photos qu'il avait montrées à son architecte, en lui demandant de « construire quelque chose de semblable, mais d'encore plus beau ».

La maison avait été achevée six mois avant le krach de 1929. Avec la Mar-A-Lago de Marjorie Merriweather Post à Palm Beach, ce fut la dernière des grandes demeures américaines construites au XXe siècle.

Je promenai mon regard sur ses murs en calcaire de l'Indiana rougeoyant dans la lumière du matin et j'avisai les trois hautes fenêtres de l'aile nord. C'était ma chambre et vous imaginez ce qu'un gamin de mon coin de Detroit avait pu ressentir en voyant une telle pièce. Au souvenir de ces journées terrifiantes, mon regard se porta vers le lac où je m'étais tant de fois promené seul.

Sous une rangée de chênes des marais, j'aperçus le promontoire à partir duquel, des années plus tard, Bill m'avait appris à faire de la voile. Enfant, il avait passé ses étés à Newport et était tombé amoureux des douze-mètres qui concouraient pour la Coupe de l'America. Un jour, il était revenu à la maison avec des modèles réduits de deux des plus célèbres voiliers jamais lancés. *Australia II* et *Stars and Stripes* faisaient plus d'un mètre cinquante de long, les voiles et la barre étaient télécommandées et n'étaient mues que par le vent et le talent de l'opérateur. Dieu sait ce qu'ils lui avaient coûté.

Je vois encore ce fou, courant vers le lac, bordant ses voiles, essayant de me prendre le vent et de me dépasser chaque fois qu'il contournait une bouée. Ce n'est qu'après que je l'eus battu trois fois de suite qu'il m'avait emmené à Long Island Sound et appris à naviguer pour de vrai dans un dériveur à deux places.

Je ne pense pas être du genre à me vanter, alors peut-être me croirez-vous si je vous dis que la voile était la seule chose pour laquelle j'étais naturellement doué. À part la mystification, bien sûr. Si doué que, un samedi, assis sur la coque retournée, Bill me confia que selon lui j'avais une chance d'être sélectionné pour les Jeux olympiques.

Sachant que je préférais toujours être un peu à l'écart, il eut le bon sens de me suggérer l'une des catégories en solitaire – le Laser – et m'entraîna dur chaque week-end. Cela ne servit à rien en fin de compte. À seize ans, paumé et en colère contre le monde entier, n'ayant rien d'autre contre quoi me rebeller, je laissai tomber. Je lui annonçai que je ne naviguerais plus jamais et, dans ma naïveté et ma cruauté, la déception que je lus sur son visage m'apparut comme une victoire. J'ai dû réfléchir une centaine de fois aux moyens de revenir sur ma décision, mais je n'étais pas assez futé pour comprendre que demander pardon était un signe de force et non de faiblesse, et l'été passa sans que l'occasion m'en soit donnée.

Planté dans l'allée, là, après tant d'années, les yeux à nouveau rivés sur ce lac, je compris pourquoi j'étais revenu. Il était mort, mais je voulais lui parler.

Je me dirigeai vers la vieille maison. Sur les pelouses, de grandes tentes avaient été dressées pour le déjeuner servi dans de l'argenterie, et on avait ôté les cordes barrant l'accès aux portes de la maison. Seuls les membres du comité et les personnalités invitées porteuses de laisser-passer franchissaient le barrage des gardiens de la sécurité. Entrer à l'intérieur aurait pu se révéler difficile même pour un agent bien entraîné, mais pas pour quelqu'un ayant passé son enfance dans la maison.

Derrière les communs, voyant que la porte qui donnait sur le vestiaire des jardiniers n'avait pas été verrouillée, je me faufilai dans l'immense garage.

Sur le mur du fond, au-dessus d'étagères à outils, j'appuyai sur un bouton caché sous une rangée de prises électriques. Une section d'étagères s'ouvrit en grinçant ; un passage souterrain conduisait à la maison. Ostensiblement construit par le père de Bill pour accéder au garage lorsque le sol était gelé, son véritable objet était tout autre.

Si j'en crois la vieille gouvernante, le colonel, qui avait conquis l'Europe avec la VIe Armée, s'était lancé dans une campagne analogue avec les servantes une fois rentré chez lui. Il avait établi son quartier général sur la banquette-lit de son bureau, une pièce offrant une vue dégagée sur l'allée principale, ce qui donnait à l'élue de la semaine tout le temps nécessaire pour se rhabiller, foncer tête baissée dans le passage et arriver au garage avant que la femme du colonel n'atteigne la porte d'entrée. La gouvernante a toujours dit que le plan était tellement au point que son patron aurait dû être promu général.

Je m'arrêtai un instant dans le passage pour guetter le moindre bruit venant du bureau. Rien, si bien que je tournai la poignée et franchis la porte dissimulée dans les lambris de la pièce.

Grace en aurait eu une attaque. Disparus, ses anciens et inestimables meubles anglais ainsi que le parquet Versailles, remplacés par des canapés en tissu écossais et un tapis à motifs de tartan. Au-dessus de la vieille cheminée provenant d'un château, à l'endroit où son plus beau Canaletto avait été suspendu, se trouvait un portrait du propriétaire et de sa famille, fixant un point à l'horizon comme s'ils venaient de découvrir le Nouveau Monde. Il aurait dû le faire peindre sur du velours noir, pendant qu'il y était.

Ignorant leur regard héroïque, je traversai la pièce et j'ouvris la porte donnant sur le hall d'entrée. J'entendis des voix – tous les puissants étaient rassemblés dans la salle à manger d'apparat –, mais les deux gorilles plantés à l'entrée tournaient le dos à l'intérieur et ne me virent pas prendre l'escalier. En haut, ce fut un de ces moments rares dans la vie d'un homme.

Le raider n'avait pas laissé les coudées franches à son décorateur au premier étage, si bien que très vite, les années s'envolèrent, mon enfance fut partout autour de moi. Je parcourus le magnifique couloir – je crois avoir dit que c'était la maison la plus silencieuse que j'aie jamais connu – et m'engageai dans l'aile nord.

La disposition des pièces n'avait pas changé, le poids du passé était presque palpable : un grand salon, une salle de bains, des dressings et une chambre donnant sur le bois. Il y avait une douzaine d'autres suites du même genre dans la maison, et la famille du raider n'avait manifestement jamais utilisé celle-ci.

Je restai immobile pendant de longues minutes, perdu dans mes souvenirs, jusqu'au moment où, finalement, je grimpai sur le lit et posai mon regard sur le siège aménagé sous la baie vitrée. Quand Bill venait me parler, il s'asseyait toujours là, son visage se découpant sur les hêtres cuivrés du bois qui se trouvait derrière lui. Je laissai lentement ma vision se flouter, et je jure que ce fut comme si je le voyais à nouveau.

Dans le secret de mon cœur, je lui dis tout ce que je n'avais jamais été capable de lui exprimer de son vivant. Je lui rappelai qu'il s'était occupé de moi alors qu'aucun lien de sang ou d'amitié ne l'y obligeait ; pour moi, si le paradis existait, il s'y trouverait toujours une place pour quelqu'un ayant fait cela pour un enfant. Je reconnus que tout ce qu'il y avait de bon en moi venait de lui, alors que les arpents de noirceur m'appartenaient en propre, et je lui assurai qu'il était pour toujours dans mes pensées, que pas un jour ne passait sans que j'aie envie d'aller refaire de la voile pour le rendre fier. Je lui demandai de me pardonner de ne pas avoir été le fils qu'il avait si désespérément voulu. Après cela, je me réfugiai dans le silence.

Quiconque serait entré à cet instant, me voyant la tête penchée, m'aurait cru en train de prier, et je dus rester ainsi un long moment parce que c'est le son d'un violon qui me tira de l'immobilité où j'étais. Les deux cents dollars n'avaient pas seulement payé le déjeuner servi dans de l'argenterie, mais son accompagnement par un ensemble de musique de chambre. Tout le monde devait être en train de rejoindre les tentes. Je me levai, jetai un dernier coup d'œil à mon passé et me dirigeai vers la porte.

28

Je descendis l'escalier et me trouvai au milieu du hall d'entrée, à six mètres de la porte et de la liberté, lorsque je l'entendis : « Scott… ? Scott Murdoch ? C'est toi ? »

La voix m'était familière, mais je fus incapable d'y mettre un visage. Je continuai d'avancer – encore quelques pas et je serais en sécurité, aspiré par la foule

qui s'approchait de la sortie. Plus que quatre pas…
Trois…

Elle m'attrapa par le coude, m'obligeant à m'arrêter.
« Scott, tu ne m'as pas entendue ? »

Je me retournai, la reconnus. Elle portait la
cocarde pourpre d'un membre du comité ; j'aurais
dû me douter qu'elle serait là. Elle avait toujours
adoré les jardins. C'était la seule chose qu'elle avait
en commun avec Grace et la principale raison de
leur amitié.

« Oh, bonjour, madame Corcoran », dis-je, lui
offrant mon plus beau sourire. C'était la mère de Dexter, le sale type qui était dans l'équipe de squash de
Caulfield avec moi, et j'avais dû supporter bon nombre
de réunions chez elle visant à renforcer l'esprit
d'équipe.

« Je n'arrive pas à croire que c'est toi. Qu'est-ce que
tu fais là ?

— Oh, juste une petite visite, comme ça… en souvenir du passé », répondis-je.

Elle jeta un œil sur ma veste et n'y trouva pas le
badge me permettant d'entrer. Je voyais bien qu'elle
brûlait de me demander comment j'avais bien pu
franchir la sécurité, mais elle décida de laisser
courir.

« Accompagne-moi pour déjeuner, dit-elle, me prenant par le bras. Tu me raconteras tout ; ensuite je te
présenterai au propriétaire. Un homme adorable. » Elle
baissa la voix et prit un air de conspiratrice. « Il est
incollable sur les marchés. »

Mais je ne bougeai pas. « Non, madame Corcoran,
déclinai-je, une tension dans la voix. Je m'apprêtais à
partir. J'ai vu tout ce que je voulais voir. »

Elle me regarda et, à cet instant, je crois qu'elle se rendit compte de l'importance que cette visite avait eue pour moi.

Elle m'adressa un sourire. « Tu as raison. Je suis bête. Oublie le propriétaire. Tu veux que je te dise : il est épouvantable, en réalité. Sa femme est encore pire, elle se prend pour une décoratrice. » Mme Corcoran avait toujours eu un rire crispé comme du verre qui se brise, et il n'avait pas changé.

Elle recula d'un pas et m'examina de la tête aux pieds. « Tu m'as l'air en forme, Scott. Tu as bien vieilli.

— Vous aussi, dis-je, secouant la tête, affectant de m'émerveiller. Vous avez à peine changé. » J'avais du mal à croire ce que j'étais en train de dire, mais elle acquiesça joyeusement. La flatterie et l'illusion faisaient partie de l'air qu'elle respirait.

Nous continuâmes de nous regarder pendant quelques instants, gênés, ne sachant trop quoi dire. « Comment va Dexter ? » demandai-je pour meubler.

Une ombre passa, jetant le trouble sur son visage tiré à l'extrême. « C'est curieux. Grace m'avait dit qu'elle t'avait écrit à ce sujet. »

Je n'avais pas la moindre idée de ce qu'elle voulait dire. « Je suis resté sans contact avec Grace pendant des années. M'écrire à quel sujet ? »

« C'est tout Grace, ça, dit-elle, s'efforçant de sourire. Si ça ne la concernait pas, ça ne l'intéressait pas. Dexter est mort, Scott. »

L'espace d'un instant, j'eus du mal à comprendre. Ça ne collait pas : c'était un type costaud, certes il se moquait sans cesse des gens, mais tout de même, mort ? Il ne méritait pas ça. Comme j'étais une pièce rapportée qui ne parlait jamais à personne et que lui était détesté, le reste de l'équipe de squash s'arrangeait toujours pour qu'on se retrouve ensemble et, plus que quiconque, j'avais dû supporter ses jets de raquette et ses sarcasmes.

Sa mère m'observait et, heureusement, je n'eus pas besoin de faire semblant. J'étais vraiment secoué. Elle-même luttait pour ravaler ses larmes, ce qui n'était pas facile compte tenu de toute la peau que les chirurgiens esthétiques avaient enlevée au fil des années.

« J'avais demandé à Grace de te l'annoncer, parce que je savais que vous étiez proches, enchaîna-t-elle. Il disait toujours que tu venais souvent lui demander son avis, et pas seulement sur le court. »

Corcoran disait ça ? Si j'avais voulu un conseil, je serais allé voir Bart Simpson. Doux Jésus.

« On peut être francs maintenant, Scott. Tu n'étais pas vraiment à ta place, n'est-ce pas ? Dexter disait que c'était pour ça qu'il se proposait toujours pour faire équipe avec toi ; il ne voulait pas que tu te sentes exclu. C'était tout lui, cette délicatesse. »

J'approuvai silencieusement. « C'était un côté de Dexter que beaucoup de gens ne voyaient pas », renchéris-je. C'était son seul enfant, bon sang, qu'aurais-je pu dire d'autre ? « Que s'est-il passé ?

— Il s'est noyé. Un soir, il est allé seul à la maison de la plage, parti nager. »

Je connaissais ce bout de plage. Il était dangereux même de jour. Une personne sensée n'aurait jamais été nager là-bas dans le noir. Des trucs me revinrent : il s'était fait virer de la fac de droit, de sales histoires de cuites, un séjour dans une clinique de désintoxication de l'Utah.

« Il y a eu des rumeurs, évidemment, poursuivit sa mère. Malveillantes. Tu sais comment sont les gens. Mais le médecin légiste et la police ont conclu à un accident. »

Je me souvins que son grand-père était un juge éminent, membre de la Cour Suprême, et quelqu'un avait dû arranger le coup. S'il avait laissé un mot dans la maison, j'imagine qu'il avait dû être discrètement remis aux parents, qui l'avaient détruit.

La mort m'était déjà bien trop familière à mon âge, mais je n'étais pas vacciné pour autant. J'avais toujours pensé que ce serait moi, mais Corcoran – ce crétin de fils de pute – était le premier de ma classe à quitter ce monde, et cette nouvelle devait déteindre sur mon visage.

« Tu es tout pâle, remarqua Mme Corcoran, me touchant le bras pour me réconforter. Je n'aurais pas dû te l'annoncer comme ça, si brutalement, Scott, mais je ne connais pas de bonne… »

Elle avait la gorge serrée et je crus qu'elle allait se mettre à pleurer, mais non, heureusement, il n'en fut rien. Au contraire, elle s'anima tout à coup. « Et toi, alors ? Toujours dans le commerce de l'art ? »

Le chagrin ne l'avait pas démontée. C'était la légende que j'avais créée pour les amis et la famille la première fois que la Division m'avait envoyé en opération. Légalement, personne n'avait le droit de connaître l'existence de cette agence, si bien que j'avais passé des mois à me créer une couverture avant que le directeur ne finisse par la valider.

Arrivant sans prévenir à Avalon un dimanche, j'avais annoncé à Grace et à Bill au cours du déjeuner que j'en avais soupé de la Rand, soupé de la recherche, soupé de la psychologie elle-même. Le plus grand cadeau qu'ils m'avaient fait l'un et l'autre avait été de m'intéresser à l'art et donc, je quittais la Rand pour m'installer à Berlin et me lancer dans le commerce de tableaux européens du début du XXe.

Les légendes étant ce qu'elles sont, je dois reconnaître que la mienne n'était pas mal trouvée. Elle me permettait de voyager partout en Europe pour mon vrai travail, tout en me donnant une bonne raison de perdre contact avec mes anciennes relations, jusqu'à être pratiquement oublié. Et, manifestement, cela avait été crédible, puisque, tant d'années plus tard, une amie de Bill et Grace me demandait des nouvelles du business de l'art.

Je souris. « Ma foi, toujours à la recherche de toiles, madame Corcoran, essayant toujours d'en tirer de quoi vivre. »

Elle jaugea mon pull en cachemire et mes mocassins coûteux, et je pris conscience de mon erreur. Pour l'occasion, en mémoire de Bill, je m'étais mis sur mon trente et un.

« Un peu plus que ça, on dirait », fit-elle, plissant les yeux.

Je ne voulais pas qu'elle pense que mon activité fictive marchait fort, sinon les gens se demanderaient pourquoi ils n'en avaient jamais entendu parler, si bien que je résolus de franchir le pas et de lui dire la vérité, presque une révolution pour moi. « J'ai eu de la chance. Vous le savez peut-être, mais Grace m'a laissé un peu d'argent. »

Un silence, puis : « J'aurais pourtant parié le contraire ; toute ma fortune même, dit-elle doucement.

— Oui, elle pouvait être très distante, mais au-delà de ça elle devait tout de même avoir de l'affection pour moi.

— Plus par devoir, si tu veux mon avis, lâcha-t-elle, acerbe. Ils sont morts, maintenant, j'imagine que ça n'a plus d'importance. Grace ne t'a jamais désiré, Scott, et cela dès le départ. »

Quelles que soient les difficultés que j'aie pu avoir avec ma mère adoptive, je ne me serais jamais attendu à l'entendre formuler aussi brutalement. Je me demandai si Mme Corcoran exagérait, et une expression de doute dut passer sur mon visage.

« Ne me regarde pas comme ça. Je l'ai même entendue le dire, une semaine environ après ton arrivée de Detroit. Nous étions en train de prendre le café là-bas, expliqua-t-elle en désignant la pelouse qui dominait le lac. Bill, Grace et moi te regardions. La nounou t'avait emmené au bord de l'eau, pour voir les cygnes, je crois. »

J'étais très jeune, mais je me le rappelais. Je n'avais jamais vu de cygnes auparavant, et pour moi c'était ce qu'il y avait de plus beau au monde.

« Bill ne te quittait pas des yeux, poursuivit Mme Corcoran. Franchement, je n'avais jamais vu un homme aussi fasciné par un enfant. Grace aussi l'avait remarqué. Elle l'a regardé un moment puis, très calmement, elle a dit : "J'ai changé d'avis, Bill. Un enfant n'a pas sa place chez nous."

» Il s'est tourné vers elle : "Tu as tort, a-t-il rétorqué. C'est exactement ce dont on a besoin. Des enfants, donner un peu de vie à cet endroit."

» Il l'avait dit sur un ton qui n'admettait pas de réplique, mais Grace n'a pas lâché ; elle était résolue à avoir le dernier mot. Apparemment, ils n'avaient que quelques jours pour confirmer à l'agence qu'ils allaient te garder. »

Mme Corcoran se tut un instant, attendant ma réaction. Qu'espérait-elle ? Qui ne voudrait pas se croire aimé de ses parents ?

« C'est vrai que, pour ce qui était du shopping, Grace savait y faire, déclarai-je. Elle n'achetait que sous condition de pouvoir rendre la marchandise. »

La vieille dame rit. « C'est ce que j'ai toujours aimé chez toi, Scott. Rien ne peut t'atteindre. »

Je me contentai d'acquiescer.

« Quoi qu'il en soit, la discussion entre eux est devenue de plus en plus tendue jusqu'au moment où Grace a fini par perdre son calme. "Tu sais ce qui cloche, chez toi, Bill ? s'est-elle exclamée. Tu seras toujours un porteur. Il faut toujours que tu aides les gens à porter leurs bagages."

» Après ça, elle lui a dit que tu repartirais dans la matinée, et elle s'est dirigée vers la maison au prétexte qu'elle devait voir où en était le déjeuner. Personne ne l'a revue de la journée. Bill est resté silencieux un long moment, les yeux toujours fixés sur toi, puis il a dit : "Scott restera à Avalon jusqu'à l'université, et même plus longtemps s'il le souhaite. Il restera parce que le porteur l'a décidé ; et il faudra bien que Grace l'accepte."

» Je n'ai pas su quoi dire. Je n'avais jamais vu ce côté inflexible, chez lui. Je ne suis pas sûre que quiconque l'ait connu ainsi, d'ailleurs. Puis il s'est tourné vers moi et m'a dit une chose surprenante.

» Tu sais sans doute que Bill n'était pas croyant – je ne l'ai jamais entendu parler de Dieu – mais chaque soir il montait s'asseoir près de toi pendant que tu dormais. "Je pense que Scott nous a été envoyé, m'a-t-il confié. J'ai l'impression d'avoir été choisi pour m'occuper de lui. Je ne sais pas ce qui me conduit à penser ça, mais je crois qu'il va faire quelque chose de très important, un jour." »

Debout là, dans cette vieille maison après tant d'années, Mme Corcoran me sourit. « Est-ce le cas, Scott ? Est-ce que Bill avait raison ? As-tu fait quelque chose de très important ? »

Je souris à mon tour et secouai la tête. « Non, à moins que trouver quelques toiles perdues ne soit important. Mais Bill était un type bien et cette pensée l'honore. »

Du fond du jardin, on entendit appeler le nom de Mme Corcoran ; elle devait certainement prononcer un discours. Elle me tapota le bras en partant.

« Eh bien, qui sait ? Tu es encore jeune, tu as tout le temps, n'est-ce pas ? Au revoir, Scott. »

Tout le temps ? Non, je ne le croyais pas. Je n'avais pas encore quarante ans, mais j'étais déjà en fin de course. Il fallait être fou pour penser qu'il puisse en être autrement. Fou ? Eh bien oui, me suis-je souvent dit plus tard en pensant à cette période.

29

Arrivé depuis peu en Afghanistan, le Sarrasin voyageait vite, ne s'éloignant jamais plus longtemps que nécessaire des vallées à peine peuplées, toujours en direction de l'est.

Il y avait presque quinze ans qu'adolescent il était venu dans ce pays en tant que *moudjahid*, mais il ne se passait pas un jour sans qu'il vît encore des témoignages de la guerre contre les soviets : des postes de tir abandonnés, une pièce d'artillerie rouillée, une cabane de berger délaissée après avoir été bombardée.

Des ruisseaux, des rivières coulaient au fond des vallées ; pour lui, une sécurité. La bande fertile sur chaque rive des cours d'eau n'était plantée que de cannabis, et ces hautes plantes, lourdes d'humidité, offraient un rempart efficace contre les dispositifs de thermographie américains.

Mais il avait dû finir par quitter les vallées et grimper dans les montagnes inhospitalières de l'Hindu Kush. Dans les forêts épaisses, il suivit les traces du débardage des grumes, avec l'espoir que, voyant ses chevaux de bât et pensant que c'était un bûcheron clandestin de plus, les drones de surveillance se désintéresseraient de lui. Mais plus haut, au-delà de la limite des arbres, chaque respiration demandant un effort à cause de l'altitude, il n'y avait pas d'abri et il devait accélérer l'allure.

Un jour, en fin d'après-midi, il crut voir au loin l'éboulis montagneux où il avait abattu son premier hélicoptère d'attaque Hind, mais il y avait si longtemps de cela qu'il n'en était pas sûr. Plus haut, il arriva sur une crête étroite où il vit des douilles d'obus et des nacelles de lance-roquettes d'un cru bien plus récent.

Depuis l'époque où il avait été *moudjahid*, les Afghans n'avaient pratiquement connu que la guerre : les Russes avaient été remplacés par les seigneurs de la guerre ; les talibans du Mollah Omar avaient vaincu les seigneurs de la guerre ; l'Amérique qui pourchassait Oussama Ben Laden avait détruit les talibans ; les seigneurs de la guerre étaient revenus ; et maintenant, les États-Unis et une coalition d'alliés menaient un combat pour empêcher la réémergence des talibans.

Les munitions tirées lui indiquèrent qu'il devait être tout près de la province de Kunar – que les Américains désignaient comme le cœur du territoire ennemi – et, cette nuit-là, il entendit des hélicoptères Apache ronfler dans la vallée en dessous, suivis d'un avion de combat AC-130 dont on racontait qu'il tirait des munitions aussi grosses que des bouteilles de Coca.

Les jours suivants, il fut arrêté à de nombreuses reprises, surtout par des patrouilles américaines ou de l'OTAN ; deux fois aussi par des francs-tireurs qui se prétendirent membres de la milice anticoalition, mais qu'il savait être des talibans portant un turban différent. Il leur dit la même chose à tous : qu'il était un médecin libanais très pieux ayant récolté des fonds auprès de mosquées et d'individus de son pays pour une mission d'assistance médicale. Son but était de venir en aide aux musulmans dans des régions reculées où, en raison des guerres continuelles qui avaient détruit les infrastructures, il n'y avait plus la moindre clinique et les médecins avaient fui.

Il leur dit aussi qu'il avait expédié ses fournitures par bateau de Beyrouth à Karachi, pris l'avion pour les récupérer, acheté un camion, traversé le Pakistan jusqu'en Afghanistan, et qu'au Shaddle Bazaar – le plus grand marché d'opium du monde – il avait échangé son camion pour des chevaux de bât. Tout cela était vrai, et il avait même un appareil photo numérique bon marché sur lequel il pouvait montrer des photos de lui en train de s'occuper des malades ou de vacciner des enfants dans une dizaine de villages en ruine.

Cela – sans compter que chaque fois que sa caravane était fouillée on trouvait toute une gamme de fournitures médicales – dissipait les craintes des deux côtés. Parmi les éléments qu'il transportait, une épaisse vitre en verre renforcé et plusieurs sacs de chaux vive étaient les seuls qui pouvaient susciter des interrogations. À quiconque posait des questions, il répondait que le verre servait de planche facile à stériliser sur laquelle il mélangeait les médicaments. Et la chaux vive ? Y avait-il un autre moyen de détruire les prélèvements et les tenues usagées dont il se servait pour traiter toutes sortes de maladies, de la gangrène à la rougeole ?

Personne ne se donna jamais la peine de fouiller la sacoche de selle qui contenait ses vêtements et une paire de sandales de rechange. Au fond, il y avait un « casque » pliant avec une visière transparente, une boîte de masques jetables R-700D, une combinaison noire de protection contre les risques chimiques, des bottes en caoutchouc, des gants doublés de Kevlar et des rouleaux d'adhésif spécial pour rendre hermétiques toutes les liaisons depuis le casque jusqu'aux bottes. Si cet équipement avait été trouvé, il aurait dit que l'anthrax peut se développer naturellement chez les animaux à sabots – y compris les brebis et les chameaux – et qu'il n'avait aucune intention de mourir à la tâche. Pour preuves supplémentaires, il aurait montré les ampoules d'antibiotiques qu'il transportait, volées dans l'hôpital où il avait travaillé au Liban, qui étaient le traitement classique de cette maladie. Mais les hommes sur lesquels il tomba étaient des soldats – rebelles ou autres – à la recherche d'armes et d'explosifs, si bien qu'aucun d'eux ne posa de questions.

Il ne mentait effrontément que lorsqu'on lui demandait quelle était sa prochaine étape. Il haussait les épaules, désignait ses maigres possessions et disait qu'il n'avait même pas de carte.

« Je vais là où Dieu m'envoie. » Mais il avait une carte. Elle était dans sa tête, et il savait très précisément où il allait.

À trois reprises, des troupes de l'OTAN l'aidèrent à recharger ses équipements sur les chevaux. Le plus difficile consistait à soulever et à fixer les batteries de camion à grande capacité sur les quatre animaux de queue. Ces batteries servaient à alimenter des petites boîtes réfrigérées, et l'ingéniosité du médecin fit sourire les soldats. À l'intérieur, des rangées de petits flacons de verre qui allaient secourir d'innombrables enfants : vaccins contre la polio, la diphtérie et la coqueluche. Dissimulés parmi eux, non repérables sauf par le zéro supplémentaire qu'il avait ajouté au numéro de lot, deux flacons qui contenaient quelque chose de bien différent.

À cette époque, il n'existait théoriquement sur la planète que deux spécimens de virus de la variole. Conservés aux fins de recherche, l'un était dans un congélateur quasi impénétrable du centre de contrôle des maladies d'Atlanta, l'autre dans un centre russe appelé Vector, en Sibérie. Sauf qu'il en existait un troisième. Ignoré de tous excepté du Sarrasin, il se trouvait dans ces deux flacons de verre, sur le dos de son maigre cheval de bât au fin fond de l'Hindu Kush.

Il ne l'avait pas volé, ni acheté à un scientifique russe insatisfait, ne l'avait pas reçu d'un État au ban des nations comme la Corée du Nord qui avait entrepris ses propres recherches illégales. Non, le Sarrasin l'avait synthétisé lui-même.

Dans son garage.

30

Il n'y serait jamais parvenu sans Internet. On le recherchait de plus en plus activement quand, enfin, je découvris que, plusieurs années après avoir obtenu son diplôme de médecin, le Sarrasin avait pris un poste à el-Mina, une vieille ville dans le nord du Liban.

Il travaillait la nuit aux urgences de l'hôpital local – travail difficile et épuisant dans un établissement sous-équipé où le personnel était insuffisant. Malgré la fatigue, constante, il consacrait tous ses moments de liberté à travailler secrètement à ce qu'il considérait comme l'œuvre de sa vie – le *djihad* contre l'ennemi éloigné.

Alors que les autres soldats d'Allah perdaient leur temps dans des camps d'entraînement cachés au Pakistan ou rêvaient d'obtenir un visa américain, il lisait tout ce qu'il pouvait trouver sur les armes de destruction massive. Et ce n'est que grâce à Internet qu'un médecin d'un vieil hôpital d'une ville dont personne n'avait entendu parler avait eu un accès illimité aux dernières recherches sur les armes biologiques les plus meurtrières au monde.

Par une de ces conséquences imprévues mais mortelles – ce qu'à la CIA on appellerait un « choc en retour » –, le Web avait ouvert une boîte de Pandore aux possibilités terrifiantes.

Le Sarrasin n'avait pas été élevé comme les petits Occidentaux, et il n'y connaissait pas grand-chose en informatique, mais suffisamment pour entreprendre des recherches exhaustives dans l'anonymat le plus total en se servant d'une bonne connexion par proxy.

Des mois durant, grâce à ses connaissances en médecine et en biologie, il se concentra sur les moyens de guerre bactériologique les plus à sa portée : ricine, anthrax, peste pulmonaire, sarin, tabun et soman, tous susceptibles de semer la mort sur une grande échelle et une panique plus grande encore. Mais tous présentaient des inconvénients majeurs : soit ils n'étaient pas contagieux, soit ils n'étaient vraiment efficaces qu'utilisés lors d'un bombardement aérien.

Frustré de ne pas avancer aussi vite qu'il le voulait, luttant contre des vagues de découragement, il était au milieu de ses recherches sur l'anthrax – au moins la bactérie de base était-elle disponible, largement répandue au Moyen-Orient, Liban y compris, mais il faudrait la « militariser » – quand il lut quelque chose qui devait changer la nature même du monde dans lequel nous vivons.

Personne n'y prêta vraiment attention.

Dans les pages en ligne des *Annales de virologie*, un mensuel qui ne se vend pas exactement comme des petits pains, figurait le compte-rendu d'une expérience conduite dans un laboratoire du nord de l'État de New York. Pour la première fois dans l'histoire, une forme de vie avait été entièrement créée à partir de substances chimiques disponibles dans le commerce, pour quelques centaines de dollars. On était en fin d'après-midi et, pour une fois, le Sarrasin oublia de s'agenouiller pour *maghrib*, la prière du crépuscule. Avec un étonnement grandissant, il lut que les scientifiques étaient parvenus à recréer le virus de la polio en partant de rien.

Selon cet article, le but des chercheurs était de mettre en garde le gouvernement américain contre les risques que des groupes terroristes fabriquent des armes biologiques sans avoir besoin de se procurer les virus naturels. Bonne idée ! Il y avait au moins un terroriste qui n'y avait jamais pensé avant de lire le fruit de leurs recherches. Encore plus inquiétant – ou peut-être pas, selon votre degré de cynisme –, l'organisation qui avait financé ce programme de recherches avec une subvention de trois cent mille dollars était… le Pentagone.

Mais le Sarrasin était certain que ce développement stupéfiant n'avait rien à voir avec le département de la Défense ou les scientifiques de New York. Ils n'étaient que des instruments. C'était l'œuvre d'Allah : quelqu'un avait synthétisé un virus et lui avait ouvert une porte. De l'autre côté se trouvait le Saint-Graal de toutes les armes de bioterrorisme, un agent hautement infectieux transmis par le simple fait de respirer, l'agent mortel le plus meurtrier de toute l'histoire de la planète : la variole.

Au cours des semaines qui suivirent, le Sarrasin apprit que les chercheurs se servant du génome de la polio accessible à tous avaient acheté des « paires de base » d'acide nucléique à l'une des innombrables sociétés vendant des fournitures à l'industrie de la bio-technologie. Ces paires de base coûtent la somme royale de dix cents l'une et, selon le compte-rendu disponible sur un forum Internet de geeks de la biologie, la commande fut passée par courriel. Du fait de l'automatisation complète du système de vente en ligne de la société, il n'y avait eu aucune vérification du nom du client et personne n'avait demandé à quoi allait servir le matériel acheté.

Après avoir acheté les composants microscopiques, les scientifiques du laboratoire de New York passèrent un an à les organiser, puis – suivant un procédé délicat mais accessible – à les coller ensemble. Avec une dizaine de manuels de biologie moléculaire à sa disposition, le Sarrasin, en médecin qu'il était, en comprit assez sur ce procédé pour se convaincre que ce qui était réalisable dans un laboratoire du nord de l'État de New York pouvait être reproduit dans un garage d'el-Mina – s'il arrivait à mettre la main sur une chose.

Il commença ses recherches et, au bout de deux heures sur le Web, il trouva : c'était le génome de la variole. Jadis l'un des secrets les mieux gardés au monde, la carte génétique et la formule chimique complète du virus avaient été victimes de l'explosion des connaissances en biologie et de la dissémination mondiale d'articles scientifiques complexes en ligne. Les verrous avaient sauté et c'était une hémorragie permanente d'informations potentiellement mortelles. Il avait fallu deux heures au Sarrasin pour dénicher le génome et, s'il avait eu plus d'expérience en recherche sur Internet, il l'aurait trouvé sur une dizaine de sites de biologie ou de recherche en moitié moins de temps. Je le sais parce que je l'ai fait.

À partir de l'article dans les *Annales de virologie*, le Sarrasin avait appris que la polio avait 7 741 paires de base, ou de lettres, dans son génome. Maintenant il voyait que la variole en avait 185 578, ce qui accroissait considérablement la difficulté de sa création, mais il était porté par une vague de découverte et d'optimisme, et il n'allait pas se laisser décourager par un détail comme 178 000 lettres supplémentaires.

Il décida très vite que son premier objectif devait être de se protéger lui-même : la variole est un agent pathogène impitoyable et le risque était grand que, au cours du processus de synthèse, complexe et instable, il commette une erreur. De nombreuses erreurs, même, probablement, et le premier signe qu'il aurait de sa contamination serait l'apparition de la fièvre et, peu de temps après, l'éruption de vésicules puis de pustules. Et là, ce serait la fin : on n'avait jamais découvert de traitement contre la variole.

Il devait trouver un vaccin, et c'est dans ce but qu'il prit six semaines de congé. Au lieu de mettre le cap sur Beyrouth puis de prendre l'avion pour Le Caire et rendre visite à des amis, comme il l'avait dit au directeur de l'hôpital, il avait pris place dans un bus partant aux petites heures pour Damas.

Là, il avait tué Tlass, s'était emparé du vaccin, avait utilisé la seringue à double action sur lui-même et retraversé la frontière pour rentrer au Liban.

Il avait passé cinq jours enfermé dans une chambre d'hôtel à lutter contre la forte fièvre qui accompagnait l'énorme dose de vaccin qu'il s'était inoculée. Quand la fièvre était retombée et que les croûtes révélatrices et les cicatrices s'étaient formées sur son bras, il était retourné à el-Mina. Quoique, en apparence, rien n'ait changé, sa vie était entrée dans une toute nouvelle phase : il était prêt à écrire son histoire, à accomplir sa destinée.

31

En premier lieu, il assura l'étanchéité du garage sous son petit appartement et le transforma en un laboratoire biologique hermétique de fortune.

Il avait un avantage pour réaliser ce travail : il profitait d'un modèle satisfaisant à proximité. Alors que tout le reste, dans l'hôpital d'el-Mina, était dans un état lamentable, celui-ci disposait d'une chambre d'isolement à deux lits et d'un laboratoire attenant. Comme l'anthrax était endémique dans la région, l'hôpital avait bénéficié d'un programme de l'Organisation mondiale de la santé pour aider les pays en voie de développement à combattre cette maladie. Tant pis si l'hôpital était dépourvu des équipements les plus élémentaires pour sauver des vies, l'organisation genevoise avait versé une petite fortune pour la construction d'une installation de premier ordre.

D'après ce que savait le Sarrasin, elle n'avait été utilisée qu'une seule fois en dix ans et ne servait plus que de remise pour un stockage temporaire. Quoi qu'il en soit, c'était un excellent modèle pour son propre laboratoire, qui lui fournit en outre la moitié de l'équipement technique dont il avait besoin : des incubateurs, un microscope, des récipients de culture, des pipettes, des stérilisateurs et bon nombre d'autres matériels. Personne ne signala jamais leur disparition.

Au cours de la semaine qui suivit, grâce à un ordinateur et une liaison Internet qu'il avait installés dans le laboratoire, il compila une liste de plus de soixante entreprises de biotechnologie dans le monde susceptibles de procurer du matériel ADN de moins de soixante-dix lettres et qui ne vérifiait pas le nom du client ni n'exigeait aucune information complémentaire.

Longtemps après, la première fois que j'en ai entendu parler, je n'ai pas voulu le croire. À mon grand désespoir, je me suis connecté et j'en ai eu confirmation.

Mais avant que le Sarrasin ne puisse commander de l'ADN, il dut trouver deux équipements indispensables : des synthétiseurs d'ADN, des machines de la taille d'une imprimante convenable. Une heure après, c'était fait. Grâce aux progrès vertigineux dans l'industrie des biotechnologies, le marché était inondé d'équipements à des prix considérablement réduits, juste parce qu'ils n'étaient plus assez rapides ni performants.

Il trouva deux synthétiseurs d'ADN en excellente condition, l'un sur eBay, l'autre sur usedlabequipment. com. Les deux lui revinrent à moins de cinq mille dollars et le Sarrasin rendit grâce de ce que les médecins soient bien payés, et d'avoir toujours vécu une vie aussi frugale. Ses économies lui permirent de se les offrir et, plus important encore pour lui, les vendeurs ne s'intéressèrent absolument pas à l'identité de l'acheteur. Tout ce qu'ils voulaient, c'était un numéro de carte de crédit valide. Un virement anonyme par Western Union était tout aussi valable.

Il se mit au travail dès que la deuxième machine arriva et, ce soir-là, il surfa sur le Web, complétant sa bibliothèque déjà nourrie sur les virus et la biologie, et parcourut la dernière édition en ligne du prestigieux magazine *Science*. L'un des articles principaux concernait un chercheur qui venait de synthétiser un organisme comportant 300 000 lettres. Dans le court laps de temps, depuis qu'il s'était lancé dans son entreprise, 185 000 lettres étaient déjà une performance dépassée, ce qui en dit long sur la vitesse à laquelle progressait le génie génétique.

Après la lecture de cet article, il sut que la variole était à sa portée et que son rendez-vous avec le destin était confirmé. Il pria tard dans la nuit – c'était une énorme responsabilité et il demanda à Allah de faire en sorte qu'il l'exerce à bon escient.

Six mois plus tard, ayant collé et recollé, fait marche arrière, cherché et appris davantage encore, utilisant non seulement ses connaissances mais la batterie d'équipement bon marché de plus en plus rapidement disponible, il arriva au bout de sa tâche.

En faisant de son mieux, une molécule à la fois, il avait recréé la variole. Selon tous les tests qu'il avait pratiqués, elle était identique à la version se déclarant naturellement.

Au cours des milliers d'années de propagation de ce virus, passant d'autres formes de vivant au genre humain, deux types de variole avaient existé : la *Variola minor*, souvent appelée petite vérole, rarement mortelle, et sa grande sœur, *Variola major*, dévastatrice pour les populations humaines depuis que l'homme a commencé à se rassembler en grandes tribus. C'était ce virus – avec un taux de mortalité proche de trente pour cent – que le Sarrasin avait synthétisé. Avec la *Variola major*, cependant, il y avait de nombreuses souches, certaines plus mortelles que d'autres.

Sachant cela, il entreprit de raffiner et de tester son virus, méthode bien connue pour l'obliger à des mutations successives, essayant, dans l'argot de certains microbiologistes, de le « KFC » (le faire frire), de transformer en souche hyper virulente ce qui était déjà l'agent pathogène le plus virulent de la planète.

Satisfait de l'avoir rendu aussi meurtrier que possible, il entreprit de modifier sa structure génétique. C'était la partie la plus simple, mais aussi la plus dangereuse de tout l'exercice. C'était aussi la plus nécessaire…

Une fois la forme naturelle de la variole éradiquée de la planète, l'OMS se retrouva à la tête d'un énorme stock de vaccins. Au bout de quelques années, tout le monde étant convaincu que le virus ne réapparaîtrait jamais, ce réservoir de protection fut détruit. De même, bien qu'un grand nombre de gens, par habitude, aient été vaccinés contre la variole – surtout les enfants du monde occidental –, le Sarrasin savait aussi que le vaccin perdait de son efficacité au bout de cinq ans. Résultat, plus personne au monde n'était immunisé.

Ce qui était idéal compte tenu de ses objectifs. Sauf qu'il y avait un problème. Sa cible, les États-Unis, s'inquiétait de plus en plus de la possibilité d'une attaque terroriste par des armes biologiques et, à la suite du 11 Septembre, avait décidé de produire et de conserver plus de trois cents millions de doses de vaccin, une par habitant. Le jour où Sarrasin lut pour la première fois un article là-dessus, il fut désespéré. Après toute une nuit de recherches sur la vaccination, il découvrit que jusqu'à vingt pour cent d'une population resterait sans protection : le vaccin ne prenait pas chez un certain nombre de personnes, et on ne pouvait pas l'administrer aux femmes enceintes, ni aux nouveau-nés, ni aux personnes âgées, ni à quiconque ayant un système immunitaire déficient.

Malgré cela, l'existence du stock de vaccins l'avait bien secoué et, juste avant l'aube, il avait envisagé d'abandonner son plan et de chercher une autre arme. Mais, une fois de plus, le développement exponentiel de la connaissance scientifique – ou Allah – vint à son secours.

Creusant encore plus profond dans sa documentation, il tomba sur un rapport de recherches d'un groupe de scientifiques australiens. Dans un laboratoire à Canberra, la capitale du pays, ces scientifiques avaient essayé de contrôler le cycle de reproduction des souris. Travaillant sur la variole des souris, une maladie très proche de la variole, ils avaient isolé et prélevé un gène du système immunitaire appelé IL-4 et l'avaient introduit dans le virus. Ce qu'ils avaient découvert était stupéfiant : le virus annihilait tout vaccin administré aux souris et les éliminait toutes.

L'addition d'un gène – et d'un gène seulement – avait transformé le virus en tueur de vaccin.

Reprenant espoir, le Sarrasin se remit sur la piste obscure de la recherche. Dans des recoins peu visités du Web, ne suivant souvent rien d'autre que des pistes ténues évoquées dans des forums scientifiques, il découvrit qu'un certain nombre de chercheurs dans le monde avaient tenté de reproduire le résultat des Australiens avec plus ou moins de réussite.

Alors que la lumière du jour inondait le monde hors de sa tanière, il tomba sur un rapport tout récemment mis en ligne de plusieurs scientifiques hollandais, spécialistes du monde agricole, qui travaillaient sur le cow pox. Ils avaient décidé d'isoler et de prélever un gène légèrement différent pour l'introduire dans le virus et avaient non seulement réussi à échapper à l'action du vaccin, mais étaient parvenus à répéter ce processus de façon systématique.

Le Sarrasin savait que le gène en question était disponible chez les mêmes entreprises qui lui avaient fourni les paires de base d'acide nucléique. Il le commanda immédiatement, ouvrit le minuscule paquet deux jours plus tard, et entraîna la science dans des eaux inexplorées.

Il savait que la dose massive de vaccin qu'il s'était injectée ne lui assurerait aucune protection s'il réussissait à mettre au point un virus de la variole pour la fabrication d'armes biologiques : ce serait comme se retrouver nu dans la zone de contamination. C'est pourquoi il vola à l'hôpital une tenue de protection complète contre les agents biologiques, puis, se dirigeant vers la côte, il roula lentement à la recherche d'un magasin d'articles de plongée. Il y acheta quatre bouteilles d'oxygène et un détendeur d'air qu'il paya en espèces, les chargea à l'arrière de sa voiture et retourna dans sa tanière.

Chaque fois qu'il travaillait sur son virus résistant au vaccin, il mettait vingt minutes à enfiler sa tenue et à s'équiper du système respiratoire qu'il avait spécialement bricolé, mais les manipulations scientifiques en elles-mêmes étaient faciles. Grâce au savoir-faire qu'il avait acquis, mais aussi parce que le nouveau gène ne renfermait que trois cents lettres environ, il ne lui fallut qu'un mois pour finir l'épissage et l'introduction dans le virus.

C'était ce cataclysme potentiel que contenaient les deux ampoules avec le zéro en plus, et il y avait une raison simple pour laquelle le Sarrasin les avait apportées en Afghanistan : tout ce travail remarquable n'aurait servi à rien s'il avait commis une erreur et que ce virus n'était pas opérant. Il était bien conscient que la variole ne frappait que les humains. Même nos parents les plus proches comme les chimpanzés ou les bonobos n'étaient pas susceptibles de l'attraper. Ce qui signifiait que la seule façon d'être certain que son virus était aussi mortel que l'original et résistait au vaccin était de conduire une expérimentation sur l'homme.

Ce fut au fin fond des montagnes de l'Hindu Kush qu'il projeta de trouver les trois sujets nécessaires à cette sinistre expérimentation.

Laissant loin derrière lui la province de Kunar et ses patrouilles américaines, il trouva le lit d'une rivière à sec qui servait maintenant de route, compte tenu du délabrement des infrastructures du pays. Pendant des jours et des jours, il la suivit à pied, les camions et Toyota tout-terrain projetant sur lui de la poussière au passage, mais, finalement, par une matinée de canicule, il fut presque arrivé à destination : devant lui, se découpant sur le ciel, il aperçut quatre hommes à cheval armés d'AK-47 qui montaient la garde.

Le Sarrasin fit avancer sa petite caravane, prit une courbe de la rivière et vit à quelque distance devant lui un bourg de pisé et de pierre qui semblait n'avoir pratiquement pas changé depuis le Moyen Âge. Sur l'autre rive, commandant un défilé qui s'enfonçait dans la montagne, un ensemble de bâtiments solidement fortifiés se dressaient sur un pic rocheux.

Fort britannique au XIXe siècle, ils avaient été transformés en habitations, bastion et siège du pouvoir régional. Le Sarrasin passa sous les vestiges d'un pont routier, grimpa sur du bitume plein de nids-de-poule et se dirigea vers le fort. À mi-chemin, sur ce qui avait été autrefois une route importante, il marcha entre des éboulis de rochers énormes et, arrivé de l'autre côté, se trouva nez à nez avec deux des cavaliers.

Ils bloquaient la route, leurs armes pointées avec décontraction sur sa poitrine. Le Sarrasin savait qu'ils ne seraient que trop heureux de presser sur la détente.

« Qui es-tu ? » demanda le plus âgé des deux, qui avait des incrustations dorées sur la crosse de son arme.

Le Sarrasin allait répondre mais y renonça, se rendant compte que le nom qu'il utilisait – le nom figurant sur son passeport – ne leur dirait rien. Il montra plutôt l'entrée du fort.

« Transmets-lui un message, s'il te plaît. Dis-lui que le jeune homme au Blowpipe est de retour. »

32

Au cours des années écoulées depuis leur dernière rencontre, le seigneur Abdul Mohammad Khan en était venu à ressembler plus à un tableau du Moyen Âge qu'à un seigneur de la guerre. Sa peau avait la texture du cuir repoussé et il portait la longue robe afghane traditionnelle de la plus fine étoffe, une dague en or comme symbole de son autorité, et des bottes en cuir de veau cirées à outrance. Malheureusement, l'effet était ruiné par sa Rolex en or, aussi grosse qu'un micro-ondes.

Les années ne l'avaient pas épargné – les années n'épargnent personne en Afghanistan – mais, contrairement à beaucoup de ses contemporains, il y avait une chose dont il pouvait se vanter : il était toujours vivant.

Désormais presque septuagénaire, il était le chef de guerre, le patriarche de son clan, et les soldats comme les visiteurs s'écartèrent sur son passage avec déférence en le voyant sortir en boitant de son enceinte pavée. Tous se demandaient qui était l'homme musclé qui s'était présenté à l'entrée et que le seigneur Khan s'empressait d'aller accueillir aïnsi.

Certains suggérèrent que c'était un ancien compagnon d'armes, un héros des *moudjahidin*, tandis que d'autres disaient qu'il s'agissait d'un médecin venu soigner Khan pour une terrible maladie. Quel qu'ait été le passé de l'étranger, il lui fut accordé un honneur refusé à tous les autres : le grand Khan, qui avait passé son bras autour de ses épaules, l'escorta personnellement jusqu'à sa salle d'audience richement décorée.

Cette pièce était autrefois le bureau du commandant britannique de la frontière du Nord-Ouest, si bien qu'elle avait une grande hauteur sous plafond, une cheminée importée d'Angleterre et une estrade sur laquelle était placé le bureau du commandant. Elle était maintenant recouverte de tapis anciens et de coussins de soie, dignes de figurer dans un musée, en provenance de palais iraniens et chinois. Dans un coin, de l'encens se consumait dans un brasero d'or et il y avait tout ce qu'il fallait pour faire du thé dans la cheminée. Mais de tous les beaux objets exotiques de la pièce, c'était le mur face à la cheminée qui monopolisait l'attention de tous les visiteurs.

De ses yeux aux paupières en capote de fiacre, Khan observa le Sarrasin qui découvrait les blocs massifs de ciment pris dans le mur. Le visiteur s'immobilisa et contempla le bas-relief des membres s'agitant et des visages hurlant des deux hommes qui avaient trahi

Kahn, saisis pour l'éternité – fixés – au moment de leur mort. Sans savoir pourquoi, il s'était toujours imaginé que ces hommes devaient être très jeunes, mais maintenant, il voyait que c'étaient des guerriers dans la fleur de l'âge – grands et lourdement armés –, ce qui donnait encore plus de poids à leur terreur.

Le Sarrasin s'approcha. Les années et la fumée avaient donné au bloc une patine couleur de miel et leur ressemblance avec un bronze le frappa. Le seigneur Khan vint se placer à côté de lui. « Ma sculpture te plaît ? Tu sais comment ils s'appellent ? »

Le Sarrasin secoua la tête. On lui avait raconté l'histoire à plusieurs reprises, mais c'était un détail qu'il ignorait.

« Dumb et Dumber[1] », dit le seigneur de guerre, et il partit d'un grand éclat de rire. « C'est comme ça qu'un type de la CIA les a baptisés, quand il est passé il y a quelques années. Maintenant, tout le monde les appelle comme ça. »

Le Sarrasin se raidit. « La CIA vient souvent ici ?

— Tous les deux ou trois ans, dit le seigneur Khan en haussant les épaules. Ils essaient toujours d'acheter mon soutien au profit de la faction qui a leur faveur ce mois-là. » Il s'avança vers la cheminée. « Je n'ai jamais accepté leur argent mais je dois reconnaître que j'aime bien leur sens de l'humour. »

Un vieil homme assis en tailleur dans l'ombre, les yeux brouillés par la cataracte, se déploya afin de préparer le thé pour son maître et l'invité. Le seigneur Khan l'arrêta et se tourna vers le Sarrasin, désignant

---

1. Film américain racontant l'histoire de deux idiots dont l'un l'était encore plus que l'autre.

son personnel et une douzaine de gardes du corps répartis dans la pièce. « Tu veux qu'ils s'en aillent ? »

Le Sarrasin acquiesça. La discrétion était exactement ce dont il avait besoin. Khan sourit. « Je m'en doutais. Personne ne vient en Afghanistan juste pour une visite de courtoisie. »

Pendant que la pièce se vidait, il commença à mettre des cuillerées de feuilles de thé dans un pot. « Tu te rappelles la dernière fois que je t'ai servi le thé ?

— La guerre était finie. Nous levions le camp ; toi et moi étions dans la cuisine, en train de fumer une cigarette. »

Le visage du seigneur Khan s'adoucit. Il y avait eu de bons moments, pleins de camaraderie et de courage, et il aimait à se les remémorer. « Je rentrais chez moi, et tu te préparais pour une route beaucoup plus longue. »

Le Sarrasin ne dit mot et, prenant deux tasses délicates sur l'étagère, les plaça près du feu pour les chauffer.

« La dernière fois que j'y suis allé, enchaîna tranquillement le seigneur Khan, les palais et la puissance de la Maison des Saoud étaient toujours là.

— Pour combien de temps encore ? demanda le Sarrasin sur le même ton. Nous saurons peut-être assez vite s'ils peuvent survivre sans l'aide de l'ennemi éloigné. »

Les deux hommes se regardèrent. « Quand j'ai appris que tu étais médecin itinérant, je me suis demandé si tu avais changé, si tu t'étais adouci avec l'âge… » Puis il ajouta, presque dans un murmure : « Tu œuvres toujours pour Dieu, alors ?

— Toujours. J'ai besoin de trois personnes, Abdul Mohammad Khan ; trois personnes inutiles. Si tu peux m'aider, je suis sûr que Dieu t'en sera reconnaissant.

— Que veux-tu dire exactement ? Inutiles à quel point ? »

Le Sarrasin ne répondit pas ; il se tourna et regarda Dumb et Dumber.

« Oh, s'exclama le seigneur Khan, à ce point ! » Il avait besoin de temps pour réfléchir, si bien qu'il marcha jusqu'au balcon surplombant la cour et lança des ordres aux soldats rassemblés en dessous. Quels que soient les dangers, il n'avait pas le choix : le Sarrasin avait été prêt à risquer sa vie pour Khan et les siens, et c'était une dette dont il ne pourrait jamais s'acquitter. Il revint finir de préparer le thé. « Une préférence en ce qui concerne les prisonniers ?

— Des juifs seraient parfaits », dit le Sarrasin.

Le seigneur Khan rit de la plaisanterie. « C'est ça, je vais aller voir à la synagogue du coin. »

Le Sarrasin sourit à son tour. Ils savaient l'un et l'autre qu'il n'y avait plus de juifs en Afghanistan depuis des décennies, pas depuis que les derniers représentants de cette communauté autrefois prospère avaient été obligés de fuir pour sauver leur peau.

« Sérieusement, continua le Sarrasin, il faudrait qu'ils soient jeunes et en bonne santé. Mais pas des musulmans.

— Ni des Américains, ajouta le seigneur Khan. Tu en enlèves un, et c'est des problèmes à n'en plus finir pour tout le monde. »

Le Sarrasin approuva : « Si on exclut les musulmans, ça veut dire que ce seront des étrangers, et ça créera déjà assez d'ennuis sans qu'on en rajoute. »

Il y avait de très bonnes chances pour que le projet aboutisse, se dit le seigneur Khan. L'Afghanistan pullulait de victimes potentielles : des fonctionnaires de l'aide européenne, des missionnaires chrétiens, des ouvriers anglais travaillant à la reconstruction, des journalistes internationaux.

Bien qu'il n'en dise mot, il connaissait aussi des gens qui, pendant des années, avaient pratiqué le business de l'enlèvement contre rançon. Il s'agissait d'une bande d'une dizaine de frères et de cousins qui s'étaient battus sous ses ordres à une époque et vivaient maintenant de l'autre côté de la frontière, en Iran. Et, ce qui ne gâtait rien, c'était qu'ils donneraient leur vie pour Abdul Mohammad Khan s'il le leur demandait. Il avait un jour sauvé la vie de leur mère.

« Une dernière chose, précisa le Sarrasin. Il n'est pas indispensable que les prisonniers soient des hommes. »

Cela plut au seigneur Khan ; c'était bien plus facile avec les femmes. Elles étaient plus difficiles à enlever, mais plus faciles à maîtriser et à cacher : aucun soldat étranger ne se risquerait à regarder sous le voile noir et la *burqa*.

« Tu me donnes trois semaines ? » demanda Khan. Le Sarrasin n'en revint pas. Il aurait attendu trois mois s'il l'avait fallu. Ne trouvant pas de mots pour exprimer sa gratitude, il s'avança vers le vieux guerrier et l'étreignit chaleureusement.

Leur affaire conclue, le seigneur Khan tira sur un cordon de sonnette, rappelant son personnel dans la pièce. Il ne le dit pas, mais moins de temps il passait seul à seul avec le Sarrasin, plus il lui serait aisé de nier toute connaissance des événements à venir.

« Et toi, mon ami ? s'enquit-il cependant que la porte s'ouvrait et que ses gardes entraient. As-tu le bonheur d'avoir une épouse ? »

Le seigneur Khan faisait la conversation à l'intention de ses serviteurs, mais il vit à l'ombre qui passa sur le visage de son visiteur que ce n'était pas la question à poser.

« J'ai eu ce bonheur, répondit le Sarrasin. Juste après avoir eu mon diplôme de médecin, je suis allé à Gaza, dans le camp de réfugiés de Jabalia. Je savais que c'était là que les besoins étaient les plus criants. »

Plusieurs gardes et serviteurs échangèrent un regard. Gaza n'était pas un endroit à prendre à la légère ; c'était sans doute le seul au monde à côté duquel l'Afghanistan semblait sûr.

« J'étais allé écouter une femme qui donnait une conférence sur la situation là-bas quand j'étudiais la médecine à Beyrouth ; c'est elle qui m'a sensibilisé à l'idée d'ennemi éloigné, continua le Sarrasin. Je l'ai retrouvée à Gaza. Deux ans plus tard, nous étions mariés, et… » Il serra le poing puis haussa les épaules, ce simple geste traduisant mieux la perte que n'importe quel mot.

« Comment est-elle morte ? » demanda le seigneur Khan. Dans la pièce, tous les yeux étaient tournés vers le visiteur.

« Une roquette israélienne ; elle était dans une voiture, comme passagère. »

Un long silence s'ensuivit. Aucune des personnes présentes n'avait quoi que ce soit à ajouter ; il y avait longtemps que tout ce qu'ils pouvaient ressentir au sujet des Israéliens avait déjà été dit.

« Était-elle visée ? finit par demander le seigneur Khan.

— Ils ont dit que non. Dommage collatéral. Mais tu connais les sionistes, ils mentent tous. »

Khan fit oui de la tête et parla sur un ton empreint de respect. « Que la paix soit sur elle. Quel était son nom ? Je prierai pour elle.

— La plupart des gens la connaissaient sous le nom d'Amina Ebadi. Ma femme, la mère de mon unique enfant. »

33

Cette nuit-là, le Sarrasin installa son petit dispensaire de fortune sur la véranda de la maison d'amis, et il s'y trouvait, deux jours plus tard, en train de s'occuper d'un enfant dont la jambe avait été brisée, quand il vit le seigneur Khan et ses gardes du corps sortir à cheval.

Il se disait dans la forteresse et en ville que le seigneur de la guerre avait décidé de se rendre sur les tombes éloignées de ses cinq frères cadets, tous tués dans différents conflits mais, en réalité, il poussait son cheval vers la frontière iranienne.

Il revint trois semaines plus tard, épuisé, se plaignant d'une vive douleur au bras gauche, ce qui n'était qu'une excuse pour sortir le médecin itinérant de son lit. Ils se retrouvèrent seuls dans la maison d'amis à boire du thé une fois de plus, le Sarrasin écoutant attentivement le seigneur Khan qui lui disait de se tenir prêt à partir aussitôt après la prière de l'aube.

Sur une carte d'état-major de l'armée américaine, Khan montra au Sarrasin l'itinéraire, les six cent cinquante kilomètres de routes difficiles devant lui. Évitant les villages, et sans quitter les anciennes pistes de ravitaillement des *moudjahidin*, il allait devoir voyager seul à travers l'un des territoires les plus hostiles et les plus reculés sur terre. À deux mille cinq cents mètres d'altitude, à mi-chemin d'une montagne qui n'avait jamais eu de nom, juste une côte, il trouverait un poste d'observation avancé des Soviétiques, laissé en ruine des années plus tôt.

Là, il prendrait contact avec un groupe d'hommes et, dans la solitude des hauts sommets, loin de toute civilisation, ses prières seraient exaucées.

« Est-ce que les prisonniers ont déjà été enlevés ? demanda le Sarrasin, le cœur battant.

— Ce soir. On les a surveillés et choisis : deux hommes et une femme. La femme est enceinte. »

34

Le Sarrasin ne vit pas les huit tribaux qui amenaient la marchandise. Il faisait nuit et c'est en silence qu'ils arrivèrent à l'ancien poste d'observation, les sabots de leurs chevaux enveloppés dans des morceaux de tissu pour en étouffer le bruit.

Personne, en réalité, ne vit l'étrange caravane, même au cours de la semaine précédant leur arrivée. Pendant sept jours, ces hommes avaient installé leur camp juste avant l'aube, dormi pendant la journée et voyagé de nuit aussi vite que leurs chevaux le leur permettaient.

Je le sais parce que bien plus tard – après les événements de ce triste été – une équipe des Forces spéciales et d'agents de la CIA franchirent secrètement la frontière iranienne, prirent d'assaut le village fortifié de ces hommes, et les interrogèrent jusqu'au « préjudice extrême », selon la formule consacrée. Je suis sûr qu'aucun des huit ne s'en est jamais tout à fait remis.

Il est vrai que même ces hommes ne restèrent pas sur la montagne 792 assez longtemps pour être au courant de ce qu'y fit exactement le Sarrasin. Ayant vu toutes les preuves secrètes et, comme je l'ai déjà dit, le connaissant mieux que n'importe qui, je suis sans doute le mieux placé pour savoir ce qui s'est passé là-haut dans ces montagnes, un lieu qui, malgré les prières rituelles constantes du Sarrasin, a dû donner un tout autre sens à l'expression « oublié de Dieu ».

Même si les hommes des tribus étaient venus sans un bruit, le Sarrasin savait qu'ils étaient là. Arrivé quatre jours plus tôt, il avait installé son camp dans le vieux bunker du poste d'observation, creusé profondément dans la roche, et c'est à l'intérieur de cette caverne qu'il se réveilla en sursaut. Que ce fût son intuition de combattant ou l'agitation inhabituelle de ses propres chevaux, il sut qu'il n'était plus seul sur la montagne.

Étendu immobile, il se dit qu'ayant choisi l'aube d'une nuit sans lune, et rendu leurs chevaux les plus discrets possible, les kidnappeurs ne voulaient pas être vus, même par lui ; il ne se leva donc pas pour les accueillir.

Au bout d'une demi-heure, il crut entendre un claquement de rênes, comme si l'on mettait un cheval au trot pour redescendre la montagne, mais il n'en fut pas certain. Il laissa passer à nouveau vingt minutes, puis sortit du bunker sur le plateau rocheux.

À mi-chemin de leur descente, les tribaux, qui faisaient une pause pour désaltérer leurs montures, se retournèrent et distinguèrent la faible lueur d'une lampe-tempête. Ce fut tout ce qu'ils virent de celui qui, très bientôt, deviendrait l'homme le plus recherché au monde.

Ils avaient laissé les trois prisonniers enchaînés à des pitons qui avaient jadis servi à haubaner une antenne de communication, et c'est ainsi que le Sarrasin les découvrit, pieds et poings liés, bâillonnés, la femme à moitié enveloppée dans la robe noire qui avait servi à la travestir pour cette équipée sauvage.

Rassuré de les voir convenablement attachés, le Sarrasin s'approcha d'eux et souleva la robe de la femme pour l'examiner de plus près. Sa chemise en coton était froissée et déchirée, et son jean n'avait plus de boutons à la braguette. Il ne put s'empêcher de se demander ce qui avait pu se passer pendant le voyage : pour être de pieux musulmans, les hors-la-loi qui l'avaient enlevée n'en étaient pas moins hommes.

Son ventre était à peine couvert par sa chemise en lambeaux et, en sa qualité de médecin, le Sarrasin estima la grossesse à quatre mois environ. Un autre homme, moins religieux et plus humain, aurait pu s'en émouvoir. Pas le Sarrasin : pour lui, les prisonniers n'étaient pas des êtres humains, mais un cadeau de Dieu.

Suspendus au piètement métallique qui avait autrefois supporté une paire de jumelles soviétiques, se trouvaient les clés de leurs menottes, mais aussi leurs passeports et leurs portefeuilles.

Sous les yeux des prisonniers bâillonnés, le Sarrasin ouvrit les documents et apprit que la femme était une Italienne âgée de vingt-huit ans, célibataire, et qu'elle travaillait pour l'organisation humanitaire WorldVision. Il supposa qu'elle avait été enlevée lors d'une mission sur le terrain, probablement trahie par les gens qu'elle essayait d'aider.

Il retourna le passeport de la femme et jeta un œil à la photo. C'était une jolie femme : de longs cheveux bruns, un sourire franc, et des yeux d'un beau vert. Ces yeux-là ne quittaient pas le visage du Sarrasin, essayant d'exprimer quelque chose, suppliant, mais il les ignora et porta son attention sur les hommes.

Le plus jeune était japonais. Vingt-cinq ans environ, les cheveux en brosse, un tatouage de fil de fer barbelé autour d'un avant-bras musclé. Le Sarrasin avait vu suffisamment de témoignages de la culture populaire au Liban pour savoir que cet homme était du genre branché. Il lui déplut immédiatement. D'après ses papiers d'identité, c'était un ingénieur du son en freelance. Compte tenu du danger qu'il y avait à travailler en Afghanistan et de la demande insatiable des chaînes d'informations continues, il devait gagner une fortune, ce qui expliquait les quatre mille dollars et les petits sachets de cocaïne glissés dans le rabat de son portefeuille.

Le type enchaîné à côté de lui, le plus âgé et le plus calme d'entre eux, était un ingénieur néerlandais. Son passeport indiquait qu'il était âgé de quarante-six ans, et les photos de son portefeuille révélaient qu'il était le père de trois adolescents. Les visas montraient que sa carrière l'avait conduit dans des postes exposés – Nigeria, Irak, Bosnie, Koweït – et qu'il avait survécu chaque fois. Pas cette fois, *Inch'Allah*, pensa le Sarrasin.

Il les regarda tous à nouveau. Son visage n'en laissait rien paraître, mais il était ravi : ils étaient solides physiquement, et tous en bonne santé, lui disait son œil de médecin. Si son virus artisanal les tuait, il tuerait n'importe qui.

Il y avait un autre aspect positif : compte tenu de la situation, ils étaient relativement calmes et il devina que leurs kidnappeurs leur avaient affirmé qu'ils feraient l'objet d'une transaction financière classique. À part le pavot à opium et le chanvre indien, les enlèvements contre rançon étaient devenus pratiquement le seul secteur en expansion en Afghanistan. Les ravisseurs avaient dû dire à leurs victimes que tant qu'ils se tiendraient tranquilles et que leurs employeurs joueraient le jeu, il ne leur serait fait aucun mal. Deux semaines de vie à la dure, puis ils retrouveraient leur résidence climatisée, leur employeur allégé de quelques centaines de milliers de dollars, et quelques villages sans eau courante ni ressources auraient de quoi vivre une dizaine d'années.

Le Sarrasin leur enleva leur bâillon et leur jeta trois bouteilles d'eau. Ils avaient à peine fini de boire qu'ils tentèrent de communiquer avec lui. Comme l'anglais était la seule langue qu'ils avaient en commun tous les trois, c'est celle qu'ils essayèrent en premier. Le Sarrasin haussa les épaules, feignant de ne rien comprendre. Face à cet échec, la femme se hasarda aux quelques bribes d'ourdou, la langue nationale du Pakistan, qu'elle avait apprises en y travaillant. Ensuite ce fut au tour du dari, la langue la plus répandue en Afghanistan, mais la prononciation des trois prisonniers était si mauvaise et leur vocabulaire si limité qu'ils n'auraient même pas su quoi dire s'il avait répondu.

Au lieu de cela, il se mit à leur parler rapidement en arabe, et ce fut à leur tour d'avoir l'air embarrassé. Faisant mine d'avoir perdu tout espoir d'arriver à communiquer, le Sarrasin rentra à l'intérieur du bunker. Il était en train de sortir les chevaux quand il entendit les trois prisonniers parler tout bas, en anglais, leur discussion lui confirmant ce qu'il avait subodoré : ils étaient certains d'avoir été enlevés pour une rançon. Le Japonais branché leur suggéra même de secouer leurs chaînes pour donner aux survols d'AWACS[1], ou à tout autre moyen pouvant être employé, la meilleure chance de les retrouver.

L'ingénieur néerlandais, qui avait observé le Sarrasin, n'était quant à lui pas du tout convaincu que ce n'était qu'un sous-fifre. Dans l'économie de mouvements, l'énergie retenue dont leur geôlier faisait preuve, il y avait quelque chose qui lui disait qu'il valait mieux éviter de s'y frotter. Il avait noté ces mêmes qualités chez les combattants du Kosovo, les hommes les plus coriaces qu'il ait jamais connus.

« Je crois que nous devrions laisser les négociateurs régler ça, conseilla-t-il. Nous avons un dicton en Hollande : "Si tu es dans la merde jusqu'au cou, quoi que tu fasses, évite de faire des vagues." »

Avant qu'ils ne puissent poursuivre la discussion, le Sarrasin leur cria quelque chose. Le geste de fermeture Éclair qu'il mima sur sa bouche était clair : il exigeait le silence et, lorsqu'il sortit un tapis de prière d'une sacoche de selle, ils comprirent pourquoi. L'aube se levait et c'était l'heure de la première prière du jour.

Dès qu'il eut fini, le Sarrasin ramassa son AK-47, enleva le cran de sûreté, le mit en position de tir auto-

---

1. Airborne Warning and Control System, système de détection et de commandement aéroporté : stations radar montées sur des avions de guet qui surveillent un vaste espace aérien.

matique et leur ôta les bracelets qu'ils avaient aux chevilles. L'un après l'autre, les mains toujours menottées, il les hissa sur le dos des chevaux, appuyant un peu fort sur le bras du Japonais, blessé au cours de son enlèvement, faisant ainsi preuve d'une brutalité particulière à son égard. Personne n'allait agiter ses chaînes pendant ce déplacement.

Le premier jour de voyage fut le plus facile mais, à la tombée de la nuit, les trois prisonniers épuisés avaient les fesses meurtries à force d'être restés en selle. Le Sarrasin leur ordonna de mettre pied à terre, les menotta à nouveau avec un bout de chaîne attachée à un piquet qu'il avait enfoncé dans le sol et entreprit de préparer un feu pendant qu'ils s'agitaient derrière les rochers pour faire leurs besoins.

Leur tournant le dos, il prépara du thé noir suffisamment sucré pour dissimuler le goût du puissant sédatif dont il l'avait additionné. Tout au long de cette dure journée, il avait refusé de faire passer les bidons d'eau malgré leurs mimiques implorantes, et les prisonniers burent avidement et longuement ce thé. Le Sarrasin jeta des couvertures au sol à côté du feu et, une heure plus tard, toute sa cargaison, toujours enchaînée et menottée, avait glissé dans un étrange et profond sommeil.

Le Sarrasin s'approcha de la femme, qui était à plat ventre, jambes écartées, un genou remonté, et s'agenouilla près d'elle. Les deux hommes étant inconscients, il n'y avait aucun risque qu'il soit dérangé, et il baissa le jean dont les boutons manquaient jusqu'à ce qu'apparaisse son slip blanc.

Son regard s'attarda un moment, puis sa main toucha la fesse exposée et glissa lentement vers la douceur de l'intérieur de sa cuisse. Au dernier moment il se rappela qu'il était homme de Dieu et médecin, et il s'arrêta. Il se détourna et, prenant une profonde inspiration, leva les yeux vers la nuit étoilée. Il murmura une prière implorant le pardon, mit quelques minutes à se calmer puis ouvrit le petit rouleau de matériel médical qu'il avait été prendre sur le cheval de bât plus tôt dans la soirée. À l'intérieur, il y avait un tube de gel anesthésique, une seringue à double action et les deux dernières ampoules de vaccin contre la variole qu'il avait volées dans le laboratoire en Syrie.

Pendant la longue chevauchée du jour, il avait décidé qu'elle serait la meilleure candidate pour vérifier que le virus allait vaincre le vaccin. Par conséquent, il devait l'immuniser aussi vite que possible. Il avait vite écarté l'idée de la vacciner au bras : elle aurait pu repérer la marque de la piqûre. Il en avait conclu que le meilleur point d'injection était au bas des fesses. Elle ne pourrait pas le voir et penserait très certainement que la douleur provenait d'une meurtrissure de la selle.

La brève tentation mise à part, la vaccination se déroula sans difficulté et, le lendemain matin, la femme se réveilla avec de la fièvre, une migraine épouvantable et une inflammation douloureuse aux fesses.

Le Sarrasin entendit les hommes avancer l'idée que quelque chose l'avait piquée pendant la nuit et les regarda lui mimer que la femme aurait des difficultés à remonter à cheval. Le Sarrasin leur mima en retour qu'il s'agissait juste d'une meurtrissure de la selle, leur donna des bidons d'eau pleins et plaça une couverture sur la selle de la femme pour la rembourrer. Il l'aida même à se hisser dessus.

Pendant six jours, ils voyagèrent de jour et de nuit, ne s'arrêtant que lorsque le Sarrasin était trop épuisé pour continuer. Il chevauchait derrière les trois autres en utilisant une corde à nœuds pour tenir les chevaux, parfois même maintenir leurs cavaliers réveillés et en mouvement.

Vingt-quatre heures après l'inoculation, la fièvre de la femme commença à baisser et, bien qu'il n'eût aucun moyen de le vérifier – sauf à lui enlever son jean pour voir s'il y avait une cicatrice –, il eut la conviction que le vaccin avait pris.

Grimpant toujours plus haut, ils prirent une longue route en lacets pour éviter toute zone habitée et s'enfoncèrent dans la partie la plus désolée de l'Hindu Kush. Malgré leur écrasante fatigue, les prisonniers n'étaient pas surpris par le rythme imposé par le Sarrasin : en Afghanistan, kidnappeurs et kidnappés savaient qu'une des règles du business était qu'aussitôt après l'enlèvement la marchandise devait bouger sans cesse.

Cela ne rendait pas le voyage plus facile pour autant et, quand le Sarrasin parvint enfin à destination, les prisonniers étaient dans un tel état d'épuisement que ce fut tout juste s'ils étaient encore conscients. Ils levèrent des têtes dodelinantes – il était juste après minuit – et virent un village abandonné, caché, tellement perdu que même un gardien de troupeau aurait été bien en peine de le trouver dans ces montagnes.

Mais pas le Sarrasin. Lui le connaissait parfaitement bien.

35

Laissant les prisonniers menottés, il entrava les chevaux à l'entrée du village, tint son arme prête et s'en fut retrouver les jours grisants de sa jeunesse.

Dans son laboratoire au Liban, il était arrivé à la conclusion qu'il n'y avait qu'un endroit suffisamment isolé pour conduire son expérimentation humaine : le village en ruine où il avait bivouaqué pendant plus d'un an à l'époque de la guerre contre les Soviétiques.

Et là, en parcourant ses rues défoncées – chaque bâtiment familier, chaque foyer noirci chargé de souvenirs –, il lança une salutation à la cantonade. « *Allah Akbar* », claironna-t-il.

Il n'avait aucun moyen de savoir si les talibans, un groupe de réfugiés de guerre ou l'une de ces interminables caravanes acheminant la drogue avaient colonisé cet endroit, et il n'avait pas l'intention d'y amener ses prisonniers avant d'avoir la certitude d'être seul.

« *Allah Akbar.* » Dieu est grand. Et la seule réponse qu'il reçut fut le bruit du vent, ce vent mordant et persistant qu'il se rappelait si bien et qui soufflait jusqu'en Chine. Convaincu d'être seul, il tourna après la vieille mosquée et pénétra dans la cantine où il avait partagé une cigarette pour la première fois avec Abdul Mohammad Khan.

Les fantômes dansaient tout autour de lui. Il revoyait les visages barbus des autres *moudjahidin* assis en demi-cercle, adressant leurs dernières requêtes au grand seigneur de la guerre. Ils étaient tous si jeunes alors, si vivants. Pour le Sarrasin, c'était avant qu'il ne se marie, avant qu'il n'ait un enfant et, l'espace d'un instant, il se rappela ce qu'était avoir un si long chemin devant soi et un si court derrière.

Il sortit de sa rêverie, alluma un feu dans l'âtre, pour la première fois sans doute depuis que les *moudjahidin* étaient partis et installa une étable de fortune là où, autrefois, on stockait le grain. Ce n'est qu'alors qu'il fit venir les prisonniers, les enchaîna aux vieux éviers, remplit à nouveau leurs bouteilles d'eau, et leur donna à chacun deux des biscuits de ration dont ils avaient été nourris depuis leur capture et qu'ils commençaient à avoir en horreur.

Ils les mangèrent machinalement, trop épuisés pour y trouver à redire, et ne prirent même pas la peine d'étaler leur tapis, se couchant en boule sur un tas de vieille paille qui se trouvait dans un coin. Ce serait la dernière nuit sans fièvre que passeraient jamais les deux hommes.

Le lendemain matin, les trois prisonniers furent réveillés par des coups de marteau. Déjà levé depuis des heures, le Sarrasin reconstruisait l'un des entrepôts en pierres perchés au bord de la falaise, non loin de la mosquée. Par des fentes dans le mur, ils constatèrent qu'il en avait déjà réparé une partie. À présent, il se servait d'un des chevaux pour tirer une porte en bois massif qui allait remplacer celle, peu solide, qui était sortie de ses gonds. Il était clair que ce serait leur prison.

Le Sarrasin n'entra dans la cantine qu'une seule fois, pour récupérer le panneau de verre trempé des cartons contenant ce qui apparut aux prisonniers comme des fournitures médicales. Ils le regardèrent retourner sur son chantier et installer le panneau à mi-hauteur d'un mur et le sceller dans la pierre avec un mélange de boue et de mortier. Une fenêtre ? Étrange, pensèrent les prisonniers. Mais ce n'était pas une fenêtre ; pas du tout. C'était un panneau d'observation.

Juste après le déjeuner, il les transféra sans mot dire dans ce qui devait devenir leur tombeau de pierre. Une fois à l'intérieur, ils regardèrent autour d'eux et virent qu'il avait jeté un tas de tapis de selle dans un coin pour faire un couchage, creusé une fosse d'aisance derrière un rideau de fortune et prévu une boîte de biscuits, quatre grands baquets d'eau et un poêle à bois avec une bonne réserve de combustible. Ils essayèrent à nouveau de communiquer avec lui, exigeant de savoir combien de temps ils allaient devoir rester dans cette pièce sans air, mais il se contenta de vérifier les chaînes qui les maintenaient aux anneaux scellés dans le mur et sortit.

Un peu plus tard, ils entendirent le bruit des sabots sur le chemin pavé et, en grimpant sur un des baquets d'eau pour regarder par le panneau d'observation, ils virent qu'il s'éloignait avec sa file de poneys. Où pouvait-il bien aller ? L'habitation la plus proche devait être à plusieurs jours au moins, même avec un cheval rapide, et il était peu probable qu'il les laissât sans surveillance pendant tout ce temps.

Malgré cela, ils entreprirent d'essayer de libérer les anneaux du rocher où ils étaient scellés. C'était une tâche affreusement lente et ingrate, avec pour seuls instruments des éclats de bois venant de leur réserve de combustible, et au bout de quatre heures d'efforts, alors que leurs attaques du granite et du mortier n'avaient pratiquement eu aucun effet, ils entendirent les chevaux rentrer.

Depuis la fenêtre d'observation, ils virent le Sarrasin disparaître aussitôt dans le dédale des rues et des maisons écroulées, l'entendirent creuser et donner des coups de marteau puis revenir régulièrement aux chevaux de bât pour décharger plusieurs boîtes de métal gris et au moins une dizaine de tonneaux. Où il les avait trouvés, ils n'en avaient pas la moindre idée.

Cette nuit-là, pour la première fois depuis qu'il les avait mis au tombeau, la porte de la cellule s'ouvrit. Le Sarrasin entra et, sans dire un mot, déposa trois assiettes de ce qui avait l'air d'un curry végétarien accompagné d'un tas de pains plats circulaires que les Afghans appellent des *naans*. C'était leur premier repas chaud en presque deux semaines, et les prisonniers se jetèrent dessus avec voracité. Si simple qu'ait été cette nourriture, l'ingénieur néerlandais dit en riant que c'était le meilleur repas qu'il eût jamais mangé.

En moins d'une heure, ils furent pris d'un étrange et lourd sommeil. Pas étonnant : les *naans* et le curry étaient tous deux arrosés d'un barbiturique appelé pentobarbital, un somnifère si puissant qu'il est recommandé par la plupart des groupes en faveur de l'euthanasie.

Peu avant 2 heures du matin, le Sarrasin, portant un petit kit chirurgical et une lampe à pétrole, entra à nouveau dans la cellule. Avec sa tenue noire de protection intégrale contre les périls biologiques, ses gants doublés de Kevlar et un casque à visière en plastique transparent, il était terrifiant. Dans le dos, il avait une bouteille d'oxygène qui, au moyen d'un régulateur, alimentait en air sa tenue de survie parfaitement étanche.

Travaillant vite, tâchant d'économiser au maximum

son oxygène, il s'agenouilla à côté de la femme, lui enleva son jean, écarta son slip qui sentait mauvais et examina le point de vaccination. Avec une tranquille satisfaction, il vit que le point d'injection était bien plat et sut que le vaccin avait parfaitement pris. Elle était aussi bien protégée que la science moderne le permettait.

Il remit ses vêtements en place et s'affaira d'abord sur l'ingénieur du son. Il remonta la manche de son T-shirt et regarda son tatouage en forme de fil de fer barbelé. Le Sarrasin détestait les tatouages ; il choisit cet endroit.

Il prit une seringue et en vérifia le piston à travers le plastique transparent de sa visière. Satisfait, il prit dans son kit l'une des deux ampoules ayant un zéro supplémentaire dans son numéro de lot. Elle était fermée par un bouchon de caoutchouc spécial et, tenant la seringue dans sa main gantée de Kevlar, le Sarrasin poussa l'aiguille dans le flacon à travers le caoutchouc.

Le bruit de sa respiration accélérée crépitant dans le régulateur d'oxygène, il poussa l'air dans l'ampoule, puis tira sur le piston pour remplir la seringue de ce qui serait peut-être le gène le plus mortel de la planète. L'histoire le dirait.

À la faible lueur de la lampe – une scène digne du premier cercle de l'enfer –, l'homme dans sa tenue noire de protection intégrale se pencha sur le prisonnier et, après une ultime prière à Allah, fit lentement glisser l'aiguille dans le barbelé.

Le Sarrasin était un bon médecin, qui avait une longue pratique des perfusions, et, dans son sommeil artificiel, le jeune Japonais bougea à peine pendant que l'aiguille s'enfonçait pour trouver la veine. Le Sarrasin appuya progressivement sur le piston et regarda le niveau du liquide baisser en pénétrant dans la circulation sanguine de sa victime. En dix secondes, c'était fini ; le jeune homme poussa un petit soupir et se retourna dans son sommeil.

Le Sarrasin plaça immédiatement le flacon et la seringue dans un récipient rouge qu'il avait préalablement rempli de Lysol, un désinfectant de puissance industrielle.

Ensuite, il se tourna vers l'ingénieur néerlandais, répétant la procédure sur sa cuisse et ne s'arrêtant que lorsque, l'espace d'un instant, il crut que la piqûre initiale l'avait réveillé. Mais non, il s'était trompé. Tenant fermement la seringue, il l'enfonça et entreprit de séparer l'homme de sa femme et de ses trois enfants aussi sûrement que s'il avait tenu le canon de son AK-47 sur sa tempe.

Sa tâche terminée, il ramassa son kit chirurgical, le récipient de déchets dangereux et la lampe-tempête.

En silence – même le régulateur d'air semblait s'être calmé –, il se dirigea vers la porte, priant pour que son virus soit hyperactif et que le gène additionnel en ait fait une arme capable de vaincre tous les vaccins.

36

Je ne crois pas qu'il y ait beaucoup de bonnes façons de mourir, mais je connais une des pires : loin de chez soi et de sa famille, enchaîné comme un chien dans un village abandonné, le corps attaqué par la variole et rien qu'un visage barbu derrière un panneau d'observation pour vous entendre appeler à l'aide.

Tard le lendemain matin, tous les prisonniers s'étaient réveillés avec une migraine épouvantable à la base du crâne. Ils se demandèrent si c'était une réaction à la nourriture, mais n'imaginèrent pas un instant avoir été drogués. Pourquoi leur ferait-on une chose pareille ? Ce n'était pas comme s'ils risquaient de s'échapper. Ils étaient attachés à des anneaux dans une cellule de pierres.

Quand les deux hommes finirent par se traîner pour se laver à un petit baquet, ils découvrirent l'un et l'autre ce qui ressemblait à une petite morsure : une zone rouge, sur le biceps tatoué de l'un et sur la cuisse de l'autre. Ils pensèrent immédiatement à un scorpion ou à une araignée et se mirent à explorer chaque millimètre de la cellule en se servant de la lampe à huile ; en vain.

Au cours des douze jours suivants, les fièvres et les sueurs nocturnes ne firent qu'empirer. Il revint à la femme d'essayer de s'occuper d'eux dans la cellule étouffante. Elle changea leurs couvertures, leur apporta à manger, humecta leurs corps brûlants et lava leurs vêtements souillés. Pendant tout ce temps où elle fut au contact de leur sueur, de leurs sécrétions respiratoires et de leur salive, elle ne s'en rendit pas compte, mais elle baigna dans un océan invisible de milliards de molécules infectieuses, un endroit ou un agent pathogène d'une extrême virulence se trouvait concentré.

À un moment dans la tentative désespérée de faire entrer un peu d'air frais dans la cellule, elle monta sur l'un des baquets d'eau pour regarder à l'extérieur et attirer l'attention du Sarrasin. Ce qu'elle vit alors l'effraya plus que tout ce qu'elle avait vu durant leur long supplice ; elle ne sut dire pourquoi. Il se tenait debout à une dizaine de mètres et parlait avec animation dans un téléphone satellitaire. Jusque-là, elle l'avait pris pour un simple exécutant dans cette entreprise, et là, elle réalisa qu'il n'était peut-être pas le petit singe, mais bien le joueur d'orgue lui-même. Elle distingua clairement son visage et, d'après le mouvement de ses lèvres et les quelques mots qu'elle put décrypter, elle eut l'impression qu'il parlait anglais. Il raccrocha, se tourna et la vit derrière la vitre. La consternation suivie d'une violente colère se lurent sur son visage et elle sut à cet instant précis qu'elle avait été le témoin de quelque chose qu'elle n'aurait jamais dû voir.

Ce qui, hélas, ne fut pas pour l'aider.

Cet après-midi-là, tous les symptômes des hommes, qui s'étaient régulièrement aggravés, se développèrent à un rythme accéléré. La fièvre atteignit des sommets, les pustules qui s'étaient formées sur les membres gagnèrent leurs extrémités et se remplirent de pus ; les nuits suivantes, des rêves hallucinatoires les hantèrent, leurs veines et leurs capillaires commencèrent à exploser, la peau devenant noire à cause des hémorragies, leur corps exhalant d'étranges odeurs, et la douleur empira au point qu'ils hurlèrent pendant deux jours sans discontinuer avant de mourir, sans doute d'épuisement autant que du reste.

Toutes les deux ou trois heures, le visage du Sarrasin apparaissait derrière la vitre d'observation pour constater les progrès de sa création. Ce qu'il voyait, à sa grande joie, était le résultat d'un virus décidément très agressif et, sans qu'il en soit certain, il lui sembla qu'il s'agissait d'un type de *Variola major* appelé variole hémorragique, extrêmement virulente d'après les chercheurs anglo-saxons. Elle provoque des hémorragies catastrophiques dans l'organe du corps le plus important, la peau, et elle est mortelle à cent pour cent. *Cent pour cent.*

Après la mort des hommes, victime elle aussi d'une forte poussée de fièvre et d'horribles sueurs nocturnes, la femme sut qu'elle était condamnée à brève échéance. Tard un soir, le Sarrasin la regarda avec satisfaction tituber jusqu'au baquet pour rafraîchir son visage brûlant et découvrir les premières pustules sur le dos de sa main. Le Sarrasin sut alors que le virus ultra-virulent qu'il avait synthétisé était non seulement hautement infectieux, mais que l'adjonction du gène supplémentaire avait également permis d'annihiler les effets du meilleur vaccin que la science puisse offrir. C'était, sans l'ombre d'un doute et sans la moindre chance de salut, une arme terroriste de nature à éliminer toutes les autres.

Parce qu'elle avait vu ce qui l'attendait, tant pour elle-même que pour l'enfant qu'elle portait et auquel elle tenait déjà beaucoup, ce fut encore plus dur que pour les hommes. Pour couvrir ses cris et pouvoir continuer d'observer ce qui se passait, le Sarrasin dut se bourrer les oreilles de coton et réciter le Coran.

Quand l'hémorragie finit par la tuer, il ne bougea pas. Il voulait savourer le moment : les trois corps attestaient de la menace qu'il avait désormais à sa portée et qui fait tellement peur aux experts en terrorisme qu'ils lui ont donné un nom spécial : le « Soft Kill » de l'Amérique.

37

C'est un fait : en l'absence d'un vaccin efficace, aucun pays au monde ne pourrait survivre à une attaque de variole de grande ampleur, pas même un pays comptant trois cent dix millions d'habitants, à l'origine de plus de cinquante pour cent de la richesse du monde, détenant suffisamment d'armes nucléaires pour détruire plus de cent fois la planète, et ayant produit plus de Prix Nobel en sciences et en médecine que toute autre nation. Il serait aussi impuissant face à la variole majeure que les trois prisonniers gisant morts dans leurs propres sécrétions au fond de leur tombeau de pierres.

Mais, un seul homme, un virus – était-ce vraiment réalisable ? Le Sarrasin s'en savait capable et, curieusement, Washington aussi.

On l'avait baptisée Hiver Noir.

C'était le nom d'une simulation de bioterrorisme conduite à la base Andrews de l'armée de l'air au printemps 2001. Des années plus tard, alors qu'il travaillait au Liban, le Sarrasin avait lu sur Internet un rapport présentant les conclusions de l'exercice. Même s'il n'avait jamais pensé faire de la variole une arme, le rapport tenu secret à l'époque l'aurait certainement orienté dans la bonne direction.

Hiver Noir partait de l'hypothèse d'une attaque de variole contre les États-Unis dans laquelle une personne porteuse du virus entrait dans une galerie marchande d'Oklahoma City. Le rapport décrivait le développement de l'épidémie et établissait une simulation de la statistique de mortalité. Treize jours après que le vecteur atteint était entré dans la galerie marchande, le virus s'était étendu à vingt-cinq États, avait infecté des centaines de milliers de personnes – dont un tiers étaient mortes –, débordé le système de santé publique, provoqué un effondrement rapide de l'économie et plus ou moins conduit à l'écroulement de l'ordre social. Naturellement, le virus frappait à tort et à travers, et les policiers, les pompiers ainsi que le personnel de santé en étaient aussi rapidement victimes que la population en général, peut-être même un peu plus vite, et c'était une prolifération de pillages et d'incendies non maîtrisés. Les hôpitaux devaient fermer et barricader leurs portes. L'exercice avait vite été interrompu : on n'avait nul besoin d'en savoir plus.

Tous ceux qui ont lu ce rapport et participé à son élaboration ont sans doute pensé la même chose : il ne s'agissait que d'une personne infectée dans une galerie marchande d'Oklahoma City, porteuse d'une souche de ce virus relativement peu agressive. Imaginez la même chose transposée dans le métro de New York, à la parade de Thanksgiving de Macy's ou au Superbowl.

Et alors que les autorités ordonnaient la production et le stockage du vaccin, aucun financement substantiel n'a été alloué à la recherche d'un traitement de la maladie, seule manière certaine de renvoyer la variole au magasin de l'histoire et de l'enlever des rayons des armes potentielles. Comme on l'a souvent observé, les généraux sont toujours en train de préparer la dernière guerre, pas la prochaine.

Et si ce n'était pas une personne qui avait été infectée, mais vingt, cent, ou mille ? Bien que le rapport

Hiver Noir ne l'ait jamais précisé, tous les analystes de la CIA, les experts de la défense contre les attaques biologiques, les épidémiologistes et leurs simulations informatiques à n'en plus finir semblaient partir de l'hypothèse que la personne d'Oklahoma City était un contaminé-suicide, un volontaire ayant reçu une dose de virus avant d'être lâché aux États-Unis.

Pour le Sarrasin, l'utilisation de contaminés-suicides, ou vecteurs pour les pathologistes, était absurde. Dans les camps de réfugiés de Gaza, il y aurait certes toujours de jeunes martyrs volontaires pour entrer dans un café une ceinture d'explosifs à la taille, mais affronter la mort dans une glorieuse explosion n'avait rien à voir avec la lente agonie de la variole. Pour avoir travaillé aux côtés de sa femme dans les camps, le Sarrasin savait que pas un seul prétendu guerrier ne trouverait quoi que ce soit d'héroïque dans des pustules remplies de pus – même si on parvenait à lui faire franchir les services d'immigration américaine dans le monde de l'après-11 Septembre.

Non, il avait imaginé quelque chose de beaucoup plus efficace que tous les scénarios envisagés par les experts américains. Selon ses estimations, son plan devait fournir au moins dix mille vecteurs répartis sur tout le territoire de l'ennemi éloigné.

Soft Kill de l'Amérique, en effet.

38

Le Sarrasin enleva le coton de ses oreilles et se dirigea vers le village. Tout au bout, il s'arrêta devant un petit tas de pierres qu'il avait placées là et se mit à compter les pas en avançant. Au bout de neuf pas, il partit sur la gauche pour éviter une mine.

Le village entier était piégé – tâche à laquelle il s'était attelé aussitôt après avoir enfermé les prisonniers dans leur tombeau de pierres. Accompagné de ses chevaux de bât, il s'était mis en route dans un dédale de sentiers escarpés qui conduisaient encore plus haut dans la montagne. Après s'être trompé de chemin à plusieurs reprises, sa mémoire lui ayant fait défaut, il trouva – dans un chaos de roches battues par les vents – l'entrée d'un ensemble de grottes.

La montagne en était parsemée, certaines naturelles, d'autres creusées à la dynamite, toutes utilisées par les *moudjahidin* au cours de leur interminable guerre contre les Soviétiques. Cette grotte-là, qui servait de dépôt de munitions, avait été creusée par le Sarrasin et ses camarades, puis abandonnée à la fin de la guerre.

Il trouva son chemin dans la partie la plus profonde grâce au faisceau de sa lampe torche. La lumière balaya les murs, révélant des caisses de mines, grenades, mortiers et autres pièces d'artillerie restées intactes depuis des années. Pratiquement tout avait été fourni par la CIA, si bien que c'était du matériel de bonne qualité, pas des saloperies soviétiques ou pakistanaises et, avec l'air sec de la montagne, il avait été mieux préservé que dans n'importe quel bunker en sous-sol.

Le Sarrasin trouva ce qu'il cherchait, le transféra dans des caisses de munitions grises et une dizaine de barils en bois, et rentra au village. Pendant tout cet après-midi et jusque tard dans la nuit, il disposa des mécanismes explosifs improvisés et des objets piégés partout dans les ruelles et dans les ruines des bâtiments. Contrairement à son mépris à l'égard des Soviétiques, il reconnaissait le professionnalisme des militaires américains et de la plupart de leurs alliés.

Du jour où il avait mis au point son idée d'expérimentation humaine, il avait su que les troupes des Nations unies se mettraient à la recherche des prisonniers – avec encore plus de détermination en l'absence de demande de rançon – et, même s'ils ne s'aventureraient probablement pas jusqu'à un village détruit aussi isolé que celui-ci, il ne voulait prendre aucun risque.

Sa mission touchant à sa fin, il lui fallait faire attention à bien suivre ses repères connus de lui seul pour éviter de trébucher sur un fil qu'il n'aurait pas vu, ou d'ouvrir la mauvaise porte. Une erreur et il rejoindrait l'Italienne et ses deux amis dans le chœur invisible[1].

Il revint à la cuisine, nourrit les chevaux, se prépara à dîner et dormit mieux qu'il ne l'avait fait depuis des mois. Il se leva en même temps que le soleil et, après ses ablutions rituelles et ses prières, se prépara à repartir. Ayant déjà creusé une grande fosse derrière la maison du chef du village, il la remplit de sacs de chaux vive qu'il avait transportés spécialement à cet effet. Ce produit allait détruire les corps et dégrader tout autre matériel jeté dans la fosse, pour qu'aucun spécialiste de médecine légale au monde n'ait le moindre indice de ce qui s'était passé dans ce lieu funeste.

Revêtu de sa tenue de protection intégrale, l'une de ses dernières bouteilles d'oxygène sanglée sur le dos, il se servit d'un tamponnoir pour percer un trou dans la lourde porte en bois. Il y glissa un tube en plastique

---

1. Un poème de George Eliot évoque ce chœur invisible, celui des morts, des immortels…

muni d'un petit bec à son bout, plaça l'autre extrémité dans un grand récipient de Lysol, et se servit d'une pompe à pied pour pulvériser des dizaines de litres de désinfectant sur les corps à l'intérieur de la cellule. Lorsqu'il eut le sentiment d'avoir couvert tout ce qu'il pouvait, il remplaça le désinfectant par un vieux bidon militaire plein d'essence. Il en aspergea l'intérieur, inondant les corps, la paille, les poutres et même la pierre. Il retira le tuyau en plastique et remplit le trou d'un morceau de chiffon imbibé d'essence, y plaça une allumette et courut se mettre à l'abri.

Il avait hésité à mettre le feu à la cellule pour faciliter sa stérilisation, craignant que la fumée n'attire l'attention, mais c'était une belle journée ensoleillée et le bois à l'intérieur était tellement vieux qu'il brûlerait vite et proprement. Il ne se trompait pas, mais fut étonné de la violence des flammes, comme si la nature elle-même avait été offensée par ce qui avait été fait entre ces murs.

Une fois le feu éteint, il mouilla les braises avec un supplément de Lysol et, toujours équipé de sa tenue de protection, il utilisa les chevaux, des cordages et plusieurs crochets à viande pour tirer les corps calcinés dans la fosse. Y suivirent aussitôt tous les objets qui avaient été à leur contact ou utilisés par l'un d'entre eux : assiettes, ustensiles, seringues, restes calcinés des tapis de selle. Toujours dans la même tenue, il se doucha au désinfectant, puis se dénuda, se doucha encore au Lysol, s'habilla, puis jeta sa combinaison dans la chaux vive.

La nuit était tombée, et il avait pratiquement fini de reboucher la fosse lorsqu'il revint à la cantine prendre les deux derniers sacs de chaux vive pour les répandre autour de l'excavation afin d'en éloigner tout animal sauvage.

À l'intérieur, les chevaux attendaient, prêts à être sellés ; la solitude et le silence des hautes montagnes était presque oppressant. Le vent lui-même n'était plus qu'un murmure.

Il n'entendit rien, et il n'aurait jamais eu la moindre idée de la merde qui lui arrivait dessus à trois cents à l'heure s'il n'y avait eu les chevaux.

39

Les Soviétiques avaient été les premiers, puis les troupes des Nations unies et des États-Unis les avaient imités : tous les hélicoptères d'attaque en Afghanistan étaient équipés de rotors et de moteurs silencieux. Ce qui voulait dire que vous ne les entendiez que lorsqu'ils étaient juste au-dessus de vous.

Mais là, je parle des humains. Les *moudjahidin*, qui avaient depuis bien longtemps appris à interpréter le comportement de leurs montures, comme si leur vie en dépendait, s'étaient rendu compte qu'il en allait tout autrement avec les chevaux.

Le Sarrasin, soulevant les sacs de chaux sur son épaule, entendit deux des chevaux hennir doucement et se tourna pour y jeter un coup d'œil. Il y avait des années qu'il n'avait pas vu des chevaux se comporter ainsi, mais il sut immédiatement ce que ça signifiait. Des hélicoptères approchaient !

Il lâcha les sacs, empoigna son AK-47 et un sac à dos renfermant son passeport, de l'argent et du matériel médical, détacha les chevaux et les claqua sur la croupe pour les chasser dans la nuit tombante. Il savait qu'ils allaient retrouver leur chemin jusque dans les vallées, où les villageois, trop heureux d'avoir trouvé huit précieux chevaux de montagne – valant l'équivalent d'un grand camion Hino –, n'en souffleraient mot à personne.

Deux minutes plus tard, trois hélicoptères des Nations unies transportant vingt militaires australiens atterrirent, alertés par un rapport de satellite utilisant des images infrarouges pour rechercher les kidnappés dans des coins reculés. Paradoxalement, c'est le virus et non le feu qui était à l'origine de l'alerte. En raison de la forte fièvre qui accompagne la variole, les analystes des images satellite virent l'empreinte thermique saisie la veille, sans imaginer qu'elle ait été produite par seulement trois personnes. Plus vraisemblablement huit, ce qui correspondait à la taille du groupe qu'ils recherchaient. Il ne vint à l'esprit de personne – ni des analystes ni des agents de la CIA de la base d'Alec gérant les opérations de secours – qu'un homme seul puisse surveiller trois prisonniers. Ce n'était pas comme ça que se déroulaient les kidnappings.

En conséquence, lorsque les militaires australiens bondirent des hélicoptères, s'attendant à trouver un petit groupe de talibans ou une caravane acheminant de la drogue, ils avaient envisagé de se trouver face à cinq adversaires au moins et la possibilité d'un échange de coups de feu les ralentit considérablement. De même que l'explosion du premier dispositif explosif improvisé.

Quand deux simples soldats, suivant scrupuleusement la procédure, se présentèrent devant la porte d'une maison au bout du village, positionnés de part et d'autre pour l'ouvrir à coups de pied, ils déclenchèrent deux grosses mines terrestres qui avaient été placées derrière. Cette explosion rompit un fil disposé pour ressembler à une vieille corde à linge tendue en travers de la ruelle, faisant partir un obus de mortier derrière eux. Les deux soldats avaient trouvé leurs feux croisés – sans la moindre chance de s'en sortir.

L'officier le plus proche d'eux, un lieutenant qui s'appelait Pete Keating, ne se donna même pas la peine de consulter son supérieur, un capitaine qui se tenait à quelques centaines de mètres de là que la plupart des gars du groupe considéraient, sinon comme carrément dangereux, du moins comme un imbécile. Keating ordonna à chacun de se replier et d'établir un cordon tout autour du village, ce qu'ils auraient dû faire d'emblée, mais que le capitaine n'avait pas jugé nécessaire.

« Qu'est-ce qu'ils vont faire, ces enturbannés, essayer de descendre de la montagne ? avait-il demandé. S'ils sont là-dedans, on va leur donner une chance de se rendre. Z'avez qu'à crier : "Hé les mecs, c'est jour de lessive ; on a la machine !" » avait-il dit, montrant une fois de plus à ses hommes quel imbécile de raciste il était.

Keating avait à nouveau essayé de le convaincre d'encercler le village et, face à son refus, avait indiqué à ses hommes d'avancer avec prudence. Maintenant, en désespoir de cause, il essayait de ramasser les morceaux. Il envoya quatre hommes voir ce qui restait des soldats – non qu'il eût encore le moindre espoir – et déploya les autres en deux arcs de cercle pour sécuriser définitivement le village.

À trois cents mètres de là, le Sarrasin courait à toute vitesse, en zigzag, comptant chaque pas, en direction du puits du village et d'une pente abrupte qui menait à un sentier à peine visible et, au-delà, à la liberté qu'offraient ces montagnes.

Si Keating n'avait pas su prendre une décision, s'il avait perdu une minute, le Sarrasin aurait franchi le cordon. Mais, en bon soldat qu'il était, le lieutenant n'avait pas hésité et, alors qu'il était pratiquement en vue du sentier, le Sarrasin dut se jeter derrière le puits pour éviter quatre fantassins en approche.

À présent piégé à l'intérieur du cercle de fer, il savait que les jeunes soldats étaient en train de donner au monde sa meilleure chance d'éviter le désastre dont la préparation lui avait demandé tant d'efforts. Il s'accroupit et fonça vers un muret de gravats. Il y parvint sans se faire voir et se retrouva à nouveau dans les rues, où un faux pas, un fil oublié pouvaient lui coûter la vie.

Les soldats avançaient lentement, vérifiant chaque bâtiment, faisant sauter les engins explosifs improvisés à mesure qu'ils en trouvaient, avançant en cercles de plus en plus resserrés. Le Sarrasin descendit en courant une ruelle en courbe, traversa une vieille bergerie, et là, tombant presque nez à nez avec d'autres soldats, se replia en toute hâte. Il rebroussa chemin, passa devant la maison du chef de village et s'engagea dans une ruelle jonchée de débris.

Dans la panique où il était, c'était une grave erreur : un peu plus loin, le sentier était bloqué par un entassement de pierres. Il n'y avait aucune possibilité de repli : les troupes d'encerclement étaient si proches qu'il entendait leur équipement individuel de communication. Il prit son AK-47 en main – mieux valait mourir comme un *moudjahid* qu'être forcé à s'agenouiller comme un chien – et leva les yeux au ciel en quête d'inspiration.

Il la trouva : les toits. Si seulement il pouvait les atteindre, il ne s'y trouvait aucun de ses pièges explosifs et il pourrait se déplacer beaucoup plus vite. Il joua son va-tout là-dessus, courant vers les troupes en approche, se ruant vers une citerne d'eau en pierre avant qu'ils ne le voient au détour d'un virage.

Il parvint à la citerne, sauta dessus et l'utilisa comme un tremplin pour rejoindre le toit de la vieille mosquée. Quelques instants plus tard, alors qu'étendu à plat il essayait de contrôler sa respiration haletante, les soldats passèrent en dessous. Puis ils s'arrêtèrent, tendant l'oreille à l'affût du moindre bruit.

Il n'y en avait pas, le silence était si profond sur ces sommets que le lieutenant Keating – aux abords du village et commandant ses hommes par radio – commença à se demander si celui-ci n'était pas désert. L'endroit avait peut-être été piégé des années auparavant par les *moudjahidin*, avant de s'en aller. Mais pourquoi auraient-ils fait ça ? Les seules personnes susceptibles de réoccuper ces maisons étaient de pauvres familles afghanes ou des bergers itinérants. Non, l'explication la plus plausible était qu'ils avaient dû tomber sur une cible importante et que les ennemis les observaient, planqués quelque part. Auquel cas ce silence était sans doute ce que Keating avait entendu de plus dangereux, et il parla à voix basse à son groupe par radio. « Doucement, leur dit-il. Allez-y doucement. »

Le Sarrasin se força à rester immobile, le temps de compter lentement jusqu'à sept. Il enleva ses sandales de cuir et, avec ses épaisses chaussettes de laine, s'élança silencieusement sur les vieilles tuiles. Il sauta par-dessus une étroite ruelle, faillit tomber dans un trou où des tuiles manquaient et se jeta derrière un petit parapet. C'est là qu'il entrevit sa chance.

En observant par une petite brèche dans la maçonnerie que ne pouvaient pas déceler les lunettes de vision nocturne des Australiens, il nota que les soldats arrivaient par trois ruelles différentes. C'était le nœud qu'il lui fallait desserrer ou trancher s'il voulait leur échapper. Il rechaussa ses sandales, appuya si fort son menton contre la brèche qu'il le fit saigner, assura le fusil d'assaut au creux de son épaule et remercia Allah d'être équipé d'un silencieux et d'un cache-flamme.

Un combattant moins aguerri, un homme ne sachant pas ce qu'était une guérilla, aurait tiré pour tuer. Mais le Sarrasin connaissait bien son affaire. Il faut en moyenne sept hommes pour s'occuper d'un homme sérieusement blessé et l'évacuer. Un mort n'a besoin de personne.

Il choisit une cible dans chacune des trois ruelles. Sans silencieux, ils auraient entendu le premier tir et se seraient aussitôt mis à couvert. Sans cache-flamme, ils auraient repéré sa position et l'auraient mis en pièces, lui et le parapet avec leurs armes automatiques.

Il fit feu. Les militaires n'entendirent même pas les tout petits plops au milieu des parasites. L'un fut touché à la cuisse, ce qui équivalait à une blessure mortelle à moins qu'un garrot ne lui soit posé. Un autre fut atteint à la gorge et on ne pourrait sans doute plus rien pour lui. Le troisième eut l'avant-bras fracassé, autrement dit la douleur allait être vive. Les trois s'écroulèrent en hurlant, leurs camarades plongeant en position défensive, chacun essayant de protéger les arrières de l'autre.

De bonnes troupes, des troupes disciplinées – et c'étaient vraiment de très bonnes troupes malgré leur capitaine – font le maximum pour leurs blessés. Dans la panique qui s'ensuivit et alors qu'ils tentaient d'aider leurs camarades à terre et de localiser l'ennemi dans l'obscurité et la crainte de tirs hostiles, certains d'entre eux se mirent à courir d'un tas de gravats à un autre, vers des portes entrebâillées.

Derrière son parapet, le Sarrasin regarda le cercle se distendre puis se rompre. C'était peu de chose, ça n'allait probablement pas durer longtemps, mais ce serait peut-être suffisant. Il ne se baissa pas. Il se laissa juste rouler sur le toit en pente, son sac à dos et son arme serrés contre sa poitrine, et passa par-dessus le bord. Il regarda le mur d'un bâtiment voler près de lui – qu'Allah lui vienne en aide s'il se cassait la jambe –, se retourna dans sa chute et atterrit sur la hanche. Malgré la douleur qui faillit le submerger, il se mit aussitôt debout et courut. Un ancien *moudjahid* n'allait pas geindre ni même boiter dans un moment pareil ; un vétéran comme lui, de la guerre la plus cruelle de ces dernières décennies, n'allait pas pleurer comme un chrétien.

Il courut vers la ruelle tortueuse qui le mènerait à l'extérieur du cordon brisé, momentanément hors de vue d'un groupe de soldats grâce à la façade penchée d'une maison en ruine. Si les soldats se déplaçaient de trois mètres d'un côté ou de l'autre…

Il parvint à se sortir de la nasse. Il passa devant un croissant de lune qu'il avait tracé sur une porte en bois, espérant ne pas se tromper, et commença à compter.

Il courut vingt-cinq pas en avant, trois à gauche, évita une mine enterrée et, droit devant, vit enfin les montagnes où il trouverait refuge.

Derrière lui, il entendit un soldat crier à ses camarades de se jeter à terre. Il s'attendait à entendre le bruit tonitruant des carabines et à perdre tout contrôle de ses jambes sous les balles qui allaient frapper son dos, atteindre sa colonne vertébrale. Au lieu de quoi, le soldat avait trouvé un fil reliant deux grenades cachées dans un tas de vieux bidons d'essence. Pendant que ses camarades se jetaient à terre, le soldat secoua le fil.

Les grenades explosèrent et, dans l'éclair qu'elles produisirent, le lieutenant Keating – se précipitant en avant pour essayer de refermer le cordon – aperçut le Sarrasin hors de la nasse, qui courait s'abriter derrière des murs éboulés. Keating se mit sur un genou, cala la crosse de sa carabine dans son épaule et fit feu. Il avait suivi l'entraînement des Forces spéciales ; il savait ce qu'il faisait. Il encadra sa cible de trois tirs en rafale en allant rapidement de gauche à droite et retour.

Quelques centimètres d'un côté ou de l'autre – ou même un tir chanceux – et tout aurait été différent. Mais ce n'était pas dans la configuration astrale de cette nuit-là. Des balles à vitesse initiale élevée firent gicler les pierres et la terre autour du Sarrasin, mais aucune ne réussit à l'abattre. Keating maudit les lunettes de vision de nuit et l'inévitable décalage entre l'œil et la détente. Le Sarrasin, lui, bien entendu, y vit la main de Dieu et en rendit grâce.

Il fit le tour de trois murs démolis dans la foulée, piqua à gauche, tourna à droite toute et, toujours cramponné à son sac à dos et à son fusil d'assaut, glissa et dévala la pente raide d'un ravin jonché de rocailles, totalement plongé dans l'obscurité.

L'espace d'une fraction de seconde, un jeune officier australien l'avait aperçu dans l'éclair d'une grenade. Ce serait la seule fois que quiconque verrait jamais le Sarrasin. Jusqu'à ce que je le rencontre, bien sûr.

40

Les Australiens ne poursuivirent pas le Sarrasin, ce qui était une erreur, mais leur mission consistait à retrouver les trois civils kidnappés et non à pourchasser un rebelle isolé. Néanmoins, dans une nuit caractérisée par la malchance, il y eut tout de même une raison de se réjouir : étant donné que c'était le capitaine qui avait pris une balle dans la cuisse, ce fut le lieutenant Keating qui prit le commandement.

Il n'avait que vingt-six ans, mais il avait eu une affectation en Afghanistan, et son visage était déjà marqué par les années. Il était originaire d'une petite ville appelée Cunnamulla, dans une région essentiellement céréalière située à l'extrême ouest, à la lisière de ce que les Australiens appellent le bout du monde, tellement chaude que les gens du cru affirment qu'un pervers est un homme qui préfère les femmes à la bière. Parce que certains de ses voisins élevaient des moutons, lesquels avaient été frappés par une épizootie de fièvre aphteuse, Keating savait à quoi servait la chaux vive.

C'est la raison pour laquelle, lorsqu'ils arrivèrent enfin dans la cuisine et qu'il vit les deux sacs jetés par terre, il sentit le sol se dérober sous lui. La chaux vive était totalement inconnue dans cette partie du monde ; pourquoi aurait-on pris la peine d'en transporter jusqu'ici ? Certainement pas des kidnappeurs. Il pensait que les engins explosifs improvisés avaient pour but de protéger un bien précieux dans ce village, mais il n'était plus du tout certain que celui-ci soit encore vivant. Il dit aussitôt à ses hommes de prendre leurs lampes torches et de commencer à chercher une tombe ou une fosse.

Ils trouvèrent d'abord les restes calcinés de la prison de pierres, et Keating cherchait à comprendre ce que ça signifiait quand un cri retentit.

C'était l'un des jeunes fantassins. Sans prendre la peine d'utiliser son casque de communication ou de suivre la bonne procédure, il cria à ses compagnons : « Je l'ai trouvé ! Apportez-moi une pelle. »

Keating accourut, suivi par plusieurs de ses hommes – avec précaution à cause des engins explosifs –, dans la zone qui se trouvait derrière la maison du chef du village. Un coup d'œil au sol fraîchement retourné, profondément et sur une surface assez grande pour contenir Dieu sait quoi, des traces de chaux vive tout autour, Keating n'eut aucune envie de prendre le moindre risque.

« Reculez, tous ! On se replie sur la zone d'atterrissage. Vite ! »

L'un des sergents, qui n'avait pas plus que les autres la moindre idée de ce qui se passait, se tourna vers Keating. « Et si on fouillait le reste des maisons, chef ? Il y a peut-être d'autres ennemis. »

Keating secoua la tête. Au vu des engins explosifs sophistiqués et du fait que personne n'avait essayé de descendre tout le groupe, il était persuadé que l'unique occupant du village avait disparu dans la nuit. « Non, sergent ; je sais pas ce que c'est, mais je crois qu'on l'a trouvé. »

Sur la zone d'atterrissage, pendant qu'on secourait les blessés, le seul médecin du groupe essayant de placer une perfusion dans le bras du capitaine, Keating se servit aussitôt du réseau de communication sécurisé pour joindre leur base.

Les hélicoptères d'évacuation médicale étaient déjà en route et l'opérateur de la base, à trois cents kilomètres de là dans un bunker climatisé, pensa que l'officier appelait pour qu'ils se pressent, qu'il n'allait pas tarder à geindre sur le fait qu'ils étaient en première ligne et *qu'ils n'avaient besoin que d'un peu de soutien, nom de Dieu*. C'était toujours le même refrain.

Mais Keating interrompit le type déjà en train de gloser sur l'arrivée imminente des hélicoptères et lui demanda une unité spécialisée dans la guerre bactériologique, *de toute urgence*. S'agissant de l'armée, cette requête allait automatiquement entraîner quantité de questions, de demandes d'autorisation et une certaine confusion dans la chaîne de commandement. Keating savait que ça pourrait prendre des heures, si bien qu'il hurla au malheureux opérateur : « On a peut-être été contaminés, vous m'entendez ? Ça m'a tout l'air nucléaire. Du sérieux, en tout cas. »

Tout comme l'opérateur, les hommes de Keating – y compris le capitaine, à peine conscient – furent abasourdis. L'espace d'un instant, ce fut comme si le vent qui se levait était lui-même avalé par le silence. Puis l'opérateur se mit à parler plus vite, lui disant de rester en ligne, le temps qu'il ouvre toute une série de canaux pour que Keating puisse remonter la chaîne de commandement aussi vite que possible.

Keating raccrocha. Il savait qu'avoir perdu la connexion les inciterait à une réaction plus prompte : à l'armée, comme dans la vie civile, il faut parfois provoquer une crise pour attirer l'attention des gens. Il ne croyait pas vraiment que cela soit nucléaire, mais son intuition lui disait qu'ils étaient tombés sur quelque chose de diabolique et il ne connaissait pas d'autre façon de souligner l'urgence de la situation. Tant pis, il se ferait botter le cul pour avoir réagi de manière excessive, mais avait-il le choix ?

Tandis qu'à la base les officiers de permanence déployaient un tourbillon d'activité, ce qu'aucun d'entre eux ne réalisait, c'est que, si le capitaine n'avait pas été touché, si Keating avait été élevé ailleurs que dans l'ouest de l'Australie, s'il n'avait pas su à quoi ressemblait la chaux vive et à quoi elle servait – s'il n'y avait pas eu tous ces « si » et bien d'autres encore –, l'équipe d'hommes en tenue spatiale avec dôme argenté gonflable et projecteurs spéciaux au tungstène ne serait jamais arrivée à temps.

De fait, leur flotte d'hélicoptères Chinook se posa moins d'une heure après. Un délai supplémentaire et la chaux vive aurait fait son œuvre, et ils n'auraient jamais trouvé le coin d'un certain tapis de selle.

41

Quand les Chinook atterrirent, le Sarrasin était déjà en bas des premiers contreforts et traversait un plateau étroit battu par les vents. Le monde occidental avait certes eu de la chance que Keating prenne le commandement sur la montagne, mais le Sarrasin aussi avait eu sa part de chance. Il était à cheval.

Crapahuter jusqu'en bas était devenu de plus en plus difficile en raison de sa hanche blessée. Ses connaissances en médecine lui disaient qu'il n'y avait pas de fracture mais, quelle que soit la blessure, la marche lui était de plus en plus pénible.

Sans une béquille ou un morceau de bois pour le soutenir, il lui faudrait très vite trouver une grotte ou un trou dans le sol pour s'étendre quelques heures au moins et reposer sa hanche. C'est à ce moment-là qu'il aperçut le cheval.

C'était l'un de ses chevaux de bât, apparemment perdu, abandonné à la lumière des étoiles, qui s'était retrouvé séparé de ses camarades. Il reconnut la voix de son maître et trotta docilement vers lui dans l'espoir d'avoir aussi bien de la compagnie que de la nourriture. Le Sarrasin saisit la longe qu'il avait coupée plus tôt dans la soirée, s'en servit comme d'un licol de fortune et monta tant bien que mal sur son dos.

Il le poussa au petit galop, parcourut rapidement le plateau, trouva un sentier que les bergers empruntaient l'été pour rejoindre les hautes pâtures et y engagea sa monture. Ayant le pied sûr des bêtes élevées en montagne, il le mena rapidement le long de ce sentier périlleux, évitant d'instinct les éboulis de pierres, ne s'affolant jamais, même lorsque à quelques centimètres de ses sabots l'à-pic était de trois cents mètres ou plus.

À l'aube, des hélicoptères américains et des Nations unies survolaient l'étroit plateau à sa recherche, mais ils croyaient avoir affaire à un homme à pied, et leur quadrillage reposait évidemment sur cette hypothèse.

Compte tenu que le terrain était couvert de ravins et de grottes, à la fois naturelles et creusées par l'homme, la tâche des pilotes et des observateurs allait être longue et laborieuse.

Ils n'avaient cessé d'élargir leur périmètre de recherche mais, grâce à son cheval, le Sarrasin réussit à rester hors d'atteinte, puis, au bout de deux jours, à rejoindre une tribu de bergers nomades avec qui il chevauchait de jour, dormant la nuit entre leurs tentes.

Tôt un matin, alors qu'ils longeaient une haute crête, il aperçut, en aval, l'ancienne route trans-afghane qui coupait la vallée en deux. Il prit congé des nomades et se dirigea vers elle.

Deux heures plus tard, ayant atteint un fleuve de poids lourds hors d'âge, de pick-ups Toyota et de bus bondés roulant à vive allure, il s'évanouit dans le chaos de l'Afghanistan moderne.

42

Les hommes en tenues NBC blanches – nucléaire, bactériologique et chimique – travaillaient méthodiquement sous leur dôme argenté translucide. Des groupes électrogènes et des filtres sophistiqués évacuaient l'odeur de chaux vive et de terre froide et humide, la remplaçant par de l'air purifié maintenu à une température constante de vingt degrés.

Malgré leur lente progression, il ne fallut aux techniciens que quelques heures pour conclure qu'il n'y avait pas de matériau nucléaire sur ces hauteurs.

Cette découverte n'allait pas être sans conséquence pour la réputation de Keating ou ses perspectives d'avancement. « Alarmiste » fut de tous le plus aimable des qualificatifs qui circulèrent ce jour-là dans la chaîne de commandement avant qu'on ne se désintéresse presque totalement de cette exhumation. Un passeur de drogue avait décidé d'enterrer un ou deux chevaux – soit le sien soit plus vraisemblablement ceux d'un concurrent –, c'est la conclusion presque consensuelle à laquelle aboutirent tous les membres de l'équipe spécialisée dans les périls biologiques. Tous s'accordèrent sur le fait que, quand il s'agissait de se quereller, les Afghans étaient une espèce à part.

Mais il y avait un détail qu'ils ne pouvaient pas négliger : c'était la chaux vive. C'est ce qui fit tenir Keating tout au long de ces journées difficiles, ainsi que le fait qu'il croyait encore dur comme fer qu'il y avait quelque chose d'anormal, de profondément sinistre dans cet amas de bâtiments en ruine. Fort de ce sentiment, ajouté à celui d'isolement et à la vue spectaculaire qu'on avait du village, il lui donna même un nom. Il l'appela l'hôtel Overlook[1].

Puis les hommes en tenues NBC découvrirent le premier corps calciné. Tout du moins ce qu'il en restait. Ils établirent qu'il s'agissait d'une femme et, sans toutefois en avoir la preuve, furent persuadés que, plus profondément, ils trouveraient deux autres cadavres : un Japonais et un Néerlandais. Quel kidnappeur irait enterrer sa prise dans une fosse pleine de chaux vive sans même demander une rançon ?

À côté du corps, enfoui dans une mare de boue chimique, ils dénichèrent ce qui restait – un carré d'en-

---

1. Jeu de mots : *overlook* signifie « dominer », « avoir vue sur », mais aussi « laisser échapper », « négliger ».

viron cinq centimètres de côté – de ce qui avait tout l'air d'un tapis de selle. Ils l'ignoraient mais, au cours de sa dernière nuit sur terre, la femme, en proie à d'atroces douleurs, l'avait plaqué contre son visage, espérant s'asphyxier pour y mettre un terme. Résultat, il était imprégné de salive, de sang, de fibres de tissu et d'un échantillonnage complet de matériel génétique provenant des pustules qui s'étaient formées dans sa bouche et sa gorge.

Le bout de tapis était resté coincé dans sa main partiellement brûlée, le protégeant du plus fort des flammes lorsque le Sarrasin s'était servi des chevaux pour la tirer jusque dans la fosse. Une heure de plus et la chaux vive l'aurait complètement détruit.

Soucieux, à présent, et obligés de reconnaître qu'il pourrait s'agir de tout autre chose que d'un enlèvement – réhabilitant aussitôt la réputation de Keating et ses perspectives d'avancement –, les membres de l'équipe NBC et leur encadrement accélérèrent sérieusement leur rythme de travail. Comme il s'agissait en priorité de savoir à quoi exactement ils avaient affaire, ils scellèrent le petit carré de couverture dans un conteneur hermétique pour produits biologiques dangereux, le doublèrent d'une protection en plomb et l'expédièrent, par hélicoptère d'abord, puis par vol spécial de nuit sur un jet, à Fort Detrick, dans le Maryland.

43

Fort Detrick, qui appartient au commandement militaire de l'armée américaine, consiste en un ensemble de bâtiments et de campus répartis sur quatre cent quatre-vingt-cinq hectares sous haute sécurité, juste à la sortie de la ville de Frederick.

L'un des plus importants campus héberge l'agence fédérale la plus en pointe en matière de guerre bactériologique, l'institut de Recherche sur les maladies infectieuses, une organisation tellement secrète qu'un certain nombre de théoriciens du complot ont prétendu que le gouvernement aurait créé le virus VIH dans son laboratoire.

S'ils avaient raison, peut-être que c'est aussi dans ce même bâtiment long et bas, non loin de la jadis célèbre tour Anthrax, que la Nasa avait mis en scène l'atterrissage sur la lune. Personne ne le sait, parce que très rares sont ceux qui ont jamais été autorisés à pénétrer sur ce site, même bénéficiant d'une accréditation de sécurité aussi élevée que la mienne.

C'est dans un des laboratoires de sûreté biologique de ces installations militaires que la boîte scellée arriva d'Afghanistan un dimanche matin. Comme personne à l'hôtel Overlook ne savait de quoi il retournait, la mention « priorité absolue » n'avait pas été portée sur l'envoi.

C'est pour cette raison que, attendant son tour, la boîte ne fut ouverte que juste après 21 heures. Le seul microbiologiste de service à cette heure-là était un homme d'une quarantaine d'années répondant au nom de Walter Drax ; un type mesquin, aigri, heureux de travailler de nuit parce que cela signifiait qu'il n'avait pas à supporter ce qu'il appelait les connards et les primates du service, une espèce extrêmement répandue à ses yeux dont la plupart de ses collègues, et certainement tout l'encadrement, des gens dont il était persuadé qu'ils l'avaient privé de toute possibilité d'avancement et de l'augmentation de salaire qui allait avec.

Travaillant seul dans un laboratoire P4 maintenu sous pression d'air négative, portant une combinaison semblable à celle du Sarrasin, son régulateur d'air relié à une alimentation venant du plafond, il descella le conteneur dans une cabine spéciale, ôta la petite pièce de couverture de selle et la prépara pour analyse.

Penché sur l'écran de son microscope électronique, il n'en crut pas ses yeux. Le cœur battant, en nage dans sa combinaison de biosécurité, il s'y reprit à trois fois avant d'être convaincu – changeant même de microscope et revenant à sa station de travail pour consulter la documentation correspondante ainsi que les manuels secrets de l'institut.

Il était bien en présence de la *Variola major*. D'instinct, il sut que c'était une souche très virulente, mais il fut plus terrifié encore en observant le noyau d'ADN qui se trouvait au centre : il avait été génétiquement modifié. Il n'eut pas le moindre doute qu'il s'agissait bien d'une souche pathogène militarisée, une arme de destruction massive pour une guerre où tous les coups seraient permis.

En décortiquant le noyau d'ADN et en comparant les images des manuels avec ce qu'il voyait dans son microscope, il comprit rapidement que quelqu'un y avait introduit un gène spécifique. Il ne pouvait y avoir qu'une raison à cela : le virus avait été conçu pour résister au vaccin.

Si ça marchait – et Drax ne voyait pas de raison pour que ça ne marche pas –, personne au monde, pas même les nazis avec leurs wagons à bestiaux et leurs boîtes de gaz Zyklon-B, n'avait jamais été détenteur d'un agent tueur plus efficace.

Dans pareil cas, la procédure normale – si toutefois on pouvait considérer qu'il y avait là quelque chose de normal – aurait voulu que Drax téléphone à son superviseur de service chez lui pour l'informer de ce qu'il avait découvert. Mais Drax en décida autrement. Il était exclu qu'il offre à l'un de ces connards-primates une place dans l'histoire de l'institut, cette *notoriété* qui, il le savait, découlerait de la découverte de la variole militarisée.

On parle bien encore aujourd'hui des types qui ont découvert le virus Ebola chez un foutu singe, songea-t-il.

Bref, il décida de tous les court-circuiter et d'appeler sa cousine. Il ne l'aimait pas beaucoup non plus, mais elle avait épousé un assistant spécial du Conseil national de sécurité, un homme que Drax surnommait en secret Lèvres luisantes, vu la servilité dont il faisait preuve vis-à-vis de ses supérieurs.

Lorsqu'il l'eut en ligne, Drax – sans parler du petit carré de tapis de selle – lui dit qu'il devait absolument parler au plus haut responsable des services de renseignement américains qu'il puisse contacter à cette heure tardive, un dimanche soir. Lèvres luisantes se mit à rire et répondit que les choses ne fonctionnaient pas comme ça, qu'il ferait mieux de lui dire de quoi il retournait et que… Mais au fait, pourquoi n'en parlait-il pas à ses supérieurs, il y avait sûrement une procédure en place…

Drax n'était pas d'humeur à tergiverser. « Oh, pardon, dit-il. Dois-je te rappeler que les murs ont des oreilles ? Il y a une ligne directe sécurisée au laboratoire. Alors fais ce que je te demande ; trouve-moi quelqu'un qui m'appelle, c'est une urgence nationale. »

Il raccrocha avant que Lèvres luisantes ne puisse répondre, puis s'assit et attendit. Il y avait des années qu'il ne s'était pas senti aussi bien.

Ce furent les mots « urgence nationale » et le fait que Drax travaillait pour le fameux laboratoire de bio-défense qui décidèrent Lèvres luisantes à appeler le directeur adjoint du comité national du Renseignement, qu'il connaissait bien, car leurs fils adolescents jouaient dans la même équipe de base-ball.

Ce fut donc le directeur adjoint qui rappela Drax et écouta avec une consternation exponentielle ce que le technicien lui révélait du bout de tissu qui était arrivé d'Afghanistan et des différentes formes de variole.

« Compte tenu de la panique que ce genre de chose provoquerait, j'ai voulu que le plus petit nombre de personnes soit au courant. J'ai pensé préférable de m'adresser directement au sommet », déclara Drax.

Le directeur adjoint l'en félicita, lui dit de n'en parler à personne et d'attendre qu'on le rappelle. Mais le directeur adjoint avait un sérieux problème : Drax disait-il la vérité ? N'y avait-il pas eu un scientifique dans la même unité, à Fort Detrick, qui avait été soupçonné d'avoir fabriqué de l'anthrax et de l'avoir envoyé par la poste à plusieurs sénateurs des États-Unis ? D'un autre côté, ce que lui avait raconté le type sur la ligne sécurisée semblait tout droit sortir d'un cauchemar, certes, mais ça ne signifiait pas pour autant que c'était une nouvelle élucubration de Fort Detrick.

Il appela le patron de l'institut, un officier de haut rang et un scientifique très respecté à bon droit, lui fit jurer de garder le secret, lui expliqua ce qu'il venait d'apprendre et lui demanda – non, lui ordonna – de se rendre immédiatement au laboratoire pour confirmer la provenance de l'échantillon et examiner les conclusions de Drax.

Quarante minutes plus tard, assis devant le microscope électronique de Drax, le patron de l'institut rappela le directeur adjoint et lui donna les informations que celui-ci redoutait. La machine gouvernementale et le sentiment de panique commencèrent alors à s'emballer. Tout ceci se produisit alors que deux personnes seulement dans l'énorme installation de bio-sécurité du pays – l'organisation qui aurait dû être à l'épicentre des événements – avaient une idée de ce qui était en train de se passer. Un circuit peu orthodoxe, étonnant à tous points de vue.

Pour le reste d'entre nous, c'était un phénomène accidentel, ce qui signifiait que les autorités, du moins, avaient une chance de pouvoir garder la chose secrète. Si le Sarrasin venait à apprendre qu'il était pourchassé, il irait aussitôt se terrer, ou bien précipiterait la mise en œuvre de son plan. Garder le secret était primordial et, à cet égard, les heures qui suivraient allaient être capitales…

44

Le secret fut préservé. À minuit ce dimanche-là, neuf personnes au monde seulement connaissaient la vérité – le Sarrasin excepté. Peu de temps après, alors qu'il y avait longtemps que j'avais rendu mon insigne, je devins la dixième.

Les deux premiers initiés – Drax et son patron –

travaillaient à l'institut de Recherche des maladies infectieuses de l'armée. Le troisième était le directeur adjoint du Comité national du Renseignement. Lorsqu'il eut confirmation de l'exactitude des faits qui lui avaient été rapportés, il donna aussitôt un coup de téléphone, et le directeur de son département devint le quatrième.

Le directeur, qui n'était pas un fonctionnaire quelconque, était imprégné de l'histoire et des pratiques du monde tentaculaire du Renseignement : il avait commencé sa carrière à la NSA à analyser les photos d'installations militaires soviétiques obtenues par le survol des U2, puis était passé à l'action dans les opérations clandestines de la CIA. Son passé d'assassinats ciblés dans cette section et sa façon de parler plus bas que quiconque à Washington lui valurent un surnom qui devait le suivre tout au long de sa carrière bien remplie. Murmure Fatal, c'est ainsi qu'on l'appelait.

Il téléphona au président, qui dormait dans sa chambre des appartements privés du deuxième étage de la Maison-Blanche, et attendit que le chef suprême des armées chasse le sommeil qui embrumait encore son cerveau, et pénètre dans son bureau attenant. Il était 23 heures.

Cela faisait sept ans que le président était veuf et ce ne fut pas par peur de réveiller qui que ce soit qu'il se déplaça dans une autre pièce. Il vivait une vie monastique depuis que sa femme était décédée et il dormait seul. Non, il voulait juste se donner un peu de temps pour prendre une robe de chambre derrière la porte. Il sentait bien à l'heure de l'appel et au ton de la voix de Murmure Fatal qu'il s'agissait de quelque chose de grave, et il ne voulait pas que ce maudit *New York*

Times aille raconter qu'il était au lit en sous-vêtements quand il avait appris la nouvelle.

Assis à son bureau, le président écouta Murmure lui expliquer qu'un échantillon de variole active avait été retrouvé dans un village afghan abandonné, que ce n'était pas la variole ordinaire et que la souche aurait été modifiée pour résister au vaccin, que l'analyse génétique indiquait que cela avait été réalisé à partir d'éléments facilement accessibles partout dans le monde, que ce virus aurait fait l'objet d'un essai clinique meurtrier dans les montagnes de l'Hindu Kush, que trois innocents en étaient morts, et que le seul suspect, une personne dont on ne savait absolument rien, s'était échappé et très certainement évanoui dans l'un des pays arabes voisins, ce qui représentait une population totale de quatre cents millions de personnes. En bref, qu'on était confronté à une catastrophe potentielle d'une magnitude exceptionnelle.

C'est dans ces circonstances que le président – qui était très content d'avoir enfilé sa robe de chambre – devint la cinquième personne à partager le secret.

Ni lui ni le directeur du Renseignement n'eurent le moindre doute que l'Amérique était la cible. Le cœur lourd, la colère montant en lui, le président demanda au directeur combien de temps il pensait qu'il leur restait avant qu'une attaque ne soit lancée.

« Je ne sais pas, répondit Murmure Fatal. Tout ce que je peux dire, c'est qu'un individu – ou un groupe – semble avoir synthétisé le virus et qu'ils ont maintenant une bonne raison de penser qu'il fonctionne. Pourquoi attendraient-ils ?

— Je comprends, dit froidement le président, mais vous êtes le directeur du Renseignement de ce pays, j'ai besoin d'une estimation de temps, d'une hypothèse, quelque chose.

— Difficile à dire. Très bientôt en tout cas, ça c'est sûr. » Ce fut une chance que le système d'enregistrement de la Maison-Blanche aille jusqu'au bureau privé du président : il y avait maintenant un témoignage historique enregistré de la seule et unique fois où on avait entendu Murmure Fatal élever la voix.

Il annonça au président qu'il appelait une voiture et qu'il serait à la Maison-Blanche dans vingt minutes. Il raccrocha et resta à méditer un moment. Dans le long silence de son effroi, il ne put s'empêcher de penser qu'une fois de plus Fort Detrick s'était montré digne de son surnom : Fort Sinistre.

45

Confortablement assis à l'arrière de la voiture officielle qui roulait à vive allure dans les rues désertes en direction de la Maison-Blanche, l'épaisse vitre de séparation relevée, Murmure Fatal passa une série de coups de fil. Le premier fut pour ordonner l'arrestation immédiate de Walter Drax. Un rapide coup d'œil sur son dossier personnel lui avait suffi pour voir que c'était un type plein de colère, un franc-tireur dont on pouvait craindre qu'il ne résisterait pas à parler ou à se vanter.

Quelques minutes plus tard, six hommes répartis dans trois SUV noirs arrivèrent sur le campus de l'institut où plusieurs gardes du service de sécurité du site les accueillirent, puis les conduisirent dans le laboratoire de Drax. Leurs armes bien en évidence sous leur veste, ils demandèrent au directeur de l'institut de retourner dans son bureau, exhibèrent des cartes du FBI de façon si fugitive qu'il eût été impossible de vérifier leur authenticité, et lui annoncèrent qu'il était en état d'arrestation pour présomption d'espionnage. Drax, complètement désemparé, rétorqua qu'il ne comprenait rien à ce qu'ils racontaient – qu'il était un patriote et l'avait été toute sa vie. Ils l'ignorèrent, lui lurent ses droits et, quand il demanda à voir un avocat, lui promirent de s'en occuper dès que son inculpation lui serait notifiée. Bien entendu, ils n'avaient aucune intention de s'en occuper et au lieu de ça le conduisirent à un terrain d'aviation situé juste de l'autre côté de Frederick où, à bord d'un jet officiel qui les attendait, ils s'envolèrent vers les Black Hills du Dakota du Sud. De là, d'autres SUV officiels le transportèrent jusqu'à une ferme isolée aux pièces austères.

Paradoxalement, par une de ces étranges coïncidences que la vie réserve parfois, c'est dans cette même ferme qu'on m'avait emmené après que j'avais tué le Cavalier de la Bleue, laquelle avait été affectée au même usage et utilisée par d'autres membres des services de Renseignement après la dissolution de la Division. Comme je l'avais été moi-même bien des années auparavant, Drax et son secret étaient à présent soustraits au monde.

La seconde série d'appels que passa Murmure fut à l'intention des ambassadeurs d'Italie, du Japon et des Pays-Bas. Il leur annonça qu'à son grand regret il venait d'apprendre que leurs ressortissants étaient morts, tués par leurs kidnappeurs lorsqu'ils s'étaient rendu compte que les militaires se rapprochaient. « Ils ont vite et sommairement enterré les corps et nous sommes en train de les exhumer, précisa-t-il. Les tests

ADN et l'identification officielle vont évidemment prendre un certain temps. » Il ajouta que, pour des raisons opérationnelles, cette information devait être gardée secrète et laissa sous-entendre que les kidnappeurs faisaient encore l'objet d'une poursuite acharnée.

Son dernier appel fut pour le patron de la CIA. Sans lui donner d'explication, ce qui n'était pas rare dans les services secrets, il lui dit de s'organiser pour faire savoir aux hommes en combinaison NBC qui se trouvaient à l'hôtel Overlook que tous les tests s'étaient révélés négatifs. Qu'on n'avait plus besoin d'eux et qu'ils devaient regagner immédiatement leur base. Après leur départ, le personnel de la CIA allait prendre le relais, sceller la fosse et interdire l'accès au site.

Le temps qu'il finisse de passer ces appels – ayant ainsi verrouillé les risques de fuite les plus évidents –, il franchissait les grilles de la Maison-Blanche.

46

Ce qu'il y avait de surprenant chez James Grosvenor, c'était qu'il était très intelligent, bien de sa personne et modeste, autrement dit très éloigné du politicien type. Personne n'avait pensé, lui moins qu'un autre, qu'il deviendrait un jour président des États-Unis d'Amérique.

Homme d'affaires pendant presque toute sa vie active, il en avait passé l'essentiel à reprendre des entreprises en difficulté pour les remettre à flot. On aurait pu dire qu'il appartenait à la vieille école, mais il croyait en l'industrie américaine, au talent de ses ouvriers, et considérait que les hommes et les femmes qui travaillaient dur méritaient un salaire et une couverture sociale décents. S'il y avait une chose en laquelle il ne croyait pas, en revanche, c'était à l'utilité des syndicats. Si les chefs d'entreprise se conduisaient convenablement, on n'avait pas besoin d'eux. Inutile de préciser que ses salariés lui étaient très dévoués et que leur taux de productivité était parmi les plus élevés du pays.

La réussite et la fortune générées par son approche lui permirent de reprendre des entreprises de plus en plus importantes et lui donnèrent une image médiatique d'homme engagé dans la préservation de l'appareil industriel de la nation. « L'envol du phénix » fut le titre donné au sujet qui lui fut consacré dans *60 Minutes*, le magazine d'informations de CBS. Peu de temps après sa diffusion, on lui proposa le poste de secrétaire au Commerce et, ayant gagné suffisamment d'argent, il accepta, heureux de relever un nouveau défi. Pour un *self-made man*, l'administration ministérielle et sa bureaucratie à n'en plus finir furent une révélation, mais il n'était pas homme à changer de cap, et il réussit tellement bien que lorsque le secrétaire à la Santé fut écarté à la suite d'un scandale de corruption, il changea de casquette.

Sa femme était morte d'un cancer du sein et il s'engagea à fond dans ce ministère, avec une conviction qu'on n'avait pas vue depuis des années dans le bâtiment vieillot d'Independence Avenue. Il était largement perçu comme le défenseur des droits des citoyens ordinaires – au grand dam du puissant lobby de la santé –, ce qui ne fit que contribuer à le rendre encore plus populaire. Deux ans plus tard, on lui proposa d'être le second d'un ticket présidentiel. Le candidat à la présidence était une femme, la première à se présenter à la magistrature suprême pour le compte d'un grand parti, et Grosvenor savait qu'on l'avait choisi pour équilibrer ce ticket par une solide présence masculine.

Aucun de ses amis ne s'attendait qu'il accepte, mais Anne et lui n'avaient pas eu d'enfants et il lui était devenu de plus en plus difficile de combler le vide laissé par sa disparition. Sa solution était de travailler de plus en plus dur et de relever des défis encore plus grands. Au-delà de l'énergie qu'il déployait, c'était un homme triste, mais un homme de qualité.

Au bout de deux jours de réflexion, il accepta mais, dans son for intérieur, il n'accordait que peu de chances de succès à leur ticket. Les sondages non plus.

Puis, alors qu'elle s'exprimait lors d'un meeting dans l'Iowa, dix semaines avant les élections, la candidate fut victime d'une rupture d'anévrisme. Les images la montrant en train de s'écrouler sur l'estrade, victime d'une attaque, étaient déjà traumatisantes, mais les quatre jours suivants, alors qu'elle était sous assistance respiratoire et que sa famille la veillait à son chevet, furent pires encore.

Pendant tout ce temps, Grosvenor assura non seulement ses propres engagements mais également ceux de la candidate, réussissant l'exploit de mener la campagne jusqu'au bout pratiquement à lui tout seul. Chaque fois qu'il en avait l'occasion, il parlait de la façon dont il avait vécu la maladie de sa femme et rappelait au public ce qui était le plus important dans l'existence : une bonne santé, une longue vie et l'amour des autres. Et pour une fois dans une campagne politique, ses discours avaient des accents de vérité.

C'était un homme séduisant, qui avait toujours été plein d'esprit, et, dans les sondages, l'écart se rétrécit. Mais le véritable tournant se produisit le soir où la famille de la candidate décida de débrancher son appareil d'assistance respiratoire. Grosvenor se trouvait à l'hôpital et, quand tout fut fini, il sortit par une porte dérobée pour aller respirer un bon coup. Quelques instants plus tard, le mari de la candidate le rejoignit, tous deux pensant être à l'abri des regards.

Mais quelqu'un les observait – sans doute un employé de l'hôpital – et la scène fut filmée sur un téléphone portable. Avec du grain, à une certaine distance, c'était une vidéo floue mais on y voyait tout de même clairement le mari de la candidate craquer et se mettre à pleurer. Au bout de quelques instants, alors qu'il n'arrivait manifestement plus à maîtriser son émotion, Grosvenor s'était avancé, l'avait pris dans ses bras et tenu un certain temps serré contre lui.

Une vidéo montrant deux hommes, plus très jeunes ni l'un ni l'autre, à la porte d'un hôpital, l'un d'eux candidat à la vice-présidence soutenant l'autre dans un moment de détresse, était un témoignage de véritable empathie, et quelques minutes suffirent pour que, téléchargée sur Internet, elle devienne un immense phénomène de communication virale. Pendant la durée du clip, les électeurs eurent un aperçu de ce qui se passait derrière le rideau de l'image et de l'événement, et dans cet homme propulsé au premier rang du ticket, ils découvrirent une personne finalement pas très différente d'eux.

Le premier mardi du mois de novembre, ce ne fut pas un raz de marée, mais Grosvenor – le candidat sans doute le plus improbable de la vie politique moderne américaine – obtint suffisamment de voix pour l'emporter. « Je suis Lyndon Johnson, sauf qu'il n'y a pas eu d'assassinat », dit-il à des amis juste avant la prestation de serment.

Mais la question à laquelle personne ne pouvait répondre – celle qui avait été matraquée par son rival pendant toute la campagne – était de savoir si James Balthazar Grosvenor avait suffisamment de poigne pour affronter une crise majeure.

Nous tous – la nation, le monde, lui-même – allions bientôt le savoir.

47

À son entrée dans le Bureau ovale, Murmure Fatal découvrit que le secrétaire d'État, les secrétaires à la Défense et à la Sécurité intérieure, convoqués par le président, étaient déjà assis devant le bureau de Lincoln. Le secrétaire général de la Maison-Blanche prenait des notes et se servait d'un enregistreur numérique afin de garder la trace de ce qui se disait – sans que personne sache vraiment si c'était pour la postérité, son autobiographie ou stimuler sa mémoire.

L'essentiel de la situation avait déjà été expliqué aux trois secrétaires d'État par le président, si bien que le nombre de personnes admises dans le secret s'élevait désormais à neuf. Grosvenor affirma qu'il n'y aurait pas trahison plus grave que divulguer la menace à laquelle le pays était confronté, et cela incluait leurs femmes, leurs enfants, leurs maîtresses, leurs assistants et toute personne qu'ils pourraient être amenés à fréquenter.

Ils acquiescèrent gravement d'un signe de tête et Grosvenor ne put qu'espérer qu'ils soient sincères. Il s'apprêtait à leur faire part d'un plan dont il avait rapidement noté les grandes lignes lorsque le secrétaire à la Défense l'interrompit : « Compte tenu de ce que nous savons, ne serait-il pas opportun de commencer par une lecture de la Bible, ou une courte prière ? »

Grosvernor vit Murmure Fatal et le secrétaire d'État lever les yeux au ciel et comprit qu'il avait au moins deux athées parmi ses proches conseillers.

« C'est une bonne idée, Hal, répondit-il d'un ton égal, et je suis sûr que chacun de nous en son for intérieur demandera toute l'aide spirituelle dont nous aurons besoin au cours de la nuit. Pour le moment, avançons, voulez-vous ? »

C'était une bonne réponse, très diplomatique, qui sembla satisfaire à la fois Hal Enderby, le secrétaire à la Défense, et les athées assis derrière lui.

Le président se tourna vers Murmure. « D'abord, est-on certain que le virus a été conçu pour résister au vaccin ?

— Oui. Un gène, apparemment associé au système immunitaire, a été rajouté à l'ADN. Ça ne peut absolument pas être un hasard.

— Et ça marchera ? Ça résistera au vaccin ? demanda le président. Ce que je veux dire c'est que… on est dans l'inédit, là, on n'a jamais vu ça, si ?

— Malheureusement, monsieur, ce n'est pas exact, répondit Murmure, regardant autour de lui pour que tout le monde prenne conscience que ce qu'il allait dire était hautement confidentiel. À la fin des années 1980, les Soviétiques avaient au moins dix tonnes de variole qu'ils avaient développée pour équiper les têtes multiples de leurs missiles intercontinentaux.

» D'après une de nos sommités, ce matériel avait été conçu pour résister au vaccin. Nous avons toutes les raisons de croire que c'est possible. »

Cette révélation faite par la barbouze en chef du pays créa aussitôt un froid dans la pièce, lequel ne prit fin qu'avec l'intervention de la seule femme de la réunion, en charge de la Sécurité intérieure.

« Mais cela ne veut pas dire que cette version-là est opérante. Les Russes, c'est une chose, les terroristes, c'en est une autre. Nous n'avons aucun moyen de le savoir, n'est-ce pas ?

— Je crains que si, dit le président Grosvenor. L'homme de l'Hindu Kush avait trois prisonniers. Il est inconcevable qu'il n'ait pas vacciné l'un d'entre eux pour tester le virus, voir s'il résistait.

— C'est aussi ce que je pense, renchérit Murmure. Manifestement, ça a marché. Tous les prisonniers sont morts.

— Ça signifie que nous n'avons pas de ligne de défense, reprit le président. Trois cents millions de doses de vaccins se révéleraient sans doute totalement inutiles. » Le silence tomba sur la pièce faiblement éclairée. « Nous aurions dû développer un médicament anti-viral – un traitement. Ç'aurait été la seule véritable sécurité.

— Cette porte-là est fermée. On n'a plus le temps, maintenant », enchaîna le secrétaire d'État, un homme plus âgé qui semblait déjà épuisé.

Grosvenor acquiesça et se tourna vers Murmure. « Et c'est ce qu'on appelle un virus agressif ?

— Très agressif, confirma Murmure. Et je crois que

cela aussi était voulu. Plus la souche est agressive, plus vite ça se répand. Un virus n'est pas vraiment vivant, mais certainement pas mort non plus. Il ne survit pas en dehors de son hôte – dans le cas présent, le corps humain.

» Plus vite il détruit les hôtes, plus vite l'épidémie décline. Je ne pense pas que celui qui a développé ça veuille détruire le monde – juste nous.

— C'est réconfortant, ironisa le président. Bon, le type qui s'est échappé. On le trouve comment ? » Il se tourna vers le secrétaire général. « Échelon ? »

Cinq minutes plus tard, le secrétaire général de la Maison-Blanche avait passé les coups de fil nécessaires pour être informé de tout ce qu'Échelon aurait surpris. Pour ne pas être écrasé par la masse du matériau aspiré à gérer, Murmure avait suggéré qu'on limite la recherche initiale à un large périmètre autour du sommet de l'Hindu Kush sur les douze derniers jours. N'empêche que le volume de données serait ahurissant.

Il n'y avait évidemment pas de réseau filaire terrestre dans la région, et les relais d'émetteurs cellulaires en dehors de Kaboul et de quelques autres villes importantes étaient inexistants, si bien qu'il s'agissait de téléphones satellitaires. Échelon les affectionnait – c'était l'un des signaux les plus faciles à aspirer au monde –, mais le problème, c'était que, toutes les autres formes de communication en Afghanistan étant encore à l'âge de pierre, tout le monde en avait. Les passeurs de drogue, les trafiquants d'armes, les seigneurs de la guerre, les chefs talibans, les humanitaires, les journalistes, les chefs de village, les médecins et les hauts fonctionnaires en déplacement, tous en étaient équipés.

Ajouté à cela dix langues régionales différentes et plus de quarante dialectes, sans parler des codes et des cryptages qui allaient du plus rudimentaire au plus sophistiqué, et on était submergé par la masse de données à traiter.

Toujours est-il que, si l'homme solitaire que le lieutenant Keating avait aperçu sur les hauteurs s'était servi d'un téléphone satellitaire à proximité du village, Échelon devait l'avoir enregistré. Certes, le président savait qu'il n'y avait aucune garantie que l'homme en ait seulement eu un mais, dans les circonstances présentes, il n'avait guère le choix. Quand on n'a rien d'autre à se mettre sous la dent, on fait avec ce qu'on a.

Conformément à l'ordre direct venu du président, les ordinateurs IBM Roadrunner refroidis par eau de Fort Meade – parmi les supercalculateurs les plus rapides au monde – se mirent aussitôt à scanner leurs bases de données.

S'ils ne trouvaient rien au premier passage, leur périmètre de recherche serait élargi kilomètre après kilomètre, jusqu'à couvrir non seulement des pays, mais des sous-continents. Le fait est qu'ils étaient à la recherche d'une seule voix parmi des dizaines de millions.

48

En attendant, les cinq hommes et la femme assis autour du bureau de Lincoln essayèrent de définir les grandes lignes d'un plan d'action. Et furent presque immédiatement en conflit.

La seule chose sur laquelle ils tombèrent d'accord fut que le niveau d'alerte du pays devait rester inchangé : il était bas et, pour éviter la panique et les questions embarrassantes, il fallait le maintenir ainsi. Mais au cours des deux heures qui suivirent, les athées et les bigots s'empoignèrent sur presque tous les sujets, puis se liguèrent soudain contre le président sur d'autres, ensuite s'opposèrent entre eux, formèrent d'inconfortables alliances avec leurs opposants précédents, revinrent à leurs alliances naturelles pour, en plusieurs occasions, finir par faire de véritables saillies de francs-tireurs.

« C'est pire qu'une réunion de la *loya jirga* », commenta le secrétaire général dans son enregistreur numérique. En Afghanistan, la *loya jirga* était la grande assemblée des anciens. On l'avait appelée ainsi parce que le mot « bérézina » était déjà pris.

La fatigue finissant par gagner, tous s'étaient ligués contre Murmure qui, pensaient-ils, était l'homme le plus têtu qu'ils aient jamais rencontré. « Vous allez vous masturber encore longtemps ? » finit par lui dire la secrétaire à la Sécurité intérieure, exaspérée. C'était si surprenant dans la bouche d'une dame, une tournure si peu chrétienne qu'elle en fut choquée elle-même. Bon prince, Murmure éclata de rire, et tout le monde l'imita.

Résultat : ils étaient tous dans de meilleures dispositions d'esprit quand Murmure accoucha soudain de la première véritable bonne idée. Ce fut lui qui pensa au Polonium-210.

S'ils l'avaient trouvé aussi buté, c'était parce qu'il refusait obstinément de prendre en compte toute suggestion tant qu'on ne pourrait pas lui expliquer comment on allait pouvoir lancer une chasse à l'homme planétaire sans en révéler les raisons.

« On va voir les Pakistanais et on leur dit "on a terriblement besoin de votre aide mais, désolé, vous ne pouvez pas savoir pourquoi", déclara-t-il. Non seulement ils se sentiront offensés, mais ils se poseront des tas de questions, et, si j'en crois mon expérience, quand un certain nombre de personnes posent des questions, il y a toujours quelqu'un qui finit par trouver la bonne réponse. »

Plus tard, quand ils eurent fini de rire de la saillie de la responsable de la Sécurité intérieure, Murmure revint au problème central. « On envisage d'utiliser les ressources de tous les services de Renseignement américains et alliés. Autrement dit, cent mille personnes à la poursuite d'un seul homme. Tout le monde pensera que c'est un terroriste, et qu'est-ce qu'on va leur dire… »

Sa voix mourut, car son cerveau, allant plus vite que sa parole, était déjà passé à autre chose, et il lui était venu une idée.

Le président le regarda. « Qu'y a-t-il ? »

Murmure leur sourit. « Ce que nous allons leur raconter, c'est que, selon une source de renseignement parfaitement fiable, nous pensons que l'enlèvement des ressortissants étrangers faisait partie d'un plan beaucoup plus ambitieux : récupérer de l'argent pour financer un gramme de Polonium-210.

— Un détonateur nucléaire ? fit le secrétaire d'État.

— C'est ça, confirma Murmure. Nous prétendrons que cet homme, ou l'organisation à laquelle il appartient, en est au stade final de construction d'un engin nucléaire portable. »

Le temps que l'idée fasse son chemin, les autres eurent l'air d'hommes des cavernes qui venaient de découvrir le feu. « Tout le monde nous aidera, renchérit le secrétaire à la Défense. Il n'y a pas un pays au monde – même les fanatiques – qui acceptera que quelqu'un fabrique une bombe sale à sa porte.

— Ça nous donnera une raison de lancer la plus grande chasse à l'homme de l'histoire, poursuivit Murmure. Personne ne mettra en doute quelque chose d'aussi grave. Qui irait inventer un truc pareil ? Bien entendu, nous ferons semblant d'être réticents à le révéler…

— Mais nous organiserons les fuites nous-mêmes, ajouta la responsable de la Sécurité intérieure. Dans des médias de bonne réputation : le *Times*, ou le *Post*. »

Murmure Fatal sourit. Enfin, ils commençaient à comprendre.

« Ça va créer une panique, souligna le secrétaire général, veillant à ce que ce conseil pertinent soit assez audible pour ne pas échapper à l'appareil enregistreur.

— C'est sûr, mais pas autant que la variole », répliqua Murmure. Il avait déjà pensé à l'opinion et ne pensait pas que cela fût rédhibitoire. « Il s'agit d'une bombe, d'une ville. Le président peut rassurer l'opinion et dire qu'on a les moyens d'empêcher ça. »

Tous se tournèrent vers le commandant en chef pour voir sa réaction et furent étonnés de voir que la tristesse sur son visage était encore plus marquée que d'habitude.

« Penser qu'une bombe nucléaire portable puisse être plus acceptable que la vérité, quelle terrible époque ! »

Ces gens-là n'étaient pas idiots, aucun d'entre eux, et cette remarque leur donna à réfléchir. À quel moment cela a-t-il dérapé ? Comment le monde a-t-il pu devenir aussi fou ?

Mais Murmure Fatal était un pragmatique, le plus coriace de tous, et il ne croyait pas utile de passer trop de temps à réfléchir à l'idée que l'Homme est un loup pour l'Homme.

« Ça veut dire qu'on pourra surveiller les aéroports et les frontières avec des agents équipés de scanners. Peu importe le nom qu'on leur donne – compteurs Geiger ou autre –, du moment qu'ils puissent lire la température corporelle. C'est l'un des premiers symptômes d'une infection par la variole. Bien entendu, nous surveillerons plus particulièrement les Arabes ou les musulmans – et tant pis pour la discrimination. Quiconque présentant une température élevée sera directement orienté vers un deuxième filtrage et, si nécessaire, placé en quarantaine. »

Le secrétaire d'État l'interrompit. « Est-ce que c'est le mode d'attaque le plus probable, des gens qui...

— Des contaminés-suicides, intervint Murmure, saisissant la balle au bond. Il y a plusieurs années, nous avons conduit un exercice appelé Hiver Noir, et ça a toujours été l'hypothèse retenue.

— Si nous arrivons à coincer un des vecteurs et à remonter la piste – à pratiquer une sorte de rétro-ingénierie –, on trouvera les responsables. »

Il y eut un silence, mais Murmure savait que c'était le silence du succès, pas de la déception. Ça leur avait pris des heures, mais ils avaient maintenant une stratégie opérationnelle. Vu les circonstances, ce plan était excellent, et on ne pourrait pas leur reprocher la lueur d'espoir et de confiance qui apparut dans leurs yeux.

Sauf que ce plan n'avait, hélas, aucune chance de marcher.

D'abord, quel que soit le nombre d'agents qu'on missionnerait, il n'y avait qu'une poignée de gens qui connaissaient les déplacements du Sarrasin et qui n'étaient certainement pas disposés à nous aider. Lorsque le seigneur Abdul Mohammad Khan apprit que l'enfer se déchaînait et que les Pakistanais, les Afghans et même les autorités iraniennes – bordel de merde – étaient à la recherche d'un homme ayant circulé à travers l'Hindu Kush que l'on soupçonnait d'acheter un détonateur nucléaire, il n'eut aucune certitude que cela ait un rapport quelconque avec le médecin qui s'était jadis conduit comme un foudre de guerre avec son Blowpipe. Mais, par sécurité, il envoya un coursier – l'un de ses petits-fils, pour qu'il soit parfaitement fiable – avec un message verbal à l'intention des kidnappeurs iraniens. Le contenu en était simple : il disait, sur la vie de leur mère, qu'il attendait d'eux qu'ils ne disent rien de ce qu'ils avaient fait pour lui en enlevant les trois étrangers. Le message qu'il reçut en retour fut tout aussi simple. Sur la vie de leur mère, ils seraient comme des tombes.

Le deuxième problème, c'était qu'à la Maison-Blanche on croyait au poids des nombres ; on croyait à la présence d'agents dans tous les aéroports, on croyait aux scanners et à la température élevée d'un corps. On croyait, dur comme fer, aux contaminés-suicides en tant que vecteurs. Pas le Sarrasin et, compte tenu que c'était lui le détenteur de la variole, cela faisait toute la différence.

L'aube pointait à l'horizon, et le secrétaire d'État venait juste de réclamer un peu de nourriture quand ils eurent des nouvelles d'Échelon.

49

Deux coups de fil. La première aspiration d'Échelon avait produit deux appels satellitaires qui correspondaient si bien aux critères de recherche que c'en était inespéré.

Passés à trois jours d'intervalle, l'un et l'autre collaient parfaitement au créneau de temps et, même s'il y avait eu une certaine dose d'interférences atmosphériques – dues probablement à une tempête se déplaçant dans l'Hindu Kush ou à ce foutu vent soufflant jusqu'en Chine –, les analystes de la NSA qui avaient géré cette requête de haute priorité de la Maison-Blanche étaient certains qu'ils avaient été émis dans un rayon de quelques kilomètres autour du village dévasté.

Il était possible qu'ils aient été passés depuis l'intérieur du village, mais ce niveau de précision ne pourrait être obtenu que lorsque les Roadrunners d'IBM auraient extrait les coordonnées précises et neutralisé les interférences.

De surcroît, les deux individus en ligne – l'homme dans l'Hindu Kush et une femme dans une cabine publique du sud de la Turquie – parlaient tous les deux anglais, alors que ce n'était pas leur langue maternelle.

Le président et Murmure, écoutant le rapport du secrétaire général, se regardèrent l'un l'autre, et tous pensèrent la même chose : pouvait-on espérer mieux ?

Puis la chance les abandonna.

Les deux personnes au téléphone s'entretenaient en anglais, certes, mais ça ne servait pas à grand-chose. Dans le premier appel, l'homme s'exprimait très peu ; c'était comme s'il écoutait un rapport. Et la femme était très habile. Elle avait préenregistré la conversation, vraisemblablement sur un téléphone cellulaire. Ce qu'elle disait avait été emprunté à la BBC, à CNN, à MSNBC et à toute une série de chaînes télé d'informations de langue anglaise. Bien qu'elle ait interrompu son enregistrement deux ou trois fois et ajouté ce qui ressemblait à des informations additionnelles, il était impossible de déterminer son âge, son niveau d'éducation ou quoi que ce soit d'autre d'exploitable par les profileurs du FBI.

Le contenu même de cette conversation bizarre était tout aussi mystérieux. La moitié était en mots codés qui ne correspondaient manifestement pas au reste du contenu, quel qu'il soit. Les experts qui l'avaient étudiée étaient d'avis qu'elle transmettait des informations relatives à un problème médical, mais que cela en soi était probablement déjà le cryptage de quelque chose d'autre.

Le second appel était encore plus bref. Elle l'avait à nouveau préenregistré et ça ressemblait à une sorte d'actualisation. L'homme la remerciait et, malgré le temps écoulé et la distance, considérable, on décelait du soulagement dans sa voix. Il parla durant six secondes sans interruption, puis raccrocha.

Les personnes présentes dans le Bureau ovale étaient totalement perplexes. Ce qui avait paru si prometteur quelques minutes auparavant s'était transformé en un dédale d'inconnues.

Le secrétaire général, jetant un nouveau coup d'œil

au rapport qui lui avait été adressé par courriel, lut qu'Échelon avait conduit une recherche dans l'intégralité de sa base de données des six dernières années afin de voir si ce téléphone satellitaire avait été utilisé pour passer ou recevoir d'autres appels. Il n'y avait rien. Juste ces deux coups de fil, comme des atomes isolés dérivant dans le cyberespace ; pratiquement incompréhensibles.

Pourtant, même dans le fouillis de cryptage et de voix empruntées à des programmes d'informations, il y avait des indices. Quatre mots, que la femme avait prononcés, sans doute par erreur, étaient en arabe, et l'homme l'avait coupée brutalement dans la même langue, lui reprochant de l'employer. Ils étaient donc arabes : à moins qu'il ne s'agisse d'un impair volontaire, délibéré, pour amener quiconque serait à l'écoute à tirer une conclusion erronée.

Il y avait un autre indice : en fond sonore, du côté turc de la conversation, le grondement d'un trafic intense couvrait presque le bruit d'une sorte de musique d'ambiance d'une station de radio, ou de quelque chose du même genre. Mais pas complètement. Ça ressemblait à de la musique, et les analystes pensaient que cela avait dû passer dans le téléphone pendant que la femme dévidait son enregistrement dans le combiné. Ce que c'était, en revanche, ils ne pouvaient pas le dire. Le rapport indiquait qu'il leur faudrait creuser ça pendant des semaines pour essayer d'obtenir une interprétation de ce qu'ils avaient récupéré.

Normalement, ce bruit de fond n'aurait pas eu d'importance. Échelon aurait été capable de localiser la cabine téléphonique en très peu de temps. Mais le système téléphonique turc était tout sauf normal. Quiconque, à Échelon, avait conçu le logiciel capable d'aspirer les informations venant des centres régionaux de communication du pays n'avait pas tenu compte de la mauvaise qualité de la main-d'œuvre, des connexions sauvages, des réparations clandestines, des lignes tirées en douce pour éviter les facturations, de la corruption endémique et des pannes techniques récurrentes. Tout ce que pouvait faire Échelon, c'était zoomer sur une cabine téléphonique du centre d'une petite ville : quelque part dans un rayon de huit kilomètres, une femme avait reçu deux appels téléphoniques, indiquait le rapport, alors qu'il y avait de la circulation et quelque chose qui ressemblait à de la musique en fond sonore.

« Et la reconnaissance vocale ? demanda le président, évoquant la compétence d'Échelon dont le secret était le plus jalousement gardé.

— La femme n'a pas parlé suffisamment longtemps en continuité pour fournir un échantillon », répondit le secrétaire général, poursuivant la lecture du rapport. Il se tourna vers les trois secrétaires d'État, sachant qu'ils n'avaient jamais été admis dans le saint des saints des secrets d'Échelon…

« Le système requiert au moins six secondes. Il compare alors les éléments d'une voix à plus de deux cents millions d'autres – terroristes, criminels, rebelles –, à partir d'informations collectées ou rassemblées dans des bases de données à travers le monde », s'anima-t-il, passionné par le sujet. Il avait toujours adoré la technologie.

« Mais ce n'est que le début. La véritable percée, c'est que chaque voyelle, chaque sonorité peut être décomposée en signaux digitaux qui…

— Ça suffit », l'interrompit Murmure, ses yeux indiquant au secrétaire général qu'un mot de plus et, en vertu des dispositions des textes sur la Sécurité nationale, il serait autorisé à se lever et à l'étrangler. « Et l'homme ? demanda-t-il. Ont-ils eu les six secondes nécessaires ?

— Oui, ils ont un échantillon suffisant pour lui, dit le secrétaire général, encore piqué au vif d'avoir été rembarré. Mais ils n'ont pas trouvé de correspondance – même pas des voix approchantes –, ni en anglais ni en arabe. Il est écrit ici : "Complètement inconnu des bases de données de tous services de Renseignement ou d'agences chargées de faire respecter la loi". »

Ce développement inquiéta sérieusement Murmure. Il ne s'en ouvrit pas au président ni aux autres, mais il y a une chose qu'aucun service de Renseignement au monde ne peut gérer : c'est un homme dépourvu de tout antécédent. Que faire avec une personne qui n'a pas d'histoire, pas de fiche, pas de pedigree ? Murmure n'en avait jamais rencontré de sa vie – pas un vrai, s'entend – et aurait préféré ne jamais en rencontrer un.

Les autres remarquèrent l'anxiété sur son visage sombre et, dans le bref et lourd silence qui s'ensuivit, ils se rendirent compte que leur chance n'était pas revenue.

Le président fut le premier à se ressaisir et à exercer le leadership dont ils avaient besoin. Il leur dit que, malgré toutes ces heures de frustration et d'espoirs déçus, il leur restait un élément : une femme dans le sud de la Turquie connaissait l'identité de cet homme et lui avait parlé. Elle lui avait transmis des informations apparemment très importantes. Pour quelle autre raison, alors qu'il était en train d'expérimenter un virus qu'il avait synthétisé – une remarquable réussite –, aurait-il pris la peine de l'appeler ? Pas une fois, mais deux. Une personne suffisamment intelligente pour avoir produit un virus mortel devait savoir qu'elle risquait d'être écoutée. Pourquoi a-t-il pris ce risque ? Qu'y avait-il de si important ? Et plus important encore, qui était cette femme ?

« Donc… on va en Turquie, conclut-il. Comment ? »

Évidemment, les secrétaires à la Défense et à la Sécurité intérieure ainsi que le secrétaire d'État – le Gang des Trois, comme Murmure avait commencé à les appeler dans son for intérieur – étaient tous d'avis d'envoyer la Ve armée et la flotte de Méditerranée, et de débouler sur les plages turques. Cent mille agents ne suffiraient pas pour ce qu'ils avaient en tête. Le président les calma.

« Nous avons entraperçu quelqu'un, dit-il. Si on fonce, si on envahit la zone, la femme prendra peur et ira se terrer en Syrie, en Arabie saoudite, au Yémen ou dans n'importe quel autre pays, dans un coin où on ne pourra peut-être jamais la retrouver. »

Il pensait que les effectifs au sol et l'ampleur des luttes intestines de la CIA saperaient complètement l'opération. Ils avaient fini par l'avoir grâce aux bonnes vieilles méthodes de renseignement. « Qu'en dites-vous, Murmure ?

— Exactement. L'efficacité de toute opération est en proportion inverse du nombre de personnes employées, confirma-t-il, prêt à s'empoigner avec le Gang des Trois s'il le fallait. C'est typiquement le genre de mission que remplissent les agents sous couverture, leur élite en tout cas. On envoie un éclaireur et, s'il est bon et que la chance nous sourit de nouveau, il en trouvera assez pour montrer la voie aux autres. »

Le Gang des Trois ne pipa mot, rêvant sans doute encore à des bombardements massifs et aux premières scènes d'ouverture de *Il faut sauver le soldat Ryan*. « On envoie qui ? demanda le président.

— Je ne sais pas », répondit Murmure. C'est pourquoi le président le respectait autant ; quand il ne savait pas quelque chose, il était l'un des rares à savoir le reconnaître à Washington. « Je vous tiens au courant. »

La même pensée traversa tous les esprits. Un homme, c'est tout, un éclaireur seul dans un pays étranger. Certainement pas un boulot pour quelqu'un susceptible de craquer, quelqu'un n'ayant jamais appris à danser.

Les six personnes du Bureau ovale décidèrent qu'ils ne pourraient pas faire grand-chose de plus pour l'instant. Murmure lui-même se leva et récupéra adroitement l'exemplaire du rapport d'Échelon que le secrétaire général avait posé sur la table basse. Il ne voulait pas le laisser traîner.

Tandis que les gardiens du grand secret se dirigeaient vers la porte, une dernière idée vint au président et il héla Murmure : « Au fait, il s'agit de quel coin, en Turquie ? »

Murmure feuilleta les pages du rapport d'Échelon. « Dans la province de Mugla, répondit-il. Bodrum, c'est le nom de la ville. »

50

Murmure n'alla ni se doucher, ni manger, ni se reposer. Depuis sa voiture, il demanda par téléphone que l'on télécharge sur l'ordinateur de son bureau tous les fichiers officiels sur la Turquie méridionale afin qu'il les trouve en arrivant. Il voulait en savoir un maximum sur cette région avant de réfléchir au profil de l'agence – sans parler de l'opérationnel – qu'il allait choisir comme éclaireur.

Dès son retour de la Maison-Blanche, il s'enferma dans son grand bureau et passa la matinée penché sur son écran, stores baissés et portes closes.

Il venait tout juste de finir une analyse de la situation politique actuelle de la Turquie fournie par les Affaires étrangères – dix pages de plus de masturbation intellectuelle, se dit-il – et s'intéressait à présent à un mince dossier qui avait été envoyé à l'ambassade américaine à Ankara, la capitale du pays.

Il émanait d'un inspecteur de la criminelle de New York, et c'était une demande d'assistance pour identifier toutes les citoyennes américaines ayant demandé un visa pour la Turquie au cours des six mois précédents. Murmure l'ignorait, mais Ben Bradley avait envisagé – à juste titre – qu'une femme ayant en sa possession un numéro de téléphone en Turquie ainsi qu'un calendrier coûteux où figuraient des ruines romaines spectaculaires avait pu avoir le projet de s'y rendre.

Murmure vit que le dossier concernait un meurtre commis dans un hôtel appelé l'Eastside Inn – pas le genre d'hôtel où il projetterait de descendre à en juger par les photos un peu floues incluses dans le rapport de police sur ce crime – et il était sur le point de le refermer.

Mais là, quelque chose l'arrêta. Il n'avait jamais perdu l'acuité ni le sens du détail qu'il avait développés, jeune homme, quand il analysait les photos des installations militaires soviétiques prises lors des survols d'avions espions. Par habitude, il regardait toujours l'arrière-plan d'une photo, et il voyait à présent un homme à peine visible dans l'ombre de la scène de crime.

Murmure le connaissait. Même sur cette photo, il avait l'air de quelqu'un à part, d'un simple observateur, comme il l'avait sans doute été une bonne partie de sa vie.

Murmure garda les yeux fixés sur cette image de moi un long moment, pensif, puis il appuya sur un bouton de son bureau pour faire venir son assistant. Un homme proche de la trentaine, bien de sa personne et ambitieux, entra presque aussitôt.

« Je veux que vous me trouviez quelqu'un, lui dit Murmure. Je ne sais pas sous quelle identité il vit actuellement, mais il s'est longtemps appelé Scott Murdoch. »

L'assistant examina la photo que Murmure lui mit sous les yeux, le visage en arrière-plan soigneusement entouré. « Qui est-ce ? demanda-t-il.

— Il y a des années de cela, on l'appelait le Cavalier de la Bleue. Sans doute le meilleur agent de Renseignement qui ait jamais existé. »

L'assistant sourit. « Je croyais que c'était vous.

— Moi aussi, répondit Murmure, jusqu'à ce que je le rencontre. »

51

La foule avait commencé à arriver tôt, affluant dans le plus grand auditorium du campus de l'université de New York. Franchement, je ne pensais pas que l'endroit serait assez grand pour accueillir tout ce monde. C'était le premier jour du symposium organisé de longue date par Ben Bradley – le forum de Davos des enquêteurs et des techniciens qui, chacun dans sa spécialité, leur apportaient leurs compétences.

Ils venaient de vingt pays différents. Il y avait même une délégation de deux hommes de la police bosnienne, qui ne parlaient pas anglais, mais avaient réussi à convaincre leur hiérarchie qu'ils devaient y assister. Aux dires de tous, ils s'en payaient une tranche à New York et, au cours du café du matin, encouragèrent Bradley à réitérer tous les ans. Leur suggestion pour la prochaine édition : Las Vegas.

Le discours de bienvenue de Bradley, au cours duquel il relata quelques-unes de ses expériences du 11 Septembre, y compris la situation critique dans laquelle s'était trouvé le type en chaise roulante – omettant comme par hasard le rôle qu'il avait joué dans son sauvetage –, fut accueilli par une salve d'applaudissements. Ce fut la transition qui lui permit de présenter un collègue inconnu qui avait travaillé aux côtés de Jude Garrett sur un certain nombre d'enquêtes. Autrement dit, c'était mon tour.

Grâce à Battleboi et aux bases de données qu'il avait manipulées, j'étais redevenu Peter Campbell. Quand j'étais allé le voir dans son petit Japon médiéval pour qu'il m'aide à me refaire une nouvelle identité, je lui avais demandé s'il pouvait la rendre convaincante, compte tenu du peu de temps dont nous disposions.

Il avait fait oui de la tête. « Nous avons un énorme avantage : les gens croient à ce qu'ils lisent dans les bases de données. Ils n'ont pas appris la règle la plus importante du cyberespace : les ordinateurs ne mentent pas, mais les menteurs savent se servir d'un ordinateur. »

J'avais ri. « C'est pour ça que vous êtes si bon ? Parce que vous êtes un menteur de première ?

— En quelque sorte, oui. Je crois à des réalités alternatives. Regardez autour de vous, je vis dans l'une d'elles. J'imagine que tout ça n'est qu'une gigantesque supercherie.

» Je n'ai jamais dit ça à personne, avait-il poursuivi, mais dans un combat loyal, je suis meilleur que vos copains du FBI, ou tous ces types des agences de renseignement. Pour eux, voyez-vous, les réalités alternatives ou le cyberespace, ce n'est que du boulot. Pour moi qui suis gros et moche, c'est autre chose. Je n'aime pas beaucoup le monde réel. » Il montra les rangées de disques durs. « Ma vie, c'est ça.

— C'est drôle, avais-je répondu. Je ne penserais jamais à vous comme à quelqu'un de gros ou de moche. Pour moi, vous êtes japonais. »

J'avais vu sur son visage que ça l'avait touché. « Mais vous avez sans doute raison quant au fait d'être le meilleur, avais-je ajouté. Si jamais je suis coincé et que j'ai besoin d'aide en informatique, c'est vous que j'appellerai. »

Il avait ri et fini sa tasse de thé. « On y va ? »

Lorsque j'étais reparti, Peter Campbell était diplômé de l'université de Chicago ; il avait étudié la médecine à Harvard, puis passé des années à aider Garrett dans ses recherches. Comme je l'avais anticipé, Campbell était l'homme qui avait trouvé le manuscrit du remarquable livre de Garrett et, parce que j'avais accès à ses fichiers soigneusement conservés, l'éditeur m'avait demandé de travailler à sa publication. Résultat, j'avais une connaissance encyclopédique de ses dossiers. Bref, c'était comme si j'avais moi-même conduit ses enquêtes.

Donc, lorsque en tant que Peter Campbell je me suis retrouvé face à mes pairs rassemblés, un peu nerveux au début, j'ai rapidement trouvé mon rythme. J'ai évoqué le naturel renfermé de Garrett, précisé que j'avais été un de ses rares amis, et rappelé qu'il avait pratiquement vécu une double vie : tout le monde savait que c'était un agent du FBI, mais l'essentiel de son travail était pour des agences de ce que j'appelais par euphémisme « la communauté du Renseignement ».

Je m'étendis sur un certain nombre d'enquêtes – celles développées dans le livre – et, lorsque j'eus le sentiment d'avoir éveillé l'intérêt de mes auditeurs, je les invitai à la discussion et aux questions. Ce fut un feu d'artifice. Je dois avouer que ça ne m'a pas déplu. C'est une chose curieuse que d'être sur une estrade et d'entendre vos pairs vous attaquer, vous analyser et vous féliciter. Un peu comme si on lisait sa propre nécrologie.

Il y avait une femme en chemisier turquoise, assise au premier rang, qui mena la charge, disséquant les preuves, analysant les mobiles, posant des questions pointues. L'esprit vif, elle était terriblement attirante, avec un coupe de cheveux très naturelle, des pommettes saillantes et des yeux qui semblaient toujours prêts à rire. À un moment, elle dit : « J'ai remarqué quelques petites choses dans le texte : j'ai l'impression qu'il n'aimait pas beaucoup les femmes, je me trompe ? »

Où avait-elle été pêcher ça ? J'avais l'impression d'aimer beaucoup les femmes. « Bien au contraire, répondis-je. Et je peux même vous dire que lorsqu'il se montrait un peu entreprenant, les femmes avaient l'air de le trouver très séduisant et – je ne crois pas trahir de secret – très sensuel. »

À peine un battement de paupières. « Charmant, intelligent *et* sexy ? Eh bien, j'aurais aimé le rencontrer ! » s'exclama-t-elle, et ce fut un tonnerre d'applaudissements et d'acclamations.

Alors que je lui adressais un sourire, je me fis la réflexion que tous ces mois passés à retrouver une vie normale allaient enfin aboutir à quelque chose. Elle m'attirait, et un peu plus tard dans la journée, je pourrais peut-être trouver une occasion de lui parler et lui demander son numéro de téléphone.

En attendant, je changeai de registre. Je leur parlai d'une affaire que Jude, eût-il été vivant, aurait probablement trouvée la plus intéressante de toutes. J'évoquai le jour où les tours jumelles s'étaient effondrées et le meurtre de l'Eastside Inn.

« Ben Bradley vous a parlé de l'homme en fauteuil roulant. Mais il y a une chose qu'il ne vous a pas dite : celui qui était à la tête du groupe qui a porté cet homme sur soixante-dix-sept étages, c'était lui. »

L'assistance resta un instant silencieuse, sous le choc, puis il y eut une nouvelle salve d'applaudissements, pour lui cette fois. Ben et Marcie – elle était assise à ses côtés – me regardèrent surpris. Ils ignoraient totalement jusque-là que j'étais au courant de la bravoure de Ben, mais je crois qu'ils comprirent, cette fois, pourquoi j'avais accepté d'intervenir dans le symposium.

« C'est pas du tout Jésus qu'il a rencontré, dit Marcie à son mari, feignant la surprise.

— Non, on aurait dû se douter qu'il découvrirait la vérité. C'est un sacré enquêteur », dit Bradley, s'en faisant le reproche, et se levant pour accepter l'hommage de la foule.

Lorsque les applaudissements cessèrent, je poursuivis : « Mais ce fut une journée pleine d'événements étonnants. L'histoire de Ben n'en est qu'un exemple. Plus tôt dans la matinée, une jeune femme était en retard pour aller à son travail. Au moment où elle approchait des tours jumelles, elle a vu la frappe du premier avion et compris que, pour tout le monde, elle était à son bureau, donc pour ainsi dire morte. »

Pour la deuxième fois en moins d'une minute, Bradley fut abasourdi. Je ne lui avais jamais fait part de ma théorie, et il leva les mains, comme pour dire, mais où on va, là ?

Alors je le lui dis, ainsi qu'à toute l'assemblée : « Cette femme, dont le retard venait de lui sauver la vie, voulait tuer quelqu'un, voyez-vous, si bien qu'à présent, elle a un alibi parfait : elle est morte.

» Alors elle continue de marcher au milieu du chaos et de la peur, jusqu'à ce qu'elle trouve un endroit où elle peut vivre en marge, déconnectée du monde. Et cet endroit s'appelle l'Eastside Inn.

» Dès qu'elle en sort, elle se déguise et, au cours de ses sorties, elle emprunte un livre, sans doute l'œuvre la plus exhaustive qui soit sur la manière de tuer quelqu'un sans être inquiété. Nous connaissons tous ce livre. C'est celui de Jude Garrett. »

Il y eut un remous parmi les délégués, on retenait sa respiration. Bradley croisa mon regard et applaudit en silence : oui, disait-il, c'est sacrément bien trouvé.

« Elle invite une femme, jeune, probablement attirante, à l'Eastside Inn. Un peu de drogue, un peu de sexe. Puis elle la tue – en suivant le mode d'emploi, si j'ose dire. Ensuite elle disparaît.

» Quand la police de New York arrive, elle découvre une personne sans visage, sans empreintes digitales et sans dents. Bref, avec une victime que personne ne peut identifier, et une tueuse que personne ne soupçonne puisqu'elle est morte. Pourquoi ce meurtre ? Qui sont ces personnes ? Quel est le mobile ? Qu'est-ce que ça signifie ? »

Je marquai une pause et regardai autour de moi. Les gens hochaient la tête, admiratifs. « Oui, vous avez raison : c'est impressionnant. Jude avait un nom pour ces gens-là. Il les appelait des "esprits tordus". »

Les gens rirent, des commentaires et des idées commencèrent à se faire entendre puis fusèrent très vite. Mais, à ce moment-là, je n'écoutais plus vraiment : au fond de la salle, j'avais vu trois hommes entrer et s'asseoir discrètement au dernier rang.

C'est pourquoi, quand la jolie femme en chemisier turquoise eut une idée lumineuse, j'y fis à peine attention. Bien que je m'en sois souvenu des semaines plus tard, je m'en veux encore de ne pas m'y être arrêté sur le moment.

La seule chose que je puisse invoquer pour ma défense, c'est que je connaissais le monde des services secrets et je savais ce que ces hommes faisaient là. Ils en avaient après moi.

III

1

La mygale australienne est certainement l'araignée la plus venimeuse du monde, pire même que l'araignée errante brésilienne, et Dieu sait pourtant combien celle-là est redoutable.

Il y a longtemps, j'ai enquêté sur une affaire où l'on avait utilisé la neurotoxine d'une mygale australienne pour tuer un ingénieur américain, un des meilleurs éléments de l'une de nos agences clandestines opérant en Roumanie. Au cours de l'enquête, un biologiste me montra une de ces créatures noires plantureuses, un mâle de Sydney, le plus dangereux et agressif de l'espèce.

Je vous promets que, si vous n'avez jamais vu d'araignée auparavant – et même si vous n'êtes pas capable de reconnaître un arachnide –, le jour où vous rencontrez une mygale australienne, vous savez que vous avez un truc de mortel devant vous. Eh bien, il y a des hommes et quelques rares femmes comme cela dans le monde de l'ombre. Vous savez d'emblée qu'ils sont totalement dépourvus de cette humanité que l'on retrouve chez la plupart des gens. C'est une des raisons pour lesquelles j'étais ravi de quitter leur fréquentation et de tenter ma chance en pleine lumière.

Les trois hommes qui attendaient au fond de l'auditorium la fin de mon intervention étaient de cette engeance-là. Les délégués à peine sortis pour déjeuner, ne laissant que Bradley et moi sur l'estrade, ainsi que les deux Bosniaques qui cuvaient près du pupitre de l'ingénieur du son, ils se dirigèrent droit vers nous.

Bradley les avait déjà repérés. « Tu les connais ?

— En quelque sorte, oui.

— C'est qui ?

— Question à ne pas poser, Ben. »

Le flic reconnut en eux le danger et n'apprécia pas du tout leur façon de rouler les épaules, mais je posai ma main sur son bras. « Tu ferais mieux de partir », dis-je doucement.

Il ne parut pas convaincu. J'étais son collègue et s'il devait y avoir des problèmes il voulait être à mes côtés. Mais je savais pourquoi on avait confié le boulot à des hommes comme eux. Quelqu'un m'adressait un message : ce n'est pas négociable, faites ce qu'ils vous disent, un point c'est tout. « Va-t'en, Ben », répétai-je.

À regret, jetant un coup d'œil par-dessus son épaule, il se dirigea vers la porte. Les mygales s'arrêtèrent devant moi.

« Scott Murdoch ? » demanda le plus grand d'entre eux et, manifestement, le responsable du groupe.

Scott Murdoch, pensai-je. Alors c'était vraiment de l'histoire ancienne ! « Oui, on peut dire ça, répondis-je.

— Vous êtes prêt, docteur Murdoch ? »

Je me penchai et ramassai mon mince porte-document en cuir, un cadeau que je m'étais fait à mon arrivée à New York, pensant à tort que je pouvais laisser mon autre vie derrière moi.

Il n'aurait servi à rien de leur demander où nous

allions. Ils ne me diraient pas la vérité et je n'étais pas encore prêt à écouter leurs mensonges. J'espérais juste mériter quelques instants de plus au soleil.

2

Ils me conduisirent d'abord à l'East River. À l'héliport, un hélico prêt à décoller nous emmena jusqu'à un aéroport du New Jersey, où un jet d'affaires décolla dès que nous fûmes à bord.

Une heure avant le coucher du soleil, je vis les monuments de Washington se découper sur le ciel qui s'obscurcissait. Le jet atterrit à la base de l'armée de l'air d'Andrews et trois SUV conduits par des types en civil nous attendaient. J'ai cru qu'ils appartenaient au FBI et au Secret Service, mais je me trompais. C'était bien au-dessus de ça.

Le type au volant du véhicule de tête alluma ses gyrophares, si bien que nous n'avons pas perdu de temps dans la circulation congestionnée. Nous avons tourné dans la 17e Rue, atteint le bâtiment du bureau exécutif Eisenhower, franchi un contrôle de sécurité et sommes descendus dans un parking.

Les mygales n'allèrent pas plus loin. Ils me confièrent à quatre hommes en civil eux aussi qui me conduisirent jusqu'à la réception, puis par un couloir sans fenêtre jusqu'à un ascenseur. Il ne faisait que descendre. Nous en sommes sortis dans un sous-sol surveillé par des gardes armés. Inutile de vider mes poches : on me fit passer par un dispositif de contrôle par rétrodiffusion qui voyait tout, le métal comme le biologique, dans les moindres détails.

Contrôlés et admis, nous sommes montés dans une voiturette de golf et avons roulé le long d'une série de larges corridors. Aussi déconcertant que cela pût être, ce n'était pas le plus étrange : j'avais le sentiment que personne ne faisait attention à moi, comme si on leur avait dit de regarder ailleurs.

Nous arrivâmes devant un autre ascenseur, qui montait celui-là, sur ce qui me parut être six étages, et les quatre types en costume me confièrent à un homme plus âgé, vêtu avec plus de recherche, aux tempes argentées. « Voulez-vous me suivre, monsieur Jackson. »

Je ne m'appelais pas Jackson, je n'avais jamais entendu parler de Jackson, et Jackson n'avait jamais figuré parmi mes nombreux noms d'emprunt. À cet instant, je me rendis compte que j'étais un fantôme, une ombre sans présence ni identité. Et là, si je ne l'avais pas compris avant, je sus que c'était du sérieux.

Le renard argenté me fit traverser une zone de stations de travail sans fenêtres mais, là encore, personne ne regarda dans ma direction. Nous passâmes par une petite cuisine pour entrer dans un bureau beaucoup plus vaste. Il y avait enfin des fenêtres, mais en raison de l'obscurité à l'extérieur et de la déformation imputable à ce que je supposais être des vitres à l'épreuve des balles, je n'avais aucune idée de l'endroit où nous nous trouvions.

Le renard argenté parla doucement dans son micro de revers, attendit une réponse, puis ouvrit une porte. Il me fit signe d'avancer et je pénétrai dans la pièce.

Ce qui frappe d'emblée quand on entre dans le Bureau ovale, c'est qu'il est beaucoup plus petit qu'il n'en a l'air à la télévision. Le président, lui, en revanche, avait l'air beaucoup plus grand.

Un mètre quatre-vingt-huit, en bras de chemise, des poches sous les yeux, il se leva de son bureau, s'avança vers moi pour me serrer la main et m'invita à m'asseoir avec lui dans les canapés. En me tournant, je vis que nous n'étions pas seuls. Un homme était assis dans la pénombre. J'aurais dû m'en douter. C'était la personne qui avait envoyé les mygales, celui qui tenait à ce que je comprenne que la convocation n'était pas négociable.

« Bonjour, Scott, dit-il.

— Bonjour, Murmure. »

Du temps où j'étais en activité, nous nous étions rencontrés à plusieurs reprises. Il avait vingt ans de plus que moi et il jouait déjà des coudes pour arriver tout en haut de l'échelle du Renseignement, alors que j'étais une étoile montante de la Division. Puis les tours jumelles s'étaient effondrées, et j'avais pris un autre chemin. On dit que, cet après-midi-là et tard dans la soirée du 11 Septembre, il rédigea un rapport détaillé remettant à plat la galaxie du Renseignement américain dans son ensemble et analysant ses échecs.

Même si personne de ma connaissance ne l'avait jamais lu, il y évaluait les individus – y compris lui-même –, ainsi que le FBI et la CIA, qui n'étaient pas épargnés dans ses critiques, avec une telle sévérité qu'il ne pouvait espérer avoir un avenir dans le métier après l'avoir remis au président et aux quatre leaders des chambres. Il n'était pas idiot et devait donc bien se douter des conséquences. Il commettait un suicide professionnel.

Au lieu de quoi, la pleine mesure du désastre étant mise en lumière, le président d'alors décida qu'il lui paraissait être la seule personne motivée par l'honnêteté plus que par le désir d'ouvrir son parapluie. Quelle que soit la citation latine pour « De la colère naît la victoire », ce devait être la devise de Murmure. Un an après, il était nommé directeur national du Renseignement.

Je ne peux pas dire qu'entre nous ce fut le grand amour, mais il y eut toujours une admiration prudente dans nos relations professionnelles, comme si un grand requin blanc s'était retrouvé face à un crocodile marin. « Nous avons un petit problème, dit-il alors que nous nous installions. Un problème de variole. »

J'étais maintenant la dixième personne dans le secret.

Le président était assis à ma droite, et je le sentis m'observer, s'efforcer de jauger ma réaction. Murmure aussi. Mais je n'en eus aucune. Pas de réaction, tout au moins pas au sens habituel du terme. Si, du désespoir, mais pas de surprise. Ma seule pensée fut pour un homme que j'avais rencontré à Berlin, mais les circonstances ne se prêtaient pas à ce que j'en fasse état, si bien que je me contentai d'opiner. « Continue, dis-je.

— Il semblerait qu'un Arabe…, poursuivit Murmure.

— Nous ne savons pas si c'est un Arabe, interrompit le président.

— Le président a raison, admit Murmure. Il pourrait s'agir d'une tentative de désinformation. Disons qu'un homme en Afghanistan connaissant un peu l'arabe a synthétisé le virus. Au cours de ces derniers jours, il l'a testé sur des êtres humains – sa version personnelle d'un essai clinique. »

Ils observèrent à nouveau ma réaction. Je haussai les épaules. Je me disais que si on s'était donné le mal de le créer, il y avait une logique à ce qu'on veuille l'expérimenter. « Et ça a marché ? demandai-je.

— Tu parles que ça a marché ! Si nous sommes réunis ici, c'est pas parce que ça a foiré », dit Murmure, apparemment agacé par mon apparente équanimité. Je crus un instant qu'il allait élever la voix, mais non.

« Sans compter qu'il semble que le virus ait été conçu pour résister au vaccin », ajouta-t-il.

Le président ne m'avait pas quitté des yeux. Après un silence de plus de ma part, il secoua la tête et esquissa un sourire. « Je vous reconnais une chose en tout cas, c'est qu'il en faut beaucoup pour vous effrayer. »

Je le remerciai et croisai son regard. C'était quelqu'un qu'il était impossible de ne pas aimer. Je l'ai déjà dit, il était aux antipodes du politicien classique.

« Qu'est-ce qu'on a d'autre ? » demandai-je.

Murmure sortit d'un dossier un exemplaire du rapport Échelon. Je commençai à le lire et vis que rien n'avait été caviardé ni expurgé. On me remettait un rapport de renseignements à l'état brut, non censuré, et cela me fit prendre conscience de leur degré de panique. Rétrospectivement, alors que l'après-midi cédait la place à la soirée, il m'apparut qu'ils étaient convaincus que le pays tout entier allait sombrer.

« Deux coups de fil, dit Murmure alors que je reposais le rapport. À trois jours d'intervalle.

— Oui, répondis-je, réfléchissant à ces appels. Le type en Afghanistan donne le premier. Il a appelé une femme dans une cabine téléphonique en Turquie. Elle avait passé des heures à coder un message, ce qui indique qu'elle s'attendait bien à son appel. Comment en avait-elle été prévenue ?

— Prévu d'avance, répondit Murmure. Tu connais le truc. Tel jour, telle heure, il devait téléphoner…

— Depuis le fin fond de l'Hindu Kush ? Alors qu'il est en train d'expérimenter une arme de bioterrorisme redoutable ? Je ne crois pas ; il ne s'y serait pas risqué. Il est plus vraisemblable, selon moi, qu'un événement est survenu et qu'il fallait qu'elle lui parle d'urgence. Ce qui veut dire qu'elle a un moyen de lui faire savoir qu'il doit l'appeler. »

Le président et Murmure restèrent silencieux, songeurs.

« D'accord, admit le président. Elle l'a contacté. Mais comment se fait-il qu'Échelon ne l'ait pas enregistré ?

— Plusieurs possibilités, expliquai-je : en dehors de la zone de recherche, un message envoyé plusieurs jours auparavant à un téléphone portable inconnu, un mot apporté par un messager. Ça pourrait être n'importe quoi. J'imaginerais assez un message anodin sur un forum Internet quelconque.

— Oui, ce serait tout à fait possible, approuva Murmure. L'homme recevrait une alerte automatique lui signalant qu'untel a posté un changement de statut ou un autre truc du même genre.

— Oui et dès qu'il a vu l'alerte, il a su que ça voulait dire qu'il devait appeler. Il s'exécute à la première occasion, à partir d'un autre téléphone.

— Il écoute le message codé de la femme qui lui donne un certain nombre d'informations. Il lui est également signifié qu'il doit rappeler trois jours plus tard. Ce qu'il fait, et c'est le second appel.

— Deux appels téléphoniques et une sorte d'alerte que nous n'arrivons pas à identifier, résuma le président. Ce n'est pas grand-chose, mais c'est tout ce que nous avons. »

Il me regarda bien en face. « Murmure dit que vous êtes le meilleur pour aller en Turquie et trouver la femme.

— Tout seul ? demandai-je, sans m'avancer.

— Oui », dit Murmure.

Ça allait de soi, me dis-je. Moi aussi j'aurais pris un éclaireur : quelqu'un qui s'y rendrait avec une couverture solide, une personne capable de trouver son chemin dans l'obscurité, un homme qui serait parachuté pour éclairer la voie des troupes d'assaut qui suivraient. Et je savais que la plupart des éclaireurs ne bénéficiaient pas de ce que les experts en renseignement appellent une grande « longévité ».

« Et les services de renseignement turcs ? demandai-je. Est-ce qu'on peut compter sur eux ?

— On peut compter sur eux pour les fuites, en tout cas, dit Murmure. À la moindre information qu'ils récupéreront, je ne leur donne pas une heure avant qu'il n'y en ait une – ou plus vraisemblablement, qu'ils ne l'aient vendue à la moitié du monde. »

Lorsque Murmure disait qu'il voulait que quelqu'un y aille « seul », ça voulait dire seul. Je restai silencieux, songeant à la Turquie et à plein d'autres choses.

« Vous ne m'avez pas l'air très enthousiaste, finit par dire le président, voyant l'inquiétude sur mon visage. Qu'en pensez-vous ? »

Le téléphone sonna et, compte tenu de la gravité de notre entretien, ça devait être important. La Corée du Nord venait probablement de lancer une attaque nucléaire pour couronner la journée.

Pendant que le président répondait – nous tournant le dos pour préserver le caractère confidentiel de son appel –, Murmure consulta ses messages. Je regardai par la fenêtre. Ce n'est pas tous les jours qu'on a la chance d'admirer la vue depuis le Bureau ovale. En vérité, je ne voyais rien du tout.

Je pensais à mes espoirs déçus, à ma tentative de vivre une vie normale et à cette jeune femme attirante de New York dont je n'aurais jamais le numéro. Je pensais au 4 Juillet, aux journées à la plage et à toutes ces choses qui se perdent si facilement quand il y a le feu. Mais surtout, je pensais que le monde du Renseignement ne vous lâche jamais tout à fait. Il est toujours là, tapi dans l'ombre, prêt à regrouper ses enfants.

Puis je fus pris d'un mauvais pressentiment, et j'eus une vision, aussi claire que si je me trouvais de l'autre côté de la vitre. Je manœuvrais un vieux yacht aux voiles rapiécées, le vent portant fort sur une mer étrangère, avec les étoiles comme seuls repères dans l'obscurité. Rien que le silence, un silence si assourdissant qu'il hurlait. Je voyais le bateau et moi-même rétrécir de plus en plus. Me voyant disparaître sur l'océan noir et infini, j'eus peur, une peur viscérale, presque apocalyptique, de fin du monde.

Je n'avais jamais imaginé ou ressenti un chose pareille au cours de toutes ces années où j'avais côtoyé le danger. Nul besoin d'avoir un doctorat en psychologie de Harvard pour savoir que c'était une vision de mort.

410

Sérieusement secoué, j'entendis le président raccrocher et me retournai pour lui faire face. « Vous étiez sur le point de nous répondre, enchaîna-t-il. Irez-vous en Turquie ?

— Je pars quand ? » répondis-je. Ce n'était pas la peine de discuter, ni de me plaindre. Mauvais pressentiment ou pas, la vie nous met parfois au pied du mur. On relève le défi ou on baisse les bras, c'est selon.

« Demain matin, dit Murmure. Tu pars avec une couverture solide. Nous ne serons que trois à savoir qui tu es et quelle est ta mission.

— Il va nous falloir un nom par lequel vous désigner, ajouta le président. Vous avez une préférence ? »

Le yacht et l'océan devaient être encore très présents dans mon esprit, parce qu'un mot me vint spontanément aux lèvres. « Pilgrim », répondis-je tranquillement.

Murmure et le président échangèrent un regard pour s'assurer qu'il n'y avait pas d'objection. « Moi ça me va, dit Murmure.

— À moi aussi, confirma le président. Allons-y pour Pilgrim. »

4

À l'heure où je sortis de la Maison-Blanche, il était déjà tard, la circulation s'était fluidifiée. Murmure et moi traversions la ville à l'arrière de sa voiture officielle. Le directeur avait une tête à faire peur, marquée par le manque de sommeil. Après vingt-deux heures d'immersion en pleine crise, son visage était aussi gris qu'une pierre tombale.

Sans compter que la nuit n'était pas finie, loin s'en fallait.

Comme nous n'étions que trois à connaître l'objectif réel de ma mission – et personne n'avait l'intention d'élargir ce cercle –, Murmure m'avait déjà proposé d'être mon officier traitant. J'allais être l'agent de terrain et il lui appartiendrait de me « piloter ». Comme pour tout agent et son officier traitant, il y avait un million de détails à aborder, et j'étais persuadé que nous nous dirigions vers son bureau pour nous y mettre. Il fallait que je sois à bord d'un avion de ligne pour la Turquie dans moins de douze heures.

Un peu plus tôt, après que le président m'avait serré la main et offert d'emporter comme souvenir soit une photo encadrée de lui-même soit un jeu de balles de golf de la Maison-Blanche – je dois dire que, vu les circonstances, il ne manquait pas d'humour –, Murmure était resté un moment pour s'entretenir avec lui. J'avais été mis en quarantaine dans un bureau vide par le renard argenté et, au bout de cinq minutes, le directeur était réapparu et m'avait accompagné au garage de la Maison-Blanche. Pour limiter le nombre de personnes m'ayant vu, nous avions pris l'escalier et à peine avions-nous descendu une dizaine de marches que Murmure avait commencé à respirer bruyamment. Il était en surpoids et, manifestement, brouillé avec l'exercice physique.

J'avais espéré que nous pourrions profiter du trajet pour travailler à ma couverture mais, après avoir murmuré ses instructions au chauffeur et remonté la vitre de séparation, il vérifia de nouveau les messages de son téléphone et sortit de son attaché-case un appareil pour mesurer sa tension.

412

Il releva sa manche de chemise, attacha le brassard sur le haut de son bras et pompa. À la dépression, il lut l'affichage digital sur le tout petit écran. Moi aussi.

« Seigneur, m'exclamai-je. Seize et demi/neuf ; mais tu vas mourir !

— Non, non, c'est pas si mal, reprit-il. Imagine ce que ce serait si je parlais normalement. »

Comme Murmure n'était pas du genre à blaguer, je saluai l'effort. Il rangea le tensiomètre et s'enfonça dans son siège. Je crus qu'il avait besoin d'un moment pour récupérer et fus surpris qu'il se mette à parler en regardant par la vitre.

« Pour moi, c'est un anniversaire, tu sais. Ça fera trente ans demain que j'ai été recruté par l'agence. Trente ans, et pas un jour en paix. C'est le métier qui veut ça, non ? On est toujours en guerre contre un salopard quelconque. »

Son visage se reflétait dans la vitre. Il paraissait bien plus vieux que son âge et, malgré son côté bravache, je sentais qu'il était soucieux à cause de son hypertension, se demandant combien de temps encore son corps pourrait encaisser.

« Trois mariages, quatre enfants que je connais à peine, continua-t-il. Et pourtant, c'est une vie passionnante comparée à celle de beaucoup d'autres. Cela dit, il faudrait être un imbécile pour ne pas se poser la question : est-ce qu'une seule de mes actions a vraiment changé quelque chose ?

» Toi tu n'auras pas ce problème, n'est-ce pas ? dit-il en se tournant vers moi. Si tu réussis ton coup, dans cinquante ans on parlera encore de Pilgrim. »

Peut-être qu'il me manque quelque chose, mais ce truc-là n'a jamais eu d'importance à mes yeux. Jamais. Je me contentai donc de hausser les épaules.

Il se tourna à nouveau vers la vitre. « Alors c'est pas feint ? T'en as vraiment rien à foutre ? Je t'envie. J'aimerais avoir vingt ans de moins. J'aurais aimé avoir une fois au moins l'occasion de faire un truc marquant.

— Tu peux avoir celle-ci, Dave. Je te l'offre bien volontiers. » Il s'appelait Dave, mais pratiquement plus personne ne se le rappelait. « J'ai une trouille bleue. »

Il eut un petit rire. « Tu le caches foutrement bien. Je suis resté avec le président pour savoir ce qu'il pensait de toi.

— Je m'en doutais.

— Tu l'as impressionné, il a dit que tu étais l'enfant de salaud ayant le plus de sang-froid qu'il ait jamais rencontré.

— Alors il faudrait qu'il sorte un peu plus.

— Non, répondit Murmure. J'observais ton visage quand je te parlais de la variole. C'est peut-être l'apocalypse – les quatre cavaliers ont sellé leurs chevaux et sont en route – et tu n'as pas laissé voir la moindre émotion, la moindre panique, même pas de *surprise*.

— C'est vrai – pour ce qui est de la surprise, en tout cas. Je n'étais pas surpris.

— Non, *non*. N'importe qui aurait… »

J'étais agacé, furieux d'avoir été entraîné malgré moi dans une vie dont je ne voulais plus.

« Je n'étais pas surpris, dis-je sèchement, parce que contrairement à tous ces soi-disant experts de Washington, j'écoute.

— Tu écoutes quoi ? »

414

Je regardai devant nous et remarquai que nous ralentissions à cause d'un bouchon.

« Tu es déjà allé à Berlin, Dave ?

— Berlin ? Qu'est-ce que Berlin vient faire là-dedans ? »

5

Murmure ne savait pas où je voulais en venir, mais il décida de me suivre. « Oui, j'étais à Berlin dans les années 1980, juste avant la chute du Mur », déclara-t-il.

J'aurais dû m'en souvenir, bien sûr. À l'époque, il était à la CIA, chef de station à l'endroit le plus chaud de la Guerre froide, dans ce qui était alors la capitale de l'espionnage.

« Tu te souviens de Bebelplatz, cette grande place devant la cathédrale ?

— Non, ça c'était dans Berlin-Est. Dans mon métier, on passait rarement par-dessus le Mur. » Il sourit et j'eus l'impression qu'il prenait plaisir à se remémorer le bon vieux temps, lorsque les Soviétiques étaient l'ennemi et que chacun connaissait les règles du jeu.

« Quand j'ai démarré, continuai-je, j'ai été affecté au bureau de Berlin de la Division. C'est de là que je suis allé à Moscou, où j'ai rencontré le Cavalier de la Bleue. »

Il me regarda un long moment, se rendant compte que nous n'en avions jamais parlé. « Sale affaire ! s'exclama-t-il. Et en plein Moscou, en plus. J'ai toujours pensé qu'il avait fallu un sacré courage.

— Merci. » J'étais sincère. Ce n'était pas rien venant de la part d'un homme ayant ses états de service.

« Avant tout ça, poursuivis-je, le dimanche, j'allais souvent me promener à Babelplatz. Pas pour l'architecture monumentale, mais pour le côté maléfique de l'endroit.

— Maléfique ? releva-t-il.

— Une nuit de mai 1933, les nazis ont attiré une foule de gens qui portaient des torches sur cette place et mis à sac la bibliothèque de l'université Friedrich-Wilhelm voisine. Quarante mille personnes se sont réjouies de les voir brûler plus de vingt mille livres d'écrivains juifs.

» Bien des années plus tard, un panneau de verre a été scellé dans le sol à l'emplacement du bûcher. C'est une fenêtre et, en se penchant, on voit la pièce qui se trouve en dessous. Elle est blanche et, du sol au plafond, tapissée d'étagères…

— Une bibliothèque vide ? dit Murmure.

— Exactement. Le genre de monde dans lequel nous aurions vécu si les fanatiques avaient gagné.

— Un sacré mémorial, commenta-t-il, hochant la tête. Plus efficace que n'importe quelle statue. »

Je regardai à travers le pare-brise. Le bouchon commençait à se réduire.

« Après quelques visites sur cette place, je me suis rendu compte qu'il n'y avait pas que la bibliothèque vide qui était intéressante. Le vieux aux yeux délavés qui balayait la place chaque dimanche n'était pas l'employé de la ville qu'il prétendait être.

— Comment l'as-tu su ? demanda-t-il, sa curiosité professionnelle en éveil.

— Sa légende n'était pas tout à fait au point. Il était trop consciencieux dans son travail et sa combinaison grise un peu trop bien coupée.

» Toujours est-il qu'un jour je lui ai demandé pourquoi il balayait cette place. Il m'a dit qu'il avait soixante-dix ans, qu'il était difficile de trouver du boulot, qu'un homme devait gagner sa vie honnêtement, puis il a vu l'expression de mon visage et ne s'est plus donné la peine de me mentir.

» Il s'est assis, a remonté sa manche, et m'a montré les sept chiffres estompés tatoués sur son avant-bras. Il était juif, et m'a désigné un groupe d'hommes âgés de sa génération, tous endimanchés, qui prenaient le soleil sur des bancs non loin de là. Il m'a dit que c'étaient des Allemands, mais que, comme beaucoup d'Allemands, ils n'avaient pas changé ; ils avaient juste perdu. Dans leur cœur, ils continuaient de chanter leurs vieilles rengaines.

» Il balayait cette place pour qu'ils le voient, qu'ils sachent : un juif avait survécu, la race continuait de vivre, leur peuple avait *résisté*. Cette place, c'était sa revanche.

» Enfant, il venait souvent y jouer. Il a prétendu y être le soir où les nazis sont venus. Je ne l'ai pas cru. Qu'est-ce qu'un gamin juif de sept ans aurait été faire sur cette place ? Puis il m'a montré la vieille université et m'a expliqué que son père en était le bibliothécaire et que sa famille était logée dans un appartement de fonction derrière son bureau.

» Quelques années après cet autodafé, les mêmes sont revenus, pour lui et sa famille, cette fois. Comme il me l'a dit, c'est toujours la même histoire : ils commencent par brûler les livres et finissent par brûler les gens. De ses parents et leurs cinq enfants, il était le seul survivant.

» Il était passé par trois camps différents en cinq ans, tous camps de la mort, y compris par Auschwitz. C'était un tel miracle qu'il ait survécu que je lui ai demandé ce qu'il en avait tiré. Il a ri et ne m'a rien dit de bien original. La mort est terrible, la souffrance est pire ; comme d'habitude les connards sont la majorité, des deux côtés des barbelés.

» Puis il est resté un instant songeur. Il y avait une chose que l'expérience lui avait enseignée. Il avait appris que lorsque des millions de gens, tout un système politique, d'innombrables citoyens qui croient en Dieu disent qu'ils vont vous tuer, *il faut les écouter.* »

Murmure se tourna à nouveau pour me regarder. « Alors c'est ça que tu voulais dire. Tu as bien écouté les musulmans intégristes ?

— Oui. J'ai entendu les bombes péter dans nos ambassades, des foules réclamer du sang, des mollahs prononcer des condamnations à mort, des soi-disant leaders appeler au *djihad*. Ils ont brûlé des livres, Dave. Dans une bonne partie du monde islamique, la température de la haine atteint des sommets, et je les ai écoutés.

— Et tu penses que nous, les gens de Washington, ne les écoutons pas ? » Il l'avait dit sans colère. Il fut un temps où j'étais un des meilleurs agents de renseignement et je pense qu'il voulait vraiment avoir mon avis.

« Dans votre tête, peut-être, mais pas dans vos tripes. »

Il se détourna vers la vitre. La pluie s'était mise à tomber. Il resta silencieux un bon moment et je commençais à me demander si sa pression artérielle ne s'était pas à nouveau emballée.

« Tu as sans doute raison, dit-il pour finir. Je pense, comme les juifs, que nous avons cru à la bonté naturelle de l'homme, nous n'avons jamais vraiment cru que ça arriverait. Mais maintenant on veille au grain, bordel ! »

La voiture franchit un ensemble de portails électriques et s'arrêta à une petite guérite. Nous n'étions pas du tout allés au bureau de Murmure : nous étions chez lui, dans sa maison.

6

Les rideaux étaient tirés dans le bureau de Murmure mais, au bout de quelques heures, dans un interstice, je vis que la pluie s'était arrêtée et qu'une lune rousse se levait. C'était de mauvais augure.

D'ordinaire, j'étais bien trop rationnel pour accorder la moindre importance à ces choses-là, mais la vision du vieux yacht sur une mer démontée m'avait salement secoué. C'était comme si un coin de l'univers s'était soulevé et que j'avais vu la route qui s'ouvrait devant nous. Pas vraiment une route, en fait, me corrigeai-je, plutôt une impasse.

Heureusement, il y avait bien trop de travail pour que je m'y attarde. Nous étions venus chez Murmure parce qu'il savait que, dans toute opération clandestine, le principal danger vient de votre propre camp. Il y a eu plus d'agents au tapis à cause de bavardages, d'hypothèses et de commentaires imprudents que pour toute autre raison, et c'était pour cela que Murmure avait pensé à cette solution. À aucun moment nous ne nous sommes approchés de son bureau et de ses inévitables fuites.

Murmure habitait une belle et vaste demeure qu'il avait héritée de son père, un banquier d'affaires devenu sénateur, laquelle était désormais inscrite à l'inventaire des monuments historiques. Autrement dit, nous installâmes notre QG dans le bureau d'une maison ayant appartenu à une parente de Martha Washington.

Grâce à la proximité de Murmure avec l'exécutif, ses communications étaient presque aussi sûres qu'à la Maison-Blanche : constamment protégées des puces et autres intrusions électroniques et bénéficiant d'un accès à Internet faisant partie du réseau hautement sécurisé des membres du gouvernement.

Dès que nous entrâmes dans le bureau, Murmure se débarrassa de sa veste, chargea la machine à café et entreprit une série de profondes inspirations. Il me confia qu'elles servaient à maîtriser sa tension, mais je n'en crus rien : le vieux briscard chassait la rouille accumulée pour réveiller des muscles restés inemployés depuis des années. David James McKinley – mauvais mari, père absent, directeur du Renseignement des États-Unis d'Amérique, un homme marri de n'avoir pu trouver sa place au panthéon – aurait tout aussi bien pu se trouver de nouveau à Berlin. Il était redevenu opérationnel.

Il fit immédiatement venir des secrétaires, des assistants, des conseillers et deux opérateurs de téléphone – une douzaine de personnes en tout – qu'il installa dans différentes pièces de la maison. Il fit clairement comprendre que son bureau n'était accessible à aucun d'entre eux et réussit même à garder secrète ma présence dans la maison.

Murmure et moi avions un million de choses à gérer, de celles qui peuvent faire la différence entre la vie et la mort quand on poursuit des terroristes dans le sud de la Turquie, un pays à la frontière de terres mal famées, à moins d'une journée de route d'Irak et de Syrie. Bien que nous n'en ayons pas parlé, nous savions l'un et l'autre ce que nous étions en train de faire : nous allions envoyer un espion en terres hostiles.

De temps à autre, Murmure allait du côté de l'intendance pour prendre des dossiers et confier des tâches aux uns ou aux autres. Bien entendu les membres de l'équipe avaient conscience d'être partie prenante de quelque chose d'énorme, si bien que leur patron se mit à leur livrer des indices révélateurs. Résultat, lorsque la nouvelle fuita qu'il s'agissait d'un détonateur nucléaire, les gens les plus proches de l'enquête en déduisirent aussitôt qu'ils étaient engagés dans la recherche du terroriste qui essayait de l'acquérir. Dave McKinley ne se fiait à personne, et il n'y avait rien d'étonnant à ce qu'il fût considéré comme le meilleur officier traitant de sa génération.

Dans le bureau lambrissé, j'avais déjà compris que les cabines téléphoniques du centre de Bodrum étaient le meilleur point de départ. Compte tenu de ce que nous avions, c'était même le seul. Bien entendu, Telco, la compagnie turque de télécommunications, n'en avait aucune carte fiable, si bien que Murmure et moi décidâmes qu'il me faudrait en couvrir les treize kilomètres carrés à pied.

Il appela le responsable de la NSA et demanda qu'on lui envoie immédiatement par mail une photo satellite du centre-ville. En attendant qu'elle nous parvienne, il alla demander à l'un des conseillers dans la salle à manger de contacter la CIA pour qu'on leur livre dans les six heures un smartphone nouvelle génération équipé d'un appareil photo aux performances spécialement améliorées. L'appareil photo lui-même devait être couplé au système interne de GPS du téléphone.

L'idée, c'était que je prenne des photos de haute qualité de chaque cabine de Bodrum avec mon téléphone, comme un touriste prenant des instantanés de scènes de rue de la vieille ville. Les photos seraient ensuite téléchargées automatiquement sur la carte, et je disposerais ainsi d'un visuel complet de l'apparence et du positionnement exact de chaque cabine téléphonique de la zone cible.

Quelque part dans cette liste figurerait celle que nous cherchions. Nous savions qu'une femme y avait pénétré à des dates précises et que, chaque fois en début de soirée, elle avait parlé à l'homme que nous devions arrêter. Il y avait un bruit de fond de circulation, ce qui éliminait toute zone piétonnière. Il y avait aussi de la musique. De quelle nature, nous l'ignorions ; nous attendions de la NSA qu'ils tentent de l'isoler, de l'amplifier et de l'identifier.

En tant que stratégie d'enquête, se concentrer sur les cabines téléphoniques ne nous menait pas bien loin, pas bien loin du tout – s'il s'était agi d'un patient, on aurait pu dire qu'il était sous assistance respiratoire –, mais c'était mieux que rien. Mon voyage avait commencé.

Cette première étape mise au point, Murmure et moi nous sommes mis à ma couverture. Nous en étions arrivés à la conclusion que, compte tenu du peu de temps que nous avions pour l'organiser, j'irais en Turquie en tant qu'agent spécial du FBI travaillant sur le meurtre de l'Eastside Inn.

Cela posait des problèmes majeurs : pourquoi le FBI enquêtait-il sur un meurtre commis à New York, et pourquoi leur avait-il fallu autant de temps pour s'y mettre ? Et puis je ne pouvais me rendre en Turquie sans y être invité. Il me faudrait l'autorisation des autorités, et nous craignions que, même avec un peu de chance, le lien entre le meurtre et Bodrum, quelques chiffres d'un numéro de téléphone, ne paraisse bien mince.

Puis nous eûmes un coup de chance – cela y ressemblait, en tout cas. Si nous avions su…

7

Nous étions en train d'étoffer une légende encore fragile quand Murmure reçut un coup de téléphone de la salle de séjour. Ses deux assistants y étaient installés, chacun disposant d'une accréditation suffisamment élevée pour accéder aux documents les plus confidentiels.

Murmure sortit pour aller les voir et revint quelques minutes plus tard avec un dossier qui venait d'arriver des Affaires étrangères. Il contenait un rapport de dix paragraphes – bref, sommaire, frustrant – sur le décès d'un ressortissant américain survenu quelques jours auparavant à Bodrum.

Un jeune homme était mort et, je dois le reconnaître, aussi triste que cela fût, c'était une bonne nouvelle pour nous, car elle pouvait légitimer l'intérêt du FBI.

Murmure me tendit le dossier et, quoique figurant en tête du document, le nom de la victime m'avait échappé. C'est l'un des derniers paragraphes qui retint mon attention : j'y lus qu'il était connu de ses amis et relations sous le nom de Dodge.

« Dogde ? Pourquoi Dodge ? demandai-je à Murmure.

— Comme la marque automobile, répondit-il. Le type avait vingt-huit ans et il était l'héritier d'une fortune de l'industrie automobile. Un milliardaire. J'imagine que ses copains auraient pu l'appeler Dodge ou Veinard.

— Pas si veinard que ça, dis-je, poursuivant la lecture. D'après ce rapport, sa femme et lui séjournaient dans l'une des propriétés perchées sur les falaises de Bodrum – appelée là-bas la Maison française – quand il a glissé, ou sauté, à moins qu'il n'ait été poussé sur les rochers trente mètres plus bas. Il a fallu plus de deux heures aux bateaux et aux plongeurs pour récupérer le corps dans une mer démontée.

— Ça m'étonnerait que les obsèques se déroulent cercueil ouvert », commenta Murmure lorsque j'eus fini de regarder les photos jointes et reposé le dossier.

J'allais peut-être vite en besogne en cherchant un lien où il n'y en avait pas – je reconnais ne pas détester une bonne théorie du complot –, mais je ne pouvais pas m'empêcher de songer à une corrélation entre le morceau de papier trouvé dans un tuyau de l'Eastside Inn et le corps mutilé d'un milliardaire.

« Qu'est-ce que tu en penses ? l'interrogeai-je en me tournant. C'est juste le hasard, ou Dodge et le meurtre de cette femme à Manhattan sont liés ? »

Murmure avait lu les dossiers concernant cet homicide alors que nous travaillions à ma couverture, et il était aussi bien placé que quiconque pour émettre une opinion.

« C'est sûrement le cas, mais je m'en fiche, répondit-il. Tout ce qui m'importe, c'est que pour ce qui est de la couverture, il y a une demi-heure nous ramions, et maintenant nous avons un milliardaire américain mort dans des circonstances douteuses. Un Américain qui avait *des relations*…

— Comment sais-tu qu'il avait des relations ?

— Tu connais une famille ayant autant d'argent qui n'en a pas, toi ?

— Il n'y a pas de famille, seulement sa femme, d'après le rapport, objectai-je, jouant l'avocat du diable.

— Et alors ? Il y a des tantes, des beaux-parents, des avocats, un gestionnaire de patrimoine. Je vais demander à l'intendance de commencer les recherches mais, avec un milliard de dollars, il y a certainement du monde. »

Il avait raison, bien sûr. Ayant grandi avec Bill et Grace, j'étais bien placé pour le savoir. « D'accord, un gérant de patrimoine ou un avocat apprend la mort de Dodge. Et alors ?

— Je demande aux Affaires étrangères de l'appeler. Ils disent qu'ils ont des doutes concernant le décès, mais qu'il faut que quelqu'un de dûment mandaté demande l'aide des autorités. L'avocat ou le gestionnaire de patrimoine est d'accord…

— Oui, jusque-là ça va. Il en a le devoir, ajoutai-je.

— Les Affaires étrangères lui suggèrent d'appeler la Maison-Blanche et de faire une requête officielle, poursuivit Murmure. Le secrétaire général prend cet appel. Il se montre compréhensif : le gestionnaire souhaite une enquête sérieuse. Il s'agit d'un pays étranger ; n'importe quoi a pu se produire. Et que fait la Maison-Blanche ?

— Elle dit au FBI d'envoyer un agent spécial pour surveiller l'enquête.

— Exactement, conclut Murmure. Et voici la cerise sur le gâteau : Grosvenor peut contacter personnellement le président turc pour régler ça. Un milliard de dollars et le nom d'une grande famille de l'industrie automobile… c'est parfaitement crédible. »

Ce fut aussitôt évident pour nous deux : à partir de cet instant, j'étais devenu l'agent spécial du FBI. « Comment veux-tu t'appeler ? demanda Murmure.

— Brodie Wilson, répondis-je.

— Qui est-ce ? » s'enquit Murmure. Il connaissait le mode opératoire. Il voulait être sûr que le jour – proche – où les questions se feraient vraiment très pressantes, mon patronyme ne me jouerait pas de tours.

« Un mort. Mon père faisait de la voile avec lui. Bill disait qu'au spinnaker c'était le meilleur équipier qu'il ait jamais eu. » Soudain, sans que je puisse expliquer pourquoi, une vague de tristesse me submergea.

Murmure ne le remarqua pas ; il était bien trop occupé par son rôle d'officier traitant. « O.K., tu es natif de Long Island, tu y faisais de la voile tous les week-ends, ta date de naissance reste la même, la personne à prévenir est ta mère qui est veuve – ça marche ? »

J'acquiesçai, je l'enregistrai dans ma mémoire. Cette information était destinée au passeport – une version écornée avec de nombreux cachets qui allait être produite par la CIA dans les quelques heures à venir. Murmure était déjà en train de décrocher le téléphone – discutant avec la salle de séjour, la cuisine et la salle à manger – pour commencer à organiser ça, ainsi que quantité d'autres détails qui allaient transformer un nom d'emprunt en une identité réelle.

J'en profitai pour réfléchir : sur le terrain, en Turquie, il me faudrait un intermédiaire, un moyen de communiquer avec Murmure. Je ne pourrais pas l'appeler en direct. Un agent du FBI intéresserait la version turque d'Échelon, et ils allaient certainement écouter chaque appel. Mais si j'enquêtais sur le lien entre la mort de Dodge et le meurtre de l'Eastside Inn, appeler l'inspecteur de la criminelle de New York chargé de cette affaire paraîtrait tout à fait légitime.

Ben Bradley agirait en tant que boîte aux lettres – recevant des messages codés et les transmettant à chacun de nous. Dès que Murmure eut raccroché, je lui exposai mon idée. Il hésita.

« Comment s'appelle ce type, déjà ?

— Bradley. Ben Bradley, lui dis-je.

— Et on peut lui faire confiance ? »

Murmure était bien au-delà de l'épuisement, mais son visage s'anima lorsque je lui racontai l'épisode des tours jumelles et ce que Bradley avait fait pour le type en fauteuil roulant. « C'est un patriote, dis-je.

— Soixante-sept étages ? répondit Murmure. C'est pas un patriote ; c'est un putain d'athlète. » Il prit son téléphone et demanda que le FBI aille le récupérer.

Bradley dormait quand le téléphone sonna. Il laissa opérer le répondeur deux fois, mais lorsque l'interphone de l'entrée de l'appartement lui vrilla les oreilles, il se dit qu'il n'avait plus le choix et qu'il devait répondre. Une voix inconnue à la porte de l'immeuble lui demanda de décrocher immédiatement ce foutu téléphone.

Avec Marcie à côté de lui, Bradley décrocha le combiné et s'entendit dire qu'une voiture l'attendait dehors. On avait besoin de lui tout de suite au QG du FBI. Il essaya de savoir de quoi il retournait, mais le gars à l'autre bout du fil ne voulut rien en dire.

Une fois qu'il eut enfilé son jean Industries et un sweat-shirt – il était 2 heures du matin –, on le conduisit à ce même immeuble anonyme où je m'étais rendu quelques mois auparavant, puis on l'escorta jusqu'au onzième étage. Un agent de service de nuit le fit entrer dans une pièce insonorisée, vide à l'exception d'un téléphone sécurisé et d'une chaise. Puis il sortit, verrouillant la porte derrière lui. Le téléphone sonna, Bradley décrocha et entendit ma voix.

Je lui dis que nous n'avions pas beaucoup de temps et qu'il fallait qu'il écoute attentivement. « Je m'appelle Brodie Wilson, je suis agent spécial du FBI. Tu piges ? » Je dois lui rendre justice : il prit cela sans sourciller.

Je lui annonçai que dans quelques heures je serais en route pour Bodrum et lui fis un compte rendu abrégé de la mort de Dodge. Il m'interrogea aussitôt sur le lien éventuel avec la femme de l'Eastside Inn, mais je l'interrompis : cette enquête n'était pas notre priorité. Je lui expliquai que je l'appellerais de Turquie et que son job serait de bien écouter et de relayer ce que je lui dirais à un numéro à dix chiffres que j'allais lui communiquer.

« Tu ne devras jamais essayer d'enregistrer ce que je dis – sous aucun prétexte. La mémoire et des notes, c'est tout », dis-je un peu plus brutalement que nécessaire, mais j'étais inquiet. L'équivalent turc d'Échelon saurait si j'utilisais un système d'enregistrement et cela ferait se lever une forêt de drapeaux rouges.

« On te demandera de me renvoyer des messages. Même topo, O.K. ? Voici le numéro à dix chiffres… »

J'étais en train de le lui donner quand il m'arrêta. « Il est pas bon.

— Mais si », m'irritai-je. J'étais épuisé, moi aussi.

« Ça ne peut pas être ça, Scott… je veux dire, Brodie… ce préfixe n'existe pas.

— Si, il existe.

— Non, je t'assure… » Il essayait de discuter mais je l'interrompis.

« C'est un préfixe qui existe, Ben ! Sauf que personne ne le connaît, c'est tout. Absolument personne.

— Oh ! » s'exclama-t-il, et je finis de lui donner le numéro. Je ne le lui avais pas dit, mais il disposait maintenant du numéro du portable hautement sécurisé du directeur du Renseignement des États-Unis que seules cinq autres personnes connaissaient, dont le président.

Sans le savoir, Ben avait rejoint le premier cercle.

Murmure avait passé des coups de fil, lui aussi. Le temps que j'en aie fini avec Ben, il avait organisé une foule d'autres détails allant d'un billet d'avion et de cartes de crédit à tout l'attirail que l'on devait trouver dans les poches de Brodie Wilson.

Au premier rang des éléments qui allaient transformer mon nom en une légende crédible, un ordinateur portable vieux de quatre ans avec pas mal d'heures de vol sous le capot. Il renfermerait un programme de courrier avec des centaines de vieux messages, à la fois professionnels et privés, de même que des documents et des fichiers concernant d'anciens dossiers.

« Il faudra que tu parcoures tout cela dans l'avion pour essayer de te familiariser avec cette daube, dit Murmure. Concentre-toi sur le dossier de tes photos de famille. Tu es divorcé, mais tu as deux ou trois gosses – je ne me souviens pas exactement de ce que je leur ai dit. Tu peux t'épargner ce qui concerne tes enquêtes passées, mais bien sûr tu ne peux pas faire ça avec ta famille. J'ai dit que tu leur étais très attaché.

— Y a-t-il une partie codée ? demandai-je.

— Il y a un mot de passe et un code pas très compliqué, qu'ils pourraient craquer assez vite. J'ai pensé que si on le renforçait trop, ça pourrait susciter des questions gênantes. Ils vont aussi télécharger iTunes et tu auras un lecteur MP3. Mais je te préviens, les geeks de l'agence ont un goût de chiottes pour la musique.

— Merci. Je sens que je vais devoir me mettre au rap. » J'entendis des voitures sur le gravier de l'allée et je supposai que c'étaient les gars de l'intendance qui rentraient chez eux une fois le travail terminé. « Quand est-ce que tout sera prêt ? demandai-je.

— À 6 heures du matin. Tes vêtements, ton passeport, et l'ordinateur portable seront déposés au poste de sécurité. Le garde te les mettra dans la cuisine. »

Nous avions déjà prévu que je dormirais dans sa chambre d'amis, ce qui voulait dire que j'avais deux heures de sommeil devant moi avant de me remettre en piste. Merci mon Dieu pour l'adrénaline, pensai-je.

« Le taxi sera là juste avant 7 heures, continua-t-il. J'ai prévu une réunion pour toi avant d'embarquer dans l'avion. Tu trouveras tous les détails avec tes affaires. »

Il avait le visage d'un homme au bout du rouleau et nous savions tous les deux qu'il ne serait certainement pas réveillé avant mon départ. Il ne nous restait plus qu'à nous dire au revoir.

Il rassembla tous nos blocs-notes et nos clés USB, les lança dans la cheminée et y mit le feu. Je suis sûr que ce n'était pas dans le manuel des méthodes de destruction recommandées pour du matériel confidentiel, mais au moins le feu donna à la pièce une ambiance chaleureuse qui chassa les frissons causés par nos appréhensions quant à ce qui nous attendait.

« J'aurais aimé être là-bas pour protéger tes arrières, dit-il, sincère. Surtout quand tu seras dos au mur. Mais je n'y serai pas.

— Ni toi ni personne, répondis-je.

— Exact. À toi de jouer, maintenant. »

Nos regards se croisèrent et je m'attendais qu'il me tende la main et me souhaite bonne chance, mais non.

« Tu n'es pas comme moi, ni comme aucun autre agent que j'ai connu, Scott. Ton problème, c'est que tu es un tendre. »

J'y réfléchis un moment. Un tendre ? Personne ne me l'avait jamais dit auparavant, mais il y avait du vrai là-dedans.

« Tu es un peu trop sensible, ajouta-t-il. Il y a des circonstances dans lesquelles ça pourrait te jouer des tours. »

Il se tourna et tisonna le feu. Ça me mettait mal à l'aise, mais il avait le droit de le dire. Il était mon officier traitant.

« Si, pour une raison quelconque, ça tourne vilain et que tu es sûr qu'ils vont te travailler au corps, n'attends pas trop longtemps, appuie sur le siège éjectable. »

— Me suicider, tu veux dire ? »

Il ne répondit pas, pas directement. « As-tu déjà été en Afghanistan ? me demanda-t-il.

— Non, jamais.

— Veinard. J'ai passé quelques années à Kaboul, à deux reprises. Les Anglais y ont été une centaine d'années avant nous, mais les choses n'étaient guère différentes. Il y avait une chanson qu'ils affectionnaient :

"Quand tu es blessé, abandonné sur une plaine afghane
Et que les femmes arrivent pour découper ce qui reste,
Prends ton flingue et fais-toi sauter le caisson,
Comme un soldat, rejoins ton Créateur[1]." »

Il eut un petit haussement d'épaules, essayant de ne pas en rajouter. « Alors oui, comme disaient les soldats

---

1. À l'origine, vers tirés d'un poème de Rudyard Kipling, inti-tulé *Le Jeune Soldat anglais*.

anglais, prends ton flingue. À quoi bon souffrir, Scott, à quoi bon faire traîner les choses. »

Je sus alors avec certitude qu'il était allé aux archives et avait lu mon dossier.

10

On ne pouvait pas vraiment appeler ça dormir. Aux premières lueurs de l'aube, après avoir passé deux heures à m'agiter, étendu sur les couvertures de la chambre d'amis de Murmure, je me levai. J'avais entendu s'ouvrir la porte de derrière un peu plus tôt, si bien que je ne fus pas surpris de trouver la fiction de ma nouvelle vie sur le banc de la cuisine.

J'ouvris la valise fatiguée – une Samsonite que j'étais censé utiliser depuis des années, tant pour les vacances familiales que pour les déplacements professionnels –, je mis dedans le reste du matériel et retournai dans la chambre.

Après m'être douché, je jetai un œil aux vêtements qui m'avaient été fournis et vis avec satisfaction que la plupart provenaient de magasins new-yorkais. Ils connaissaient leur affaire. Je choisis une tenue qu'un agent spécial du FBI aurait portée pour aller dans un pays exotique. Autrement dit, je m'habillai comme si j'allais au bureau, mais sans la cravate. Je vérifiai le portefeuille en cuir avec ses cartes de crédit, le glissai dans la poche intérieure de ma veste et jetai un coup d'œil au passeport.

Au cours de la nuit précédente, Murmure avait pris une photo de moi contre le mur blanc et l'avait envoyée par mail au siège de la CIA à Langley. C'est cette photo que je regardais maintenant, collée dans ce livret déjà bien usé, et je dois reconnaître que les spécialistes avaient fait du bon travail avec leur version ultra-performante de Photoshop. La coupe de cheveux était différente et il y avait moins de rides autour des yeux. C'était bien moi, avec cinq années de moins.

Je vérifiai une dernière fois mes affaires, rangeai vêtements et articles de toilette dans la Samsonite, et me tournai vers le bagage à main qu'ils m'avaient fourni. J'y glissai mes documents de voyage, mon passeport, l'ordinateur portable et un livre à moitié lu qu'ils m'avaient donné pour l'avion. Un coup d'œil sur la couverture me fit sourire.

J'imagine que quelqu'un avait bien réfléchi à ce qu'un agent spécial du FBI choisirait pour se distraire sur un vol long courrier et décidé qu'un travail sérieux traitant des sciences de l'investigation serait idéal. C'était donc mon livre. Ça me fit plaisir, non par vanité, mais parce que cela voulait dire que je n'aurais nul besoin de parcourir un roman pour répondre aux questions qu'un agent de la police des frontières pourrait me poser à son sujet.

Par-dessus le livre, je plaçai le Beretta 9 mm dans son étui – dotation standard du FBI – et la boîte de munitions. J'allais devoir le présenter en premier à la sécurité de l'aéroport, en même temps que le document que j'avais dans mon portefeuille m'autorisant à le porter « en toutes circonstances ».

Je fermai doucement la porte et, dans les vêtements d'un autre homme, je quittai la maison dans la lumière incertaine du petit matin. Je passai devant le gardien dans sa guérite, mais il se contenta de me jeter un coup d'œil avant de se détourner. Le taxi m'attendait de l'autre côté du portail électronique ; je balançai ma valise et mon bagage à main sur le siège arrière et grimpai.

Il devait me conduire à mon rendez-vous, conformément à ce que Murmure avait prévu, mais j'avais déjà décidé de modifier le programme. Je dis au chauffeur de se diriger vers Union Station et de me déposer au bureau des locations de voiture. Je voulais tester le passeport, le permis de conduire, les cartes de crédit et tous les papiers du portefeuille de Brodie Wilson. Il valait mieux découvrir que quelque chose avait foiré pendant que j'étais encore à Washington plutôt qu'à l'aéroport d'Istanbul.

Tout se passa bien ; quelques minutes après, j'avais introduit l'adresse de mon rendez-vous dans le GPS de mon véhicule et je m'engageai dans les encombrements du matin.

Quarante minutes plus tard, je franchis le portail d'un haras de Virginie, parcourus une longue allée et m'arrêtai devant une très belle ferme. Un homme sortit presque immédiatement pour m'accueillir. Dans les quatre-vingts ans et vivant seul sur ses terres vallonnées – sa femme était décédée depuis dix ans et les chevaux partis depuis longtemps –, il fut trop heureux de passer une heure ou deux à me parler de l'œuvre de sa vie.

Prix Nobel, il avait jadis été le plus grand virologue du monde, membre de l'équipe qui avait programmé l'éradication de la variole. On lui avait dit que j'étais un chercheur du FBI chargé d'évaluer la menace des armes bactériologiques. En vérité, Murmure voulait que je dispose d'autant d'informations que possible dans l'espoir qu'un minuscule détail, quelque chose, pourrait se révéler déterminant à plus long terme. C'était une très bonne idée, ou bien la mesure de son désespoir – faites votre choix.

Le vieil homme sortit de sa bibliothèque des volumes reliés de publications scientifiques et de cahiers défraîchis contenant ses notes de recherche. Pendant que je parcourais les documents dont il m'avait abreuvé, je lui demandai si quelqu'un avait jamais été proche de découvrir un traitement contre toutes les souches de la variole.

Il rit de ce rire sec, grinçant, qu'ont les vieilles personnes qui n'ont plus beaucoup de vie en elles. « Quand le virus a été éradiqué, la communauté scientifique s'en est désintéressée. Tous les fonds et la recherche sont allés au sida ; c'est là qu'on pouvait se faire un nom. On n'y accordait pas de récompenses parce qu'il n'y avait pas de besoin urgent, et il n'y avait pas de traitement, parce qu'il n'y avait pas de recherche.

— Alors il suffirait d'une demi-douzaine de kamikazes infectés pour provoquer une catastrophe majeure », répondis-je.

Il me regarda comme si j'étais fou. « Qu'est-ce qui ne va pas ? demandai-je.

— Des vecteurs humains ? C'est ça que vous êtes en train de me dire ? Mais comment ces vecteurs-suicides arriveraient jusqu'ici ? En charrettes avec des roues de pierre ?

— Que voulez-vous dire ?

— Il y a quatre mille ans, les Hittites envoyèrent des gens porteurs de la peste dans les villes de leurs ennemis. Pour autant que je sache, ce fut la dernière

436

fois que quelqu'un a utilisé des vecteurs humains dans la guerre bactériologique. »

Il avait peut-être obtenu un prix Nobel, mais il y avait des failles dans son raisonnement. « Non, toutes les études officielles ont été établies sur l'hypothèse de gens envoyés dans le pays… »

Il secoua vigoureusement sa tête décharnée. « C'est parce que les autorités n'y connaissent rien, s'emporta-t-il. Même les soldats britanniques – qui n'étaient pas précisément des génies scientifiques – ont eu l'idée d'utiliser des articles contaminés pour éliminer les Amérindiens.

— Vous voulez dire des couvertures ?

— Bien sûr que c'est ce que je veux dire. Des couvertures qui venaient tout droit des salles d'hôpitaux où on soignait la variole. Il y a presque trois cents ans de cela et les choses ont bien évolué depuis. Vous suivez l'actualité ? Chaque semaine, il y a un article sur de la nourriture pour animaux domestiques empoisonnée venant de Chine qui est saisie, de dentifrices frelatés découverts sur les quais, de nourriture pour bébés contenant de la mélamine. Et ce sont des accidents. Imaginez comme ce serait facile de faire ça délibérément. »

Il leva les yeux vers moi pour voir si je le suivais. J'eus le sentiment qu'il y avait des années qu'il tirait la sonnette d'alarme mais que personne n'entendait.

« Continuez », dis-je.

Sa voix se calma, mais ce n'était pas dû à la fatigue ou au grand âge : c'était de la résignation. « Vous savez, nous avons tout sous-traité dans ce pays. Est-ce que nous fabriquons encore quelque chose ? Quand on dépend à ce point des importations, il n'y a plus de sécurité. Pas de réelle sécurité. Qui donc irait s'embêter avec des vecteurs humains ?

» Je ne suis pas alarmiste, je suis un scientifique, et je dis que vous pouvez les oublier. Le risque, c'est la contamination. Trouvez quelque chose d'ordinaire et envoyez vos germes pathogènes depuis un autre continent – la nouvelle version de la couverture. C'est ainsi qu'un ennemi moderne et intelligent s'y prendrait. »

Il passa sa main là où il avait jadis eu des cheveux. « Je suis vieux et fatigué, mais cela arrivera, et cela arrivera comme je viens de vous l'expliquer. Robert Louis Stevenson, l'écrivain, a dit un jour : "Tout le monde, tôt ou tard, s'assied au banquet des conséquences." Il avait raison. Alors je vous dis d'approcher une chaise et de prendre votre fourchette ; l'heure de se mettre à table a sonné. »

11

En arrivant au haras, j'avais la foi. Je croyais au rock'n'roll, au rêve occidental et à l'égalité entre les hommes. Mais plus que tout, je croyais qu'une souricière à l'échelle planétaire pourrait piéger un Arabe en fuite, que des contrôles de température à chaque frontière pourraient suffire à empêcher que la grenade ne soit dégoupillée.

Quand j'en suis reparti, je croyais encore au rock'n'roll, mais plus à grand-chose d'autre. Le vieil homme à la peau diaphane et au tempérament un peu vif m'avait convaincu que ce ne serait jamais en faisant la chasse aux suspects habituels qu'on arrêterait ce qu'il désignait comme « un ennemi moderne et intelligent ». Convaincu, aussi, qu'il n'y aurait pas de vecteurs-suicides.

Alors que je quittais son allée à trois voies et me dirigeais vers l'aéroport national de Washington, je pris conscience que nous pourchassions un terroriste d'un genre entièrement nouveau. J'eus une vision de l'avenir et je sus que l'époque des fondamentalistes et des fanatiques était révolue. Dans leur sillage, une nouvelle génération émergeait, dont l'homme à la variole – très instruit et adepte des nouvelles technologies – était sans doute le précurseur. Les hommes des cavernes avec leurs ceintures explosives et les avions de ligne transformés en missiles faisaient figure de connexions à bas débit. Cet homme-là était à large bande passante. Et s'il volait en solo ? S'il avait préparé ça tout seul, c'était une véritable prouesse.

Personne n'aime imaginer se trouver face à quelqu'un de son niveau, surtout un agent de renseignement sélectionné et formé pour être le meilleur sur le terrain, mais c'était précisément ce que je craignais, même si je gardais cette crainte tout au fond de moi en arrivant à l'aéroport. Et j'ajoute qu'au cours des semaines qui ont suivi, à mesure que la distance entre le Sarrasin et moi se réduisait, je ne vis rien de nature à me libérer de ce sentiment. Il aurait été brillant, quelle que soit la voie dans laquelle il aurait choisi de s'engager.

C'est donc dans un état d'esprit morose que je rendis la voiture de location et franchis les contrôles de sécurité pour embarquer dans l'avion qui m'emmena à La Guardia, à New York. De là je pris un taxi pour l'aéroport JFK – j'étais un agent en opération, désormais, arrivant exactement comme n'importe quel véritable agent fédéral basé à Manhattan – et je me présentai à l'embarquement du vol pour Istanbul avec à peine vingt minutes d'avance.

Pendant les six heures suivantes, je me plongeai dans les e-mails, photos et affaires qui constituaient l'ossature de l'existence de Brodie Wilson. Ce n'est qu'après avoir ajouté un peu de chair sur ces os-là – en donnant des prénoms à mes enfants, en leur choisissant des dates de naissance que je pourrais mémoriser même sous la contrainte, et en écoutant la saloperie de musique chargée dans le lecteur MP3 – que j'ai refermé l'ordinateur et mis mon siège en position allongée.

Je n'avais pas l'intention de dormir. Je voulais réfléchir au seul autre sujet qui me préoccupait : ce qu'il y avait dans mon dossier.

12

J'ai vu des hommes avoir tellement peur qu'ils déféquaient sous eux. J'ai vu des hommes près de mourir avoir une érection. Mais je n'ai jamais vu un homme terrifié au point de faire les deux en même temps.

C'était un prisonnier de Khun Yuam, la prison clandestine de la CIA dissimulée dans la zone de non-droit qu'est la jungle située à la frontière entre la Thaïlande et la Birmanie. Comme je l'ai indiqué, j'y suis allé quand j'étais jeune à la suite de la mort d'un des gardiens dans des circonstances douteuses. Compte tenu de la nature des forces du mal à l'œuvre derrière ses murs et de la valeur des détenus, toute mort suspecte devait faire l'objet d'une enquête. C'était mon boulot, aussi débutant et inexpérimenté que j'étais.

Le gardien militaire qui était mort – un Américain d'origine lettone qu'on appelait Smokey Joe – était un caractériel, le genre de type qui vous casse un bras et vous envoie au tapis pour ne pas avoir salué. On l'avait retrouvé dans une rivière grondante, flottant dans un tourbillon en retrait du courant et, bien que quelqu'un se soit donné beaucoup de mal pour faire croire qu'il était tombé d'une passerelle de cordes délabrée, j'étais loin d'être convaincu.

Je choisis parmi le personnel de la prison un interrogateur de la CIA de la même corpulence que Smokey Joe et, sans lui dire pourquoi, lui demandai de m'accompagner à la passerelle. Une dizaine de ses collègues et un nombre encore plus grand de gardiens vinrent aussi, chacun s'attendant que j'expose ma théorie de ce qui avait pu se passer. Je m'étais muni d'une grande longueur de corde élastique. Craignant trop de perdre la face devant ses collègues, le type de la CIA objecta à peine lorsque je lui attachai la corde à une cheville, fixai solidement l'autre bout à une grosse poutre en bois et lui dis de sauter.

Cinq fois il sauta, ou nous simulâmes que quelqu'un le poussait, et nous démontrâmes assez vite deux choses. Un, qu'il aurait été impossible dans ces conditions que Smokey Joe laisse la trace de sang que j'avais trouvée sur un rocher un peu plus bas ; deux, que le saut à l'élastique n'était pas la tasse de thé de l'interrogateur.

La tache de sang signifiait que le gardien avait dû être lancé de la passerelle comme un javelot et, compte tenu de son gabarit, il aurait fallu deux hommes pour y arriver. La liste des suspects s'en voyait réduite – la passerelle n'était utilisée que par les gardiens de prison allant acheter de la gnôle bon marché dans un camp de contrebandiers sur la frontière proche, ou par des convoyeurs d'opium voulant éviter les patrouilles militaires de la route principale. J'optai pour les convoyeurs d'opium.

Je campai plusieurs jours à l'abri d'un surplomb rocheux à côté de la passerelle avec six soldats des Forces spéciales attachés à la CIA. Juste avant la tombée de la nuit le quatrième jour, nous entendîmes venir quelqu'un : un costaud avec les traits typiques des hommes des tribus montagnardes. Il marchait pieds nus, torse nu, et une longue cicatrice, probablement d'un coup de machette, lui barrait les côtes. À l'épaule, il portait un vieux fusil d'assaut M16 et un sac à dos Mickey Mouse crasseux. Dedans se trouvaient très certainement des briques d'opium n° 2 enveloppées dans des chiffons, commençant le long périple qui les amènerait dans les rues d'Europe et d'Amérique.

Il sifflait un air d'Elton John entre ses dents jaunies quand les gars des Forces spéciales lui tombèrent dessus. *Crocodile Rock* mourut dans sa gorge, le M16 tomba, il n'eut pas le temps de sortir sa machette à longue lame, et il me fixa avec un mélange de défi et de haine. Deux minutes à l'écouter me raconter une histoire foireuse, comme quoi il n'empruntait que rarement cette piste, se trouvait à Chiang Mai la semaine précédente, me suffirent pour savoir qu'il mentait.

Je décidai de le ramener à la prison de parpaings, où je me disais que quelques jours dans la chaleur étouffante d'une des cellules d'isolement le rendraient plus coopératif. Les types de la CIA qui, pour la plupart, aimaient bien Smokey Joe parce qu'il était toujours partant pour frapper les prisonniers sans se faire prier, avaient d'autres projets. L'interroger ou demander à un jeune type de la Division de s'en charger était pour eux une perte de temps.

Décidant d'utiliser ce que leur manuel appelait par euphémisme des « techniques d'interrogatoire poussé », ils remplirent d'eau une grande baignoire en béton dans un coin de l'hôpital de la prison. Lorsqu'elle fut pratiquement remplie à ras bord, deux gardiens amenèrent le convoyeur, les yeux bandés, pieds et poings liés.

Presque aussitôt, je regrettai de ne pas avoir dit aux types de l'Agence que c'était mon affaire, de me foutre la paix et de retourner dans leurs cages. Certes, on peut se persuader que les règles sont différentes quand on travaille dans l'intérêt du pays, mais cette affaire n'avait rien à voir avec ça, même de loin. En y repensant, je devais être impressionné, ou alors je voulais seulement faire partie de l'équipe – la psychologie du petit groupe, comme l'appellent les experts. Quoi qu'il en soit, à ma grande honte, je ne dis mot.

Déshabillé, à l'exception d'un slip élimé, les yeux bandés, sans aucune idée de l'endroit où il se trouvait ni de ce qui se passait, le convoyeur était déjà proche de la panique quand ils l'attachèrent fermement sur le dos à une longue planche et le soulevèrent du sol.

Quatre d'entre eux – manifestement rompus à cette technique – le portèrent au-dessus de la baignoire et le penchèrent en arrière pour que sa tête soit dans l'eau à l'exception de la bouche et du nez. Il essaya de lutter – sans succès – et il était clair, à le voir suffoquer, qu'il pensait qu'à tout moment on allait l'enfoncer de quelques centimètres de plus et le noyer.

Deux autres interrogateurs prirent position de chaque côté de son corps qui se débattait. L'un lui flanqua une serviette sur la bouche et le nez et, une fois celle-ci bien en place, l'autre l'arrosa avec de l'eau provenant d'un grand seau.

L'eau mit un moment à imprégner le tissu, puis coula directement dans la gorge du dealer. Sentant le liquide dans sa trachée, combiné avec la sensation d'une vague frappant son visage, le prisonnier crut qu'il avait plongé sous l'eau et qu'il était en train de se noyer. Il se démenait quand un spasme incontrôlable lui vint…

L'eau continuait de couler. L'impression de noyade explosa en une terreur encore plus grande, et les spasmes se multiplièrent. Il y en eut encore et encore jusqu'à ce qu'il ait une érection, clairement visible à travers son caleçon, puis il déféqua dans l'eau.

Les hommes riaient, mais moi je le regardais, honteux et déshonoré, éprouvant chacun de ses spasmes comme si c'était moi qui étais attaché, impuissant, sur cette planche. Certains disent que la compassion est la forme la plus pure de l'amour, parce qu'elle n'attend rien en retour. Je ne sais pas si ce que j'ai éprouvé ce jour-là vis-à-vis d'un convoyeur thaïlandais était de la compassion, mais je peux affirmer que je n'avais jamais vu pareille terreur. La seule pensée qui me vint à l'esprit était que cet homme n'était probablement pas plus mauvais qu'un autre. À en juger mon état, la bouche sèche, le cœur battant à tout rompre, en sueur, je n'aurais sans doute pas tenu moitié aussi longtemps que lui. J'en eus la nausée.

Les agents arrêtèrent. Ils lui enlevèrent la serviette du visage, laissèrent le bandeau sur les yeux et demandèrent s'il voulait parler. Trop affolé pour trouver ses mots, luttant pour retrouver son souffle, ses mains tentant désespérément de tirer sur ses liens, il resta silencieux. Le chef des agents de la CIA ordonna à ses hommes de lui remettre la serviette et de continuer.

C'est à ce moment-là que je retrouvai ma voix.

« Arrêtez ça, ou je vous fais tous inculper », menaçai-je, essayant d'avoir l'air aussi froid et impitoyable que possible. Ils me regardèrent, me jaugèrent. Je n'avais plus le choix : ou bien je gagnais, ou j'allais être émasculé pour le restant de ma carrière.

« Je peux rédiger un rapport d'enquête pour incident critique, si vous voulez. Essayez donc de m'expliquer ce que ce type a à voir avec la Sécurité nationale. Kramer, vous voulez commencer ? »

Au bout d'un moment qui me sembla durer une année, le chef – Kramer – leur dit d'enlever la serviette et le bandeau sur les yeux. Le convoyeur de drogue, ce gros dur aux cicatrices de machette qui pensait sans doute être capable de supporter la douleur, leva les yeux vers moi ; sa reconnaissance était pathétique à voir. « Tu es prêt à nous raconter ce qui s'est passé ? » lui demandai-je.

Il acquiesça, sans pouvoir empêcher ses mains de trembler. Ils l'avaient brisé, c'était évident. Des années plus tard, lorsque la CIA fera subir ce même supplice à Khalid Sheikh Mohammed – le responsable militaire d'al-Qaïda –, celui-ci établira un record mondial en tenant deux minutes et demie. Le convoyeur avait tenu vingt-neuf secondes, ce qui était à peu près dans la moyenne.

Une fois détaché de la planche et écroulé sur le sol, il nous raconta qu'il se trouvait sur la passerelle avec deux frères qui dirigeaient le laboratoire d'opium de la montagne d'où venait la drogue et que c'étaient eux qui avaient décidé de transformer Smokey Joe en javelot humain. Le convoyeur assura qu'il n'avait jamais porté la main sur cet homme, et j'eus le sentiment qu'il disait vrai.

Il expliqua que le garde avait développé un moyen de se faire un bon paquet en rançonnant les convoyeurs qui franchissaient les gorges de la rivière : il avait fait de cette passerelle délabrée la première route à péage de Thaïlande. Au début, il se contentait d'ouvrir les paquets d'opium n° 2 et de prélever un copeau sur la brique – un peu comme un poinçonneur de billets. Puis il avait voulu négocier les copeaux avec les contrebandiers contre de la gnôle qu'il revendait dans la prison. Naturellement, il était devenu plus gourmand, les copeaux s'étaient transformés en gros morceaux, si gros même que, à la fin, les deux frères avaient décidé qu'une route à péage n'était pas dans l'intérêt économique de la Thaïlande du Nord.

Nous avions notre réponse et, s'il n'y eut aucun rapport d'incident critique, nous dûmes tous établir notre propre version de l'affaire à l'intention de nos supérieurs. Je suis certain que le rapport de la CIA énonçait qu'ils s'étaient contentés d'utiliser une force raisonnable, alors que le mien soutenait évidemment le contraire. Cela aurait été la fin de l'histoire – qui, dans la communauté du Renseignement, allait se soucier d'un convoyeur de drogue thaïlandais ? – sauf qu'il y avait dans le rapport de la CIA une partie que je ne pouvais pas contester.

Kramer avait dû raconter qu'il avait vu la peur sur mon visage, que j'avais eu l'air de m'en faire tellement pour l'homme soumis à l'interrogatoire que j'en avais été tétanisé et trempé de sueur. Il avait peut-être mis en doute mon courage et mon aptitude à servir en première ligne. À sa façon, il disait sans doute que j'étais un tendre, que ça pourrait me jouer des tours.

C'est ce rapport-là que Murmure avait dû lire après avoir sorti mon dossier des archives. J'ai eu tout le temps d'examiner mes propres faiblesses au cours des années et ce que Murmure m'a dit quand je l'ai quitté était probablement vrai : souffrir ne rimait à rien à mes yeux. Autant en finir vite.

Je regardai par le hublot et vis le large détroit du Bosphore et les dômes des magnifiques mosquées d'Istanbul. Les roues touchèrent la piste d'atterrissage. J'étais en Turquie.

13

De vieux avions à réaction vrombissaient sur la piste d'un autre aéroport – à Islamabad, celui-là. Le Sarrasin avait suivi la route trans-afghane jusqu'à Kaboul, devenue un véritable enfer depuis qu'elle était envahie de troupes américaines et de la coalition, hantée par la menace permanente d'attentats-suicides.

Après une journée de prières et de repos troublé, il avait pris cette route d'invasion toujours très fréquentée menant à la frontière pakistanaise, avait franchi celle-ci au milieu d'une marée d'autres voyageurs pour se diriger vers Peshawar, et de là vers Islamabad.

Le vol pour Beyrouth était en retard – comme tous les vols au départ du Pakistan – mais il s'en moquait.

Il était en sécurité. Si les Américains, les Australiens ou quelle que soit la nationalité de ceux qui l'avaient presque capturé dans le village en ruine étaient parvenus à découvrir son identité, il aurait été appréhendé à l'instant où il avait présenté son passeport au contrôle.

Au lieu de quoi, ce fut la routine : le regard las jeté sur le passeport, un coup d'œil au billet, puis les inévitables bavardages pendant que la personne en charge de l'enregistrement attendait son « petit cadeau » afin que la valise soit bien envoyée à Beyrouth et non à Moscou. Il paya sa dîme et se dirigea vers la porte d'embarquement. Des hommes en uniforme lourdement armés étaient partout, mais il n'y avait nulle part ce que l'on pourrait appeler une véritable sécurité : comme d'habitude, trop d'armes, pas assez de cerveaux.

Il embarqua, arriva à Beyrouth, retrouva son austère petit appartement d'el-Mina et se remit au travail sans tarder. Avant de démissionner de l'hôpital local quelques mois plus tôt, il était allé faire une razzia dans la réserve, qui était affreusement mal rangée, et avait emporté avec lui deux combinaisons de protection et leur alimentation d'air, des boîtes contenant dix mille petites ampoules de verre qu'il avait commandées spécialement pour ses projets, et un carnet d'étiquettes d'expédition officielles de l'hôpital.

Tout cela, il l'avait conservé dans son garage. Portant l'une des combinaisons et un réservoir d'oxygène, il s'employa à produire autant de son supervirus que possible. Peut-être étaient-ce les résultats spectaculaires qu'il avait constatés dans l'Hindu Kush, ou bien sa plus grande maîtrise du processus, toujours est-il que la fabrication lui prit moins de temps qu'il ne l'avait anticipé.

Jour après jour, travaillant à partir de grands réservoirs pharmaceutiques qu'il avait bricolés pour en faire une sorte de bioréacteur de fortune, il transféra le virus mortel dans les flacons de verre, scella leurs bouchons de caoutchouc avec une machine spéciale qu'il avait achetée à cet effet, et les stocka dans des réfrigérateurs industriels d'occasion qu'il s'était procurés à Beyrouth.

Alors qu'il approchait de la fin de ses opérations de production, il s'offrit une journée de repos. Il alla à Beyrouth et fit deux heures de queue pour acheter un téléphone portable de dernière génération, celui que l'on voyait dans un film américain et dont tous les jeunes rêvaient. Il le paya en espèces, marcha plusieurs kilomètres et acheta une carte SIM prépayée d'une validité d'un an. Il ne lui restait plus qu'à en faire un paquet cadeau.

Le vendredi suivant, après les prières, il l'offrit à un autre membre de la communauté : un adolescent avec qui il s'était lié d'amitié peu après être arrivé à Beyrouth. Ce garçon rappelait beaucoup au Sarrasin celui qu'il avait été au même âge – sans père, très religieux et plein de rêves enflammés quant à l'irrésistible montée en puissance de l'islam.

Le gamin était si pauvre que, lorsqu'il défit le papier d'emballage et vit le cadeau, il ouvrit de grands yeux et eut du mal à croire qu'il était à lui. Le Sarrasin lui expliqua qu'il quittait el-Mina pour aller chercher du travail et une nouvelle vie dans l'une des communautés islamiques qui étaient en plein développement en Europe. Ce téléphone était un cadeau pour qu'il pense à lui et, tout ce qu'il demandait au jeune homme en retour, c'était de lui rendre un petit service.

« Quand j'aurai trouvé où m'installer, je t'appellerai sur ce téléphone, je m'arrangerai pour t'envoyer une clé et je te demanderai d'ouvrir mon garage pour qu'un transporteur de Beyrouth vienne y prendre quelques cartons. Tu as compris ? »

L'adolescent acquiesça et répéta fidèlement la requête. Les hommes, même jeunes, dans le monde musulman, prennent beaucoup plus au sérieux les obligations nées de l'amitié que leurs homologues occidentaux, et le Sarrasin n'avait pas le moindre doute que l'adolescent suivrait ses instructions à la lettre. Les larmes aux yeux et sans avoir la moindre idée du complot dont il était désormais partie prenante, l'adolescent étreignit le Sarrasin, un homme dont il avait souvent souhaité qu'il fût son père.

Le Sarrasin s'éloigna sans se retourner. Il s'était déjà entretenu avec le transporteur de Beyrouth dont le camion réfrigéré venait deux fois par semaine à l'hôpital pour prendre ou livrer du sang et des médicaments. Le Sarrasin lui avait dit qu'il y avait des cartons de fournitures médicales dans son garage qui devraient lui être expédiés, et il le prévint qu'il recevrait un appel à ce sujet.

Ayant pris presque toutes ses dispositions, le Sarrasin revint à son appartement et alla au garage. Les machines de séquençage de gènes, les tenues de protection contre les périls biologiques et le reste de l'équipement avaient déjà disparu, mis en pièces et brûlés en une bouillie non identifiable, puis transportés à la décharge du coin dans le coffre de sa voiture. Il plaça les flacons de virus hermétiquement fermés dans des cartons, colla les étiquettes officielles d'expédition de l'hôpital et, dans le champ approprié, les désigna comme « vaccin périmé ». L'adresse à laquelle les expédier devrait attendre ; il ne la connaissait pas encore. Mais il savait pouvoir compter sur l'adolescent au téléphone, qui la ferait figurer le moment venu.

Il mit les cartons au réfrigérateur, verrouilla le garage et monta à l'appartement. En sueur, il rassembla les seules autres choses auxquelles il tenait – des photos, quelques objets, des souvenirs de sa femme et de son fils – dans une caisse qui irait dans un garde-meuble qu'il avait loué à Beyrouth. Il avait presque terminé lorsque trois hommes appartenant à une association caritative locale arrivèrent avec une camionnette pour récupérer son lit, son bureau et d'autres objets domestiques. Une fois tout ça chargé, il se retrouva seul dans son appartement vide.

Il regarda une dernière fois autour de lui ces deux pièces où il avait passé deux bonnes années, des années productives. Des années de solitude, aussi. Il y avait eu des moments où sa femme et son fils lui avaient cruellement manqué au point que cette douleur était presque physique mais, rétrospectivement, peut-être que ce qui était arrivé avait été pour le mieux. Non, pas peut-être, c'était certain. C'était la volonté d'Allah.

Pour la mort douce de l'Amérique, il avait fixé une date connue de lui seul, un jour qui perdurerait dans l'histoire, longtemps après sa propre disparition. Cette date était le 12 octobre, qu'il savait être Columbus Day, le jour où l'Amérique avait été découverte par les Européens et où tous les vrais problèmes du monde avaient commencé.

Ça tomberait merveilleusement bien, se dit-il, que pour les générations futures cette date coïncide avec le début du déclin de l'ennemi éloigné.

Il avait travaillé dur mais, s'il voulait respecter son calendrier, il ne devait pas perdre de temps. Il sortit de son appartement, verrouilla la porte et mit le cap sur l'Allemagne.

14

Je franchis les contrôles de la police turque sans encombre et ma Samsonite tournait déjà sur le carrousel quand j'arrivai à la zone de récupération des bagages. M'avançant pour prendre ma valise, je vis qu'aucune autre valise de mon vol n'était arrivé et je compris ce qui s'était passé : la mienne avait été déchargée en premier et envoyée au bureau local du MIT, le service de Renseignement turc, pour être examinée et photographiée.

Je ne m'en offusquai pas : j'étais théoriquement un agent assermenté d'une puissance étrangère et qu'ils s'intéressent à moi était compréhensible, mais – nom de Dieu – n'auraient-ils pas pu au moins être un peu plus professionnels et l'envoyer sur le carrousel en même temps que les autres bagages de mon vol ? Je balayai du regard le hall sous douane, mais ne pus repérer quelqu'un semblant m'avoir pris dans son collimateur. Ils se trouvaient sans doute dans une pièce au-dessus à me surveiller sur un écran de télévision en circuit fermé.

Je franchis la douane sans être inquiété, plongeai dans une mer de taxis racoleurs, et trouvai la navette qui me conduirait au terminal des lignes intérieures, où il y avait une telle cohue que celui des vols internationaux aurait semblé désert à côté. On y voyait des hommes, de grands réservoirs de cuivre sur le dos, vendre des gobelets de thé à la pomme, des étals de fortune pleins de pâtisseries dégoulinantes de sucre, et des types grillant des châtaignes sur des braseros. Déjà qu'il faisait près de trente-huit degrés et que la chaleur vous tombait dessus, accablante, les pompiers auraient mis une semaine à arriver tellement la circulation était dense.

Je fis la queue au comptoir d'enregistrement de Turkish Airlines et j'avançai peu à peu jusqu'à me trouver face à une jeune femme couverte de bijoux en or, bien trop maquillée, un foulard impeccable lui couvrant la tête – selon l'islam, la fierté de la femme. Elle prit ma valise, échangea mon billet contre une carte d'embarquement et m'indiqua où se trouvait ma porte.

La queue pour le contrôle de sécurité s'étendait sur une cinquantaine de mètres, mais je réussis à y échapper en m'approchant d'un des contrôleurs et en lui disant, en anglais et avec les quelques mots de turc que je connaissais, que je portais un pistolet. Je fus rapidement accompagné jusqu'à un bureau sans fenêtre où cinq hommes, tous en civil et fumant comme des pompiers, examinèrent mon passeport, ma carte du FBI et d'autres documents, y compris une copie de la lettre de la Maison-Blanche au président turc le remerciant de l'assistance fournie au FBI dans « cette triste et malheureuse affaire ».

C'est ce document qui emporta le morceau, et deux d'entre eux firent venir une voiturette qui me conduisit directement à la porte du vol pour Milas-Bodrum. Je fus le premier passager arrivé et, comme j'avais plus d'une heure devant moi avant le décollage, je comptais poursuivre l'étude de mes affaires passées sur mon ordinateur portable. Mais il en alla autrement.

À peine assis, je jetai un œil sur un écran de télévision suspendu au plafond. Il était branché sur une chaîne turque d'informations et on y voyait un reportage d'archives sur des montagnes afghanes. Je me dis que ce n'était qu'un sujet de plus sur cette guerre interminable et m'apprêtais à m'en détourner quand s'afficha le schéma d'une valise et des éléments nécessaires à la fabrication d'une bombe sale.

Murmure avait donc fait fuiter l'histoire du Sarrasin essayant d'acquérir du Polonium 210 et je fus certain qu'il s'était arrangé pour que cela coïncidât avec mon arrivée en Turquie. Pas étonnant que les agents du MIT à l'arrivée des vols internationaux aient été aussi peu regardants avec mes bagages. Ils avaient dû être distraits par cette alerte, l'information la plus stupéfiante de ces dernières années en matière de terrorisme international. Je souris, admiratif. C'était une belle démonstration de ce qu'était un bon officier traitant : être capable d'orchestrer une diversion parfaite pour protéger l'anonymat de son agent.

Je demandai à une femme au comptoir si je pouvais lui emprunter la télécommande de la télévision. Pendant l'heure qui suivit, alors que la salle se remplissait de mes compagnons de voyage, je zappai entre la BBC, CNN, MSNBC, al-Jazeera, Sky News, Bloomberg et une demi-douzaine d'autres chaînes d'informations de langue anglaise pour suivre cette histoire de détonateur nucléaire. Comme d'habitude, c'était essentiellement

454

le même fond de sauce recyclé sans fin mais de temps à autre apparaissait un nouvel élément qui donnait du grain à moudre aux commentateurs et aux experts : plus de deux mille agents de renseignement devaient être envoyés en Afghanistan et au Pakistan ; les autorités d'Arabie saoudite, d'Iran et du Yémen s'étaient engagées à coopérer. La Maison-Blanche avait annoncé que le président allait s'adresser à la nation.

J'étais impatient d'entendre ce que dirait Grosvenor mais, tandis que les journalistes se levaient et qu'une caméra filmait Grosvenor s'approchant de son pupitre, j'entendis le dernier appel pour mon vol.

Je rendis la télécommande, franchis la passerelle, trouvai mon siège et, cinquante minutes plus tard, vis apparaître les eaux turquoise de la mer Égée – probablement la plus belle étendue d'eau au monde – alors que nous suivions une large approche circulaire pour atterrir à Milas. L'aéroport était à quarante kilomètres à l'intérieur des terres par rapport à Bodrum et, après avoir effectué le rituel de récupération de ma Samsonite une fois de plus – sans fonctionnaire du MIT pour me fournir une assistance invisible, cette fois –, je m'acheminai vers le comptoir des loueurs de voiture.

Cela prit un temps fou. À croire que les ordinateurs n'avaient pas franchi la frontière turque : toute la paperasserie devait être remplie à la main et des exemplaires distribués à différents services. Une berline Fiat quatre portes me fut enfin apportée et, après avoir réussi à mettre le système de navigation en anglais, aidé par deux employés, je quittai l'aéroport et m'engageai sur la route de Bodrum. La circulation était telle que je n'avançais pas beaucoup, et je compris pourquoi en arrivant sur une crête : devant, il y avait un convoi de camions à dix-huit roues peints de couleurs criardes et des remorques-plateaux. C'était le cirque – au sens propre du terme.

Et ce n'était pas un minable petit chapiteau. C'était le cirque national turc au grand complet, avec, à en croire l'affiche placardée sur un des semi-remorques, « cent acrobates, quatre-vingts artistes de haut vol, et quatre charmeurs de serpents ». Heureusement, dans les faubourgs de Milas, ils s'arrêtèrent sur un terrain de foire où ils étaient en train d'ériger le chapiteau, le goulot d'étranglement disparut, et j'appuyai sur l'accélérateur.

Je roulai huit kilomètres vitre baissée et laissai la brise chaude me caresser le visage, m'imprégnant de l'odeur des forêts de pins et du danger dont cette mission était la promesse. Certes, il y avait longtemps que j'avais pris ma retraite, et j'avais peur ; certes, j'étais seul, à vivre un mensonge élaboré avec soin. Mais quelque chose en moi était tellement vivant que c'en était presque enivrant.

15

Les kilomètres défilèrent rapidement. Je traversai des oliveraies et de tout petits villages de maisons blanches, très cubistes ; dans le lointain, sur des collines, j'aperçus des moulins à vent abandonnés que les paysans utilisaient autrefois pour moudre le grain, mais c'était bien le diable si je voyais la seule chose dont j'avais besoin.

J'étais à la recherche d'un lieu où m'arrêter sans éveiller les soupçons, le genre d'endroit où un agent du FBI tout juste arrivé s'arrêterait pour profiter du beau temps et vérifier ses messages. Quelques kilomètres après un village plus important, avec une petite mosquée et un marché florissant de produits fermiers – qui n'avait probablement pas changé depuis des siècles –, je pris un virage et j'aperçus sur ma droite un café avec vue panoramique. J'avais atteint la côte.

Je me garai sur le parking du café, bien à l'écart de ses terrasses ouvertes, négligeant la vue. Je sortis de la voiture, j'allumai mon téléphone portable et, tout en examinant l'écran pour vérifier ostensiblement mes messages, je tournai nerveusement autour de la Fiat. Tout cela n'était qu'une comédie, un numéro à l'intention de quiconque aurait pu me suivre. Je savais qu'il n'y aurait pas de message. Ma manœuvre consistait à activer un programme que les techniciens de Langley avaient implanté dans l'appareil. Près de l'arrière de la voiture, le téléphone se mit à émettre des bips et, tandis que je m'approchais, le signal sonore se renforça. Quelque part à l'intérieur du passage de roue droit – et accessible depuis le coffre, je suppose – se trouvait un mouchard qui avait été très certainement installé par mes copains du MIT. Ils voulaient pouvoir me localiser – ce qui n'avait rien de surprenant –, mais je fus plutôt content de la manière dont ils s'y étaient pris. Comme n'importe quel agent expérimenté vous le dirait, il était bien plus facile de se débarrasser d'une voiture que d'une filature.

Heureux de constater que je voyageais en solo, j'éteignis mon téléphone, en ôtai la pile, je glissai les deux parties dans ma poche et me tournai vers le panorama. Pas étonnant que le café soit bondé : les collines accidentées descendaient jusque dans la mer Égée et tout Bodrum s'offrait à mes yeux. C'était la fin de l'après-midi, la lumière du soleil inondait les marinas et les deux baies qui enserraient la ville, faisant ressortir les murs d'un magnifique château du XVe siècle bâti par les croisés et perché sur le promontoire qui se trouvait au milieu. Le château Saint-Pierre, si je me souvenais bien.

Il y avait plus de dix ans que je n'étais pas venu dans cette ville. Elle s'était étendue, transformée, mais ça n'empêchait pas les souvenirs de se bousculer dans ma tête. L'espace d'un instant, je redevins un jeune agent, regardant les lumières des hôtels de luxe danser sur l'eau, écoutant la musique d'une myriade de discothèques remplir l'air de la nuit. Comment une mission qui avait démarré de manière si prometteuse avait-elle pu se terminer par un tel désastre ?

J'essayai de chasser ces souvenirs et je me dirigeai vers une des paires de jumelles installées sur des tripodes à l'intention des touristes ayant quelques lires à dépenser. Je glissai des pièces dans la fente et vis dans les moindres détails de splendides villas accrochées aux falaises, ainsi qu'une armée de yachts remarquables, tous bien trop grands pour mouiller dans n'importe quelle marina de la Méditerranée ou de la mer Égée, ancrés au large. Je les abandonnai pour braquer les jumelles sur une demeure isolée qui se dressait sur un promontoire, entourée de plusieurs hectares de jardins.

Bâtie plus de cinquante ans auparavant, avec ses hautes colonnades, ses loggias recouvertes de vigne vierge et ses terrasses en cascade, elle avait un petit air vaguement romain. Les volets étaient clos et, la lumière de l'après-midi ayant quitté le promontoire, on l'aurait dite assise dans l'ombre à broyer du noir. Elle était impressionnante, certes, mais je n'aimais pas cette demeure : elle avait quelque chose de sinistre, même de loin. Je ne la connaissais pas vraiment, mais j'étais sûr qu'il s'agissait de la Maison française et que c'était au bout de sa vaste pelouse que Dodge avait plongé vers sa mort.

Je retournai à ma voiture et descendis dans Bodrum, revisitant mon passé.

16

L'hôtel où l'on m'avait réservé une chambre n'était pas ce qu'on aurait pu appeler un hôtel branché. Les gens ne se battaient pas pour y entrer. Ces endroits-là se trouvaient sur le front de mer avec des bars où le champagne coulait à flots vingt-quatre heures sur vingt-quatre, des discothèques en plein air et des mannequins ukrainiens présentant des collections de lingerie sur des plages privées.

Le mien était dans une petite rue, entre un garage automobile et un magasin de meubles d'occasion. Bâti avec des blocs de ciment peints en bleu pâle, l'immeuble aurait pu être qualifié de « fatigué », au bas mot. L'équipe d'intendance rassemblée par Murmure avait fait un excellent travail. C'était exactement le genre d'endroit où l'on s'attendrait à voir descendre un agent du FBI voyageant aux frais du contribuable.

Je montai les marches du perron, sachant déjà ce que j'allais trouver à l'intérieur : des rideaux fatigués, un buffet de petit déjeuner plus très frais et une paire de palmiers en pots s'accrochant à la vie. L'homme qui se tenait derrière le comptoir de la réception avait connu des jours meilleurs, comme l'hôtel lui-même. Au fil des années, tous ses traits semblaient avoir été malmenés dans tous les sens, sauf que la peau était flasque. J'appris plus tard qu'il avait été l'un des plus brillants poids moyens amateurs de Turquie. Si c'était à cela que ressemblait un vainqueur, je n'avais aucune envie de voir le perdant. Et pourtant, quand il souriait – et il m'adressa un grand sourire de bienvenue tandis que je franchissais le seuil –, son visage était tellement plein de vitalité et de bienveillance qu'il était impossible de ne pas l'aimer d'emblée. Tout en me secouant énergiquement la main, il se présenta comme le propriétaire de l'établissement, puis il me donna une carte où je devais inscrire mon nom, les informations figurant dans mon passeport et mon adresse, et prit l'empreinte de trois cartes de crédit. « Juste pour être sûr en sécurité », me confia-t-il gaiement. Disons qu'il avait une façon bien à lui de s'exprimer, tout au moins dans une langue qui n'était pas la sienne.

« C'est un dommage que je regrette que vous n'ayez pas été là samedi soir, monsieur Brodie David Wilson », poursuivit-il. Je ne sais pas pourquoi, mais il avait décidé qu'il devait s'adresser à tout interlocuteur en lui donnant le nom complet inscrit sur son passeport.

« Les feux d'artifice étaient d'un genre que personne aurait vu rarement.

— Des feux d'artifice ? demandai-je.

— Zafer Bayrami. »

Je n'avais pas la moindre idée de ce qu'il voulait dire. Peut-être était-ce une sorte de bénédiction. « Zafer Bayrami ? répétai-je.

— Le jour de la Victoire. Tous les gens au monde connaissent cette date. La nation de la grande Turquie a tordu les têtes aux ennemis qui étaient surtout des Grecs.

— Ah. D'où les feux d'artifice. » Il y avait des siècles que Turcs et Grecs remettaient ça.

« Je suis monté en haut pour les voir sur le toit. Une énorme bombe du phosphore a explosé par-dessus le cap du Sud. Les Grecs ont dû penser qu'on attaquait encore. » Satisfait de sa blague, il s'esclaffa.

« Le cap du Sud, dis-je. N'est-ce pas là que se trouve la Maison française ? »

Une ombre passa sur son visage. « Oui.

— Et quelqu'un y est mort samedi soir, n'est-ce pas ?

— Un malheur de première grandeur, un homme de très peu d'années. Terrible », lâcha-t-il, secouant la tête d'un air triste. Je pense qu'il avait un tel amour de la vie qu'il devait être peiné de la mort de pratiquement n'importe qui. Enfin, peut-être pas s'ils étaient grecs.

« Est-ce que c'est pour ça que vous êtes venu à nous, pour l'enquêter, monsieur Brodie David Wilson ?

— Mais oui. Qui vous l'a dit ?

— La police, répondit-il, comme si c'était tout naturel. Ils sont venus ici de ce matin. Ils étaient deux. La femelle vous a laissé un message. »

Il me tendit une enveloppe et appela le chasseur.

17

Ma chambre était à peu près comme je m'y attendais, jusqu'aux rideaux fatigués et une petite pile de magazines avec des taches de café sur les couvertures.

À peine étions-nous entrés que le chasseur, un bon à rien d'Albanais, la trentaine, se mit à ouvrir et à fermer les portes de placard dans l'illusion, vieille comme le monde, que plus il s'agiterait plus gros serait le pourboire. Je n'y prêtai guère attention : j'avais hâte d'en savoir plus sur le détonateur nucléaire et d'entendre ce que le président avait dit à la nation pour la calmer.

Je trouvai la télécommande et j'allumai la télévision qui était dans un coin.

Je tombai sur al-Jazeera, qui faisait sa une sur le sujet, mais avait trouvé le moyen de le traiter sous un angle bien particulier : ils disaient à leur audience, essentiellement arabe, que les développements des douze dernières heures allaient entraîner une explosion de profilage selon les origines raciales dans les aéroports et les gares du monde entier. Pour une fois – même s'ils ignoraient pourquoi –, ils ne se trompaient pas.

Je commençai à zapper et trouvai deux chaînes locales d'information, un talk-show féminin, plusieurs feuilletons à l'eau de rose bizarres, puis je retournai sur al-Jazeera. Quelque chose n'allait pas : où étaient la BBC, CNN et toutes les autres ? Je me mis à appuyer sur tous les boutons. J'étais rompu au maniement des armes, mais les télécommandes n'avaient jamais été mon point fort.

retour de l'après-midi, avait-elle écrit. Vingt minutes devraient suffire pour qu'on vous mette au courant. »

Une fois à l'intérieur, on me confia à un jeune flic à l'uniforme impeccablement repassé et aux chaussures les mieux cirées que j'aie jamais vues, à part chez un marine appartenant à une garde d'honneur. Il devait avoir seize ans à tout casser. Il me conduisit au fond, puis, par une volée de marches, jusqu'à un dédale de bureaux occupés par les inspecteurs. Au bout d'un couloir, nous pénétrâmes dans une pièce avec deux bureaux et une vue sur la cour d'une maison voisine. Cette maison chaulée s'écroulait, l'enduit des murs s'effritait, le toit était jonché de tuiles cassées, mais peu importe. La présence dans la cour de deux frangipaniers hors d'âge lui conférait une certaine beauté.

Un seul des bureaux était occupé par une jeune femme aux cheveux bruns volumineux – manifestement une secrétaire –, un téléphone à l'oreille, en train de taper sur un ordinateur tellement vieux qu'il avait dû être livré équipé de Pong[1].

La secrétaire faisait partie de ces femmes chez qui tout semblait excessif : ses gestes, ses seins qu'un chemisier trop serré emprisonnait à grand-peine, son maquillage, son cul à l'étroit dans sa jupe entravée. Le caractère aussi, pouvait-on craindre. Comme j'attendais qu'elle en ait fini, il me vint à l'esprit que, par bien des côtés, elle incarnait les contradictions de la Turquie moderne. Elle était jeune dans une culture attachée au passé, effrontément féminine dans une société dominée par les hommes, impie et occidenta-

_____

1. Jeu vidéo inspiré du tennis de table développé en 1967.

lisée dans un pays où les visages étaient toujours tournés vers l'Orient et l'islam.

Sans compter une dernière contradiction, la plus importante de toutes pour un pays profondément traditionnel : la drogue. La Turquie était devenue le point de passage obligé pour le trafic le plus rémunérateur au monde, une Route de la Soie moderne où circulaient l'opium, l'héroïne semi-raffinée et le haschich de qualité venant du Pakistan et d'Afghanistan pour pénétrer l'Europe occidentale par la frontière avec le Liban ou à travers les montagnes du Caucase en Russie. Si les drogues n'étaient qu'une matière première moderne de plus, comme le pétrole, pompé dans les oléoducs transnationaux, la Turquie en était devenue la principale plaque tournante au monde.

Je savais cela à cause de Christos Nikolaïdes, le trafiquant de drogue grec dont j'avais commandé l'exécution à Santorin. En le pourchassant, j'avais appris de la DEA[1] que Patros Nikolaïdes et six autres cartels majeurs étaient très implantés en Turquie, surtout dans cette partie-ci de la Turquie, et que, malgré les efforts méritoires de quelques bons policiers turcs, la corruption s'était développée et les profits multipliés.

La secrétaire ne semblait pas vouloir en finir avec son appel, si bien que je pris un siège et me laissai aller à penser à Patros et à ses hommes de main albanais. Après mon retour sain et sauf aux États-Unis, cet homme m'était sorti de l'esprit, mais il était paradoxal que, sous la pression de la crise que nous étions en train de vivre, je sois amené à revenir dans un coin du

---

1. Drug Enforcement Administration : service fédéral américain chargé de la lutte contre les stupéfiants.

monde qu'il connaissait si bien. Je me demandais où il pouvait se trouver – toujours derrière ses murs de quatre mètres de haut à Thessalonique, espérai-je, à s'occuper de sa lavande et à pleurer la perte de son fils.

Ne pas y avoir réfléchi plus sérieusement était une erreur – une très grosse erreur –, mais la femme finit par raccrocher, m'adressa son sourire, excessif comme il fallait s'y attendre, arrangea son chemisier pour le cas où je n'aurais pas encore remarqué ce qu'elle considérait comme ses deux meilleurs atouts, et me demanda si j'étais Brodie Wilson.

Comme j'acquiesçais, elle m'informa que sa patronne avait un quart d'heure de retard. « Chaque matin, elle emmène le petit gars dans un parc du coin. C'est sa voiture ; elle a démarré et puis, elle est morte. Une italienne – la voiture je veux dire –, ce qui explique que ce soit une merde. »

J'en déduisis qu'elle devait avoir un petit ami italien. Il me sembla aussi qu'elle avait glané l'essentiel de son anglais dans la musique de variété américaine, les films cultes de l'été et en chattant sur Internet.

« Le petit gars ? demandai-je.

— Son fils.

— Et son mari est flic lui aussi ? C'est généralement comme ça dans le métier. » Ça ne m'intéressait pas plus que ça, je faisais la conversation, c'est tout – vous savez, histoire de passer le temps.

« Non, elle est divorcée.

— Quel âge a son fils ?

— Le petit gars a six ans. » L'expression lui plaisait manifestement beaucoup ; j'imagine qu'elle se croyait aussi branchée que n'importe quel Américain de passage.

« C'est dur, d'être mère célibataire avec un garçon de cet âge-là. »

Elle haussa les épaules – je doute qu'elle y ait jamais pensé. Et puis là, tout d'un coup, une catastrophe se produisit, qui manqua de me piéger. « Vous avez des enfants, monsieur Wilson ? »

— Non, pas de petit gars », déclarai-je sans y penser et, par mégarde, disant la vérité. Tout au moins la vérité me concernant, mais en totale contradiction avec ma couverture. Je me rendis aussitôt compte de mon erreur, j'envisageai de me reprendre, mais abandonnai cette idée stupide. Je réussis tout de même à garder mon sang-froid.

« Pas qui vivent avec moi, en tout cas, précisai-je avec un sourire. Je suis divorcé, c'est pour ça que je sais que c'est difficile. Mon ex-femme n'arrête pas de me le dire. »

Elle rit, ne remarquant rien de fâcheux. Beau rétablissement, pensai-je, mais j'avais les mains moites. « C'est votre patronne ? » demandai-je pour changer de sujet, en désignant une photo sur l'autre bureau.

C'était celle d'une femme souriante, portant un foulard et une salopette sur une échelle, en train de passer à la chaux le mur extérieur d'une petite maison de Bodrum. Ça devait être pris du côté du vieux port. Il y avait un grand bâtiment à côté, avec une enseigne en anglais et en turc : Gul & Fils, Marina et Chantier naval.

« Oui, dit la secrétaire, s'approchant de moi. C'était il y a deux ans, juste après son arrivée. » Je la regardai de plus près : c'était une belle femme, la trentaine avec, en elle, quelque chose d'exotique : des pommettes hautes et de grands yeux en amande.

« Elle est très belle, commentai-je.

— Merci, dit une voix glaciale derrière moi. Il paraît que je tiens ça de ma mère. »

Je me retournai, et bien sûr, c'était la femme flic. Elle posa son sac à main et son téléphone portable et s'adressa à sa secrétaire. « Retourne à ton bureau, s'il te plaît, Hayrunnisa. »

Hayrunnisa ne se fit pas prier. La policière avait la tête couverte d'un foulard glissé dans une veste à col montant qui lui arrivait aux genoux. En dessous, elle portait un chemisier à manches longues et un pantalon large qui effleurait ses escarpins à hauts talons. Tout était de bonne qualité – élégant, aussi –, mais il n'y avait pas un centimètre de peau visible, à l'exception de ses mains et de son visage. C'était l'autre face de la Turquie – traditionnelle, islamique, très critique de l'Occident et de ses valeurs.

« Je m'appelle Leyla Cumali », se présenta-t-elle. Elle ne me tendit pas la main, et point n'était besoin d'être enquêteur pour deviner que je ne lui plaisais pas. Peut-être était-ce parce que je marchais sur ses brisées, ou bien parce que j'étais américain. Probablement les deux, décidai-je. En Turquie, manifestement, deux mauvais points et vous êtes éliminé.

« Dommage que vous soyez venu d'aussi loin pour si peu de choses, dit-elle en s'asseyant à son bureau. Comme je l'ai indiqué dans mon message, la mort de ce jeune homme est clairement accidentelle.

— Quand avez-vous l'intention de clore l'affaire ? demandai-je.

— Aujourd'hui même. Le dossier sera transmis à mes supérieurs un peu plus tard dans la matinée. Et, si tout est en ordre, il atterrira ensuite au siège de la police à Ankara, qui le bouclera puis l'archivera. Juste une formalité.

— Je crains qu'il ne faille remettre cela à plus tard. Je dois examiner cette enquête avant qu'une quelconque décision ne soit prise. » Je ne suis pas si brusque d'ordinaire, mais je ne pouvais pas la laisser m'échapper ; d'une façon ou d'une autre, je devais gagner du temps.

Elle tenta de le dissimuler, mais elle était furieuse. Je le vis dans ses yeux en amande. Elle les planta dans les miens, déterminée à m'amener à un geste de conciliation, mais d'autres plus coriaces qu'elle avaient essayé de me faire baisser les yeux.

« Je ne crois pas qu'il sera nécessaire de remettre à plus tard, affirma-t-elle pour finir. Comme je vous l'ai dit, une vingtaine de minutes suffiront pour que je vous expose tout ça. Sans doute moins, même, tellement c'est limpide. »

Elle ouvrit un classeur, en sortit une pile de dossiers et y prit une photo de la pelouse qui se trouve derrière la Maison française. Elle la posa brutalement sur le bureau.

« Voilà l'endroit d'où il est tombé », dit-elle, indiquant un à-pic d'une trentaine de mètres le long d'une falaise abrupte.

Pour prévenir toute chute, les lieux étaient sécurisés par un garde-corps formé de deux barres de bois qui couraient tout autour du promontoire jusqu'à un splendide belvédère à la pointe.

« À quatre mètres au nord du belvédère, soit il a grimpé sur la barrière, soit il l'a franchie, enchaîna-t-elle. Nous connaissons l'endroit exact parce que l'un des membres de mon équipe scientifique a trouvé un

470

fil du pantalon qu'il portait accroché à une écharde. »

Elle parlait l'anglais à la perfection ou presque, mais elle insista un peu trop sur le terme « équipe scientifique ». Encore fumasse, elle voulait me faire sentir qu'elle ne venait pas de sa cambrousse, qu'ils avaient fait leur travail à fond et avec des moyens modernes. J'allais lui poser une question, mais elle me devança.

« Vous avez souhaité un rapport, alors finissons-en. Le jeune Américain est mort à 21 h 36. Nous le savons parce qu'il avait son téléphone portable dans sa poche et que l'horloge s'est arrêtée lorsqu'il s'est écrasé sur les rochers. C'était six minutes après qu'une grande étoile pyrotechnique explose au-dessus du promontoire. Ce qui marquait le coup d'envoi du feu d'artifice. Vous ne le savez sans doute pas, mais samedi c'était…

— Zafer Bayrami », complétai-je.

Elle fut étonnée. « Félicitations. Vous n'êtes peut-être pas aussi ignorant que la majorité de vos compatriotes. »

Je laissai courir – répondre ne nous aurait menés nulle part. J'avais des problèmes autrement plus difficiles à régler que son attitude à mon égard.

« La victime, M. Dodge, avait passé un moment dans la bibliothèque à boire de l'alcool et à prendre des stupéfiants – le rapport toxicologique est formel –, lorsque l'étoile pyrotechnique a explosé. Il a pris des jumelles – nous les avons retrouvées devant le garde-fou – et traversé la pelouse pour contempler le feu d'artifice. »

Les jumelles m'alertèrent mais je n'avais pas le temps d'y réfléchir. Je voulais me concentrer sur ce qu'elle disait, et elle allait à la vitesse de la lumière.

« Pour mieux voir, soit il est monté sur le garde-fou, soit il l'a enjambé. Étourdi par le mélange de stupéfiants et d'alcool, dans un lieu qu'il ne connaissait pas bien, peut-être perturbé par les explosions de lumière répétées, il a perdu pied sur le bord instable de la falaise et n'a pas réussi à se rattraper. Il est tombé. Vous me suivez, agent Wilson ? »

Je fis oui d'un signe de tête.

« Nous avons reconstitué la scène avec un mannequin exactement de sa taille et de son poids. Une seconde huit centièmes après être tombé, il s'est écrasé dans des broussailles accrochées à la falaise. Vous pouvez voir les branches cassées, sans compter que nous avons trouvé plusieurs touffes de cheveux dans le feuillage. Et ça vous intéressera peut-être, sa trajectoire est totalement cohérente avec celle d'un homme ayant glissé. Voici les comptes-rendus de ces examens. »

Elle poussa une petite pile de schémas techniques vers moi sur le bureau.

« Nous pensons qu'il a essayé de se rattraper à une branche – une de ses mains présentait des traces de lacérations. Mais il a continué sa chute jusqu'à se fracasser sur les rochers, trente-deux mètres plus bas. L'équivalent d'un immeuble de dix étages. Parmi de nombreuses autres blessures, il s'est cassé la colonne vertébrale à deux endroits. La mort a été instantanée. »

Je hochai la tête. C'était ce que le fichier des Affaires étrangères avait retenu comme cause du décès. Il me fallait bien l'admettre, elle et son équipe de médecine légale avaient fait un travail remarquable. Que Dieu nous vienne en aide, pensais-je. Je n'avais pas d'autre choix que de continuer d'attaquer.

« Il y avait du personnel de sécurité dans la propriété, dis-je. Plein de gens sur des bateaux. Certains devaient se trouver à proximité du promontoire. Qui l'a entendu crier ? » J'essayais juste de comprendre.

« Personne. Même s'il a crié, à cause du bruit des feux d'artifice, on n'a pas pu l'entendre. Était-ce la question que vous alliez me poser ?

— En fait, non, répliquai-je, agacé. Je voulais savoir précisément qui se trouvait dans la propriété ce soir-là.

— C'est bizarre, répondit Cumali, sur un ton lourd de sarcasme, c'est exactement la question que nous nous sommes posée. Hormis le personnel de sécurité, il n'y avait personne. Il était seul.

— Comment pouvez-vous en être certaine ? demandai-je. C'est un énorme domaine. »

Elle me lança un regard profondément méprisant. « Deux hectares quatre-vingts au total, déclara-t-elle, ouvrant un autre dossier dont elle sortit des photos, auxquelles était jointe une liasse de plans. Seules des personnes extrêmement fortunées louent ce type de bien. Il y a donc cent huit caméras qui enregistrent ce qui se passe dans ce périmètre. Le système a été installé par un des leaders mondiaux de la sécurité – une entreprise américaine, vous serez heureux de l'apprendre – et il est impossible d'y faire un pas sans être vu et filmé. »

Elle étala des photos montrant des dizaines de caméras différentes – montées sur des mâts, au flanc des bâtiments, cachées dans le feuillage –, certaines fixes, d'autres pivotantes, toutes équipées d'un dispositif infrarouge et d'une vision de nuit. En bon connaisseur, je savais que cela avait coûté une fortune.

Elle poursuivit, commentant certains plans. « Voici le cahier des charges du système. Vous pouvez constater qu'il n'y a pas un centimètre qui ne soit pas couvert. »

Vinrent ensuite une série de rapports établissant que les caméras avaient parfaitement fonctionné. Je ne les regardai pas. J'étais certain qu'elle avait raison. Les choses se gâtaient de seconde en seconde. Je pourrais peut-être la retenir quelques jours mais, au-delà, ça semblait impossible. « Et la falaise ? demandai-je. Qu'est-ce qui aurait pu empêcher quelqu'un de l'escalader ? »

Elle soupira. « Il y a une petite plage à une extrémité – la plage allemande, on l'appelle – qui a une rampe de mise à l'eau, une piscine d'eau salée et un hangar à bateaux. Ça fait partie de la propriété et il y a un poste de gardien attenant.

» Deux hommes étaient à l'intérieur et quatre caméras surveillaient les marches qui montent à la maison ainsi que toute la paroi. Vous voulez savoir si les caméras de contrôle sont efficaces ? Une masse confuse enregistrée par l'une d'elles a retenu notre attention, puis j'ai réalisé que c'était le corps de la victime qui était passé devant. Un cinquantième de seconde, et elle l'a saisi. »

Je regardai au-dehors les frangipaniers, me ménageant quelques instants, le temps de me préparer à un nouvel assaut. « Bon, vous dites que Dodge était seul, sauf que non, il ne l'était pas, répliquai-je. Que faites-vous du personnel de sécurité ? Qu'est-ce qui aurait empêché l'un d'eux de l'approcher par-derrière et de le faire basculer dans l'éternité ? »

Elle regardait à peine ses notes ; elle aurait pu les balancer les yeux fermés. « Ils étaient dix-huit à être de service cette nuit-là. » Elle me sortit des photos de tous les gardiens ; pas mal de gorilles dans leurs rangs.

« Comme beaucoup de gens dans ce milieu-là, certains d'entre eux ne sont pas blanc-bleu, mais peu importe. Ils ne sont pas autorisés à patrouiller sur le domaine. Ils doivent rester à leur poste, contrôler leur écran de surveillance, et ne les quitter que par groupes de six avec un superviseur en cas d'intrusion.

» Tous les postes étaient sous vidéo-surveillance, poursuivit-elle. Les enregistrements montrent qu'aucun d'eux ne s'est isolé des autres au cours de l'heure précédant ou suivant la mort de M. Dodge. Je suis désolée de vous décevoir, mais le personnel de sécurité n'a rien à se reprocher.

— Vous ne me décevez pas, mentis-je. J'essaie seulement de découvrir la vérité. Oui, les gardes n'ont peut-être rien à se reprocher, à moins que les bandes ou les disques n'aient été trafiqués. » Je me raccrochais à tout ce que je pouvais, et j'essayais de m'en tirer avec un certain panache.

« Ce sont des disques, dit Cumali, insensible à mon panache ou à quoi que ce soit d'autre, d'ailleurs. Ils ont été vérifiés. Tous comportent des codes temporels intégrés, ce qui signifie que si vous pratiquez des coupures, ça se voit immédiatement. J'ai entendu dire que la Maison-Blanche utilise exactement le même dispositif. »

Pour ça, elle avait raison, et grâce au génial système de sécurité de la Maison française, ses résidents fortunés jouissaient d'une liberté totale. Ils n'étaient pas en permanence sous surveillance – ce qui n'était sans doute pas pour déplaire à beaucoup de riches dilettantes consommateurs de stupéfiants –, mais personne ne pouvait pénétrer dans la propriété sans être observé et interpellé. Ils bénéficiaient probablement de la plus grande sécurité que l'on puisse trouver au monde.

« Et le mobile ? lançai-je, essayant de ne pas montrer que j'essayais juste d'abattre une nouvelle carte, de lancer un autre dé.

— La femme, bien sûr. La victime n'a pas de frères et sœurs, ses parents sont morts et elle est sa seule héritière. Elle s'appelle Cameron. » Elle poussa une photo devant moi.

Cameron – photographiée en pied, regardant l'appareil – avait tout pour elle. Vingt-cinq ans environ, grande et élégante, une certaine arrogance que l'on ne trouve généralement que chez les mannequins et les femmes vraiment très belles. D'après le rapport des Affaires étrangères, elle travaillait comme styliste personnel chez Prada, sur la Cinquième Avenue, quand elle l'a rencontré. Évidemment : comment une fille venue de nulle part aurait-elle pu rencontrer un jeune milliardaire ? À la laverie automatique ?

« Depuis combien de temps étaient-ils mariés ? » demandai-je tout en continuant de regarder le visage de Cameron. C'était bien ce genre de femme.

« Huit mois. »

Je jetai un coup d'œil à Cumali. « Huit mois et un milliard de dollars de salaire – pour moi c'est un sacré mobile. »

La femme flic secoua la tête. Pourquoi n'étais-je pas surpris ? « Dès 20 heures, elle se trouvait dans l'hélicoptère de son mari avec quatre autres fêtards partis faire la tournée des discothèques de la côte. Nous avons vu les vidéos-surveillance de toutes ces boîtes, leurs déplacements ont été contrôlés à la minute près. »

J'imaginais très bien la scène : d'autres fêtards arrivant dans les discothèques en Porsche, en BMW et peut-être quelques Ferrari, et elle qui se pointe avec sa clique dans un Bell JetRanger. Difficile de rivaliser avec un milliard de dollars.

« D'accord, disons qu'elle a un alibi, spéculai-je. Elle a demandé à quelqu'un de le faire à sa place.

— Qui ? Ils connaissaient peu de monde, mis à part d'autres couples fortunés venus en bateau de Monaco et de Saint-Tropez et quelques étrangers qu'ils avaient rencontrés ici. Des connaissances, rien de plus. Nous les avons tous interrogés, mais il n'y a personne qu'on puisse soupçonner un instant d'avoir agi pour son compte.

— Un exécutant, lançai-je encore, un tueur à gages. »

Elle rit, mais pas parce qu'elle trouvait ça drôle. « Et comment trouve-t-on ce genre de personne ? Pas un bras cassé mais un tueur de haut vol ? Quelqu'un qui ne va pas prendre l'acompte et se tirer. De toute façon, reste le problème qu'il était seul dans la propriété.

— Quand même, un milliard de dollars, dis-je plus pour moi-même que pour elle, c'est une sacrée somme d'argent.

— Je ne sais pas ce que vous avez, vous autres Américains, demanda-t-elle avec mépris. Pourquoi pensez-vous automatiquement au meurtre ? Si elle avait voulu de l'argent – quelques millions auraient suffi –, pourquoi ne se serait-elle pas contentée d'un divorce ? »

J'étais fatigué, frustré, angoissé à l'idée d'avoir à essayer d'insuffler un peu de vie à une enquête qui me filait entre les doigts. Mais surtout, j'en avais marre de cette femme et de son attitude à mon égard et vis-à-vis de mon pays. J'avais envie de la provoquer, de lui rendre la monnaie de sa pièce, je brûlais de lui parler du trafic de drogue et de la nouvelle Route de la Soie, du génocide contre les Kurdes et de tout ce que j'aurais pu trouver, mais je me retins – il le fallait, dans l'intérêt de tous.

« Y a-t-il eu contrat de mariage ? » m'enquis-je avec lassitude.

Mais ça ne l'intéressait pas. « Je n'ai pas demandé. À quoi bon ? Je vous l'ai dit, il n'y avait personne d'autre sur le domaine, la seule personne pouvant avoir un mobile était à trente kilomètres de là, les mouvements de M. Dodge sont clairs et sans ambiguïté, les éléments de médecine légale sont irréfutables. C'était un accident. »

Elle commença à rassembler les photos et les rapports, s'apprêtant à les ranger dans le classeur. « Voilà, monsieur Wilson, vous avez mon rapport. Je pense que même le FBI reconnaîtrait que la police turque a fait un travail de fond, très professionnel.

— Je vais avoir besoin de ces dossiers, des éléments originaux et de tout le reste, inspecteur », rétorquai-je, en désignant la pile de documents. Je m'attendais à une explosion et je ne fus pas déçu.

« *Quoi ?* » s'écria-t-elle.

Je surpris Hayrunnisa qui nous regardait, aux anges.

« Je vous l'ai dit, je dois conduire ma propre enquête, déclarai-je sans élever la voix.

— Non, objecta Cumali, avant de le répéter en turc pour que nul ne l'ignore.

— Je viens de loin, inspecteur Cumali. Ma venue ici a été organisée au plus haut niveau. Dois-je passer un coup de fil pour signaler que je ne bénéficie pas de la coopération dont j'ai besoin ? »

Elle ne bougea pas. Non plus que sa secrétaire, qui n'avait sans doute encore jamais entendu sa patronne menacée par un bazooka. Je tendis la main vers les dossiers, mais Cumali secoua la tête.

478

« Ce sont des originaux. Et, de toute façon, la plupart sont en turc, dit-elle.

— Je suis certain qu'une bonne partie a été traduite pour la veuve, lui opposai-je, mais elle ne fit pas un geste pour me les donner. Cessons cela, voulez-vous, inspecteur ? »

Elle ne me quitta pas des yeux, puis elle parut céder. « Combien de temps allez-vous les garder ? demanda-t-elle.

— Trois jours, peut-être quatre. » Ce n'était pas beaucoup, mais il ne me semblait pas possible d'aller au-delà.

Toujours très en colère, elle regarda sa secrétaire, ce qui aurait dû me mettre la puce à l'oreille : elle avait quelque chose en tête. Elle parla brutalement, en turc, mais il y eut un mot que je compris, car très proche de l'anglais : *fotokopi*.

« Merci, dis-je poliment.

— Il n'y a rien pour vous ici, à Bodrum, agent Wilson. Rien du tout. »

Là-dessus, elle se retourna et entreprit de consulter son emploi du temps et son courrier. Elle ne leva pas les yeux lorsque Hayrunnisa revint avec les dossiers photocopiés. Ni même lorsque je les mis dans mon sac à dos et sortis de son bureau.

19

Parmi toutes les morts du monde entier, il avait fallu que nous choisissions celle de Dodge. Ce qui nous avait semblé un atout se révélait être une erreur épouvantable.

Son décès était clairement accidentel, il n'y avait rien sur quoi enquêter et, sans enquête, Brodie Wilson pouvait tout aussi bien reprendre un avion et rentrer chez lui. Là-dessus, l'inspecteur Leyla Cumali avait marqué un point.

J'avais gagné quelques jours de rab, mais c'était très loin d'être suffisant. En quittant le poste de police, je repensais au fait que c'est toujours en échafaudant des hypothèses, des hypothèses qu'on ne remet pas en question, qu'on se fait avoir. Murmure et moi aurions dû creuser un peu plus et nous demander exactement ce sur quoi j'allais enquêter. À notre décharge, nous étions fatigués, nous ne savions plus quoi faire lorsque nous avons pris cette décision et, dans la plupart des cas, la mort d'un homme de vingt-huit ans sur des rochers battus par les vagues aurait fourni matière à enquête. Mais ce n'était pas une excuse, ce montage était notre idée et, au moment du naufrage, il fallait en assumer les conséquences.

Question : comment allais-je pouvoir y remédier ? Réponse : je n'en avais pas la moindre idée. Mais j'ai ma façon de gérer le stress : soit je marche, soit je travaille. Bodrum offrait la possibilité de faire l'un et l'autre, et je me rappelais que ma mission essentielle, ou en tout cas la première étape, consistait à identifier les cabines téléphoniques de la vieille ville.

Je sortis de mon sac à dos le téléphone portable avec son appareil photo modifié, remis la pile en place et tournai à droite au bout de la rue. Je suivais le plan que j'avais en tête et, au bout de cinq minutes d'une marche rapide, sentant enfin mon angoisse revenir à un niveau gérable, je parvins à la limite de la zone de recherches.

Je l'avais mentalement divisée en plusieurs secteurs

et je ralentis le pas, résolu à ne laisser aucune cible potentielle échapper à mon attention ou à l'appareil photo. Ce n'était pas facile. Pendant une bonne partie de l'année, avec ses cinquante mille habitants, Bodrum est une ville endormie, mais en été leur nombre grimpe à un demi-million et, même si la saison touchait à sa fin, les rues étaient encore pleines de vacanciers, de frimeurs et de tous les prédateurs qui en font leurs choux gras.

Je passai devant d'innombrables boutiques vendant des sandales turques en cuir et de précieux tapis persans, dont presque tous avaient été importés de Chine. Tous les cent mètres, dégageant de fortes odeurs, il y avait des bars qu'on appelait à tapas en Espagne, mais qu'ici, en Orient, on appelait mezze, et qui ne désemplissaient pas à toute heure du jour ou de la nuit.

Chaque fois que je voyais une cabine téléphonique, je la photographiais, sachant que le logiciel du téléphone la téléchargeait sur le plan en enregistrant sa position exacte. Je finis par prendre un kebab enveloppé dans une pitta que je mangeai assis sur un banc sous un jacaranda. Au bout de quelques minutes, je repérai dans la vitrine de la boutique juste à côté une remarquable collection de saxophones et de guitares électriques. Je m'approchai de la porte et jetai un œil à l'intérieur de la sombre caverne.

C'était le genre d'endroit que j'affectionne mais qu'on ne voit pratiquement plus. D'un côté, des piles de partitions, des rangées de vinyles, des boîtes de CD, et quelqu'un m'aurait dit qu'il y avait des cartons de cartouches huit pistes au fond que je n'en aurais pas été autrement surpris. Les instruments occupaient l'autre côté : suffisamment de Gibson et de Stratocaster Fender pour donner la banane à n'importe quel amateur de rock'n'roll. Et toute une flopée d'instruments folkloriques turcs dont je n'avais aucune idée du nom, encore moins du son qu'ils produisaient.

Le type qui fumait derrière son comptoir – la quarantaine, musicien, d'après l'allure de son jean râpé et ses yeux rêveurs – me fit signe d'entrer. En d'autres temps, dans une autre vie, j'aurais passé des heures à l'intérieur, mais je tendis les mains en une excuse muette et me remis au travail.

Au cours des heures qui suivirent, je pris suffisamment de photos de cabines téléphoniques devant des boutiques à touristes et des marchands de quatre saisons pour toute une vie, j'attendis un temps fou de pouvoir traverser une rue principale afin d'en photographier une à dix mètres d'une station-service BP et en trouvai au moins six qu'on aurait crues importées d'un autre pays et illégalement branchées sur les lignes aériennes. Pas étonnant que les télécoms turcs n'en aient aucune trace.

En fin d'après-midi, les pieds douloureux, assoiffé, je me retrouvai sur une petite place. Je m'assis à une terrasse de café et ma première idée fut de commander une bière Efes mais, me connaissant, avec la colère et le désespoir qui m'avaient envahi, je ne me serais peut-être pas limité à une. Je demandai donc un café et me mis à la tâche que j'avais repoussée tout au long de la journée : étudier les dossiers relatifs à la mort de Dodge et faire le tour du désastre dans lequel Murmure et moi nous étions fourvoyés.

Vingt minutes plus tard, j'étais certain que l'enquête policière s'était d'emblée embourbée. La clé ne se trouvait pas dans les interrogatoires, ni dans les conclusions du légiste, pas plus que dans l'analyse des bandes de vidéo-surveillance. Elle se trouvait dans le rapport toxicologique.

Comme pas mal d'autres dossiers, il avait été traduit à l'intention de Cameron, et l'inspecteur Cumali avait raison, il confirmait la présence de stupéfiants dans l'organisme du mari. Mais j'eus l'impression qu'elle n'avait pas été en mesure d'interpréter la signification réelle des dosages. La conclusion du rapport du légiste se contentait en effet d'indiquer qu'ils étaient suffisants pour avoir considérablement altéré le jugement et l'équilibre de la victime.

« Considérablement altéré » ? Le jeune milliardaire s'était explosé, oui ! Mes études médicales et ma propre expérience m'ont appris qu'il n'aurait pas pu s'infuser cette quantité de drogues dans les veines en seulement quelques heures – sauf à faire une overdose. Dodge avait dû en faire une consommation homérique : trois ou quatre jours durant, selon mon estimation.

Contrairement à Cumali – ou à qui que ce soit de son équipe légale –, mon passé en dents de scie me permettait aussi d'avoir une bonne idée des effets réels que ces drogues avaient pu avoir sur lui. Il y avait le meth, bien sûr – comme toujours, ces temps-ci –, son fidèle acolyte le GHB, ou Easy Lay, pour supprimer les mouvements d'humeur, additionnés d'une bonne dose d'ecstasy pour calmer les esprits. Le sommeil était toujours l'ennemi de celui qui en abusait, c'est pourquoi il y avait d'importantes traces de cocaïne : pour le garder éveillé. J'étais certain qu'un homme qui s'était offert quatre jours d'un trip pareil, avec un tel cocktail de substances, n'avait pas pu s'intéresser à un feu d'artifice. C'eût été du catéchisme comparé au son et lumière qu'il avait dans la tête et les parties génitales.

Puis je me souvins de l'alerte qui s'était déclenchée dans ma tête à propos des jumelles. Je compris quel était le problème : qui serait allé prendre des jumelles pour observer un feu d'artifice tiré pratiquement au-dessus de sa tête ? Personne, sauf à vouloir s'aveugler. Et pourquoi se rendre tout au bout de la propriété et se tenir au bord d'une falaise, alors que la vue aurait été aussi bonne depuis la pelouse ou les terrasses ? Même les plus accrocs aux stupéfiants ont un minimum d'instinct de conservation. Non, quelque chose d'autre, dans cet état de forte intoxication, avait dû inciter Dodge à prendre ses jumelles et à se rendre au bord de la falaise.

Je ne savais pas ce que c'était, mais la situation ne me parut plus du tout aussi sombre que dans le bureau de l'inspecteur Cumali, alors que je me noyais dans son mépris et dans les senteurs des frangipaniers.

Je repensai à cette bouteille de bière Efes. Non, décidai-je. L'espoir était encore plus dangereux que le désespoir.

C'était de ma voiture que j'avais besoin.

20

La Maison française était facile à trouver. Quand on sortait de Bodrum, il fallait se diriger vers le cap, au sud, prendre la longue route de corniche qui serpentait au milieu des cyprès et rouler jusqu'à ce qu'il ne soit plus possible d'aller plus loin.

Il faisait presque nuit quand j'y arrivai. Le grand

portail de fer forgé, doublé d'une toile noire pour protéger des regards indiscrets, était fermé, et les lanternes placées en haut des colonnes de pierre étaient éteintes. Une voiture de police stationnait, presque invisible dans un petit massif d'arbres, et, lorsque je m'arrêtai, un flic en surpoids se pencha par la vitre et se mit à hurler quelque chose en turc tout en me faisant signe de déguerpir.

J'arrêtai le moteur et je sortis de la voiture. Il ouvrit brutalement sa portière, l'air teigneux, et mit la main à sa matraque. Je regrette de devoir signaler que les flics turcs n'ont pas la réputation d'être d'une grande courtoisie, mais heureusement je dégainai plus vite que lui. J'avais sorti mon insigne doré et le lui présentai avant d'être à sa portée.

Furieux, il le regarda une seconde, puis regagna sa voiture de patrouille. Je l'entendis discuter sur sa radio. Une fois ses instructions reçues, il remonta son pantalon et prit tout son temps pour aller vers une petite porte latérale qui s'ouvrait avec un digicode. Le système était encastré dans le mur, une version à douze chiffres, faite sur mesure, inviolable : je ne voyais pas comment quelqu'un aurait pu démonter le clavier frontal et tenter de trafiquer le circuit. Nous étions dans le champ de l'œil de verre de deux caméras installées sur le mur – l'une fixe, l'autre à balayage télécommandé. Au deuxième essai, après avoir consulté un morceau de papier, le flic tapa le bon code, la porte s'ouvrit et il s'effaça. Je remarquai au passage que son haleine empestait l'alcool.

La porte se referma derrière moi et, seul dans l'obscurité, je vis qu'une pelouse d'une trentaine de mètres de large encerclait le jardin à partir du mur d'enceinte.

Certainement une sorte de douve électronique, contrôlée par des caméras et probablement bourrée de détecteurs de mouvements. Aucun intrus, à supposer qu'il soit parvenu à escalader le mur, n'aurait pu la traverser sans être repéré avant d'atteindre la lisière des arbres du côté opposé. La maison avait été bâtie des décennies auparavant, du temps où Bodrum n'était encore qu'un petit village de pêcheurs, mais, déjà à l'époque, on s'était donné beaucoup de mal pour la doter d'un système de sécurité très pointu et je me demandai pourquoi.

Je suivis l'allée bordée d'arbres, sous un tunnel de feuillages, mes chaussures faisant crisser le gravier. Tout était de plus en plus noir et silencieux et, je ne sais pas pourquoi, mais je déboutonnai ma veste pour pouvoir facilement sortir le Beretta glissé à ma ceinture, dans mon dos. À cause de l'endroit, sans doute ; la nuit aussi.

Au détour de l'allée qui formait un angle et contournait une fontaine silencieuse, la maison m'apparut. La vision ne fut pas pour me rassurer : elle était énorme, sombre et ce qui m'avait paru sinistre de loin dans la longue vue, semblait, de près, vouloir vous écraser. La plupart des bâtisses construites dans des lieux spectaculaires, même les plus anciennes, sont conçues en fonction de la vue, avec de grandes vitres et baies vitrées. La Maison française avait de larges avant-toits, une porte d'entrée en chêne et des fenêtres profondément enfoncées dans la façade en pierres de taille. On avait le sentiment qu'elle avait été bâtie pour préserver l'intimité de ses occupants, impression encore renforcée par le fait que, devant, tous les volets étaient fermés.

Je longeai le bâtiment, évitant les flaques d'ombre les plus proches du mur, et passai devant une plateforme d'atterrissage d'hélicoptère et un poste de sécurité à côté des garages. Il était vide. Je suivis le sentier qui en partait, traversant une haute haie jusqu'à une pelouse en terrasse. La vue était stupéfiante – un chapelet d'îles dans le lointain, le château des croisés illuminé, les lumières de Bodrum enlaçant la baie –, mais je ne fus pas conquis. Pas du tout. Traitez-moi de parano, mais je ne pouvais me défendre de l'impression que, dans la maison, quelqu'un m'observait.

Je me retournai pour regarder. Elle était dans l'obscurité, tellement silencieuse qu'on l'aurait crue tombée dans un profond coma. Les volets du rez-de-chaussée étaient ouverts ici, mais fermés partout ailleurs. J'enlevai ma veste et la posai sur un banc en teck avant de descendre la pelouse en direction du belvédère en ferronnerie. À mi-chemin, au milieu de ces hectares de silence, j'entendis quelque chose et me retournai brusquement pour observer à nouveau la maison : sur une terrasse du deuxième étage, un volet oscillait sur ses gonds. C'était peut-être le vent et je n'avais aucun moyen de savoir s'il était clos auparavant.

Je parvins au belvédère et franchis le garde-fou. C'était là que se tenait Dodge lorsqu'il était tombé, et j'eus aussitôt la nausée : la chute était si abrupte, si vertigineuse, et la mer si houleuse, tout en bas, que j'eus l'impression qu'elle m'attirait. Sous mes pieds, la roche était friable, le sol instable, et je savais que la rambarde derrière moi était hors d'atteinte. Je crus sentir ou entendre quelque chose tout près derrière moi, sans certitude, mais ce n'était pas le moment de crier. Je fis brutalement demi-tour, pour revenir vers le garde-fou et m'y agripper. Il n'y avait personne en vue.

Je repris mon souffle et regagnai la terre ferme. J'étais parfaitement sobre ; pourtant, lorsque je m'étais trouvé du mauvais côté de la rambarde, j'aurais pu facilement tomber. Qu'est-ce que Dodge était venu foutre ici ?

En sécurité derrière le garde-fou, je contemplai à nouveau la vue. J'essayai d'imaginer comment c'était : l'air plein d'explosions et de fumées multicolores, la musique que les bateaux d'excursion et les discothèques déversaient sur l'eau, les reflets d'une lune argentée courant presque jusqu'aux îles grecques. En dessous, titubant sur la pelouse, voilà un homme qui, après quatre jours de trip et d'excès, avait dû vouloir s'aérer, dessaouler, apaiser ses bouffées de testostérone et la paranoïa qui le guettait. Mais pourquoi, me demandai-je à nouveau, pourquoi être allé jusqu'au belvédère ?

Selon moi, il était à l'affût de quelque chose, probablement sur l'eau, dans la baie au loin. Et plus il s'en approchait, meilleures étaient ses chances de le voir. C'était pour ça qu'il s'était muni de jumelles et était monté sur la rambarde, ou l'avait franchie. Mais que cherchait-il ?

D'après le journal de son téléphone portable figurant parmi les documents que m'avait transmis l'inspecteur Cumali, il n'avait reçu aucun appel pendant au moins une heure avant et après sa mort. Les caméras de surveillance montraient aussi que durant cette même période, personne n'avait quitté le poste de garde pour venir lui parler.

Pourtant quelque chose ou quelqu'un l'avait incité à prendre une paire de jumelles, à laisser son copain le meth, à sortir de la bibliothèque, à traverser la terrasse principale puis la pelouse pour essayer d'apercevoir quelque chose dans les eaux sombres de la baie.

Supposons que ce soit une personne qui l'ait littéralement conduit au bout du sentier, jusqu'au belvédère. L'explication la plus logique voudrait qu'elle ait su tromper le système de surveillance ou bien comment pénétrer dans la propriété, sur les douves électroniques. Il fallait que ce soit quelqu'un que Dodge connaissait ou dont il ne se méfiait pas, sinon il aurait donné l'alarme. Ensuite, la personne en question l'aurait fait basculer et serait repartie par le même chemin.

Presque aussitôt, une autre pensée me vint : si c'était un meurtre, je n'en avais vu qu'un d'aussi abouti récemment. C'était à des milliers kilomètres de là, à l'Eastside Inn. Les quelques doutes que je pouvais avoir encore quant à un lien entre ces deux morts s'évanouissaient à vue d'œil.

Je fis demi-tour, remontai la pelouse, pris ma veste au passage et grimpai les marches menant à la terrasse d'honneur. L'heure était venue de pénétrer dans cette sombre et inquiétante demeure.

21

J'essayai les poignées de deux portes-fenêtres, en vain. La troisième n'était pas verrouillée – soit les agents de sécurité étaient très négligents, soit il y avait quelqu'un à l'intérieur.

Je pris la petite torche attachée à mon porte-clés et j'entrai dans le salon puis en refermai la porte. Dans l'étroit rai de lumière de ma torche, je vis une très belle pièce. Celui ou celle qui l'avait décorée avait du goût :

Grace se serait sentie chez elle, ici. La plupart du mobilier était ancien, de style anglais, sobre, élégant et terriblement coûteux. Au sol, un parquet patiné, recouvert de grands tapis de soie, et aux murs, de couleur ivoire, une demi-douzaine de tableaux impressionnistes parmi les plus célèbres.

Le mince faisceau de lumière les balaya, puis tomba sur une paire de grandes portes menant à la bibliothèque. Par bien des aspects, elle était encore plus belle que le salon : plus petite, ce qui lui donnait des proportions plus agréables, d'autant que les rangées de livres lui conféraient une atmosphère plus chaleureuse, plus intime. Je n'étais pas étonné que Dodge en ait fait son coin de prédilection.

Devant un fauteuil en cuir profond, une table basse sur laquelle, bien que les drogues aient été enlevées, se trouvait encore l'attirail : des feuilles d'aluminium, une pipe en verre, une demi-douzaine de bouteilles d'Évian, des cigarettes et un cendrier débordant de mégots. Depuis le fauteuil, par la rangée de portes-fenêtres, on avait une vue panoramique de la mer et du ciel. Bon sang, s'il avait voulu voir les feux d'artifice, il n'aurait même pas eu besoin de se lever. Et dans cette pièce, l'effet aurait été encore plus remarquable grâce à deux gigantesques miroirs dorés placés de chaque côté de la cheminée, juste derrière le fauteuil.

Ils me parurent d'ailleurs tout à fait incongrus dans une bibliothèque. Je savais que Grace n'aurait jamais accepté ça, mais les riches ont parfois des idées bizarres, eux aussi.

Je marchai sur le ruban de sécurité délimitant la scène de crime de ce côté-là de la pièce – ça n'avait pas d'importance, puisque les Turcs disaient que le dossier était clos –, m'appuyai sur le dossier du fauteuil et examinai la vue, à l'extérieur. J'essayai d'imaginer ce qu'on lui avait dit pour l'amener à quitter son refuge.

Je plongeai dans mes réflexions, retenant mon souffle. Une fois de plus, comme lorsque je m'étais trouvé dans la chambre de l'Eastside Inn et que j'avais compris que c'était une femme qui l'avait occupée, j'évacuai tout le reste... La réponse était proche... à deux doigts... si seulement je pouvais l'atteindre... une personne qu'il connaissait avait franchi ces grandes portes.

Je ne l'entendis pas, mais la porte dissimulée derrière moi s'ouvrit. C'était de celles que l'on trouve dans de nombreuses vieilles bibliothèques, ornées de dos de livres, pour qu'elles se fondent parmi les autres étagères. Celui qui était entré devait porter des chaussures à semelles de caoutchouc, car je n'ai pas entendu de pas sur le tapis de soie. Mais il y a un bruit que font les vêtements lorsqu'on bouge – ou peut-être n'est-ce même pas un bruit, juste un léger courant d'air – qui est pratiquement impossible à cacher. Et c'était ce que j'avais senti.

La gorge nouée, le cœur battant, d'un geste fluide je sortis mon Beretta, fis glisser le cran de sûreté, me retournai, m'accroupis pour réduire la surface de la cible que j'offrais à l'ennemi éventuel, j'écartai les pieds et je levai mon arme comme un prolongement direct de mon bras droit, l'index sur la détente – exactement comme on me l'avait enseigné tant d'années auparavant, quand j'étais jeune et que j'ignorais encore ce que c'était que de tuer un être humain et de voir le visage de ses deux petites filles en rêve.

Un homme différent, moins perturbé, aurait tiré. Au lieu de quoi j'hésitai ; et là, au bout de mon canon, je vis une femme, pieds nus, vêtue de noir – tenue tout à fait appropriée puisqu'elle était veuve depuis peu. C'était Cameron.

« Seigneur, mais qui êtes vous ? » demanda-t-elle, essayant de paraître calme dans la pénombre, mais l'arme lui avait fait peur et elle ne pouvait empêcher sa main de trembler.

Je rengainai. « Je m'appelle Brodie Wilson. Je suis…

— Le mec du FBI ? Cumali, la flic turque, m'a dit qu'ils envoyaient quelqu'un.

— Oui.

— Est-ce que le FBI pénètre toujours chez les gens sans se faire annoncer ?

— Je vous demande pardon, répondis-je, je croyais que la maison était vide. Je suis juste venu jeter un coup d'œil. »

Sa main s'était arrêtée de trembler, mais, encore secouée, elle prit une cigarette. Elle ne l'alluma pas – c'était un de ces trucs électroniques qui ont la cote chez les gens qui veulent arrêter de fumer. Elle la laissa pendre au bout de ses jolis doigts. « C'est normal que le FBI enquête sur un accident ? Qui vous a demandé de venir à Bodrum ?

— Un des avocats ou gestionnaire de fortune de votre mari, j'imagine.

— Évidemment. Qui est-ce ? Fairfax, Resnick, Porter ? »

Sa liste semblait indiquer que pas mal de gens dans l'entourage de son mari n'étaient pas ravis qu'une vendeuse – même de chez Prada – ait tiré le gros lot. « Je ne sais pas », dis-je.

Elle rit, sans la moindre trace d'humour. « Même si vous le saviez, vous ne me le diriez pas, n'est-ce pas ?

— Non. »

Elle tira sur sa cigarette électronique. Chez n'importe qui d'autre, ça aurait eu l'air ridicule.

« La maison semblait déserte, repris-je. Je suis désolé pour l'arme, mais vous m'avez surpris. » Elle ne prit pas la peine de répondre. J'eus l'impression qu'elle me jaugeait.

« Comment êtes-vous entrée dans la propriété ? demandai-je, faisant comme si c'était une question anodine.

— Que voulez-vous dire ?

— Je suis passé par l'entrée principale : il n'y avait aucune voiture garée là-bas et le flic de service ne m'a pas parlé de votre présence ici.

— Notre bateau est au mouillage dans la baie, c'est là que je vis depuis l'accident. Un des canots m'a amenée, et j'ai monté les marches. » Elle dut voir l'ombre d'un doute sur mon visage car elle haussa les épaules. « Le canot est dans le garage à bateaux, l'homme d'équipage y est toujours. Allez lui demander si vous voulez.

— Mais non, voyons. Vous êtes chez vous, vous pouvez faire ce que vous voulez. C'est vous qui étiez là-haut sur la terrasse, n'est-ce pas ? »

Elle hésita. « Je ne savais pas que vous m'observiez.

— J'étais sur la pelouse. Je n'en étais pas sûr, mais j'ai cru voir une ombre.

— Un volet battait dans le vent », répondit-elle.

Très loin quelque part, je crus entendre une porte se fermer. « Il y a quelqu'un d'autre dans la maison ?

— Non, pourquoi ?

— J'ai cru entendre… » Je tendis l'oreille, mais ne pus rien percevoir. Tout était silencieux.

« C'est une vieille maison, expliqua-t-elle. Quand le vent vient du sud, il remonte depuis le sous-sol. » Elle alluma les lampes. Je me demandais si c'était pour détourner mon attention ou parce qu'elle en avait assez de l'obscurité.

Dans la lumière douce, je la vis vraiment. Jack Lemmon a dit un jour de Marilyn Monroe qu'elle était comme un éclair dans une bouteille. Il aurait tout aussi bien pu décrire Cameron. Élancée, athlétique, elle avait une peau si fine qu'elle semblait refléter la lumière, et j'observai alors – et cela se confirma à plusieurs reprises par la suite – qu'elle avait une façon de pencher la tête et de vous regarder avec des yeux si pénétrants que vous vous croyiez seul dans la pièce, sinon seul au monde.

Et en plus elle était intelligente – je l'avais compris à la lecture de transcription de l'interrogatoire que les flics de Bodrum lui avait fait subir la nuit du prétendu accident. Sans avocat, essayant de comprendre l'anglais haché d'un traducteur, épuisée et seule, elle était restée courtoise et coopérative tout au long des heures d'interrogatoire. Perdez votre sang-froid en Turquie et – coupable ou non – vous pouvez avoir tous les ennuis du monde. Intelligente *et* maîtresse d'elle-même – ne l'oublie pas, me dis-je.

Les lampes allumées, l'air satisfaite, elle se tourna pour ouvrir une bouteille d'eau.

« D'après la police turque, vous êtes la seule héritière du patrimoine de votre mari », dis-je d'une voix aussi neutre que possible.

Elle but une gorgée. « S'agit-il d'un interrogatoire

494

officiel, monsieur Wilson ? demanda-t-elle en toute bonne logique.

— Non, mais je peux m'arranger pour que ça le devienne, si vous voulez. »

Elle haussa les épaules. « Il n'y a pas de secret en la matière. Oui, je suis son héritière.

— Y a-t-il eu contrat de mariage ? »

Elle hésita, et j'étais sûr qu'elle n'allait pas répondre. « Notre bureau de New York peut exiger que ces pièces soient produites, si vous voulez, ajoutai-je. D'après ce que vous avez dit plus tôt, je suis sûr que l'avocat ou le gestionnaire serait heureux de nous apporter son concours.

— Oui, il y a eu un contrat, dit-elle, se faisant une raison.

— Et quels étaient les termes de l'accord en cas de divorce ? »

Elle but une autre gorgée. « Si le divorce intervenait au cours des cinq premières années, je touchais quarante mille dollars par an. Ensuite, ça montait progressivement jusqu'à mes cinquante ans. Puis, pour reprendre la formule du juriste, mes droits étaient totalement acquis et le contrat de mariage ne s'appliquait plus.

— Quarante mille dollars par an, pendant cinq ans. Ça ferait grosso modo ce que vous gagniez chez Prada.

— À peu de choses près, oui.

— Et que recevrez-vous maintenant que vous êtes sa veuve ?

— C'est un trust... c'est compliqué. Je ne suis pas sûre qu'on le sache exactement...

— Combien ? l'interrompis-je.

— Environ un milliard deux », précisa-t-elle, puis elle se détourna.

Le chiffre plana au-dessus de nous un instant – c'est souvent le cas avec des chiffres de cet ordre –, puis elle se tourna à nouveau et me regarda. À ma grande surprise, elle tremblait d'émotion, ses yeux lançaient des éclairs.

« Vous savez pourquoi je fermais le volet sur la terrasse ? Vous savez pourquoi j'étais montée ? C'est la chambre que mon mari et moi partagions. Je quitte le bateau chaque soir, et je remonte la pelouse pour aller dans cette chambre. Quand je m'étends sur le lit, je sens son odeur, je peux croire que si je me retourne il sera encore là.

» Les gens peuvent dire ce qu'ils veulent au sujet de l'argent. Des draps dans la chambre d'une maison qu'on a louée, c'est tout ce qui me reste de lui. J'aimais mon mari, monsieur Wilson. »

Les larmes lui étaient montées aux yeux. Elle les refoula et, à cet instant, eut tellement de dignité et de courage qu'il me fut difficile de ne pas être attendri. Si c'était de la comédie, elle pouvait déjà préparer son discours pour les Oscars.

« Maintenant, j'aimerais que vous partiez. Si vous avez d'autres questions, parlez-en à la police turque. Ce sont eux qui sont chargés de l'enquête, et ils ont l'enregistrement complet de mon interrogatoire. Je n'ai rien à ajouter. »

Plutôt enclin à la croire, même si bien sûr on ne sait jamais, je m'éloignai et me dirigeai vers l'entrée principale. Avant de tourner le coin de la maison, je jetai un coup d'œil en arrière. Elle était debout sur la terrasse, seule dans l'ombre de cette demeure inquiétante, pieds nus et belle à pleurer, les yeux fixés sur le belvédère et l'endroit où son mari était mort. Je crus un instant qu'elle allait se tourner vers moi, mais non.

Dans l'allée, la nuit m'enveloppa, la sinistre maison s'estompant dans l'obscurité. J'étais arrivé avec des doutes, et je repartais convaincu que quelqu'un avait incité Dodge à échanger ses drogues pour des jumelles et à faire sa dernière promenade.

Ma théorie se tenait, mais ne suffirait pas ; pas si je voulais rester dans la course. Leyla Cumali y veillerait. Elle avait développé sa propre version des faits, que sa réputation professionnelle confortait. Elle ne pouvait pas se permettre de se tromper, et elle ferait tout son possible pour renvoyer l'intrus américain chez lui.

Ce qu'il me fallait, c'était une preuve.

22

Je ne l'aurais jamais trouvée sans les feux de circulation.

J'avais roulé du cap du Sud aux faubourgs de la ville à cette heure où les restaurants se transforment en bars, les femmes commencent à laisser tomber leurs hauts talons et les couples raisonnablement sobres commandent un dernier verre de raki.

Les feux de circulation – à un carrefour très fréquenté, avec une discothèque d'un côté et un chantier de construction de l'autre – passèrent du vert à l'orange. J'aurais eu le temps de passer mais, comme il y avait beaucoup de cyclomoteurs qui slalomaient à l'envi et une foule de piétons le téléphone à l'oreille, je préférai ne prendre aucun risque.

Attendant qu'il repasse au vert, je jetai un coup d'œil au chantier de construction et, parmi les graffitis de soutien à différents partis politiques, il y avait une affiche déchirée annonçant une rave party qui s'était déroulée la nuit de Zafer Bayrami. Elle représentait une vue stylisée du port, la Maison française en haut du promontoire et l'énorme « bombe au phosphore » explosant au-dessus. Du magnésium en poudre, voilà ce que c'était, pensai-je, me rappelant mes cours de chimie à la Caulfield Academy. Jadis, les pionniers de la photographie utilisaient le même produit en guise de flash.

Puis une idée me traversa l'esprit, tellement insensée que je dus me la répéter. Et là, elle me parut encore plus extravagante.

Je savais que Dodge se trouvait dans la bibliothèque au moment de l'explosion de l'étoile. Cumali l'avait dit, et il n'y avait aucune raison d'en douter. Autrement dit, il était assis dans le fauteuil de cuir avec, derrière lui, deux grands miroirs, lorsque le magnésium avait explosé à l'extérieur, derrière les hautes portes-fenêtres. Il y avait une chance, me dis-je, pour que ces éléments apparemment sans lien entre eux – le magnésium et les miroirs – fournissent la preuve dont j'avais désespérément besoin.

J'étais tellement captivé par cette idée qu'il me fallut un moment pour remarquer que, derrière moi, les conducteurs klaxonnaient avec insistance et que le feu était repassé au vert. Je démarrai et, farfouillant d'une main parmi les dossiers que m'avait donnés Cumali, j'y trouvai une note avec le numéro de portable du médecin légiste. J'avais composé la moitié du numéro quand je me rendis compte qu'une femme ayant un enfant de six ans pourrait ne pas apprécier d'être réveillée. De toute façon, que pourrait-elle bien faire à cette heure de la nuit ?

Au lieu de quoi je décidai de rentrer à l'hôtel, de me connecter à Internet, trouver la page d'accueil de la galerie des Offices à Florence et laisser un message urgent avec mon numéro de téléphone sur toutes leurs adresses e-mail.

Les Offices, l'ancienne résidence des Médicis, qui était l'un des plus grands musées d'Europe, abritait la plus belle collection de peintures de la Renaissance au monde. Quand j'étais jeune, Bill et Grace m'y avaient emmené une demi-douzaine de fois et, un jour en particulier – la visite que j'avais le plus aimée –, Bill s'était arrangé pour que nous ayons accès à ce que le directeur du musée appelait modestement leur « atelier » de restauration, qui n'avait pas d'équivalent d'un côté ou de l'autre de l'Atlantique. C'était cet atelier dont j'avais besoin maintenant et j'espérais que, dès l'arrivée du personnel du musée tôt dans la matinée, mon message serait transmis à qui de droit et qu'on me contacterait.

Arrivé à l'hôtel, je garai la voiture et me dirigeai vers la réception pour prendre la clé de ma chambre. Le directeur me tendit une enveloppe.

« J'espère que ce ne sont pas des nouvelles du type qui pourrait causer le grand chagrin à M. Brodie David Wilson. » L'enveloppe n'étant pas cachetée, j'imaginai qu'il avait déjà lu le message et que celui-ci allait certainement me « causer le grand chagrin ».

J'avais raison. Ça venait de Leyla Cumali, m'informant qu'elle avait discuté avec ses supérieurs de ma « demande » de délai pour la clôture de l'enquête sur la mort de Dodge.

« Après avoir étudié le dossier ainsi que tous les documents annexes, et compte tenu des éléments de l'enquête, mes supérieurs ont décidé qu'un délai supplémentaire n'était pas justifié. »

Le chef de la police et ses principaux collaborateurs étaient arrivés à la conclusion qu'il s'agissait bien d'une « mort accidentelle » et que, en conséquence, ce dossier serait transmis à Ankara dans la matinée. La dépouille de Dodge serait rendue à sa femme pour les obsèques et les passeports de leurs amis leur seraient restitués afin qu'ils puissent quitter le pays sans tarder.

« Le commissariat de police de Bodrum vous remercie de votre intérêt et a été fier d'apporter toute l'assistance possible au FBI, écrivait-elle. Vous pouvez conserver les copies des documents que nous vous avons fournies pour vos dossiers. »

Pas étonnant que Cumali ait eu l'air de céder un peu trop facilement. Si les flics faisaient ce qu'ils avaient décidé, j'étais foutu. La présence du FBI à Bodrum serait superflue et il serait impossible de rouvrir l'enquête. Le corps serait parti et les témoins potentiels se disperseraient de par le monde. J'eus envie de joindre immédiatement Cumali, mais ma capacité à temporiser l'emporta. Je pouvais l'appeler dans le courant de la matinée ; la priorité, c'étaient les Offices.

Je dis au directeur, qui ne m'avait pas quitté des yeux, que la vie était pleine du chagrin, mais que Brodie David Wilson n'était pas étranger à ce genre de problème. Bon sang, j'étais tellement fatigué que je commençais à parler comme lui. Je montai dans ma chambre et, après avoir bombardé les Offices de courriels, je n'eus qu'une envie : prendre mon lit en marche.

Mais je devais encore passer un coup de fil. Je remis en place la batterie de mon téléphone et j'appelai Ben Bradley. Je lui dis que les flics d'ici, convaincus que la mort de Dodge était accidentelle, s'apprêtaient à clôturer le dossier.

« Merde, lâcha Bradley.

— Oui. En plus, ils se gourent. Je suis sur une piste pour qu'on poursuive l'enquête, mais il vaudrait mieux que tu préviennes les autres parties prenantes.

— Je peux faire quelque chose ? demanda Bradley.

— Je te remercie, mais c'est mon problème, c'est à moi de le résoudre. »

Je raccrochai, mais laissai la batterie dans le téléphone au cas où il y aurait une réponse urgente. J'avais beau être crevé, je n'avais pas eu le temps de m'endormir que le téléphone sonna. « J'ai oublié de te demander, dit Bradley. Quand penses-tu savoir si ton idée est bonne ? »

Je sus que ça venait de Murmure et je pouvais presque entendre la panique dans sa voix.

« Demain, même heure. Il va peut-être falloir que je fasse un saut en Italie dans la matinée. »

23

Réveillé à 7 heures, je téléphonai aussitôt à Cumali, mais tombai sur sa boîte vocale. Je laissai un message pour qu'elle me rappelle d'urgence, puis tentai à nouveau de la joindre, mais vingt minutes passèrent sans que je parvienne à lui parler.

Je descendis à la réception, j'eus droit à une nouvelle exploration de la langue anglaise avec le directeur et trouvai, grâce à lui, l'adresse de Gul & Sons, Marina et Chantier naval. Je l'introduisis dans le système de navigation de la Fiat et, sept minutes plus tard, j'étais au vieux port, en face de la maison dont Cumali repeignait les murs sur la photo.

Jadis, ça avait été une maison de pêcheur d'un étage, avec des pots en terre cuite et des jardinières pleines de fleurs. Cette maison avait quelque chose de gai et de chaleureux que je n'aurais certainement pas soupçonné chez cette femme. Je parcourus la petite allée menant à la porte d'entrée et sonnai. Pas de réponse.

Je traversai une petite pelouse et me dirigeai vers une allée accolée au haut mur de la marina de Gul et regardai dans le garage. La voiture italienne merdique s'y trouvait – peinture noire et capot relevé –, mais aucun signe de vie. Je m'approchai de l'arrière de la maison et tendis l'oreille : pas un bruit, aucun mouvement à l'exception d'un chat tigré qui se grattait l'oreille derrière la fenêtre de la cuisine.

De retour dans la voiture, jetant un coup d'œil à ma montre, j'entrepris de quadriller le quartier, m'écartant de plus en plus de la maison, à la recherche d'un square. Il fallait que je la trouve, vite. Dix minutes plus tard, j'aperçus un bout de gazon où une demi-douzaine d'enfants jouaient sur des balançoires. Leurs mères rôdaient autour d'eux et, à mon grand soulagement, Leyla Cumali se trouvait parmi elles.

Je me garai et me précipitai dehors. Elle me tournait le dos, poussant son fils sur la balançoire, si bien que je n'étais qu'à quelques mètres d'elle quand une des autres mères la héla en turc et me montra du doigt.

L'inspecteur se retourna, me vit, et son visage exprima une telle colère face à cette intrusion inattendue que j'eus du mal à y croire. Mais il y eut quelque chose d'autre… une gêne… dans la façon dont elle alla prendre son fils. Le temps d'un battement de paupières, j'eus l'impression que j'avais pénétré un secret.

Tandis qu'elle me lançait un regard noir, le petit garçon me glissa un œil de derrière sa jupe et je lui souris en disant : « C'est votre fils ? »

Heureusement pour moi, mon visage ne marqua aucun changement quand il s'enhardit à sortir de sa cachette pour s'avancer vers moi et que je découvris qu'il était trisomique.

Il avait un beau visage – tout sourire et plein d'innocence. Il me dit quelque chose en turc que je supposai vouloir dire « bonjour » et, sans savoir pourquoi, au lieu d'essayer de communiquer avec lui dans une langue qu'il ne comprenait pas, j'eus l'idée de m'incliner devant lui. Sans doute trouva-t-il que c'était la chose la plus drôle qu'il ait jamais vue, car il s'inclina à son tour, avec grâce. Les mères et les autres enfants témoins de la scène rirent tous, et cela ne fit que l'encourager à répéter son mouvement à plusieurs reprises devant ce fou d'Américain.

La seule qui ne trouva pas ça drôle fut sa mère. « Comment m'avez-vous trouvée ? Mon message était clair, je ne suis pas prête à discuter…

— Je ne suis pas venu discuter, l'interrompis-je. Je voudrais que vous veniez avec moi à la Maison française. »

Une partie de sa colère retomba. « Pourquoi ?

— Je pense que Dodge a été assassiné, et nous sommes peut-être en mesure de le prouver.

— Assassiné ? Comment quelqu'un aurait-il réussi à entrer dans la propriété ?

— Je ne sais pas. La première étape consiste à démontrer qu'il y avait quelqu'un d'autre dans la maison. Et cela, nous pouvons y arriver. »

Elle réfléchit un instant et secoua la tête. « Non. Les preuves montrent clairement que…

— Oubliez les preuves. Les preuves, c'est une liste des éléments en votre possession. Que faites-vous des éléments que vous n'avez pas trouvés ? Les qualifieriez-vous d'insignifiants ? »

C'était une citation de mon livre et je m'en voulus aussitôt – une fois de plus j'étais sorti de ma couverture –, puis je me souvins que le livre m'avait été remis comme lecture pour l'avion et je laissai tomber l'auto-réprimande. Cumali n'était toujours pas convaincue.

« Il faut qu'on y aille maintenant, avant que l'enquête ne soit définitivement close, insistai-je.

— Non… mes supérieurs l'ont déjà classée. »

J'eus du mal à me contrôler. « S'il s'avère que j'ai raison et que la police de Bodrum a restitué le corps et rendu leurs passeports à tous ces gens, l'addition sera salée. Pas de mon fait ; mais de la part des plus hautes autorités de l'État. »

Elle vacilla. Les autres mères commencèrent à se diriger vers l'école avec leurs enfants, saluant de la main Cumali et son petit prince des courbettes.

« Je ne peux pas y aller maintenant. Je dois déposer mon fils chez la nounou. Ma voiture est en panne, il me faut du temps…

— Je vous emmène, répondis-je en montrant la Fiat. »

Elle ne semblait pas apprécier l'idée mais, en même temps, ne voyait pas comment faire autrement, si bien qu'elle accepta d'un signe de tête. Le petit garçon, lui, sembla ravi et il me prit la main pour aller jusqu'à la voiture.

Cumali ouvrit la portière arrière, fit monter son fils et grimpa à côté de lui. Il était déjà assez difficile, pour une femme musulmane, de partager une voiture avec un homme qu'elle connaissait à peine, mais monter devant aurait été impensable.

Pendant qu'elle m'indiquait le chemin, je lui parlai par-dessus mon épaule. « Je pense que vous devriez appeler votre bureau pour leur dire que vous avez du nouveau et faire suspendre l'envoi du dossier à Ankara. »

Elle ne répondit pas, si bien que je jetai un coup d'œil dans le rétroviseur et vis qu'elle me dévisageait, impassible. Ça n'allait pas être la joie quand elle saurait en quoi consistait mon idée, mais tant pis. Au bout d'un moment, je la vis sortir son téléphone portable et elle se mit à parler en turc.

Elle raccrocha, me dit qu'elle avait laissé un message à son chef et demandé à plusieurs de ses collègues de nous rejoindre au promontoire du Sud. Demandant des renforts, à ce qu'il m'avait semblé. Je n'eus pas le temps de dire quoi que ce soit à ce sujet, car l'enfant se mit à parler avec animation en turc. Dans le rétroviseur, je vis que Cumali l'écoutait avec beaucoup d'attention. Elle voulait manifestement qu'il sache qu'elle accordait du prix à ce qu'il pensait et, plus je l'observais, plus j'admirais la patience d'ange dont elle faisait preuve à son égard.

« Mon fils veut que je vous dise que nous allons au cirque jeudi, traduisit-elle. Il dit que nous commence-rons par la Grande Parade, puis que nous irons voir les acrobates, les lions, les clowns…

— Et les charmeurs de serpents, complétai-je. Je l'ai vu en arrivant – dites-lui que ça m'a eu l'air d'un cirque formidable. »

Cumali traduisit, le petit garçon rit et l'échange parut vite tourner à une dispute. Elle finit par m'expliquer : « Mon fils voulait que vous veniez avec nous, mais je lui ai répondu que vous aviez un rendez-vous ce soir-là, que vous étiez très occupé. »

Je croisai son regard dans le rétroviseur. « Oui, quel dommage, cette réunion, j'aurais bien aimé venir. Dites-lui que je le regrette beaucoup. »

Elle lui parla en turc, puis m'indiqua de tourner à gauche et de m'arrêter vingt mètres plus loin. Nous nous garâmes devant une maison modeste avec une rangée de nains de jardin le long de l'allée, un toboggan sur une petite pelouse, et un entrepôt de Coca-Cola en face. Deux gros camions qui manœuvraient dans la rue faisaient tellement de bruit que je n'eus pas le temps de dire convenablement au revoir au petit gars avant que mère et fils ne sortent de la voiture et ne passent le portail pour se diriger vers la maison.

Une jeune femme, la trentaine à peine, cheveux noirs, affreusement obèse, ouvrit la porte et embrassa l'enfant sur le crâne. Pendant que Cumali parlait à la nounou, je repensais à ce moment de gêne dans le square. On pouvait tout naturellement supposer que c'était à cause de la trisomie de l'enfant que sa mère avait instinctivement essayé de le protéger de mon intrusion dans leur vie. Mais j'en doutais. Tant Cumali que son fils semblaient tout à fait à l'aise parmi les autres, adultes ou enfants. Non, j'avais le sentiment que c'était autre chose, mais quoi, je n'en avais aucune idée. Une mère et son enfant, jouant dans un square, et alors ?

506

Entre-temps, Cumali était de retour et son fils, encore sur le seuil de la porte, agita la main pour me dire au revoir. Au volant, je parvins à lui faire une courbette honorable, et son visage s'éclaira. Il m'en fit deux en retour.

Cumali monta à l'arrière et je restai un instant à observer son fils. C'était un chouette gamin et je regrette d'avoir à le dire, mais ce que j'allais lui faire à la fin était terrible quelle que soit la façon de tourner ça.

Je passai une vitesse et roulai en direction de la Maison française.

24

Les collègues de Cumali étaient déjà sur place, le grand portail ouvert. Le long de l'allée, trois attendaient à côté de leurs voitures, tous en civil, en train de fumer, ou de téléphoner sur leurs portables.

Deux d'entre eux étaient des caricatures du flic de base. Le troisième respirait la corruption. La quarantaine bien sonnée, grand, en surpoids, un parvenu aux doigts boudinés vêtu d'un costume en pur pétrole. Cumali me le présenta, mais je ne parvins pas à saisir son nom. Juste pour être sûr en sécurité, comme aurait dit mon aubergiste, je décidai de l'appeler « Inspecteur ».

Alors que les flics sonnaient à la porte, mon téléphone se mit à vibrer pour la quatrième fois depuis que j'avais trouvé Cumali au square. Mais à nouveau je résolus de ne pas répondre. Je supposai, ou plutôt j'espérais, que c'était quelqu'un des Offices, et je ne voulais pas aller trop vite en besogne. J'avais besoin de temps pour leur exposer l'idée qui serait sans doute la plus folle qu'il leur ait jamais été donné d'entendre.

Le coup de sonnette restant sans réponse, Cumali ouvrit la porte avec son passe. À l'intérieur, il faisait sombre comme jamais et, quoique n'étant encore jamais passé par cette partie de la maison, je les conduisis à la bibliothèque après avoir traversé une salle à manger seigneuriale. La seule chose qui avait changé depuis la soirée précédente était les rideaux tirés, et j'imaginai qu'après mon départ Cameron avait passé un moment dans cette pièce avec le souvenir de son défunt mari. À moins, bien sûr, que je n'aie bel et bien entendu une porte se fermer et qu'une autre personne se trouvant dans la maison ne soit venue passer la soirée dans la bibliothèque.

J'ouvris les rideaux pour laisser la lumière pénétrer et je me tournai face aux quatre flics turcs. « Je ne pense pas que Dodge était seul la nuit où il est mort ; je l'ait dit à Cumali. Je pense que quelqu'un est venu le voir dans cette pièce, quelqu'un qu'il connaissait.

— Mais comment serait-il entré dans la propriété ? » cracha le type que j'appelais Inspecteur. Typique.

Craignant que nous ne perdions trop de temps à sodomiser les diptères, je le contrai tout aussi brutalement. « Supposez que le visiteur savait comment neutraliser le système de sécurité, qu'il connaissait un trou dans les mailles du réseau de caméras, imaginez qu'il ait trouvé le moyen de passer par-dessus le mur, pensez ce que vous voulez pour le moment. Peu importe.

— D'accord, mais accélérez, alors », dit l'un des flics de base.

Je ne relevai pas. « Les lumières sont éteintes, les rideaux sont ouverts, c'est ce qu'indique le rapport sur

508

la scène de crime. » Je désignai le fauteuil en cuir. « Ils sont tous les deux là, le visiteur debout, Dodge assis à côté de sa came. Il est particulièrement chargé et il n'a aucune envie de bouger. Mais le visiteur à un plan : il va inciter Dodge à descendre jusqu'au belvédère pour le balancer en bas de la falaise.

— Qu'est-ce qu'il lui dit pour le convaincre d'y aller ? intervint le flic.

— Je ne sais pas, répondis-je.

— Qu'est-ce que vous savez, alors ? s'esclaffa-t-il.

— Je sais que pendant que le visiteur lui parle, les feux d'artifice démarrent. Ça commence par une étoile blanche qui explose au-dessus du cap. Tout le monde dit qu'elle était énorme…

— Ouais, on aurait pu la voir jusqu'à Istanbul », confirme l'autre flic de base.

Je souris poliment : Istanbul est à huit cents kilomètres. « Mais ce qui a échappé au tueur, continuai-je, c'est la nature des feux d'artifice. »

Les flics se regardèrent entre eux. Qu'est-ce que ce crétin du FBI a bien pu encore inventer ? Les feux d'artifice, ce sont des feux d'artifice.

J'avais au moins réussi à capter leur attention. « Pour qu'ils brillent assez au point d'être visibles depuis Istanbul, ils devaient renfermer de la poudre de magnésium. C'est fréquent dans les grands feux d'artifice. L'espace d'un instant, la nuit se transforme en jour. C'est pour ça que, jadis, les photographes s'en servaient pour leur flash.

— Écoutez, intervint Cumali. Feux d'artifice, magnésium, ça veut dire quoi, tout ça ? »

Les autres approuvèrent en chœur.

« Ça veut dire que nous avons un flash et un sujet

– Dodge et son visiteur, répondis-je. Il ne nous reste plus qu'à trouver le film. »

Je montrai du doigt les deux gigantesques miroirs de chaque côté de la cheminée. « Les miroirs sont faits de vitres recouvertes d'une couche de nitrate d'argent. Qu'est-ce que le nitrate d'argent ? C'est une autre façon de désigner la pellicule photographique. C'est exactement ce qu'on utilisait autrefois dans les caméras de cinéma. »

Personne ne dit mot ; ils se contentaient de me regarder, s'efforçant de suivre.

« Tout est là : un flash, un sujet, et de la pellicule. Je crois que nous avons une photo de quiconque se trouvait dans cette pièce. C'est imprimé au fond des miroirs. »

Ils se taisaient toujours, continuant de me dévisager, incrédules. Je ne pouvais pas le leur reprocher ; même moi je trouvais ça insensé.

Cumali fut la première à s'en remettre. « Donc, en résumé, vous pensez être capable de "développer" les miroirs ?

— Oui.

— Où ça, chez Photoshop ? »

Je souris, mais avant que je n'aie le temps de répondre, l'autre inspecteur intervint. « Des photos au fond des miroirs, c'est ridicule, ricana-t-il. Nous perdons notre temps. » Sur quoi il fit signe aux autres de lever le camp. Il avait probablement des criminels à faire cracher.

Je ne pus me retenir ; je me tournai vers lui. Je n'ai jamais pu digérer la corruption. « Ridicule, mais pourquoi ? Parce que ça n'a jamais été fait avant ? Le FBI a le meilleur laboratoire criminel au monde, vous m'entendez ? Le meilleur. Nous avons l'habitude d'innover. Comment savez-vous ce qui est ridicule et ce qui ne l'est pas ? »

Je lus dans la lueur qui apparut dans ses yeux noyés de graisse et sa grimace que je m'étais fait un ennemi pour la vie. Je m'en fichais. Avant que ça ne dégénère, mon portable se manifesta encore et, jetant un coup d'œil sur l'écran, je vis que c'était un numéro italien.

« C'est sûrement la galerie des Offices à Florence. Je vais leur demander leur assistance pour récupérer l'image. »

L'une des caricatures de flics – le chef, apparemment – secoua la tête. « Non. Il n'y aura pas d'assistance – ni de métèques ni de qui que ce soit. Les miroirs restent à leur place. C'est comme chercher dans une botte de foin, ou ce qu'on dit dans votre pays.

— Très bien, déclarai-je. D'accord. Je vais donc formuler une demande officielle, au nom du FBI, afin de pouvoir prendre possession de ces miroirs pour un examen de police scientifique. Si vous refusez, il faudra que vous me donniez vos raisons par écrit pour que je puisse les transmettre à la Maison-Blanche ainsi qu'aux autorités concernées à Ankara. »

Silence. Mon téléphone vibra de nouveau, mais je ne fis pas un geste pour répondre. Nous restâmes tous plantés là, sans mot dire. Juste avant que le téléphone ne s'arrête, le chef haussa les épaules. « Prenez ces foutus miroirs, grogna-t-il. Si vous avez du temps à perdre.

— Merci, répondis-je. Qui puis-je appeler pour organiser leur enlèvement ? »

Le flic s'esclaffa : « Pas la moindre idée. Essayez donc le labo du FBI. Ils savent tout, non ? Je suis sûr qu'ils pourront vous aider. »

Les deux autres flics se marrèrent. Cumali eut l'air gêné par ses collègues, mais quand le chef leur fit signe de sortir sur la terrasse, elle les suivit docilement.

Pendant qu'ils allumaient une cigarette et faisaient quelques pas sur la pelouse – pour profiter de la vue et se moquer de moi, j'en suis sûr –, je rappelai les Offices. Quelqu'un avait prévenu le directeur de l'atelier, et c'est à lui – probablement le plus grand expert en restauration au monde – que j'exposai mon idée.

Il commença par en rire, puis me demanda de lui réexpliquer toute la chose. Après m'avoir posé une dizaine de questions, il finit par accepter, plus pour relever le défi que pour toute autre raison, supposai-je, mais il me fit clairement comprendre qu'il n'avait guère d'espoir d'obtenir un résultat.

« Je suppose que c'est urgent ? demanda-t-il.

— Bien sûr, comme toujours ! Je vous les fais parvenir aussi vite que possible. »

À peine avait-il raccroché que je passai un autre appel et reçus une promesse d'aide là aussi, mais d'une tout autre nature.

25

Le directeur de mon hôtel arriva à la Maison française avec deux camions en piètre état et huit types aux têtes de repris de justice. Honte à moi de les avoir jugés sur leur apparence. Ils se révélèrent être les travailleurs les plus sérieux et les plus appliqués que j'aie jamais rencontrés.

C'étaient des amis du directeur. Il avait réussi à les mobiliser en un délai record et quand je leur annonçai dès leur arrivée qu'ils seraient payés, tous refusèrent.

« Ces hommes peuple disent que l'argent aujourd'hui n'est pas leur amour premier », traduisit le directeur, enfin… dans les grandes lignes. Plus je l'entendais, plus j'avais l'impression d'avoir affaire à un logiciel de traduction en ligne. « C'est assez pour eux qu'ils ont la fortune d'apercevoir cette grande demeure », ajouta-t-il.

Aucun de ces hommes, comme presque tout le monde à Bodrum, n'avait jamais franchi le grand portail, et ils n'avaient été que trop heureux de répondre à la demande du directeur de l'hôtel. Alors que je les conduisais à l'intérieur de la maison pour aller sur la terrasse de derrière, nous croisâmes Cumali et ses collègues qui s'en allaient. Quand les deux groupes furent face à face, il y eut un moment de gêne, mais le directeur s'écarta du chemin et ses compagnons l'imitèrent pour laisser passer les flics.

De là où j'étais, je voyais très bien le visage du directeur, qui afficha du mépris au passage de l'inspecteur. Il se rendit compte que je le regardais et sourit. Une fois les policiers hors de portée de voix, il s'approcha de moi : « C'est l'homme qui a le nom de Bob l'éponge. »

Tous les ouvriers acquiescèrent. « Bob l'éponge, comme le dessin animé ? » dis-je. Le directeur approuva et fit un bruit de succion.

« Ah, ajoutai-je, la grande éponge ! » Puis frottant mon pouce contre mon index, je fis le geste universel évoquant la corruption. Le directeur et ses amis rirent, et l'un des hommes cracha par terre. L'espace de quelques instants, nous avions franchi la barrière des langues. Et là, ayant tourné le coin, nous arrivâmes sur la terrasse.

Après les avoir laissés jouir de la vue un moment, je les conduisis dans la bibliothèque par les portes-fenêtres. Deux de ces hommes étaient des charpentiers et, pendant qu'ils parlaient de la façon dont ils allaient protéger les miroirs en leur fabriquant des caisses, d'autres allèrent au camion chercher échelles et outils.

Je fis quelques pas sur la pelouse et j'essayai de joindre quelqu'un chez FedEx qui puisse très vite organiser l'enlèvement des miroirs et leur transport par avion à Florence. J'attendais qu'une autre personne du service client me rappelle lorsque le directeur accourut, manifestement contrarié, me faisant signe de le suivre dans la maison. Je craignis d'abord qu'ils n'aient fait tomber un des miroirs, mais je l'aurais entendu se briser si ça avait été le cas.

Je suivis le directeur jusqu'à la bibliothèque. Et là, je m'immobilisai. Sur le côté, silencieux, les hommes me regardaient. Ils avaient déposé les miroirs et je me trouvais face aux deux murs en pierre de taille où ils étaient suspendus.

Au premier regard, je les avais trouvés incongrus, mais j'avais mis ça sur le compte de l'excentricité de quelqu'un. Je me trompais : les miroirs avaient servi à cacher deux grandes croix gammées gravées dans la pierre. C'était quelque chose ! Elles étaient magnifiquement ciselées, l'une et l'autre surmontées de l'aigle impérial du IIIe Reich. Je les regardai. Enfant, j'avais vu des croix gammées dans le bureau du commandant du camp de Natzweiler-Struthof et, pendant un terrible instant, je revis la femme avec son bébé dans les bras et ses deux aînés accrochés à sa jupe.

Je m'approchai de ces choses nauséabondes, sous les yeux du directeur et de ses amis, apparemment consternés. La Turquie avait été neutre pendant la Seconde Guerre mondiale, mais ils savaient tous ce que représentait ce symbole et je crois qu'ils étaient profondément offensés par ce qui venait d'être mis au jour dans leur ville.

Je montai sur l'échelle – je ne voulais pas vraiment y toucher – et passai mon doigt le long des marques de ciseau. Il en sortit recouvert de poussière : il y avait des années que les miroirs étaient accrochés là.

Je me tournai vers les hommes. « Pourquoi l'appelle-t-on la Maison française ? » demandai-je.

26

Ce n'était pas le nom de la maison, pas à l'origine. Quand elle avait été construite, juste après la fin de la guerre, on l'avait appelée *La Salle d'Attente*[1]. L'attente de quoi ? Je me le demandais.

J'étais assis avec le directeur et son équipe sur les marches menant de la terrasse à la pelouse. La mer Égée s'étendait devant nous et une brise tiède soufflait à travers les palmiers au-dessus de nous. Les hommes avaient apporté leur déjeuner et ils insistèrent pour que je partage leur repas d'olives, de fromage et de pain cuit au feu de bois. Ce n'est qu'en leur montrant mon insigne du FBI et en leur disant que ça m'était interdit que je réussis à échapper au vin et au raki qui semblait accompagner chaque bouchée. Heureusement qu'ils avaient déposé les miroirs avant le déjeuner.

Nous nous étions lancés dans ce qu'on pouvait appe-

----

1. En français dans le texte.

ler par euphémisme une conversation chaotique – et pas à cause de la gnôle. Tous les hommes, le directeur de l'hôtel y compris, avaient leur propre version de l'histoire de cette maison. Aucun d'entre eux n'était assez âgé pour se rappeler sa construction, si bien qu'ils s'appuyaient sur des histoires transmises de bouche à oreille par leurs grands-parents.

La seule chose sur laquelle tous étaient d'accord était que la maison avait été construite par une Allemande. En 1946, d'après ce que j'en savais, à peine un an après la fin de la guerre lorsque l'Allemagne – avec sept millions de morts – était en ruine. On racontait que la famille avait transféré son patrimoine en Suisse avant le début des hostilités et que sa fortune était demeurée intacte. C'était peut-être vrai : c'est exactement ce qu'avaient fait certains Allemands. Demandez donc aux gens de chez Richeloud.

Les différentes versions concordaient en tout cas sur le fait que cette femme avait atterri sur la vieille piste en herbe de Milas où une voiture l'attendait, qu'elle avait été voir le site à l'heure du déjeuner et qu'elle était repartie en avion au bout de deux heures. Quelques mois plus tard, une équipe de construction était arrivée sur les lieux.

En ce temps-là, il n'y avait pratiquement pas de route et tous les artisans, les ingénieurs ainsi que les matériaux devaient être amenés par la mer. Ces hommes émaciés, tous allemands, construisirent un bâtiment-dortoir, une cuisine de campagne et n'eurent aucun contact avec les villageois.

Deux ans plus tard, la maison finie, les derniers d'entre eux démolirent leur bâtiment-dortoir, dessinèrent les jardins et s'en allèrent. Il ne resta de leur passage que le nom de la petite crique au pied de la falaise, inaccessible autrement que par bateau, où ils avaient mouillé leurs barges et nageaient chaque soir. « Ce sable dans l'eau, dit le directeur de l'hôtel, c'est ce que les gens de Bodrum appellent…

— La plage des Allemands », complétai-je.

Malgré tous les efforts et l'argent investi, personne n'avait jamais habité la villa, du moins de façon permanente. Au début, les lumières s'allumaient trois ou quatre fois par an, pendant une semaine environ, puis s'éteignaient de nouveau. Tout le monde pensait que c'était une maison de vacances mais, à cause de la végétation plantée avec soin et de l'inaccessibilité du lieu, il était impossible ne serait-ce que d'apercevoir les gens dont La Salle d'Attente était la résidence temporaire.

La Salle d'Attente, songeai-je, quel nom bizarre ! « Pourquoi a-t-elle changé de nom ? » leur demandai-je.

Le directeur rit et n'eut pas besoin de consulter ses compères. « C'est de la nature très simple. La Salle d'Attente était d'une complication bien trop forte pour que les hommes de pêche la prononcent. Ils savaient la langue de laquelle c'était parlé, alors ils ont haussé l'épaule et l'ont appelée la Maison française. Après, c'est venu populaire et tous les gens l'appelaient pareil. »

Les saisons passèrent, dirent les hommes, le feuillage s'épaissit, la villa sembla tomber dans un long sommeil et resta même plusieurs années inoccupée.

Lentement au début, puis plus rapidement, le tourisme transforma la côte, les marinas surgirent dans le port et d'autres très belles villas furent construites sur le cap. Puis, il y a huit ans environ, un homme – personne ne savait qui c'était – arriva et ouvrit la maison. Quelques semaines plus tard, des équipes de spécialistes arrivèrent de l'étranger et entreprirent de rénover la propriété, installant même un système de sécurité dernier cri. Finalement, la Maison française avait comblé son retard ; elle était entrée dans le XXIe siècle.

Quelques mois avant le début de cet été-là, un agent immobilier du coin reçut un appel de quelqu'un qui décréta qu'il était grand temps que cette propriété rapporte de quoi couvrir son entretien : elle était proposée en location saisonnière à deux cent mille dollars US la semaine.

La somme fit sourire les hommes et ils haussèrent les épaules.

« Qui était-elle, la femme qui l'avait fait construire ? » demandai-je, brisant le silence et pensant aux croix gammées.

Ils secouèrent la tête : c'était un mystère. Le directeur consulta sa montre : ils feraient mieux de terminer le chargement si on voulait que les miroirs soient à l'aéroport à l'heure. Ils rebouchèrent leurs bouteilles, se levèrent et retournèrent à la terrasse.

Je les laissai là et fis quelques pas en direction du fond du jardin. Puis je me retournai pour jeter un œil à la maison. Elle était vraiment sinistre ; ma première impression avait été la bonne en la voyant depuis l'allée : elle avait été construite pour que ses occupants soient à l'abri de tous les regards. Mais La Salle d'Attente, pourquoi l'avoir appelée ainsi ? Et qu'en était-il de ces gens qui venaient y séjourner brièvement pendant toutes ces années ? Qui étaient-ils ?

Je ne sais ce qui m'y a fait penser – peut-être était-ce la houle, ou bien la vision d'un cargo à l'horizon –, mais j'avais appris à écouter mes intuitions. Un bateau, pensai-je. Voilà ce qu'ils attendaient : un bateau.

Sur la terrasse, je vis le directeur qui agitait la main pour attirer mon attention. « Le chargement du miroir est prêt pour le lancement et terminé, lança-t-il. Il ne manque plus que votre personne. »

Je souris et m'avançai pour me joindre au convoi allant à l'aéroport de Milas.

27

J'arrivai au-dessus de Florence avant la tombée de la nuit, pas un nuage dans le ciel, la grande cité de la Renaissance s'offrant à nous dans toute sa majestueuse beauté. J'étais dans le poste de pilotage d'un avion de FedEx dérouté depuis Istanbul pour prendre deux grandes caisses à la demande spéciale du FBI.

Les pilotes, deux cow-boys – l'un anglais, l'autre australien –, m'avaient invité à prendre place à l'avant, sur le siège disponible. Si j'avais su qu'ils allaient passer tout le vol à se disputer à propos de cricket, je serais resté à l'arrière.

Un camion des Offices vint à notre rencontre sur l'aire de stationnement, et entre les trois magasiniers du musée et les deux amoureux de cricket, les grandes caisses furent transbordées du ventre de l'avion à l'arrière du camion en quelques minutes. À l'instar de beaucoup de villes sur cette terre, Florence est une œuvre d'art en elle-même, mais la revoir ne me procura que peu de joie. La dernière fois que j'en avais parcouru les rues, c'était avec Bill, et je fus une fois de plus envahi par le remords de ne pas m'être bien conduit à son endroit.

Nous entrâmes dans la ville alors qu'il faisait presque nuit, empruntâmes des petites rues étroites qui n'avaient guère changé en cinq cents ans, et nous arrêtâmes devant deux énormes portes en chêne dont je me souvenais à peine. L'atelier se trouvait dans un local séparé du musée – un ensemble de vieilles caves et d'entrepôts avec des murs en pierres de deux mètres d'épaisseur – qui, jadis, avaient été les chais et les immenses magasins de grain des Médicis.

Des caméras balayèrent chaque pouce de la rue avant que les portes en chêne ne s'ouvrent vers l'intérieur et que le camion pénètre dans une vaste zone de sécurité. Je descendis de la cabine et regardai les consoles high-tech, les équipes de gardes armés, les rangées d'écrans de télévision en circuit fermé et les portes massives en acier interdisant l'accès aux installations. L'endroit ne ressemblait guère à celui que j'avais visité tant d'années auparavant, et je n'en fus pas étonné. Les Offices avaient été attaqués aux explosifs par des terroristes au début des années 1990 et, manifestement, ses responsables ne prenaient plus aucun risque.

Deux gardes s'approchèrent pour prendre les empreintes digitales des magasiniers et du chauffeur avec des scanners portables. Même s'ils se connaissaient depuis des années, les gardes durent attendre que la base de données centralisée valide l'identité de ces hommes avant que les portes d'acier ne leur soient ouvertes. Pendant que le camion et son chargement disparaissaient à l'intérieur, je restai en arrière. Un type en costume apparut, me fit photographier pour l'établissement d'un laissez-passer et m'informa que le directeur et son équipe m'attendaient.

Le laissez-passer épinglé sur ma veste, un gardien m'attacha à la cheville un fil de cuivre qui traînait par terre : l'électricité statique engendrée par mes vêtements ou mes chaussures serait évacuée par le fil et envoyée dans le sol, éliminant ainsi tout risque d'étincelle. Après les cambriolages et le terrorisme, un petit éclair mettant le feu aux produits chimiques volatiles utilisés dans la restauration d'art était ce qu'on craignait le plus dans des installations comme cet atelier.

Les Offices étaient spécialisés dans la restauration de toiles ou de fresques de grande taille et, bien que de nombreux changements soient intervenus depuis ma précédente visite, le directeur m'avait confirmé au téléphone qu'ils avaient toujours les gigantesques plaques photographiques et les bains de développement nécessaires pour ce travail. C'était d'eux que dépendait l'avenir de ma mission.

L'homme en costume me conduisit jusqu'à un ascenseur, nous descendîmes les six étages et j'entrai dans ce qui ressemblait à une salle de conférence : quatre murs en verre opaque, une longue table et, d'un côté, deux techniciens assis devant des écrans informatiques reliés à toute une batterie de disques durs.

Trois femmes et une demi-douzaine d'hommes se levèrent pour me saluer. L'un d'eux me tendit la main et se présenta comme le directeur. Il était étonnamment jeune, mais ses cheveux longs étaient complètement gris et je me dis que le risque d'abîmer des œuvres d'art inestimables devait y être pour quelque chose. Il m'annonça que dans les quelques heures écoulées depuis notre premier entretien, les personnes réunies dans cette pièce avaient élaboré une stratégie pour tenter de récupérer une image à partir des miroirs. Il crut bon de préciser qu'aucun d'eux ne nourrissait beaucoup d'espoir.

« Mais vous savez, ajouta-t-il avec un sourire, il arrive que même les restaurateurs d'art fassent des miracles. Prêt ? »

J'acquiesçai, et il actionna une commande électrique au mur. Les quatre parois opaques s'allumèrent. C'était un vitrage incorporant une couche de cristal liquide : un courant électrique avait réarrangé les molécules et les avait rendues transparentes.

Nous étions à présent debout dans un cube de verre, suspendus entre ciel et terre, avec, sous nos yeux, un espace aux dimensions remarquables.

Aussi grand qu'un terrain de football et d'une hauteur d'au moins vingt mètres – d'un blanc pur, avec des arches et une voûte –, il était probablement antérieur au règne des Médicis. Au milieu, paraissant minuscules dans cet espace gigantesque, il y avait des appareils hydrauliques de levage permettant de soulever des statues monumentales, des portiques pour manier des toiles, des bassins en acier inoxydables assez grands pour nettoyer un obélisque, et une cabine de vapeur pour ôter des siècles de crasse sur le marbre et la pierre. Des chariots élévateurs électriques, des petites grues mobiles et des dizaines de superviseurs et d'experts en blouse blanche se déplaçaient silencieusement parmi ces installations. Quel atelier ! On aurait dit que la Nasa avait pris possession des catacombes.

Pratiquement en dessous de moi, on était en train de nettoyer un Titien et, un peu plus loin, des hommes et des femmes travaillaient sur un ensemble de portes en bronze du Bernin que j'avais vues au Vatican. Mais, plus spectaculaire encore, il y avait un groupe de panneaux qui avaient été assemblés bord à bord et fixés à un mur. Réalisés à partir des énormes plaques photographiques utilisées pour leur restauration, ils avaient été mis ici pour l'inspiration, ou bien comme témoignage du travail exceptionnel de ces ateliers.

Ils représentaient *La Cène* de Leonard de Vinci.

Elle était grandeur nature, aussi vivante que si elle avait été peinte la veille et, l'espace d'un instant, je me suis imaginé ce que cela avait dû être d'entrer dans le couvent de Santa Maria delle Grazie cinq cents ans plus tôt et de la voir pour la première fois.

Le directeur, se coiffant d'un casque sans fil, me montra deux cadres dorés posés contre le mur. Les miroirs, qui en avaient été ôtés, étaient suspendus à une grue qui les fit descendre sous nos yeux dans un réservoir de liquide bleu, un solvant qui, l'espéraient-ils, allait séparer la pellicule du verre sans l'endommager. Si l'opération échouait ou si le nitrate d'argent partait en morceaux, nous pourrions tous rentrer chez nous.

Presque aussitôt, une grande tente fut descendue au-dessus du réservoir, maintenant celui-ci dans l'obscurité. « S'ils parviennent à séparer la couche de nitrate, elle devra être traitée comme un film négatif qui ne doit pas être exposé à la lumière », m'expliqua le directeur.

J'étais rongé par le doute. Quel espoir y avait-il vraiment ? Certes, les Offices avaient restauré la *Pietà*, le marbre de Michel-Ange, après qu'un malade mental australien l'avait attaqué au marteau, mais même eux ne croyaient pas qu'on puisse tirer une image de ces vieux miroirs.

Le directeur pressa le casque à son oreille, écouta un instant, puis se tourna vers nous : « Ça a marché. Ils ont déjà réussi à récupérer le film intact. »

Tandis que les autres souriaient et applaudissaient, il se tourna vers moi. « Ils vont enfermer le film dans un bloc de gélatine gelée pour le stabiliser, puis le développer dans la chambre noire. »

Deux minutes plus tard, des hommes en blouse blanche firent rouler un grand chariot hors de la tente et le poussèrent dans un monte-charge aux parois de verre. Je ne quittai pas des yeux les deux miroirs en train de s'élever, enveloppés dans des couvertures d'aluminium.

Le monte-charge s'arrêta au niveau d'une pièce en forme de bloc suspendue en porte-à-faux au-dessus de l'espace voûté, dont je devinai que c'était la chambre noire.

« Ça prendra peut-être du temps, dit le directeur, mais dès qu'ils l'auront développée, les techniciens pourront dire si la pellicule a enregistré quelque chose. »

28

J'étais assis à la cafétéria du personnel des Offices avec le reste de l'équipe, touchant à peine à un repas qui se réduisait aux expressos que j'enchaînai l'un après l'autre, lorsque vint l'appel.

Le directeur le prit sur son portable puis se tourna vers moi, mais parla suffisamment fort pour que tout le monde entende : « Il y a quelque chose sur le film. »

Nous parcourûmes des couloirs blancs silencieux, croisâmes un groupe de donateurs fortunés en visite privée, tous émerveillés, et prîmes un monte-charge pour rejoindre la salle de réunion.

Derrière son mur de verre, les techniciens étaient penchés sur un de leurs grands écrans informatiques, l'un d'eux au clavier pendant que les disques durs refroidis par eau tournaient à toute vitesse.

Le directeur n'avait pas cessé de me tenir au courant. « Ce qu'ils auront trouvé sur le nitrate d'argent aura été numérisé et mis sur un disque. C'est ce qu'ils sont en train d'observer. »

Nous nous précipitâmes à l'intérieur. L'image de deux personnes – juste deux personnes dans cette pièce –, c'était tout ce dont j'avais besoin. Tout ce qui permettrait d'identifier le visiteur serait un bonus.

Il n'y avait rien sur l'écran. Enfin, pas tout à fait : il y avait une obscurité avec différentes nuances, comme lorsqu'on regarde un étang par une nuit sans lune. Le directeur dut lire la déception sur mon visage.

« Pas de panique, attendez un peu, dit-il. Ils vont utiliser un logiciel pour améliorer l'image, puis essayer de remplir les points microscopiques manquants des fragments qui sont autour. Nous utilisons la même méthode sur des fresques endommagées. »

Mais je paniquais – lui aussi aurait paniqué, s'il avait su quels étaient les véritables enjeux. Le jeune technicien à son clavier, la peau aussi blanche que les murs, introduisait instruction après instruction. Je regardai la concentration intense, presque religieuse de son visage : lui, en tout cas, n'avait pas laissé tomber, et c'était réconfortant.

Lentement, presque imperceptiblement au début, mais de plus en plus vite à mesure que les disques durs prenaient de la vitesse, une forme émergea de l'océan d'obscurité. Je pouvais voir, aux signaux d'alerte clignotant à l'orange sur plusieurs dispositifs de contrôle, qu'ils poussaient le système presque à ses limites, mais ces gars-là n'étaient pas du genre à renoncer eux non plus. Une partie d'une pièce émergea de l'étang : des bouts de chandeliers, la silhouette d'une fenêtre, le profil d'une cheminée. C'était indéniablement la bibliothèque de la Maison française, ou de La Salle d'Attente, quel que soit le foutu nom qu'on lui donnait. J'avais du mal à y croire.

« Je crois que nous avons une personne », déclara le technicien au teint pâle, couvrant les applaudissements. Il désigna une zone de la surface de l'étang – plus sombre que le reste mais renfermant une vague silhouette –, la maintint à l'intérieur d'une grille électronique, y déversa un barrage constant de lumière et de pixels, et le fauteuil en cuir apparut. Je le voyais !

Les mains moites malgré l'air conditionné fonctionnant en permanence, je réussis à discerner une tête floue, un bras replié, un morceau du cou d'un homme assis dans le fauteuil. Ça ne pouvait être que Dodge. Les techniciens continuèrent, les signaux d'alerte clignotèrent encore plus vite, et les eaux sombres entourant le fauteuil prirent un relief plus précis.

Dodge était seul.

Tout de même, le directeur et son équipe se tournèrent vers moi, aux anges, tout à leur victoire. Le plan qu'ils avaient conçu et mis en œuvre s'était révélé un succès : ils avaient récupéré une image à partir d'un medium inconnu. Il n'y avait aucun doute que c'était une performance exceptionnelle. Il n'y avait aucun doute non plus que cela ne m'aidait absolument pas.

« Qu'est-ce qui ne va pas ? me demandèrent-ils en voyant la tête que je faisais.

— Je savais qu'il y avait un homme assis dans le

526

fauteuil. C'est une autre personne que je cherche. Il m'en faut deux. Et quid du second miroir ? Il doit montrer la pièce sous un autre angle. »

Nous nous tournâmes : le type au teint pâle et son collègue avaient déjà la deuxième image à l'écran. Point n'était besoin d'être un expert en traitement informatique de l'image pour voir qu'elle était bien plus dégradée : l'océan d'obscurité était plus profond et la lumière disponible ténue, pleine d'ombre. On aurait tout aussi bien pu être sous l'eau.

Les techniciens avancèrent plus vite. L'obscurité disparut et le type au clavier fit à nouveau apparaître des fragments de la bibliothèque de ces profondeurs. Des morceaux de fauteuil et de table émergèrent, mais leur forme était bien moins nette et les témoins de surcharge avaient déjà atteint l'orange, quelques-uns commençaient même à clignoter au rouge. Mes espoirs s'effondrèrent.

Les techniciens, eux-mêmes apparemment démoralisés, jetaient fréquemment un coup d'œil aux témoins de surcharge sans pour autant parvenir à améliorer vraiment l'image.

C'est le problème, avec la chance, me dis-je, elle s'épuise. Je sentis que le directeur et d'autres membres de son équipe me regardaient du coin de l'œil, sachant à quel point j'étais déçu.

Tous les témoins étaient au rouge, les techniciens avaient cessé leurs efforts. Ils avaient atteint les limites de la technologie. L'image à moitié formée de la bibliothèque traînait sur l'écran comme un rappel silencieux de l'échec. Le technicien au teint pâle se pencha dessus, désigna une zone d'obscurité et dit quelque chose en italien que je ne compris pas. Le directeur et le reste de l'équipe se concentrèrent sur l'endroit qu'il montrait, mais il était clair que personne ne voyait quoi que ce soit.

Le technicien – pas très sûr, parce qu'il doutait de ce qu'il voyait lui-même – plaqua une grille sur cette zone. Ignorant les témoins rouges, il zooma sur elle, manipula les pixels et essaya d'obtenir que jaillisse la vérité.

Rien.

Son collègue s'approcha et actionna une commande. La zone sous la grille s'inversa – le noir devenant blanc, comme s'il s'agissait maintenant d'une image négative. Soudain quelque chose apparut : une forme verticale presque en dehors du cadre. Les deux techniciens travaillèrent de concert, vite, poussant le logiciel et les disques durs au-delà de leurs limites opérationnelles. Des messages d'alerte apparurent, mais ils les annulèrent aussitôt. Les témoins rouges ne clignotaient plus, ils formaient une barre continue.

Les gars continuèrent quand même, mais sans obtenir d'amélioration visible – une forme massive qui nous titillait, c'était tout. Puis ils inversèrent à nouveau l'image pour la rendre positive et enlevèrent la grille et le zoom.

Et là, elle apparut. Indistincte, fantomatique, mais la forme était devenue celle de quelqu'un se tenant debout devant la cheminée. Il était impossible de distinguer quoi que ce soit de précis, pas même si c'était un homme ou une femme, mais peu importait. Il y avait bien deux personnes dans la pièce.

Le directeur et son équipe la regardèrent un moment puis poussèrent un cri de joie pendant que les deux techniciens se levaient et embrassaient leurs collègues.

Je levai les yeux de l'écran, souris, et me mis à les applaudir tous : ils ne le savaient pas, ils ne le sauraient jamais, mais l'éclaireur était de nouveau en piste.

29

Je franchis les portes en chêne et sortis dans une nuit si pure, si fraîche que les vieux murs en pierres de taille et les façades Renaissance semblaient presque trop nettes, comme le paysage d'un étrange jeu vidéo. Seules la cohue dans les rues et l'absence totale de taxis me convainquirent que c'était réel.

Il fallait que je passe deux appels et j'attendais que le premier correspondant décroche au moment où, passant devant les caméras extérieures, je sortis dans une grande rue.

Leyla Cumali répondit et, sans préambule, je lui dis que j'avais une photo montrant que Dodge et une autre personne se trouvaient dans la bibliothèque six minutes avant sa mort. Un silence abasourdi accueillit mes paroles à l'autre bout du fil.

Je remplis le blanc en lui disant que le directeur du laboratoire des Offices était en train de préparer un rapport complet qu'il lui ferait parvenir avec une copie des photographies.

« Je dois en informer mes collègues », finit-elle par dire, incapable de cacher son dépit. J'étais certain que Bob l'éponge et ses copains allaient être fous de joie.

« J'ai l'impression qu'on n'a pas la choix, enchaîna-t-elle. Nous allons ouvrir une enquête pour homicide dès ce soir.

— Bien, répondis-je. Bien.

— Comment saviez-vous que Dodge n'était pas seul ? demanda-t-elle, ne pouvant s'empêcher de laisser poindre le mépris du début.

— À cause des drogues et des jumelles. Personne n'a besoin de jumelles pour regarder un feu d'artifice.

— Alors pourquoi les avait-il ?

— Chaque chose en son temps. De toute évidence, quelqu'un savait comment pénétrer secrètement dans la propriété. Quelqu'un est entré dans la maison et a trouvé Dodge dans la bibliothèque. C'était un de ses amis, en tout cas une personne qu'il connaissait. Sinon, il aurait déclenché l'alarme.

» Je suis presque certain que ce visiteur a feint d'avoir besoin d'aide. Il a dit à Dodge quelque chose qui l'a suffisamment alerté pour qu'il se sorte de sa libido débridée et du vertige des stupéfiants.

— Qu'est-ce qu'on lui a dit ? voulut-elle savoir, impatiente.

— Si vous relisez les interrogatoires que vous avez conduits avec son entourage, au moins six d'entre eux ont spontanément témoigné qu'il aimait profondément sa femme.

— C'est exact, confirma Cumali.

— Ce soir-là, Cameron faisait la tournée des bars dans son JetRanger. Je pense que le visiteur lui a dit que l'hélicoptère venait de s'écraser dans la baie. »

Silence. Cumali ne répondit pas. J'entendis juste une profonde inspiration.

« Dodge a très certainement dû croire son visiteur, continuai-je. Il y a une plateforme d'atterrissage sur la propriété et il a dû se dire qu'elle était sur le chemin du retour. Essayant de dessaouler, il est allé chercher les jumelles pour explorer la baie, et lui et son visiteur ont couru sur la pelouse. Il ne regardait pas les feux d'artifice, il regardait la mer. Et plus il s'avançait sur le promontoire, plus il avait de chance d'apercevoir quelque chose. C'est pour ça qu'il a choisi cet emplacement à quatre mètres du belvédère : il n'y avait pas de feuillages, le seul arbre était celui qu'il a heurté dans sa chute, et il avait une bien meilleure vue sur la baie.

» Comme il n'arrivait pas à voir – comment aurait-il pu voir quelque chose, puisqu'il n'y avait rien à voir –, soit il est monté sur le garde-fou, soit il l'a enjambé. Il devait avoir les yeux rivés à ses jumelles lorsqu'il a senti qu'on le poussait dans le dos. Le tueur n'a sans doute même pas eu le sentiment de commettre un meurtre, juste de donner un petit coup de main secourable. Tellement secourable que les tests que vous avez effectués avec le mannequin validaient l'hypothèse d'une chute. »

J'en restai là : il était inutile de revenir sur son plongeon le long de la falaise et son atterrissage sur les rochers – rien à contester de ce côté-là.

Comme Cumali gardait le silence, je finis par lui demander si elle était toujours là.

« Je suis là, oui. Je vais veiller à ce qu'aucun passeport ne soit restitué. Nous nous y mettons dès maintenant. Je vais établir une liste élargie de toutes les personnes avec lesquelles il était en contact. Comme vous l'avez dit, il devait connaître son visiteur.

— Vous pouvez exclure Cameron et ceux qui se trouvaient à bord de l'hélicoptère ; ils n'auraient pas pu venir le voir chez lui puisqu'ils étaient théoriquement dans l'eau à se démener pour ne pas se noyer. Et vous aviez raison : je ne pense pas que quelqu'un ait été payé pour le faire. La réponse se trouve dans son cercle d'amis. »

Il y avait un autre élément dans ce meurtre, qu'elle ne pouvait pas savoir. Une petite signature, en quelque sorte, mais ça m'avait mis en boule. J'étais certain que le fil provenant du pantalon de Dodge avait été placé exprès sur le garde-fou, en sorte que les flics parviennent à la bonne conclusion.

Une affaire dans laquelle le meurtrier avait utilisé exactement le même procédé figurant dans mon livre.

30

J'avais finalement trouvé un taxi quand la mauvaise nouvelle me parvint.

Après mon entretien téléphonique avec Cumali, j'avais aperçu un taxi vide et m'étais précipité dans la circulation pour l'attraper. Qu'un piéton puisse survivre au milieu d'une horde de conducteurs italiens tenait du miracle, mais je parvins tout de même à monter et demandai au chauffeur de m'emmener à l'aéroport.

Je voulais rentrer à Bodrum aussi vite que possible et, dès que j'eus bouclé ma ceinture de sécurité – regrettant que ce ne soit pas un harnais complet compte tenu de la manière de conduire du chauffeur –, je passai mon second coup de fil. Pour Ben Bradley, celui-là.

Lorsqu'il décrocha, je lui annonçai que j'étais à Florence. « Les affaires reprennent, dis-je, aux anges. C'est un meurtre. Fais-le savoir aux autres.

— Ça fait deux heures que j'essaie de te joindre !

— Désolé, répondis-je. J'avais ôté la batterie de mon téléphone. » Il n'y avait qu'une raison qui avait pu l'amener à m'appeler : un message de Murmure, et je savais que ça n'annonçait rien de bon.

Il disserta sur le meurtre de l'Eastside Inn – mais ce n'était que du camouflage – puis m'indiqua que certains de nos collègues avaient pratiqué une série de tests, une modélisation informatique, dont je devais être informé.

Ben ne comprenait pas ce qu'il me disait ; il se contentait de relayer un message, si bien qu'il n'aurait servi à rien de lui poser des questions. Tout ce que je pouvais faire était de l'écouter, la mort dans l'âme.

Il me dit que les gars étaient arrivés à une date intéressante : ils parlaient du 30 septembre.

« Mais tu sais comment sont les geeks, continua-t-il, et j'eus l'impression qu'il lisait un texte écrit à l'avance. C'est pas facile de les retenir ; ils disent qu'il faut leur donner un battement de deux semaines en cas d'imprévu – ils parlent donc de la deuxième semaine d'octobre. »

Je raccrochai et restai sans bouger un bon moment, perdu dans mes pensées. Je retins du message de Ben que Murmure avait demandé à une équipe de faire tourner des modèles, probablement dans les conditions d'un jeu de guerre : combien de temps faudrait-il à un civil pour produire un volume significatif de virus de la variole en utilisant des équipements disponibles sur le marché ? À partir de là, ils avaient calculé que cela pouvait être réalisé pour la fin septembre, puis ils avaient rajouté deux semaines de battement.

Nous avions une date, à présent. Tous les délais, tous les événements, tous les espoirs convergeaient vers un moment dans le temps. Disons le 12 octobre, me dis-je. Columbus Day. Jour anniversaire de la mort de ma mère.

31

Lorsque les fonctionnaires des douanes ouvrirent les bagages fatigués du Sarrasin, ils trouvèrent des pantalons bien pliés, deux chemises, une trousse de médecin avec stéthoscope et thermomètre, un exemplaire du Coran et un magazine anglais. Ce n'était pas *The Economist*, ni le *British Medical Journal*. Cela s'appelait *Bra-Buster*, une revue porno où l'on voyait des seins bonnets D minimum à chaque page. Les deux douaniers ne firent aucun commentaire, mais échangèrent un regard qui en disait long. Typique des musulmans, semblaient-ils dire, pieux à l'extérieur et, comme tout le monde, des chiens à l'intérieur.

Si ces hommes avaient été un peu plus observateurs, ils auraient remarqué que le livre saint était rangé dans une poche à fermeture Éclair complètement séparée du bagage à main, comme si on avait voulu le mettre à l'abri des cochonneries avec lesquelles il avait été obligé de voyager. Le Sarrasin avait acheté ce magazine à l'aéroport de Beyrouth au cas où les services allemands d'immigration l'auraient dirigé vers l'une des cabines d'interrogatoire et mis sur le gril. Il tenait à ne pas passer pour un pieux musulman. Compte tenu de la façon dont le monde avait évolué, il valait mieux être hypocrite qu'homme de Dieu quand on devait franchir une frontière.

Le magazine ne se révéla finalement pas nécessaire. Le Sarrasin était arrivé le matin à l'aéroport de Francfort – le plus grand et le plus fréquenté d'Europe –, au moment de la plus forte affluence, exactement comme il l'avait prévu. Il savait d'expérience qu'un voyageur risquait moins d'être minutieusement examiné quand les files s'allongeaient et que les fonctionnaires de l'immigration étaient fatigués et débordés.

Au bout d'une heure de queue, il se présenta devant un jeune fonctionnaire vêtu d'un uniforme marron terne. L'homme jeta un coup d'œil à la photo figurant sur le passeport libanais, puis à celui qui lui souriait : beau costume, à peine plus qu'une barbe de plusieurs jours, très courte, un beau visage. Un médecin, d'après la fiche de débarquement.

« L'objet de votre visite ? demanda le jeune fonctionnaire, tout d'abord en allemand puis, face à un regard perplexe, en anglais.

— Une conférence médicale », répondit le Sarrasin. À part la banque, l'activité principale de Francfort était d'héberger d'énormes conventions ainsi que des salons commerciaux, toutes se tenant dans un parc d'expositions appelé le *Messe*. Le Sarrasin présenta les billets et le laissez-passer qu'il avait achetés sur Internet et les posa sur le comptoir. Le fonctionnaire les regarda à peine, mais le Sarrasin savait que c'étaient les détails – comme le magazine de charme et, à Damas, la poussière sous les ongles – qui transformaient une légende en réalité.

Le fonctionnaire jeta un coup d'œil au billet de retour, soumit le passeport à son scanner et regarda son écran informatique. Bien entendu, rien ne s'afficha : le document était authentique et ce nom n'avait jamais figuré sur la moindre liste de personnes recherchées.

« Combien de temps pensez-vous rester ? demanda-t-il.

— Deux semaines, répondit le Sarrasin. Peut-être un peu plus, cela dépendra de l'argent qui me restera. » Il sourit.

Le fonctionnaire grommela quelque chose et tamponna le passeport pour trois mois. Tout le monde avait trois mois. Même un membre d'al-Qaïda aurait obtenu trois mois si son passeport avait franchi le filtrage informatique. L'Allemagne voulait que ses visiteurs au *Messe* prolongent leur séjour – on aimait l'argent qu'ils dépensaient.

Certes, le Sarrasin avait prévu de rester plus de deux semaines mais, même si le fonctionnaire de l'immigration ne lui avait accordé que quinze jours, cela n'aurait fait aucune différence. Le Sarrasin savait ce que tout immigrant illégal sait pertinemment : en Europe les services de contrôle de l'immigration sont encore plus relâchés que le contrôle des frontières. Tenez-vous à carreau, marchez droit, et vous pouvez rester aussi longtemps que vous le voulez. Et les perspectives d'avenir à long terme étaient tout aussi bonnes. Au bout de quelques années, il y avait toujours une amnistie. Rien ni personne ne vous incitait à repartir.

Le Sarrasin ramassa son sac sur le carrousel, dut subir l'outrage du regard narquois que les douaniers échangèrent et, autorisé à passer, se retrouva sur le trottoir, dans la cohue de l'immense aéroport. Il s'y glissa, jeta le magazine de charme et ses tentations dans une poubelle, trouva une navette pour l'emmener en ville et s'évanouit dans le monde alternatif de l'Europe islamique.

C'était un univers étrange, que j'avais connu quand j'étais basé en Europe. Cherchant des pistes et des contacts dans une dizaine d'affaires différentes, j'avais parcouru des ribambelles de villes industrielles sinistres et visité les innombrables ensembles d'habitation de style stalinien de leurs banlieues. Celui qui n'y est jamais allé aurait du mal à croire qu'elles aient pu subir une telle transformation. Le prénom le plus commun pour un garçon en Belgique est aujourd'hui Mohamed. Trois millions de Turcs musulmans vivent rien qu'en Allemagne. Près de dix pour cent de la population française est adepte de l'islam.

Comme un écrivain suisse[1] l'a dit un jour : « Nous voulions de la main-d'œuvre, mais ce sont des êtres humains qui sont venus », et ce que personne n'avait prévu, c'est que ces travailleurs amèneraient avec eux leurs mosquées, leur livre saint et des pans entiers de leur culture.

Compte tenu des obligations de charité de l'islam et de l'explosion démographique de la population musulmane, chaque ville en vint rapidement à disposer d'un foyer au confort spartiate réservé aux hommes – entretenu grâce aux dons – où les pieux musulmans pouvaient manger de la nourriture halal et être hébergés pour une nuit. C'est dans l'antenne de Francfort d'une telle « planque » que le Sarrasin fut hébergé pour son premier jour en Europe, encore tout étonné de la facilité avec laquelle il avait franchi la frontière.

Le lendemain, pauvrement habillé d'un jean et de bottes abîmées, il alla déposer ses bagages dans une consigne de longue durée à la gare centrale de Francfort et prit un billet au distributeur automatique. Se laissant déjà pousser la barbe – un visage de plus parmi la masse des ouvriers musulmans –, il prit un train pour Karlsruhe. Située en lisière de la Forêt-Noire, la ville avait subi un bombardement qui l'avait renvoyée à l'âge de pierre au cours de la Seconde Guerre mon-

---

1. Max Frisch.

diale, et les décennies qui avaient suivi l'avaient vue se reconstruire en un centre industriel tentaculaire. Parmi ses usines, il y en avait une qui était cruciale pour le plan du Sarrasin.

Quand il vivait encore dans son appartement à el-Mina, il avait passé des heures à écumer le Web jusqu'à ce qu'il trouve une mosquée ayant très précisément les attributs géographiques dont il avait besoin. Résultat : en descendant du train de Francfort, il savait très exactement où il se rendait. Il trouva la Wilhelmstrasse et, à mi-chemin, vit une ancienne épicerie de quartier couronnée d'un petit minaret – laquelle, ironie de l'histoire, avait appartenu à une famille juive tuée dans l'Holocauste. La seule chose qui distinguait cette mosquée des douze cents autres centres de prière islamique en Allemagne était qu'elle se trouvait à proximité de l'usine choisie, filiale européenne d'une très grosse entreprise américaine.

C'était un vendredi et le Sarrasin entra dans la mosquée juste à l'heure pour les prières du soir. Lorsqu'elles furent terminées, comme le voulait la tradition, l'imam s'approcha de l'étranger et lui souhaita la bienvenue de la part de toute la communauté. Invité à prendre le thé avec eux, le Sarrasin expliqua – à contrecœur, sembla-t-il aux hommes qui s'étaient rassemblés autour de lui – qu'il était réfugié de la dernière guerre au Liban.

Endossant de manière assez crédible le rôle d'une personne déplacée de plus, en quête d'une nouvelle vie en Europe, il dit qu'il avait donné pratiquement tout ce qu'il avait à un groupe de passeurs pour être emmené en bateau en Espagne et de là en camion à travers une Europe sans frontières. Il leva les yeux vers ses coreligionnaires et sa voix se cassa, l'empêchant d'entrer dans les détails de ce terrible voyage.

Je dois dire que c'était bien joué et la plupart des auditeurs, dont des ouvriers, hochèrent la tête, compatissants : les détails pouvaient différer un peu, mais eux aussi étaient entrés en Europe de façon analogue.

L'immigrant soi-disant illégal ajouta qu'il avait logé chez un cousin à Francfort mais, ne pouvant trouver du travail et étant arrivé au bout de ses derniers euros, il était venu à Karlsruhe dans l'espoir d'en trouver. L'hameçon ainsi amorcé, il prétendit avoir travaillé dans le service expéditions d'une grande entreprise de Beyrouth.

« *Inch'Allah*, je pourrai peut-être trouver quelque chose d'équivalent dans la grande usine qui se trouve au bout de la rue ? » s'enquit-il.

Presque tous les fidèles travaillaient à Chyron Chemicals et, exactement comme il l'avait prévu, ils mordirent à l'hameçon et proposèrent de se renseigner auprès de leurs collègues de travail. Il les remercia avec une citation du Coran, obscure mais fort à propos, qui leur confirma que leur première impression à son sujet avait été la bonne : aucun doute, l'homme était honorable et pieux.

Gêné, il leur confia qu'il n'avait pas d'argent pour se nourrir ou prendre un autre billet de train et il se demandait si l'un des foyers pourrait l'héberger jusqu'à ce qu'il ait trouvé du travail. Bien entendu, la communauté le recueillit, lui fournissant le gîte et le couvert. L'aumône n'était-elle pas l'un des cinq piliers de l'islam ?

Sans même s'en rendre compte, en un peu moins d'une heure, toute la communauté avait pris le Sarrasin sous son aile. Et ils étaient hommes à prendre ces choses-là très au sérieux, si bien que trois jours plus tard, recherches et témoignages en sa faveur portèrent leurs fruits : un contremaître turc au service expéditions de Chyron signala qu'il y avait une place de magasinier dans l'équipe de nuit.

Après les prières ce soir-là, les hommes, tellement heureux pour lui qu'ils l'emmenèrent dîner dans un café, parlèrent au Sarrasin des remarquables conditions de travail dont il allait bénéficier : un dispensaire sur place, une cafétéria subventionnée et une superbe salle de prières. Mais personne ne mentionna le fait qu'il y avait une époque où tout le personnel était américain.

Le vieux Prix Nobel vivant en Virginie qui se demandait si la plus grande nation industrielle de l'histoire produisait encore des biens et des équipements n'avait pas tort. Des millions d'emplois, et, avec eux, la plupart des bases industrielles du pays, avaient été exportés au fil des décennies et une bonne partie de la sécurité de la nation avait disparu avec eux. En ce qui concernait Chyron Chemicals, le risque était particulièrement grand ; c'était l'un des fabricants et exportateurs de médicaments les plus respectés au monde. Peu de gens en avaient conscience, mais le cœur de l'Amérique n'était pas plus en sécurité qu'une usine anonyme située dans une ville pratiquement inconnue de la plupart des Américains.

Dans un monde meilleur, le Sarrasin – assis dans un café avec des tables en Formica et une étrange musique turco-allemande – aurait eu un dernier obstacle à franchir qui aurait pu être la principale cause d'échec de son plan ; tout au moins l'avait-il craint au début. La FDA, Food and Drug Administration, n'inspectait-elle pas tous les envois de médicaments pour prévenir une

540

éventuelle contamination ? s'était-il demandé à el-Mina.

Il trouva la réponse sur le Web : la transcription d'une audition parlementaire de la FDA lui apprit qu'un seul et même pays hébergeait plus de cinq cents usines qui exportaient des médicaments et leurs composants vers les États-Unis.

Et combien de ces installations ont-elles été inspectées par la FDA au cours de l'année écoulée ? demandait un représentant au Congrès.

« Treize » était la réponse.

Le Sarrasin dut tout relire pour être sûr d'avoir bien compris : seulement treize usines sur cinq cents avaient fait l'objet d'une inspection. Et ce pays, c'était la Chine, la nation au plus exécrable bilan en matière de sécurité. Il sut alors qu'aucune expédition en provenance de Chyron – filiale d'un groupe américain basée dans un pays n'appartenant ni au bloc communiste ni au tiers-monde – ne serait jamais contrôlée.

À 22 heures, le lendemain du dîner en son honneur, il descendit la Wilhelmstrasse déserte pour aller se présenter au poste de sécurité donnant accès à Chyron, où on lui remit un laissez-passer d'employé, avant de l'orienter vers les entrepôts de distribution. Là, il rencontra le contremaître turc qui lui expliqua en quoi consisterait son travail tout en marchant entre d'interminables rangées de palettes, en attente d'expédition vers des villes à travers le territoire américain. Aucune des palettes n'était surveillée, ni même verrouillée ou plombée. Elles ne l'avaient jamais été. Personne n'avait jamais considéré que cela fût nécessaire. Mais il faut dire que personne non plus n'avait jugé nécessaire de verrouiller l'accès au poste de pilotage des avions de ligne.

Après que le contremaître fut rentré chez lui et que le Sarrasin s'était retrouvé seul dans l'immense entrepôt, il sortit son tapis de prière, l'orienta vers La Mecque et dit une prière. Un enfant qui avait découvert le malheur en Arabie saoudite, un adolescent parti faire son *djihad* contre les Soviétiques en Afghanistan, un musulman très pieux qui avait obtenu brillamment son diplôme de médecin, un homme qui avait donné un étranger à manger à des chiens sauvages à Damas, un fanatique qui avait contaminé trois étrangers avec le virus de la variole et les avait regardés mourir lentement, remerciait Allah le miséricordieux de tous les bienfaits qui lui avaient été accordés.

Avant de finir, il rendit encore grâce à Dieu pour celle qui, en Turquie, avait tant fait pour lui.

32

J'atterris à l'aube à Bodrum. Je n'avais pas de bagage, et avec mon visa récent ainsi que mon insigne du FBI je franchis les services d'immigration turcs sans délai. Je sortis du terminal, retrouvai ma voiture au parking, et pris la D330 en direction de Bodrum.

Tout alla bien pendant un quart d'heure mais ensuite, en dépit de l'heure matinale, je tombai sur une longue file de camions à dix-huit roues, d'autocars de touristes et d'innombrables Turcs klaxonnant leur frustration. Je sortis de la route à la première occasion et me dirigeai au sud-ouest vers la mer, dans l'espoir d'arriver tôt ou tard à Bodrum ou de retrouver la route principale.

Mais les choses ne se passèrent pas tout à fait comme prévu : je me retrouvai dans une zone désertique meurtrie par des glissements de terrain, des amas de rochers, des failles, de profondes crevasses. C'était une zone dangereuse ; les arbres eux-mêmes avaient du mal à pousser sur ce sol instable, comme s'ils savaient qu'ils avaient pris racine sur une ligne de faille. La Turquie était dans une zone sismique à risque, surtout le long de la côte méridionale.

À une intersection, je pris à gauche, j'accélérai le long d'une courbe et là, je sus que j'étais déjà venu dans ce coin inhospitalier. Même le psychologue que j'étais n'aurait su dire si c'était un hasard ou si une main inconsciente m'avait guidé, mais je savais que je verrais la mer au bout de cette route et que, cinq cents mètres plus loin, je trouverais, métaphoriquement parlant, le lieu du naufrage.

Comme prévu, j'arrivai à la mer – un tourbillon de courants venant s'écraser sur les rochers – et suivis la corniche. Et là, devant moi, je vis le petit promontoire où, jeune agent, je m'étais garé il y a si longtemps.

Je m'arrêtai près d'un kiosque abandonné, sortis de la voiture et m'approchai du bord de la falaise. Une barrière délabrée était censée sécuriser l'endroit. Une pancarte y était attachée sur laquelle, en quatre langues, on pouvait lire : DANGER DE MORT.

Plus personne ne visite cet endroit, mais jadis, à une époque lointaine, il était très populaire auprès des touristes et des archéologues. Les tremblements de terre et les glissements de terrain permanents en ont fait un lieu trop dangereux, le kiosque est tombé en désuétude d'autant que les touristes préfèrent d'autres ruines tout aussi attirantes et beaucoup plus sûres. On peut le regretter ; c'était un site spectaculaire.

Je m'arrêtai près de la barrière et regardai les falaises. Des marches en pierres et des morceaux de maisons anciennes dégringolaient de façon inquiétante dans la houle. Des colonnes de marbre, des morceaux de portiques, et les vestiges d'une voie romaine restaient accrochés au flanc de la falaise. Les ruines étaient jonchées de varech et de bois flotté que les embruns portés par le vent avaient recouverts d'une couche de sel au cours des siècles, leur donnant un lustre fantomatique.

Plus loin en mer, les contours d'une grande place étaient visibles sous des brasses d'eau, un portique classique se dressait sur un affleurement rocheux, le soleil brillant au travers – qu'on appelait la Porte de Nulle Part – et la mer allait et venait infatigablement sur une vaste plateforme de marbre, probablement le sol de quelque grand bâtiment public.

Une cité importante et un port de commerce s'élevaient ici dans l'Antiquité, bien avant la naissance du Christ, mais un énorme séisme avait déchiqueté le littoral et soulevé la falaise. La mer s'y était engouffrée et avait englouti pratiquement tous ceux qui avaient survécu à la première secousse.

Je longeai la barrière, la terre s'effritant sous mes pieds et allant se perdre sur les rochers, soixante mètres plus bas. Le vent avait beaucoup forci, la végétation était encore plus rabougrie, le paysage encore plus instable, et je fus obligé de me tenir à un panneau métallique de mise en garde pour ne pas tomber. Je regardai en bas : une vieille jetée de bois s'avançait dans la mer, terriblement atrophiée depuis la dernière fois que je l'avais vue.

Elle avait été construite des dizaines d'années auparavant par un groupe de pêcheurs entreprenants qui avaient compris qu'ils gagneraient bien mieux leur vie à emmener les touristes et les archéologues dans les ruines qu'à relever des filets et des casiers à homards. L'attraction principale, à l'époque, n'était pas le site de la ville détruite ni la Porte de Nulle Part, mais un long tunnel qui conduisait à ce qui était considéré comme le plus bel amphithéâtre romain après le Colisée. Connu dans l'Antiquité pour la brutalité des combats de gladiateurs qui s'y déroulaient, on l'appelait le Théâtre de la Mort.

Je ne l'avais jamais vu – personne, à l'exception de quelques courageux archéologues, n'y était allé depuis trente ans. Le tunnel, seule voie d'accès, avait été condamné après qu'un glissement de terrain géant avait ouvert d'énormes fissures dans le plafond et qu'on avait fini par convaincre les voyagistes de renoncer. Personne ne voulait se retrouver coincé dedans si l'ensemble venait à s'écrouler.

Mais ce n'était ni un abattoir romain ni les autres ruines qui m'avaient amené au bord de la falaise. C'était la vieille jetée qui avait fait remonter une vague de souvenirs douloureux.

33

Il y a des années, la Division avait débarqué en force sur la jetée. Juste après le coucher du soleil, huit agents opérationnels, habillés de façon décontractée, avec des sacs à dos pour certains, avaient longé la côte sur un bon petit cabin-cruiser.

Ils avaient l'air d'un groupe de jeunes gens partis en goguette. Dernier arrivé dans l'équipe, je n'étais pas parmi eux : mon travail consistait à m'y rendre de mon côté, réceptionner un minivan spécialement acheté pour l'occasion, le conduire au petit promontoire et le garer aussi près que possible du kiosque abandonné. Si jamais ça tournait mal, j'étais chargé d'évacuer quiconque en aurait eu besoin et de l'amener à un autre bateau attendant dans la marina de Bodrum. Dans le pire des scénarios, je devais ensuite emmener le blessé chez un médecin réquisitionné pour faire face à une urgence de ce type.

Encore peu expérimenté, je fus assailli cette nuit-là de nombreuses craintes : nous étions venus au fin fond de la Turquie pour tuer un homme.

Il s'appelait Finlay, Robert Finlay – ce n'était pas son vrai nom, son vrai nom était russe, mais c'était sous celui-là que nous le connaissions : un type en surpoids, la quarantaine bien tassée, doté de gros appétits, y compris pour la trahison. Quand il était encore jeune diplomate et qu'il travaillait à l'ambassade russe du Caire, la CIA était parvenue à le retourner. Hormis lui verser une coquette mensualité, l'agence ne faisait rien avec lui : c'était un agent dormant, et on le laissait vivre joyeusement sa vie et courir la gueuse, on se contentait de suivre son ascension. C'était un jeune homme intelligent et personne ne fut surpris quand, au bout d'un certain nombre d'années, il devint le chef de station du KGB à Téhéran, travaillant sous une solide couverture diplomatique.

C'est alors que l'agence décida que le temps était venu d'obtenir de lui un retour sur investissement. Ils étaient raisonnables, ne lui demandaient que des informations de très haut niveau et insistaient pour qu'il ne prenne aucun risque superflu. On s'était montré bien trop prodigue avec lui, tant sur le plan amical que financier, pour risquer tout cela en étant trop gourmands. Il devint vite l'une des sources les plus importantes de l'agence et on l'accompagna tout au long d'une demi-douzaine de postes diplomatiques jusqu'à ce qu'il rentre à Moscou pour intégrer le premier cercle du Renseignement russe.

Mais une vie comme celle de Finlay laisse dans son sillage de tous petits indices qui attirent tôt ou tard l'attention du contre-espionnage. Finlay comprit ce danger et, un après-midi, dans sa datcha d'été des environs de Moscou, il passa en revue sa carrière et parvint à la conclusion inéluctable que, très bientôt, tous ces éléments allaient atteindre la masse critique. Et après cela, pour lui aussi, ce serait *vyshaya mera*.

Il s'organisa pour aller voir des parents près de Saint-Pétersbourg et partit faire de la voile en solo sur un petit dériveur par un beau dimanche d'été. Puis, un sac étanche avec ses vêtements autour de la taille, il se mit à l'eau et nagea jusqu'à la côte finlandaise. La distance n'était pas énorme, mais ce ne fut tout de même pas un mince exploit compte tenu de son embonpoint.

Il se dirigea droit vers l'ambassade américaine, s'identifia auprès de l'officier de garde tout étonné et tomba dans les bras accueillants de ses officiers traitants de la CIA. Après avoir été débriefé, il examina ses comptes bancaires et s'aperçut que, entre sa mensualité et les bonus qu'il avait reçus pour chaque information de haut niveau qu'il avait livrée, il était riche. L'agence lui fournit une nouvelle identité, l'installa en Arizona, garda un œil sur lui puis, une fois convaincue qu'il s'était adapté à sa nouvelle vie, le laissa sortir de ses écrans radars.

Mais personne n'avait prévu que la Russie tomberait entre les mains de hors-la-loi se donnant les apparences d'hommes politiques. Des fortunes s'amassaient tandis que les ressources du pays étaient bradées à ceux qui avaient les bons contacts, et parmi eux un bon nombre d'anciens agents du KGB. Finlay observait tout cela depuis sa maison de Scottsdale – rien d'exceptionnel, une jolie maison avec trois chambres – et se sentit de plus en plus frustré. Car il aimait l'argent, notre ami Finlay.

Il avait traîné assez longtemps ses guêtres dans le monde du Renseignement pour avoir dissimulé un coffre dans lequel se trouvaient plusieurs autres identités et savoir ce que valait ce qu'il avait encore dans la tête. Un matin, il prit sa voiture, se rendit à Chula Vista, au sud de San Diego, et franchit à pied les tourniquets de la frontière mexicaine. D'après le faux passeport dont il s'était muni, il était canadien résidant aux États-Unis. Voyageant sous cette nouvelle identité, il prit l'avion pour l'Europe, reprit contact avec ses anciens copains de Moscou et les rencontra dans un café à l'aéroport de Zurich.

Finlay, ou quel que soit le nom dont il se servait, leur donna un échantillon – un avant-goût, si vous voulez – de tout ce qu'il savait du personnel et des agents doubles utilisés par ses anciens meilleurs amis de McLean, en Virginie. C'était tellement savoureux que les Russes s'invitèrent à la suite du repas. Et c'est ainsi qu'un autre espion venu du froid y retourna.

Finlay n'était pas idiot. Il garda le meilleur pour lui, le négociant avec parcimonie, manœuvrant chaque fois en sorte de se rapprocher de ceux qui avaient les contacts les plus prometteurs. Une fois bien bordé, il fut en mesure d'échanger ses secrets contre ici une concession d'exploration de gaz, là un complexe industriel à vil prix.

Lorsque la CIA finit par se rendre compte que l'une de ses anciennes sources les trahissait et appela la Division à la rescousse, Finlay était un homme riche, propriétaire d'une résidence entourée de murs de six mètres de haut à Barvikha, la banlieue la plus chic de Moscou, et, même s'il n'était pas aussi riche que certains de ses voisins, il l'était suffisamment pour s'être aussi offert un luxueux penthouse à Monaco.

Il eut beau avoir changé de nom une bonne demi-douzaine de fois et modifié son apparence grâce à un excellent chirurgien esthétique, les dératiseurs de la Division le trouvèrent quand même. Nous aurions pu le tuer à Moscou ou à Monaco – on peut tuer un homme n'importe où –, sauf que la réussite d'une exécution ne se vérifie pas seulement à la rubrique nécrologique, mais à la discrétion avec laquelle les opérationnels se replient. Moscou présentait une difficulté dans la mesure où il fallait trouver le moyen d'entrer et de sortir du pays, et la principauté de Monaco, dont la surface faisait moins de deux kilomètres carrés et demi, truffée de quatre mille caméras de télévision de vidéo-surveillance, était le timbre-poste le plus étroitement contrôlé de la terre.

Le penthouse de Finlay présentait tout de même un avantage. Ses baies vitrées et ses portes-fenêtres donnaient sur une terrasse, ce qui nous permit d'entendre ce qui se disait à l'intérieur grâce à un micro spécial. Le système n'était pas parfait, et pas mal d'échanges nous échappèrent, mais l'un des fragments enregistrés concernait un bateau. Nous savions qu'il n'en possédait pas, mais un rapide petit tour du côté de la marina, où mouillaient tous les bateaux de luxe, nous apprit que Finlay et un petit groupe projetaient de se rendre à une fête, certainement l'une des plus étranges qui soient au monde.

Chaque année, pendant six heures avant le changement de marée, elle se déroulait à Bodrum.

34

Peu de temps après l'arrivée de nos huit agents, les fêtards commencèrent d'affluer. On ne pouvait pas rater le début d'une fête pareille.

La grande majorité d'entre eux se gara sur le promontoire et se servit de cordes et d'échelles spécialement installées à cet effet pour descendre dans les ruines. Leur sac à main et leur portable suspendus autour du cou, la jupe remontée jusqu'aux fesses, les filles essayaient de garder équilibre et dignité. Bien entendu, un homme posté en dessous, muni d'une lampe torche, mettait en évidence les petites culottes les plus affriolantes au bénéfice de ceux qui étaient déjà là. Sauf que, à en juger par les fréquentes acclamations, un nombre surprenant de femmes n'en portaient pas.

De temps à autre, un jeune empoignait une corde et se lançait dans le vide. À mon avis, la plupart de ces amateurs de descente en rappel étaient de gros fumeurs de joints. Généralement trop défoncés pour se soucier de leur propre sécurité, d'après mon expérience. Au moins une demi-douzaine de fois, je les ai vus frôler la falaise, se ramasser durement sur les rochers, puis se taper dans la main avant de remettre ça. Et il y en a encore pour dire que les drogues ne provoquent pas de dégâts au cerveau !

L'idée d'organiser une rave à Bodrum – et les énormes profits que cela générait – venait d'un routard allemand. Il avait débarqué à Bodrum et, ayant entendu parler des ruines, s'y était rendu de nuit en scooter pour photographier la lune à travers la Porte de Nulle Part. Mais au cours de son passé chaotique, il avait fait deux ans d'études d'océanographie aux États-Unis, et il lui en était resté suffisamment pour se rendre compte que, deux fois par an, ces ruines seraient bien moins spectaculaires : une très forte marée haute allait en submerger l'essentiel.

Mais cela voulait dire aussi qu'il y aurait une marée basse et qu'une partie beaucoup plus grande de la vieille cité serait visible. À commencer par la vaste plateforme, jadis le sol d'un grand édifice public. Il la regarda et pensa : quelle magnifique piste de danse ça ferait !

La faisabilité de son projet reposait sur l'importance de la variation du niveau de la mer, liée à cette marée. Contrairement à une idée très répandue selon laquelle il n'y aurait pas de marées en Méditerranée ni en mer Égée – la masse d'eau serait trop limitée –, il savait grâce à ses études d'océanographie que ce n'était pas entièrement vrai. Toutes les masses d'eau de la planète sont soumises aux mêmes forces gravitationnelles ; la vraie question était de savoir si le changement de niveau serait suffisamment prononcé pour être exploitable.

Il se rendit dans un cybercafé d'un quartier mal famé de Bodrum, explora le Web et, sur un site obscur pour navigateurs, découvrit qu'il y avait au moins un endroit sur la côte méditerranéenne, entre la Tunisie et l'Égypte, où l'amplitude des marées dépassait un mètre quatre-vingts. Ne jamais se fier aux idées préconçues.

Cette amplitude dépendait apparemment d'un bon nombre de facteurs uniques, allant du négligeable dans une grande partie de la région à des valeurs beaucoup plus importantes ailleurs. Fort de cette découverte, il se plongea dans des tables océanographiques américaines et des données satellitaires complexes, puis, utilisant un équipement de plongée, entreprit d'aller explorer les ruines et de vérifier ses mesures.

Deux mois plus tard, certain que son idée était bonne, lui et quelques copains installèrent des camions avec groupes électrogènes sur le promontoire, firent courir des câbles pour un spectacle de son et lumières au pied des falaises, et mouillèrent des barges chargées d'enceintes et d'amplis tout près du rivage. Ils découpèrent des ouvertures dans la barrière et fixèrent des échelles et des cordes à des trépieds en ciment pour que les clients puissent descendre, et placèrent un gorille chargé d'encaisser un droit d'entrée devant chaque accès.

Les gens payèrent bien volontiers. Où ailleurs dans le monde aurait-on pu faire la fête au milieu de l'océan à la belle étoile, se défoncer dans un environnement de ruines antiques et danser sur la tombe de vingt mille personnes ? Les amateurs de ce genre d'événement disaient que c'était la plus belle rave qu'ils aient jamais connue.

La nuit où j'y étais, la rave annuelle de Bodrum fut plus extraordinaire que jamais. Dix barges chargées d'enceintes étaient ancrées à l'intérieur d'un arc de rochers, protégées de la houle. Sur la plus grande d'entre elles, un DJ mondialement connu sous le nom d'Ali le Chimique trônait sur une estrade tel le monsieur Loyal d'un cirque futuriste. Dans les rochers, des machines à fumée envoyaient sur l'eau ce qui ressemblait à un brouillard surnaturel qui donnait l'impression que la Porte de Nulle Part flottait sur un nuage. Ensuite, seulement, ils allumèrent des rangées de lasers et de lumières stroboscopiques.

Au milieu de ce maelstrom, les types de la sécurité installèrent une passerelle d'acier allant du pied de la falaise à la plateforme de marbre qui venait d'émerger avec ses quatre piliers brisés. Le volume du son monta, à tel point qu'on aurait presque pu toucher la musique, et les premiers fêtards, précédés par une dizaine de grandes fashionistas, franchirent la passerelle et foulèrent un sol sur lequel personne n'avait marché depuis deux mille ans. Ou tout au moins depuis la fête de l'année précédente.

Avec la musique, les tours de lumière et de lasers, les silhouettes tournoyant sur la piste de danse, la fumée projetant une lueur blafarde sur les ruines, et la Porte de Nulle Part flottant dans l'air, éthérée, mystérieuse au-dessus de l'eau, c'est par une nuit comme celle-là que les morts auraient pu sortir de leurs tombes.

Eh bien, l'un des morts vivants s'invita bel et bien à la fête – même s'il ne le savait pas encore. Il arriva sur l'un des très nombreux énormes yachts, la proue émergeant du brouillard, et mouilla juste en dehors de l'arc des barges.

Pendant qu'il dansait sur l'eau parmi les autres méga-yachts, les tireurs de la Division, les guetteurs et les membres de l'équipe de sécurité étaient tous à leur poste. Après être descendus de leur bateau, ils avaient renvoyé le petit cabin-cruiser au large pour qu'il attende dans l'obscurité, réglé leur écouteur d'oreille et leur micro de revers et regardé grossir la cohue. Sans se faire remarquer, ils s'étaient fondus dans la masse, séparés et dirigés vers les positions qui leur avaient été assignées.

L'homme-clé était un Noir de trente-quatre ans, l'un des types les plus drôles et les plus intelligents que l'on puisse espérer rencontrer. Comme nous tous lorsque nous avons rejoint la boutique, il avait pris une nouvelle identité, et lui s'était fait appeler McKinley Waters, en hommage à « Muddy » Waters, le grand bluesman du delta du Mississippi. Quiconque avait eu l'occasion de voir Mack, comme nous, jouer de la guitare slide et chanter *Midnight Special*, devait sûrement se demander pourquoi il perdait son temps dans le Renseignement.

Mack était le tireur principal et, posté dans un petit creux près du bord de la falaise, son fusil déjà monté et caché dans l'obscurité à côté de lui, il buvait à même une bouteille de Jack Daniels qui contenait du thé glacé pour que tout le monde croie que c'était un mec en train de se noircir, attendant que la cohue se calme avant de descendre.

Un peu plus loin en haut de la falaise, dans l'ombre d'un bouquet d'arbres rabougris, se trouvait le tireur de renfort – un connard répondant au nom de Greenway, le genre de gus qui ne faisait pas mystère de son intention d'épouser un compte en banque. Il traînait là avec deux autres gars, se donnant l'air d'une bande de copains qui se demandent s'ils vont payer le droit d'entrée et faire le saut. En réalité, les autres gars étaient des guetteurs. Outre repérer Finlay, leur boulot consistait à prévenir les hommes, dont l'attention serait mobilisée sur le tir, de tout danger qui pourrait se présenter en dehors de leur champ de vision.

J'étais posté sur le promontoire à côté de la camionnette de location. Il se trouve que j'avais la meilleure vue, tous les membres de l'équipe étaient dans mon champ de vision. Je vis donc l'excitation se communiquer de l'un à l'autre lorsque Finlay fit son apparition : encore quelques minutes et il allait franchir la Porte de Nulle Part pour de bon.

Ses gardes du corps, tous d'anciens du KGB, émergèrent sur le pont, à l'arrière du bateau et, jumelles en mains, scrutèrent la falaise, la petite plage et la piste de danse.

Ce n'est que quand ils eurent donné le feu vert que les autres sortirent : un groupe de jeunes femmes, habillées de tueries de chez Chanel et Gucci. Elles attendirent sur le pont pendant qu'on mettait le hors-bord à l'eau pour les déposer directement sur la piste de danse.

Je vis Mack poser sa bouteille de Jack Daniels et glisser la main dans l'obscurité. Finlay allait apparaître pour embrasser ses quatre copines avant de les laisser partir, et il se tenait prêt. Les deux guetteurs, soucieux à cause d'un nuage de fumée qui s'avançait, s'éloignèrent de Greenway pour être sûrs d'avoir une vue dégagée. Un membre de l'équipe de sécurité traversa le parking et se dirigea vers la barrière, prêt à couvrir tout le monde. Dans mon écouteur, j'entendis nos trois gars – un troisième tireur, un autre membre de l'équipe de sécurité, et un type armé d'un fusil à pompe au cas où il y aurait une fusillade avec les hommes de main de Finlay – plaisanter en bas près de l'eau et parler à l'Autorité. Il se trouvait à bord du bateau qui avait amené l'équipe, et chacun, sauf moi, le tenait au courant. Nous avions tous le sentiment d'être sur une rampe de lancement, parés à tirer.

Mais ce que nous ignorions tous, c'était qu'un groupe d'hommes, sur un autre bateau tous feux éteints, s'intéressait de très près à ce qui se passait à terre. Dissimulée par les tourbillons de fumée et l'impressionnante masse de gros yachts, leur modeste embarcation était quasi invisible. En revanche, les hommes à bord jouissaient d'une très bonne vue : ils étaient tous équipés de jumelles de vision nocturne avec amplificateur de lumière aux normes militaires.

Ces jumelles avaient été fournies par le chef de la sécurité de Finlay, qui considérait que le voyage à Bodrum n'était pas sans risques. Pour améliorer la sécurité de son patron, il avait engagé une bande de durs – des mercenaires, mais parmi les meilleurs dans leur spécialité – qui devaient partir pour Bodrum de leur côté. Ils avaient été briefés par téléphone, un container de matériel les attendait à l'arrivée, et ils avaient fait le pied de grue pendant deux jours avant de recevoir l'ordre de monter à bord d'un bateau qu'il avait préparé. C'était ce bateau-là qui était ancré à peu de distance.

Dans l'obscurité, les mercenaires virent Finley sortir de derrière la vitre à l'épreuve des balles du salon et s'approcher des jeunes femmes. Nous le vîmes nous aussi depuis la falaise. Mack laissa la cible faire deux pas – juste pour être sûr que les gros bras qui l'accompagnaient n'aient pas le temps de le tirer en arrière si une deuxième balle se révélait nécessaire. Il avait le doigt sur la détente quand le guetteur le plus proche de lui lança une alerte.

Un autre nuage de fumée allait dissimuler la cible. Greenway l'avait vu aussi et se mit sur un genou, prêt à tirer. Mais Mack jeta un coup d'œil au nuage, se dit qu'il avait le temps, visa, et fit feu. À cause de la musique tonitruante, personne ne remarqua le bruit de la détonation. La balle frappa Finlay mais, dans la précipitation, et alors qu'il était prévu qu'elle lui fasse un grand trou dans le front et lui fracasse la cervelle, elle le frappa un peu plus bas.

Il s'écroula sur le pont, un morceau de sa gorge allant s'étaler sur la robe Gucci qui était derrière lui. Il était toujours vivant, se tordant de douleur, mais la vision de Mack fut obscurcie par la fumée et il ne put tirer la seconde balle. L'un des guetteurs ordonna aussitôt à Greenway dans son micro de tirer à son tour.

À bord du yacht, parmi les gars de la sécurité, c'était la panique, mais sur le bateau de renfort, les hommes avaient entendu Finlay hurler dans leurs écouteurs, et ils scrutaient les falaises avec leurs jumelles de vision nocturne. L'un d'eux vit Greenway sur son genou levant son arme et hurla en croate…

Un sniper près de lui fit un panoramique rapide, s'arrêta sur Greenway et tira. Greenway, qui avait lui-même le doigt sur la détente, reçut l'impact en pleine poitrine et tomba violemment en arrière. J'étais le plus proche de lui et, le sachant toujours vivant, je me précipitai.

Je transgressais ainsi toutes les règles – la priorité, c'était la mission, pas la sécurité de l'équipe – et j'aurais dû attendre l'ordre de l'Autorité. Mais Greenway gisait en terrain découvert ; il allait se faire tirer dessus à nouveau et serait tué dans les secondes qui suivraient si quelqu'un ne le mettait pas à l'abri.

Personne ne savait d'où venaient les tirs hostiles, mais Mack vit aussitôt le danger : si on pouvait viser Greenway depuis la mer, on pouvait aussi me toucher. Me criant de faire attention, se croyant encore dissimulé par la fumée, il se baissa au maximum et courut à toute vitesse pour m'intercepter et me plaquer au sol. Il m'aimait bien, nous partagions la religion du blues, et il était courageux de nature.

Alors qu'il était à mi-chemin, la brise créa une percée dans la fumée et les types sur le bateau firent mouche : deux balles atteignirent Mack juste au-dessus des reins. Je ne fus pas touché, grâce à Dieu.

Il laissa tomber son arme et s'écroula en poussant un cri. Je me retournai, me précipitai vers lui, le couvris de mon corps – les projectiles faisant sauter la terre autour de nous – et roulai avec lui jusqu'à ce que nous nous retrouvions à l'abri dans un creux peu profond. Se rendant compte que des hommes avaient été abattus et gravement blessés, les fêtards hurlaient, mais ils n'avaient pas la moindre idée de ce qui se passait vraiment, ni de l'endroit où se trouvaient les tireurs, et leur panique n'en était que plus grande.

L'Autorité n'eut, elle, aucune difficulté à voir d'où venaient les tirs. Sur le pont du petit cabin-cruiser où il se trouvait, il aperçut la lueur de départ d'un coup de feu à travers la fumée et les ombres. Quand la Division s'était mise en route ce matin-là, il avait eu la bonne idée d'emmener à bord une barre lumineuse stroboscopique rouge et bleue et, la flanquant sur le toit de la cabine, il donna l'ordre au skipper de foncer.

Les mercenaires du bateau de renfort virent le cabin-cruiser approcher rapidement avec sa barre lumineuse qui flashait, et en vinrent aussitôt à la conclusion, logique mais erronée, que c'était la police turque. Ils hurlèrent en quatre langues différentes à l'adresse de l'homme de barre de foncer dans l'embouteillage des bateaux de spectateurs, dans l'espoir de s'y perdre. Ils savaient que, dans une course à la loyale, ils n'auraient aucune chance, et ils ne voulaient surtout pas se retrouver pris dans une fusillade avec la police turque.

Leur bateau se faufila entre les autres, passant tellement près de deux d'entre eux qu'il rabota un peu de peinture de leur coque. Les cris de leurs occupants indiquèrent à l'Autorité que le bateau non identifié avait filé, si bien qu'il ordonna au skipper de rebrousser chemin et de se diriger vers le méga-yacht de Finlay.

Dans la confusion, la barre lumineuse lui permit d'approcher suffisamment près de l'arrière du gros bateau pour voir Finlay qui baignait dans une mare de sang. Deux femmes et un membre d'équipage affolés, prenant l'Autorité pour un flic, lui hurlèrent d'appeler une ambulance ou un hélicoptère d'évacuation sanitaire, mais l'Autorité sut que le boulot était fait à la façon dont Finlay convulsait et au gros trou qu'il avait dans le cou – il était en train de se vider de son sang. L'Autorité se tourna vers son skipper et lui dit de ficher le camp vite fait, et ce n'est que lorsque le bateau des prétendus flics s'éloigna que le chef de la sécurité se rendit compte qu'il s'était retrouvé face à face avec l'homme qui avait commandé l'opération. Il n'en avait plus rien à faire, désormais ; il venait de perdre son gagne-pain, et il réfléchissait déjà à la façon de passer la frontière avant que les Turcs ne l'emmènent dans une pièce et ne l'obligent à agripper ses chevilles parce que la fête ne faisait que commencer.

L'Autorité avait écouté les comptes-rendus de chacun à terre et, tandis que son bateau vrombissait sur l'eau, constatant que la mission avait été accomplie, il donna instruction aux hommes au pied de la falaise de se diriger aussi vite que possible vers la jetée où il les récupérerait dans trois minutes. Puis il m'ordonna de passer au plan de repli.

Ayant tout entendu, les deux guetteurs prirent Greenway sous les bras et le tirèrent jusqu'au minivan. Il était déjà mort – la balle qui l'avait touché à la poitrine s'était fragmentée sur ses côtes et les éclats avaient fait de tels dégâts à son cœur et ses poumons qu'il n'aurait pas pu en réchapper.

Dans le creux où nous étions abrités, j'avais fait ce que j'avais pu pour stopper l'hémorragie de Mack. C'était un type costaud, mais je parvins tout de même à le prendre sur mon épaule et à le mettre sur le siège passager du minivan. Je mis le siège en position couchée, pris ma veste et l'attachai autour de sa taille pour essayer de l'empêcher de perdre davantage de sang. Encore conscient, il vit l'étiquette à l'intérieur de la veste. « Barneys[1] ? dit-il. Quel foutu bluesman s'habille chez Barneys ? »

Nous avons ri, mais nous savions l'un et l'autre qu'il n'avait aucune chance de s'en tirer si on ne lui trouvait pas très vite un médecin. Je me glissai au volant et démarrai, slalomant sur le parking, les fêtards s'écartant sur mon passage, pendant que le guetteur, juste derrière moi, était déjà au téléphone avec l'Autorité sur ce que nous espérions être une ligne suffisamment sécurisée.

---

1. Marque new-yorkaise de produits de luxe.

Comme je m'engageais à toute vitesse sur le bitume, le guetteur me dit de le déposer lui et son pote à la marina de Bodrum, comme prévu. Ils devaient être exfiltrés avant que tout ne soit bloqué. Les Turcs avaient leur fierté et ils n'allaient sans doute pas apprécier qu'on tue des gens sous leur nez. Les guetteurs prendraient le corps de Greenway avec eux à bord, cependant que j'amènerais Mack auprès du médecin qui se tenait prêt. On pouvait espérer qu'il parviendrait à stabiliser le blessé jusqu'à ce qu'un hélicoptère furtif de la flotte américaine de Méditerranée vienne sur la côte à basse altitude et nous embarque tous les deux. L'hélicoptère, avec un médecin et deux infirmiers à bord, avait déjà décollé sur alerte et, après nous avoir récupérés, il se dirigerait vers le porte-avions de la flotte, où il y avait des salles d'opération et une équipe chirurgicale complète.

Mack avait une chance de s'en sortir, et je conduisis encore plus vite. Ce fut une course folle et personne au volant d'un minivan de la forme d'une brique n'a jamais effectué ce parcours aussi vite. Nous arrivâmes à la marina qui, par chance, était pratiquement déserte – on était samedi soir, et tous les bateaux étaient en train de faire la fête dans les ruines ou mouillés à proximité de la ribambelle de restaurants de front de mer de Bodrum.

Je reculai sur le quai, j'aidai les guetteurs à transférer le corps de Greenway à bord puis me remis au volant. Nous avions une mauvaise route devant nous et un paquet d'ennuis derrière.

35

Nous chantâmes. Mack et moi chantâmes *Midnight Special* et tous les vieux standards de blues du delta pendant que je fonçais vers le sud dans l'obscurité de plus en plus épaisse, par des routes que je n'avais empruntées qu'une seule fois dans ma vie, terrifié à l'idée de manquer un virage, de me tromper à un embranchement, et que cela finisse par lui coûter la vie aussi sûrement que je l'avais exposée en haut de la falaise.

Nous chantâmes pour empêcher Mack de perdre conscience, nous chantâmes pour faire un pied de nez à la mort, notre passagère invisible, et nous chantâmes pour dire que nous étions vivants, que nous aimions la vie et que personne dans ce véhicule n'allait se laisser faucher aussi facilement, ni rendre les armes. Il se mit à pleuvoir.

Nous foncions vers le sud, dans une zone de plus en plus désertique, avec, de loin en loin, provenant de petites fermes, quelques lumières qui nous indiquaient où finissait la terre et où commençait la mer. J'aperçus enfin l'embranchement que je cherchais, je tournai en projetant une pluie de gravier et j'entrepris une longue descente vers un village de pêcheurs isolé. Nous contournâmes l'extrémité d'un promontoire sous une pluie battante et vîmes une grappe de lumières sur le rivage. J'atteignis le village et je trouvai une rue étroite qui me parut familière.

Mack avait glissé dans une semi-inconscience, ma veste était imbibée de sang, et je conduisais d'une main, essayant constamment de le garder éveillé, combatif.

Souhaitant de tout mon cœur avoir suivi le bon itinéraire, je tournai, vis une fontaine entourée de fleurs fanées avec un vieux seau accroché à une corde et sus que j'étais près du but. Je m'arrêtai dans l'obscurité, et j'illuminai la grille à l'aide d'une lampe électrique. Je ne voulais pas frapper à la mauvaise porte avec un homme à moitié mort sur l'épaule.

Le faisceau de la lampe tomba sur une plaque en cuivre fixée sur la porte. Mal entretenue et en partie effacée, cette plaque indiquait, en anglais, le nom de l'occupant des lieux et ses titres – en médecine et chirurgie – de la faculté de Sydney. Compte tenu de la nature des soins pratiqués par le bonhomme dans ce coin, ce n'était sans doute pas la meilleure publicité pour cette auguste institution.

J'ouvris la portière côté passager, je soulevai Mac pour le mettre sur mon épaule, je poussai la grille en m'aidant du pied et je m'avançai vers la porte d'entrée du cottage délabré. Elle s'ouvrit avant que je n'y arrive. Ayant entendu la voiture s'arrêter, le médecin était sorti voir de quoi il retournait. Il resta sur le seuil et regarda dehors – le visage aussi chiffonné qu'un lit défait, des jambes maigres dans un short trop grand pour lui, et un T-shirt tellement passé que la boîte à strip-tease dont il faisait la publicité avait sans doute fermé depuis des années. La quarantaine à peine, mais compte tenu de son penchant pour la bouteille, on pouvait douter qu'il en atteigne cinquante. Je ne savais pas quel était son vrai nom – à cause de la plaque sur sa porte, tous les Turcs de la région le connaissaient sous le nom de Dr Sydney – et ça lui convenait parfaitement.

Je l'avais rencontré une semaine plus tôt, après que l'Autorité avait effectué tous ses préparatifs. On m'avait envoyé reconnaître la route. Je m'étais présenté comme un guide escortant un groupe de touristes américains dans la région, lesquels pourraient avoir besoin de lui en cas d'urgence. Je ne pense pas qu'il en ait cru un traître mot mais, aux dires de tous, il n'aimait pas beaucoup les autorités turques et notre avance, substantielle et en espèces, l'avait incité à ne pas poser trop de questions.

« Bonsoir, monsieur Jacobs », dit-il. Jacobs était le nom dont je me servais en Turquie. Il jeta un coup d'œil à Mack sur mon épaule et vit la veste imprégnée de sang autour de sa taille. « Un sacré circuit que vous organisez là. Rappelez-moi de ne pas le faire. » D'après mon expérience, la plupart des Australiens ne se départent pas facilement de leur flegme et je lui en fus très reconnaissant.

À nous deux, nous transportâmes Mack dans la cuisine et, bien que son haleine empestât l'alcool, il y avait quelque chose dans sa façon de se redresser, de couper les vêtements de Mack et de trancher dans les chairs, qui me disait qu'il avait dû être un chirurgien sérieux et talentueux jadis.

J'utilisai mes quelques souvenirs de formation médicale pour lui servir d'infirmier de salle d'opération et, après avoir fait couler l'eau chaude, nettoyé le banc de la cuisine pour faire office de table, récupéré les lampes de son bureau et de sa chambre pour bien éclairer la blessure, nous tentâmes désespérément de stabiliser le corps mutilé et de garder Mack vivant jusqu'à l'arrivée de l'hélicoptère, avec ses spécialistes et les poches de plasma.

564

Pas une seule fois au cours de ce moment éprouvant, la main du docteur ne trembla, sa détermination ne faiblit. Il improvisa, jura et alla puiser au fond de lui, sous les couches de gnôle et d'années gâchées, dans tout ce qu'il avait jamais appris.

Cela n'a pas suffi. Comme Mack partait, nous nous sommes battus, encore et encore, l'avons ramené, mais il est reparti. Alors que l'hélicoptère était à dix-huit minutes à peine, le bluesman a semblé pousser un soupir. Il a levé une main, comme pour nous toucher le visage en un remerciement silencieux, puis il s'est envolé. Nous avons encore lutté, en vain cette fois, il n'est pas revenu, et nous sommes restés là, silencieux et abattus.

Le Dr Sydney baissa la tête et, d'où j'étais, il me fut impossible de voir si son corps tremblait de fatigue ou de quelque chose d'encore plus humain. Au bout d'un moment, il leva les yeux vers moi et je vis dans son regard le désespoir, l'angoisse, que suscitait en lui la mort d'un être entre ses mains.

« Il fut un temps où j'opérais des enfants blessés », dit-il doucement, comme pour expliquer la boisson, le cottage délabré, la vie en exil et les arpents de souffrance qu'il portait avec lui. Je hochai la tête, ayant une petite idée désormais de ce que ça pouvait être de perdre un jeune enfant sous le scalpel.

« C'était un de vos amis ? » demanda-t-il.

J'acquiesçai et, avec une délicatesse qui ne me surprenait plus, il prétexta d'avoir quelque chose à faire quelque part dans la maison. Je remontai le drap sur le visage de Mack – je voulais qu'il ait toute la dignité que je pouvais lui donner –, et je prononçai quelques mots. On ne pouvait pas appeler ça une prière, mais c'était une manifestation de respect, dans l'espoir que son esprit y fût encore accessible, je dis ce qui me vint sur l'amitié, le courage, et le regret infini de ne pas avoir suivi les consignes, là-haut, sur la falaise.

Le médecin revint, puis se mit à nettoyer, et je sortis de la cuisine pour aller dans le salon. Quatorze minutes plus tard, l'hélicoptère était là, et un message sur mon portable me dit qu'ils avaient repéré une décharge en bordure du village où ils pourraient atterrir sans être vus. Maîtrisant le tremblement de ma voix, je les appelai pour les informer qu'ils pouvaient laisser tomber l'équipe médicale : ce n'était pas un patient qu'ils allaient évacuer, mais un corps.

Je me débarrassai de mon véhicule en le donnant au Dr Sydney – c'était une bien maigre récompense au regard des efforts qu'il avait fournis pour sauver Mack –, mais il me restait à gérer le problème de la police turque.

Sur la télévision allumée dans un coin du salon, il passait un programme turc d'informations, mais rien sur la tuerie à la rave ni sur une opération de police en vue de me retrouver. J'utilisai la télécommande pour zapper sur les chaînes locales – des feuilletons à l'eau de rose, des films hollywoodiens doublés en turc et deux autres chaînes d'information –, mais ne vis rien qui soit de nature à m'inquiéter.

Et il n'y avait rien non plus sur la BBC, CNN, Bloomberg ou MSNBC...

36

Je cessai de respirer. J'étais toujours devant le promontoire, au-dessus des ruines, en train de me remémorer le passé, mais la pensée d'avoir pu regarder la télévision occidentale dans le vieux cottage du médecin m'avait ôté l'air des poumons.

Si le Dr Sydney pouvait capter les chaînes d'information en anglais dans un coin aussi perdu, comment se faisait-il qu'elles ne soient pas accessibles à Bodrum ?

Je me précipitai vers la Fiat.

Il était encore tôt, la circulation était fluide et le trajet de retour fut presque aussi rapide que le jour où j'avais eu Mack étendu sur le siège à côté de moi. Je me garai sur le trottoir devant l'hôtel, grimpai les marches quatre à quatre et vis le directeur sortir de la salle à manger.

« Ah, dit-il, tout sourire. Est-ce que le voyage des miroirs avec la grande taille du verre a été un succès ?

— Je suis désolé, répondis-je, je n'ai pas le temps. J'ai besoin d'une information concernant l'accès aux différentes chaînes de télévision. »

Il me regarda sans comprendre.

« Le chasseur dit qu'on ne peut pas avoir les chaînes d'informations en anglais à Bodrum. C'est vrai ?

« C'est la vérité toute vraie. La compagnie de grands voleurs qui a le nom DigiTurk et qui nous donne les chaînes de merde ne présente pas ce service.

— Il doit y avoir un moyen, pourtant. J'ai vu la BBC, MSNBC et d'autres. »

Il réfléchit un moment, se tourna et passa un coup de téléphone. Il parla en turc, écouta la réponse, puis mit sa main sur le micro pour m'expliquer : sa femme pensait que certaines personnes achètent des décodeurs pour avoir accès à des satellites européens.

« Quel est le nom de ce service – du satellite ? Elle le connaît ? » demandai-je.

567

Le directeur lui posa la question, puis se tourna vers moi : « Sky. »

Pour avoir vécu à Londres, je savais que Sky était un service payant. Cela signifiait qu'il y avait des abonnés et, si les gens achetaient des décodeurs, quelqu'un chez Sky devait en avoir la liste.

Je montai en hâte à ma chambre et j'appelai le siège de la société en Angleterre. On me balada huit ou neuf fois d'un poste à l'autre avant que je ne finisse par avoir un type obligeant, dont l'accent du nord du pays était à couper au couteau.

Il était responsable des abonnements pour l'Europe et m'informa que toutes les chaînes auxquelles je m'intéressais étaient diffusées sur le satellite Astra dans l'offre privilégiée de Sky.

« Son empreinte est très large ; il a été conçu pour couvrir l'Europe occidentale et aller jusqu'en Grèce. Et puis, il y a quelques années de ça, le logiciel du satellite a été actualisé, le signal renforcé et, tout à coup, il a été possible de le capter en Turquie avec une parabole d'un mètre de diamètre. Bien sûr, il fallait toujours un décodeur et une carte d'accès, mais beaucoup plus de gens se sont abonnés.

— Combien d'abonnés, monsieur Howel ?

— En Turquie ? Il y a les expatriés, bien sûr ; ils emmènent leur décodeur et leur carte quand ils se déplacent. Et puis il y a les pubs et les clubs qui veulent attirer une clientèle anglaise, notamment pour que les touristes puissent suivre leurs matchs de foot. Enfin, il y a les gens du cru qui aiment ces programmes. En tout, ça doit faire environ dix mille abonnés.

— Pouvez-vous les répartir par zone ?

— Bien sûr.

— Combien y en a-t-il dans les environs de Bodrum, disons la province de Mugla ? demandai-je, tâchant de ne pas me laisser emporter par l'espoir que je nourrissais.

— Donnez-moi une seconde, dit-il, et je l'entendis pianoter sur un clavier d'ordinateur. C'est pour une enquête criminelle, c'est ça ? » Il faisait la conversation tout en travaillant à l'extraction des données.

« Oui, un jeune Américain. Il adorait les sports et la télévision, mentis-je. J'essaie juste de recouper un certain nombre d'informations

— Ça y est. Environ onze cents abonnés. »

Mon moral remonta en flèche. Cela signifiait qu'à Bodrum des gens pouvaient recevoir les chaînes de télévision dont j'avais besoin. Je regardai par la fenêtre et m'imaginai la femme que je recherchais assise, jambes croisées, dans l'une des maisons blanches cubistes, regardant la télévision avec un décodeur de Sky posé dessus, récupérant des extraits sonores d'un grand nombre de chaînes d'informations différentes, et travaillant des heures à les monter et à les coder. Onze cents décodeurs : le champ des investigations pour la retrouver s'était considérablement rétréci. Et je n'en avais pas encore fini.

« Si l'on exclut les expatriés et les bars, combien pensez-vous qu'il reste d'abonnés ? demandai-je.

— Des particuliers ? Très vraisemblablement six ou sept cents. »

Je me rapprochais ! Six ou sept cents foyers, c'était beaucoup de travail, pas mal de semelles à user sur la piste de chacun d'entre eux, mais cela signifiait que les suspects potentiels étaient circonscrits. Quelque part dans ce groupe, il y avait la femme que je recherchais.

« Est-ce que ce chiffre vous satisfait ? s'enquit Howell.

— Oui, absolument, lui dis-je, incapable de cacher le sourire qui était dans ma voix. Pouvez-vous me fournir une liste de ces abonnés ?

— Bien sûr, mais il va me falloir une autorisation. Ne le prenez pas mal, mais nous devons avoir la certitude que cette demande émane bien du FBI.

— Je peux vous faire parvenir une lettre officielle en moins de deux heures. Ensuite, combien de temps cela prendra-t-il ?

— Quelques minutes. Il suffit de le télécharger. »

C'était plus rapide que ce que j'aurais imaginé. J'allais très bientôt avoir une liste de six cents adresses et cette femme en ferait partie. Nous avancions.

« Merci. Vous ne pouvez pas savoir à quel point ça va nous aider.

— Pas de problème. Heureusement que vous ne voulez que les abonnés officiels. »

Je m'étais réjoui trop vite. « Que voulez-vous dire ?

— Eh bien, il y a des tas de gens qui se connectent, ces temps-ci... »

Je commençai à me sentir mal.

« Ils se servent de décodeurs pirates, surtout chinois. Quand ils ne font pas de contrefaçon de montres Rolex ou de sacs Vuitton, ils s'attaquent aux décodeurs et à nos cartes d'accès. Ils les vendent dans des petites boutiques d'électronique, des cybercafés, ou des endroits de ce genre. Ça rapporte un max. Quand vous avez le décodeur et la carte, l'accès au service est gratuit. Vous êtes toujours là ?

570

— Dans une région comme Mugla, combien de décodeurs pirates pensez-vous qu'il puisse y avoir ?

— Sur une région de cette importance ? Dix mille, peut-être plus. Il n'y a aucun moyen de les détecter, c'est totalement clandestin. L'année prochaine, nous espérons avoir la technologie qui nous permettra de tracer les... »

Je n'écoutais plus : l'année prochaine, nous serions peut-être tous morts. Dix mille décodeurs pirates et pas de liste d'abonnés, la tâche était insurmontable. Je le remerciai de son aide et je raccrochai.

Je restai là sans bouger, dans un silence oppressant, le chien noir du désespoir sur mes talons. Il était dur, après avoir eu tant d'espoirs, de les voir ainsi anéantis. Pour la première fois depuis qu'on m'avait forcé la main pour partir en guerre, l'espace de quelques instants, j'avais cru tenir une piste. Maintenant qu'elle s'était évanouie, j'étais d'humeur à me bousculer un peu.

Qu'avais-je réellement en main ? Une liste des cabines téléphoniques ; par un heureux coup du sort et grâce au travail d'une équipe d'experts italiens, je m'étais maintenu dans la course, mais à part ça ? Nul besoin d'être extralucide pour voir que je n'avais pas grand-chose.

Et j'étais en colère. J'en voulais à ces enfoirés de Chinois qui n'arrivaient pas à contrôler le piratage des idées et des produits des autres ; j'en voulais à Bradley, à Murmure et à tous les autres de ne pas être là pour m'aider ; et j'en voulais aux Arabes de considérer que plus le bilan des tués était important, plus grande était la victoire. Mais surtout, j'en voulais à cette femme, et à l'homme de l'Hindu Kush, d'avoir quelques longueurs d'avance sur moi.

Je m'approchai de la fenêtre et j'essayai de trouver un peu de calme. L'exercice avec Sky n'avait pas été totalement inutile : il m'avait appris que cette femme vivait très probablement dans la région, et c'était un réel progrès. Je regardai les toits, elle était là quelque part. Il ne me restait plus qu'à la trouver.

Je tentai de deviner dans quelle cabine téléphonique elle s'était tenue, attendant que le téléphone sonne, mais je n'avais aucune donnée ; cette case-là restait désespérément vide. Oui, il y avait le bruit de la circulation ainsi que la Muzak[1] que j'entendais vaguement en fond sonore.

Au fait, où en était-on de la recherche sur cette musique ? Qu'est-ce que Murmure et ses hommes foutaient, au pays ? La NSA devait pourtant bien tenter de l'isoler, l'amplifier et l'identifier ?

J'étais d'humeur à décharger ma frustration, alors tant pis s'il était très tard à New York, je pris mon téléphone.

37

Bradley décrocha et me dit qu'il ne dormait pas, mais je sus, au son de sa voix, qu'il était épuisé. Moi aussi, cela dit. Il se mit à parler de la mort de Dodge, juste pour entretenir la couverture, mais j'abrégeai.

« Tu te souviens de la musique dont nous avons parlé ? » Évidemment, il ne s'en souvenait pas, il n'avait pas la moindre idée de ce dont je parlais. « Il

---

1. Musique d'ambiance diffusée au kilomètre dans les ascenseur, bureaux, supermarchés ou autres galeries commerciales.

y avait un bruit de circulation et une musique en fond sonore…

— Ah, oui, je m'en souviens, dit-il, voyant où je voulais en venir.

— Et alors, qu'est-ce que ça a donné ? Quelqu'un devait approfondir ça, tenter de l'identifier.

— Je sais pas. J'ai pas eu de nouvelles.

— Occupe-t'en, veux-tu. Passe quelques coups de fil.

— Bien sûr, répondit Bradley, offensé par le ton de ma voix, devenant aussi irritable que moi. Quand te faut-il le résultat ?

— Maintenant, répondis-je. Quelques heures plus tôt, ç'aurait été encore mieux. »

Affamé, j'étais en train de grignoter la troisième barre de chocolat rassis que j'avais trouvée dans le minibar, assis sur une chaise à regarder la ville au-dehors et à penser à cette femme, quand le téléphone sonna. C'était Bradley, qui me dit que, pour la musique, c'était plus ou moins foutu.

« Ils ont effacé le bruit de la circulation de New York. » La référence à New York était un habillage sans signification. « Et ils ont amplifié la musique. Elle est turque, bien sûr. On dirait celle d'un *kaval*…

— Un quoi ?

— Un *kaval*. C'est un instrument à vent, une sorte de flûte, apparemment. Sept trous sur le dessus et un en dessous : ce sont les touches mélodiques. C'est un instrument de musique folklorique. À l'origine, c'étaient les bergers qui l'utilisaient, pour guider leurs troupeaux.

— Super, nous cherchons un berger qui guide ses moutons dans la circulation aux heures de pointe.

— Pas tout à fait, répondit Bradley. C'est assez commun, il paraît que c'est très populaire dans les groupes de musique folk.

— Un *kaval*, hein ? Et c'était joué où ? Sur un CD ? En direct ? À la radio ?

— Quand ils ont éliminé le bruit de fond et qu'ils l'ont amplifié, ils ont perdu ce qu'ils appellent les signatures. Ils ne peuvent rien dire.

— Seigneur ! Ils nous facilitent pas la tâche, hein ? »

Je regardai à nouveau les toits et me demandai une fois de plus où elle se tenait. À un endroit où on entendait la circulation et de la musique jouée sur un instrument folklorique turc appelé *kaval*. Mais où ?

« Un autre problème, poursuivit Bradley. Ils n'arrivent pas non plus à identifier le morceau. L'échantillon n'est pas très long, mais il semble que personne ne l'ait entendu.

— C'est bizarre, commentai-je. Vu que c'était un morceau du folklore, avec tous leurs experts…

— T'as pas tort. »

Nous restâmes un moment sans rien dire et, quand il fut clair que nous avions épuisé ce sujet-là, j'en abordai un autre. « Je suis désolé, Ben.

— De quoi ?

— J'ai été con.

— C'est pas nouveau, rétorqua-t-il, pince-sans-rire, comme toujours. De toute façon j'ai dit à nos amis que tu stressais, et que tu commençais à craquer.

— Ah, bravo, ça va booster ma carrière, ça, au moins !

— Ravi de pouvoir t'aider. » Il ne riait pas – c'était tout Ben Bradley – mais je sus à sa voix que j'avais rattrapé le coup avec lui et je lui en sus gré.

« Encore une chose, repris-je.

— Oui ?

— Demande-leur de trouver le moyen de m'envoyer l'enregistrement, veux-tu, juste la musique, pas le bruit de circulation. » J'ignorais pourquoi, mais je voulais l'entendre.

38

Vingt minutes plus tard, une fois douché, je sortis de la salle de bains et trouvai un nouveau mail sur mon ordinateur portable. Il venait d'Apple, m'avertissant qu'on avait débité mon compte de vingt-sept dollars pour des téléchargements de musique.

Je n'avais acheté aucune musique et ma crainte était qu'à la CIA une espèce d'ahuri se soit dit qu'il pourrait être utile d'enrichir la collection déjà vaste de musiques merdiques de Brodie Wilson. J'allai sur iTunes et vis qu'un paquet de nouveaux morceaux étaient arrivés et compris que la plupart d'entre eux étaient juste de l'enfumage, qu'il n'y en avait qu'un qui comptait et qu'il venait de Murmure.

La veille de mon envol pour la Turquie, alors que nous travaillions dans son bureau, j'avais vu sur le mur un exemplaire autographié d'*Exile on Main Street* des Rolling Stones, qui, malgré notre fatigue, nous avait amenés à une discussion animée quant à savoir si c'était leur meilleur album. Qui aurait supposé que le directeur national du Renseignement du pays était un fin connaisseur des Stones ? En faisant défiler les nouveaux titres, je vis que Bradley n'avait pas plaisanté quand il m'avait dit avoir signalé à notre ami que j'étais en train de craquer. Murmure m'avait envoyé *19th Nervous Breakdown*[1] des Stones.

Je cliquai dessus et écoutai trente secondes avant que la chanson ne se transforme. Le *kaval* était caché au milieu, débarrassé des bruits de circulation et de l'étrange message de la femme. Je l'écoutai deux fois en entier – cela durait un peu plus de deux minutes –, puis le chargeai sur mon lecteur MP3. Je me dis que ça pourrait m'inspirer au moment où j'allais me remettre à répertorier les cabines téléphoniques.

En fait d'inspiration, je n'en retirai qu'une migraine.

Quand j'eus fini de photographier la quatrième, décidé de demander à un groupe de femmes du voisinage si elles se rappelaient avoir vu une femme attendre un appel téléphonique et obtenu rien d'autre que des regards gênés ou un hochement de tête prudent, je sus que la journée serait longue. Quelle était cette expression turque, déjà ? Creuser un puits avec une aiguille ?

Et pourtant, si on veut boire, c'est parfois ce qu'il faut faire. Je marchai dans une rue étroite, écoutant le *kaval* et me demandant à nouveau pourquoi aucun des experts ne parvenait à l'identifier, lorsque je m'arrêtai : une idée venait de me traverser l'esprit. Sur mon téléphone, le plan indiquait la cabine téléphonique suivante vers la droite. Au lieu de quoi, je tournai à gauche pour me diriger vers le centre-ville.

Devant moi, je repérai les frondaisons pourpres du jacaranda que je cherchais et, un instant plus tard, j'aperçus le type du magasin de disques en train d'ouvrir les volets roulants qui protégeaient ses vitrines. Il me sourit en me voyant.

---

1. Littéralement, « La dix-neuvième dépression nerveuse ».

« Je pensais bien vous revoir, dit-il, et il désigna l'une des guitares de la vitrine. Vous m'avez l'air d'un amateur de Stratocaster.

— J'adorerais m'acheter une Strat, mais pas aujourd'hui. J'ai besoin d'aide.

— Pas de problème », répondit-il. Je l'aidai à finir de remonter les rideaux métalliques puis il me conduisit à l'intérieur de sa boutique. Une vraie caverne d'Ali Baba. C'était encore mieux que ce que j'avais imaginé : au fond, il y avait une armoire de platines restaurées pour ceux qui croyaient encore aux aiguilles et aux tubes, une gamme de guitares modernes plus étendue que dans la plupart des magasins de New York, et assez de vinyles des années 1970 pour tirer des larmes à Murmure.

Je désignai sa collection d'instruments folkloriques turcs et lui dis que j'avais un morceau de *kaval* qu'il pourrait peut-être identifier.

« Pas mal de gens ont essayé, mais apparemment, personne n'a réussi.

— Dommage que mon père ne soit plus de ce monde, dit-il. C'était un expert en musique traditionnelle. Mais je veux bien essayer. »

J'actionnai le lecteur MP3 et je l'observai pendant qu'il écoutait. Il le fit défiler quatre, peut-être cinq fois. Puis il brancha le lecteur sur un support amplificateur et le diffusa dans le magasin. Trois touristes qui avaient échoué là tendirent l'oreille.

« Pas très entraînant », fit l'un d'eux, un Néo-Zélandais. Il avait raison. La musique, entêtante, faisait plutôt penser à un cri porté par le vent.

Les yeux, qu'il avait rêveurs, tout à coup concentrés, le patron la remit. Puis il secoua la tête, et je ne fus pas étonné : c'était un pari perdu d'avance. J'étais en train de le remercier, mais il m'interrompit.

« Ce n'est pas du *kaval*.

— Quoi ?

— C'est pour ça que vous avez du mal à trouver le morceau – ça n'a pas été écrit pour un *kaval*. N'importe qui aurait fait la même erreur, mais je suis pratiquement sûr que c'est un instrument bien plus ancien. Écoutez… »

Il le remit une fois de plus. « Un *kaval* a sept trous de jeu sur le dessus, et un en dessous. C'est dur – il faut vraiment tendre l'oreille –, mais l'instrument qu'on entend ici n'a que sept trous, six sur le dessus et un en dessous. »

J'écoutai une fois encore, mais franchement je n'étais pas capable de juger – je n'avais aucune idée du nombre de trous qu'il y avait. « Vous êtes sûr ? demandai-je.

— Oui.

— Alors, qu'est-ce que c'est ?

— Je ne peux rien dire du morceau, mais je pense qu'il s'agit d'un *çiğirtma*. C'est un vieil instrument qu'on ne joue pratiquement plus, je ne le connais que parce que mon père l'adorait. Je l'ai entendu quand j'étais gamin.

— Pourquoi est-ce qu'on ne le joue plus, alors ? Il a disparu ?

— Pas tout à fait. Ce sont les oiseaux qui ont disparu. Pour faire un *kaval*, il vous faut du bois de prunier, mais une *çigirtma* est sculpté dans l'os de l'aile d'un aigle des montagnes. Ces oiseaux sont en voie de disparition depuis des années, si bien que l'instrument

578

s'est raréfié, tout comme la musique écrite pour lui. C'est pour ça nous ne trouvez pas ce morceau. »

Il enleva le lecteur MP3 de l'amplificateur et me le tendit. « Vous connaissez l'hôtel Ducasse ? demanda-t-il. Allez-y, il y a là-bas quelqu'un qui pourra peut-être vous aider. »

39

L'hôtel Ducasse faisait partie de ces endroits que j'ai déjà évoqués : si branché que les gens étaient prêts à toutes les bassesses pour y entrer. Il se trouvait sur le front de mer, avec une plage privée, des cabines à louer pour l'été qui coûtaient une petite fortune, et une dizaine de bateaux à fond plat qui transbordaient serveurs, nourriture et boissons aux yachts au mouillage. C'était la partie la moins chic de l'établissement.

La plus courue se trouvait sur le toit et s'appelait le Skybar. J'étais venu directement du magasin de musique, j'avais franchi les portes Art déco de l'hôtel, traversé plusieurs arpents de parquet d'acajou de Cuba et contourné d'extravagants meubles signés Philippe Starck avant de trouver l'ascenseur menant directement au Skybar. Le préposé – habillé d'un pyjama noir de designer – jeta un œil à mes vêtements bon marché style FBI et se prépara à me dire que ce n'était que sur réservation. Mais j'ai un regard qui tue quand il le faut, si bien que je me mis en mode DEFCON 1[1], je le vis

---

1. Contraction des termes américains *Defense* et *Condition* ; 1 correspondant au niveau d'alerte le plus élevé.

en conclure qu'il n'allait pas sacrifier sa vie pour m'en interdire l'accès.

Il m'emmena au sommet en un éclair et je pénétrai dans un zoo. Le joyau du Skybar était une piscine à débordement d'un blanc pur avec un fond vitré et une immense vue sur la baie jusqu'au château des croisés et – fort à propos – la Maison française.

En face de la piscine, une poignée de cabines ultra-luxueuses apparemment occupées par quelques-uns des plus grands kleptocrates d'Europe de l'Est et leurs familles. Légèrement surélevées, elles disposaient de la plus belle vue sur la piscine et sa débauche de chairs et de silicone : des femmes de tous âges chichement habillées, avec des seins en option et des lèvres bour-soufflées comme si elles avaient été piquées par une abeille, et des jeunes hommes au corps ferme dans des maillots de bain minuscules, communément appelés hamacs à banane.

De l'autre côté des cabines se trouvait le bar et une petite estrade pour un orchestre de cinq musiciens. C'était un des guitaristes que je visais, mais arriver jusqu'à lui n'était pas une mince affaire. Le premier obstacle s'approcha de moi avec un sourire aimable et des mains tendues en un geste d'excuses silencieuses. C'était le maître d'hôtel, qui, contrairement à sa clien-tèle, avait une classe folle : français, devinai-je, chaus-sures Berluti sur mesure, costume léger de chez Brioni, lunettes cerclées d'or.

« Je suis désolé, monsieur, dit-il. Nous sommes complets aujourd'hui. »

Je jetai un œil aux deux dizaines de tables vides – il était tôt – et aux tabourets du bar, encore moins occupés. Je lui souris tout aussi aimablement. « Oui, c'est ce que je vois. »

Il avait déjà son bras autour de mes épaules pour me raccompagner jusqu'à l'ascenseur où le ninja était prêt à me redescendre à toute vitesse dans la rue, où était ma place. Je glissai la main dans la poche de ma veste et le maître d'hôtel pensa que j'allais y prendre mon portefeuille et une poignée de billets pour le soudoyer.

« Je vous en prie, monsieur, ne nous mettez pas l'un et l'autre dans l'embarras, dit-il, sincèrement chagriné.

— Ce n'était pas dans mon intention », répondis-je en exhibant mon insigne doré.

Il l'examina un moment, tout en se demandant quelle attitude adopter.

« Allez-vous arrêter quelqu'un, monsieur Wilson ? demanda-t-il.

— Peut-être bien. »

Il se pencha plus près – on voyait que c'était une vraie pipelette – et baissa d'un ton. « Vous pouvez me dire de qui il s'agit ? »

Je me penchai à mon tour et baissai la voix au même niveau. « Désolé, je n'y suis pas autorisé.

— Non, bien sûr que non. Mais vous pourriez peut-être me dire quelles sont les charges.

— Bien sûr, déclarai-je en désignant la clientèle. Mauvais goût. »

Il éclata de rire et me serra la main. « Merde alors, l'endroit va se vider. Il va vous falloir un bus. »

Il renvoya le ninja d'un regard, fit de loin un geste de la main au barman, et me conduisit à nouveau vers les arpents de chairs.

« Vous êtes mon invité, monsieur Wilson. Anton, au bar là-bas, s'occupera de vos consommations. »

Je le remerciai, longeai le bord de la piscine et m'installai sur un tabouret au bar. Je demandai un café à Anton et portai mon attention vers l'orchestre. C'était le bassiste qui m'intéressait : Ahmut Pamuk, la cinquantaine, bien habillé, un type qui avait manifestement un jour décidé une bonne fois pour toutes de jouer le groove et de ne pas s'occuper des gens. Au Skybar, c'était sans doute le plus sage. Il était bon, il connaissait son affaire ; le genre de type qui avait déjà donné à la musique les meilleures années de sa vie et qui fera encore un dernier bœuf avant d'être mis en terre.

Mais le patron du magasin de musique m'avait prévenu que c'était l'une des personnes les plus déplaisantes qu'on puisse rencontrer et, à le regarder sur scène, à le voir faire le travail de toute une vie, je compris pourquoi. Pour un vrai musicien, un homme ayant nourri plein d'espoirs et de rêves, jouer d'interminables versions de *Mamma Mia* et de *Yellow Submarine* suffirait à remplir n'importe qui d'amertume.

Quand Anton m'apporta mon café, Pamuk était au beau milieu d'un set – les succès de *Titanic* –, si bien que j'attendis qu'il finisse. Le patron du magasin m'avait dit que le gars collectionnait la musique traditionnelle et folklorique depuis des années. Son père – lui-même musicien – avait commencé, craignant que, si elle n'était pas rassemblée, elle ne soit perdue à jamais et, par la suite, le fils avait pris le relais. Apparemment, Pamuk arrivait à s'en sortir – en jouant au Skybar, pour remplir le frigo –, cherchait en permanence de la musique oubliée, jouait lui-même certains des instruments, la transcrivait comme une langue morte et l'envoyait aux archives nationales turques. D'après le type du magasin de musique, il n'y avait que lui, ici, qui pourrait identifier le morceau de *çiğirtma*.

Le set prit fin, l'orchestre quitta l'estrade sans applaudissements et je me levai. Je me présentai à Pamuk et lui dis que j'avais un morceau de musique pour lequel j'avais besoin de son aide. Mon idée était de lui demander d'écouter le lecteur de MP3, mais je n'en eus pas le temps : le patron du magasin ne m'avait pas menti au sujet de la personnalité de Pamuk.

« C'est la foule du brunch, et ça fait déjà une heure que je joue. Vous avez entendu les applaudissements assourdissants, n'est-ce pas ? dit-il. Je vais manger, prendre un café, et après ça je vais aller me reposer. » Il tourna les talons, déjà sur le départ.

« Monsieur Pamuk, répondis-je, je ne suis pas musicologue, ni même universitaire. » Je lui montrai mon insigne. Il ne sut trop comment réagir, mais décida qu'il serait plus sage de me manifester ne serait-ce qu'un intérêt de pure forme.

« D'accord, je vais vous donner un numéro de téléphone. Appelez-moi demain, on prendra rendez-vous, dit-il.

— Demain, ce sera trop tard. Il va falloir que ce soit aujourd'hui », répliquai-je.

Il me dévisagea, mais il n'avait encore jamais rencontré le DEFCON 1 et il céda.

« À partir de 16 heures, je travaille au 176... » et il me débita à toute allure le nom d'une rue que je n'avais aucun espoir de pouvoir prononcer, encore moins de trouver, comme il le savait certainement. Le salopard.

« Notez-le-moi, s'il vous plaît », lui dis-je en faisant signe à Anton qu'il me fallait un stylo. Pamuk s'exécuta à contrecœur et, en m'en allant, je glissai l'adresse dans ma poche.

Je faillis laisser tomber : compte tenu de sa personnalité, j'étais persuadé que ce rendez-vous serait une perte de temps.

40

Indépendamment de l'obligation où j'ai été de lui planter une alène dans la main pour l'amener à de meilleures dispositions d'esprit, la conversation que j'eus ensuite avec Ahmut Pamuk se révéla très agréable.

Après avoir quitté le Skybar, je me promenai sur le port, trouvai un banc à l'ombre, replaçai la batterie de mon téléphone et appelai Cumali au commissariat. Je ne lui avais pas parlé depuis Florence et je voulais savoir si l'enquête relancée sur le meurtre de Dodge avait avancé.

Il se révéla qu'il s'était passé très peu de choses. Hayrunnisa prit l'appel et me dit que Cumali était sortie juste après 11 heures et ne serait pas de retour de la journée.

« Où est-elle allée ? demandai-je.

— Des affaires personnelles à régler », répondit-elle.

Je m'apprêtais à la pousser un peu quand je me rendis compte que nous étions jeudi et que le fils de Cumali m'avait invité à aller voir la Grande Parade et les clowns. Elle l'avait emmené au cirque.

Je lui dis que je rappellerais le lendemain matin, puis passai une heure à enquêter auprès de gens travaillant à proximité des cabines téléphoniques – sans succès à nouveau. L'heure du déjeuner approchant, avec la fermeture de la plupart des bureaux et des magasins, ce serait mission quasi impossible.

Sans autre choix que de faire une pause, je décidai de porter mon attention sur la Maison française. Ma confiance avait été sérieusement ébranlée par l'erreur que Murmure et moi avions commise : nous avions mis en péril toute la mission en partant du principe que la mort de Dodge méritait enquête. De telles erreurs restent rarement impunies dans le monde du Renseignement et, dans l'avion qui me ramenait de Florence, j'avais résolu que cela ne se reproduirait plus. Advienne que pourra, j'allais garder un coup d'avance sur les flics. Ne dit-on pas que le vrai pouvoir, c'est le savoir ?

La question centrale était simple : comment le meurtrier était-il parvenu à entrer et sortir dans la propriété sans être vu ? Dans les dossiers sur la mort de Dodge que Cumali m'avait communiqués se trouvaient les coordonnées de la société chargée de louer le domaine.

Prestige Realty, c'était son nom. J'avais vu sa vitrine tapageuse plusieurs fois au cours de mes pérégrinations. Si je faisais vite, j'avais une chance d'y être avant qu'eux aussi ne ferment pour le déjeuner.

J'arrivai à portée de voix juste au moment où un homme fermait la porte. Lorsqu'il m'entendit le héler en anglais, il se tourna et afficha le sourire que les agents immobiliers réservent à quelqu'un dont ils pensent qu'il vient juste de descendre du bateau. Dès qu'il me vit, le sourire disparut.

La quarantaine à peine, coiffé en banane, chemise à col ouvert et cordage de chaînes en or autour du cou assez gros pour maintenir un paquebot à l'ancre. Il me plut immédiatement. Curieusement, il n'y avait en lui aucune duplicité. Celui qui se faisait avoir par un homme avec une tête pareille ne pouvait s'en prendre qu'à lui-même.

Je me présentai, lui dis que j'appartenais au FBI et que je voulais lui parler de la Maison française. Il haussa les épaules et rétorqua que l'un des flics du coin était déjà venu le voir une semaine auparavant et qu'il avait emporté une photocopie du bail. Il n'était que l'agent immobilier, il n'avait rien d'autre à ajouter.

Il était manifestement pressé de s'en aller et je m'excusai de prendre de son temps – d'expérience, je sais qu'être poli facilite toujours les choses – et je lui dis que le flic s'était manifesté alors qu'il enquêtait sur une mort accidentelle.

« Pourquoi, ça a changé ? » demanda-t-il, étonné.

Manifestement, les derniers développements de l'affaire n'avaient pas fuité, même si je me doutais que ce que j'allais lui dire allait faire le tour de Bodrum avant la tombée de la nuit.

Sur la porte vitrée figurait le nom de l'agent immobilier en lettres d'or. « On enquête sur un meurtre, monsieur Kaya. Le jeune Américain a été poussé de la falaise. »

Il en fut estomaqué – et même bouleversé. « C'était un homme charmant, dit-il. Pas comme la plupart des connards qui louent des maisons ici. Il parlait aux gens, leur manifestait de l'intérêt ; il avait promis de m'emmener sur son bateau. Merde alors… assassiné ?

— Vous comprenez maintenant pourquoi il faut que je vous parle.

— J'allais juste déjeuner….

— Parfait, je vous suis. »

Il rit. « Ce n'est pas ce que je voulais dire, vous savez.

— Oui, dis-je en souriant. Mais on déjeune où ? »

41

C'était un restaurant de grillades haut de gamme situé sur la plage : une plateforme en bois bien astiqué, surélevée, construite sur le sable, des voiles de coton blanc filtrant le soleil, un mobilier design et – sans surprise, compte tenu de mon hôte – une vue directe sur des groupes de jeunes touristes bronzant seins nus.

Nous étions à peine assis que je lui demandai s'il était au courant du passé nazi de cette maison, et il me regarda comme si j'avais oublié de prendre mon médicament.

« Vous blaguez, là ? » Il me dévisagea et vit qu'il n'en était rien.

« Qui en est le propriétaire ?

— Je ne sais pas exactement, répondit l'agent, quelque peu secoué. Il y a à peu près sept ans, j'ai reçu une lettre d'un avocat au Liechtenstein disant qu'il représentait une fondation caritative, propriétaire de la demeure. Les administrateurs avaient décidé qu'elle devait produire un revenu.

— Lui avez-vous demandé qui était derrière le trust, qui était le véritable propriétaire ?

— Bien sûr. J'ai même demandé à mon avocat d'essayer de le découvrir, mais ça l'a mené à toute une série de sociétés écrans, jusqu'à une impasse. »

Je ne fis aucun commentaire ; je savais que la plupart des trusts du Liechtenstein étaient conçus pour demeurer impénétrables. C'est la raison pour laquelle la petite principauté de cent cinquante-cinq kilomètres carrés, prise en sandwich entre la Suisse et l'Autriche, était la principale escale pour les Européens, surtout les Allemands, désireux de dissimuler leur fortune à leurs services fiscaux.

« Donc l'avocat agissant pour le compte du conseil d'administration vous a dit qu'il voulait la louer. C'était après les rénovations ?

— Absolument, et ce serait bien payé pour si peu de travail : encaisser les loyers, déduire les frais d'entretien et ma commission, et faire parvenir le reste à une banque au Liechtenstein. Voilà.

— Qui a une clé de la propriété, à part vous ?

— Personne n'a de clé. Seulement des codes. Il y a quatre portes, toutes commandées par des digicodes reliés à un ordinateur – on ne peut pas mettre son nez dedans.

— Bon. Alors, comment ça marche ? Un nouveau locataire arrive pour son séjour, et après ?

— Je donne rendez-vous à l'intendant. Ces gens-là ont tous des intendants ou des secrétaires particuliers. Je tape mon code à six chiffres sur le clavier et j'appuie sur le bouton qui commande la fonction de hachage. L'écran me demande si je veux changer le code et je confirme. Je dois alors de nouveau taper mon code, attendre vingt secondes, puis taper le nouveau code.

» Je m'éloigne un peu et l'intendant ou le locataire entre son propre code à six chiffres – comme ça je ne peux pas le connaître. Nous faisons la même chose aux trois autres portes.

— Ensuite ce sont eux qui décident à qui ils vont communiquer ce code ? demandai-je.

— Exactement. Ils amènent leur personnel avec eux, tous ayant fait l'objet d'une enquête de sécurité, donc ce n'est pas comme si on le donnait à des étrangers.

— Et les jardiniers, ou le gars qui entretient la piscine, des gens comme ça ?

— C'est au locataire de décider, mais je n'ai jamais entendu parler de quelqu'un donnant le code à des gens du cru. Ils leur demandent de sonner à l'interphone à l'entrée des fournisseurs, le responsable de la sécurité vérifie de qui il s'agit et ouvre lui-même les portes.

— Et à la fin du bail, je suppose que c'est l'inverse ? Ils entrent leur code et vous y substituez le vôtre ?

— Exactement. »

Je pris un petit temps de réflexion. « Et en hiver, lorsqu'il n'y a pas de locataire ?

— On n'a pas besoin d'un tel niveau de sécurité.

— Ce qui veut dire que vous donnez votre code au jardinier et au type de la piscine.

— Non, pas vraiment. Il y a un gardien qui habite dans la propriété une partie de l'année. C'est lui qui leur donne accès et qui assure une partie de l'entretien. Il occupe deux pièces au-dessus du garage à bateaux, mais il s'en va au début de l'été. Les gens riches n'aiment pas qu'il y ait des étrangers dans la propriété.

— Mais il y vit huit mois par an ?

— À peu près, répondit-il.

— Il doit connaître la maison comme sa poche, non ?

— Je suppose, oui.

— Comment s'appelle-t-il ?

— Gianfranco Luca.

— Et où puis-je le trouver ?

— Il a un boulot d'été, ici, sur la plage. Il anime une petite équipe qui propose des massages aux touristes. »

Le serveur tournait autour de nous, et je lui fis signe d'apporter l'addition. Kaya proposa de me ramener dans la vieille ville, mais par ce beau temps je préférais marcher. Il se leva, nous nous serrâmes la main et il me donna sa carte de visite – conçue pour ressembler à un lingot d'or – en me disant de l'appeler si j'avais besoin d'autres informations.

Ce n'est qu'après son départ, alors que j'attendais ma monnaie, que je jetai un coup d'œil à sa carte et résolus un autre des mystères de la vie. Dans le coin inférieur droit se trouvait son numéro de téléphone de bureau.

Les sept premiers chiffres étaient 9. 0. 2. 5. 2. 3. 4. : les chiffres que quelqu'un avait notés sur le papier jeté dans les toilettes de l'Eastside Inn. Celle qui y avait séjourné s'était renseignée sur la location d'une résidence coûteuse dans la région. La Maison française, par exemple.

42

Je ne retournai pas en ville. Je passai par le parking du restaurant pour aller sur la plage et trouvai un kiosque où on louait des parasols et des chaises longues.

Je posai mes chaussures et ma veste sur la chaise, relevai mon pantalon et m'en fus marcher au bord de l'eau, laissant les vagues déferler sur mes pieds.

À l'extrémité, presque au pied d'un petit promontoire et à moitié caché parmi les rochers, je trouvai le business de Gianfranco. Me déplaçant dans l'ombre portée des rochers, je m'en approchai par l'arrière.

Des écrans de tissu portant le nom du salon de massage étaient censés protéger les clients des regards indiscrets, mais je pus l'observer par un interstice.

Gianfranco avait dans les vingt-cinq ans, le teint mat, une barbe de deux jours et une tignasse de cheveux ondulés. Bon, il était pas mal, mais sans doute pas tout à fait aussi beau qu'il le pensait : il avait les yeux trop enfoncés et il était trop porté sur la gonflette.

N'empêche qu'il devait plaire aux Allemandes entre deux âges qui étaient en vacances et en quête d'un peu de distraction et même de quelque chose d'un peu plus physique sous le chaud soleil turc. L'une d'elles était étendue à plat ventre sur la table de massage, le haut de son maillot dégrafé, une serviette lui couvrant les fesses.

Gianfranco, juste vêtu d'un hamac à banane blanc, était en train d'appliquer sur le dos de cette femme l'une de ses vingt huiles – préparées selon des recettes traditionnelles, à en croire le baratin figurant sur ses écrans –, ses doigts courant avec légèreté du côté de ses seins. Elle ne faisait aucune objection, si bien que, ayant tâté le terrain, il se pencha un peu plus, glissa ses mains sous la serviette qui couvrait les fesses de la femme, le hamac blanc se retrouvant à deux centimètres de son visage.

Il était impossible de dire si ses mains étaient à l'intérieur du maillot de la femme ou pas, mais peu importe, elles le seraient très vite. Il y avait une époque où les femmes divorcées d'âge moyen qui partaient en vacances ne s'aventuraient pas au-delà d'un petit excès de boisson et l'achat de souvenirs vulgaires. Pas étonnant que les boutiques à touristes de la vieille ville périclitent.

Tandis qu'il malaxait ses fesses sous la serviette, elle le complimenta sur la puissance de ses mains. Je suppose que l'anglais était la seule langue qu'ils avaient en commun.

« Je les renforce depuis l'enfance, dit-il. J'ai bossé comme laveur de voiture ; pour les faire reluire, j'étais imbattable.

— Ça ne m'étonne pas, répliqua-t-elle avec un rire de gorge. Vous faisiez aussi l'intérieur ?

— Bien sûr ! C'était ma spécialité. » Il se pencha encore. « C'est toujours ma spécialité, sauf que c'est un peu plus cher.

— Et pour le grand jeu, c'est combien ? »

Il était assez près pour lui murmurer à l'oreille, et elle avait dû trouver ça raisonnable. « Vous prenez les cartes de crédit ? demanda-t-elle.

— Bien sûr, répondit-il en riant, les mains à présent carrément à l'intérieur de son maillot de bain. Nous assurons un service complet.

— C'est parfait, alors », dit-elle en lui touchant la cuisse, qu'il avait musclée, et commençant à remonter en direction du hamac.

C'était un peu comme regarder une catastrophe ferroviaire imminente – difficile de s'arracher au spectacle –, mais je craignais qu'elle ne soit à deux doigts de libérer la banane, si bien que je m'avançai entre les écrans.

— Vous êtes Gianfranco ? » demandai-je avec entrain, affectant de n'avoir rien remarqué.

L'Allemande retira aussitôt sa main et s'assura que la serviette lui couvrait bien les fesses. Gianfranco, lui, était furieux. Il se mit à m'injurier, comme quoi cette intrusion était inadmissible, me désignant les écrans de protection et m'assurant que je ne m'en tirerais pas comme ça.

Je décidai d'attendre qu'il se calme, mais non, il était de plus en plus déchaîné à l'idée de cette carte de crédit qui n'allait pas servir et il s'avança vers moi, prêt à me pousser violemment.

Je lui saisis l'avant-bras en plein vol, si vite que je ne pense pas qu'il se soit rendu compte de ce qui lui arrivait, et pressai mon pouce et mon index jusqu'à l'os. Grâce au krav maga, je savais qu'il y avait là un nerf qui peut paralyser la main si on appuie un peu fort.

Giancarlo sentit ses doigts se ramollir – ils n'étaient sans doute pas les seuls – et se rendit compte que sa main ne répondait plus. Il me regarda, et je lui souris.

« Je suis du FBI. »

Déjà descendue de la table, l'Allemande avait remis son haut de maillot et ramassait les quelques affaires qu'elle avait posées sur une chaise.

« Qu'est-ce que vous voulez ? » demanda Gianfranco.

Je pris son short qui se trouvait sur une table, le lui jetai et attendis qu'il l'enfile d'une seule main. « J'enquête sur un meurtre à la Maison française.

— Et qu'est-ce que j'ai à voir là-dedans ? J'y travaille qu'en hiver. »

Je notai soigneusement la réponse, puis passai à la question suivante, sans marquer de pause. Faisons comme si c'était la routine, me dis-je, pas de pression.

« C'est ce que j'ai cru comprendre, en effet. Un peu d'entretien, faire entrer le type de la piscine, donner un coup de main aux jardiniers : c'est bien ça ?

— Oui. » Il faisait jouer ses doigts pour en récupérer l'usage.

« Et on vous paie combien, pour ça ?

— Rien. Je suis logé, c'est tout. Il faut que je gagne suffisamment sur la plage en été pour tenir toute l'année. » Il jeta un œil vers l'endroit d'où la *Hausfrau* allemande avait disparu. « Et au fait, merci, hein ! Elle était prête à payer au moins cent. »

J'ignorai sa remarque. « Vous habitez au-dessus de l'abri à bateaux, n'est-ce pas ? Comment montez-vous à la maison ?

— Il y a un escalier derrière, qui mène en haut de la falaise.

— Protégé par une porte de sécurité et par un digicode. Vous utilisez le code de M. Kaya ?

— C'est ça, quand il oublie pas de me le donner.

— Et si vous ne prenez pas cet escalier, vous montez comment ?

— Je comprends pas.

— Mais si. Il y a une autre façon d'entrer dans la maison, pas vrai ?

— Vous voulez dire grimper la falaise avec une corde et des pitons ?

— Faites pas l'idiot. Comment quelqu'un peut-il arriver là-haut en évitant les portes et la télésurveillance ?

— Je sais pas de quoi vous parlez. »

Je ne répondis pas, me contentant de le regarder avec insistance, et même s'il était de plus en plus mal à l'aise, il n'ajouta rien.

Je haussai les épaules et laissai tomber. Je savais qu'il mentait – c'était un sale petit con, tellement merdeux qu'après un bon lavement j'aurais pu le caser dans une boîte à chaussures.

La raison pour laquelle j'en étais certain était simple : au début de notre conversation, j'avais dit que j'enquêtais sur un meurtre. Or, à Bodrum, tout le monde pensait que la mort de Dodge était accidentelle – même Kaya, l'agent immobilier, avait eu du mal à y croire. Ce que j'avais noté, c'est que Gianfranco n'avait pas manifesté de surprise. Pas la moindre.

J'ignorais quel rôle il avait joué dans les événements qui s'étaient déroulés dans cette maison – mon intuition me disait qu'il était probablement mineur –, mais il y avait un autre moyen de monter, et il le connaissait.

« Merci de votre aide, monsieur Luca, dis-je. Je suis certain que nous allons nous revoir. »

Cette perspective n'eut pas l'air de le réjouir et j'aurais peut-être pu changer d'avis et rester à approfondir les choses avec lui, mais il était quatre heures moins vingt : l'heure d'y aller.

43

Je revins à ma chaise longue, me rechaussai et me dirigeai d'un pas vif vers le centre-ville. J'enfilai une demi-douzaine de rues étroites, je longeai une place et, droit devant moi, vis la circulation dense de la rue que je cherchais.

J'arrivai au carrefour, je regardai dans les deux sens pour aviser le numéro 176 et m'aperçus que j'étais déjà passé par là.

Soudain, le monde bascula sur son axe.

À ce moment-là – en un éclair de transparence –, quelque chose, dans cette enquête désespérante, pencha en ma faveur, et je sus que j'avais trouvé la cabine téléphonique que je cherchais.

Elle était là, de l'autre côté de la rue, à dix mètres d'une station-service BP. Je la reconnus, parce que c'était l'une des cabines que j'avais photographiées le premier jour. Autour de moi, le bruit de la circulation était celui que nous avions entendu en fond sonore dans l'enregistrement d'Échelon. Le numéro 176 était celui de la station-service et, contrairement à la première fois que je l'avais vue, un homme était assis sur une chaise, à l'extérieur, prêt à servir du carburant. C'était Ahmut Pamuk et, sur une table en face de lui, il y avait une poignée d'outils pour travailler le cuir et le bois, dont il se servait pour réparer un instrument à corde traditionnel turc.

Réparer un instrument aujourd'hui, en jouer une autre fois. Une *çigirtma*, par exemple.

Je ne bougeai pas et, comme je l'avais fait si souvent au cours de ma carrière, je me coupai du monde extérieur pour me retirer en moi-même. J'imaginai une femme approcher : soit à pied, longeant les pompes à essence, soit en voiture, la laissant d'un côté de la station-service, le seul endroit où se garer dans les parages.

Elle se dirigeait vers la cabine, attendait que le téléphone sonne, puis y appliquait son portable avec son message enregistré. Il n'y avait pas de magasin ni de maison à proximité d'où quelqu'un aurait pu l'observer – sans doute la raison pour laquelle elle l'avait choisie –, mais elle tenait son téléphone portable suffisamment éloigné du combiné pour qu'Échelon capte le bruit de circulation et le son à peine audible des notes jouées par Ahmut Pamuk.

Assis à sa table, le musicien jouait de son étrange instrument à vent, et transcrivait probablement les notes de l'air folklorique pour l'envoyer aux archives.

Je ne dis rien, ne fis rien, ne ressentis rien. Je repassai la chose dans ma tête une fois de plus pour m'assurer que mon impatience d'en savoir davantage n'avait pas altéré ma logique. Finalement satisfait, résolu à ne pas me laisser troubler par la moindre émotion, je me tournai et j'observai chaque centimètre carré du bureau de la station-service et de son toit. Je recherchai des caméras et, les ayant trouvées, je pus enfin me laisser aller à mon enthousiasme.

Contre toute attente, à partir de rien d'autre que quelques sons capturés par accident, j'avais retrouvé la cabine téléphonique et, grâce à ce que je venais de voir, j'avais une chance d'identifier cette femme.

44

Je traversai la moitié de la rue, franchis un rail de sécurité rouillé qui servait de séparateur et m'avançai vers Pamuk en évitant le flot des voitures. Il me vit approcher et ne fit aucun effort pour cacher son agacement. Ce qui eut au moins le mérite de me dispenser des amabilités d'usage.

« Vous possédez ou avez emprunté une *çigirtma* ? demandai-je.

— Une quoi ? »

Il jouait au con : j'étais certain que ma prononciation n'était pas aussi mauvaise que ça.

Je répétai et il haussa les épaules, l'air totalement inexpressif. « Je ne sais pas de quoi vous parlez, l'Américain. Ça doit être l'accent. »

Je réussis à me maîtriser et pris une alène – un long poinçon – dont il se servait pour percer le cuir. Je grattai la table avec…

« Hé ! Qu'est-ce que vous foutez ! objecta-t-il, mais je n'en tins pas compte.

— Voilà, dis-je, quand j'eus fini de graver le nom de l'instrument. Vous le reconnaissez, maintenant ?

— Ah oui, déclara-t-il, le regardant à peine. Une *çigirtma*. » Curieux, la sonorité était pratiquement identique à ma prononciation.

« Vous en jouiez à cette table il y a environ une semaine – peut-être un air folklorique pour les archives ? » Je ne le lui demandais que pour m'assurer que j'avais trouvé la bonne cabine téléphonique. Bon nombre d'enquêtes s'embourbent parce que des agents désespérément en quête de nouveaux indices tirent un peu trop hâtivement des conclusions erronées.

« Je sais pas, je me rappelle pas », dit-il, avec une incroyable agressivité.

Je dois reconnaître que j'étais un peu survolté – j'étais enfin près de trouver une piste solide dans ce labyrinthe –, et c'est sans doute pour ça que j'ai craqué. J'avais encore l'alène dans la main – une saloperie de petit instrument particulièrement méchant – et la main gauche de Pamuk reposait sur la table. Ce fut si rapide que je doute qu'il s'en soit rendu compte. Je l'ai plantée dans le petit morceau de peau qu'on a entre le pouce et l'index, lui clouant la main à la table. Il hurla de douleur, mais il aurait dû me remercier d'avoir visé juste – un centimètre d'un côté ou de l'autre et il n'aurait jamais pu rejouer de la basse.

Je lui saisis aussitôt l'avant-bras pour l'empêcher de bouger, car, dans une telle situation, le réflexe de la plupart des gens est de retirer leur main et, ce faisant, cela aurait déchiré la chair et sensiblement aggravé le mal. Sans bouger, il n'aurait qu'une grosse piqûre qui, bien que douloureuse, cicatriserait rapidement.

Une alène d'acier à travers la main l'aida curieusement à se concentrer. Il me regarda, attentif à chacune de mes paroles, se mordant la lèvre de douleur.

« Vous êtes un bon bassiste, lui dis-je, peut-être l'un des meilleurs que j'aie entendus – et je sais de quoi je parle –, mais ce n'est pas la peine de vous en prendre au monde entier si ça n'a pas marché pour vous.

» Vous n'aimez pas jouer des reprises de la musique des autres ? Alors arrêtez. Composez, organisez des concerts de musique folk pour les touristes, faites quelque chose, n'importe quoi, mais changez d'attitude.

» Ça, c'était le conseil ; maintenant, la mise en garde. Essayez de me mentir, et je vous promets que vous ne pourrez plus rien faire de tout cela, pas même jouer *Mamma Mia* pour la dix millième fois. Vous aurez de la chance si vous arrivez à racler un ukulélé avec vos foutues dents. Compris ? »

Il acquiesça, effrayé, me prenant probablement pour une sorte de psychopathe au service des autorités américaines. J'ai pensé lui dire que, malgré toutes ses tares, ce n'était pas le genre du FBI, mais je décidai de laisser courir. Je lui ordonnai de rester parfaitement immobile et je parvins à extraire l'alène sans causer plus de dégâts. Il suffoqua de douleur, mais ce ne fut rien en comparaison du cri qu'il poussa lorsque j'arrosai la blessure d'une bonne rasade de raki provenant de la bouteille qui était sur la table.

« L'alcool est un excellent antiseptique », lui expliquai-je. Je pris un morceau de linge blanc qu'il avait préparé pour frotter l'instrument folklorique et lui fis un bandage, d'une main experte, assez serré pour soulager la douleur et empêcher que ça saigne.

« Vous avez été médecin ? demanda-t-il.

— Non, j'ai juste appris quelques trucs ici et là – surtout panser des blessures par balles. »

Il me regarda avec attention et comprit que je ne plaisantais pas, ce qui était l'objectif.

« Avez-vous oui ou non joué de la *çigirtma* ? redemandai-je dès que j'en eus fini avec le bandage.

— Oui, répondit-il, reconnaissant d'avoir récupéré sa main et agitant les doigts pour s'assurer qu'il en avait toujours l'usage.

— Je l'ai bien prononcé, cette fois ?

— Pas mal. Il y a un net progrès, on dirait, ça doit être l'alène. »

Je ne pus m'empêcher de rire. Je lui versai un verre de raki et lui posai ma question d'une voix radoucie :

« Je veux que vous écoutiez un morceau de musique, repris-je en sortant mon MP3. Est-ce que c'est vous ? »

Il écouta un moment. « Oui… oui, c'est moi », fit-il, très étonné.

Je sus alors, sans l'ombre d'un doute, que mon esprit logique n'avait pas été trahi par mes émotions.

« Mais comment l'avez-vous enregistré ?

— Quelqu'un est venu prendre de l'essence, mentis-je, une personne dans la voiture était au téléphone et a laissé un message sur un répondeur à New York.

On entendait la musique en fond sonore. Il s'agit d'une enquête criminelle, je ne peux pas en dire plus. »

Je ne voulais surtout pas révéler l'importance de la cabine téléphonique, pas même faire allusion à son existence, et je fus content de voir que mon explication le satisfaisait pleinement.

« New York, dit-il en souriant. Waouh ! Une reconnaissance internationale, enfin ! »

Je souris et montrai ce que j'avais vu dans le bureau de la station-service et sur son toit. « Vous avez des caméras de surveillance.

— Oui, au cas où quelqu'un partirait sans payer. Et pour les attaques à main armée aussi, mais ça fait des années qu'on n'en a pas eu.

— Écoutez-moi, monsieur Pamuk, c'est important : quel système utilisez-vous pour enregistrer ? Des bandes ou des disques ?

— Il est vieux. Des bandes VHS.

— Le système et les bandes, où se trouvent-ils ?

— Tous les deux ici, dans le bureau.

— Très bien. Et comment les bandes sont-elles archivées, classées ?

— Classées ? répéta-t-il en riant. Il y a une boîte, et on y jette les bandes.

— Puis on les réutilise ? On enregistre par-dessus ?

— C'est ça. »

Exactement ce que je craignais. Qu'une des caméras ait saisi l'image de la femme s'approchant de la cabine téléphonique – à pied ou en voiture –, mais que la bande ait été réutilisée et la séquence effacée.

« Bon, repris-je. Expliquez-moi comment ça marche. Qui change les bandes ?

— Nous le faisons tous – quiconque est de service, expliqua-t-il. La première chose qu'on fait quand on prend son service, c'est de s'assurer que le fond de caisse est bon, puis de vérifier le système d'enregistrement. Si la bande est presque en fin de course, on la jette dans la boîte, on en choisit une autre, on la rembobine et on appuie sur enregistrement.

— Ce qui fait que certaines bandes n'ont peut-être pas été utilisées pendant des semaines ou des mois, c'est ça ? demandai-je.

— Oui, ça dépend de celle qui tombe sous la main. Pour autant que je sache, celles qui sont au fond de la boîte n'ont peut-être pas été utilisées depuis un an. »

Je pris le temps de réfléchir ; ça se jouerait sur un coup de dés, en tout cas. « Et si quelqu'un part sans payer, qu'est-ce qui se passe ?

— On remonte la bande, on note la plaque d'immatriculation et on appelle les flics.

— Est-ce que vous leur donnez la bande ? En cas de poursuite, par exemple ? »

Il me regarda et rit, incrédule. « On est en Turquie, monsieur Wilson. Les flics recherchent le titulaire de l'immatriculation et vont voir le type. Il accepte assez vite de cracher deux fois le montant affiché à la pompe, et ça va dans la caisse de la station-service. Il accepte aussi de s'acquitter d'une "amende" ; celle-là, ce sont les flics qui l'empochent. Des poursuites ? Pourquoi ? Tout le monde est content, sauf le type qui s'est barré, mais il n'intéresse personne. »

Le système avait ses avantages pour moi aussi. Cela signifiait qu'aucune des bandes n'était entre les mains de la police de Bodrum ou perdue dans les méandres du système judiciaire.

« Et ces bandes, vous les regardez sur un écran, au bureau, n'est-ce pas ? »

— Oui. »

Je fis le tour de la station-service, j'observai chaque caméra, évaluai sa zone de couverture. Ça allait être serré, très serré, s'ils avaient saisi son image. Qu'elle soit venue à pied ou en voiture, elle avait obligatoirement marché jusqu'à la cabine téléphonique. Si elle était restée très près du trottoir, je craignais qu'aucune des caméras ne l'ait saisie. Encore fallait-il que je trouve la bonne bande et qu'elle n'ait pas été effacée par un nouvel enregistrement.

« Les bandes comportent-elles un code temporel ? C'est quand on peut voir la date, l'heure et la minute s'afficher en bas de l'image. »

Il fit oui de la tête. J'avais là un atout : grâce à Échelon, je connaissais la date et l'heure précises de chacun des appels téléphoniques.

« Parfait, conclus-je. Emmenez-moi au bureau. Je veux jeter un œil à ces bandes. »

45

Une heure plus tard, j'étais encore assis seul face à un vieux récepteur de télévision noir et blanc dont l'écran était à peine plus grand que ma main, la définition à l'avenant.

Près de moi, une énorme pile de cassettes VHS que j'avais visionnées et une autre plus petite de celles que je n'avais pas encore vues, où résidait mon reste d'espoir. Et peut-être aussi celui du monde occidental, mais il valait mieux ne pas y penser.

Le bureau était exigu et j'aurais parié qu'il n'avait pas été nettoyé depuis au moins dix ans. Malgré la chaleur – la climatisation n'avait pas encore atteint BP à Bodrum –, je ne risquais pas de m'endormir. Le fauteuil dans lequel j'étais assis était tellement abîmé et inconfortable qu'il fallait que je me lève toutes les cinq minutes pour donner des chances de survie à mon dos et à mon postérieur.

Pendant tout ce temps, n'arrêtant que pour jeter une autre cassette sur la pile de celles que j'avais déjà visionnées, le code temporel défilait devant moi, menaçant de me faire loucher avant la fin de la journée. Pour ne pas m'embrouiller, j'avais noté la date, l'heure et la minute de chacun des appels téléphoniques et m'étais accordé une marge de quinze minutes avant ou après, au cas où elle serait arrivée en avance ou bien se serait attardée ensuite.

Je m'étais retrouvé très près à plusieurs reprises, voyant l'enregistrement s'approcher d'une de ces dates, sentant mon pouls s'accélérer et la fatigue se dissiper pour, ensuite, voir la bande s'arrêter brutalement et enchaîner sur une séquence d'une tout autre semaine.

Il y eut un moment terriblement éprouvant où je fus à cent quarante secondes du premier appel téléphonique. J'étais certain que la femme allait entrer dans le champ, lorsque l'écran se remplit d'un blizzard de parasites et que la cassette arriva au bout, me laissant désespéré, n'en croyant pas mes yeux. Ahmut Pamuk ne plaisantait pas quand il disait que le système était chaotique.

J'en étais arrivé à mes trois dernières cassettes lorsqu'il apparut à la porte. « Vous voulez du café ? » demanda-t-il.

J'hésitai, l'air sceptique, j'imagine.

Il rit. « Je sais ce que vous pensez : j'en ai marre de cette saloperie turque – tellement épaisse qu'on ne sait pas s'il faut la boire ou la mâcher. Non, ce que je vous propose, c'est une tasse de vrai caoua américain, du jus de chaussette, si léger que nous autres les Turcs, nous en mettons dans les biberons.

— Ça m'a l'air parfait, dis-je.

— Une condition, enchaîna-t-il. Je vais en chercher, je vais m'humilier à cause de vous vis-à-vis du cafetier, mais si quelqu'un arrive pour du carburant, vous le servez.

— Ça marche. » Il ne restait que trois bandes, je savais que les chances de voir cette femme étaient minimes, et j'avais pratiquement abandonné. À part un miracle, un café était exactement ce dont j'avais besoin.

J'avais fini la bande suivante et attaqué l'avant-dernière quand Pamuk m'en tendit un. J'enlevai le couvercle, le jetai dans une poubelle et revins à l'écran. Neuf jours s'étaient écoulés et, avec un étonnement grandissant, je vis le code temporel se rapprocher rapidement de la date et de l'heure du second appel téléphonique.

Je vérifiai ma note pour m'en assurer – c'était bien ça – et ne pus quitter l'écran des yeux. Avec Pamuk derrière moi, sur le seuil, savourant sa mélasse, je ne pourrais pas réagir si je voyais la femme. J'étais censé chercher quelqu'un s'arrêtant pour prendre de l'essence et, s'il s'apercevait que je lui avais menti, il me poserait tout un tas de questions. De plus, il y avait un risque – même léger – qu'il connaisse cette femme. Totalement neutre, me dis-je, tu gardes ton calme.

« Est-ce que vous pensiez ce que vous m'avez dit tout à l'heure ? demanda Pamuk, saisissant l'occasion de bavarder un peu.

— À quel sujet ? » Je continuai d'observer les séquences, trop inquiet pour mettre l'avance rapide, au cas où je raterais quelque chose.

« Que je suis un des meilleurs bassistes que vous ayez entendus.

— C'est vrai, répondis-je, regardant les secondes défiler et passer à la minute suivante.

— Et vous, vous en jouez ?

— Quand j'étais gamin, oui. Juste assez pour me rendre compte que je ne serais jamais un grand. J'aurais donné n'importe quoi pour avoir votre talent. »

Il resta silencieux. J'aurais voulu voir son visage et observer sa réaction, mais je ne pouvais pas interrompre ma concentration. Si je devais apercevoir la femme, ce serait très bientôt. Je jetai un coup d'œil au lecteur de VHS : il restait encore beaucoup de bande mais, vu le système de sécurité de BP, ce n'était pas une garantie. Ça pouvait sauter un jour, une semaine, un mois à tout instant. Je regardai à nouveau l'écran, voyant les secondes défiler, sentant la présence de Pamuk derrière moi.

Il prit soudain une tout autre dimension dans mon esprit et une curieuse émotion m'envahit. J'imagine que tous mes sens étaient exacerbés, mais j'avais le sentiment, la certitude, que je n'étais pas apparu dans sa vie par hasard. Cela me rappela le prêtre que j'avais rencontré en Thaïlande il y avait bien longtemps, qui avait suggéré que nos chemins s'étaient croisés pour qu'il puisse me dire quelque chose. On aurait dit que c'était à mon tour de passer le témoin.

Ma concentration ne faiblissait pas, mes yeux restaient fixés sur l'écran. « Vous détestez votre boulot, déclarai-je, vous détestez la musique que vous êtes obligé de jouer, et c'est suffisant pour atrophier le cœur d'un homme. De n'importe quel homme. »

Sur l'écran, aucun signe d'un véhicule ou d'un piéton – rien. Peut-être qu'elle marchait plus près ou qu'elle garait sa voiture et était restée si près du trottoir qu'elle avait évité le champ de la caméra. Sans compter que la bande pouvait se terminer ou effectuer un de ses sauts intempestifs. Je regardai à nouveau le code temporel : il se rapprochait encore un peu plus de la minute fatidique.

Si je ne la voyais pas très bientôt, la minuscule fenêtre se refermerait pour toujours.

Je gardai une voix égale, neutre, rien qui puisse trahir l'impatience ou l'excitation. « J'ai rencontré un homme, un jour, il y a des années, poursuivis-je. C'était un moine bouddhiste et il m'a dit une chose que je n'ai jamais oubliée. Il m'a dit que, pour être libre, il faut lâcher prise. »

Pamuk ne répondit pas et, évidemment, je n'avais aucun moyen de voir son visage. Je regardais le code temporel grignoter les secondes. Où était-elle ?

Où était-elle, bon sang ?

« Intéressant, dit enfin Pamuk, et il le répéta : Il faut lâcher prise. Lâcher mes boulots merdiques, c'est ça que vous voulez dire ?

— Je ne vous dis rien du tout. Mais c'est peut-être la raison de ma présence ici : j'ai été mis sur votre route pour passer le témoin, si on peut dire. Prenez ça comme un cadeau, si vous voulez. »

Je vis une voiture à l'écran. Elle traversa le cadre comme si elle allait se garer : une Fiat, de couleur sombre, mais il était difficile d'en être certain sur une télévision en noir et blanc. Je ne m'avançai pas dans mon siège, même si j'en avais envie, je me contentai de redresser les épaules comme si je voulais me détendre.

Je vérifiai le code temporel : il était quasi pile poil. L'instant d'après, une femme apparut. Une musulmane, la tête baissée, portant un foulard et la longue robe traditionnelle, qui se pressait vers la cabine téléphonique.

À mi-chemin, venant des pompes, loin du trottoir, elle fouilla dans son sac à main et en sortit un téléphone portable. Puis elle s'arrêta, regarda autour d'elle comme pour s'assurer que personne ne l'observait, et je vis son visage pour la première fois.

Je gardai les yeux fixés sur elle pendant ce qui me parut de longues minutes, mais ne dura pas plus de deux secondes selon le code temporel. Elle regarda sa montre, s'avança vers la cabine téléphonique et disparut du cadre.

Je bougeai à peine. J'étais totalement concentré sur l'écran, même si je réfléchissais à toute vitesse, adoptant ce que j'espérais être le langage corporel approprié pour faire croire à Pamuk que je n'avais rien vu d'intéressant. Peu de temps après, quelques minutes peut-être, la bande se termina et je ne vis pas la femme sortir de la cabine téléphonique.

Je pris les parasites comme excuse pour me retourner et voir si Pamuk avait remarqué quelque chose de fâcheux. Il n'était plus là.

J'avais été tellement pris par ce qui se passait sur l'écran que je n'avais pas entendu une voiture s'arrêter pour prendre de l'essence ni remarqué que Pamuk était allé s'en occuper. Je restais assis dans la solitude et le silence pendant un bon moment à penser à la femme que j'avais vue. Je finis par me lever. J'avais besoin de prendre l'air.

Pamuk venait de servir un autre client et, quand le véhicule démarra, il se tourna vers moi. « Trouvé ce que vous cherchiez ?

— Non, mentis-je.

— C'est pour ça que vous êtes si pâle ?

— Quelques heures dans ce que vous appelez votre bureau aurait cet effet sur n'importe qui. »

Il sourit. « Je veux vous remercier pour ce que vous m'avez dit, ce truc à propos de la liberté.

— N'en parlons plus. Désolé, pour le coup d'alène.

— Je le méritais probablement. Il était temps que quelqu'un me réveille. » Il rit.

Nous nous serrâmes la main et je m'en allai. Nous ne nous sommes jamais revus mais, quelques années plus tard, alors que j'écoutais la National Public Radio, je l'ai entendu interviewé. J'appris qu'il avait connu des tas de succès en jouant des instruments traditionnels, qu'il était devenu une sorte de Kenny G. turc. Son album le plus vendu s'appelait *If you want to be free*.

Seul, perdu dans mes pensées, je partis à pied dans la lumière déclinante de cette fin d'après-midi. Je n'avais pas emporté la cassette VHS qui était à même d'identifier cette femme : je n'en avais pas besoin. Je l'avais reconnue quand elle s'était arrêtée pour regarder autour d'elle. C'était Leyla Cumali.

46

Peu après le 11 Septembre, quand l'armée de l'air américaine avait commencé à bombarder des sites en Afghanistan pour tenter d'abattre les dirigeants d'al-Qaïda, une femme vivant dans un village reculé était devenue une légende dans les mosquées où fleurissait le fondamentalisme islamique.

L'aviation avait largué plusieurs bombes guidées par laser sur une maison quelconque mais, hélas, les services des renseignements américains s'étaient encore trompés. Ayman al-Zwahiri, l'homme après qui ils en avaient, ne s'y trouvait pas. Il n'y avait que sa femme et certains de ses enfants.

Sorties de nulle part, explosant au cœur d'une nuit glaciale, ces bombes avaient rasé la maison et tué la plupart des enfants. Mais, gravement blessée, leur mère avait survécu. Presque aussitôt, les hommes des maisons environnantes s'étaient précipités dans les ruines et, maudissant les Américains, leur promettant une vengeance éternelle, avaient essayé de déblayer les pierres et les gravats à mains nues pour parvenir jusqu'à la femme.

Elle était consciente, incapable de bouger, mais dans le chaos de l'attaque elle n'avait pas eu le temps de mettre son voile. Elle avait entendu les sauveteurs creuser de plus en plus près et, lorsqu'ils avaient été à portée de voix, paniquée, elle leur avait ordonné d'arrêter. En tant que femme d'un fondamentaliste islamique et pieuse musulmane elle-même, elle ne pouvait pas laisser un homme qui ne soit pas un parent proche la voir sans voile. Elle préférait mourir que se prêter à pareille offense, et ce n'était pas une vaine menace. Les sauveteurs avaient eu beau l'implorer, de même que plusieurs femmes du village, ils n'étaient pas arrivés à la faire changer d'avis et, quelques heures plus tard, toujours dévoilée, elle avait succombé à ses blessures.

J'avais lu quelque chose là-dessus peu de temps après que ce fut arrivé, et, en marchant dans les rues de Bodrum, je repensais à ce degré de dévotion religieuse ou de folie – choisissez la définition qui vous convient le mieux. C'était ce genre de femme que je m'étais plus ou moins attendu à trouver utilisant un message préconfiguré sur un téléphone portable pour communiquer avec le terroriste le plus recherché au monde. Au lieu de quoi, j'avais Cumali, une femme moderne à plus d'un titre, qui travaillait, qui conduisait seule sa voiture italienne noire. Ça ne cadrait pas.

Le type de l'Hindu Kush était certainement le premier d'une nouvelle race de fanatiques islamistes – intelligent, instruit, familier des technologies modernes –, le genre d'homme en comparaison duquel les pirates du 11 Septembre faisaient figure de brutes arriérées – qu'ils étaient d'ailleurs. L'Occident avait enfin un ennemi à la mesure de nos peurs, et j'étais personnellement convaincu qu'il incarnait l'avenir. Nous allions très bientôt regretter le bon vieux temps des attentats-suicides et des pirates de l'air. Mais, aussi sophistiqué qu'il fût, il n'en était pas moins ardent disciple de l'islam, alors que la seule collaboratrice qu'on lui connaissait semblait tout sauf intégriste. Certes, elle s'habillait modestement, conformément à sa religion, mais Leyla Cumali n'avait rien à voir avec la femme d'al-Zawahiri, même avec un gros effort d'imagination.

Je m'arrêtai devant un bar près du front de mer, très apprécié de l'important contingent des routards de Bodrum, et déclinai l'invitation tapageuse de trois jeunes Allemandes à me joindre à elles. Je regardai autour de moi et vis un peu plus loin ce que je cherchais : un banc tranquille, à l'ombre, où je m'assis pour appeler Bradley.

Il était en train de déjeuner d'un sandwich à son bureau et je lui fis un rapide compte-rendu de l'histoire de la Maison française, puis lui parlai du numéro de téléphone de l'agent immobilier. J'abordai ensuite le véritable objet de mon appel. Je lui dis que la seule autre information significative était que la femme chargée de l'enquête s'était révélée très compétente.

« Elle s'appelle Leyla Cumali. N'oublie pas son nom, Ben, je crois que nous allons beaucoup avoir affaire à elle. Elle a la trentaine, elle est divorcée, mais à part le fait qu'il n'y a que quelques années qu'elle vit ici, je ne sais absolument rien d'elle. »

Cela avait l'air parfaitement naturel, mais j'espérais en avoir assez dit pour que Bradley comprenne qu'il devait appeler notre ami afin que ses gens en découvrent autant que possible au sujet de cette femme. Je ne fus pas déçu.

« Cumali, dis-tu ? Tu peux m'épeler ça ? »

Je lui épelai le nom, mais n'essayai pas de faire savoir à Murmure que c'était la femme de la cabine téléphonique. Aussi énorme que soit cette révélation, j'étais inquiet. Je n'en savais pas encore suffisamment à son sujet, elle n'avait pas du tout le profil que j'avais imaginé, et j'avais peur que quelqu'un, parmi les responsables – peut-être même le président en personne –, ne donne l'ordre de l'enlever en secret, de la transférer dans un pays du tiers-monde où on la soumettrait à toutes les tortures nécessaires à la découverte de l'identité et de la localisation du Sarrasin. De mon point de vue, ce serait presque assurément un désastre.

Depuis le début, j'étais convaincu que la femme impliquée avait un moyen de le contacter, et rien n'était venu contredire l'idée que la méthode la plus vraisemblable consistait à passer un message innocent sur un forum Internet, quelque chose comme un site de rencontres, ou dissimulé dans les communications personnelles d'une myriade de publications électroniques différentes. Un tel message, indécelable par un tiers, était censé avoir une énorme signification pour le Sarrasin.

Et aussi astucieux qu'il soit, ce système avait un autre avantage : il pouvait être piégé. Une minuscule modification – une erreur orthographique dans un mot, par exemple – indiquerait au Sarrasin qu'elle agissait sous la contrainte et qu'il devait disparaître. Or s'il apprenait que nous étions sur sa piste, nous n'aurions selon moi plus la moindre chance de mettre la main sur lui.

Pour cette raison, je voulais que Murmure sache tout de suite que la capture de cette femme serait probablement une catastrophe. Je voulais aussi être en mesure de lui donner plus d'informations sur la relation entre une flic turque moderne et un terroriste arabe.

Lorsque l'obscurité tomba, je sus que j'avais une occasion rêvée de creuser un peu plus dans la vie de Leyla Cumali.

47

Toujours assis sur mon banc, les ombres s'allongeant autour de moi, je composai un autre numéro.

« Bonsoir, monsieur Brodie David Wilson, dit le directeur de l'hôtel lorsqu'il reconnut ma voix. Peut-être vous avez d'autres aventures pour m'aider et les camarades simples charpentiers aussi ?

— Pas aujourd'hui, répondis-je. Je voudrais en savoir plus sur le cirque national à Milas. À quelle heure ça commence et ça se termine ?

— Vous êtes un homme de nombreuses et grandes surprises. Vous voulez une observation du cirque ?

— Non, je pensais y faire un numéro.

— Vous me taquinaillez, rétorqua-t-il en riant.

— Oui, admis-je. Un collègue m'a suggéré d'y aller et je me demandais combien de temps cela prendrait.

— Je vais aller sur la ligne de l'Internet, dit-il, et je l'entendis pianoter sur un clavier. Oui, le voilà – tout dans la langue des hommes turcs. C'est une très bonne chance que vous bénéficiiez de mes orifices comme traducteur.

— Et Dieu sait que vos orifices sont bons.

— Les heures sont les suivants : la grande parade commence à 18 heures de la soirée nocturne et l'extravagance du grand final est à 23 h 30. »

Je le remerciai et raccrochai. L'obscurité tombait aux alentours de 20 h 30, je pouvais donc profiter de la nuit pour entrer dans la maison de Cumali vers 21 heures. Le temps qu'elle revienne de Milas, il serait plus de minuit, ce qui me laissait trois heures.

Évidemment, c'était une hypothèse, fondée sur la certitude que le cirque finirait à l'heure. On aurait pu penser que, depuis le temps, j'avais appris que les hypothèses pouvaient être très dangereuses.

Je jetai un coup d'œil à l'horloge d'un bâtiment proche : il était 17 heures. J'avais quatre heures avant mon rendez-vous clandestin au vieux port, quatre heures pour effectuer un trajet en bateau, quatre heures pour trouver un passage secret.

Mais d'abord, il fallait que je trouve un magasin vendant du matériel de construction.

48

Le petit bateau de pêche longea la plage des Allemands et, à la dernière minute, le skipper au visage buriné passa la marche arrière de son moteur asthmatique, tourna rapidement la barre et, en une manœuvre irréprochable, s'arrêta juste contre la jetée en bois.

Lorsqu'à la marina de Bodrum je m'étais approché du vieil homme assis en train de réparer un des treuils du bateau et que je lui avais parlé de l'excursion que j'avais en tête, il avait d'abord catégoriquement refusé.

« Personne ne va à ce quai, dit-il. La Maison française est… » Incapable de trouver le mot en anglais, il mima un couteau lui tranchant la gorge et je compris : c'était interdit.

« C'est vrai, sauf pour la police », répondis-je en sortant mon badge. Il le regarda un moment, puis le prit pour l'examiner de plus près. L'espace d'un instant, je crus qu'il allait mordre dedans pour en vérifier l'authenticité.

Mais il me le rendit, l'air toujours aussi sceptique. « Combien ? » demanda-t-il.

Je lui dis qu'il devrait m'attendre, que nous serions partis trois heures en tout, et je lui proposai un tarif qui me sembla plus que généreux. Il me dévisagea et sourit, révélant une belle collection de dents cassées.

« Mais je croyais que vous vouliez louer le bateau, pas l'acheter. » Riant encore de sa chance exceptionnelle, il laissa tomber le treuil parmi ses filets et me fit signe de monter à bord.

Lorsque nous fûmes arrivés à la jetée, j'escaladai le plat-bord et, tenant un sac en plastique du magasin de matériaux de construction, je sautai à terre. La falaise se dressait au-dessus de nous, surplombant la mer, et personne dans la maison ni sur les pelouses ne pouvait nous voir.

Cela dit, j'étais content d'être protégé par l'ombre de la fin d'après-midi, sans vraiment pouvoir expliquer pourquoi. Tout ce que je savais, c'est que je n'aimais pas la maison, je n'aimais pas non plus la plage des Allemands et j'étais sûr, si j'avais raison, que je n'allais pas aimer ce que j'allais trouver.

La Salle d'Attente. J'étais convaincu, à cause de l'emplacement de la maison, que c'était pour attendre un bateau que les visiteurs d'il y a bien des années étaient venus dans le coin. D'après ce qu'on en disait, ils arrivaient à Bodrum sans être vus, passaient quelques jours dans la sinistre propriété, à l'abri des regards, puis s'en allaient dans des circonstances tout aussi mystérieuses.

À l'époque, un cabin-cruiser probablement amarré dans le garage à bateaux – une embarcation dans laquelle les visiteurs ne pouvaient pas être vus – devait servir à les emmener sur un cargo de passage au large.

Mais descendre la falaise par le sentier n'avait aucun sens – il était complètement exposé à la vue du public. C'est pourquoi je pensais qu'il y avait une autre façon d'aller de la maison au garage à bateaux.

J'appelai le skipper, je lui dis que j'allais monter le sentier, parcourus la jetée et, dès que je fus hors de sa vue, commençai à examiner le garage à bateaux. Il était accolé à la falaise et je trouvai vite ce que je cherchais : une porte. Bien qu'elle fût verrouillée, le bois était vieux et il céda rapidement sous mon coup d'épaule.

J'entrai dans l'obscurité qui régnait à l'intérieur.

L'endroit était gigantesque et là, reposant sur des rails sous-marins, il y avait un vieux cabin-cruiser parfaitement entretenu. Je ne pus m'empêcher de me demander à qui avaient appartenu les postérieurs qui s'étaient assis sur les somptueux coussins se trouvant à l'intérieur.

D'un côté, de grandes portes, commandées par des treuils électriques, donnaient accès à la mer. De l'autre, des vestiaires, deux douches, des toilettes et un grand atelier. Et, partant d'un mur, des marches assez raides.

J'ouvris le sac en plastique, en sortis le dispositif que j'avais acheté et je me dirigeai vers l'escalier.

49

Je pénétrai dans deux toutes petites chambres. Durant l'hiver, c'était l'appartement de Gianfranco mais là, les meubles étaient enveloppés d'un linceul de poussière et tout le reste avait été rangé.

J'allumai l'appareil que je tenais à la main et je regardai osciller l'aiguille du voltmètre. Il était fabriqué en Suisse et très onéreux mais j'étais sûr qu'il fonctionnerait, contrairement à ses homologues chinois, de la camelote pour la plupart. Cet appareil était conçu pour les entreprises de construction et de restauration. Il indiquait où passaient les câbles de l'alimentation électrique dans les murs et les plafonds, pour vous éviter d'y planter un clou et de vous électrocuter.

S'il y avait une porte dérobée ou une trappe dans le garage à bateau, elle devait fonctionner soit mécaniquement soit électriquement. Le problème avec un système mécanique, c'est sa complexité ; il y faut des leviers, des poulies, des chaînes et des contrepoids, alors qu'un système électrique ne nécessite qu'un moteur. Ce serait donc le plus probable.

Je levai l'appareil, plaçai les deux pointes sur le mur et commençai à l'explorer sur toute sa longueur. J'essayai de trouver un câble d'alimentation relié à un interrupteur caché mais, si l'appareil trouvait beaucoup de fils, tous menaient à des éclairages ou à des prises électriques. Après en avoir fini avec les murs, j'attaquai le plafond et le sol, sans plus de résultats.

Redescendant, je constatai que le vent avait forci et faisait battre les portes du côté de la mer – une tempête menaçait –, mais je l'ignorai et j'entrai dans l'atelier. La pièce, pleine d'outillages électriques et de rayonnages de peintures, était adossée à la falaise. C'était l'emplacement le plus approprié pour dissimuler une porte. Je commençai par le mur du fond, travaillant vite.

L'aiguille du voltmètre n'arrêtait pas de sauter – il y avait des câbles électriques partout dans les murs –, mais chaque fil menait à l'une des nombreuses prises ou à des commutateurs, ce qui était parfaitement normal. Le plafond et le sol en ciment, même sous les établis, ne révélèrent rien, et mon moral en prit un coup.

Me demandant si je ne m'étais pas fait des idées à cause des croix gammées, je passai aux vestiaires. L'espoir remonta quand je trouvai un interrupteur sous un banc en bois, pour retomber à nouveau lorsque je découvris qu'il commandait le chauffage au sol.

De là, je me dirigeai vers les douches, mais décidai de scanner les toilettes d'abord. Mes chances de trouver diminuaient à vue d'œil.

Rien au plafond et au sol, de même que sur trois des murs, mais sur celui où se trouvait le lave-mains avec une armoire de toilette au-dessus, j'obtins un signal.

618

Il n'y avait pas d'interrupteur ni de prise sur ce mur, mais l'oscillation de l'aiguille ne m'étonna pas plus que ça : il devait y avoir un petit éclairage à l'intérieur de l'armoire de toilette. J'en ouvris la porte, qui était revêtue d'un miroir, et, hormis une vieille brosse à dents, je n'y trouvai rien.

Avec le voltmètre, je suivis le fil le long du mur jusqu'à ce que j'arrive à un angle droit : le mur où se trouvait la cuvette des toilettes m'arrêta. Qu'une alimentation électrique coure le long d'un mur latéral pour disparaître dans un coin était pour le moins étrange. Qu'y avait-il derrière la cuvette ? Je sondai le mur – c'était de la pierre, ou de la brique. Du solide, en tout cas.

Je revins à l'armoire de toilette et me servis du voltmètre pour chercher tout autour. Le fil s'arrêtait derrière elle, il n'y avait aucun doute. C'était une simple boîte en bois et je l'examinai attentivement : elle était vieille, et avait très certainement été installée quand la maison avait été construite, mais le miroir était neuf. Je me demandai si un chargé d'entretien – Gianfranco, par exemple – avait dû remplacer le miroir et, en déplaçant l'armoire du mur, découvrir quelque chose de bien plus intéressant derrière.

En me servant de la torche de mon porte-clés, j'explorai les bords de la boîte avec mes doigts. S'il y avait un interrupteur derrière, il fallait qu'il y ait un accès commode. Rien, apparemment. J'envisageai d'ôter les vis maintenant l'armoire au mur – ou d'aller prendre un marteau dans l'atelier pour l'arracher – lorsque je découvris un petit levier ingénieux dissimulé sous la planche inférieure.

Je tirai dessus, l'armoire s'écarta du mur et je pus la faire pivoter vers le haut : un bel exemple du génie mécanique allemand.

Dissimulé derrière, dans le mur, je trouvai un bouton de cuivre avec une croix gammée. J'appuyai dessus.

50

Un moteur électrique ronronna et tout le mur derrière les toilettes et le réservoir d'eau s'ouvrit en pivotant. C'était très ingénieusement construit. Le mur lui-même, de blocs de pierres, devait peser une tonne, et les tuyaux d'alimentation d'eau et d'évacuation pouvaient se déplacer sans être arrachés.

À l'intérieur de la cavité qui venait de s'ouvrir, une grande niche abritait le moteur électrique qui actionnait le mécanisme. Des marches de pierres – larges et superbement bâties – descendaient dans l'obscurité. Sur le mur, je vis trois interrupteurs en cuivre qui devaient commander l'éclairage, mais je n'y touchai pas. Je ne savais pas ce qui m'attendait et, comme tout agent secret, je savais qu'on était plus à l'abri dans le noir. J'envisageai de chercher le bouton qui fermerait le mur derrière moi, mais je renonçai. Mieux valait laisser ouvert. Si je devais revenir précipitamment par ici, je ne voulais pas perdre de temps à chercher un interrupteur ou à attendre que la porte s'ouvre. C'était une erreur.

Je descendis les marches silencieusement et j'entrai dans un tunnel suffisamment haut pour qu'on puisse s'y tenir debout, bien construit et correctement drainé, avec un sol dallé et une cheminée de ventilation intégrée à la partie supérieure. L'air était frais et suave.

Le mince faisceau de ma torche éclairait mon chemin à très courte distance et, avant qu'il ne soit avalé par l'obscurité, je vis que le tunnel était creusé dans la roche. Plus loin, quelque part à travers la falaise, sous les majestueuses pelouses, il communiquait avec la maison.

Je m'y enfonçai un peu plus quand mon faible pinceau de lumière accrocha un reflet de bronze sur le mur. En m'approchant, je vis qu'il s'agissait d'une plaque scellée dans la roche. Mon allemand était rouillé, mais suffisant pour la déchiffrer. La mort dans l'âme, je lus : « Par la grâce de Dieu tout-puissant, entre les années 1946-1949, les hommes dont les noms suivent – fiers soldats du *Reich* – conçurent, réalisèrent et bâtirent cette maison. »

Suivait une liste de noms avec leurs grades militaires et la tâche qu'ils avaient accomplie au cours de la construction. Je vis que la plupart d'entre eux étaient membres de la Waffen SS – l'aile armée à chemises noires du parti nazi – et, alors que j'étais à mille lieues d'être en sécurité, devant mes yeux resurgit la photo de la mère et de ses enfants sur le chemin de la chambre à gaz. C'était la section des SS qui assurait le fonctionnement des camps de la mort.

Au bas de la plaque se trouvait le nom du groupe qui avait financé et organisé la construction de la maison. Il s'appelait « Stille Hilfe » – aide silencieuse – et cela confirmait ce que je soupçonnais depuis que j'avais vu les croix gammées sur le mur de la bibliothèque.

Stille Hilfe était une organisation – ODESSA en était paraît-il une autre – qui avait aidé des nazis en fuite, surtout des membres importants de la SS, à quitter l'Europe. C'était un des meilleurs réseaux clandestins ayant jamais existé ; il était impossible d'avoir travaillé comme agent de renseignement à Berlin sans en avoir entendu parler. D'après mes souvenirs, ils avaient fourni de l'argent, des faux passeports et des moyens de transport par des voies secrètes connues sous le nom de « ratlines » ou réseaux d'exfiltration nazis. J'étais sûr que la demeure avait été construite pour servir de terminus à l'un de ces réseaux, de point d'embarquement pour emmener les fugitifs et leurs familles en Égypte, aux États-Unis, en Australie et, surtout, en Amérique du Sud.

Je pris une profonde inspiration et me fis la réflexion que je m'étais lourdement trompé : malgré le système d'aération, l'air n'était pas du tout frais ni suave. Il était nauséabond, et je pressai le pas, ayant hâte d'en finir avec cet endroit et le terrible souvenir des hommes qui avaient fui, un jour, par ce tunnel.

Devant moi, le faisceau de ma torche m'indiquait que j'arrivais au bout. Je m'attendais à trouver un escalier assez raide, et il me fallut un moment pour comprendre que j'avais sous-estimé les talents d'ingénieurs des soldats allemands : il y avait un ascenseur.

51

La petite cabine d'ascenseur grimpa vite et silencieusement le long de la cage. J'étais sur mes gardes – je n'avais aucune idée de l'endroit où elle aboutirait dans la maison et s'il y aurait quelqu'un.

Il s'arrêta brutalement et j'entendis le bruit d'un moteur électrique. Lorsque la porte finit par s'ouvrir, je vis ce que le moteur commandait : le mur du fond en plaques de plâtre d'une lingerie dissimulant l'ascenseur avait glissé. Je pénétrai dans l'obscurité, me déplaçai rapidement entre des étagères de draps bien repassés et j'entrouvris doucement une porte.

Je jetai un œil dans le couloir. J'étais au premier étage, une partie de la maison que je n'avais jamais vue. J'aurais pu partir à ce moment-là, fort de ma découverte de ce qu'il y avait bien un accès secret à la maison mais, entendant une voix, assourdie et méconnaissable à cause de la distance, je me glissai le long du couloir. Le bruit s'arrêta, mais je continuai d'avancer jusqu'à me retrouver face à l'escalier d'honneur. À l'autre bout, une porte donnant sur les appartements et la principale chambre à coucher était entrouverte.

J'entendis à nouveau une voix venant de l'intérieur : c'était Cameron, et il me vint à l'esprit qu'elle pouvait très bien parler toute seule, évoquer tranquillement le souvenir de son mari dans sa chambre. Je me rappelai qu'elle m'avait dit sentir encore son odeur quand elle était sur leur lit, et j'imaginais qu'elle s'y trouvait à nouveau. Puis j'entendis une autre voix.

C'était celle d'une femme, une jeune Américaine venant du Midwest, d'après l'accent. Elle parlait d'un restaurant quand elle s'arrêta brusquement.

« Qu'est-ce que c'est que ça ? demanda-t-elle.

— Je n'ai rien entendu, répondit Cameron.

— Non, pas un bruit – un courant d'air. »

Elle avait raison : le vent s'engouffrait dans le tunnel, montait par la cage d'ascenseur et sortait de la lingerie.

« As-tu laissé la porte du garage à bateaux ouverte ? demanda Cameron.

— Mais non », dit l'autre femme.

Toutes deux connaissaient l'existence du tunnel. Pour ce qui était de sa déclaration d'amour à son mari, Cameron aurait mérité un Oscar, en tout cas.

« C'est peut-être le vent qui a ouvert une porte du bas, suggéra Cameron. Il y a une tempête qui s'annonce.

— Peut-être. Je vais quand même aller voir.

— Je pensais qu'on allait se coucher, répondit Cameron.

— On y va. J'en ai pour une minute. »

J'entendis qu'on ouvrait un tiroir, puis un cliquetis métallique. Une longue et pénible expérience m'avait appris à reconnaître le bruit caractéristique du pistolet que l'on arme et, lorsque je l'entendis, je fis demi-tour pour regagner la lingerie au plus vite.

Le couloir était trop long. Cette femme allait me voir dès qu'elle sortirait de la chambre. Je tournai à gauche, j'ouvris une porte, et je pénétrai dans une chambre d'amis. Je fermai la porte sans faire de bruit et, le cœur battant à tout rompre, j'attendais dans l'obscurité, espérant qu'elle descendrait l'escalier d'honneur.

Mais non. J'entendis les pas s'approcher, et je me préparai à lui sauter dessus et à la désarmer dès qu'elle aurait franchi la porte. Elle continua son chemin – se dirigeant vers l'escalier de service, m'imaginai-je – et je lui donnai une minute avant de me glisser à nouveau dans le couloir.

Il était vide, je me dépêchai de revenir à la lingerie, regardai le mur secret se refermer derrière moi et j'attendis que l'ascenseur redescende jusqu'au tunnel. Ce n'est qu'alors que je m'adossai au mur et que je me concentrai, essayant d'enregistrer dans ma mémoire la tonalité exacte de la voix de cette femme.

En réalité, je n'aurais même pas dû me donner cette peine. Ce fut une odeur de gardénia, curieusement, qui allait se révéler éclairante.

52

Les épaules ramassées contre le vent qui se levait, le visage fouetté par les embruns, je longeai la marina aspergée par les vagues crêtées d'écume se formant peu à peu. La tempête d'été – sauvage et imprévisible – arrivait et, déjà, des têtes de cumulonimbus apparaissaient dans le ciel, des éclairs illuminaient l'horizon.

Le trajet de retour dans la baie depuis la Maison française avait été une lutte contre le vent et la marée. Le skipper lui-même, ayant viré au vert, m'avait dit en riant que, pour ce qui était de notre négociation, je ne m'en tirais pas si mal, en fin de compte. Je l'avais payé et m'étais dirigé quelque peu chancelant vers la promenade du front de mer.

Au bout de la baie, je trouvai ce que j'avais vu quelques jours plus tôt : un ghetto de garages et de boutiques miteuses spécialisées dans la location de scooters et de cyclomoteurs aux légions de touristes. J'entrai dans la plus fréquentée – on passe plus facilement inaperçu au milieu d'une foule de gens –, je jetai mon dévolu sur le deux-roues le plus répandu – une Vespa classique –, présentai mon permis et mon passeport à un préposé débordé, et filai dans la tempête qui approchait.

Je fis un arrêt à une boutique vendant des téléphones portables et autres petits équipements électroniques. Je scrutai la vitrine, désignai ce que je voulais et j'en achetai deux exemplaires.

Je roulai jusqu'au prochain carrefour et, dans une ruelle déserte, à un endroit où la chaussée était défoncée, j'entrepris de salir mes plaques d'immatriculation avec de la terre pour les rendre illisibles. C'était bien plus sûr que de les ôter. Si un agent de la circulation m'arrêtait pour s'en plaindre, je me contenterais de hausser les épaules et de dire que je l'ignorais. Le but du scooter était simple : disposer d'un moyen de fuir à toute vitesse au cas où les choses tourneraient mal.

Pour cette raison aussi, il fallait qu'il soit garé derrière la maison de Cumali, si bien que, m'étant dirigé vers le vieux port, je contournai l'énorme bâtiment abritant Gul & Fils, Marina et Chantiers navals, et m'engageai dans une rue étroite menant aux aires de chargement. Tout était fermé pour la soirée et, par chance, il n'y avait pas d'autre bâtiment donnant sur cette zone. Je garai la Vespa derrière une rangée de bennes à ordure, tout contre le mur de briques clôturant la propriété de Cumali, et montai sur la selle à la faveur de la nuit.

Sous les premières gouttes de pluie et dans le vent grondant à travers le toit de tôle ondulée des entrepôts de Gul, je sautai pour agripper le haut du mur, me hissai dessus et courus tout le long.

À quatre mètres du sol, le vent soufflait encore plus fort, et je dus faire appel à toute ma concentration pour ignorer les coups de tonnerre et ne pas perdre pied en me dirigeant vers le garage de Cumali.

Je grimpai sur le toit, m'accroupis pour avancer sur les tuiles glissantes de pluie. De là, il fallait sauter un petit vide jusqu'à l'arrière de la maison et s'accrocher à un garde-corps en fer forgé très orné qui protégeait une fenêtre du premier étage. Je n'étais plus si jeune – ni si en forme –, mais je n'eus quand même aucun mal à m'élancer à partir d'un enchevêtrement de vieux tuyaux et à atterrir sur le toit pentu de la maison.

Je m'agenouillai dans le noir, j'enlevai quatre tuiles de terre cuite et je me laissai tomber dans le grenier. Il n'était pas aménagé, et je fus content de voir que Cumali s'en servait comme espace de rangement, ce qui voulait dire qu'il y aurait un panneau d'accès m'évitant de creuser un passage dans le plafond à coups de pied.

Sans remettre les tuiles en place, je traversai le grenier, lentement, pour habituer mes yeux à la pénombre. Contre un mur, je vis une échelle pliante et je sus que j'avais trouvé la trappe. Je le soulevai délicatement et regardai en bas dans la cage d'escalier. J'étais à la recherche d'un capteur et du clignotant rouge du mouchard, mais il n'y avait rien. Il n'y avait pas d'alarme.

J'ouvris le panneau, je laissai descendre l'échelle sans bruit et me glissai dans la maison silencieuse et sombre de Cumali.

Je me figeai.

Je n'étais pas seul. C'était un mouvement à peine perceptible, un bruit étouffé – peut-être un pied posé sur un parquet –, venant de la pièce à l'avant de la maison. La chambre de Cumali, supposai-je.

Se pouvait-il qu'elle ne soit pas allée à Milas ? Dans ce cas, où était son fils ? Se pouvait-il que quelqu'un d'autre habite la maison – la nounou par exemple ? Je n'avais pas de réponse, mais j'avais une solution de dépannage. Je sortis le Beretta de ma ceinture et m'avançai à pas de loup vers la porte.

Elle était entrouverte, mais il n'y avait pratiquement pas de lumière venant de l'intérieur. Si c'était Cumali, j'étais foutu, mais avec n'importe qui d'autre, j'avais une chance. La probabilité que quelqu'un, pris par surprise et la peur au ventre, soit capable de me décrire dans l'obscurité était asymptotique de zéro. Il fallait juste que je me souvienne de ne pas parler. Mon accent pourrait considérablement réduire le champ des suspects.

Je poussai violemment la porte et me ruai à l'intérieur, comme on me l'avait appris. Le bruit et la soudaineté du mouvement avaient pour but de déstabiliser le professionnel le plus aguerri. Je balayai la pièce du canon de mon Beretta et vis les yeux en premier – verts – qui me regardaient fixement. Leur propriétaire était installé sur le lit.

Il se léchait les pattes.

C'était le chat de gouttière que j'avais vu par la fenêtre de la cuisine. Bon sang ! J'aurais dû me souvenir qu'elle avait un chat. Je me relâche, pensai-je.

Furieux, je fis demi-tour, descendis l'escalier et me retrouvai dans le salon. Les rideaux étaient tirés, la pièce n'était que flaques d'ombre, mais la première chose que je vis fut la télévision dans un coin et un décodeur Sky posé dessus. Je restai devant un instant, imaginant Cumali de nuit, assise par terre, jambes croisées, son fils endormi à l'étage, en train de composer et de copier ses messages.

Me trouver ainsi proche de la source me galvanisa, et j'allai à la fenêtre pour m'assurer que les rideaux étaient bien tirés, puis allumai une lampe. Quand on entre par effraction dans une maison, utiliser une torche est la dernière chose à faire. La lumière filtre à l'extérieur et rien n'alerte plus vite un voisin ou un passant qu'un faisceau de lumière se promenant d'une pièce à l'autre. Alors que la faible lueur d'une lampe, elle, semble normale.

Dans un coin se trouvait le bureau de Cumali, envahi de dossiers et de factures, à côté d'un ordinateur. Je déplaçai la souris et l'écran s'éclaira. Heureusement, comme la plupart des gens, elle avait laissé son poste allumé et je n'eus pas à me soucier de décoder son mot de passe ou d'extraire le disque dur. Je pris dans ma poche les deux clés USB que j'avais achetées dans la boutique de téléphonie mobile. J'en insérai une dans le port de l'ordinateur. L'autre n'était qu'une clé de rechange, au cas où. J'étais suffisamment familier de Windows pour ne pas être gêné par le fait que celui-là était en turc et je fis une sauvegarde complète.

Une fois tous ses fichiers et ses courriels copiés sur le minuscule support, j'entrepris de fouiller son bureau. Je le partageai en quatre sections et j'y allai méthodiquement, examinant tout sans me laisser aller à la moindre précipitation. Je me servis de mon téléphone portable pour photographier tout ce qui présentait de l'intérêt, mais au fond de moi je savais que ce n'était que pure forme. Il n'y avait là rien qui puisse faire penser à un sinistre complot.

Parmi une pile de factures en attente de règlement, il y avait un dossier avec tous les relevés de téléphones fixe et portable de Cumali, et je pris quelques minutes pour y jeter un œil. Il n'y avait rien de suspect dans les numéros qu'elle avait appelés – aucun au Pakistan, au Yémen, en Afghanistan, en Arabie saoudite ou autres points chauds de l'intégrisme islamique. Aucun code de facturation, non plus, indiquant l'existence de numéros relais pour se connecter à un numéro étranger. Il ne s'agissait que d'appels intérieurs turcs à première vue, mais je les photographiai quand même.

Puis la lampe s'éteignit.

La peur me saisit et, instinctivement, je pris mon arme. J'écoutai attentivement, mais je n'entendis rien, pas même le chat. Je me levai du bureau et me déplaçai sans bruit jusqu'à la fenêtre pour voir ce qui se passait au-dehors. J'écartai un rideau pour observer la rue : la tempête faisait rage, à présent, et toute la zone était plongée dans l'obscurité. C'était une panne générale d'électricité.

J'aurais évidemment dû me demander si c'était juste Bodrum qui était touchée, ou si la panne s'étendait sur un territoire plus vaste. Malheureusement, je n'y ai pas pensé.

53

Obligé de me servir de ma lampe torche, je revins à ce qui se trouvait sur le bureau, puis passai aux tiroirs. Encore plus dénués d'intérêt.

Sur un morceau de papier, une grille de mots croisés à moitié remplie arrachée d'un journal londonien, je vis qu'en marge quelqu'un avait écrit le mot « poisson-clown ». Peut-être avait-on essayé de trouver une définition. Peut-être pas. C'était griffonné, à la hâte et, comme j'aurais été incapable de dire si c'était l'écriture de Cumali ou non, je la photographiai aussi.

Quelques minutes plus tard, feuilletant un vieil agenda, je trouvai une liste d'animaux de mer écrite à la main – en anglais – où le même mot apparaissait.

Cela ne m'évoqua toujours rien – peut-être avait-elle essayé d'apprendre quelque chose à son fils – et je passai outre.

Grâce à la panne d'électricité, j'hésitai bien moins à me servir de ma torche – tout le monde dans Bodrum devait faire de même – et je balayai la pièce, cherchant sur les murs de pierres et les lattes de plancher inégales la présence d'un coffre caché. Il n'y avait rien, si bien que je sortis la clé USB de l'ordinateur – heureusement, la copie des fichiers avait pris fin avant la panne de courant – et remontai l'escalier pour aller dans la pièce où j'avais le plus de chance de trouver quelque chose : la chambre de Cumali.

Je me dirigeai vers son bureau lorsque le faisceau de ma torche me fit entrevoir un haut classeur à tiroirs qui se trouvait dans son dressing. J'essayai de l'ouvrir, mais, chose étrange, le meuble était fermé à clé.

J'ouvris mon portefeuille pour en sortir un jeu de petits outils à crocheter et il me fallut moins d'une minute pour venir à bout de la serrure. Le premier tiroir était plein de dossiers sur des affaires policières – y compris plusieurs concernant la mort de Dodge – mais derrière eux, dans un espace au fond, je découvris la raison pour laquelle Cumali le gardait verrouillé. Elle ne voulait pas que son fils tombe sur le pistolet Walther P99 qui s'y trouvait.

Il n'y avait là rien d'exceptionnel – nombre de policiers gardent chez eux une arme de réserve –, mais je notai tout de même son numéro de série gravé sur le canon et l'introduisis dans mon téléphone pour vérification ultérieure. Qui sait ? À un moment donné, quelque part, il avait peut-être été utilisé ou enregistré au nom de quelqu'un, et cela pouvait me fournir un indice capital.

Le tiroir suivant était presque vide – juste des factures portant le cachet « Payé », dont l'une provenait de l'hôpital régional. Bien que l'essentiel fût en turc, les noms des médicaments prescrits étaient en anglais et, grâce à mes études médicales, je sus quelle était leur indication. J'examinai la première page du dossier, je vis le nom du patient et la date, et compris que, plusieurs semaines auparavant, le fils de Cumali avait été hospitalisé pour une méningite à méningocoque.

C'était une maladie extrêmement grave – surtout pour les enfants – et difficile à diagnostiquer suffisamment tôt. De nombreux médecins, même urgentistes, la confondent avec la grippe et, le temps que l'erreur soit découverte, il est souvent trop tard. Aux urgences, Cumali avait en tout cas eu la chance de tomber sur un médecin compétent – et résolu – qui n'avait pas attendu les résultats des analyses biologiques et avait immédiatement mis l'enfant sous antibiotiques à doses massives par intraveineuse, ce qui lui avait certainement sauvé la vie.

Je continuai de feuilleter le dossier, content de voir que le petit garçon avait quand même eu de la chance. J'arrivai à la dernière page et vis la signature de Cumali sur la facture. J'allais ranger le dossier lorsque je m'interrompis. Peut-être était-ce parce que je n'avais jamais vu son nom écrit auparavant, mais je m'aperçus de quelque chose : je ne connaissais pas son patronyme. Pas de manière certaine.

En Turquie, l'usage strict pour une femme divorcée est de reprendre son nom de jeune fille, mais je me souvenais d'avoir lu un jour qu'un tribunal pouvait autoriser des dérogations. Disons que, contre toute attente, Cumali ait été le nom de son mari. Cela signifiait que les premières années de sa vie, son nom de jeune fille pourrait fournir un indice.

Dans tout ce que j'avais examiné, je n'avais trouvé ni certificat de naissance, ni livret de famille, ni acte de mariage, ni passeport, rien qui aurait pu m'indiquer le nom qu'elle portait à la naissance. Ces documents pouvaient être conservés dans un endroit sûr – un coffre à son bureau du commissariat, par exemple –, mais c'était impossible à vérifier et j'accélérai, examinant chaque tiroir pour tenter de les trouver.

Les rideaux derrière moi étaient bien tirés et le vent noyait tout autre bruit, ce qui fit que je n'entendis pas qu'une voiture s'était arrêtée devant la maison de Cumali.

54

Ce n'est que plus tard que je découvris que la panne d'électricité s'était étendue bien au-delà de Bodrum, notamment jusqu'à Milas, ce qui signifiait que la représentation nocturne du cirque avait été annulée, les tickets reportés à la semaine suivante et que le public était rentré chez lui bien plus tôt que prévu.

Le petit gars avait dû s'endormir pendant le trajet de retour, parce que Cumali arrêta la voiture devant son garage, aussi près que possible de la porte de derrière. Elle le prit dans ses bras et le porta dans l'allée.

Elle inséra la clé dans la porte, l'ouvrit d'une main, et le courant d'air provoqué par la bourrasque qui entra par les quatre tuiles manquantes du toit lui indiqua instantanément que quelque chose clochait. Et s'il lui restait quelques doutes, ils avaient été balayés par le bruit de mes pas sur le plancher au-dessus.

Elle fit demi-tour avec son fils dans les bras, revint dans la voiture et composa le numéro d'urgence sur son portable. Nul doute qu'elle donna à l'opérateur le code confidentiel – qui existe dans toutes les polices – signalant qu'un agent avait des ennuis et besoin d'aide. Il n'y avait pas d'autre explication à la rapidité et à l'ampleur de la réaction.

Paradoxalement, c'est cette urgence qui me donna une chance ; pas énorme, certes, mais une chance tout de même. Dans certaines situations, il faut prendre ce qui vous est donné sans se plaindre.

La première voiture de patrouille qui se présenta roulait vite, sans sirène ni gyrophare dans l'espoir de surprendre l'intrus, mais pila le long du trottoir. Le bruit du gravier projeté, presque étouffé par le vent, fut le premier signe m'annonçant que ça tournait au vinaigre.

Un agent ayant moins d'heures de vol que moi serait peut-être allé à la fenêtre pour regarder, mais je me figeai, tendant l'oreille. Je perçus le bruit métallique d'une portière de voiture que l'on ouvre, mais pas le claquement caractéristique de celle qu'on referme, ce qui suffit à me faire comprendre que ses occupants ne voulaient pas qu'on les entende et que c'était pour moi qu'ils venaient.

Même si j'étais certain que les flics étaient dehors, je continuai à fouiller dans le classeur, ne voulant pas perdre la seule occasion que j'aurais jamais, cherchant un document, n'importe quel document qui me donnerait le patronyme de Cumali. J'imaginai que les visiteurs attendaient des renforts, ce qui signifiait qu'ils n'allaient pas pénétrer dans la maison à quelques-uns seulement, ce à quoi j'aurais pu faire face. Je décidai de rester jusqu'à ce qu'arrive la voiture suivante, puis de foutre le camp.

Je continuai de chercher, guettant le moindre son, faisant abstraction des hurlements du vent. Moins d'une minute plus tard, j'entendis au moins une autre voiture s'arrêter. Peut-être deux. Malgré mon plan – traitez-moi d'idiot si vous voulez –, je persévérai. Dans le tiroir du bas, sous une pile de vieux magazines de police, je trouvai un grand livre en cuir, comme j'en avais vu maintes fois : un album photos de mariage.

Ce n'était pas ce que j'avais espéré mais, compte tenu des circonstances, c'est ce que j'avais de mieux. Pourvu que les photographes turcs aient autant le sens des affaires que leurs homologues américains ! J'ouvris l'album au hasard, je sortis une des photos et remis le livre là où je l'avais trouvé, certain que l'absence d'un cliché pris tant d'années auparavant ne serait pas remarquée.

Je fourrai la photo à l'intérieur de ma chemise, répandis une partie du contenu du classeur sur le sol et retournai deux tiroirs du bureau pour faire croire à un cambriolage amateur. Je pris le Walther P99 et l'armai – au moins, de ce côté, Dame Fortune était de mon côté. Il était exclu que je me serve de mon propre pistolet – le moindre examen balistique des projectiles me démasquerait aussitôt – mais je n'avais aucun lien avec le Walther. Je me dirigeai vers la porte de la chambre, prêt à me servir de l'arme.

Les lumières de la maison revinrent : le réseau régional avait été réparé. Dame Fortune n'était peut-être pas totalement de mon côté, en fin de compte. Je tournai à droite vers l'escalier qui accédait au grenier – j'avais laissé les tuiles par terre au cas où j'aurais à décamper.

J'entendis des pas – de bottes, plusieurs même – montant les marches du perron. Les flics étaient tout près. J'étais en train de grimper l'escalier quand j'entendis la clé tourner dans la serrure.

Je réussis à atteindre le grenier à l'instant où la porte d'entrée s'ouvrit brutalement, une voix d'homme hurlant quelque chose en turc.

Je hissai l'échelle, me glissai sur le toit, et sortis en rampant. Restant dans l'ombre, je fis une reconnaissance rapide du secteur. La voiture de Cumali était dans l'allée et je vis qu'elle y était assise, son fils sur ses genoux, pendant qu'un groupe de collègues s'avançait vers le garage pour passer dans la cour de derrière. Ils avaient encerclé la maison.

Il n'y avait qu'une issue : sprinter sur les tuiles, puis sauter les six mètres de l'allée pour atterrir sur le toit de l'entrepôt voisin de Gul. Qu'à cela ne tienne : six mètres, pour moi, c'était du gâteau…

Ben voyons. Je n'avais pas sauté six mètres dans les airs depuis mes années de formation et, même à l'époque, j'étais plus du côté de la cuiller de bois que de la médaille d'or.

55

J'étais toujours à plat ventre dans l'ombre, réfléchissant à une meilleure solution, lorsque j'entendis une porte s'ouvrir violemment en dessous et, une seconde plus tard, l'explosion assourdissante d'une grenade incapacitante. Les policiers turcs ne perdaient pas de temps. Ils devaient être arrivés dans la chambre de Cumali et n'allaient pas tarder à s'intéresser au grenier.

Il n'en fallut pas plus pour me décider. Je me relevai et, me baissant un maximum, courus à toute vitesse jusqu'au bout du toit. Entre deux battements de cœur, mes pieds perdirent le contact avec les tuiles et je me retrouvai à brasser de l'air, lancé en avant, les bras et la poitrine tendus pour tenter d'agripper la gouttière de l'entrepôt. L'espace d'un instant terrible, je crus ne pas y arriver, ma main gauche toucha le métal et glissa, mais la droite réussit à s'y accrocher et à tenir. Je me balançai comme un mauvais trapéziste, parvins à attraper la gouttière avec la main gauche et à me hisser sur le toit de l'entrepôt...

Malheureusement, la nuit n'était pas assez noire.

J'entendis des cris, une détonation, et je compris que j'avais été repéré. La balle avait dû passer à côté et j'étais sûr que personne n'avait pu me reconnaître dans l'obscurité. Le problème serait d'arriver à quitter le toit.

J'entendais déjà les ordres fuser, le bruit des radios mobiles en fonctionnement, et je n'eus pas besoin de traduction pour savoir qu'on demandait aux hommes de boucler l'entrepôt. Il fallait que je trouve l'escalier d'entretien pour descendre du toit, entrer dans le bâtiment et courir jusqu'aux quais de chargement de derrière. Là où m'attendait la Vespa.

Ce serait la course, et ça commençait mal : l'un des flics avait demandé le renfort d'un hélicoptère.

Le pilote avait allumé son projecteur et le doigt lumineux se rapprochait tandis que je fonçais sur la tôle renforcée avant de monter sur une échelle pour atteindre une section du toit encore plus haute. Je me dirigeai vers deux grandes tours de refroidissement, imaginant que M. Gul et ses fils avaient prévu que le système d'alimentation en eau soit régulièrement entretenu, et je ne fus pas déçu. Une porte verrouillée à côté des tours donnait sans doute accès à un escalier. Je pointai le Walther sur le verrou et le mis en pièces.

J'ouvris la porte d'un coup de pied et je descendis la première volée de marches quatre à quatre. Il n'y avait pratiquement pas de lumière, mais je vis que je me trouvais dans le bâtiment de réparation des bateaux – un atelier caverneux qui donnait le frisson. Entre de très hauts murs, il y avait un groupe de cales sèches et plusieurs dizaines de yachts luxueux suspendus à d'énormes pinces. Motorisées, celles-ci étaient fixées à des rails d'acier boulonnés aux chevrons, permettant de déplacer de gros bateaux d'une aire de travail à une autre par un système hydraulique sans jamais s'approcher du sol. De sacrées installations.

Je descendis la volée de marches suivante accompagné par le grincement plaintif des bateaux suspendus que le vent agitait. Au plafond, quatre éclairages puissants à vapeur de sodium s'allumèrent brutalement.

Permettre aux flics de voir mon visage serait aussi catastrophique qu'être pris, si bien que je me mis sur un genou et visai. Contrairement au saut en longueur, j'avais toujours été assez bon sur le pas de tir. Je fis feu à quatre reprises en succession rapide et j'éliminai chacun des éclairages en une impressionnante explosion de gaz et de débris de verre.

Dans la pénombre, j'entendis des voix jurer en turc, d'autres hommes arriver et le bruit de grandes portes roulantes qu'on ouvrait. Je savais que très bientôt il y aurait suffisamment de bottes sur les lieux pour marcher en ligne de front jusqu'à ce qu'ils m'aient coincé.

Je remontai les marches à toute vitesse, grimpai sur un portique en acier juste en dessous du réseau de rails, en acier eux aussi, et courus vers une cabine de contrôle. Je voyais les flics se répandre dans l'entrepôt et j'espérai qu'aucun d'entre eux ne regarderait les chevrons et ne verrait ma silhouette se découper sur le plafond.

Je parvins à la cabine de contrôle et remerciai un dieu dont je n'étais même pas certain qu'il existât : six appareils portatifs identiques se trouvaient dans des chargeurs fixés au mur. Je pris le premier d'entre eux, l'allumai et vis s'éclairer un clavier numérique et un écran d'affichage. Je m'allongeai sur le sol de la cabine pour me cacher et, sans vraiment savoir ce que je faisais, agissant plus par intuition qu'autre chose, je dirigeai l'appareil dans l'obscurité et manipulai le joystick qui était fixé dessus.

Les pinces motorisées soutenant un énorme yacht se mirent en mouvement, déplaçant le bateau le long du rail supérieur. Au sol, un groupe de quatre flics, tous en uniforme couvert de galons, levèrent les yeux et virent le bateau blanc et or prendre de la vitesse au-dessus d'eux. Le plus gradé des flics, rougeaud, en surpoids, les boutons prêts à lâcher sur la panse – probablement le chef de la police de Bodrum –, fut bien inspiré ou alors aperçut la lueur de l'appareil portatif et désigna le portique, hurlant des ordres.

Les policiers coururent aux échelles d'accès sur les murs et commencèrent à grimper vers moi. Jeunes dans l'ensemble, ils criaient entre eux, et une atmosphère de fin de partie était en train de s'installer. Ils savaient qu'un homme seul n'avait aucune chance face à un tel déploiement et ils allaient à coup sûr lui faire payer la violation de domicile d'une des leurs. J'avais le sentiment qu'une « chute » accidentelle n'était pas exclue.

J'appuyai frénétiquement sur la télécommande. Chacun des bateaux était identifié par un nombre à quatre chiffres affichés le long de son bord et je compris qu'en le saisissant sur le clavier je pourrais utiliser le joystick pour déplacer chaque bateau en arrière, en avant, à gauche ou à droite. Alors que d'autres flics arrivaient pour se joindre à la chasse à l'homme, je restai à l'abri des regards, mettant autant de bateaux que possible en mouvement, espérant ainsi créer un maximum de confusion pour le moment où j'allais tenter ma chance.

Il y avait un bouton jaune en bas de l'appareil dont j'ignorais la fonction. J'avais ma petite idée, mais je ne voulais pas prendre de risque. Je déplaçai le yacht blanc et or plus vite, le dirigeai vers un sloop de treize mètres et m'aplatis au sol.

L'un des flics en train de grimper sur le mur vit ce qui allait arriver et hurla. Ce fut un sauve-qui-peut général en dessous. Il valait mieux ne pas se trouver sous deux bateaux qui allaient entrer en collision.

Des débris volèrent en tous sens quand ils se heurtèrent. Le sloop se décrocha de son palan, tomba quinze mètres plus bas et se transforma en petit bois.

Dans la panique, je sautai sur mes pieds. Un bateau Cigarette noir de quinze mètres avec deux turbines à gaz et un énorme aileron à l'arrière – le rêve de tout trafiquant de drogue – venait vers moi. Alors qu'il passait rapidement près de moi, je sautai et me hissai à bord.

56

Caché à bord d'un bateau Cigarette se déplaçant rapidement, j'étais en meilleure posture, mais il est vrai aussi que le côté tribord du *Titanic* avait tenu plus longtemps que le côté bâbord. Je me trouvais toujours coincé dans un entrepôt avec plusieurs dizaines de flics turcs prêts à en découdre.

Je roulai sur le pont de la vedette rapide et, pour une fois, réussis à synchroniser parfaitement les choses. Un Riva des années 1960 magnifiquement restauré glissait dans l'autre direction. Je plongeai depuis le bord du Cigarette et j'atterris sur l'arrière en teck du Riva. Étendu de tout mon long, je m'y agrippai tant bien que mal et me laissai emporter vers les quais de chargement du fond.

Quelque part derrière moi, il y eut un fracas assourdissant. Je supposai que deux autres grands yachts étaient entrés en collision, mais je n'eus pas le temps de m'en préoccuper. Un catamaran que j'avais détaché, surgi de l'obscurité, venait droit sur moi.

Sa proue en acier, renforcée pour les croisières hauturières, allait couper le Riva en deux, mais je ne pouvais rien y faire hormis tenir bon. Si j'abandonnais le navire, je finirais comme un tas d'os quinze mètres plus bas. Je me préparai au choc mais, au dernier moment, le Riva prit l'avantage et je regardai le grand catamaran passer derrière et arracher la peinture de la coque au passage, juste à côté de moi.

La lumière déchira l'obscurité – les flics avaient été chercher une batterie de projecteurs mobiles. Ma première idée fut de tirer dessus pour les éteindre mais, à la réflexion, je songeai que ça leur donnerait ma position. Mieux valait les surveiller alors qu'ils les orientaient en l'air pour me chercher parmi la charpente et les bateaux déchaînés.

À chaque seconde, le Riva me rapprochait un peu plus des baies de chargement, mais les flics qui actionnaient les projecteurs opéraient de façon méthodique, éclairant secteur par secteur, et ce n'était qu'une question de secondes avant qu'ils n'atteignent le vieux bateau et ne me voient. Je me glissai par-dessus bord, me laissai pendre un instant et j'examinai la zone en dessous de moi pour voir si des flics s'y trouvaient. Je crus qu'elle était dégagée, mais, dans la confusion et l'urgence, je me trompais : un flic vêtu d'un uniforme en rayonne amenait un câble pour brancher d'autres projecteurs.

Pendu sur le côté du Riva, accroché du bout des doigts, j'attendis... j'attendis... et puis je lâchai. Tombant six mètres plus bas, je faillis me démettre les épaules en empoignant un tuyau horizontal qui alimentait en eau le système d'extincteurs automatiques. Je n'eus pas le temps de crier. Déplaçant une main après l'autre, je suivis le tuyau jusqu'à me laisser tomber sur le toit d'une réserve. De là j'atteignis le mur latéral et, pendant qu'une dizaine de flics montaient plus haut pour me trouver, je descendis tant bien que mal le long du revêtement extérieur en aluminium.

Tenant toujours la télécommande, je touchai le sol pendant que les flics actionnaient les projecteurs, balayant la charpente et les bateaux au-dessus d'eux. Je courus au fond et tournai au coin. Le quai de chargement était là, à dix mètres. En entrant pour fouiller les lieux, les flics avaient laissé une des portes coulissantes ouvertes et le scooter n'était plus qu'à une vingtaine de mètres, caché dans le noir, derrière une rangée de bennes à ordures.

Courant à toute vitesse, je sentis un mouvement sur ma gauche. Je me retournai, le Walther aussitôt levé, prêt à tirer, mais je vis que ce n'était qu'un chien errant à la recherche de nourriture.

Le problème, ce n'était pas le chien, hélas ; c'était la voix qui aboya un ordre derrière moi. En turc, mais dans certaines situations, toutes les langues se ressemblent.

« Lâchez votre arme, mettez les mains en l'air », c'était ce qu'il disait, ou tout au moins le sens général.

Je devinai que le bonhomme était armé. Autrement dit, mon dos était une cible parfaite et, d'après sa voix, il me sembla qu'il était à une dizaine de mètres. Bien joué, le flic turc : trop loin pour que je te saute dessus, trop près pour que tu me manques. Je lâchai le Walther, mais gardai la télécommande.

Le flic aboya de nouveau quelque chose et, d'après le ton, je compris qu'il me disait de me retourner. Je pivotai lentement jusqu'à lui faire face. C'était le flic à l'uniforme en rayonne, encore baissé pour effectuer le branchement d'un câble d'alimentation au projecteur mobile. Il avait une saloperie de petit Glock pointé sur ma poitrine. Et le flic en question n'était autre que Bob l'éponge.

Il me regarda, encore plus surpris que moi. « *Seni !* » s'exclama-t-il. Puis il le traduisit : « Vous ! »

J'étais dans la merde jusqu'au cou et je le vis en mesurer toute l'implication, la moue méprisante, un sourire de satisfaction aux lèvres. Dès notre rencontre, je savais que je m'étais fait un ennemi pour la vie, et je ne me trompais pas. Pour lui, c'était une revanche, un formidable rebondissement.

Je vis que, derrière lui, le Cigarette avait atteint l'extrémité de la poutre et revenait très vite vers nous. Bob l'éponge, toujours triomphant, cria par-dessus son épaule dans cet espace énorme pour ameuter les autres. Heureusement, il ne mentionna pas mon nom ; je supposai qu'il voulait leur en faire la surprise. Le Cigarette se rapprochait, encore…

J'entendis une course de bottes toute proche. Le Cigarette arriva juste au-dessus de Bob l'éponge, et je n'eus qu'une seconde pour agir avant que cette mission ne soit réduite à néant. Je pressai le bouton jaune.

Bob l'éponge entendit le cliquetis des chaînes et jeta un coup d'œil rapide au-dessus de lui. Les pinces tenant l'énorme bateau lâchèrent. Le flic fut trop affolé même pour crier. En revanche, il essaya de courir. Mais c'était loin d'être un athlète et son beau costume en rayonne était coupé trop serré pour lui permettre de faire autre chose qu'un drôle de pas de côté.

L'arrière de la coque, où se trouvaient les deux turbines et tout le poids du bateau, s'écrasa en premier. Il heurta le crâne du policier, lui fit rentrer la tête dans la poitrine, lui explosant le cou et le tua avant même qu'il ne tombe à terre.

Son corps touchait à peine le ciment que j'étais déjà en train de plonger derrière une grue mobile. Le Cigarette chuta et explosa en mille morceaux de fibre de verre et de métal. L'acier de la grue me protégea de la plupart des éclats, mais je sentis tout de même une douleur fulgurante dans le mollet gauche.

N'y faisant pas attention, je sautai sur mes pieds et courus vers ce qui me parut être la porte à travers le nuage de poussière de débris tournoyant dans l'air.

J'entendis les flics crier, et je devinai qu'ils se disaient les uns aux autres de se mettre à l'abri au cas où il pleuvrait d'autres bateaux.

Je franchis la porte coulissante ouverte et me ruai dehors dans la nuit. Je courus vers les bennes à ordures, vis la Vespa et rendis grâce d'avoir eu la bonne idée de laisser la clé au contact. Mes mains tremblaient tellement qu'il m'aurait sans doute fallu cinq minutes pour l'introduire correctement.

Le moteur démarra, je sortis en vrombissant de derrière les bennes à ordures, passai en trombe entre des empilages de containers et slalomai dans la rue, m'enfonçant dans la nuit avant que les premiers flics ne soient sortis de l'entrepôt.

Mon seul souci était l'hélicoptère, mais je n'en vis aucune trace et me dis que, lorsque le chef de la police m'avait cru coincé, il avait dû le renvoyer à sa base. Conduisant plus raisonnablement une fois arrivé dans les rues animées, je parvins à l'hôtel sans encombre et glissai le scooter dans le petit garage réservé à la vieille Mercedes du directeur.

Je ne m'étais même pas rendu compte que j'étais blessé.

57

Mais cela n'échappa pas au directeur. Il était seul dans le hall, assis derrière un bureau à la réception, lorsqu'il me vit entrer.

Comme d'habitude, la main tendue et le visage éclairé de son éternel sourire, il s'avança pour m'accueillir.

« Ah, monsieur Brodie David Wilson ! Vous avez été vous relaxer avec un dîner de la bonne qualité, j'espère ? »

Avant que je ne puisse répondre, je vis son expression changer : une ombre d'inquiétude et de perplexité lui barrait le visage.

« Mais vous portez une blessure du sérieux », remarqua-t-il, désignant des traces de sang sur son sol carrelé toujours impeccable.

Je baissai les yeux, constatai une déchirure sur le mollet gauche de mon pantalon et compris que les débris dus à l'explosion du Cigarette avaient fait plus de dégâts que je ne l'avais cru. Le sang avait coulé sur la semelle de mes baskets et j'en avais maculé le hall de l'hôtel.

« Merde, dis-je. J'ai traversé la route à côté de la station BP. Il y a un rail de séparation rouillé. J'ai sauté, mais probablement pas aussi bien que je le pensais. »

Ce n'était pas une très bonne explication, mais c'était la meilleure que je puisse fournir à chaud, et le directeur sembla s'en satisfaire sans poser de question.

« Oui, je connais cet endroit. La circulation est d'une grande folie. Venez, laissez-moi donc vous être de secours. »

Je déclinai son offre, insistant au contraire pour regagner ma chambre, marchant sur la pointe de mon pied pour éviter de laisser d'autres traces. Une fois à l'intérieur, la porte verrouillée, je réussis à extraire à l'aide d'une pince à épiler un gros morceau de métal pointu de mon mollet. La blessure se mit aussitôt à saigner abondamment, mais, l'ayant comprimée, je la bandai en quelques secondes avec des morceaux de T-shirt.

Ce n'est qu'alors que j'ouvris ma chemise et que je me concentrai sur la photo que j'avais volée dans l'album de mariage. Elle montrait Cumali et son mari souriant, bras dessus, bras dessous, quittant la réception pour leur lune de miel. Il était bel homme, pas loin de la trentaine, mais quelque chose chez lui – la coupe de son pantalon en lin, ses lunettes d'aviateur qui pendouillaient à sa main – me fit penser que c'était un joueur. Il n'avait absolument pas le profil du fidèle de la mosquée du coin et, une fois encore, regardant le beau visage de Cumali, je me retrouvai face à la même maudite quadrature du cercle.

Je retournai la photo et vis que les photographes turcs n'étaient pas différents de leurs homologues étrangers : au dos figurait le nom du photographe, un numéro de série et un téléphone à Istanbul pour commander des tirages.

Il était trop tard pour l'appeler et, le mollet douloureux, je me contentai d'ouvrir mon ordinateur portable pour consulter mes messages. Je fus surpris de voir qu'il n'y avait pas d'informations de Bradley sur les antécédents de Cumali, et j'étais déjà en train d'insulter Murmure et les analystes de la CIA quand je vis un message d'Apple me disant combien m'avaient coûté mes derniers téléchargements musicaux.

J'ouvris iTunes et je découvris que j'étais l'heureux propriétaire des « *Plus Grands Succès turcs* », une compilation des récentes participations nationales au concours de l'Eurovision. Seigneur !

Je dus me taper deux plages et une partie d'une troisième avant de trouver, enfouis dedans, une série de documents textes. Il était clair que les analystes s'étaient introduits dans la base de données de la police turque et avaient eu accès au dossier personnel de Cumali.

Leur rapport indiquait qu'elle avait fait deux ans de droit, laissé tomber, puis s'était présentée à l'Académie nationale de police et avait entrepris un cycle de formation de quatre ans. Parmi les meilleures de sa promotion, elle avait été orientée vers les enquêtes criminelles et mutée à Ankara tout d'abord, puis à Istanbul et enfin à Bodrum, sa connaissance de l'anglais la prédestinant à opérer dans un environnement touristique.

Ils avaient trouvé pas mal d'autres choses, surtout des éloges et des promotions – c'était un bon policier, apparemment –, mais c'était un parcours tout ce qu'il y avait de plus classique et, manifestement, même depuis son passage à l'Académie, la police turque ne la connaissait qu'en tant que Cumali.

Les chercheurs de Langley s'étaient également demandé si c'était son patronyme et avaient essayé de pénétrer clandestinement dans les bases de données des certificats de mariage, des extraits de naissance ou des demandes de passeport, mais s'étaient heurtés à un mur. Curieusement, les fichiers publics turcs s'étaient révélés impénétrables. Non pas parce que les autorités avaient adopté, comme le Pentagone, un système complexe de cyber-sécurité. Non, l'explication était beaucoup plus simple : aucune de ces archives n'avait été numérisée. Les dossiers officiels n'existaient que sur papier – probablement enliassés, entourés d'un ruban et stockés dans des entrepôts gigantesques. Selon Langley, le seul moyen d'avoir accès à un document de plus de cinq ans était de faire une demande écrite – procédure qui pouvait prendre plus d'un mois.

Frustré, je regardai ce rapport. Comme c'était souvent le cas avec les recherches conduites par l'agence, je n'avais obtenu que la partie émergée de l'iceberg. Je me persuadai que tôt ou tard ils résoudraient la question de son patronyme mais, comme le disent les juristes, le temps était un facteur essentiel. Agacé par ce qu'ils avaient produit, j'allai me coucher.

À cause de Langley, toute l'enquête reposait maintenant sur un photographe d'Istanbul dont je n'avais jamais entendu parler et qui pouvait fort bien avoir pris sa retraite ou être décédé.

58

Il n'était ni retraité ni décédé, bien que, au son de sa toux et du briquet allumant un train ininterrompu de cigarettes, la faucheuse était peut-être plus proche qu'il ne l'aurait souhaité.

Je m'étais réveillé avant l'aube, j'avais traîné ma jambe blessée jusqu'à mon ordinateur portable, inséré ma clé USB dans un port et entrepris de parcourir les dossiers de Cumali. L'essentiel était en turc et je fus bien obligé d'en écarter une grande partie. Mais on sent certaines choses, et je ne peux pas dire que parmi les lettres et les dossiers de travail j'aie trouvé quoi que ce soit qui éveillât mes soupçons : l'erreur que commet la majorité des gens qui veulent garder secret un document consiste à le coder, ce qui signifie qu'un quelqu'un comme moi sait exactement où chercher.

Comme je m'y attendais, rien n'était codé et, si elle avait été assez maligne pour dissimuler des éléments compromettants dans des dossiers accessibles, je fus bien en peine de les découvrir. Il n'y avait rien non plus en arabe, même si nous avions de bonnes raisons de la soupçonner de connaître cette langue.

Ayant fait chou blanc avec les dossiers, je me tournai vers ses courriels. Heureusement, un bon nombre était en anglais. Elle avait un large cercle d'amis et de relations, dont beaucoup étaient mères d'enfants trisomiques. Parmi les centaines de messages, deux seulement attirèrent mon attention, l'un et l'autre d'une association caritative palestinienne liée à la Brigade des martyrs d'al-Aqsa, un groupe qui avait souvent programmé des attentats-suicides à l'explosif contre des Israéliens. Les courriels accusaient réception de dons effectués au profit d'un orphelinat dans la bande de Gaza, et ma première réaction fut de me demander pourquoi, si elle voulait véritablement aider des enfants, Cumali n'envoyait pas de dons à l'Unicef. D'un autre côté, la charité était l'un des cinq piliers de l'islam et, si donner de l'argent à des associations liées à des groupes radicaux était un crime, on finirait par mettre en examen la moitié du monde musulman. Probablement plus.

Je marquai ces deux courriels d'un signe particulier, puis glissai la clé USB dans une envelope que j'adressai à Bradley à New York. Dès l'ouverture de FedEx, je la lui expédierais pour qu'il la fasse suivre à Murmure aux fins d'une analyse plus approfondie. Je jetai un coup d'œil à la pendule : il était 7 heures et, bien qu'il fût encore tôt, je voulais vérifier si le photographe était mort ou vivant.

J'appelai le numéro et, après ce qui me parut être de longues minutes, j'allais laisser tomber pour réessayer plus tard lorsque j'entendis une voix peu amène me répondre en turc. Je m'excusai de ne pas m'exprimer dans sa langue, parlant lentement dans l'espoir qu'il me comprenne.

« Vous pourriez pas parler un peu plus vite ? Je vais me rendormir, sinon », rétorqua-t-il avec un accent qui témoignait de ce qu'il avait regardé trop de westerns.

Ravi que nous puissions au moins communiquer, je lui demandai s'il était photographe, ce qu'il confirma, et lui dis que je prévoyais un cadeau spécial pour l'anniversaire de mariage de deux amis. Je voulais réaliser un photomontage de ce grand jour et j'avais besoin d'acheter un certain nombre de tirages.

« Avez-vous le numéro de série ? demanda-t-il, plus poli à présent qu'il y avait de l'argent à gagner.

— Mais oui », répondis-je, et je lui lus le nombre figurant au dos de la photo volée.

Il me demanda d'attendre, le temps de vérifier, et revint deux minutes plus tard pour m'annoncer qu'il n'y avait pas de problème, qu'il avait le dossier devant lui.

« Pour être certain qu'il n'y a pas d'erreur, dis-je, pouvez-vous me confirmer les noms de la mariée et de son époux ?

— Pas de problème, partenaire. Le mari, c'est Ali-Reza Cumali... » Il me donna ensuite une adresse, mais qui ne m'intéressait pas : dès que je l'entendis, je sus que la policière n'avait pas repris son nom de jeune fille.

« Et la mariée ? demandai-je, essayant de ne pas laisser transparaître l'excitation dans ma voix. Vous avez son nom ? »

— Sûr. Leyla al-Nassouri. C'est le bon couple ?

— Oui, c'est bien eux, shérif. » Il rit. « Je n'ai jamais vraiment su comment s'écrit son nom de jeune fille, poursuivis-je. Vous pouvez me l'épeler ? »

Il s'exécuta, je le remerciai de son aide, lui dis que je reprendrais contact avec lui dès que j'aurais la liste complète des photos dont j'avais besoin, et raccrochai. Le patronyme al-Nassouri n'était pas turc – il venait droit du Yémen, d'Arabie saoudite ou des États du Golfe. En tout cas, il était arabe. Comme l'homme de l'Hindu Kush.

Je saisis mon passeport, sortis de la chambre et me précipitai jusqu'à l'ascenseur.

59

Les portes de l'ascenseur s'ouvrirent et, bien qu'il ne fût encore que 7 h 20, je tombai sur ce qui ressemblait à une fête. Le directeur, le réceptionniste, le chasseur et les autres membres du personnel de l'hôtel rassemblés à la réception avaient été rejoints par plusieurs des charpentiers et autres amis du directeur qui m'avaient aidé pour les miroirs.

La conversation – exclusivement en turc – était très animée, et du café et des pâtisseries circulaient. Malgré l'heure matinale, quelqu'un avait sorti une bouteille de raki. Je me demandai si l'un d'eux avait gagné à la loterie.

Le directeur s'approcha de moi, m'adressa un sourire plus radieux encore que d'habitude, agitant un exemplaire du quotidien du matin. « Nous avons des nouvelles de la grand joie, annonça-t-il. Vous rappelez, le Bob l'éponge, l'homme de la corruption record, une honte pour tous les citoyens de la bonté ?

— Oui, je me souviens. Pourquoi ?

— Il est mort.

652

— Mort ? répétai-je, feignant la surprise, prenant l'exemplaire du journal et regardant une photo de l'entrepôt de la Marina avec des flics partout. C'est difficile à croire. Mais comment ?

— Écrasé... plat comme la crêpe d'une poêle, expliqua-t-il. Un homme au cerveau idiot est entré dans la maison appartenant à un flic femelle.

— Entré dans la maison d'un flic ? Ah oui... quel cerveau idiot !

— Sûrement un Grec, dit-il avec le plus grand sérieux.

— Quand est-ce arrivé ? » demandai-je, essayant de réagir normalement, l'invitant à m'en dire plus. Tous les autres se tenaient devant le bureau de la réception, et le directeur et moi étions un peu à l'écart.

« Pour finir la soirée, pendant que vous aviez la détente du dîner de la grande qualité. Juste avant que vous rentrez avec votre jambe... »

Il s'interrompit, comme si une pensée lui avait traversé l'esprit et ne put s'empêcher de continuer.

« Ils disent que le tueur a couru depuis l'endroit des bateaux avec une trace de la blessure saignante. » Et là il s'arrêta et me fixa.

Je soutins son regard. Il n'y avait aucun doute qu'il savait qui était le tueur. J'aurais pu nier, mais je ne pensais pas que cela serve à grand-chose. Ou peut-être aurais-je pu le menacer sérieusement, mais j'étais certain qu'il ne se laisserait pas facilement intimider. Il fallait que je me fie à mon intuition, même si ça ne me plaisait guère, et que je parie sur lui et son amitié.

« Mais non, dis-je pour finir. Vous êtes dans l'erreur la plus sérieuse. Ma détente du dîner de qualité, ce n'était pas hier, c'était le soir d'avant. »

Il me regarda l'air confus, prêt à discuter, pensant que je me trompais de bonne foi, mais je continuai de parler sans lui laisser le temps de se fourvoyer.

« Hier soir vous et moi étions ici, au bar. Vous vous rappelez ? C'était calme, il n'y avait personne. »

Soudain, une étincelle s'alluma dans ses yeux, il avait compris. « Oh mais oui. Mais oui, évidemment, le dîner était de la nuit d'avant.

— Vous vous en souvenez, maintenant. Hier soir, vous et moi avons parlé, vous m'avez expliqué les Grecs. Une longue conversation.

— Oh oui, une des plus longues. Ces foutus Grecs – rien n'est simple avec eux.

— C'est vrai. Vous aviez beaucoup de choses, plein d'histoires à me raconter. Il était largement 22 heures passées quand je suis monté me coucher.

— Plus tard, 23 heures est plus le temps de ma mémoire, renchérit-il avec beaucoup d'enthousiasme.

— Oui, vous avez sans doute raison », répondis-je.

Nous nous regardâmes à nouveau, et je sus que mon intuition à son égard ne m'avait pas trompé. Le secret serait bien gardé.

Il montra le passeport que j'avais à la main et baissa la voix. « Vous partez dans la vitesse pour ne pas revenir ?

— Non, non. Si quelqu'un me demande, je suis parti en Bulgarie. Je vous ai vaguement parlé d'aller y voir un témoin important. »

Je lui dis au revoir et me dirigeai vers la porte, puis vers ma voiture. J'ouvris le coffre, en sortis le tapis de sol caoutchouté et accédai au passage de roues arrière droit. J'enlevai le mouchard maintenu en place par des

aimants et le fixai au pied d'un poteau de stationnement.

Avec un peu de chance, aucun piéton ne le verrait
et celui qui le surveillait au MIT penserait que ma
voiture était toujours garée le long du trottoir.

Je m'installai au volant et roulai vers la frontière. ·

60

Je roulai toute la journée sur des routes interminables, poussant la Fiat au maximum, ne m'arrêtant
que pour prendre de l'essence, dépassant les minarets
d'Istanbul, au loin, et atteignant la frontière bulgare tôt
dans la soirée.

Le misérable coin du monde où la Turquie, la Grèce
et la Bulgarie se rencontrent est un des nœuds routiers
européens les plus fréquentés et, après avoir quitté la
Turquie et pénétré dans une sorte de no man's land, je
fus entouré par des semi-remorques de transports routiers longue distance se traînant vers les services de
douane et de police de la frontière bulgare.

Après avoir mis quarante minutes pour parcourir une
centaine de mètres, je hélai le chauffeur d'un camion
danois arrêté au bord de la route et lui demandai son
estimation du temps nécessaire pour franchir la frontière.

« Environ huit heures à partir de maintenant. Ça
dépend du nombre d'immigrés clandestins dont ils
doivent s'occuper. »

La Bulgarie, qui avait réussi à entrer dans l'Union
européenne, s'était rapidement révélée être la frontière
la plus vulnérable de l'organisation, véritable aimant
pour quiconque voulait entrer illégalement dans

l'Union et rejoindre de plus riches herbages tels que l'Allemagne et la France. On voyait, aux camions et aux minibus qui attendaient, que ceux qui tentaient leur chance ne manquaient pas, pas plus que les passeurs.

Je me demandai si je n'allais pas remonter la file et présenter mon insigne, mais renonçai à cette idée : il y avait toujours le risque de tomber sur un type borné, trop heureux de montrer au FBI qui était le chef. Au lieu de quoi, je fis quelques préparatifs, passai sur le bas-côté et remontai l'interminable queue par la droite. Je passai sous deux portiques avec caméras et signaux, sachant que la patrouille de la frontière n'allait pas tarder à venir me trouver.

Deux minutes plus tard, je vis se découper dans le crépuscule une voiture qui fonçait vers moi sur l'accotement poussiéreux, gyrophare bleu allumé. Elle s'arrêta à une dizaine de mètres devant, me bloquant le passage, et un type armé d'un fusil à pompe, probablement le plus gradé des deux, en sortit non sans peine et s'avança vers moi. À peu près de mon âge, en surpoids, on aurait dit qu'un homme encore plus gros que lui avait dormi dans son uniforme. Il était manifestement prêt à hurler et à m'ordonner de retourner faire la queue.

Je connaissais environ dix mots de bulgare glanés au cours d'un précédent voyage, des années auparavant, et, heureusement, y figurait « je suis désolé ». Je le sortis très vite, avant qu'il n'ait le temps de se lancer, ce qui atténua un peu la hargne qui se lisait sur son visage. Je ne l'avais pas lue dans ses yeux, parce que, malgré l'heure tardive, il portait des lunettes de soleil.

Je continuai de parler, passant à l'anglais en réitérant les excuses en bulgare à plusieurs reprises. Je lui dis que j'étais déjà venu dans son beau pays auparavant et que j'avais été très impressionné par l'amabilité de ses habitants. J'espérais ne pas être déçu cette fois, d'autant que j'avais besoin d'aide. J'étais en retard et il fallait absolument que je prenne un avion à Sofia, sa belle capitale.

Il grogna, sur le point de me rétorquer qu'il n'en avait rien à foutre – comme je l'ai dit, c'est un peuple aimable –, quand il vit que je lui tendais mon passeport. Il me regarda, intrigué. Je soutins son regard, et il prit le document. Il l'ouvrit à la page des informations personnelles et trouva les cinq cents Lev en billets de banque – environ trois cents dollars US, un mois de salaire sous ces latitudes – que j'y avais placés.

C'était toujours la partie la plus dangereuse d'une telle transaction. Offrir de l'argent à un fonctionnaire est un délit sérieux dans n'importe quelle juridiction, sans compter que, du coup, le flic en uniforme pouvait très bien vous faire cracher si l'envie lui en prenait. Cinq cents pour se retrouver en tête de la queue ? Et pourquoi pas vingt mille – plus votre montre et votre appareil photo, s'il vous plaît –, sinon je vous accuse de tentative de corruption.

Il me demanda mon permis de conduire et, avec le passeport, retourna à sa voiture de patrouille. Les véhicules que j'avais doublés par la droite me dépassaient maintenant, klaxonnant pour saluer l'excellence de la justice bulgare et féliciter les deux policiers le pouce en l'air. Je n'étais pas en colère – à leur place, j'aurais probablement éprouvé la même chose.

L'homme revint et me dit d'ouvrir ma portière. Le moment de cracher semblait se préciser, et je me préparais au pire, prêt à exhiber ma plaque, quand il grimpa sur le seuil de la portière de façon à se tenir debout à côté de moi, la maintenant à moitié fermée.

« Roulez, dit-il, et klaxonnez. » J'obtempérai et le vis faire signe à plusieurs des semi-remorques de s'arrêter immédiatement, m'ouvrant ainsi un passage.

« Glissez-vous là, au milieu », ordonna-t-il et, accompagné d'un concert de sifflements de freins pneumatiques, je me glissai dans une file au milieu de la route réservée à un usage officiel, comme c'était indiqué en une demi-douzaine de langues.

« Plus vite », ordonna-t-il. Je ne me fis pas prier.

Suivis par la voiture de patrouille avec son gyrophare allumé, l'agent toujours accroché à la portière ouverte, nous remontâmes à toute vitesse les kilomètres de semi-remorques et de cars jusqu'à une rangée de cabines vitrées sur lesquelles flottaient des oriflammes et un énorme drapeau bulgare.

Le type accroché à ma portière emporta mon passeport et, entrant dans une des cabines, emprunta un cachet à l'un de ses collègues pour le tamponner. Il revint, me tendit le document et – m'imaginai-je – s'apprêtait à me dire que son collègue avait lui aussi besoin d'être encouragé, mais il n'avait pas encore ouvert la bouche que j'étais déjà en train de démarrer et de foncer dans la nuit.

Je roulai vite, mes phares trouant l'obscurité, révélant des hectares de forêts et – comme si la vie dans la nouvelle Union européenne n'était pas déjà assez surréaliste –, au milieu de nulle part, sur le bord de la route, des petits groupes de femmes en micro-mini-jupes et talons aiguilles.

J'en vis des centaines – des roms, surtout –, des silhouettes d'enfants livrées à elles-mêmes en lingerie et fausses fourrures, gamines au regard dur dont la vie tournait autour de la cabine d'un semi-remorque ou de la banquette arrière d'une voiture. Si elles étaient enceintes, leurs services se vendaient moins cher, et il ne fallait pas être grand clerc pour deviner que les orphelins étaient le seul secteur en croissance dans ce pays.

Porrajmos, me dis-je tout en continuant ma route, me rappelant le mot roumain que Bill m'avait appris tant d'années auparavant : c'était une autre forme de Dévoration que j'avais sous les yeux.

Ces jeunes femmes furent enfin remplacées par des stations-service et des fast-foods, et j'entrai dans la ville de Svilengrad, un avant-poste de vingt mille habitants environ qui ne présentait pratiquement aucun intérêt hormis que, dans une rue principale piétonnière, un large éventail de boutiques restaient ouvertes bien après minuit pour servir le flot ininterrompu des routiers.

Je garai la voiture assez loin et trouvai quatre des magasins que je cherchais les uns à côté des autres. Je choisis le plus miteux, celui qui – autant que je pouvais en juger – n'avait pas d'équipement de télésurveillance. À l'intérieur, j'achetai les deux articles pour lesquels j'avais parcouru douze cents kilomètres en douze heures, et qui m'avaient amené des confins de l'Asie au cœur de l'ancien bloc soviétique : un téléphone portable pourri et une carte SIM anonyme prépayée.

Je retournai à ma voiture et, sous un unique lampadaire, dans un coin sombre d'une ville bulgare dont personne n'avait jamais entendu parler, entourée de champs et de jeunes putains roms, je composai un numéro dont le code régional n'existait pas.

61

Me servant d'un téléphone portable intraçable routé par le système téléphonique bulgare, quasi sûr que les services de renseignement turcs ne seraient pas à l'écoute, j'attendis de pouvoir parler à Murmure en personne.

Il fallait que je lui parle du vrai nom de Leyla Cumali, de son origine arabe et lui révèle qu'elle était la femme de la cabine téléphonique. Le premier devoir de tout agent opérationnel sur le terrain et loin de ses bases était de transmettre tout ce qu'il avait découvert. C'était la seule garantie contre l'arrestation et la mort et, dès le premier jour, on vous apprenait qu'une information n'existe pas tant qu'elle n'a pas été transmise en toute sécurité. Mais, plus encore, il fallait que je lui parle du problème que pourrait poser un protocole exceptionnel de détention et de torture.

Le téléphone sonna cinq fois avant que je n'entende la voix de Murmure. « Qui est-ce ? » demanda-t-il. C'était le début de l'après-midi à Washington, et je fus surpris par la lassitude qu'exprimait sa voix.

« C'est moi, Dave », répondis-je, utilisant à dessein son prénom peu connu, pour le cas où quelqu'un serait à l'écoute, et m'exprimant sur un ton détendu, sans me presser, malgré l'excitation et la sourde inquiétude que me causait mon environnement.

Bien que probablement surpris d'entendre ma voix, il prit aussitôt la mesure de l'importance de la conversation. « Hé, quoi de neuf ? » dit-il tout aussi désinvolte, ce qui me rappela une fois de plus quel bon officier traitant il était.

« Tu sais, la femme dont nous parlions, Leyla Cumali ?

— La femme flic ?

— Oui. Eh bien, son vrai nom, c'est Leyla al-Nassouri.

— Arabe, on dirait, non ?

— Exactement. Et dans la cabine téléphonique, c'était elle. »

Il y eut un silence de mort à l'autre bout de la ligne. Malgré l'impassibilité affectée de Murmure, malgré ses années d'expérience et son talent considérable, je lui en avais bouché un coin.

Je ne le savais pas encore, mais l'impact de mes paroles fut d'autant plus grand que tous nos autres efforts s'étaient révélés infructueux. Les cent mille agents travaillant pour une flopée d'agences de renseignement, chacun censé rechercher un homme qui essayait de fabriquer une bombe sale, produisaient beaucoup d'étincelles mais pas de flamme. Dans son for intérieur, Murmure pensait que nous avions affaire à un homme sans pedigree et que chaque heure qui passait voyait diminuer nos chances de lui mettre la main dessus à temps.

« Ah oui ! Dans la cabine téléphonique ? dit-il, retrouvant sa voix et donnant l'impression que cela n'avait pas beaucoup d'importance. Tu en es sûr ?

— Absolument. J'ai rencontré un type qui joue d'un instrument – je ne vais pas essayer de prononcer son nom – fabriqué à partir de l'os d'une aile d'aigle. Il m'a montré des bandes vidéo.

— C'est bizarre, répliqua Murmure, comme si tout cela était plutôt amusant. Comment tu l'épelles ? Al-Nassouri, pas le truc d'aigle. »

661

Dans des circonstances normales, la question suivante aurait été de savoir d'où j'appelais, mais j'étais certain qu'il le savait déjà. Compte tenu de son job, tous les appels vers le portable de Murmure étaient enregistrés et je m'imaginais qu'il avait déjà griffonné une note à l'un de ses assistants pour qu'Échelon localise mon appel.

Pendant qu'il attendait la réponse, j'enchaînai. « Il y a un point qui me soucie beaucoup, Dave, vraiment beaucoup. Il faut que tu y ailles en douceur. Si tu en parles à quelqu'un, sois très prudent.

— Pourquoi ? répondit-il. Tu penses que certains pourraient avoir une idée lumineuse ? Qu'ils pourraient s'en mêler et faire des dégâts ?

— Exactement. Nous supposons qu'elle peut le contacter, mais je suis quasi sûr que le système est piégé.

— Une faute délibérée sous la contrainte, quelque chose de ce genre ?

— Ouais. »

Il réfléchit quelques instants. « C'est vrai que le type serait vraiment idiot de ne pas avoir prévu ça.

— On pourrait définitivement perdre sa trace.

— Je comprends. » Il y eut un nouveau silence pendant qu'il réfléchissait à ce qu'il convenait de faire. « Il va falloir que je transmettre ça au moins à une autre personne. Tu me suis ? »

Il voulait dire le président. « Tu crois que tu pourrais le convaincre de patienter ? demandai-je.

— Je pense que oui. C'est un homme intelligent, il pigera vite. Tu penses pouvoir boucler cette affaire ?

— Le trouver ? Il y a des chances, oui », répondis-je.

J'entendis un petit soupir de soulagement, ou bien n'était-ce que sa pression artérielle qui retombait.

« Bon, on va partir du principe que ça reste confidentiel. Je vais remettre les types de la recherche sur son cas, dit-il.

— Tu as vu leurs résultats jusqu'à présent ?

— Oui. Pas terrible, hein ?

— Foutrement désespérant. Il faut sortir du cadre, trouver d'autres sources.

— Qui ? »

Au milieu de la Turquie, suivant la ligne blanche kilomètre après kilomètre jusqu'à en être presque hypnotisé, j'avais réfléchi aux recherches de la CIA et aux moyens de contrebalancer leurs insuffisances. Quelque part juste au sud d'Istanbul, j'avais décidé de ce qu'on devait faire. *Hai domo*, m'étais-je dit.

« Je connais un type, répondis-je. Un jour, je lui ai dit que si j'étais coincé et que j'avais besoin d'aide en informatique, c'est lui que j'appellerais. Il s'appelle Battleboi.

— Redis-moi ça, répondit Murmure.

— Battleboi.

— C'est bien ce que je pensais avoir entendu.

— C'est avec un *i* à la fin, pas *y*.

— Ah bon, ça fait toute la différence. Battleboi avec un *i* – c'est presque normal, n'est-ce pas ?

— Son vrai nom, c'est Lorenzo, ou plutôt son prénom. Il s'est fait choper pour avoir volé les informations relatives à quinze millions de cartes de crédit. »

J'entendis Murmure taper sur un clavier, manifestement pour accéder à une base de données du FBI.

« Oui, effectivement, tu as raison. Nom de nom, ce gars-là devrait avoir sa place au Panthéon des pirates informatiques. Bref, il y a deux jours, il a obtenu une négociation de peine auprès du procureur de Manhattan.

— Il en a pris pour combien ?

— Quinze ans à Levenworth.

— Quinze ans ?! » m'écriai-je. Et je me suis mis à maudire les responsables. Quinze ans dans la grande tôle, pour des cartes de crédit ? Je n'étais pas certain qu'il y survive.

« Qu'est-ce que tu marmonnes ? demanda Murmure.

— Je dis que ce sont des connards. Il a toujours prétendu qu'ils le saigneraient pour obtenir toutes les informations dont il disposait, et puis qu'ils le trahiraient.

— Je ne suis absolument pas au courant de cette histoire.

— Je m'en doute bien, mais il faut que tu le sortes de là, au moins jusqu'à ce qu'on en ait fini. Dis-lui qu'un de ses amis – Jude Garrett – a besoin de son aide. Je parie qu'il fera mieux que l'autre équipe, quelles que soient les ressources dont ils disposent.

— Battleboi, bon sang. Tu es sûr ?

— Évidemment que je suis sûr !

— Bon... d'accord. Comment veux-tu qu'il prenne contact avec toi ?

— Je ne sais pas. Mais s'il est capable de voler quinze millions de cartes de crédit, je suis sûr qu'il trouvera un moyen. »

Nous en avions fini avec le boulot, et soudain, je me sentis absolument épuisé.

« Avant que tu y retournes... », dit Murmure, et sa voix mourut. Je me demandai s'il avait perdu le fil de ses pensées, mais non, il avait du mal à le dire, c'est tout. « Je t'ai dit un jour que je t'enviais, continua-t-il, encore plus doucement que d'habitude. Tu te souviens ?

— Bien sûr, dans la voiture.

— Plus maintenant. Mais je suis content que tu sois là, mon pote. Je ne pense pas que quelqu'un d'autre aurait pu réussir ça. C'est un travail remarquable que tu as fait là. Félicitations. »

Venant de Dave McKinley, cela avait plus de poids que de n'importe qui d'autre. « Merci », dis-je.

Après avoir raccroché, je restai pensif un long moment. Il y avait une chose que je n'arrivais toujours pas à comprendre : Leyla al-Nassouri-Cumali ne collait à aucun des profils que je pouvais imaginer.

62

La chance, qui avait commencé avec le cadeau inattendu d'un téléphone portable, n'arrêtait plus de sourire à l'adolescent d'el-Mina.

Un mercredi après-midi, alors qu'il rentrait chez lui après l'école, le téléphone sonna. C'était l'homme qui le lui avait donné. Le Sarrasin appelait d'Allemagne où il avait eu la chance de trouver non seulement une mosquée conforme à ses principes religieux stricts, mais aussi un travail très prometteur pour l'avenir.

Le jeune homme commença à poser des questions, sans doute avec, en tête, l'idée de pouvoir un jour lui aussi rejoindre cette figure paternelle qui avait été si généreuse à son endroit, mais le Sarrasin l'interrompit en lui disant que, malheureusement, il allait travailler, le temps pressait et qu'il devait l'écouter attentivement.

« Prends un stylo, je vais te donner une adresse. »

Alors que le garçon s'asseyait sur un mur, à l'ombre d'un arbre, et farfouillait dans son sac à dos, le Sarrasin lui expliqua qu'il lui avait déjà expédié une clé ouvrant le garage de son vieil appartement. Dedans, il y avait les cartons de fournitures médicales dont il lui avait parlé. « Tu te souviens les vaccins périmés avec leurs étiquettes d'expédition déjà collées ? » Quand l'adolescent aurait reçu la clé, il devait ouvrir le garage et inscrire l'adresse suivante sur les étiquettes.

« Mets-les à mon attention, chez Chyron Chemicals à Karlsruhe, Allemagne. Je vais te l'épeler, en commençant par le nom de la rue. D'accord ? »

Après avoir demandé au garçon de répéter, il l'informa qu'il avait déjà prévenu le transporteur de Beyrouth pour qu'il passe au garage samedi matin avec son camion réfrigéré. Est-ce que le garçon pourrait être là pour ouvrir la porte ? Bien sûr qu'il pouvait.

Il restait une dernière chose. Le Sarrasin demanda au garçon d'appeler la société de Beyrouth à qui il avait acheté les réfrigérateurs industriels et de négocier leur revente.

« Tout ce que la vente rapportera, tu pourras le garder. Comme ça je suis sûr que tu négocieras au mieux », ajouta-t-il en riant.

Lorsque le Sarrasin lui dit ce qu'il pouvait espérer en tirer, le garçon eut du mal à le croire : c'était presque six mois de salaire de sa mère, qui travaillait dans une blanchisserie du coin. Il essaya de le remercier, mais le médecin l'arrêta, prétextant qu'il devait courir pour être à l'heure à son travail. Le Sarrasin raccrocha et l'adolescent ne le savait pas, mais ce fut la dernière fois qu'ils se parlèrent.

Le Sarrasin sortit d'une cabine téléphonique publique voisine de la place du marché de Karlsruhe et s'assit un moment sur un banc de bois. Ce serait pour bientôt :

dans quelques jours, le garage serait vidé, les dix mille minuscules flacons chargés sur le camion d'un transporteur de fournitures médicales.

Les cartons qui contenaient les précieuses fioles présenteraient d'authentiques documents d'expédition émanant d'un hôpital libanais, leur destination bien connue en tant qu'un des plus grands producteurs mondiaux de vaccins, et tous seraient destinés à un homme qui était vraiment employé au département de stockage de la société.

63

Les cartons arrivèrent cinq jours plus tard.

Leurs documents d'expédition montraient que le transporteur les avait amenés au port de Tripoli où ils avaient été chargés dans un container réfrigéré. Un petit cargo de la Compagnie du Cèdre leur avait fait traverser la Méditerranée, et, quelques jours plus tard, ils avaient été présentés aux douanes européennes de Naples, en Italie.

Comment le dire sans être désagréable ? Même dans ses meilleurs moments, l'Italie n'a jamais été réputée pour sa minutie ni pour l'efficacité de ses fonctionnaires. Les cartons n'auraient pas pu arriver à un pire moment. Le service des douanes avait gravement souffert de réductions budgétaires à répétition et ses ressources avaient encore été réduites par le flot de containers transportant des immigrants clandestins se risquant au bref voyage depuis le Maghreb.

Quand bien même les cartons contenaient un agent pathogène de classe 4, aucun d'eux ne fut ouvert pour inspection, encore moins pour analyse. Les fonctionnaires débordés crurent ce qui figurait dans les documents qui les accompagnaient : il s'agissait de vaccins périmés renvoyés à leur fabricant en Allemagne.

À Naples, les cartons furent chargés dans un camion, qui prit la route du Nord sans autre inspection, franchit la frontière non surveillée vers l'Autriche et, de là, prit la direction de l'Allemagne.

Ils parvinrent au portail sécurisé de Chyron Chemicals – un chargement de plus parmi les centaines qui entraient et en sortaient chaque jour – à 23 h 06, suivant le registre informatique des gardiens. L'un d'eux vit le numéro du contact figurant sur les documents d'expédition, un type travaillant à l'entrepôt, qu'il appela pour l'informer qu'une livraison arrivait.

On leva la barrière d'entrée, on fit signe au chauffeur de passer et, trois minutes plus tard, le Sarrasin prit possession de ses dix mille fioles d'holocauste liquide. Le voyage commencé il y avait si longtemps par de l'information autrefois confidentielle largement diffusée en ligne touchait presque à sa fin.

Le Sarrasin stocka immédiatement les cartons dans une zone rarement visitée de l'entrepôt, réservée aux emballages à jeter, et apposa, en turc et en allemand, une affichette sur le devant : NE PAS DÉPLACER. EN ATTENTE D'INSTRUCTIONS SUPPLÉMENTAIRES.

Son plan originel avait été de détourner des fioles d'un certain médicament destiné aux quarante plus grandes villes des États-Unis, de les vider de leur contenu et de le remplacer par sa propre création. Un processus qui aurait été lent et dangereux. En arrivant le premier jour à son travail, cependant, il s'était rendu compte que ce ne serait pas nécessaire. Les fioles de verre dont il s'était servi au Liban ressemblaient tellement à celles utilisées par Chyron que même un œil d'expert aurait bien du mal à faire la différence. Il n'avait plus qu'à les étiqueter.

Il avait aussitôt commencé à expérimenter des solvants pour en trouver un qui enlèverait les étiquettes des médicaments d'origine sans les endommager. Il fallait qu'elles soient intactes, et il trouva ce qu'il cherchait dans un grand magasin de fournitures pour artistes : une solution courante qui neutralisait la plupart des colles commerciales.

Dix bidons de deux litres de ce produit étaient déjà entreposés dans son vestiaire et il ne lui restait plus qu'à ôter les étiquettes des vrais médicaments, puis les recoller sur les petits flacons de virus de la variole. Ils seraient alors expédiés parfaitement camouflés aux États-Unis, distribués dans les quarante villes et il pourrait compter sur le système de santé américain pour faire le reste.

Il savait que changer les étiquettes serait long et fastidieux, mais, heureusement, il était seul dans l'équipe de nuit, et il y avait peu de travail réel pour le détourner de cette tâche. Il l'avait répété dans sa tête si souvent – passant même toute une nuit à se minuter – qu'il ne doutait pas qu'il serait prêt pour la date fatidique.

Il ne restait plus que neuf jours.

64

Après avoir parcouru les mille deux cents kilomètres dans l'autre sens, j'arrivai à Bodrum en début d'après-midi, essayant encore de faire coller ce que je savais de la vie de Leyla Cumali avec son rôle dans l'imminente conflagration.

Je m'étais arrêté à deux reprises sur la route pour prendre de l'essence et un café et, chaque fois, j'avais vérifié mon téléphone et mon ordinateur portable avec l'espoir d'avoir des nouvelles de Battleboi. Mais il n'y avait rien, à l'exception de deux messages indésirables filtrés directement dans la corbeille. J'étais de plus en plus frustré et inquiet – peut-être que le samouraï pirate informatique n'allait pas se révéler meilleur que la CIA – et, quand je vis l'hôtelier se précipiter vers moi dans le hall, j'imaginai qu'un autre désastre s'était produit.

En réalité, j'étais tellement fatigué que j'avais mal interprété son attitude. Il s'était précipité parce qu'il n'arrivait pas à croire que j'étais de retour. Je compris très vite qu'il avait cru que mon histoire de voyage en Bulgarie était bidon et qu'ayant tué Bob l'éponge j'étais parti pour de bon.

« Vous êtes une personne de beaucoup de grandes surprises, dit-il en me serrant chaleureusement la main. Peut-être que tous les hommes du FBI sont comme vous ?

— Beaux et intelligents ? Non, je suis le seul. »

Il me tapa dans le dos et me parla discrètement. « Il n'y a eu personne de la visite pour vous. Les journaux ont dit que l'homme était du type voleur, probablement pour l'usage de la drogue. »

Soulagé, je le remerciai et montai dans ma chambre. Je vérifiai aussitôt les messages sur mon ordinateur portable, mais toujours rien de Battleboi. Malgré la fatigue, il m'était impossible de dormir, j'irais toutes les deux minutes voir si j'avais un nouveau message.

Je sortis donc les dossiers sur la mort de Dodge que Cumali m'avait donnés et m'installai au bureau. En attendant, j'allais chercher la trace d'une Américaine avec un accent du Midwest.

65

J'en eus un premier aperçu au bout de quarante minutes. Ce n'étaient que quelques mots dans l'enregistrement d'un interrogatoire, mais ce fut suffisant.

Cumali et son équipe avaient demandé aux amis de Dodge et de Cameron de leur parler des circonstances de leur rencontre avec le couple fortuné et des moments qu'ils avaient passés ensemble à Bodrum. C'était la routine, pour que les flics puissent se faire une idée de leur vie, et, heureusement, la plupart des transcriptions étaient en anglais.

Il y en avait une, notamment, de l'interrogatoire d'un jeune type appelé Nathanial Clunies-Ross, descendant d'une dynastie de riches banquiers anglais, qui connaissait Dodge depuis des années.

Lui et sa copine étaient venus de Saint-Tropez passer une semaine avec Dodge et sa toute nouvelle épouse. Rien de bien exceptionnel, sauf qu'il avait vingt-six ans et qu'il se baladait sur un bateau de cent millions de dollars, et je dus m'infliger une demi-douzaine de pages où il racontait en détails la vie dissolue de quelques personnes extrêmement fortunées.

À la dernière page, il évoquait brièvement une nuit arrosée de vodka dans une discothèque en vogue appelée le Club Zulu sur la côte. Il disait que six d'entre eux s'y étaient rendus en hélicoptère en fin de soirée et que Cameron était tombée sur une jeune femme prénommée Ingrid qui était une vague relation venue avec une bande d'amis plus nombreux.

Les deux groupes avaient fini par s'asseoir ensemble à une table, et la chose la plus intéressante, selon Clunies-Ross, fut que l'un des types du groupe d'Ingrid – probablement son petit ami, dont il ne se rappelait pas le nom, mais était presque sûr qu'il était italien – avait raconté par le menu ses aventures avec des vacancières entre deux âges. Il avait un salon de massage sur la plage, expliquait Clunies-Ross.

Je me mis à lire plus vite, la fatigue disparaissant, ma concentration revenue à son meilleur niveau. Je parcourus rapidement le reste de son interrogatoire, mais ne pus y trouver d'autre mention de Gianfranco, ou, plus important, de la femme prénommée Ingrid.

À la fin du dossier se trouvaient les documents à l'appui de l'interrogatoire, y compris des captures d'écran des caméras de télévision en circuit fermé du Club Zulu – avec du grain et déformées. La dernière montrait un groupe de gens quittant le club, manifestement très alcoolisés. Je vis Cameron et Dodge, un type qui devait être Clunies-Ross avec sa copine – tout en décolleté et en jambes – et juste derrière, à peine visible dans la pénombre, Gianfranco.

Il avait son bras autour d'un femme sublime : cheveux courts coupés en brosse, jupe encore plus courte, bronzée et souple, une jeune femme très à l'aise. Il se trouve qu'elle regardait la caméra. Elle avait de grands yeux, un peu plus enfoncés qu'on ne s'y serait attendu, qui vous donnaient l'impression de voir à travers vous. Mon intuition, distillée et aiguisée par d'innombrables missions difficiles et un millier de nuits sans sommeil, me dit que c'était Ingrid.

Je me tournai pour fouiller dans les autres dossiers : quelque part, il devait y avoir une liste de synthèse, un index de tous les noms apparus au cours de l'enquête. Il y en avait un paquet, mais il n'y avait qu'une seule Ingrid.

Ingrid Kohl.

L'index renvoyait aux informations que les flics avaient réunies sur elle. J'allai donc au volume B, page 46, et je vis qu'il n'y avait pratiquement rien : elle n'était qu'une vague relation qui ne comptait pas. Son rapport avec Cameron et Dodge était tellement mineur que les flics n'avaient même pas pris la peine de l'interroger. Ils avaient tout de même fait une copie de son passeport.

Je regardai la photo du document. C'était la femme aux cheveux en brosse du Club Zulu.

Il n'y avait pas de compte-rendu d'interrogatoire, mais on pouvait être sûr de certaines choses : elle connaissait Cameron, c'était une amie – ou quelque chose de plus intime – de Gianfranco, et elle était américaine. Son passeport indiquait qu'elle venait de Chicago, au cœur du Midwest.

66

Je parcourus d'autres dossiers, espérant trouver des éléments complémentaires la concernant, d'autres photos, mais il n'y avait rien, juste une référence au jeune banquier et cette image médiocre de la caméra de surveillance.

Dans l'après-midi finissante, j'y revins à plusieurs reprises et j'eus beau explorer le grenier de ma mémoire, je ne pus me souvenir d'une femme aussi attirante qu'Ingrid Kohl. Sur un plan plus professionnel, je n'arrêtais pas d'associer une voix à cette image, repensant à une odeur de gardénias…

Mon ordinateur me signala que j'avais un message et, pensant aussitôt que ça devait être Battleboi, je me précipitai, mais ce fut une nouvelle déception. C'était encore un spam, qui avait de nouveau été placé dans la corbeille.

Où était passé ce foutu samouraï ? me demandai-je, frustré, cochant ces messages de merde en vue de les effacer. Il s'agissait d'arnaques vous promettant le gros lot et je cliquai sur le bouton les destinant à l'oubli. Rien ne se produisit, ils étaient toujours là. J'appuyai à nouveau, avec le même résultat, et je compris enfin quel idiot j'avais été. Les messages, travestis en spams, venaient de Battleboi.

Quand je l'avais rencontré la première fois, et qu'installés dans son petit Japon médiéval nous effacions le parcours universitaire de Scott Murdoch, il m'avait dit avoir récemment créé un virus particulièrement vicieux qui paraissait identique aux innombrables spams circulant dans le cyberespace. Même les filtres les plus sommaires l'enverraient dans le dossier des courriels indésirables. Quand le destinataire pensait que le filtre avait fait son office et essayait d'effacer le message, il l'activait sans le savoir, téléchargeant ainsi un logiciel espion Trojan ou n'importe quel autre programme jugé utile par Battleboi – par exemple, un logiciel espion enregistrant chaque frappe de touche pour obtenir les informations relatives à une carte de crédit.

Chopé par les fédéraux, il n'avait jusqu'à présent jamais eu l'occasion de lancer sa bombe de logiciel espion, mais je sus que j'avais déjà téléchargé les informations qu'il avait découvertes sur Leyla al-Nassouri-Cumali. Il ne me restait plus qu'à les trouver.

J'ouvris le premier des spams et je fus ravi de lire que j'étais l'heureux gagnant d'un sweepstake en ligne. Pour obtenir mes gains qui s'élevaient à la modique somme de 24 796 321,81 dollars, je n'avais qu'à adresser un courriel auquel il serait répondu avec un code d'autorisation et une liste d'instructions. Les autres spams étaient des relances insistant pour que je ne tarde pas, au risque de rater cette manne tombée du ciel.

J'essayai de cliquer sur le montant gagné sans autorisation, mais rien ne se produisit. Il me manquait un code de cryptage qui déverrouillerait un fichier caché, et je commençai à me demander si Battleboi allait l'envoyer dans un courrier séparé, quand je me rendis compte que je l'avais déjà.

Je copiai les chiffres de mes gains, les entrai comme code d'autorisation et cliquai sur le montant. Le sésame opéra.

Un document s'ouvrit et je vis une photo de Leyla Cumali, seize ans environ, récupérée sur un permis de conduire. En dessous figurait la liste de tout ce que Battleboi avait trouvé à ce stade et, y jetant un coup d'œil, je vis que – exactement comme je l'avais espéré – il était sorti du cadre.

Partant de l'idée que, pour être flic, Cumali avait forcément fait des études, il avait décidé de suivre tout son parcours scolaire. Une stratégie qui lui donna un immense avantage, puisqu'elle réduisait grandement le nombre de personnes sur lesquelles enquêter. Aussi choquant que cela puisse paraître, plus de quarante-cinq pour cent des femmes arabes ne savent ni lire ni écrire.

Il se mit à explorer les collèges et lycées de six pays arabes. Il ne trouva qu'une Leyla al-Nassouri dont l'âge correspondait, dans une archive en ligne d'une école de Bahreïn où elle avait remporté un concours d'essai rédigé en anglais.

Il l'avait perdue pendant un moment, mais découvert qu'en arabe Leyla signifie « née la nuit », et il avait passé des blogs et des réseaux sociaux au peigne fin en utilisant des dizaines de variations sur ce thème. Sous le nom de Minuit, il dénicha une femme qui avait mis en ligne sur un blog local plusieurs textes concernant la plongée sous-marine à Bahreïn.

Il avait réussi à accéder à cette base de données et appris que Minuit était le pseudo en ligne de Leyla al-Nassouri, ce qui lui fournit l'adresse e-mail qu'elle utilisait à l'époque. Partant de l'hypothèse qu'elle avait plus de dix-sept ans et disposant de son nom et de son adresse e-mail, il tenta de pénétrer dans le fichier des immatriculations de voitures de Bahreïn, dans l'espoir de tomber sur les informations contenues dans son permis de conduire. Cela demanda plus de quatre heures de hacking acharné, mais il finit par pénétrer leur réseau. Il obtint la photo, ainsi que ses lieu et date de naissance.

Elle était née en Arabie saoudite.

Battleboi disait qu'elle avait disparu et qu'il n'avait rien jusque deux ans plus tard, où il la reconnut sur une photo accompagnée d'un récapitulatif de son parcours universitaire dans une faculté de droit d'Istanbul.

« C'est tout ce que j'ai pour le moment », concluait-il.

Je fermai les pages et restai un moment songeur. Je la revoyais – s'approchant de la cabine téléphonique, parlant à un terroriste dans l'Hindu Kush, l'homme le plus recherché au monde –, une femme arabe instruite, qui faisait de la plongée, avait appris à conduire et était partie étudier loin de chez elle.

Battleboi avait fait un excellent travail, mais les choses n'en étaient pas plus claires pour autant. Leyla Cumali était peut-être née en Arabie saoudite, mais ça n'avait toujours aucun sens.

67

Je sortis faire un tour. J'arrondis les épaules, enfonçai les mains dans les poches et je me débattis une fois encore avec les contradictions de la vie de Cumali.

J'avais quitté l'hôtel, erré dans un dédale de ruelles et, après avoir tenté la quadrature du cercle d'une centaine de façons différentes, je me retrouvai à la plage. On était en fin d'après-midi et il faisait encore chaud, le dernier clin d'œil de l'été avant que l'automne ne s'invite vraiment.

Je m'assis sur un banc et regardai cette mer exotique, turquoise, d'un éclat presque irréel. Un père éclaboussait ses trois enfants dans la bande étroite où l'eau et le sable se rencontrent. L'air résonnait de leurs rires et je n'eus qu'un pas à franchir pour penser au petit garçon qui n'avait pas de père à éclabousser et ne savait même pas ce qu'était la trisomie 21.

La mère des enfants s'approcha pour prendre une photo d'eux juste au moment où je pensais à Cumali, à l'immense chagrin qu'elle avait dû éprouver en voyant un seul pli transverse dans la main de son nouveau-né et en comprenant qu'il faisait partie des un pour sept cents enfants atteints de trisomie.

Ce fut comme si le monde entier ralentissait : l'eau jetée des enfants resta en suspens dans l'air, le visage rieur du père semblait à peine bouger, la main de la mère se figea sur le déclencheur de l'obturateur. Mon esprit avait buté sur une étrange pensée.

Une preuve, c'est le nom que nous donnons à ce dont nous disposons, mais qu'en est-il des choses que nous n'avons pas trouvées ? Il arrive que les choses manquantes soient encore plus significatives.

Pendant tout le temps que j'avais fouillé la maison de Cumali, je n'avais pas vu une seule photo d'elle avec le bébé. Il n'y en avait aucune d'elle avec lui en nouveau-né sur son bureau, pas une d'elle jouant avec lui, tout petit, aucun portrait au mur. Je n'en avais trouvé aucune dans les tiroirs, aucune encadrée à côté de son lit. Pourquoi garderait-on l'album photos d'un mariage raté, mais pas de photos de famille ou du petit garçon bébé ? N'était-ce pas le genre de choses que les mères gardent toujours ? À moins que…

Non, ce n'était pas son enfant.

L'eau était toujours en suspens dans l'air, la mère tenait son appareil photo près de son visage et le père était au beau milieu d'un éclat de rire. Je me demandais pourquoi je n'y avais pas pensé plus tôt : elle était arrivée avec son fils à Bodrum trois ans auparavant, ayant laissé un mari loin derrière elle, et elle n'avait ni ami ni relation pour la contredire. Elle avait pu raconter ce qu'elle voulait aux gens.

Et si ce n'était pas son enfant, à qui était-il ?

L'eau retomba sur le sol, la mère prit sa photo, le père éclaboussa ses enfants en retour, et je me mis à courir.

C'était l'heure du dîner et je me dis que si je faisais assez vite, je pourrais être chez Cumali avant qu'elle n'ait fait la vaisselle.

68

Cumali ouvrit la porte, vêtue d'une chemise décontractée et d'un jean, une manique à la main. Comme elle n'attendait pas de visite, elle s'était dispensée du foulard et avait les cheveux attachés en queue-de-cheval. Je dois dire que ça lui allait bien, accentuant ses pommettes hautes et ses grands yeux, et je fus de nouveau frappé par sa beauté.

Elle ne parut pas gênée d'être vue la tête découverte et une chemise ouverte, juste très agacée d'être dérangée chez elle.

« Qu'est-ce que vous voulez ? demanda-t-elle.

— Que vous m'aidiez, répondis-je. Je peux entrer ?

— Non, je suis occupée. J'allais servir le dîner. »

J'étais prêt à discuter – à insister autant qu'il le faudrait – mais ce ne fut pas nécessaire. Le petit gars émergea de la cuisine, me vit et se mit à courir. Me saluant gaiement en turc, il s'arrêta, se concentra et me fit une magnifique révérence.

« Très bien, le félicitai-je en riant.

— J'espère bien ! Il s'entraîne tous les jours, dit Cumali, d'une voix radoucie, remettant en place quelques mèches de cheveux du petit gars.

— Cela ne prendra que quelques minutes », dis-je

et, après une hésitation, elle recula pour me laisser entrer. Plus pour son fils – si c'était son fils – que dans l'intention de m'aider.

Je marchai dans le couloir devant eux, faisant exprès de jeter des regards curieux autour de moi, comme si je n'étais jamais entré dans la maison. Le petit gars était sur mes talons, babillant en turc.

« Il veut vous emmener à un pique-nique, traduisit sa mère. Il a vu un programme de télévision dont le héros est un petit Américain. Apparemment c'est ce qu'on fait entre amis. »

Je pris cela très au sérieux ; c'était important pour l'enfant. « Un pique-nique ? Bien sûr ! m'enthousiasmai-je, m'arrêtant pour lui faire une révérence à mon tour. Quand tu veux ! C'est promis. »

Nous pénétrâmes dans la cuisine et, à l'aide de sa manique, elle alla sortir un tagine du four – un plat en terre marocain –, le goûta avec une cuiller en bois et se servit ainsi que son fils. Elle ne m'en offrit pas – un véritable affront dans le monde musulman où, à cause de l'interdiction de l'alcool, l'essentiel de l'hospitalité repose sur la nourriture. Il était évident qu'elle voulait se débarrasser de moi au plus vite.

« Vous disiez que vous aviez besoin de mon aide. De quoi s'agit-il ? demanda-t-elle dès qu'elle se fut attablée.

— Vous vous rappelez une femme qui s'appelle Ingrid Kohl ? » Je remerciai le ciel de cette histoire suffisamment consistante pour me servir de prétexte afin de m'introduire chez elle.

Elle marqua une pause pour réfléchir, pendant que le petit bonhomme me souriait et buvait une gorgée de son verre Mickey.

680

« Ingrid Kohl, répéta Cumali. Une routarde… américaine… une relation de Cameron, ou quelque chose comme ça. C'est elle dont vous parlez ?

— Oui. Vous avez quelque chose d'autre sur elle ?

— Son rôle ne nous a pas paru essentiel ; je crois qu'on ne l'a même pas interrogée. Vous êtes venu ici à l'heure du dîner pour me parler d'elle ? Pourquoi ?

— Je crois qu'elle et Cameron se connaissent bien. Je pense même qu'elles se connaissent depuis longtemps. Je les soupçonne d'être amantes. »

Elle me dévisagea, la fourchette en l'air. « Avez-vous une preuve, ou prenez-vous juste vos désirs pour des réalités ?

— Vous voulez dire comme pour les miroirs ? lui rétorquai-je. Des preuves, il y en a, j'ai juste besoin de les confirmer.

— Alors vous me dites qu'elle sait comment entrer dans la propriété, qu'elle est suspecte ?

— C'est exactement ce que je dis. Mais il faut que j'entende sa voix.

— Sa voix ?

— Je vous expliquerai quand je serai sûr de ce que j'avance », répondis-je. Je ne voulais pas entrer dans une longue discussion sur la mort de Dodge. Je voulais seulement la faire sortir de cette foutue cuisine et emporter les éléments que j'avais déjà repérés.

« Pouvez-vous faire venir ces deux femmes au commissariat demain matin ? demandai-je. Je veux entendre la voix d'Ingrid, puis lui poser quelques questions, ainsi qu'à Cameron. »

Cumali était loin d'être enthousiaste. « Cameron a déjà fait l'objet d'un interrogatoire prolongé. Il faudrait que j'en sache plus…

— Je voudrais régler ça au plus vite, l'interrompis-je. J'aimerais quitter la Turquie dès que possible. Avec votre aide, je pense que je peux y arriver. »

Peut-être fut-ce l'insistance qu'elle perçut dans ma voix, ou plus vraisemblablement l'idée de se débarrasser de moi, mais quelle qu'en fût la raison, elle céda. « Très bien, je demanderai à Hayrunnisa d'organiser ça ; sans faute en arrivant demain matin.

— Pouvez-vous l'appeler maintenant, s'il vous plaît ? » J'avais déjà vérifié que ni son sac à main ni son portable n'étaient dans la cuisine. J'espérais qu'ils étaient dans une autre pièce.

« L'appeler… chez elle, vous voulez dire ?

— Oui.

— Non. Je vous l'ai dit, je téléphonerai demain matin.

— Alors donnez-moi son numéro, répondis-je. Je m'en charge. »

Elle me dévisagea, exaspérée, puis soupira, se leva de sa chaise et se dirigea vers le salon pour y prendre son téléphone.

Je fis vite, lançant un miaou au chat qui m'observait depuis le coin. Le stratagème fonctionna. Le petit gars éclata de rire et regarda de l'autre côté. Je me plaçai derrière lui, et le premier élément se retrouva dans ma poche sans qu'il s'en aperçoive.

Le temps qu'il regarde dans ma direction, j'étais au fourneau, lui tournant le dos, et il ne me vit pas prendre le deuxième élément. Pour le distraire, je sortis mon téléphone et me mis à lui faire des grimaces et à le photographier.

Il s'esclaffa à nouveau, et il riait encore lorsque sa mère revint dans la cuisine, le téléphone à l'oreille, parlant en turc à Hayrunnisa.

« Elle les appellera dès 8 heures pour leur dire de venir au bureau à 10 heures, m'informa-t-elle après avoir raccroché. Satisfait ?

— Merci.

— Maintenant est-ce que mon fils et moi pouvons dîner ?

— Bien sûr. Je connais le chemin. »

Je fis une révérence au petit gars, tournai les talons et sortis. Je pris à droite, me dirigeai vers la grande rue la plus proche et me mis à courir. Je ne m'arrêtai que quand j'eus la chance de trouver un taxi libre qui venait du port et rentrait en ville.

J'indiquai au chauffeur que je voulais aller dans des boutiques de souvenirs, vers celles que j'avais vues le premier jour de mon arrivée à Bodrum. Il se faisait tard, mais je savais qu'elles restaient ouvertes jusqu'à une heure avancée de la nuit et que la plus grande d'entre elles était un relais FedEx.

À l'intérieur, j'achetai une demi-douzaine de souvenirs et je demandai au vieux type derrière son comptoir de les envoyer en express à New York. Tout ce qu'il me fallait, c'était une boîte pour les emballer. Je l'adressai à Ben Bradley au commissariat et j'y joignis une note pour que, si quelqu'un, en Turquie, examinait le colis, il pense que c'était parfaitement innocent : un flic en mission qui envoyait aux gars de son bureau quelques souvenirs pour les rendre jaloux.

Je dis à Bradley de distribuer les Fez de couleur bordeaux aux autres inspecteurs, la lampe avec la danseuse du ventre en plastique était pour son bureau, et les deux autres objets étaient pour notre ami commun. « Ne t'en fais pas, il comprendra la blague », écrivis-je.

Évidemment, ce n'était pas une blague. Une heure

plus tard, j'allais appeler Bradley pour lui dire exactement ce que je voulais que l'on fasse de la cuiller en
bois et du verre Mickey.

Récupère la salive et fais des test ADN aussi vite
que possible, lui dirais-je. Il n'y a que comme ça que
je pourrais connaître le véritable lien entre Cumali et
le petit gars.

69

Il y avait eu un changement de programme. J'arrivai
au commissariat quelques minutes avant 10 heures le
lendemain matin pour découvrir qu'Ingrid Kohl avait
pris froid et ne pourrait venir que plus tard dans la
journée. C'était peut-être vrai, qui sait ?

Cameron, de son côté, n'avait même pas été jointe,
pas en personne en tout cas. Hayrunnisa avait appelé
son bateau, mais le secrétaire personnel de la jeune
femme avait refusé de la réveiller.

« Mes instructions sont claires ; elle ne veut pas être
dérangée. Quand Madame se lèvera, je lui dirai de vous
rappeler. »

Je priai Hayrunnisa de me prévenir dès que l'une ou
l'autre serait arrivée, mais le hasard voulut que deux
heures plus tard je sois assis à la terrasse d'un café
voisin – je suivais l'avancement de la livraison de mon
colis sur mon téléphone portable, apprenant qu'arrivé
dès le matin à New York il était sur le point d'être
livré –, lorsque j'aperçus Ingrid.

Elle avançait dans ma direction, un sac bon marché
sur l'épaule, de fausses lunettes de soleil Tom Ford
relevées sur la tête, tenant un jeune chien – un parfait

corniaud – au bout d'une corde. Les filles branchées baladaient plutôt des pures races – soit Ingrid n'en avait rien à foutre, soit c'était une provocation. Je faillis éclater de rire.

Mais une chose m'en empêcha : le grain de la photo ne lui rendait pas justice. Elle était plus grande qu'il n'y paraissait et, dans son short en jean et son fin T-shirt blanc, elle dégageait une sensualité que je n'avais pas soupçonnée. Ses cheveux courts avaient un peu poussé, ce qui faisait ressortir ses yeux et les rendait encore plus pénétrants.

Elle était sublime, aucun doute là-dessus. Cinq jeunes gens branchés assis à une table voisine me le confirmèrent, mais si elle en fut consciente elle parut n'y accorder aucune importance. Peut-être était-ce pour cette raison qu'elle pouvait tout se permettre, même ce foutu chien.

Tout au début, j'ai dit qu'il y avait des endroits dont je me souviendrais toute ma vie. Des gens aussi. Et je sus alors, assis dans un café quelconque sous le chaud soleil turc, que cette première vision que j'eus d'elle ferait partie de celles qui resteraient à jamais gravées en moi.

Elle descendit du trottoir et se faufila entre les tables en direction du comptoir des plats à emporter. Quand elle passa devant les types branchés – des Serbes, d'après la langue qu'ils parlaient –, l'un d'entre eux la prit par le poignet.

« C'est quoi, ce chien ? » demanda dans un anglais avec un fort accent un type à la barbe de trois jours savamment entretenue, la chemise déboutonnée, un tatouage autour d'un biceps.

Elle lui jeta un regard profondément méprisant qui aurait pu lui griller la barbe. « Lâchez-moi, s'il vous plaît.

« — Simple question, répondit-il en souriant, mais sans lâcher sa prise.

— C'est une race allemande, dit Ingrid. Un chien à queue.

— À quoi ?

— À queue. Je lui désigne un mec et il se ramène avec sa queue dans la gueule. Vous voulez voir ? »

Le chien gronda très opportunément et le sourire disparut du visage du type, sa colère démultipliée par le rire de ses quatre copains. Ingrid libéra son bras et poursuivit son chemin vers le bar.

Je restai sans bouger à me concentrer sur le son de sa voix, mais ce n'était pas aussi net que je l'avais imaginé : elle n'avait pas menti quant à son refroidissement, et sa voix en était râpeuse, altérée. Et puis l'acoustique de la grande maison était radicalement différente. Le volume des pièces à lui seul ajoutait une sorte de réverbération. De plus, je ne l'avais entendue que de loin. J'avais le sentiment que c'était bien elle qui était dans la chambre, mais je n'en étais pas absolument certain.

Plein de doutes, je la regardai à nouveau qui se tenait au bar avec son corniaud. Pour être honnête, il était fort possible que je ne veuille pas qu'elle soit l'assassin.

70

Ingrid émergea du fond du commissariat, accompagnée par une jeune flic chaussée de bottes superbes. Elle attacha son chien à queue à la rampe de l'escalier et monta au bureau de Cumali.

J'avais quitté le café avant elle pour être prêt lorsqu'elle arriverait et, assis à une table de conférence, dans un coin du bureau, je la regardai par la fenêtre. Cumali avait demandé à être excusée, elle devait se consacrer à des choses plus urgentes, notamment à la recherche de l'assassin de Bob l'éponge.

« Je cherche l'inspecteur Cumali », annonça Ingrid en entrant, sans me voir dans le coin. Cela me donna une autre occasion d'entendre sa voix, mais je n'étais toujours pas certain de la reconnaître.

« Je suis désolée, l'inspecteur n'est pas là, répondit Hayrunnisa. Je crois que c'est ce monsieur qui va s'occuper de vous. »

Ingrid se tourna, m'aperçut, et je vis son regard se poser directement sur mes chaussures style FBI, ringardes, remonter lentement sur mon pantalon informe puis s'attarder un instant sur ma chemise bon marché et ma vilaine cravate. Je me fis la réflexion qu'il ne me manquait plus que la pochette à stylo anti-taches.

L'ayant vue au café, je n'avais pas besoin de la jauger à mon tour, et l'indifférence avec laquelle je la regardai me procura un petit avantage.

Puis elle sourit, et l'avantage disparut. « Et vous êtes ? » demanda-t-elle. J'avais dans l'idée qu'elle le savait déjà.

« Je m'appelle B. D. Wilson. J'appartiens au FBI. »

La plupart des gens, même ceux qui n'ont rien à cacher, ont un petit frisson de peur en entendant ces initiales. Si ce fut le cas d'Ingrid Kohl, elle n'en montra rien. « Alors je ne vois pas ce que vous pouvez faire pour moi. On m'a dit de venir récupérer mon passe-port. »

Elle lança un regard méprisant à Hayrunnisa et je compris que, pour être sûre qu'Ingrid Kohl viendrait, la secrétaire lui avait dit ce qui lui était passé par la tête. C'était sans doute la façon de procéder dans les services de police turcs.

Pour ne pas laisser Hayrunnisa dans le pétrin, je répondis à sa place. « Je suis certain que ça va pouvoir se faire. Mais avant, j'ai quelques questions à vous poser. »

Ingrid laissa tomber son sac par terre et s'assit. « Allez-y », dit-elle. Elle ne se déstabilisait pas facilement.

Je plaçai sur le bureau une petite caméra numérique, la mis en marche, vérifiai qu'elle enregistrait à la fois le son et l'image et parlai dans le micro, indiquant son nom complet figurant sur la photocopie de son passeport que j'avais sous les yeux, l'heure et le jour.

Je la vis regarder de près l'appareil, mais n'y prêtai pas attention. En quoi j'eus tort. Je me tournai vers elle et lui dis que j'étais un agent assermenté qui enquêtait sur la mort de Dodge.

« Il s'agit maintenant d'une affaire de meurtre, précisai-je.

— C'est ce qu'on m'a dit.

— Qui ça ?

— Tout le monde. Les routards américains ne parlent que de ça.

— Quand les avez-vous rencontrés, sa femme et lui ? »

Elle me raconta qu'ils s'étaient vus à différents clubs et bars, mais sans jamais se parler. « Puis tout a changé un soir, devant un club, The Suppository.

— Il y a un club qui s'appelle The Suppository ? demandai-je. C'est un drôle de nom, vous ne trouvez pas ?

— Non, pas vraiment. Son nom, c'est le Texas Book Depository – vous savez, l'endroit d'où Oswald a tiré sur Kennedy – et il appartient à un couple branché originaire de Los Angeles, mais c'est tellement minable que tout le monde l'appelle The Suppository.

» Bref, je venais d'en sortir avec quelques amis quand j'ai aperçu un chien perdu étendu derrière les ordures. Il avait été salement malmené et j'essayais de trouver le moyen de l'installer sur mon vélomoteur quand Dodge et Cameron sont arrivés.

» Ils ont fait venir une voiture et nous avons pu l'emmener chez le vétérinaire. Après cela, chaque fois que je les croisais, on se parlait, surtout du chien.

— Alors vous connaissiez suffisamment Dodge pour qu'il vous reconnaisse si vous aviez frappé à sa porte un soir avec des nouvelles inquiétantes ? »

Elle haussa les épaules, eut l'air perplexe. « Oui, je suppose.

— C'est ce chien-là, n'est-ce pas ? demandai-je, indiquant la fenêtre.

— Oui. »

Je continuai de parler tout en consultant mes notes, me contentant de meubler les silences. « Et il s'appelle comment ?

— Gianfranco. »

Je ne réagis pas. « C'est italien, non ?

— Oui, il m'a rappelé un type que j'ai connu. Certains chiens ne peuvent pas s'empêcher de chasser. »

Je souris et levai les yeux vers elle. « Vous avez de la famille, mademoiselle Kohl ?

— Sûrement, oui, quelque part.

— Chicago ?

— Partout. Mariée, divorcée, remariée, séparée. Vous savez comment c'est.

— Des frères, des sœurs ?

— Trois demi-frères ; aucun que j'aie envie de connaître.

— Et vous avez quitté Chicago, je me trompe ?

— Je suis allée à New York, si c'est ce que vous voulez dire – huit mois environ –, mais je n'ai pas aimé, alors j'ai demandé un passeport et je suis venue ici. Je suis certaine que vous avez tout ça dans une base de données. »

J'ignorai sa remarque et je continuai de creuser. « Vous êtes venue seule, en Europe ?

— Oui.

— C'est courageux, non ? »

Elle se contenta de hausser les épaules. Elle était intelligente, mais plus encore, elle était très maîtresse d'elle-même. Elle donnait l'impression de n'avoir besoin de personne.

« Et comment vous en sortez-vous – sur le plan financier, je veux dire ?

— Comme tout le monde. Je travaille. Dans des cafés, des bars, quatre semaines comme physionomiste à l'entrée d'une boîte de Berlin. Je gagne assez pour m'en sortir.

— Et l'avenir ?

— Oh vous savez… le mariage, deux enfants, une bicoque en banlieue. Il faudrait que le mec soit classe, en tout cas, quelqu'un comme vous, monsieur Wilson. Vous êtes marié ? »

Oui, avec elle, ça me plairait, me dis-je. Je serais partant. « Je parlais d'un avenir plus proche.

— L'été est presque terminé. Je vais peut-être aller à Pérouse en Italie. Il y a une université pour les étrangers dont on parle beaucoup. »

Je levai les yeux de mes notes, vérifiai que la caméra

fonctionnait et la regardai. « Êtes-vous lesbienne ou bisexuelle, mademoiselle Kohl ? »

Je la vis se mettre en alerte rouge. « Et vous, monsieur Wilson, quel type de champ vous labourez ?

— Ce n'est pas le sujet, répliquai-je d'une voix égale.

— C'est exactement ce que je pense de votre question.

— Il y a une grande différence. Il a été suggéré que Cameron est bisexuelle.

— Et alors ? Vous devriez sortir un peu plus. Beaucoup de filles d'aujourd'hui le sont. Je pense qu'elles sont tellement dégoûtées des hommes qu'elles ont décidé d'essayer l'autre bord. »

Avant que je n'aie le temps de répondre à sa théorie, j'entendis le bruit de talons sur le linoléum du palier.

Cameron entra.

71

Ingrid se retourna et grâce à la disposition des sièges je pus les observer toutes les deux au moment précis où elles se virent.

Pas la moindre marque d'affection, pas de signe de connivence. Elles se regardèrent l'une l'autre exactement comme on pouvait s'y attendre de la part de simples connaissances. Si elles jouaient la comédie, c'était réussi. Mais il est vrai qu'à un milliard deux la représentation, on peut se surpasser, n'est-ce pas ?

« Bonjour, dit Cameron à Ingrid en lui tendant la main. Je ne m'attendais pas à te voir ici. Ils m'ont dit que je pouvais venir récupérer mon passeport.

— À moi aussi, répondit amèrement Ingrid, et elle agita un pouce accusateur en direction d'Hayrunnisa. M. Wilson était en train de me demander si tu étais bisexuelle.

— Ah oui ? répondit Cameron. Et qu'est-ce que tu lui as répondu ? » Elle tira un siège et s'assit. Elle n'avait pas du tout l'air inquiète, elle non plus, et je fus bien obligé d'admirer leur sang-froid.

« J'ai répondu que oui, mais seulement avec des filles noires. Je me suis dit que tant qu'à être dans le fantasme masculin, autant mettre le paquet. »

Cameron rit.

« Le meurtre n'est pas un fantasme masculin », dis-je.

J'expliquai à Cameron que c'était à présent une enquête pour homicide et je lui parlai des feux d'artifice et des miroirs transportés à Florence. Pendant tout ce temps, j'essayai de les jauger, d'avoir des indices sur leur véritable relation. Étaient-elles amantes, ou juste deux femmes attirantes qui avaient dérivé jusqu'à Bodrum comme des bateaux dans la nuit ? Était-ce Ingrid que j'avais entendue dans la chambre ? Qui était la femme qui connaissait le passage secret et qui, j'en étais certain, avait incité Dodge à se rendre au bord de la falaise et l'avait fait basculer ?

« J'ai une photo de Dodge et de son assassin ensemble dans la bibliothèque. Il ne me manque que le visage. »

Elles semblèrent toutes les deux secouées par l'existence de cette photo. Cette rumeur-là n'était pas parvenue à leurs oreilles.

« C'est vous qui avez eu l'idée de développer les miroirs ? » demanda Ingrid, et je perçus un changement dans l'atmosphère. Elle n'avait peut-être pas une haute opinion de ma garde-robe, mais elle venait de prendre la mesure de mes compétences.

« Oui, répondis-je.

— Putain, il fallait y penser ! »

Je commençai à expliquer les difficultés que rencontrait quiconque essayant de pénétrer dans la propriété sans être vu. « Il doit y avoir un accès, un passage secret, pour ainsi dire. »

Mais je n'allai pas plus loin. Ingrid se pencha et posa son sac sur la table. « Désolée, dit-elle. J'ai besoin d'un truc pour mon rhume. »

Pendant qu'elle cherchait ses pastilles pour la gorge, le sac glissa, répandant tout son contenu sur la table et le sol. Cameron et moi nous baissâmes pour ramasser un rouge à lèvres, des pièces de monnaie, un vieil appareil photo et une dizaine d'autres choses sans intérêt. En me relevant, je vis qu'Ingrid rassemblait le reste de ses affaires sur la table et les remettait dans son sac. Je repérai un flacon de verre avec une illustration de fleur gravée sur le côté.

« Du parfum ? dis-je en le ramassant.

— Oui. Je l'ai trouvé dans le Grand Bazar d'Istanbul. Il y a un type qui en fait le mélange devant vous. C'est un peu fort ; ça peut tuer un éléphant à cinquante pas. »

Je souris, j'enlevai le capuchon, en pulvérisai un peu sur ma main. « Du gardénia », détectai-je.

Elle me regarda et sut que quelque chose n'allait pas. « Putain, mais vous êtes horticulteur ou quoi ? » Elle essaya de rire et reprit le parfum, mais c'était trop tard.

Tous les doutes que j'avais encore sur sa voix avaient été balayés. Je savais désormais avec certitude que c'était bien elle qui était dans la chambre de Cameron : quand j'étais sorti de la chambre d'amis pour aller à l'ascenseur secret, j'avais senti l'odeur de ce parfum original flotter dans le couloir après son passage.

« Non, pas horticulteur. Je suis un agent spécial du FBI enquêtant sur plusieurs meurtres. Gianfranco, le type dont vous avez donné le nom à votre chien, depuis combien de temps vous sortez avec lui ? »

Elle et Cameron perçurent l'agressivité dans ma voix et surent que tout avait changé.

« Qu'est-ce que Gianfranco a à voir avec ça ? demanda Ingrid.

— Répondez à ma question, mademoiselle Kohl.

— Je ne sais plus.

— C'est lui qui vous a montré le tunnel conduisant à la maison ?

— Quelle maison ?

— Celle de Cameron.

— Il n'y a pas de tunnel qui conduit à ma maison », intervint Cameron.

Je me tournai vers elle, étonné par ma propre colère. Dodge était son mari, et dans tous les interrogatoires, ses amis avaient dit qu'il l'adorait. « Ne me dites qu'il n'y a pas de tunnel. Je l'ai parcouru.

— Et alors ? Même s'il y en a un, répliqua Ingrid, personne ne me l'a jamais montré.

— Gianfranco a déclaré le contraire. » Je bluffais, espérant la déstabiliser, mais en vain.

« Alors c'est un menteur », rétorqua-t-elle. Cameron avait été sérieusement ébranlée par l'information aussi bien que par ma colère, mais pas Ingrid. Elle monta au front, et riposta aussitôt.

« Et vous le croyez ? s'exclama-t-elle. C'est Franco,

694

votre témoin ? Un type qui pelote des femmes entre deux âges pour quelques dollars et un peu de monnaie ? N'importe quel avocat compétent le mettrait en pièces. Est-ce que vous lui avez demandé s'il vendait de l'herbe ? Ou appris que son nom n'est pas Gianfranco et qu'il n'est même pas italien ? Seulement voilà : quelle bonne femme rêverait de se faire sauter par un type qui s'appelle Abdul ? Mais vous le savez, ça, bien sûr... »

Elle me regarda tandis que je me réprimandais intérieurement. J'avais perçu que l'anglais de Gianfranco était plus stambouliote que napolitain, mais je n'avais pas pris le temps d'approfondir la chose.

« Oh, sa nationalité vous a échappé, à ce que je vois, fanfaronna-t-elle, tout sourire.

— Je me fiche de son nom et de sa nationalité, ça ne change rien.

— Ah mais moi je ne m'en fiche pas, répondit-elle. C'est une question de crédibilité. Gianfranco n'en a aucune et jusque-là vous n'avez rien.

— Vous êtes avocate, mademoiselle Kohl ?

— Non, mais je lis beaucoup. »

Il y avait quelque chose dans la façon dont elle avait dit cette réplique et tourné son regard vers moi qui me fit penser à des planches et à une salle de répétition glacée. Je tentai un truc.

« Où était-ce ? New York, Los Angeles ?

— De quoi parlez-vous ?

— De l'endroit où vous avez étudié la comédie. »

Ingrid ne réagit pas, mais je vis Cameron lui lancer un coup d'œil et je sus que j'avais fait mouche.

« Vous pouvez échafauder toutes les théories que vous voulez, poursuivit-elle. Si Abdul – je veux dire

Gianfranco – connaît un accès secret à la maison, alors je dirais que c'est lui qui est sur la photo. C'est probablement lui qui a tué Dodge.

— Ça n'a aucun sens, rétorquai-je. Quel serait le mobile ?

— Et le mien, ce serait quoi ?

— Je pense que vous et Cameron êtes amantes. Je pense que vous l'avez prémédité ensemble, et que vous l'avez fait pour l'argent. »

Elle rit. « Cameron et moi nous connaissons à peine. Nous nous sommes croisées cinq ou six fois. Le plus long moment que nous ayons passé ensemble, c'était chez un vétérinaire. Vous parlez d'une histoire d'amour !

— C'est tout à fait vrai pour Ingrid Kohl, dis-je, mais je ne pense pas que vous soyez vraiment Ingrid Kohl…

— Vous n'avez qu'à regarder mon passeport. Tout ça c'est des foutaises. Seigneur, mais bien sûr que je suis Ingrid Kohl.

— Non, répliquai-je. Je pense que vous avez usurpé une identité. Je pense que vous jouez un rôle. Je crois que, quel que soit votre vrai nom, vous et Cameron vous connaissez depuis très longtemps. Peut-être même avez-vous grandi ensemble. Vous avez quitté Turkey Scratch[1], ou quel que soit le patelin d'où vous venez, pour aller vivre à New York. Puis vous êtes venues toutes les deux à Bodrum pour une raison : tuer Dodge. C'est un crime capital, et même si vous échappez à l'injection, vous passerez toutes les deux le reste de votre vie en prison. »

_____

1. Trou perdu dans l'Arkansas, dont le nom, traduit littéralement, signifie « coup de griffe turc ».

Ingrid sourit. « Turkey Scratch ? C'est amusant. Vous l'avez inventé, comme tout le reste ?

— On verra. Je n'ai pas encore fini…

— Eh bien moi si. » Elle se tourna vers Cameron. « Je ne sais pas toi, mais moi je veux un avocat.

— Oui, moi aussi j'ai besoin de conseils juridiques », répondit Cameron, l'air d'une biche prise dans le faisceau des phares d'une voiture. Elle empoigna son sac et voulut se lever.

« Non, objectai-je. J'ai d'autres questions à vous poser.

— Sommes-nous inculpées ? » demanda Ingrid.

Je ne dis rien – il était évident qu'elle ne se laissait pas facilement intimider.

« C'est bien ce que je pensais. Vous ne pouvez pas nous retenir, n'est-ce pas ? Vous êtes en dehors de votre juridiction, ici. » Elle sourit.

Cameron était déjà en train de se diriger vers la porte. Ingrid ramassa ses pastilles pour la gorge et les jeta dans son sac. Alors qu'elle le balançait sur son épaule, elle se tourna et se tint tout près de moi. Je n'y pouvais rien, elle me faisait l'effet de manœuvrer un cerf-volant en pleine tempête.

« Vous vous croyez très intelligent, mais vous ne savez rien de moi, ni de Cameron, ni de rien du tout. Vous ne savez pas la moitié de ce qui se passe. Pas même le quart. Vous êtes paumé et vous vous raccrochez à un vague espoir, c'est tout ce que vous avez. D'accord, vous pensez détenir une preuve. Mais laissez-moi vous dire autre chose que j'ai lu : "Une preuve est une liste d'éléments matériels dont on dispose. Mais qu'en est-il de ce qu'on n'a pas découvert ? Comment appelle-t-on ça ?" »

Ce fut à mon tour de sourire. « Excellente citation – vous avez de bonnes lectures. » Et là, je sus que c'était elle qui avait tué la femme à New York et l'avait plongée dans un bain d'acide.

« La citation est extraite d'un livre intitulé *Principes des techniques modernes d'investigation*, écrit par Jude Garrett, continuai-je. Et je sais où vous vous êtes procuré ce livre. Vous l'avez emprunté à la bibliothèque municipale de New York à l'aide d'un faux permis de conduire de Floride. Vous l'avez rapporté dans la chambre 1089 de l'Eastside Inn, où vous habitiez, et vous vous en êtes servie comme mode d'emploi pour tuer quelqu'un. Qu'est-ce que vous en pensez, comme preuve ? »

Elle posa sur moi un regard dénué de toute expression. Nom de Dieu, c'était un sommet de maîtrise de soi. Mais son silence me dit que je venais d'ébranler tout son monde, de mettre en pièces la trame de son crime méticuleux.

Elle pivota sur elle-même et sortit. En moins d'une heure, Cameron se serait bardée d'avocats, offert un régiment de conseils de haute volée, mais ça n'allait pas beaucoup les aider. J'avais compris ce qu'elles avaient fait, tout, depuis le jour où les tours jumelles s'étaient écroulées jusqu'à la véritable raison pour laquelle il y avait des lacérations sur les mains de Dodge.

Je n'avais pas prêté attention, toutefois, à ce qu'elle avait dit sur le fait que je n'en avais pas compris la moitié. Je pensais que ce n'étaient que rodomontades, mais c'était la sous-estimer. J'aurais dû tout mettre à plat, j'aurais dû écouter et réfléchir à chacune de ses paroles.

Je levai les yeux et croisai le regard d'Hayrunnisa. Elle me dévisageait, très impressionnée. « Chapeau ! » s'exclama-t-elle.

Je souris modestement. « Merci.

— Pas vous, elle. Chapeau ! »

Pour être franc, j'étais d'accord. Ingrid Kohl, ou quel que fût son nom, s'était sacrément bien sortie de cet interrogatoire ; mieux que je ne l'aurais supposé. Mais plein de choses avaient été enregistrées par la caméra dont je savais qu'elles seraient susceptibles de l'amener au tribunal. Je ramassai l'appareil et ne pus me retenir d'éclater de rire.

« Qu'est-ce qu'il y a ? demanda Hayrunnisa.

— Vous aviez raison. Chapeau ! Ce n'est pas par accident qu'elle a renversé le contenu de son sac. C'était une diversion. Elle en a profité pour arrêter cette foutue caméra. »

72

Je marchais le long de la marina, j'avais faim et mal aux pieds, mais j'étais trop nerveux pour manger ou me reposer. Il y avait trois heures que j'avais replacé la batterie dans mon téléphone et quitté le bureau de Cumali, et j'avais déjà parcouru la plage, la vieille ville et maintenant le front de mer.

J'avais par deux fois commencé à composer le numéro de Bradley, impatient d'entendre les résultats du test ADN, mais je m'étais arrêté à temps. J'avais insisté auprès de lui sur l'urgence que cela représentait, et je savais que Murmure et lui se seraient organisés pour que le laboratoire ne traîne pas. Il appellerait dès qu'il aurait les résultats, mais ce n'était pas plus facile pour autant. Allez, me disais-je. *Allez.*

J'étais à mi-chemin entre un groupe de stands de fruits de mer et plusieurs bars à marins bruyants quand le téléphone sonna. Je répondis sans même regarder le nom de l'appelant. « Ben ?

— Nous avons les résultats, répondit-il. Pas encore les détails, juste une synthèse par téléphone, mais je me suis dit que tu voudrais les avoir dès que possible.

— Vas-y, répondis-je, essayant de garder une voix neutre.

— Le petit n'est absolument pas le fils de cette femme. »

Je poussai un grand soupir. J'étais tellement tendu que je ne m'étais pas rendu compte que je retenais mon souffle. Pourquoi, alors, Cumali l'élevait-elle comme son fils ?

« Mais les deux individus sont proches parents, poursuivit Bradley. Il y a une probabilité de 99,8 pour cent pour qu'elle soit sa tante.

— Sa tante ? » dis-je, et je me le répétai intérieurement. Sa tante ? « Mais le père, alors ? Peuvent-ils en dire quelque chose ?

— Oui, le père de l'enfant est le frère de cette femme. »

Alors Leyla Cumali élevait le fils de son frère. Je sentis l'excitation monter, quelque chose se faisait jour en moi, mais je ne dis rien.

« C'est tout ce que je peux te dire pour le moment, ajouta Bradley.

— D'accord », répondis-je calmement, et je raccrochai.

Je restai immobile, évacuant le brouhaha ambiant. Le frère de Leyla Cumali avait un petit garçon, et c'était elle qui l'élevait – dans le plus grand secret – comme son propre enfant.

Je m'interrogeai à nouveau. Pourquoi ? Pourquoi mentir à ce sujet ? Qu'y avait-il de honteux à s'occuper de son neveu ?

Je pensais au matin où je l'avais rencontrée au square du coin, à la colère qui avait salué mon intrusion, et à la rapidité avec laquelle elle avait récupéré le gamin. Je me souvins de m'être dit que j'avais pénétré un secret. Ce n'était pas normal ; rien de tout cela n'avait de sens.

À moins, bien sûr, que le père ne soit hors la loi, un soldat engagé dans une guerre secrète, par exemple. Un homme en déplacement constant, un homme recherché pour *djihad* ou terrorisme, ou encore pire…

Peut-être que quelqu'un comme lui aurait confié son fils à sa sœur pour qu'elle l'élève.

Dans ces circonstances, Leyla al-Nassouri-Cumali aurait réagi avec inquiétude à l'arrivée d'un Américain, d'un enquêteur découvrant l'existence de l'enfant.

Et la mère du petit gars, alors ? Où était-elle ? Probablement morte, bombardée ou abattue dans l'un des douze pays où les femmes musulmanes sont quotidiennement fauchées.

Je trouvai un banc et m'assis, fixant le sol. Au bout d'un long moment, je levai les yeux et, à partir de cet instant, je fus submergé par le sentiment d'avoir atteint un tournant décisif. J'étais désormais convaincu que Leyla al-Nassouri n'avait pas parlé au téléphone à un terroriste. C'était à son frère qu'elle avait parlé.

J'avais enfin ma quadrature du cercle. J'avais compris le véritable lien entre un Arabe fanatique et une policière turque musulmane modérée. Ils n'avaient pas parlé des détails d'un complot mortel ou du taux de mortalité de la variole. Nous avions supposé le contraire et foncé dans la porte marquée « terrorisme », mais la vérité était beaucoup plus humaine : ils étaient parents.

Elle savait probablement qu'il était hors la loi, oui, mais je doutais qu'elle eût la moindre idée de l'ampleur de l'attaque dans laquelle il était impliqué. Les Arabes musulmans intégristes croyant au *djihad* étaient nombreux – vingt mille rien que sur la liste américaine des personnes n'ayant pas le droit de prendre l'avion –, leur tête en quelque sorte mise à prix, et veillant à ce qu'Échelon ou ses petits frères ne puissent les localiser. Pour elle, il était probablement l'un d'entre eux : un intégriste modèle de base. Il n'y avait aucune preuve qu'elle fût au courant de son complot de mort à l'échelle industrielle ou de sa présence dans l'Hindu Kush.

J'accélérai le pas, slalomant entre des petits groupes de vacanciers, évitant les voitures, pour rentrer à l'hôtel. Mais qu'en était-il de ces deux appels téléphoniques, alors ? Pourquoi, dans cette période critique, le Sarrasin avait-il pris tant de risques pour lui parler ?

Comme je l'ai dit, je commençais à y voir clair. Dans le classeur de la chambre de Cumali, j'avais trouvé une facture de l'hôpital régional montrant que le petit gars y avait été admis avec une méningite. Je ne me souvenais pas exactement à quelle date, mais c'était inutile. J'étais certain qu'elle coïncidait avec les deux appels téléphoniques entre Leyla Cumali et son frère.

Lorsqu'elle avait appris la gravité de l'état de l'enfant, elle avait dû poster le message codé sur un forum en ligne, indiquant au Sarrasin qu'il devait l'appeler d'urgence. Dans son inquiétude, elle avait dû se dire qu'un père avait le droit de savoir et, compte tenu de la foi religieuse de son frère, qu'il aurait certainement voulu prier pour son fils.

La plupart des sites de rencontres et autres plateformes d'échanges préviennent automatiquement les autres utilisateurs quand un post peut les intéresser. Le Sarrasin avait dû recevoir un texto l'avertissant qu'un amateur comme lui d'un obscur poète – ou quelque chose d'analogue – avait affiché un message. Sachant que ce devait être de mauvaises nouvelles, il avait dû l'appeler à la cabine téléphonique convenue et écouter le message codé que Cumali avait préalablement enregistré.

Quel moment difficile cela avait dû être pour lui ! Il faut l'imaginer dans ces montagnes d'Afghanistan, s'efforçant de tester le travail de la moitié d'une vie sur trois personnes en train de mourir d'une variole extrêmement virulente dans une cabane hermétiquement fermée, sachant parfaitement qu'être découvert signifierait aussitôt la mort pour lui, et apprenant que son fils était gravement, peut-être mortellement malade.

Désespéré, il avait dû trouver un autre moyen d'avoir à nouveau des nouvelles de Cumali, et c'était son second appel. Elle avait dû lui dire que les médicaments avaient fait leur effet, que la crise était passée et que son fils était tiré d'affaire. Voilà pourquoi il n'y avait pas eu d'autre appel.

Mais je compris autre chose, à laquelle je ne pus rester insensible : le Sarrasin devait aimer le petit gars de tout son cœur pour avoir pris un tel risque en téléphonant. Je n'aimais pas cela, je n'aimais pas cela du tout. Je savais, depuis le jour où j'avais abattu le Cavalier de la Bleue, que si vous devez tuer un homme, mieux vaut que ce soit un monstre qu'un père aimant.

Je grimpai les marches de l'hôtel quatre à quatre, fis irruption dans ma chambre, jetai de quoi me changer dans un sac et pris mon passeport. Je connaissais le patronyme du Sarrasin, le même que celui de sa sœur – al-Nassouri – et je savais d'où la famille était originaire.

Je partais pour l'Arabie saoudite.

IV

1

Le vol 473 de Turkish Airlines décolla de l'aéroport de Milas, fit un virage sur l'aile accentué dans le soleil couchant et fila au-dessus de la Méditerranée en direction de Beyrouth.

Après avoir quitté l'hôtel, j'avais pris la Fiat, roulé à vive allure jusqu'à l'aéroport et embarqué à bord du premier avion en partance pour le Sud – n'importe quel endroit qui me rapprocherait de l'Arabie saoudite.

Je voulais perdre le moins de temps possible. Dès que je serais dans les airs, j'appellerais pour qu'un jet officiel américain vienne à ma rencontre sur le tarmac de Beyrouth.

Les eaux miroitantes de la Méditerranée en vue et le signal « ATTACHEZ VOS CEINTURES » à peine éteint, je pris mon téléphone portable et me dirigeai vers les toilettes. Une fois la porte verrouillée et sans me soucier de qui pourrait m'entendre, j'appelai Battleboi à New York. Il fallait que je sache d'abord dans quelle foutue partie d'Arabie saoudite je devais me rendre.

Rachel-san décrocha. « C'est moi, dis-je, sans prendre la peine de me présenter. Il faut que je parle au grand. » Dès que je l'eus en ligne, j'enchaînai sans préambule : « Écoute, tu as dit que tu avais trouvé le formulaire de demande de permis de conduire de la femme…

— Exact.

— Elle est née en Arabie saoudite, mais où ? Dans quelle ville ?

— Une seconde, dit-il, et je l'entendis marcher d'un pas feutré vers son bureau. Voilà j'ai la demande devant moi. Djeddah, on dirait. Une ville appelée Djeddah.

— Merci, répondis-je. Beau boulot. » J'allais raccrocher, mais il ne m'en laissa pas le temps.

« Tu sais ce qu'ils m'ont fait ? demanda-t-il.

— Pour Leavenworth ?

— Oui. Je te l'avais dit qu'ils me saigneraient à blanc, puis qu'ils me trahiraient. J'aime pas beaucoup faire ça, mais… faut que je te le demande… J'ai besoin de ton aide. » Il avait parlé d'une voix entrecoupée, et dut s'arrêter pour maîtriser son émotion. « Je peux le faire – faire mon temps, je veux dire – mais je perdrai Rachel. Elle veut des enfants. Je peux pas lui demander d'attendre. Cinq ans de réduction de peine, c'est tout ce que je demande. Je ne sais pas qui tu es vraiment, mais…

— Stop, l'interrompis-je, plus durement que je ne l'aurais voulu, mais je ne pouvais pas le laisser parler de mon identité au cas où nous serions écoutés. Je connais des gens. Je ferai tout ce que je pourrai. Je te le promets…

— Ouais, c'est ça, rétorqua-t-il sur un ton sarcastique et, même si je comprenais qu'il avait été exploité et baisé, je n'appréciai pas.

— Je ne suis pas comme les gens qui t'ont chopé, dis-je, haussant le ton. Si je te donne ma parole, tu peux me faire confiance. Je ferai tout ce qui est en mon pouvoir. D'accord ? Mais avant ça, j'ai quelques problèmes à régler.

— Ça va, ça va. » Ma colère avait dû le rassurer plus que tout ce que j'aurais pu dire et je raccrochai.

Mon coup de fil suivant fut pour Murmure. Là encore, nul besoin de me présenter. « J'ai son nom », déclarai-je.

Je ne pense pas que, dans toute l'histoire du renseignement, une telle bombe ait été accueillie par un silence pareil. Après ce qui me parut une éternité, Murmure me répondit : « Tu veux dire le mec en Afghanistan ?

— Oui. Il s'appelle al-Nassouri. C'est le frère de la femme flic. »

Voilà, c'était fait. L'agence avait rempli son contrat ; l'information était transmise. Si j'avais perdu la vie à ce moment-là, cela n'aurait eu aucune importance. La mission aurait continué.

« Quoi d'autre ? reprit Murmure.

— Pas grand-chose pour l'instant. Il est né à Djeddah, en Arabie saoudite.

— En Arabie saoudite ? On se demande bien pourquoi ça ne me surprend pas, répondit Murmure.

— Encore quelques heures et je devrais avoir son identité complète et sa date de naissance. J'espère avoir une photo.

— Mais où es-tu, bon sang ? » demanda-t-il soudain. Pour la deuxième fois de sa vie, de mémoire d'homme, il avait élevé la voix. Je compris que la localisation automatique de mon appel venait d'apparaître sur son écran d'ordinateur et lui montrait que j'étais au beau milieu de la Méditerranée. Mais ce n'était pas tant l'inquiétude de savoir où j'étais, que l'émotion, le stress, le soulagement qui avaient fini par affleurer chez Dave McKinley. Nous avions un nom, nous avions une identité, nous avions un homme à pourchasser. Ce n'était plus qu'une question de temps.

« Je suis à bord du vol TA473 pour Beyrouth. J'ai besoin d'aide pour atteindre Djeddah et pas mal d'assistance de terrain quand j'y serai.

— On va s'occuper de ça. Mais d'abord, quand pourras-tu me communiquer le reste des informations ? »

Je regardai ma montre et fis un bref calcul du temps de vol et de recherches des documents. « Dans douze heures. Je devrais avoir ce qu'il nous faut.

— Vraiment ?

— Oui.

— Je suis au bureau, là, mais je n'y serai plus à ce moment-là. Je ne serai pas loin – tu connais l'endroit. On attendra ton appel. »

Il voulait parler de la Maison-Blanche, et il serait dans le Bureau ovale en compagnie du président.

2

Je déverrouillai la porte des toilettes et me retrouvai face à une demi-douzaine de passagers excédés qui étaient allés chercher une hôtesse. Manifestement prête à me faire une sérieuse remontrance, à en juger par l'éloquence du menton.

« Des gens ont frappé à la porte, dit-elle sur un ton glacial.

— Oui, je les ai entendus », répondis-je. C'était

vrai, mais que pouvais-je faire ? Raccrocher au nez du directeur du Renseignement ?

« Vous savez qu'utiliser un téléphone portable pendant le vol est un délit ? »

J'acquiesçai. Dieu, que j'étais fatigué. « Oui, je le sais.

— Et vous avez vu notre vidéo, qui le stipule clairement.

— Oui, ma petite dame. Mais vous savez quoi ? J'en ai rien à battre. »

J'allai me rasseoir sous les regards ulcérés des passagers, parlant turc ou libanais. Encore un de ces « vilains Américains[1] », pestaient-ils probablement.

Lors de notre atterrissage à Beyrouth peu de temps après, ce fut avec une certaine satisfaction que je me rendis compte que nous n'allions pas vers une porte, mais que nous nous arrêtions sur le tarmac, tandis qu'une nacelle élévatrice, trois véhicules de police et une demi-douzaine de SUV noirs se dirigeaient à toute vitesse vers nous.

Alors que les passagers et l'équipage regardaient par les hublots avec inquiétude, se demandant ce qui pouvait bien se passer, l'hôtesse glaciale s'approcha de moi.

« Monsieur Wilson ? demanda-t-elle. Voulez-vous venir avec moi, s'il vous plaît ?

— Eh ben, tout ça pour avoir utilisé un portable ! plaisanta un Anglais assis dans la rangée voisine qui regardait approcher les escouades de flics. Les Libanais ne rigolent pas, dites donc ! »

---

1. Allusion au best-seller *Le Vilain Américain* d'Eugene Burdick et William Lederer, adapté au cinéma avec Marlon Brando.

C'est en souriant que j'empoignai mon bagage à main et que je suivis la réfrigérante demoiselle dans l'allée. Deux de ses collègues étaient déjà en train de tourner une manette et de déclencher l'ouverture d'une des portes de cabine. À peine avait-elle coulissé que la plateforme de la nacelle se mit en place.

Un type entre deux âges et en costume sombre s'y tenait. « Brodie Wilson ? » demanda-t-il. J'acquiesçai. « Vous avez votre passeport ? »

Je le sortis de ma poche et le lui tendis. Il vérifia la photo, la description physique, les informations qui y figuraient, et entra le numéro dans son téléphone portable. Quelques instants plus tard, il reçut un code vert et me rendit le document.

« Je m'appelle Wesley Carter, attaché commercial à l'ambassade. » Je ne l'avais jamais rencontré, mais je savais que ce n'était pas vrai, qu'il devait très certainement être le chef de station de la CIA à Beyrouth. « Voulez-me suivre ? »

Sous tous les regards du bord, dont celui, plutôt gêné, de la réfrigérante demoiselle, j'avançai sur la plateforme et la nacelle descendit. Quatre autres Américains en civil étaient postés à des endroits stratégiques autour des SUV, sans aucun doute des agents de sécurité armés. Ils regardèrent Carter me faire monter à l'arrière d'un des véhicules et firent signe aux flics libanais des voitures d'escorte.

Ils mirent leurs gyrophares en marche et nous fonçâmes à travers le tarmac en direction d'une piste voisine.

« Nous avons prévu un jet privé pour vous, expliqua-t-il. Il appartient à un marchand d'armes arabe, disons un de nos amis. C'est tout ce que nous avons pu trouver en si peu de temps. Les pilotes sont de chez nous, en revanche. Des anciens de l'armée de l'air, des bons. »

Je vis par la vitre blindée un jet d'affaires Gulf-Stream G-4 à fuselage rallongé qui attendait un peu plus loin, réacteurs en route. Je me demandais combien de lance-roquettes il fallait fournir aux amis de la CIA du Moyen-Orient pour pouvoir se payer un de ces oiseaux.

Carter parlait doucement. « Murmure m'a dit que vous bossiez complètement hors cadre, que vous étiez à la recherche du détonateur nucléaire.

— Ne le sommes-nous pas tous ?

— Et comment ! renchérit-il en riant. Trois mille, rien que pour la station de Beyrouth. Tout le monde donne un coup de main dans la région. Sans résultat, cela dit. Et vous ? »

Je secouai la tête. « Rien pour l'instant.

— Je pense qu'il travaille en solo.

— Qui ?

— Le mec du nucléaire. »

Je me tournai vers lui. « Pourquoi ?

— Question de nature humaine. Si ce n'était pas le cas, quelque chose nous serait venu aux oreilles. Les gens parlent toujours ; ils finissent tous par être vendus. Pas loin d'ici, il y a eu un révolutionnaire – pas un lanceur de bombe, mais un fanatique, aux dires de pas mal de gens. Il avait douze disciples qui l'adoraient, et qui l'auraient suivi en enfer. L'un d'entre eux l'a tout de même vendu. Vous connaissez l'histoire : Judas, qui a trahi Jésus par un baiser. »

Ce fut mon tour de rire.

« C'était il y a deux mille ans, continua Carter, mais rien n'a changé ; en tout cas pas dans cette région du monde. »

Le SUV s'arrêta à proximité du G-4 et je pris mon sac. « Bonne histoire », dis-je en lui serrant la main.

J'ouvris la portière et je courus vers la passerelle. J'entendis Carter m'appeler : « N'oubliez pas : là où vous allez, ces mecs-là ne sont que des sacs à merde sous l'épiderme. Bonne chance. »

Je souris. De la chance, je n'en avais pas besoin. Même si le Sarrasin travaillait en solo, cela n'avait pas d'importance. Dans quelques heures, j'aurais son identité complète, sa date de naissance, un historique de sa jeunesse et probablement une photo. Ce serait suffisant pour que Carter et une centaine d'autres chefs de station comme lui mobilisent leurs troupes et celles d'autres pays – l'intégralité du monde du Renseignement, en fait – pour le trouver.

Quarante-huit heures, c'était mon estimation. Dans les quarante-huit heures, nous l'aurions : nous serions dans les temps.

3

Toutes les étiquettes sur les petits flacons étaient en place, et le Sarrasin avait réussi à terminer dans les temps.

Il avait travaillé inlassablement, mais la chance avait aussi été au rendez-vous. Un de ses collègues avait eu un accident de voiture, ce qui lui avait permis d'effectuer une série de 2/8.

Dès le départ, il avait organisé son travail comme une chaîne de production, s'installant dans une partie de la zone de stockage dissimulée derrière des empilements de cartons aplatis où il ne serait pas dérangé.

Il avait à portée de main un tuyau d'arrosage, un puisard, un compacteur d'ordures ménagères, un distributeur de colle trouvé dans le commerce et des bassines en plastique de différentes tailles.

Il remplissait les bassines de solvant chimique, ouvrait les blocs de véritables médicaments sous film thermo-rétractable et plongeait les minuscules flacons dans la solution pendant deux minutes et demie – la durée optimale, avait-il découvert, pour que les étiquettes se décollent. Ensuite il mettait les étiquettes à sécher deux minutes devant un radiateur, le temps de charger les flacons inutiles dans le compacteur, de les écraser pour s'en débarrasser et de verser le médicament liquide qu'elles avaient contenu dans le puisard.

La partie du processus qui demandait le plus de temps consistait à enduire de colle le dos des étiquettes puis à les apposer sur ses propres flacons. Au début, il avait craint de ne pas pouvoir finir à temps, mais il découvrit que prendre une cadence sans réfléchir et fonctionner comme un robot avec son distributeur de colle accroissait considérablement sa productivité.

Heureusement pour lui, l'entrepôt avait sa propre machine d'emballage sous film rétractable pour pouvoir réparer tout conditionnement ayant été abîmé au cours du processus de fabrication ou de distribution. Par conséquent, le Sarrasin n'eut aucune difficulté à reconstituer à l'identique le conditionnement de ses flacons mortels.

À la fin de la première nuit de travail, il en avait mille en tous points identiques à ceux utilisés par Chyron. Ils étaient remplis d'un liquide clair ayant la même apparence, portaient l'étiquette d'un médicament largement utilisé, étaient emballés sous film plastique avec code barres, numéro de série et documents d'expédition authentiques. La seule différence, impossible à déceler autrement que par une analyse chimique poussée, était qu'un agent potentiellement salvateur avait été remplacé par l'apocalypse maison du Sarrasin.

En tant que médecin, il savait exactement ce qui se passerait une fois les flacons parvenus en Amérique. Un praticien ou une infirmière convenablement formée insérerait une aiguille de deux ou trois centimètres minimum dans la partie supérieure du flacon. La longueur de cette aiguille était importante car le médicament qu'ils penseraient injecter devait être administré par voie intramusculaire. Il serait injecté dans le muscle deltoïde du haut du bras, et une aiguille d'au moins deux centimètres et demi était nécessaire pour pénétrer convenablement le tissu musculaire des adultes et des adolescents. Pour les nourrissons et les jeunes enfants, une longueur d'aiguille de deux centimètres serait suffisante, mais l'injection se ferait dans le haut de la cuisse.

Peu importerait l'âge du patient ou le site d'injection, une fois le virus dans le corps d'un individu – et, avec une piqûre intramusculaire, il n'y aurait pas de loupé – celui-ci ne pourrait pas être sauvé. On pourrait, à bon droit, le qualifier de zombie – un mort vivant parmi d'autres.

Le Sarrasin savait aussi qu'un petit groupe, dans toutes les communautés – les nouveau-nés – ne se verrait pas administrer le prétendu médicament d'origine, mais il s'en moquait. Avec dix mille vecteurs lâchés dans la nature et la variole, un agent pathogène propagé par transmission aérienne comme un simple rhume, il faudrait qu'un bébé, ou qui que ce soit d'autre, arrête de respirer pour échapper à la contamination.

Ayant terminé la préparation d'un millier de flacons et confiant de pouvoir aller encore plus vite, il pointa la fin de cette première nuit et retourna chez lui, au comble de l'espoir et de l'excitation. L'aube se levait à peine mais, au lieu de se mettre au lit dans le minuscule appartement qu'il louait, il s'astreignit à un rituel qu'il suivrait tout au long de la semaine.

Il alluma la télévision et regarda la Chaîne Météo.

Dans les premières heures de la matinée, elle présentait une situation complète de la météo sur l'ensemble des États-Unis. À la grande joie du Sarrasin, un front froid, inhabituel pour la saison, se formait lentement au nord du Canada, dont on prévoyait qu'il se déplacerait d'un bout à l'autre des États-Unis. Tous les spécialistes prédisaient que l'automne serait précoce et anormalement froid.

Cette tendance apparemment anodine garantissait que l'attaque imminente serait encore plus dévastatrice, si tant est que cela fût possible. Tous les virus à transmission aérienne – pas seulement la variole – étaient bien plus contagieux s'il faisait froid, et la plupart des experts estimaient que de telles conditions accéléraient leur transmission d'au moins trente pour cent. Les raisons en étaient simples : les gens toussaient et reniflaient plus, prenaient le bus au lieu de marcher, déjeunaient ou dînaient à l'intérieur des restaurants et non en terrasse. Quand la température chute, les populations se rapprochent malgré elles et créent ainsi un bien meilleur environnement pour la transmission du matériau viral.

Quelques jours plus tard, alors qu'il avait fini la préparation du dernier des dix mille flacons, le Sarrasin vit que le front froid se renforçait et s'élargissait.

Il déplaça les cartons sous plastique dans le bon entrepôt, les disposa dans les baies d'expédition correspondant à leur destination, et vérifia une dernière fois que tous les documents d'expédition étaient bien en règle.

Dans vingt-quatre heures, plusieurs camions, appartenant à l'interminable convoi qui passait régulièrement par l'usine européenne de Chyron, viendraient prendre les cartons, les transporteraient sur cent cinquante kilomètres en passant par la ville de Mannheim, et l'énorme base militaire américaine de Darmstadt pour rejoindre l'aéroport de Francfort.

Les vols pour les États-Unis prendraient environ dix heures, les colis seraient ensuite acheminés aux centres régionaux de stockage de l'entreprise et – environ douze heures plus tard – seraient chargés sur des camions et livrés aux cabinets médicaux de tout le pays.

Seul dans l'immense entrepôt, avec Dieu et ses pensées pour unique compagnie, le Sarrasin était certain que, quarante-huit heures plus tard, la tempête – au sens propre comme au figuré – frapperait la nation américaine.

4

L'intérieur du jet privé du marchand d'armes était si laid que mon sens esthétique en fut aussi blessé que mes globes oculaires. Les parois étaient tendues d'un velours frappé pourpre, les sièges des pilotes recouverts de brocart rouge sombre, monogrammé, et tous les équipements étaient en plaqué or, tellement poli qu'on aurait dit du cuivre.

Mais l'avion pouvait voler à très haute altitude – où il y a moins de turbulences et où l'air est plus léger –, ce qui signifiait qu'entre les mains des deux pilotes de l'US Air Force, nous allions rallier Djeddah en un délai record. L'avion présentait un autre avantage : à l'arrière de la cabine, une porte donnait sur une chambre avec un lit double et une salle de bains décorée avec un ensemble de chromes, de miroirs, et de peaux de léopard.

Je réussis à faire abstraction du décor et, après avoir pris une douche, je m'étendis sur le lit. Je ne sais pas combien de temps je dormis mais lorsque je me réveillai et que je relevai le volet, je fus étonné de voir que la nuit était tombée et que nous volions au milieu d'un champ infini d'étoiles.

Je me retournai et, dans la solitude du vol, me pris à réfléchir à tout le mal que je m'étais donné pour échapper à la vie de l'ombre, à ces quelques mois merveilleux à Paris, quand j'avais tenté de vivre normalement, et à ma quête d'une femme avec qui vivre une véritable histoire d'amour. J'aurais bien aimé aussi avoir des enfants mais, compte tenu des circonstances – renvoyé dans le monde de la clandestinité et chassant des ombres dans de sombres ruelles –, ce n'était pas plus mal que les choses aient évolué ainsi. Plus tard, peut-être, quand la mission serait enfin terminée, pensai-je, rêveur…

C'est avec cela en tête, quelque part entre le ciel et le désert, que je dus me rendormir et, une fois encore, sortie de nulle part, j'eus cette vision de moi-même sur le vieux yacht, naviguant sur une mer sans fin vers le dernier rayon du crépuscule.

Au beau milieu de ce rêve, j'entendis une voix lointaine que je ne reconnus pas, mais dont j'eus tout à coup conscience : ce n'était pas celle de Dieu, mais celle du pilote dans le système de sonorisation, annonçant que nous allions atterrir dans un quart d'heure.

Je balançai les jambes hors du lit et restai ainsi un moment dans le silence de la chambre. Cette vision de mort m'avait plus que jamais perturbé. Elle était plus vivace et plus présente, comme si elle se rapprochait.

5

Une délégation de haut rang, ses membres tous vêtus de *thobes* d'un blanc immaculé et de leur couvre-chef caractéristique à carreaux rouges – deux d'entre eux portant le galon d'or de la famille royale saoudienne –, vint à ma rencontre sur le tarmac de Djeddah.

Ils attendaient au pied des marches, une douzaine en tout, fouettés par le vent du désert, avec pas moins d'une quarantaine de types armés de fusils d'assaut qui se tenaient à proximité d'une flotte de Cadillac Escalade noires.

Le chef de la délégation – un des hommes au couvre-chef galonné d'or – s'avança vers moi, me serra la main et se présenta comme le directeur de la Mabahith, la police secrète saoudienne. La quarantaine, la poignée de main molle et des paupières tombantes, il avait à peu près autant de charisme que l'ange de la mort.

Il désigna le reste du groupe. « Ce sont tous des responsables de mon organisation. Ils sont venus de Riyad en avion deux heures plus tôt », m'expliqua-t-il, désignant un jumbo jet sans marque distinctive arrêté sur la piste voisine. Je me dis qu'ils avaient bien besoin d'un avion de cette taille pour transporter leur flotte de SUV blindés.

Je souris et levai la main en signe de salutation à l'adresse de toute l'équipe. L'idée me traversa l'esprit de leur demander pourquoi il n'y avait pas de femme dans le groupe, mais ça risquait de nous faire démarrer du mauvais pied. Au lieu de quoi, je remerciai le directeur de son aide. « Je me suis entretenu avec Dave McKinley au moment de quitter la Turquie. J'imagine qu'il vous a aussitôt appelé. »

Le type me regarda comme si j'avais perdu tout sens commun. « Non, je n'ai pas parlé à Murmure. Le président Grosvenor a personnellement appelé Sa Majesté, le roi. » Je compris pourquoi nous avions un 747 et une petite armée à notre disposition.

Je n'étais venu qu'une fois en Arabie saoudite, et ça remontait à des années, mais je m'en souvenais assez pour savoir que le respect des usages y est capital ; aussi me tournai-je vers la délégation.

« C'est un grand honneur pour un membre d'une agence fédérale de sécurité américaine d'avoir la chance de travailler avec la célèbre Mabahith, mentis-je, hurlant pour couvrir la morsure du vent. Nous tous, dans mon organisation – et à vrai dire dans l'ensemble de la communauté du Renseignement –, tenons votre service en très haute estime. » C'étaient ces types-là que Carter avait appelés des sacs à merde sous l'épiderme. « Comme vous le savez sans doute, nous pensons être près d'identifier l'homme qui a essayé d'acheter un détonateur nucléaire. Avec le savoir-faire, les connaissances et les ressources légendaires de la Mabahith, je suis certain que cette mission va très rapidement connaître un heureux dénouement. »

Ils adorèrent. Tout le monde sourit et approuva de la tête, s'avançant pour me donner l'accolade et se présenter. Une fois que nous en eûmes fini avec les formalités, nous nous dirigeâmes vers les Cadillac et sortîmes en trombe de l'aéroport pour rouler en direction du flamboiement de lumières qu'on apercevait au loin.

Pour y avoir été lors de mon précédent voyage, je connaissais Djeddah plutôt bien. Il n'y avait qu'une bonne raison de s'y rendre : mettons que vous ayez décidé de vous suicider et que vous n'en ayez pas tout à fait le courage ; deux jours à Djeddah devraient suffire.

Sans cinéma, ni scènes musicales, bars, cafés, ni réceptions mixtes, il n'y avait pas grand-chose à faire le soir, et nous roulâmes sur une grande avenue pratiquement déserte. Ce qui n'empêcha pas les types de devant de mettre leur gyrophare et de foncer à toute allure, sirène hurlante à travers un paysage plat et monotone.

Nous ne ralentîmes qu'en arrivant à la corniche et là, tournâmes à droite. Par la vitre je vis la principale mosquée de la ville, un énorme parking devant – un endroit dont j'avais entendu dire qu'on l'utilisait parfois à des fins beaucoup plus sinistres –, puis, après avoir dépassé le ministère des Affaires étrangères, nous prîmes une rue latérale. Nous nous arrêtâmes à un poste de contrôle tenu par des hommes en armes qui avaient l'air de gardiens de prison de quartiers de haute sécurité. Ce qu'ils étaient probablement. La Mabahith est l'une des seules forces de sécurité au monde qui a son propre système pénitentiaire, et il ne fallait pas creuser beaucoup pour découvrir que les détenus y étaient souvent torturés.

Nous nous approchâmes d'un bâtiment sinistre, pénétrâmes dans un parking souterrain, puis un ascenseur nous amena jusqu'à une gigantesque salle de conférence équipée de stations de travail, d'écrans géants, d'installations de vidéo-conférences et de pièces aux parois de verre pleines de disques durs et de serveurs.

« Bienvenue dans notre salle de crise », dit le directeur.

Il y avait là encore une centaine d'hommes – des agents et des analystes, à en juger par leur allure – qui se levèrent de leurs bureaux à notre entrée. Leur patron s'adressa à eux en arabe pour me présenter puis se tourna vers moi : « Dites-nous ce qu'il vous faut. »

Je leur expliquai que nous étions à la recherche d'un homme qui avait probablement la trentaine et répondait au nom de al-Nassouri. « À part cela nous ignorons tout de lui, précisai-je. Sauf qu'il a une sœur, née ici à Djeddah. »

Je leur communiquai son prénom, sa date de naissance, ajoutant que nous pensions qu'elle était partie à Bahreïn avec sa famille. Le directeur acquiesça, donna une série d'instructions en arabe à ses agents, puis les lâcha.

Il me conduisit à un fauteuil proche du sien devant la console centrale, et j'eus l'occasion d'assister à un événement unique. J'avais lu des informations à ce sujet, bien sûr, mais je n'avais jamais vu, de mes yeux vu, un état totalitaire déployer ainsi tout son arsenal. Pour quiconque accorde du prix à la vie privée et à la liberté, c'était quelque chose de terrifiant à voir.

Des ordres furent donnés et les agents exhumèrent tout ce qu'ils purent trouver : extraits de naissance, bulletins d'admission à l'hôpital, demandes de passe-port et de visa, listes d'appartenance à chaque mosquée, fiches d'inscriptions scolaires, parcours universitaires, dossiers médicaux confidentiels, immatriculations de véhicules à moteur et, si vous voulez m'en croire, les archives de chaque toilette publique du royaume.

Il y en avait à n'en plus finir, non seulement des informations sur la cible, mais sur quiconque portait le même patronyme, de manière à aspirer tous les membres de la famille. Ces documents étaient tous en arabe, si bien qu'il était exclu que je puisse surveiller l'état d'avancement des recherches, mais c'est avec émerveillement que je regardai des murs entiers de disques durs mouliner pour les traiter, des hommes disparaître dans les entrailles du bâtiment et revenir avec de vieux fichiers d'archive, et une équipe masculine d'opérateurs de saisie assis derrière la console centrale actualiser un rapport de synthèse pour que le directeur soit informé en permanence.

L'équipe d'analystes et d'agents mangeaient à leur bureau, ne faisant de pause que pour prendre un café ou formuler bruyamment leurs desiderata d'un bout à l'autre de cet espace gigantesque, jusqu'à ce que, trois heures plus tard, alors que le sol était jonché de para-vents informatiques et de feuilles volantes, l'un des enquêteurs les plus gradés revienne des archives por-teur d'un mince dossier de documents officiels attaché avec un ruban rouge. Il s'adressa poliment en arabe à son patron et, quoi qu'il lui ait dit, tout le monde s'arrêta et se tourna vers le directeur.

Celui-ci prit possession du dossier, l'étudia, demanda la toute dernière version du rapport de synthèse et se tourna vers moi.

« Nous avons tout ce qu'il nous faut, monsieur Wilson, déclara-t-il. Je dois dire que je suis très embarrassé. Il doit y avoir une erreur quelque part.

— Quel genre d'erreur ? dis-je, luttant contre la peur qui montait en moi, essayant de garder mon calme.

— Le nom de l'homme que vous cherchez est Zakaria al-Nassouri », dit-il en me tendant la copie d'un certificat de naissance en arabe.

Je l'examinai un instant. La seule chose qui me vint à l'esprit fut que le voyage avait été long, très long, pour obtenir ce morceau de papier. Un voyage qui avait duré toute ma vie, d'une certaine façon.

« La femme que vous avez mentionnée, continuat-il, Leyla al-Nassouri, avait une sœur et un frère. Ce frère – Zakaria – est né cinq ans avant elle, ici aussi, à Djeddah. Leur père était zoologue au département de Biologie marine de la mer Rouge. Il semble qu'il s'était spécialisé dans l'étude de… » Il avait du mal avec le latin, mais se lança tout de même : « *L'Amphitrion ocellaris.* »

Des dizaines d'hommes dans la pièce se mirent à rire, sans avoir la moindre idée de ce dont il s'agissait.

« Le poisson-clown », dis-je calmement, commençant à comprendre. Je glissai l'extrait de naissance dans une pochette en plastique et posai celle-ci à côté de mon téléphone portable. « Je pense que l'homme que je recherche l'a utilisé comme une sorte de mot de passe, probablement pour s'introduire dans un forum sur Internet. »

Le directeur se contenta d'acquiescer et poursuivit. « D'après les archives, mes prédécesseurs à la Mabahith connaissaient bien le père. Il a été exécuté il y a vingt-cinq ans. »

J'en fus secoué. « Exécuté ? Pour quelle raison ? »

Le directeur parcourut deux ou trois documents et trouva ce qu'il cherchait. « Comme souvent : pour corruption sur la terre.

— Pardonnez-moi, mais que veut dire précisément "corruption sur la terre" ? »

Il s'esclaffa. « À peu près tout ce qu'on veut. » Presque toute son équipe trouva cela très drôle aussi. « Dans ce cas précis, cela signifie qu'il avait critiqué la famille royale et milité pour sa destitution. » Et là, soudain, il cessa de rire, ses agents aussi. C'était de sa famille qu'on parlait.

« Les exécutions sont publiques, n'est-ce pas ? demandai-je.

— Oui, confirma-t-il. Il a été décapité tout près d'ici, sur le parking devant la mosquée. »

Je laissai ma tête retomber. Seigneur, quelle horreur. Une décapitation publique suffirait à radicaliser n'importe qui. Pas étonnant que son fils soit devenu un terroriste. « Quel âge avait Zakaria al-Nassouri ? »

Il consulta à nouveau son dossier. « Quatorze ans. »

Je soupirai. « A-t-on une preuve qu'il ait assisté à l'exécution ? » Cette histoire était tellement tragique, je me dis que tout était possible.

« Personne n'en a la certitude, mais il existe une photo prise sur cette place sur laquelle plusieurs agents pensent qu'il apparaît. En conséquence, elle a été classée dans le dossier de la famille. » Il sortit un vieux cliché d'un dossier et me le passa.

Il était en noir et blanc, pris en plongée par ce qui était manifestement une caméra de surveillance. On y voyait un adolescent, grand et dégingandé, luttant contre le vent brûlant du désert sur la place presque déserte.

Son langage corporel – le sentiment de désolation totale que dénotait sa façon de se tenir – exprimait si clairement la douleur et la perte que je fus pratiquement sûr que c'était lui. Un flic s'en approchait, sa matraque de bambou levée, pour essayer de le chasser, autrement dit l'adolescent était à moitié dos à la caméra, le visage tourné pour se protéger. Je ne pouvais donc pas voir de quoi il avait l'air. Je n'en eus pas conscience, mais c'était un mauvais présage.

Je mis la photo dans la pochette en plastique et le directeur poursuivit. « Les fiches du service de l'immigration montrent que, peu de temps après l'exécution de son mari, la mère emmena ses trois enfants vivre à Bahreïn.

» Elle n'avait guère le choix, à mon avis – après le crime de son mari, elle aurait été rejetée par sa famille et ses amis. Bon débarras, dit-il en haussant les épaules. Mais compte tenu de leur histoire, nous avons continué de nous intéresser à eux, au moins les premières années. Bahreïn est un pays ami et on les y a surveillés pour notre compte. »

Il tendit la main vers un autre dossier, faisant remonter la manche de sa *thobe*, révélant une Rolex en or incrustée de saphirs qui coûtait certainement plus que ce que pouvaient gagner la plupart des gens au cours de leur vie, et en sortit un certain nombre de feuillets. Des rapports d'agents effectuant la surveillance, supposai-je.

« Elle s'est mise à travailler, reprit le directeur en les parcourant, et a cessé de porter le voile. Qu'est-ce que ça montre, selon vous ? » Il regarda ses hommes. « Pas vraiment une mère ni une musulmane qui se respecte, en tout cas. »

Un murmure d'assentiment parcourut ses subordonnés.

On ne sait jamais, peut-être y avait-il un lien entre la décapitation de son mari et le fait qu'elle ait dû trouver un travail. Carter avait raison au sujet de ces sacs à merde. Mais avait-on le choix ? Pour l'instant, nous avions besoin d'eux.

« Le gamin s'est mis à fréquenter une petite mosquée – très traditionnelle et anti-occidentale – dans la banlieue de Manama, la capitale. Vers son seizième anniversaire, ils l'on aidé à financer un voyage en avion au Pakistan… »

Je retins mon souffle. Seize ans, c'était très jeune, mais je fis un rapide calcul, pour voir de quelle année nous parlions. « Il est allé en Afghanistan ? demandai-je. Ce que vous me dites, c'est que c'était un *moudjahid* ?

— Oui, répondit-il. Certains disent que c'était un héros, qu'il a abattu trois hélicoptères de combat Hind. »

Soudain, je compris pourquoi il était allé jusque dans l'Hindu Kush pour expérimenter son virus, où il avait trouvé les explosifs pour piéger le village, et comment il avait réussi à échapper aux Australiens grâce à des pistes oubliées depuis longtemps. Et je pensais à un autre Saoudien parti en Afghanistan se battre contre les Soviétiques, un intégriste, lui aussi, un homme haïssant passionnément la famille royale qui avait fini par attaquer l'Amérique : Oussama Ben Laden.

« Alors, il était en Afghanistan. Quoi d'autre ?

— Nous n'avons qu'un autre document de plus », répondit-il, reprenant le dossier entouré d'un ruban rouge. Il l'ouvrit et en sortit un formulaire impressionnant écrit en arabe et revêtu d'un cachet officiel. « Nous avons trouvé ceci dans les archives papier. Cela nous a été envoyé il y a environ quatorze ans par le gouvernement afghan. » Il me le tendit. « C'est un certificat de décès. Comme je vous l'ai dit, il y a erreur : il a été tué deux semaines avant la fin de la guerre. »

Je le dévisageai, sans même regarder le document, et restai sans voix.

« Vous voyez, vous êtes sur une fausse piste, dit-il. Zakaria al-Nassouri est mort. »

6

Je regardai un croissant de lune s'élever au-dessus de la mer Rouge, je vis les minarets de la grande mosquée se dresser comme des gardiens silencieux au-dessus de la ville, je sentis la pression du désert, et je m'imaginai entendre les pompes extraire du sable leurs dix millions de barils par jour.

Le certificat de décès encore en main, je m'étais levé de mon siège et approché d'une fenêtre en silence. J'avais besoin d'une minute pour réfléchir. Il me fallut des trésors de volonté, mais je réussis à tout reprendre. Zakaria al-Nassouri n'était pas mort. J'étais sûr que Leyla Cumali avait téléphoné à son frère. J'avais entendu sa voix sur l'enregistrement, et rencontré son fils. L'ADN ne ment pas.

Que signifiait un certificat de décès aussi ancien, alors ? Il ne me fallut qu'un instant pour envisager la réponse, et elle était pire que tout ce que j'aurais pu imaginer. Je sentis mon estomac se nouer, et je dois admettre que, l'espace de quelques battements de cœur, je fus tenté de tout abandonner.

Mais je savais que la résolution de ne jamais battre en retraite était l'une des clés de toute mission réussie – peut-être même de la vie. Quel était ce vers de Murmure ? « Aller à son Dieu comme un soldat. »

Une centaine de paires d'yeux étaient fixées dans mon dos et je me retournai pour leur faire face. « Il n'est pas mort, affirmai-je avec une totale conviction. C'est impossible, il a un fils de six ans – nous avons son ADN. »

Je vis l'inquiétude se répandre dans leurs rangs. Étais-je en train de suggérer que le Renseignement saoudien avait commis une erreur ou était incompétent ? Quel idiot j'étais. Distrait et désespéré, j'avais oublié l'importance de la flagornerie et des bonnes manières. J'empoignai les avirons et je me hâtai de ramer dans l'autre sens.

« Il est indéniable que seule une organisation avec le savoir-faire et l'expérience de la Mabahith – sans parler de l'exceptionnelle clairvoyance de sa direction – ait pu découvrir autant de choses. » C'était tellement mielleux que ça aurait pu me provoquer un diabète, mais ça fonctionna ; tout le monde se détendit et hocha la tête en souriant.

Je montrai le document. « Je crois que dans les dernières semaines du conflit, Zakaria al-Nassouri a acheté son propre certificat de décès – soit dans les quartiers mal famés de Kaboul, soit en corrompant un fonctionnaire afghan.

— Mais pourquoi ? demanda le directeur.

— Parce qu'il avait été *moudjahid*. Il savait que les gens comme nous le pourchasseraient toujours. Peut-être était-il déjà en train de programmer une guerre bien plus terrible. Une fois sa vieille identité enterrée, il en a pris une nouvelle. Ce n'était pas difficile. L'Afghanistan, le Pakistan, l'Iran, la région tout entière était en plein chaos, la corruption régnait partout. »

Je marquai une pause face à cet échec. « Je pense qu'il s'est débrouillé pour acheter un nouveau passeport. »

Le directeur me regarda. « Vous vous rendez compte ? Cela signifie que nous ignorons son nom, sa nationalité, le pavillon sous lequel il voyage…

— Vous avez raison, nous n'avons rien, dis-je, essayant de dissimuler le sentiment de découragement qui m'envahissait. Mais quelque part, dans le monde arabe, il doit y avoir des gens qui ont entendu parler d'un homme de cet âge, un ancien *moudjahid* exilé, dont le père a été exécuté en Arabie saoudite. Combien peut-il y en avoir ? Il faut trouver ce fil. »

Le directeur y réfléchit et j'imaginai les secondes s'écoulant sur sa montre à un million de dollars. « S'il y a quelque chose, ce ne sera pas dans les fichiers informatiques. Nous l'aurions déjà trouvé. Dans les fichiers papier, en remontant plus loin, peut-être. »

Il aboya des instructions en arabe. À l'affairement qui s'ensuivit, je devinai qu'il leur avait demandé de faire venir des renforts, d'augmenter le nombre d'analystes et de chercheurs, de convoquer des gens depuis longtemps en retraite qui pourraient se souvenir de quelque chose. Plusieurs dizaines des agents les plus anciens se précipitèrent, empoignant leur ordinateur portable et leurs cigarettes, et se dirigèrent vers les ascenseurs.

Le directeur me les montra du doigt. « C'est la principale équipe de recherches. Ils vont s'attaquer aux archives papier. J'ai deux cents hommes de plus en route, mais ça va prendre du temps. Il y a un appartement là-haut ; pourquoi n'iriez-vous pas vous y reposer un peu ? »

Je le remerciai, mais je savais que j'en serais incapable. Je jetai un coup d'œil à ma montre : dans six heures, j'allais devoir appeler deux hommes qui attendaient dans le Bureau ovale. Je me tournai vers la fenêtre et regardai la nuit parsemée d'étoiles. Là, quelque part, il y avait un désert tellement vaste qu'ils l'appelaient la Mer du Vide.

T. E. Lawrence – Lawrence d'Arabie – connaissait cette partie du monde et la nature des hommes. Il disait que les rêveurs éveillés étaient des gens dangereux, qui essayaient de vivre leurs rêves pour qu'ils se réalisent. Le rêve éveillé de Zakaria al-Nassouri était de nous détruire tous. Le mien était de le capturer. Je me demandais qui de nous deux allait se réveiller un matin pour découvrir que son cauchemar avait commencé.

7

Il y en avait des kilomètres de part et d'autre, six mètres sous hauteur de plafond de rayonnages motorisés d'archives qui se dressaient comme des monolithes. Il suffisait d'introduire un numéro de référence, un nom ou toute autre donnée sur un pupitre de contrôle et les rayonnages se déplaçaient sans bruit pour donner accès aux boîtes d'archives correspondantes. On se serait cru à l'intérieur d'un disque dur d'ordinateur.

Il y avait dix-huit étages identiques, tous remplis de dossiers : les données brutes de surveillance, de trahison, de soupçons couvrant des dizaines d'années. Profondément caché en dessous du siège régional de la Mabahith, un atrium central reliant les différents niveaux, ce complexe était envahi d'hommes occupés à fouiller les rayonnages. Fidèle à sa parole, le directeur y avait affecté tous les agents et les analystes qu'il avait pu trouver.

J'étais descendu de la salle de conférence et j'avais pris un siège à côté de plusieurs agents haut placés dans un poste de commandement suspendu au-dessus de l'atrium. Je regardais les équipes d'hommes déliasser les dossiers de papiers jaunissant à chaque étage et fouiller des montagnes de données à l'affût d'une référence – ou de la moindre mention – d'un homme dont le père avait été exécuté en Arabie saoudite, tant d'années auparavant.

Trois heures à les regarder farfouiller dans les dossiers en arabe, trois heures dans un sous-sol sans fenêtre, avec des types qui ne buvaient pas une goutte d'alcool, mais fumaient à la chaîne, trois heures à compter chaque minute, et je n'étais pas loin d'être aussi désespéré qu'on puisse l'être. Naturellement, quand l'un de mes voisins m'informa que la première équipe s'apprêtait à sortir pour aller interroger des gens susceptibles de combler les parties manquantes de l'histoire, je pris ma veste pour les accompagner.

Les trois agents étaient des durs et le plus jeune d'entre eux, vingt ans environ, doté d'un QI tellement bas que je me suis fait la réflexion qu'ils devaient l'arroser deux fois par jour. Nous avons rameuté huit de leurs collègues en route et formé un convoi de quatre SUV noirs aux vitres si teintées qu'on avait l'impression de circuler dans une nuit permanente. Je suis persuadé, cependant, que ça remplissait parfaitement son office : un civil ordinaire ne pouvait qu'être rempli de crainte en les voyant passer.

Kilomètre après kilomètre, nous avons quadrillé cette ville en pleine expansion – quatre millions et demi d'âmes abandonnées au milieu du désert, dont pas loin de la moitié employées par l'Aramco, la plus grande entreprise pétrolière au monde – et interrogé des gens au sujet d'une famille qui avait depuis long-temps disparu. Nous avons pris place dans les *majlis* – pièces pour recevoir les invités – de maisons modestes au fin fond de banlieues éloignées, posé des questions à des hommes dont les mains tremblaient, vu des enfants aux yeux noirs qui nous regardaient sur le seuil de portes et entraperçu des femmes voilées portant des *burqas* jusqu'à terre qui s'éloignaient pré-cipitamment à notre approche. Nous sommes allés voir un homme âgé qui s'appelait Saïd bin Abdullah bin Mabrouk al-Bishi – le bourreau officiel qui avait décapité le père d'al-Nassouri – en espérant que dans ses derniers instants le condamné avait dit quelque chose sur la carrière et l'avenir qu'il souhaitait pour son fils. Ensuite nous nous sommes rendus dans une villa modeste assez proche de l'eau pour sentir le sel et, sans que je puisse expliquer pourquoi, j'en ai pris une photo avec mon téléphone portable. C'était la maison d'enfance d'al-Nassouri, et nous avons inter-rogé l'homme qui s'y était installé après que la famille avait fui.

Personne ne savait quoi que ce soit.

Finalement, nous avons fait une pause, nous garant devant une cabane au bord de la route pour prendre un café. Nous étions assis dehors, en train d'écouter le jeune idiot parler à n'en plus finir d'une fille qu'il avait rencontrée au Maroc, quand un téléphone sonna. On me demandait de rentrer immédiatement.

L'équipe était rassemblée dans un bureau paysager attenant à l'atrium enfumé par les cigarettes. Le directeur se tenait à une table, une boîte à archives posée devant lui, des tas d'autres empilées par terre, débordant de rapports de terrain, d'entretiens avec des indicateurs et des comptes-rendus de ragots.

Ils avaient trouvé une boîte contenant ce qu'on avait cru être des documents sans intérêt relatifs à certaines mosquées traditionnelles à Bahreïn.

« Il y avait dedans un dossier assez mince, mais qui s'est révélé intéressant, déclara le directeur. Au sujet d'une petite mosquée des faubourgs de Manama. » Il me regarda pour s'assurer que j'avais bien conscience de l'importance de ce qu'il disait.

« La mosquée de Zakaria al-Nassouri ? » demandai-je, essayant de garder une voix neutre, luttant contre une vague d'espoir.

Il acquiesça. « Le dossier renfermait les trucs habituels, des analyses sans intérêt ainsi que quelques listes incomplètes de fidèles mais, au milieu de tout ça, voilà ce qu'on y a découvert… » Il tenait un document de trois pages en arabe.

« Il y a environ cinq ans, un agent de terrain subalterne a interrogé un humanitaire qui avait apporté de la nourriture et des médicaments aux réfugiés de la bande de Gaza. Alors qu'il était en train de décharger des camions pour un hôpital délabré, il avait entendu parler d'un homme qui avait été admis plus tôt dans la soirée, après une attaque israélienne à la roquette.

» Son travail effectué, il est allé auprès de l'homme blessé pour voir s'il pouvait faire quelque chose pour l'aider. L'homme en question, blessé par des shrapnels à la colonne vertébrale, avait des accès de délire, et l'humanitaire est resté à son chevet toute la nuit. »

Le directeur fit une pause, consulta le document, vérifiant les faits. « Cet homme blessé était médecin et, à un moment donné, délirant à moitié, il avait parlé de la mosquée de Manama dont il avait été l'un des fidèles. C'est comme ça que le rapport s'est retrouvé dans ce dossier.

« Tout le monde pensait qu'il était bahreïni. Mais c'était impossible, parce que plus tard, toujours dans son délire, il avait dit que son père avait été décapité en public... »

Je me penchai si brutalement en avant que ce fut tout juste si je ne tombai pas de mon fauteuil. « À Bahreïn ? Impossible, dis-je.

— Exactement. Un seul pays pratique cela.

— L'Arabie saoudite, répondis-je.

— Oui. Il semblerait que l'homme voyageait en voiture avec son épouse palestinienne et leur enfant lorsque leur véhicule a été atteint par une roquette. Qu'il ait été visé, ou que ce soit un dégât collatéral, personne ne le sait.

» La femme est morte, mais pas sur le coup. Dans ses divagations, il a raconté qu'alors qu'il la tenait dans ses bras elle lui a fait promettre – devant Dieu – qu'il protégerait leur enfant. Le petit garçon avait survécu avec des blessures mineures.

— Allah soit loué, dit toute l'assemblée en arabe.

— Mais la mère savait, continua le directeur, que c'était doublement tragique pour le fils. Non seulement il la perdait, mais il était également atteint...

— De trisomie 21, complétai-je.

« — Comment le savez-vous ?

— C'est lui, c'est al-Nassouri, dis-je en me levant de ma chaise pour libérer toute la tension qui s'était accumulée en moi. C'est son fils, je le connais. Où l'hôpital a-t-il envoyé l'enfant ? Dans un orphelinat ?

— Absolument.

— Géré par la brigade des martyrs d'al-Aqsa. J'ai vu les quittances. » Je comprenais enfin pourquoi Leyla Cumali ne faisait pas de dons à l'Unicef. « Quoi d'autre ? demandai-je, probablement plus brusquement que ne l'eussent voulu les bonnes manières, mais nous avions le vent en poupe, et personne ne s'en offusqua.

— La mère s'appelait Amina Ebadi – tout au moins était-ce un des noms qu'elle utilisait : de nombreux activistes palestiniens ont recours à des noms de guerre. Nous avons conduit une recherche à son sujet, mais nous n'avons rien pu trouver.

— Oui, mais sur lui, sur le médecin ? demandai-je, d'une voix cassée par l'émotion. Est-ce que l'humanitaire a donné le nom dont il se servait ?

— C'est ça qui est bizarre. Le médecin était dans un sale état mais, de peur d'avoir trop parlé dans son délire, sans doute, il avait signé lui-même sa décharge et, lorsque l'humanitaire est revenu le lendemain soir, il n'était plus là…

— Son nom, monsieur le directeur ? Est-ce qu'il lui a dit son nom ?

— Non. »

Je le regardai fixement. « Il n'y a *rien* ?! Rien de plus ? »

Il hocha la tête. « Nous avons tout épluché. Le rapport d'origine n'a pas eu de suite. On n'en a pas vu l'intérêt…

— Jusqu'à aujourd'hui », dis-je amèrement. J'inclinai la tête en arrière, et m'efforçai de respirer normalement. Les nouvelles semblaient avoir pompé l'air – et l'énergie – de la pièce. Les agents et le directeur me regardaient toujours, tandis que j'essayais de réfléchir.

J'en savais plus sur Zakaria al-Nassouri qu'aucun agent secret n'avait eu le loisir d'en apprendre. Je savais qu'il était né et avait grandi à Djeddah, qu'il était resté un moment horrifié sur la place où son père venait d'être décapité, et que sa mère l'avait emmené vivre en exil à Bahreïn. Je connaissais le nom de la mosquée dont il avait été l'un des fidèles à Manama, et je savais que ses coreligionnaires l'avaient financièrement soutenu pour qu'il puisse partir lutter contre les Soviétiques en Afghanistan. À la fin de la guerre, il avait acheté un certificat de décès, trouvé le moyen de se procurer un nouveau passeport et s'était évanoui sans laisser de traces. Il avait étudié la médecine, obtenu son diplôme, rencontré une femme qui utilisait parfois le nom d'Amina Ebadi et l'avait épousée. Ils avaient travaillé ensemble dans les camps de réfugiés situés sur la zone de non-droit qu'était la frontière immatérielle de Gaza : un enfer sur terre, s'il y en eut jamais. Je savais à présent que le couple marié voyageait avec leur jeune fils quand leur voiture avait été prise pour cible par une roquette israélienne qui avait tué la mère et blessé le médecin. Le petit garçon avait été conduit à un orphelinat, et le médecin avait dû demander à sa sœur Leyla d'aller le récupérer et de s'en occuper. Plein de haine, sans responsabilités familiales, utilisant ses connaissances en médecine enrichies d'une abondance d'informations disponibles en ligne, il avait entrepris de synthétiser la variole. Il était retourné en Afghanistan pour la tester et, au téléphone, nous l'avions entendu s'inquiéter au sujet de son cher enfant, seul lien qui lui restait avec sa femme décédée.

Et après ? Après, la musique s'arrêtait, il n'y avait plus rien. Qui était-il à présent ? De quel nom se servait-il ? Et – plus important encore – où était-il ? « Une ouverture, murmurai-je. On gratte encore un peu, et on est à nouveau dans la course. »

Personne ne sut si je réféchissais tout haut ou si je faisais une suggestion à la cantonade. Je ne le savais pas moi-même.

« C'est tout ce que nous avons sur cet homme, dit le directeur, balayant d'un geste les étages d'archives. Il n'y a pas de nom, pas d'identité, pas de trace. En tout cas pas ici. »

Il avait raison, et le silence se fit. À travers le voile de fumée qui emplissait la pièce, je scrutai les hommes. Nous n'étions plus dans la course, aucun d'entre nous, nos espoirs s'étaient envolés, et je savais…

Nous l'avions perdu.

Je m'efforçai de ne pas montrer mon découragement et me redressai un peu. Bill m'avait toujours dit qu'il n'y avait jamais d'excuse à de mauvaises manières, et je devais quelque chose aux Saoudiens.

« Vous avez été bien au-delà de ce qu'on pouvait vous demander, déclarai-je. C'était une tâche ingrate, mais vous l'avez accomplie de bonne grâce et avec talent. Je vous en remercie du fond du cœur. »

C'était sans doute la première fois qu'ils entendaient un éloge sincère au lieu de flatteries vides de sens, et je vis sur leurs visages la fierté qu'ils en tirèrent.

« *Jazak Allahu Khayran* », dis-je pour finir, massacrant la prononciation, mais utilisant la seule et unique phrase arabe dont je me souvenais de ma précédente visite. C'étaient les paroles de remerciements traditionnelles : « Que Dieu vous récompense de ses bienfaits. »

« *Waiyyaki* », répondirent-ils en chœur, avec un sourire indulgent pour mes efforts et m'offrant la réponse traditionnelle : « Vous également. »

C'était le signal dont tous avaient besoin et ils commencèrent à tout remballer. Je restai là, seul, réfléchissant désespérément à un autre moyen d'avancer, un chemin, une route, un sentier. Un miracle.

Je parcourus le catalogue de ma mémoire professionnelle, laissant mon esprit vagabonder sur toutes les pistes non conventionnelles, mais revins bredouille.

J'avais identifié le Sarrasin, mais je ne le connaissais pas ; je l'avais localisé, mais je ne pouvais pas le trouver ; il était à la fois quelqu'un et personne. C'était une réalité, et rien au monde n'allait la changer.

Je regardai ma montre.

8

Ce fut le pire coup de téléphone que j'aie jamais eu à donner. Personne n'était en colère, personne ne cria ou n'incrimina quiconque, mais le sentiment d'échec et de peur était écrasant.

Après avoir pris congé du directeur de la Mabahith, l'un des SUV noirs me fit faire le court trajet qui nous séparait du quartier de haute sécurité où se trouvait le consulat des États-Unis. Carter, de la station de Beyrouth, avait appelé pour les avertir de ma présence, si bien que je n'eus pas longtemps à attendre avant de pouvoir franchir les barrières anti-attentats-suicides et les postes de garde.

Lorsque je fus à l'intérieur, le jeune officier de permanence, qui supposait que j'avais besoin d'un lit pour la nuit, me fit signe de le suivre jusqu'à l'appartement des hôtes de passage, mais je l'arrêtai avant l'ascenseur et lui dis que j'avais besoin d'un téléphone dans la zone Tempête du bâtiment – un espace spécialement conçu pour prévenir toute écoute électronique. La Mabahith et moi nous étions quittés en très bons termes, mais je ne leur faisais pas confiance pour autant.

L'officier de permanence hésita, se demandant probablement qui j'étais, puis activa les verrous électroniques des portes anti-déflagration, et m'introduisit au cœur du bâtiment. Nous franchîmes un point de sécurité interne, ce qui m'indiqua que nous entrions dans la zone occupée par la CIA, avant d'arriver à une petite pièce où il n'y avait qu'un bureau et un téléphone. La pièce la plus neutre qu'on puisse imaginer, n'était l'absence totale de son.

Je fermai la porte, j'enclenchai le verrou électronique, je décrochai le téléphone et demandai le Bureau ovale à l'opérateur.

On répondit immédiatement, et j'entendis la voix du président. Il était manifestement épuisé, mais il était tout aussi évident que l'espoir d'avoir de bonnes nouvelles lui soutenait le moral. Je leur avais assuré que j'aurais le nom complet du Sarrasin, sa date de naissance et probablement une photo. Et je les avais trouvés, mais je n'avais pas anticipé qu'ils seraient inutiles.

Murmure était aussi au bout du fil, et je pense qu'il avait deviné, au ton abattu de mes premières paroles, qu'une catastrophe s'annonçait. Comme tout bon officier traitant, il connaissait la palette complète des nuances de comportements chez n'importe quel individu. « Qu'est-ce qu'il y a ? » demanda-t-il d'une voix tendue.

Je leur livrai les faits, les faits bruts, comme ces comptes-rendus d'accident qu'on lit dans la presse quotidienne. Je leur dis que, malgré tous nos efforts, et la promesse faite quelques heures auparavant, nous n'avions rien à exploiter. Rien du tout.

Il y eut un silence terrible.

« Nous nous parions des plumes du paon, l'instant d'après il n'en reste plus qu'un plumeau, dit Murmure en conclusion. C'est un fiasco…

— Un fiasco complet, sans compter que le temps presse, ajouta le président, l'épuisement dépouillé de son vernis d'espoir se faisant clairement entendre dans sa voix.

— Et les autres ? demandai-je. Tous ceux qui sont à la recherche du détonateur nucléaire. Rien de leur côté ?

— Cent mille personnes, et rien, répondit Grosvenor.

— J'ai l'impression que nous n'avions aucune chance. Je crains que nous ne soyons confrontés à la tempête du siècle…, commença Murmure.

— Un type qui n'a pas de pedigree et qui travaille en solo, dis-je.

— Un type qui n'a pas de pedigree, d'accord. Mais pas complètement en solo, objecta-t-il.

— Que veux-tu dire ?

— En Afghanistan, il a bien dû bénéficier d'une aide pendant une certaine période. Un homme travaillant en solo n'aurait pas pu enlever trois otages. »

Il avait raison, mais cela ne me parut pas prioritaire et, de toute façon, le président avait déjà embrayé sur autre chose.

« Nous allons choper la femme dès que possible – comment s'appelle-t-elle, Cumali ? C'est le plan, non ? demanda-t-il à Murmure.

— Ouais. Pilgrim pense qu'elle ne sait rien – c'est bien ça ?

— À peu près, oui, dis-je. Comme Murmure vous l'a sans doute dit, monsieur le président, elle a un moyen de le contacter, mais je pense que le système est piégé. Elle va déplacer une lettre, employer un mot différent, et il saura qu'il doit fuir.

— Vous avez peut-être raison, admit le président. Il a acheté un foutu certificat de décès, il est très malin – mais il faut essayer.

— J'envoie une équipe sans tarder, dit Murmure. Nous la sortirons de Turquie et l'interrogerons à Bright Light. »

Bright Light était le nom de code de Khun Yuam, la prison secrète de la CIA sur la frontière entre la Birmanie et la Thaïlande. D'après ce qu'on disait, une fois que quelqu'un séjournait à Bright Light, on ne le revoyait plus jamais. C'était bizarre, compte tenu de l'importance des enjeux auxquels nous étions confrontés, mais je ne pus m'empêcher de penser à ce qu'il adviendrait du petit gars. Renvoyé dans un orphelinat de Gaza ou de Turquie, me disais-je. Où que ce soit, il n'y aurait plus beaucoup de courbettes ni de rires.

« À l'aube, je prendrai un décret-loi pour fermer les frontières, continua Grosvenor. Nous isolerons le pays du mieux que nous pourrons : aux aéroports, aux frontières terrestres, dans les ports, à tous les points d'entrée. »

Il était évident qu'ils étaient sur la piste du vecteur humain et, même s'ils avaient raison quant à la méthode de dispersion, plus de cinq cent mille immigrants clandestins pénétraient chaque année dans le pays – preuve évidente de l'inefficacité de toute tentative de boucler les frontières. Comme l'avait dit le vieux virologue : tôt ou tard, nous serons tous réunis au banquet des conséquences.

Même si je ne pensais pas que leur plan puisse marcher, je ne dis mot. Je n'avais pas de solution alternative, si bien qu'il eût été malvenu de le démolir sans avoir quelque chose de mieux à proposer. Ils faisaient tout ce qu'ils pouvaient pour protéger le pays, voilà tout.

« Nous ne sommes pas obligés de dire que c'est la variole, suggéra Murmure. Nous pourrions prétendre que c'est une grippe aviaire particulièrement virulente. Si agressive soit-elle, elle ne véhiculera pas la même terreur. Si vous prononcez le mot "variole", en y associant le mot "virulente", ça risque d'être incontrôlable.

— Non, répondit Grosvenor – il y avait manifestement déjà réfléchi. Que dira-t-on quand la vérité éclatera ? Notre seul espoir réside dans la coopération de la population. Quand on leur en donne l'occasion, les Américains se montrent toujours à la hauteur. Si on les trahit, on les perd. Un vecteur, une trace, c'est tout ce qu'il nous faut pour remonter la piste. Je prévois aussi de mettre le vaccin à disposition. Je ne sais pas s'il servira à grand-chose, mais nous devons tout tenter, utiliser tout ce qu'on peut.

— Oui, monsieur le président, dit Murmure. Et toi, Pilgrim, tu rentres ?

— Je vais à Gaza. »

Ce fut Murmure qui réagit le premier. « Un Américain seul à Gaza, sans couverture ? Ils feront la queue
avec des ceintures explosives et des battes de baseball.
Tu ne passeras pas la journée.

— J'ai parlé aux Saoudiens. Ils ont quelques personnels de terrain qui pourront m'aider.

— Alors la queue sera réduite de moitié.

— Al-Nassouri y a été – c'est la seule piste que
nous ayons.

— Vous n'êtes pas forcé de faire ça, intervint le
président. Ce n'est pas votre faute si on ne l'a pas
trouvé. Bien au contraire. La première fois que nous
nous sommes rencontrés, j'ai demandé à Murmure de
rester un instant. Je lui ai dit que vous étiez l'enfant
de salaud ayant le plus de sang-froid que j'aie jamais
rencontré. Je ne m'étais pas rendu compte que vous
étiez aussi le meilleur.

— Merci, dis-je simplement.

— Je ne vais pas vous envoyer de lettre de félicitations, ajouta-t-il pour alléger l'atmosphère. Vous en
avez déjà une.

— Ainsi que des balles de golf », répondis-je. Ils
rirent et j'en profitai : « Si je peux vous demander une
chose, monsieur le président.

— Allez-y.

— Il y a un hacker que nous avons sorti de Leavenworth et qui a fait un travail absolument remarquable. Serait-il possible de ne pas le renvoyer là-bas ?

— Voulez-vous dire une grâce ?

— Si c'est possible.

— Qu'en pensez-vous, Murmure ? Vous connaissez
ce type ?

— Oui, excellent boulot. J'y suis favorable.

— Très bien. Murmure me donnera son nom, et je rédigerai le décret de grâce.

— Merci, monsieur le président », fut tout ce que je pus dire. J'imaginais Battleboi serrant Rachel dans ses bras quand il apprendrait la nouvelle.

« Bonne chance, Pilgrim, dit le président. J'espère que nous nous reverrons dans de meilleures circonstances. » Il ne me parut pas très convaincu.

La ligne fut coupée et je restai assis là dans un silence insonorisé, songeant que ce seraient probablement les derniers moments de paix que je connaîtrais pour un bon bout de temps. Peut-être pour toujours.

Gaza.

Murmure avait raison. C'était l'une des zones les plus meurtrières du monde. Seul point positif, on n'y trouvait aucun endroit où naviguer, même avec des voiles rapiécées : je ne risquais pas de tomber sur de vieux bateaux en embuscade. Ailleurs, peut-être, mais pas à Gaza.

9

On était en Allemagne ; les camions arrivèrent donc à l'heure. Six heures venaient de sonner et une petite pluie tombait lorsqu'ils franchirent le contrôle aux portes de Chyron.

Comme ils l'avaient fait un millier de fois auparavant, les chauffeurs passèrent devant l'immeuble de verre de l'administration, longèrent les murs de l'usine et s'arrêtèrent derrière, aux baies de chargement. Le gars de l'entrepôt – ce grand musulman dont aucun des chauffeurs n'arrivait à mémoriser le nom – était déjà au volant d'un chariot élévateur à fourche, prêt à aider au chargement des cartons de produits pharmaceutiques à expédier vers l'Amérique. Il ne dit pas un mot – il ne parlait jamais beaucoup –, mais les chauffeurs l'aimaient bien : il travaillait vite et avait l'air bien plus vif que la plupart de ses collègues.

La cargaison était impressionnante. Il y avait de tout, depuis des palettes de vaccins à des caisses d'antibiotiques, des millions de doses de différents médicaments, mais malgré cela le Sarrasin était parvenu à entreposer le tout à l'arrière des camions en moins de cinq minutes. Tous les documents d'expédition étaient prêts et les chauffeurs savaient qu'avec lui point n'était besoin de vérifier : tout était toujours en règle.

Ils prirent les documents, coururent sous la pluie, grimpèrent dans leur cabine et repartirent en direction de l'autoroute A5 en un délai record.

S'ils avaient regardé dans leur rétroviseur, ce qu'aucun d'entre eux ne fit, ils auraient vu que le Sarrasin n'avait pas quitté son chariot élévateur : il était resté là en contemplation, à les regarder jusqu'à ce qu'ils soient hors de sa vue. Il savait que la pluie et les travaux sur l'A5 – il y en avait toujours – allaient les ralentir, c'est pourquoi il avait fait vite, pour qu'ils ne ratent pas les vols prévus.

Au bout d'un moment, il baissa la tête, la reposant sur ses avant-bras, et resta ainsi quelques instants, flottant quelque part entre prières et épuisement. C'était fini, hors de son contrôle désormais, et le soulagement fut tel que les larmes montèrent, lui picotant les yeux. Il se sentit soudain allégé de l'écrasante responsabilité de ces trois dernières années, de l'énorme fardeau consistant à accomplir le travail d'Allah. Il n'avait plus aucun contrôle sur son arme, et le sort de la mission, le bien-être des nations, la survie de tout ce qui restait d'innocence dans le monde, reposaient sur un système d'inspection aux frontières que le Sarrasin jugeait fragile, au point d'être quasi inexistant. Mais cela ne dépendait plus de lui ; il avait fait tout ce qu'il pouvait, le reste était entre les mains de Dieu.

Avec un sentiment de liberté croissant, il releva la tête et descendit du chariot. Il rentra à l'intérieur de l'entrepôt et alla vider son casier. Pour la première et unique fois depuis qu'il avait commencé à travailler chez Chyron, il n'attendit pas la fin de son service. Il balança son sac sur l'épaule, franchit les portes sécurisées de l'usine sans être remarqué et, le cœur battant, descendit la rue déserte sous le crachin.

De retour à son minuscule appartement – juste un lit, une table et un lavabo dans un coin –, il jeta la nourriture qui se trouvait dans les placards, enfourna ses vêtements de rechange dans son sac à dos, posa les clés sur la table et claqua la porte derrière lui. Il n'essaya même pas d'aller récupérer les salaires qui lui étaient dus ni de se faire restituer son dépôt de garantie, ne prit pas la peine de prendre congé des hommes de la mosquée de la Wilhelmstrasse qui avaient été si généreux à son endroit. Il partit aussi mystérieusement qu'il était arrivé.

Il traversa rapidement la ville qui se réveillait pour rejoindre la gare, acheta un billet et, quelques minutes plus tard, le train express pour Francfort entra en gare. Là-bas, il récupérerait son bagage et sa trousse médicale à la consigne de longue durée, et se changerait dans les toilettes pour se rhabiller en médecin libanais venu assister à un salon à la *Messe*.

Pendant des semaines, à l'approche de la fin de sa mission, il s'était de plus en plus souvent interrogé sur ce qu'il ferait après. Il n'avait aucune envie de rester en Allemagne ni aucune raison de retourner au Liban. Dans quelques jours, il le savait, un fléau moderne – la peste noire comme il se la représentait – allait éclater sur la place publique. Lentement tout d'abord, comme une allumette dans le foin, elle deviendrait vite ce que les scientifiques appellent un processus autogène avec amplification – une explosion – et la grange tout entière serait en feu.

L'Amérique – le grand Satan – deviendrait *ground zero*, le taux de mortalité serait astronomique. Privé de son protecteur, le ventre d'Israël serait exposé, enfin à la merci de ses ennemis voisins. Avec la chute brutale de l'activité économique, le prix du pétrole s'écroulerait et l'élite dirigeante saoudienne, incapable de continuer d'acheter le silence de ses ressortissants ou ne pouvant plus compter sur le soutien des États-Unis, se lancerait dans une épouvantable répression et, ce faisant, sèmerait les graines de sa propre destruction.

À court terme, le monde serait paralysé et voyager deviendrait impossible car les nations chercheraient la sécurité dans la quarantaine et l'isolement. Certaines y parviendraient mieux que d'autres et, depuis le milliard de victimes de la variole dans le siècle précédant son éradication, rien de semblable n'était arrivé dans l'époque moderne – pas même avec le sida – et personne ne pouvait prévoir où allaient se déverser les rivières de l'infection.

À mesure qu'approchait l'heure de la mort, comme il l'appelait, l'idée s'était imposée à lui que, quoi qu'il arrive, il voudrait être avec son fils. S'ils devaient perdre la vie, alors c'était la volonté d'Allah et, tout ce qu'il demandait, c'était d'être avec son enfant pour le tenir dans ses bras et lui dire qu'ils n'avaient rien à craindre, ni dans ce monde ni dans l'autre. Si la volonté de Dieu était qu'ils vivent, au contraire, alors, dès que ce serait faisable, il l'emmènerait en Afghanistan. Ils marcheraient ensemble sur les rives ombragées des cours d'eau, et il lui montrerait peut-être les pentes montagneuses où il avait abattu les terribles hélicoptères de combat Hind. Et lorsque l'été céderait la place à l'automne, ils parcourraient les vallées lointaines jusqu'à la forteresse d'Abdul Mohammad Khan. Y avait-il plus bel endroit pour élever son fils que parmi les fidèles et les braves ? Et un jour viendrait où il serait possible de rentrer en Arabie saoudite pour y rire et vieillir ensemble, dans ce pays où l'âme de son père était au plus près.

Être avec son fils ? Cette pensée l'avait soutenu pendant tout son séjour à Karlsruhe. Un soir, il s'était rendu dans un cybercafé et, en cherchant sur le Web, avait déjà trouvé à Milas un meublé convenable pour un bon musulman.

Oui, il ré-émergerait à Francfort en tant que médecin, prendrait le train pour l'aéroport et monterait à bord d'un avion. En partance pour Bodrum.

10

Il faut à peu près deux heures à un jet privé volant à vitesse maximale pour aller de Djeddah à la bande de Gaza, une tranche de misère noire coincée entre Israël et l'Égypte, où vivent un million et demi d'Arabes privés d'État et au moins vingt groupes identifiés par le département d'État américain comme organisations terroristes.

À la station de Beyrouth, on s'était arrangé pour que le Gulfstream rouge, assez kitsch, du marchand d'armes soit remplacé par un Learjet appartenant à la CIA, décoré en un camaïeu de trois tons de beige. Au moins échappai-je à la migraine. Un avantage, sans doute, mais l'inconvénient, c'était qu'il n'y avait pas de lit, ce qui se révéla d'une grande importance. Je fus obligé de rester assis et, n'ayant rien d'autre à regarder que des kilomètres et des kilomètres de derricks de pétrole, mes pensées furent ma seule compagnie.

Je dois dire qu'elles se révélèrent d'assez piètres compagnes. Je ne crois pas être quelqu'un de vaniteux, mais j'ai une certaine dose de fierté professionnelle. Assis dans un avion à dix mille mètres d'altitude, il n'y avait pas d'endroit où se cacher, surtout de la vérité. J'avais été opposé à Zakaria al-Nassouri et il m'avait vaincu.

Peut-être que la lutte était par trop inégale. Il était trop fort, trop intelligent, il avait trop d'avance pour être rattrapé. C'était l'homme qui avait transporté de la chaux vive dans les montagnes de l'Hindu Kush. De la chaux vive sur le dos de chevaux de bât, sur huit cents kilomètres à travers une des contrées les plus inhospitalières du monde ! Il avait organisé chaque étape, chaque détail.

De toute évidence, un homme de cette trempe avait prévu le jour où quelqu'un comme moi tenterait de le retrouver. Comme un fugitif dans la neige fraîche, il avait balayé derrière lui. Il avait acheté un certificat de décès plus de quatorze ans auparavant, puis un faux passeport. Oui, peut-être avait-il pris trop d'avance pour être jamais rattrapé.

Et pourtant, pour autant que je puisse en juger, nous n'aurions pas pu faire plus. Sur les dix personnes qui étaient dans la confidence, les huit fonctionnaires avaient non seulement gardé le silence mais agi avec une admirable célérité. Sans vouloir nous vanter, les deux autres membres du groupe, Murmure et moi-même, étions parmi les meilleurs au monde avec à notre disposition toutes les ressources et la technologie que pouvait fournir le pays le plus puissant de la planète. Nous étions de grands prédateurs et, comme tous les grands prédateurs, nous étions conditionnés pour la chasse…

Je m'arrêtai pour me corriger. Tous les grands prédateurs ne sont pas des chasseurs. Je me dis qu'il y avait au moins une espèce qui ne chassait pas. Un requin chasse, mais un crocodile attend silencieusement dans les roseaux que sa proie vienne à lui.

Et à cet instant, je compris quelle avait été notre erreur : nous l'avions chassé, alors que nous aurions dû le piéger. Nous n'avions aucune chance de le rattraper à la course : il avait bien trop d'avance. Mais pour un piège, l'avance n'aurait aucune incidence.

Était-il encore temps ? Nous avions peut-être encore une carte à jouer, des dés à lancer, une dernière balle dans la chambre du revolver. Il fallait que nous trouvions le moyen de le faire sortir de l'ombre pour qu'il vienne au point d'eau.

Je regardai par le hublot pendant ce qui me parut une éternité. Je ne voyais ni les nuages ni les puits de pétrole, mais j'en vins à croire que nous avions encore une chance. Je me fondais sur un seul principe, une leçon que j'avais apprise il y avait bien longtemps dans le bureau d'un banquier à Genève. L'amour n'était pas fragile, *l'amour était fort*.

Je détachai ma ceinture et me levai brusquement. Je ne m'étais pas aperçu qu'un trou d'air secouait le petit jet, le faisant tanguer, mais je n'avais pas le temps de m'en inquiéter. Je me dirigeai droit vers l'avant de la cabine, faillis heurter le plafond alors que l'avion plongeait brutalement, me rattrapai au dossier d'un siège et, tantôt freiné tantôt propulsé en avant, je finis par atteindre le petit placard où était placé le téléphone sécurisé de la CIA.

Je pris le combiné et passai un appel.

11

Murmure répondit presque aussitôt, mais sa voix, plus douce que d'habitude, était si rauque qu'on aurait dit de l'acide courant sur du gravier. Trop de stress, trop peu de sommeil, trop de déceptions pour un seul homme.

Je lui dis que l'erreur que nous avions commise était d'avoir essayé de battre le Sarrasin à la course et lui expliquai ce que je voulais tenter – pas dans le détail, juste les grandes lignes. Heureusement, il avait tellement d'expérience qu'il était inutile de lui faire un dessin.

Je dis que nous devions attendre pour procéder à la détention secrète de Cumali aux fins d'interrogatoire et convaincre le président de remettre à plus tard son message au pays. « J'ai besoin de temps pour que ça marche, Dave. »

Il s'efforça de rire. « Tu me demandes la seule chose que nous n'avons pas, répliqua-t-il, et ce sont les années que j'entendis à nouveau dans sa voix. Nous ne pouvons plus attendre, c'est impossible. »

Je plaidai ma cause, le suppliai et, pour finir, voyant que ça ne menait à rien, je lui dis avec colère qu'il ferait mieux de m'écouter parce que j'étais le meilleur agent de ma génération, et que, oui, bordel, on avait encore une chance. Il ne pipa mot l'espace de quelques instants, et je compris que la vanité grossière dont je venais de faire preuve, si inhabituelle chez moi, l'avait secoué. Il me demanda de patienter.

Je restai cramponné au téléphone, au sens propre comme au figuré, secoué que j'étais par les turbulences, pendant qu'il appelait le président sur une autre ligne. Quelques minutes plus tard, j'entendis des pas se rapprocher sur le parquet de son bureau.

« Je viens d'avoir Grosvenor, déclara-t-il. Il ne pense pas que ça marchera, il n'y croit pas…

— Seigneur ! l'interrompis-je. Tu lui as expliqué notre erreur ?

— Mais oui, répondit Murmure, laconique. Je lui ai dit que nous avions chevauché comme une petite troupe alors que nous aurions dû jouer les desperados attendant un train. Qu'est-ce que tu en dis : c'était assez clair ?

— Et il n'a toujours pas compris ?

— Laisse-moi finir. Il a dit qu'il n'y croyait pas, mais il croit en toi. Tu as trente-six heures. »

Le soulagement m'envahit. Encore une chance de salut, encore une chance de rédemption. « Merci, dis-je, penaud.

— Appelle-nous, que les nouvelles soient bonnes ou mauvaises. Si ça foire, il veut le savoir sans attendre. Le message au pays est rédigé. Il ne veut pas donner

754

de faux espoirs, pas question de prendre nos désirs pour des réalités, il ne s'agit pas de leur dorer la pilule.

— D'accord.

— Tu as mon numéro ; en voici un autre en cas de problème. C'est celui de Grosvenor. »

Ma mémoire était bonne, mais ne voulant pas me reposer sur elle, je sortis mon portable pour l'entrer en numéro abrégé sous 911.

« Bon, on a trente-six heures et les grandes lignes d'un plan, poursuivit Murmure. Alors, au travail. Par quoi on commence ?

— Un coup de fil, répondis-je. On ne peut pas le passer nous-mêmes. Il faut que ça ait l'air vrai. Quelle est la ressource du plus haut niveau hiérarchique que nous ayons dans le Renseignement turc ? »

Compte tenu de l'importance stratégique de ce pays, je savais que la CIA avait passé des années à cultiver les renégats à l'intérieur du MIT.

Murmure se taisait. Je lui demandais de parler d'un des secrets les plus jalousement gardés du pays.

« Dave, insistai-je.

— Il y a quelqu'un qu'on pourrait utiliser, admit-il à contrecœur.

— Qui ? » Je savais que je poussais le bouchon un peu loin, mais il fallait que je sache si ça tiendrait la route.

« Bordel de merde ! Ne me demande pas ça, rétorqua-t-il.

— Qui ?

— Il y a deux directeurs adjoints, au MIT. L'un d'eux a été élevé Tati, mais il préfère Gucci, si tu vois ce que je veux dire.

— Merde alors… Un directeur adjoint ? » répétai-je, interloqué. Malgré mes années passées à la Division, je pouvais encore être choqué par le niveau de trahison à l'intérieur du monde du Renseignement. « Il ne va pas aimer ça, dis-je.

— Il n'aura pas le choix. Il aura trop peur que je le dénonce à sa hiérarchie. Peut-être qu'ils pendent encore les traîtres, en Turquie. Donne-moi le topo. » J'entendis le froissement du papier alors qu'il prenait un bloc-notes.

Quand j'eus fini, il me relut les points importants, mais il avait fait plus que les noter, il les avait améliorés dans la foulée et, une fois de plus, je rendis grâce à Dieu d'avoir un officier traitant comme lui.

« Quoi encore ? demanda-t-il. L'appeler et lui demander de s'en occuper ?

— Oui, et vite fait, si on veut avoir une chance. »

Je raccrochai et, pendant que Murmure lâchait une bombe sur un directeur adjoint du MIT, je frappai à la porte du poste de pilotage. J'entendis la voix de l'ancien pilote de l'US Air Force par l'intercom.

« Quoi, qu'est-ce qu'il y a ?

— Changement de plan. Oubliez Gaza, nous allons à Bodrum. »

La porte s'ouvrit brutalement. « C'est où, Bodrum ? »

Je criai la réponse, mais j'étais déjà retourné au placard. J'avais un autre appel urgent à passer.

12

Quand son téléphone sonna, Bradley se trouvait dans un bar du Lower East Side. Ce n'était pas un de ces coins branchés avec tapas et « menus dégustation », mais un vrai troquet avec des murs incrustés de nicotine et des alcools assez forts pour réveiller un mort.

Un dernier vestige du vieux New York – un bar de flics, autrement dit.

Ben assistait à un pot d'adieu pour un vétéran, mais compte tenu de la popularité du retraité et de la configuration du rade, il avait dû sortir dans la rue pour échapper à la foule et au bruit. Il était donc dehors dans le crachin, une bouteille de bière à la main, lorsqu'il fut appelé sur le front de la guerre secrète.

« Où es-tu ? me demanda-t-il.

— Dans un jet de la CIA au-dessus de la Jordanie. » Ce n'était pas la peine de le cacher, j'avais besoin qu'il soit mobilisé, qu'il entende sonner le clairon. « Dès que tu raccroches, continuai-je, je veux que tu appelles l'homme à qui tu as transmis les messages. Il s'appelle David McKinley. C'est le directeur du Renseignement des États-Unis. »

J'entendis Bradley prendre une profonde inspiration. « Merde, je pensais…

— Écoute-moi, c'est du lourd. Dis à Dave que j'ai besoin d'un équipier, d'urgence. Il s'arrangera pour qu'un hélicoptère t'amène à l'aéroport et il te fera embarquer sur un jet officiel.

— Où est-ce que je vais ? demanda-t-il.

— À Bodrum. McKinley fera son affaire de la paperasse. Tu es un inspecteur de la police de New York enquêtant sur le meurtre d'Ingrid Kohl.

— Qui est Ingrid Kohl ?

— C'est le nom du cadavre que tu as trouvé à l'Eastside Inn.

— Mais comment tu… ?

— Plus tard », dis-je, et je remerciai la providence de m'avoir fait rencontrer Cameron et celle qui se faisait appeler Ingrid : leur crime m'avait amené en Turquie, et nous avait au moins donné une chance.

« Je viendrai te chercher à l'aéroport, ajoutai-je. Et, Ben, n'oublie pas ton arme de service. »

À dix mille mètres d'altitude, après un virage sur l'aile vers Bodrum, et alors que nous sortions enfin de la zone de turbulences, je songeai qu'il n'en aurait pas besoin si tout se déroulait comme prévu.

Mais est-il jamais arrivé que tout aille comme prévu ?

13

Malgré de véhémentes protestations, le directeur adjoint du MIT turc passa son coup de fil vingt minutes après que j'eus parlé à Murmure.

Je n'ai pas entendu la conversation, bien sûr, mais j'en ai lu la retranscription en anglais quelque temps plus tard. Et ce document, pourtant dépourvu de toute inflexion ou émotion, suffit à m'assurer que le type du MIT était un maître dans son domaine. Il avait demandé à l'un de ses assistants de contacter Leyla Cumali pour programmer qu'elle le rappelle. On lui avait donné le numéro du standard du MIT et elle avait eu successivement en ligne tellement d'assistants qu'elle était déjà persuadée de parler à un homme très puissant quand elle l'eut enfin au bout du fil.

Il lui dit très poliment qu'il avait besoin de son aide dans une affaire très confidentielle concernant un visiteur étranger. Mon Dieu, quel soulagement elle avait dû éprouver quand elle avait compris que ce n'était pas sur elle qu'on enquêtait !

« Que savez-vous de Brodie David Wilson ? » demanda-t-il.

La transcription faisait état d'un silence – sans doute le temps pour Cumali de revenir de sa surprise – mais la barbouze l'encouragea.

« Juste vos impressions, inspecteur, on ne vous demande pas de preuves, là », dit-il en riant. Putain, il était fort.

Il écouta en silence le rapport qu'elle fit sur moi, l'interrompant de temps à autre pour lui montrer son intérêt.

« Très bien, merci, dit-il, lorsqu'elle eut manifestement terminé. Avez-vous eu le sentiment, à un moment quelconque, qu'il n'appartenait pas vraiment au FBI ? demanda-t-il, entrant dans le vif du sujet.

— Non… non, dit Cumali, un peu hésitante tout de même, en y réfléchissant. Une chose est sûre : il est très pro – je veux dire, exceptionnellement pro. Je me souviens de m'être demandé si tous les agents du FBI sont de ce niveau.

— Oui, ça se tient… qu'il soit si bon, admit le directeur adjoint de manière elliptique. Dites-moi, a-t-il passé devant vous des coups de fil qui auraient pu éveiller vos soupçons ou vous perturber ?

— Non… enfin… il a une drôle d'habitude. Je ne l'ai pas remarquée, mais ma secrétaire, si. Hormis quand il passe un appel, il ôte toujours la batterie de son téléphone portable. »

Tiens, me dis-je, malgré le maquillage et les talons aiguilles, Hayrunnisa est plus finaude que je ne l'aurais cru.

« Pourquoi, à votre avis ? demanda la barbouze.

— Je n'en ai aucune idée.

— Alors laissez-moi vous mettre sur la piste. Si quelqu'un a un téléphone dans sa poche, il peut être mis en marche à distance, à son insu. Ainsi le microphone intégré peut être activé. Quelqu'un s'introduisant dans ce téléphone peut alors entendre tout ce qui se dit dans une pièce. Si on ôte la batterie, il n'y a plus aucun risque.

— Je l'ignorais totalement, répondit Cumali.

— Vous ne savez donc pas que les agents de renseignement font toujours ça ?

— Les agents de renseignement ? Mais de quoi parlez-vous, là ? »

Suivant les instructions de Murmure, c'était précisément la question que le directeur adjoint attendait de la part de Cumali. Il la joua fine, en bon pro qu'il était.

« Vous êtes un officier de police judiciaire assermenté – très appréciée, du reste. Tout ceci est extrêmement confidentiel.

— Bien entendu.

— Nous avons des caméras à la frontière bulgare qui enregistrent tous les passages. Nous connaissons l'immatriculation de la voiture louée par Brodie Wilson et, grâce à l'un de nos logiciels, nous avons appris qu'il était entré en Bulgarie. Savez-vous pourquoi ? »

Le système de reconnaissance des plaques d'immatriculation était du pipeau. Certes, ça existait, mais la Turquie était encore bien loin de s'en être dotée. Et Cumali n'avait aucun moyen de le savoir.

« Non, dit-elle.

— Deux de nos hommes en poste à la frontière l'ont localisé à Svilengrad, où il a acheté un téléphone bon marché, une carte SIM et passé un appel. L'avez-vous entendu parler de cette ville ?

— Jamais.

— C'est à la suite de cela que nous nous sommes sérieusement intéressés à l'agent Wilson. Pour des raisons que je ne peux pas vous exposer, nous pensons à présent que ce n'est peut-être pas sa véritable identité. Nous pensons qu'il s'appelle Michael John Spitz. Est-ce que ce nom évoque quelque chose pour vous, inspecteur ?

— Rien du tout, répondit Cumali.

— Spitz appartient à un groupe d'élite de la CIA, poursuivit le directeur adjoint. Ce qui expliquerait pourquoi vous avez trouvé que c'était un enquêteur hors pair. Leur travail, c'est la chasse aux terroristes. »

J'imagine très bien l'effroi qui a saisi Cumali, assise dans sa maison chaulée du vieux port, tout à coup rappelée à la réalité de ses appels codés la reliant à l'Hindu Kush. *Leur travail, c'est la chasse aux terroristes.*

Au nom d'Allah, s'était-elle sans doute dit, après qui en avait la CIA ? Elle, son frère ? Elle savait qu'il était recherché, mais dans quoi l'avait-il entraînée ?

« Nous pensons que l'enquête pour homicide n'est qu'une couverture, ajouta le directeur adjoint. Quelque chose l'a attiré à Bodrum. Avez-vous une idée de ce sur quoi il pourrait enquêter ?

— Non », mentit-elle. La transcription indiquait qu'elle l'avait dit « avec une certaine véhémence ».

« Merci, en tout cas, votre aide nous a été précieuse, dit la barbouze. Pour l'instant nous n'allons rien faire. Nous allons écouter les appels téléphoniques de Spitz, attendre, et voir. Mais je vais vous communiquer un numéro, une ligne directe. Si vous entendez parler de quoi que ce soit, il faudra m'appeler aussitôt. Compris ? »

Murmure et moi avions transgressé toutes les règles : nous avions fait ce qu'il fallait pour que la cible apprenne le véritable objet de ma mission. Mais le but était qu'elle morde à l'hameçon. Cumali était inspecteur, et j'étais prêt à parier que son instinct la conduirait à enquêter. Elle voudrait en savoir plus – la peur l'y inciterait – et il n'y avait qu'un seul endroit où elle pourrait chercher : dans ma chambre d'hôtel.

Elle ne le ferait pas elle-même mais, grâce à son travail, elle connaissait plein de voyous qui pourraient s'en charger. Ma tâche consistait maintenant à m'assurer que tout soit prêt à leur arrivée.

14

Pour la première fois dans ma vie professionnelle, j'étais abandonné à mon sort : en mission, sans légende ni couverture.

Le petit jet avait traversé la Jordanie et atterri à Milas en fin de matinée. Je franchis rapidement la police des frontières turque, pris ma voiture et, au lieu de rouler vers Bodrum, me dirigeai aussitôt vers le centre de Milas. Derrière la mairie, je trouvai un magasin de photos et donnai mon téléphone à une jeune femme pour qu'elle me fasse un tirage papier de la photo que j'avais prise de la maison d'enfance de Cumali à Djeddah. J'achetai aussi une autre batterie pour l'espèce de cochonnerie que je m'étais procurée en Bulgarie.

Je trouvai une grande quincaillerie à proximité et fis l'acquisition d'une perceuse, d'un petit fer à souder, de colle multi-usages et d'une demi-douzaine d'autres articles. Puis je repartis, roulant à vive allure vers Bodrum. J'arrivai à l'hôtel à l'heure du déjeuner, ce qui signifiait que le directeur était sorti et que je parvins à me rendre dans ma chambre sans perdre de temps.

Je sortis du haut de l'armoire une vieille valise Samsonite dont je découpai avec soin la doublure dissimulant la partie intérieure des deux serrures. Je perçai le minuscule trou de l'une d'elles pour l'agrandir, puis m'occupai du téléphone bulgare. Avec le fer à souder, je réussis à coupler la nouvelle batterie en série, doublant ainsi l'autonomie du téléphone, puis j'activai le menu. Je passai vingt minutes laborieuses à manipuler le logiciel en sorte que l'appareil photo prenne un cliché toutes les deux secondes.

Avec du ruban adhésif, je fixai le téléphone de fortune à l'intérieur de la Samsonite pour que l'objectif de l'appareil photo soit tout contre la serrure percée et qu'il ait une bonne vision de la pièce. Avant de sortir, je n'avais plus qu'à allumer le téléphone, recoller la doublure et replacer la valise en haut de l'armoire.

L'appareil photo serait ainsi parfaitement caché, sans compter un autre grand avantage : les gens qui cherchent quelque chose regardent à l'intérieur d'une boîte ou d'une valise, mais examinent rarement l'objet lui-même.

J'avais maintenant mon propre dispositif de surveillance, certes bricolé, mais fonctionnel : il fallait que j'aie la certitude que les cambrioleurs allaient bien trouver ce que je m'apprêtais à dissimuler à leur intention. Tout en dépendait.

Je pris la photo tout juste imprimée de la vieille maison de Cumali et j'ajoutai un disque de données renfermant une copie de son permis de conduire de Bahreïn, des informations relatives à son blog sur la plongée, ainsi que son parcours d'enseignement supérieur à Istanbul. Je mis le tout dans une pochette en plastique et la plaçai dans le coffre de la chambre – une merde avec un clavier électronique sur pile, que n'importe quel voleur digne de ce nom serait capable de priver d'alimentation, puis d'en neutraliser le code et d'ouvrir.

La photo et les documents devaient convaincre Leyla Cumali que Michael Spitz était à ses trousses.

De plus, puisqu'il s'agissait d'éléments authentiques, ce qu'on appelle l'effet de halo allait agir sur tout ce qu'elle trouverait d'autre. Je comptais sur ses voyous pour voler aussi mon ordinateur portable. À l'intérieur, Cumali trouverait deux e-mails que j'avais conçus au cours du vol au-dessus de la Jordanie. Je les vérifiai et les insérai dans ma boîte de messagerie à la bonne date, lorsque le téléphone de l'hôtel sonna.

C'était une femme qui se présenta comme secrétaire au bureau des homicides de New York, mais je savais que c'était bidon. C'était très certainement une collaboratrice de Murmure.

« Le vol que vous attendez est le 349 de la Turkish Airlines en provenance de Rome, qui arrive à Milas international à 15 h 28 », dit-elle.

Je n'attendais aucun vol venant de Rome, mais je devinai ce qui s'était passé : Murmure s'était dit qu'un jet officiel susciterait de trop nombreuses questions, et il avait mis Bradley sur un vol commercial.

Je jetai un coup d'œil à ma montre : j'avais dix minutes si je voulais être à l'heure à Milas. Je finis de vérifier les e-mails, mais n'effaçai aucun fichier informatique. Ce qui était vraiment confidentiel était protégé par une clé de cryptage à 128-bit, incassable, et

764

sa présence allait accroître la crédibilité du subterfuge. L'ordinateur lui-même avait un mot de passe limité à huit caractères et il y avait un code de bas niveau, mais j'étais bien certain – comme Murmure me l'avait dit lorsqu'il me l'avait remis – qu'il pouvait être rapidement craqué.

Je plaçai l'ordinateur portable dans le coffre à côté du reste du matériel, mis le téléphone bulgare en marche, recollai la doublure et sortis de la chambre.

Le chasseur, le jeune homme derrière le bureau de la réception et la femme au standard téléphonique me regardèrent sortir de l'ascenseur. Je posai la clé de la chambre sur le comptoir et dis à la standardiste, suffisamment fort pour qu'ils l'entendent tous : « Je vais à l'aéroport. Si on m'appelle, je serai de retour vers 17 h 30. »

Je savais que si Cumali avait l'intention de retourner ma chambre de fond en comble, elle commencerait par épier mes mouvements. J'espérais lui avoir évité une perte de temps, à elle et à ses voyous.

Courant vers ma voiture, je pensais qu'avant que je ne revienne, ils seraient passés par l'entrée des fournisseurs et montés par l'ascenseur de service, ils auraient crocheté la serrure de ma porte, et que, pour que cela ressemble à un cambriolage d'hôtel pur sucre, ma chambre serait en bordel.

Je me trompais du tout au tout.

15

J'arrivai à l'aéroport juste à l'heure : deux minutes après mon arrivée, Bradley passait la douane.

Je le guidai au milieu de la foule des vendeurs de thé à la pomme, avec leurs énormes bouilloires sur le dos, des petits escrocs, des mendiants, sans oublier un séduisant couple slave qui m'avait tout l'air de pickpockets, et nous sortîmes pour rejoindre le parking.

Dans la rue, un vent venant d'Asie apportait son cortège de senteurs exotiques, des haut-parleurs diffusaient la voix du muezzin, annonçant l'heure de la prière. Je vis Bradley regarder la circulation chaotique, les collines couvertes de pins, les minarets d'une mosquée proche, et je compris qu'il n'était pas loin d'en tomber à la renverse.

« Nous sommes près des frontières de l'Irak et de la Syrie, dis-je. Ce n'est pas tout à fait Paris, hein ? »

Il acquiesça.

« Dans mon métier on s'habitue aux terres étrangères, continuai-je, mais on ne s'habitue jamais à la solitude. Je suis content de te voir.

— Moi aussi, répondit-il. Tu vas me dire pourquoi on est là ?

— Non, mais je te dirai tout ce que tu as besoin de savoir. »

Pendant que j'effectuais la danse de mort habituelle avec la circulation turque, je demandai à Bradley d'ôter les batteries de nos deux téléphones. Le temps de lui expliquer pourquoi, nous étions sur l'autoroute.

« Nous – c'est-à-dire les autorités américaines – pourchassons un homme, déclarai-je. Ça fait des semaines que nous sommes à ses trousses.

— Le mec dont tout le monde parle ? Celui qui est en possession du détonateur nucléaire ?

766

« — Il n'y a pas de mec en possession d'un détonateur nucléaire. C'est une couverture, une histoire montée de toutes pièces. »

Je lus la surprise sur le visage de Bradley, et sus ce qu'il pensait : il avait vu le président en parler à la télévision à de nombreuses reprises. Je n'avais pas le temps de lui en expliquer les raisons, et je poursuivis.

« Il y a deux jours de cela, on a cru qu'on l'avait chopé, mais on se trompait. On n'a pas de nom, pas de nationalité, et on ne sait pas où il crèche. Le seul lien que nous ayons, c'est sa sœur…

— Leyla Cumali, dit-il, ses yeux s'allumant soudain.

— Oui. Au cours des douze dernières heures, on lui a dit que je n'étais pas venu ici enquêter sur un meurtre mais que j'étais un agent de la CIA.

— C'est vrai ?

— Non, je suis au-delà de ça. Quand on sera à Bodrum, on devrait découvrir qu'elle a organisé le cambriolage de ma chambre d'hôtel. Les voleurs auront emporté un certain nombre de choses, y compris mon ordinateur portable.

» Il comporte plusieurs dispositifs de sécurité, mais elle parviendra à l'ouvrir sans trop de difficulté. À l'intérieur, elle trouvera deux e-mails intéressants. Le premier lui révélera que nous avons intercepté des appels téléphoniques codés entre elle et un homme dans l'Hindu Kush…

— Où ça ? demanda Bradley.

— En Afghanistan. Elle lira que nous ne savons pas ce que contiennent ces appels – parce qu'ils étaient codés –, mais compte tenu de ce qu'elle est née en Arabie saoudite, que son père a été exécuté en public et que son correspondant au téléphone a été impliqué dans l'enlèvement de trois étrangers, nous pensons qu'elle fait partie d'un complot terroriste.

— C'est le cas ?

— Je ne crois pas, mais le document donne des détails sur sa détention imminente à Bright Light.

— C'est quoi, Bright Light ?

— Si elle cherche sur le Web, elle tombera sur un certain nombre d'articles de presse indiquant que ça se trouve en Thaïlande et que ça fait partie des prisons secrètes de la CIA.

— C'est vrai ?

— Oui.

— Et on y fait quoi, à Bright Light ?

— On torture les gens.

— Notre pays fait ça à des femmes ?

— Notre pays fait ça à n'importe qui. »

Il n'y avait que trente minutes que Ben était dans le pays, mais il avait droit à une formation accélérée. Lui laissant le temps de digérer ça, je doublai un convoi militaire turc se dirigeant vers la frontière syrienne.

« Cumali s'est vu confier un petit garçon de six ans, continuai-je, une fois que les camions porte-chars eurent disparu de mon rétroviseur. Elle est la seule à pouvoir s'en occuper et de toute évidence le gamin ne peut pas être abandonné, alors le document indique les dispositions qui seront prises pour sa garde. »

Je sortis mon téléphone, remis la batterie en place, j'ouvris le dossier photo et je le passai à Ben. Sur l'écran, il y avait l'une des photos du petit gars que j'avais prises dans la cuisine de Cumali.

« Il est trisomique, constata Bradley, levant les yeux vers moi.

— Oui, répondis-je. Le document indique qu'il sera transféré dans un orphelinat en Bulgarie, une des nations les plus pauvres d'Europe. En raison de cette pauvreté et du fait que c'est un étranger, son handicap ne sera pas pris en compte. »

Bradley ne m'avait pas quitté des yeux. Écœuré, j'imagine. « Le but de ce document est de l'affoler, continuai-je.

— Je pense que tu y arriveras très bien. Mais pourquoi ?

— Nous savons qu'elle est en mesure de contacter notre cible. Le problème a toujours été que, si nous la forçons à le faire, elle trouvera un moyen de l'alerter. Il se terrera, et on le perdra définitivement. En revanche, si elle pense lire une information secrète et se met à paniquer, elle contactera volontairement la cible. Sans commettre délibérément d'erreur, sans essayer de l'alerter.

» Il est la seule personne qui puisse l'aider, lui dire ce qui se passe. Même s'il ne voulait pas avoir affaire à elle, il ne pourrait pas y échapper. Il est arabe, c'est son frère, ça fait de lui le chef de famille. »

Bradley y songea un instant, puis regarda à nouveau la photo qu'il avait encore entre les mains. Le petit gars riait – un enfant, juste un pion dans la grosse partie qui se jouait.

« Tu as trouvé ça tout seul ? » demanda-t-il. Et ce n'était pas de l'admiration que j'entendis dans sa voix.

« Dans les grandes lignes, oui.

— C'est toujours comme ça, ton job ?

— Non, répondis-je, pensant aux deux petites filles à Moscou. Il arrive que ce soit pire. »

Bradley prit une inspiration. « Bon, d'accord. Cumali entre en contact avec son frère – et puis quoi ?

— Elle lui parle du deuxième e-mail. »

16

Je me mis dans la file des véhicules lents et jetai un coup d'œil dans le rétroviseur. Quand je fus certain que nous n'étions pas suivis, j'entraînai Ben un peu plus avant dans le monde de l'ombre.

« Le second e-mail semble venir du directeur adjoint de la CIA. Vieux de deux jours, il fait état d'une découverte capitale concernant les trois étrangers dans l'Hindu Kush.

— Mais ce n'est pas vrai, n'est-ce pas ? demanda Ben.

— Non. L'homme et ce qui s'est passé restent un mystère. C'est un loup solitaire, l'organisation d'un seul homme. Il n'y a pas eu de bavardages, donc aucune chance de trahison. Nous sommes à la recherche d'un fantôme. »

Je pris une rampe de sortie vers Bodrum. « Mais nous avons un aperçu de lui, continuai-je. Nous savons qu'il a séjourné à deux reprises en Afghanistan. D'abord quand il était adolescent, comme *moudjahid*, pour combattre les Soviétiques, puis à nouveau il y a quelques mois pour enlever les trois étrangers...

— Pourquoi ces gens ont-ils été enlevés ?

— Ça, je ne peux pas te le dire. » Ben s'en offusqua, mais je n'y pouvais rien. Il n'avait pas besoin de le savoir, et c'était la règle d'or dans le monde où il venait de pénétrer.

« Mais il y a une donnée capitale pour l'élaboration de notre plan. C'est David McKinley qui s'en est rendu compte. On ne peut pas enlever trois personnes tout seul. Pas en Afghanistan, pas dans différents lieux, pas dans des enceintes fortifiées. Pour cela, notre fantôme a dû trouver de l'aide. C'est ce qui nous a donné une ouverture.

» McKinley a été affecté en Afghanistan à deux reprises, et personne, dans le monde occidental, n'en sait plus que lui sur ce pays. On peut être sûr que ce sont de vieux camarades *moudjahid*, probablement l'un des seigneurs de guerre, qui a aidé notre homme. Ces liens-là sont très forts et expliqueraient pourquoi rien n'a filtré, malgré la présence d'un millier d'agents sur le terrain.

» Le second e-mail dit que, dans les deux jours qui viennent, l'un de ceux qui l'ont aidé révélera le nom de notre fantôme et de ses complices, en échange d'une grosse récompense en espèces et d'une nouvelle identité. »

Nous étions arrivés à la côte, et le soleil couchant éclaboussait l'azur d'un dégradé de roses. Je ne suis pas sûr que Ben ait jamais vu quelque chose d'aussi beau, mais il le remarqua à peine.

« Si c'était vrai, au sujet de la récompense, qu'arriverait-il aux hommes qui l'auraient trahi ? demanda-t-il.

— Ils seraient interrogés, puis remis aux autorités afghanes.

— Et exécutés.

— Oui. L'e-mail ne précise pas le nom du traître, mais il indique clairement que je le connais.

— Alors si ta cible – si le fantôme – veut se sauver ainsi que ses compagnons, il faut qu'il te fasse dire le nom du renégat et qu'il le transmette au plus vite au seigneur de guerre.

— Exactement, répondis-je. Notre cible doit venir au point d'eau, il doit venir à Bodrum et m'amener à parler. Et il disposera de moins d'un jour pour ce faire.

— Et là tu l'attrapes.

— Non.

— Non ? Comment ça, non ? Je pensais…

— L'attraper ne nous avancera pas. L'homme détient une information qu'il nous faut. Disons qu'il a expédié un colis en Amérique – ou qu'il est sur le point de le faire – et que nous n'avons aucune chance de le trouver. Il faut l'amener à nous en révéler les détails.

— Le torturer ?

— Non – c'est le même problème qu'avec sa sœur. Le temps de découvrir qu'il nous a raconté un paquet de conneries, ce sera trop tard. Le colis sera déjà arrivé. Non, il doit nous le dire volontairement. »

Bradley rit. « Mais comment vas-tu l'amener à faire ça ?

— Pas moi, répondis-je. Toi. »

17

« Ah non ! » cria Ben en me regardant. Je ne l'avais jamais vu en colère comme ça. Je venais de lui expliquer comment nous allions forcer le Sarrasin à nous révéler les détails de son plan, et il ne prenait même pas la peine de cacher son dégoût à l'idée de me suivre dans cette direction.

« Je ne ferai pas ça. Personne ne ferait ça, bordel. Quelle sorte de personne – quel esprit tordu – peut accoucher d'une idée pareille ?

— Alors donne-m'en une meilleure, répliquai-je, essayant de calmer le jeu. Elle ne me plaît pas plus qu'à toi.

— Ah oui ? Tu oublies un truc : tu l'as choisie, toi, cette vie !

— Non. Si tu te souviens bien, j'essayais de la quitter. C'est elle qui m'a choisi. »

J'étais furieux. Une leçon de morale était la dernière chose dont j'avais besoin. Je freinai et j'entrai dans le parking du café qui avait une vue panoramique sur Bodrum et la mer.

« Je me fous de ce putain de panorama, pesta Bradley.

— On a besoin d'un coin tranquille.

— Tranquille pour quoi ?

— Pour que tu téléphones à Marcie. »

Comme la dernière fois, je m'arrêtai loin de la foule, sur la terrasse. Je commençai à sortir de la voiture pour le laisser seul.

« Qu'est-ce que je dois dire à Marcie ? demanda-t-il.

— Tu m'as dit un jour que ses parents ont une maison au bord de la mer, quelque part en Caroline du Nord.

— Qu'est-ce que cette maison a à voir avec tout ça ?

— Ils en ont une ou pas ? insistai-je.

— Oui, aux Outer Banks. Pour quoi ?

— Dis-lui d'y aller. Maintenant, ce soir.

— Ça c'est une idée, mais elle va peut-être me demander pourquoi. »

Je ne répondis pas. « Dis-lui d'emporter autant de nourriture et d'eau en bouteilles qu'elle pourra ; et des produits de première nécessité : du riz, de la farine, des bouteilles de gaz. Qu'elle n'oublie pas les bouteilles de gaz. Autant qu'elle en trouvera. »

Il me dévisagea, sa colère s'était évanouie. « Tu me fous la trouille, Scott.

— *Brodie !* Je m'appelle Brodie.

— Désolé.

— Ne crains rien, sur le terrain de la morale, là-haut, tu es en sécurité. Est-ce qu'elle sait tirer ?

— Bien sûr. Je lui ai appris.

— Qu'elle se procure des armes à canon long – carabine, fusil à pompe. Je t'indiquerai les meilleures marques et modèles dans une minute. Une fois qu'elle sera installée dans la maison, je lui expliquerai comment les convertir en automatiques. Elle aura besoin de munitions. Des tonnes de munitions. »

Bradley essaya de m'interrompre.

« Tais-toi. Quiconque s'approche de la maison, à deux cents mètres, elle leur dit de s'en aller. S'ils continuent d'approcher, elle tire. Pour tuer. Pas de tir de semonce. Deux cents mètres, c'est important. À cette distance elle ne court pas le risque d'inhaler des particules d'aérosol et d'être contaminée. »

Je vis une lueur d'effroi dans ses yeux. « Contaminée, mais par quoi ?

— Un virus. Extrêmement contagieux et résistant à tout vaccin connu. Cette version est dite hémorragique invasive, et on pense qu'elle est à cent pour cent mortelle. C'est ce qui va être expédié dans notre pays. La variole. »

Ben Bradley, flic de la criminelle de Manhattan, héros du 11 Septembre, à l'étranger seulement pour la deuxième fois de sa vie, monsieur tout-le-monde enrôlé dans les services secrets moins de douze heures auparavant, un mec assis sur un belvédère isolé surplombant la côte turque, qui était l'homme le plus courageux que j'aie jamais rencontré, était à présent la onzième personne à être dans le secret.

18

Nous descendîmes vers Bodrum en silence. Ben n'appela pas Marcie. Confronté à deux maux, incapable de trouver une solution alternative à mon plan pour forcer le Sarrasin à dire la vérité, il avait choisi le moindre.

« Réexplique-moi le détail des opérations », dit-il, une fois revenu du choc – et de la peur –, après avoir été mis au courant de la catastrophe qui se préparait.

Quand j'eus fini de lui réexpliquer le plan et de répondre à une batterie de questions – même quant à la longueur de la corde et à quel point serrer le nœud –, je redémarrai sur les chapeaux de roue.

Je me concentrai sur la conduite, ne ralentissant qu'à notre arrivée à Bodrum et me faufilai dans les petites rues. Une fois arrivé à proximité de la maison que je cherchais, je me garai à une cinquantaine de mètres. Je la désignai à Ben, lui fis nommer et même répéter dix caractéristiques précises. C'était une procédure standard de mémorisation et la plupart des études démontraient que, même en situation de stress maximum, un sujet se souvient toujours de six d'entre elles. Convaincu que, même dans le feu de l'action, Bradley retrouverait la bonne maison, je me remis en route vers l'hôtel.

Tandis que Ben allait à la réception, je me dirigeai vers ma chambre, impatient de voir les dégâts commis par les voyous de Cumali. Au moment d'entrer dans la cabine d'ascenseur, je vis le directeur sourire et prendre le passeport de Ben.

« Ah, monsieur Benjamin Michael Bradley, dit-il, je vais avoir besoin des trois cartes de crédit à vous pour être du côté sûr de la sécurité.

— Vous pouvez répéter ? » demanda Ben.

19

Il n'y avait rien. Je me tenais sur le seuil de ma chambre d'hôtel, et on n'avait touché à rien.

Je fermai la porte, j'allai jusqu'au coffre, je tapai le code et l'ouvris. L'ordinateur portable et le dossier en plastique étaient exactement à l'endroit où je les avais laissés.

Je balayai la pièce du regard. Quelle erreur avais-je bien pu commettre ? Comment Cumali avait-elle pu me percer à jour ? Le type du MIT turc l'avait-il renseignée, soit délibérément soit par inadvertance ? Je ne le pensais pas – il avait bien trop à perdre pour tout gâcher sur un coup de fil à une subalterne. Pourquoi n'avait-elle pas mordu à l'hameçon ? Sautant d'une hypothèse à l'autre, je fis le tour de la chambre. Je passai à côté du lit défait – j'avais mis le panneau de porte « Ne pas déranger » en partant, pour que les voyous ne soient pas dérangés – et j'allai à la salle de bains.

Tout était comme je l'avais laissé. Machinalement, je me penchai pour ramasser une serviette traînant sur un tabouret et regardai le tube de dentifrice. Depuis que j'étais enfant, j'avais une petite manie : je mettais toujours ma brosse à dents en travers sur le tube. Et là, il était posé à côté. Quelqu'un les avait déplacés pour ouvrir l'armoire de toilette.

Je retournai dans la chambre et pris la valise en haut du placard. Je fus soulagé de constater que, même si un intrus avait regardé à l'intérieur, il n'avait pas trouvé le téléphone bulgare. Il était toujours caché sous la doublure. Je le dégageai du ruban adhésif, j'appuyai sur une icône et ouvris l'album des photos qui avaient été prises à deux secondes d'intervalle.

Je vis tout de suite que les voyous étaient venus : mais ils étaient encore bien meilleurs que je ne l'avais imaginé.

Le code temporel indiquait que les deux hommes avaient pénétré dans la chambre trente-deux minutes après mon départ. Sur une photo, on les voyait très nettement de face : deux hipsters au regard dur, à peine la trentaine, vêtus de vestes en cuir coûteuses et portant des sacs à dos. À leurs mouvements rapides et efficaces et leur conversation *a minima*, je sus que c'étaient des professionnels. J'avais mis le micro en route, ce qui me donna un enregistrement à peine audible de leurs voix étouffées. Sans toutefois comprendre ce qu'ils disaient, je reconnus leur langue : ils étaient albanais. Ça aurait dû m'alerter.

Leur nationalité expliquait aussi la facilité avec laquelle ils étaient entrés dans la chambre. Sur l'une des photos, derrière eux, je reconnus le chasseur – leur compatriote, aussi corrompu qu'eux –, à qui ils tendaient une liasse de billets. J'imagine qu'après avoir été payé il était redescendu s'affaler dans un coin de la réception, pour faire le guet au cas où je serais rentré plus tôt.

Il y avait des milliers de photos – grâce à Dieu les deux batteries avaient tenu – mais en les parcourant vite fait, et sachant exactement comment opèrent les professionnels, je parvins à me faire une bonne idée de leurs exploits.

Les photos montraient le chef – celui qui donnait les ordres – en train d'ôter sa veste de cuir et de se mettre au travail. Il portait un T-shirt noir très collant en dessous, très certainement choisi pour mettre sa belle musculature en valeur. Pas mal de stéroïdes, me dis-je.

On le voyait ensuite sortir un appareil photo numérique d'un des sacs à dos et, avant de fouiller dans le désordre du petit bureau, le photographier pour pouvoir tout remettre exactement en place. Sans perdre de temps, ils avaient dû faire de même pour tout le reste. Pas étonnant qu'à part le léger déplacement de la brosse à dents j'aie d'abord cru que personne n'était entré.

Ensuite ils s'étaient concentrés sur le coffre et, bien que les photos ne fussent pas très nettes, je vis qu'il n'avait pas offert de résistance. M. Muscle avait dû tourner son clavier circulaire bon marché dans le sens inverse des aiguilles d'une montre pour le faire sortir. Il avait pu ainsi enlever les piles, remettre le code à zéro, et brancher son propre clavier. Une volée de dix photos montrait qu'il lui avait fallu moins de vingt secondes pour ouvrir la porte.

Ils avaient sorti le dossier en plastique, photographié le cliché de la maison d'enfance de Cumali, puis M. Muscle avait sorti son ordinateur portable et glissé le disque dedans pour en copier le contenu. Cela fait, ils s'étaient attaqués à mon ordinateur. Je n'eus pas besoin de passer toutes les photos en revue pour savoir ce qu'ils avaient fait…

Je les vis encore utiliser un minuscule tournevis pour ôter mon disque dur, avant d'insérer celui-ci dans leur propre ordinateur, contournant ainsi la plupart des dispositifs de sécurité de mon portable. À l'aide d'un logiciel de génération de codes, ils avaient dû craquer les défenses restantes et accéder à tous mes documents et mes e-mails en quelques minutes.

À partir de là, il leur avait suffi de tout copier sur des clés USB, de remettre le disque dur en place, et de tout replacer dans le coffre. Je parcourus le reste des photos et vis que les hommes avaient fouillé les autres coins de la chambre, visité la salle de bains puis étaient ressortis avec tout ce dont ils avaient besoin, vingt-six minutes après être entrés.

Je m'assis sur le lit et scrutai une photo où on les voyait partir. Ma main tremblait de soulagement. C'était un succès, la première étape était terminée. Cumali avait été convaincue par l'appel de notre homme du MIT et réagi exactement comme nous l'avions espéré.

On ne pouvait pas douter de sa capacité à déchiffrer les données volées, ce qui signifiait que les étapes suivantes étaient entièrement entre ses mains. Allait-elle croire ce qu'elle lirait dans les e-mails ? Dans la fatigue et l'impatience qui étaient miennes, avais-je commis une erreur mineure mais fatale ? Serait-elle suffisamment paniquée – terrifiée à l'idée de Bright Light et de l'orphelinat bulgare – pour coder un message et contacter son frère ?

Si je n'avais pas été aussi préoccupé par ces questions, j'aurais peut-être fait plus attention à la photo que j'avais en main. Je savais qu'il y avait sept cartels de trafiquants de drogue opérant dans la région et que l'un d'eux, dirigé par un producteur de lavande de Thessalonique, s'intéressait de très près aux activités des agents de renseignement américains. Et si j'avais été plus concentré, j'aurais pensé à la personne la plus indiquée que Cumali pouvait trouver pour faire son sale travail, ou même reconnu quelque chose chez l'un des hommes dont j'avais saisi l'image. Mais ce ne fut pas le cas, et j'entendis frapper à la porte.

Je regardai dans l'œilleton. C'était Bradley.

« Les cambrioleurs sont venus ? demanda-t-il.

— Oui. »

Il s'affala dans un fauteuil. « Et le directeur, qu'est-ce que tu en penses ?

— Le professeur ? Quel est le problème ? »

Il se tourna et me regarda « Le professeur ! Professeur de quoi ?

— D'anglais », dis-je.

Bradley esquissa un sourire, ce dont je fus soulagé. Cela signifiait qu'il était en train de surmonter le dégoût qu'il avait ressenti à l'égard du rôle qu'on lui avait confié. Si on avançait comme prévu, j'avais besoin qu'il soit calme et totalement impliqué. Ma vie en dépendrait.

20

« Bon, et maintenant ? » s'enquit Bradley.

Il avait quitté ma chambre, était retourné dans la sienne pour défaire sa valise et se doucher. Apparemment plus détendu à présent, il était assis avec moi dans la salle à manger de l'hôtel. Il était 21 heures et nous grignotions quelques mezze sans grand appétit, trop anxieux que nous étions l'un et l'autre. Nous étions seuls : la saison touchait à sa fin et les quelques autres clients de l'hôtel étaient déjà sortis dans les bars et les restaurants du bord de mer.

« Maintenant, on attend que Cumali lise les faux e-mails. Ensuite, on espère qu'elle va contacter son frère, répondis-je.

— Comment saurons-nous qu'elle l'a fait ?

— Échelon, dis-je.

— C'est quoi, Échelon ?

— Quelque chose qui n'existe pas. Mais si ça existait, ça capterait les téléphones portables, les fixes, les e-mails, toutes les communications dans cette partie de la Turquie. Ça surveillerait tout particulièrement une cabine téléphonique qui se trouve à six kilomètres d'ici.

— Et si Cumali le contacte, quand penses-tu qu'elle le fera ? »

Je m'étais posé la même question. « Elle devrait déjà avoir reçu les informations volées à l'heure actuelle. Vu la façon dont les Albanais ont opéré, elle ne perdra pas de temps à les déverrouiller. Les mots de passe sont déjà craqués.

» À supposer qu'elle croie tout ce qui est écrit, ça va salement l'effrayer. Elle va le lire et le relire, essayer de trouver d'autres éléments sur le disque dur, et perdre du temps. Et puis, le premier choc, peut-être même aussi la nausée passeront.

» Assise devant son ordinateur dans sa vieille maison de pêcheur, elle postera un message sur un forum ou un site de rencontres. Presque aussitôt après, de ce même site, le Sarrasin recevra un texto l'avertissant que quelqu'un partageant ses centres d'intérêt vient de lui adresser un message. Il saura ce que ça veut dire – qu'il doit la contacter d'urgence, probablement à une heure prédéterminée.

» Entre-temps, Cumali devra enregistrer des extraits de chaînes d'information en langue anglaise et coder un message. L'angoisse la ralentira probablement. Ensuite elle ira à la cabine téléphonique et attendra qu'il l'appelle.

» Je pense qu'une fois qu'elle aura fait tout ça, Échelon aspirera quelque chose, au plus tard à minuit. C'est notre heure limite. Si on n'a rien, ça voudra dire qu'elle aura deviné, et on sera foutus.

— Bon, disons qu'Échelon capte quelque chose. McKinley t'appellera pour t'annoncer qu'il y a des chances pour que l'homme soit en route ? demanda Bradley.

— Oui, le message de McKinley sera très bref ; il dira juste quelque chose comme : c'est l'heure, à toi de jouer, mon vieux.

— Minuit, dit doucement Ben, et il regarda une horloge qui se trouvait au-dessus de la cheminée. Encore trois heures. » Il faillit rire. « La nuit va être longue. »

— Oui », répondis-je avec placidité. De longues nuits, au fil des années, j'en avais eu beaucoup, et la patience, je connaissais. « Tu as le choix : tu préfères jouer aux cartes ou écouter une histoire ?

— Je ne sais pas. C'est une bonne histoire ?

— À toi de juger, dis-je. C'est au sujet d'une femme qui s'appelle Ingrid Kohl. »

21

« Un arrêt de mort n'est pas toujours signé par un juge ou un gouverneur, expliquai-je. Celui-là était un contrat de mariage. »

Ben et moi étions passés de la salle à manger au bar de l'hôtel – un endroit confortable, avec une cheminée, un chat qui sommeillait et une vue dégagée sur la porte d'entrée à travers la réception, au cas où Cumali ou les Albanais auraient un autre plan et viendraient nous trouver.

« L'homme et la femme en question se connaissaient depuis six semaines quand ils ont décidé de se marier, continuai-je. Elle s'appelait Cameron, lui Dodge, et il y avait un milliard deux cents millions de dollars en jeu.

— Pas étonnant qu'il y ait eu contrat de mariage », commenta Ben, levant sa bière.

C'était l'occasion ou jamais pour moi de boire un verre, mais j'en abandonnai l'idée aussitôt. « Cameron travaillait comme simple vendeuse ; elle n'avait donc pas vraiment la capacité de négocier, ni accès à de bons conseils. Inutile de préciser que les clauses furent léonines. Si elle divorçait de Dodge, surtout au cours des cinq premières années, elle n'aurait pratiquement rien. En revanche, en tant que veuve, elle récupérerait tout. Donc, si elle n'était plus amoureuse…

— Et voulait un paquet de fric…, ajouta Ben.

— Ce n'était pas un contrat de mariage que Dodge avait signé…

— Plutôt son arrêt de mort, enchaîna l'inspecteur de la criminelle, écarquillant les yeux, impressionné.

— Deux mois plus tard, Cameron a décidé qu'elle ne voulait plus vivre avec Dodge, dis-je.

— Il y avait quelqu'un d'autre ?

— C'est en général ce qui se passe. En l'occurrence, c'était une femme.

— De mieux en mieux, dis donc ! s'exclama Ben.

— Maintenant, il faut que tu comprennes qu'il y a un certain nombre de choses que j'ignore. Je dois les deviner, faire des hypothèses, m'appuyer sur l'expérience, mais je sais que j'ai raison. »

Il acquiesça. « Pas de problème. S'il y a un enquêteur avec lequel je ne discuterai pas, c'est bien toi.

— J'ai l'intuition que ces deux femmes ont grandi ensemble. Je pense qu'elles étaient amantes avant que Dodge n'entre en scène. Quoi qu'il en soit, appelons Marilyn l'amie de Cameron – je ne connais pas son vrai nom. »

Je jetai un coup d'œil à ma montre. Il n'y avait que vingt minutes d'écoulées. Je ne le savais pas mais, apparemment, quand on attend la fin du monde, le temps s'écoule lentement.

« Elles ont quitté Turkey Scratch, ou quel que soit l'endroit d'où elles viennent, et ont débarqué, je suppose, pleines de rêves, à Manhattan. Cameron a trouvé un travail chez Prada mais Marilyn voulait être actrice. Autrement dit, elle a pris un travail de bureau.

— Puis Cameron a rencontré le milliardaire, dit Ben.

— Oui, ça a été le coup de foudre, mais Cameron a dû se rendre compte que c'était sa chance de toucher le gros lot – la foudre ne frappe jamais deux fois.

» Elle en a peut-être discuté avec Marilyn, peut-être que tout cela fut très civilisé mais, si j'en crois mon expérience, c'est toujours beaucoup plus compliqué que ça. Je suppose qu'elle a laissé tomber son amie de toujours. Bref, elle a épousé le milliardaire.

» Une chose dont je suis certain : Dodge n'a jamais rencontré Marilyn ; il ne l'a même jamais vue... C'est important pour ce qui va se passer par la suite.

— D'accord, dit Ben. Donc Dodge et Cameron se marient, mais ça ne marche pas.

— Ça n'a pas traîné. Même si je pense que Marilyn s'est sentie trahie, Cameron a renoué le contact. Elle voulait se débarrasser de Dodge, mais elle avait un problème...

— Le contrat de mariage.

— Exact. Mais les femmes se sont dit qu'il y avait un moyen de contourner le problème – de rester ensemble *et* d'avoir l'argent : le tuer.

— Quel était leur plan ? demanda Ben.

— Elles n'en avaient pas. Puis, un matin, une bande de terroristes leur a donné un coup de main : le 11 Septembre.

» Le bureau où travaillait Marilyn se trouvait dans l'une des tours. Mais elle était en retard. Elle a vu les avions frapper et il lui est venu à l'esprit que, pour le monde, elle était morte. Pour une criminelle en puissance, il n'y avait pas meilleur alibi. »

Je levai les yeux et vis trois clients de l'hôtel entrer et se diriger vers l'ascenseur. Le cerveau toujours en alerte, comme tout bon agent qui se respecte, j'enregistrai que tous les résidents étaient rentrés pour la nuit. Dans les dix minutes qui allaient suivre, le jeune directeur de service allait verrouiller la porte principale, vérifier que l'entrée des fournisseurs et le monte-charge étaient sécurisés et allait mettre les éclairages en veilleuse. Je jetai un œil à l'horloge de la cheminée. Ses aiguilles se déplaçaient à peine. Que faisait Cumali ? Où en était ce foutu Échelon ?

« Mais Marilyn devait rester morte, dit Ben, me ramenant à New York et au 11 Septembre.

— C'est vrai, alors elle a fait demi-tour et, marchant dans la fumée, au milieu des corps déchiquetés, elle a trouvé l'endroit idéal pour vivre en marge : l'Eastside Inn. Et comme elle était actrice, elle n'a eu aucun mal à s'arranger pour que personne ne puisse la reconnaître ni la décrire. Elle jouait chaque jour un rôle différent. »

Ben acquiesça. « C'est vrai que je n'ai jamais pu obtenir de portrait-robot. Elle a dû aussitôt échafauder son plan. Ça l'a menée à la bibliothèque de New York et à ton livre.

— Exact. Il y a, à la fin, un appendice qui traite du taux d'élucidation des homicides dans différents pays. Quelques pages lui ont suffi pour se rendre compte qu'il y avait plein d'endroits plus favorables que les États-Unis pour tuer quelqu'un.

» La Turquie était idéale. La médecine légale y était peu développée et les enquêteurs débordés. Cameron n'aurait pas grand mal à convaincre Dodge de faire une croisière en mer Égée mais, pour Marilyn, ça créerait un problème majeur.

— Les morts ne peuvent pas avoir de passeport », dit Bradley.

Je hochai la tête. Dans l'hôtel, les lumières commencèrent à se mettre en veilleuse, le chat s'étira, Bradley et moi jetâmes un coup d'œil à la pendule de la cheminée. Il restait cent vingt-cinq minutes.

Je fis une pause et j'allai me verser un café. J'avais les mains qui tremblaient.

786

22

À Washington aussi, ils regardaient la pendule. C'était le milieu de l'après-midi sur la côte Est et Murmure avait fait sa propre estimation de l'heure à laquelle Échelon devait aspirer un message codé de Cumali. Elle tombait encore plus tôt que la mienne.

Si cela devait se produire, avait-il calculé, ce serait avant 23 heures, heure de Bodrum. Il était soit plus pessimiste soit plus réaliste que moi.

Quand il ne resta plus que soixante minutes d'après son décompte, il ferma la porte de son bureau, bloqua tous les appels téléphoniques et donna des ordres stricts pour ne pas être dérangé. Si le président avait besoin de lui, il y avait une ligne directe, sécurisée, sur son bureau, et, dans l'éventualité de bonnes nouvelles, la NSA lui afficherait les informations par un canal Internet dédié.

En son for intérieur, ça lui semblait improbable. L'expérience lui avait appris qu'il ne suffit pas de vouloir une chose, et il avait vu trop de folie, trop de fanatisme, pour envisager qu'un plan terroriste puisse connaître une fin heureuse. Lors de sa première affectation en Afghanistan comme jeune analyste, il avait été sérieusement blessé par une femme enceinte porteuse d'une ceinture d'explosifs ; et comme chef de station des années plus tard, il avait vu des gamins courir vers des GIs pour leur demander des bonbons, une grenade à la main.

Maintenant, il en était sûr : très bientôt, le président allait ordonner la fermeture des frontières, ce serait la panique, on ferait la queue sur des kilomètres pour un vaccin, les militaires envahiraient les rues et la recherche des vecteurs-suicides contaminés serait lancée. Dès que le président aurait fini sa déclaration au pays, Murmure lui tendrait le document qu'il était en train de rédiger. C'était sa démission.

Il écrivait avec la franchise qui le caractérisait, mais aussi avec une tristesse qui pesait si lourd qu'elle aurait pu l'écraser. Une tristesse pour son pays, pour le citoyen qu'il n'avait pas su protéger, pour ses enfants qu'il connaissait à peine, pour une carrière, si prometteuse à ses débuts, trente ans plus tôt, et qui se terminait par un échec historique.

La pendule de son bureau marqua la fuite du temps – la connexion Internet était ouverte, son écran allumé – jusqu'à ce que sonne l'heure. C'était fini, il n'y avait aucune nouvelle d'Échelon et, pour une fois dans sa vie, avoir eu raison ne lui causa que de la souffrance.

Il ouvrit son tiroir et, au moment où il allait se passer le brassard autour du bras pour contrôler sa tension, le voyant du téléphone sécurisé se mit à clignoter. Il décrocha.

« Rien ? demanda le président, n'essayant même pas de dissimuler son angoisse.

— Non, répondit Murmure. Cumali n'a manifestement pas mordu à l'hameçon – une erreur mineure, mais déterminante, je suppose. L'heure limite n'est pas la même pour Pilgrim. Selon lui il reste encore cinquante-sept minutes, mais ça ne va pas changer grand-chose. Qu'est-ce que vous allez faire ? Vous adresser tout de suite à la nation ? »

Il y eut un long silence ; Grosvenor essayait de mettre de l'ordre dans le tumulte de ses pensées. « Non, dit-il pour finir. Je lui ai donné trente-six heures. On va au bout. Il l'a bien mérité. »

Grosvenor raccrocha, anéanti pour le pays et son peuple, conscient de ce que le jugement de l'opinion publique et de l'histoire serait impitoyable à son égard.

Une heure plus tôt, tout comme Murmure, il avait lui aussi annulé ses rendez-vous et suspendu ses appels, si bien qu'il était assis, seul, dans le silence de plus en plus pesant de l'après-midi. Il se pencha en avant et, la tête dans ses mains, se prit à souhaiter qu'Anne fût encore là, qu'ils aient eu des enfants, une famille vers qui il aurait pu se tourner pour trouver du réconfort et qui aurait donné un sens à sa vie.

Mais il était seul et il n'y avait rien, rien que le silence et un vent de panique qui se levait dans son esprit.

23

Nous n'en étions pas encore là, Bradley et moi, et, dans le silence lugubre de l'hôtel, nous avions décidé de retourner à ma chambre.

Il ne restait que trente minutes avant l'expiration de l'heure limite, et voulant évacuer une partie de l'angoisse qui nous tenaillait, j'avais proposé à Bradley de lui remettre les dossiers de la police turque concernant la mort de Dodge. Sachant qu'ils seraient déterminants pour un futur procès, il accepta et, ayant dit bonsoir au chat au passage, nous traversâmes le hall désert. Nous nous apprêtions à prendre l'ascenseur quand je m'arrêtai ; j'avais le sentiment très net que nous étions observés.

Il n'y avait personne alentour, pas même le responsable du service de nuit, mais une caméra de vidéo-surveillance fixée au mur était orientée vers la réception et son coffre, et je me demandai qui pouvait bien nous observer dans un bureau à proximité.

À voix basse, je dis à Ben de prendre l'ascenseur tandis que j'allais monter par l'escalier. Un groupe d'assaillants, d'Albanais, par exemple, ne saurait plus très bien quoi faire face à une cible qui s'était soudain divisée. Bradley me lança un regard interrogateur.

« J'ai besoin d'exercice », dis-je.

Il savait que c'était du pipeau, et je pris aussitôt à gauche pendant qu'il pénétrait dans la cabine de l'ascenseur. Je montai les marches quatre à quatre, et le retrouvai sans problème, juste au moment où les portes d'acier s'ouvraient. Il me regarda et fronça les sourcils. J'avais sorti mon Beretta 9 millimètres et je l'avais armé. « Une haltère à main ? » demanda-t-il, pince-sans-rire.

Je le baissai et nous nous dirigeâmes ensemble vers ma chambre. J'avais toujours l'impression d'être observé, mais le couloir n'était pas équipé de caméras et j'eus beau faire volte-face dans la pénombre, je ne vis rien derrière moi.

J'ouvris la porte et l'idée me vint à l'esprit que le chasseur pouvait fort bien avoir reçu les instructions de rester dans les parages pour garder un œil sur moi. Je fermai la porte derrière nous, la verrouillai et posai le pistolet, à portée de main, sur la table basse.

« Nous étions à Manhattan, me rappela Bradley. Cameron et Marilyn avaient décidé de tuer Dodge en Turquie, mais il y avait un problème.

— Oui, Marilyn avait besoin d'un passeport. Elles se sont donc mises en chasse ; il leur fallait une femme de moins de trente ans, seule, arrivée depuis peu à New York, quelqu'un qui ne manquerait à personne, en tout cas.

— L'ont-elle trouvée ?

— Bien sûr.

— Où ça ?

— Dans un bar homo, sur Internet, ou à Washington Square un dimanche après-midi – je ne sais pas, peu importe. Mais Marilyn lui a proposé une sortie. Plus tard dans la soirée, elle l'a invitée à la suivre à l'East-side Inn, avec une promesse de drogue et de sexe. Au lieu de quoi, elle l'a tuée. »

Nous nous regardâmes. « Elle l'a tuée pour usurper son identité, Ben. »

Bradley ne dit mot, réfléchissant à ce qu'il venait d'entendre, comme tout bon flic cherchant à savoir si ça tenait debout.

« Tu te souviens d'une femme, à ton séminaire ? poursuivis-je. Un chemisier turquoise, très intelligente, assise au premier rang ?

— Oui. Mais intelligente, je n'en suis pas si sûr. Tu lui as dit que les femmes te trouvaient attirant, et elle était d'accord. »

Je ris. « Elle a dit que le meurtre pouvait avoir un lien avec une usurpation d'identité, mais je n'y ai pas fait attention. Ces types sont arrivés et se sont assis au fond, tu te souviens ? J'aurais dû l'écouter, elle avait raison.

— Et tu penses que le nom de la femme assassinée était Ingrid Kohl ? poursuivit Bradley. Que c'est elle qu'on a retrouvée dans l'acide ?

— Oui, répondis-je. Marilyn était morte. Elle n'avait pas d'identité, elle devait donc détruire le visage d'Ingrid, ses empreintes digitales et lui arracher les dents. Il ne fallait pas qu'elle puisse être identifiée ; elle allait prendre son nom, devenir elle. Elle avait son portefeuille, son sac à main, et les clés de son appartement. Elle a complètement nettoyé la chambre 89, l'a aspergée d'antiseptique industriel, a fait un dernier tour, brûlé tout ce qui restait, et puis elle est partie.

— Tu penses qu'elle s'est installée dans l'appartement d'Ingrid ?

— Je ne sais pas. Elle a choisi une fille seule, donc c'est possible. Ce qui est sûr, c'est que Marilyn a dû passer en revue tout ce qui appartenait à Ingrid. En quelques heures, elle a dû récupérer un numéro de Sécurité sociale et tout ce qu'il lui fallait pour obtenir un certificat de naissance.

— Et avec un certificat de naissance, on peut obtenir un passeport, dit Bradley.

— Exactement », répondis-je, et je me mis à rassembler les dossiers concernant le meurtre de Dodge.

Je jetai un coup d'œil au radio-réveil de la table de nuit – encore un quart d'heure – et j'essayai de ne pas penser à l'échec. Il était encore temps. Un simple appel téléphonique, un bref message, c'était tout ce qu'il nous fallait.

« Bon, elle s'appelle Ingrid Kohl, et elle a un passeport authentique avec sa photo dessus pour le prouver, récapitula Bradley.

— Elle prend un avion pour l'Europe, s'invente une histoire de jeune routarde et arrive en Turquie quatre mois avant Cameron et Dodge.

— C'était quoi, le plan ? Comment Cameron et elle avaient-elles l'intention de le tuer ?

— Je ne suis pas certain qu'elles l'aient su. Je pense qu'elles allaient le décider ici – une chute accidentelle à la poupe du bateau, une nuit, une overdose d'une drogue frelatée, attendre jusqu'à ce qu'il soit bourré et le noyer dans sa baignoire.

— Mais Ingrid a eu de la chance : elle est tombée sur un maquereau qui se faisait appeler Gianfranco, un type qui en savait plus que quiconque sur la maison où séjournait Dodge.

— Je pense qu'il avait monté une combine. S'il n'y avait personne dans la maison, il y amenait des jeunes femmes par un tunnel secret et se les envoyait dans la maison fermée à clé.

— Un passage secret ? dit Ben. C'est exactement ce qu'il fallait à Ingrid.

— Oui », répondis-je en lui tendant la pile de dossiers. Il ne restait que dix minutes.

« Dodge et Cameron sont arrivés à Bodrum sur leur bateau et ont croisé Ingrid dans les clubs du coin – des rencontres occasionnelles, sans plus. Dodge n'avait jamais vu l'amante de Cameron, il n'avait donc aucune raison de soupçonner Ingrid de ne pas être la fille qu'elle prétendait être.

» Les deux femmes ont attendu qu'il soit seul dans la propriété – la nuit du grand feu d'artifice – et Ingrid s'est introduite dans le garage à bateaux, puis dans le tunnel. Dodge se trouvait dans la bibliothèque, complètement défoncé, quand une femme qu'il avait croisée ici et là a fait irruption dans la pièce. Il a bien évidemment supposé que la sécurité l'avait laissée entrer.

» Ce que je crois, c'est qu'ayant l'air essoufflée elle lui a dit que l'hélicoptère à bord duquel se trouvait Cameron venait de tomber dans la baie.

— Merde, alors, dit Ben, secoué par l'impitoyable ingéniosité de la chose.

— Évidemment, Dodge l'a crue. Il n'était d'ailleurs guère en état de réfléchir – il était complètement bourré, rongé par la haine de soi et le dégoût.

— Comment le sais-tu ?

— Il avait toute une série d'entailles sur les paumes de ses mains. Les flics ont cru que c'était parce que dans sa chute il avait essayé de s'agripper à des buissons sur la falaise, mais les blessures étaient trop régulières. Il se les était faites tout seul dans la bibliothèque. Ce n'est pas rare chez les toxicos. Il se scarifiait. »

Ben était silencieux. « Pauvre type, lâcha-t-il enfin. Tout l'argent du monde, et le voilà assis tout seul avec un couteau… » Sa voix fut engloutie par la tristesse.

« Il a empoigné une paire de jumelles et Ingrid l'a conduit au bas de la pelouse, continuai-je. Essayant désespérément de voir ce qui était arrivé à Cameron, il est monté sur le garde-corps. Ingrid lui a probablement proposé de le tenir par la taille.

» Tout s'est passé exactement comme prévu. Ingrid n'a eu qu'à le pousser un peu, il a volé dans les airs, avec un milliard de dollars à la clé pour elles. »

Je haussai les épaules. Et voilà, fin de l'épisode. Ben me regarda.

« As-tu déjà vu un crime aussi réussi que celui-là ? demanda-t-il. Même si les flics turcs avaient pensé à un meurtre, rien ne leur aurait permis de faire le lien entre Ingrid et Cameron.

— Absolument rien, renchéris-je. Elle n'aurait même pas pu être soupçonnée. Il n'y avait pas de relations antérieures, pas de lien actuel, pas de mobile. »

Ben se contenta de secouer la tête. « Très fort !

— Tu l'as dit. Les deux meurtres, celui-ci aussi bien que l'autre à Manhattan. »

Ben avait trouvé un dossier qui l'intéressait plus particulièrement et qu'il ouvrit : on y voyait la photo de passeport d'Ingrid, et il contempla son beau visage.

« Si on suit ton hypothèse, j'imagine qu'Ingrid devait être vraiment très amoureuse de Cameron : revenir à elle après avoir été évincée au profit d'un type, puis en arriver à tuer pour elle, pas une fois, mais comme tu l'as dit, deux fois. »

Je n'avais jamais vu les choses sous cet angle. « Oui, tu as sans doute raison. Un drôle d'amour, tout de même. »

Mais j'aurais dû me rappeler ce qu'Ingrid m'avait dit lors de son interrogatoire, sur le fait que je n'avais rien compris. C'était sans doute de l'arrogance de ma part. J'étais tellement certain d'avoir élucidé toute l'histoire.

Bradley aussi. « Pas de chance, cela dit, ajouta-t-il. Elles avaient commis ce qu'on pouvait appeler un crime parfait chaque fois, et elles s'en seraient tirées, n'était le niveau exceptionnel du Renseignement américain et le fait que l'un de ses enquêteurs se soit intéressé à cette ville.

— Pas de chance pour elles, peut-être, mais pour nous, si. Sans Ingrid et Cameron, je n'aurais pas eu la couverture idéale, et nous ne serions jamais arrivés aussi près du but. Que Dieu les aide, mais elles ont joué un rôle important dans ce qui aurait pu être une grande victoire.

— Ça y est ? » demanda-t-il, surpris, regardant la pendule. Il ne restait que quatre minutes. « Tu ne penses pas qu'il va appeler ? »

Je secouai la tête. « Je ne te l'ai pas dit, mais McKinley avait sa propre estimation de l'heure où nous aurions dû avoir des nouvelles. J'ai tiré sur la corde. Lui arrivait à une heure de moins.

— Et maintenant, on fait quoi ? demanda-t-il calmement.

— Prends ton téléphone. Réserve un billet pour le premier vol qui rentre au pays. Si tu pars à l'aube, tu pourras probablement arriver avant qu'ils ne ferment les aéroports. Puis fais ce que je t'ai conseillé. Prends Marcie avec toi et filez directement à la maison au bord de la mer. Ensemble, vous avez une chance.

— Ce serait mieux à trois, répondit-il. Viens avec nous. »

Je souris, mais secouai la tête. « Non, je vais aller à Paris.

— Paris ? Les grandes villes seront les plus exposées.

— Oui, mais j'y ai été heureux... J'avais des tas de rêves... Si ça tourne vraiment mal, j'aimerais être pas loin de tout ça. »

Il me regarda un long moment, avec tristesse, je crois, mais c'était difficile à dire. Puis il commença à me demander combien de temps il faudrait pour que le virus s'épuise et d'autres...

Je lui fis signe de se taire. Je pensais avoir entendu quelque chose dans le couloir. Nous restâmes figés, à l'écoute. Puis nous les entendîmes tous les deux : des pas.

Je pris le Beretta qui était sur la table de nuit et me glissai silencieusement jusqu'à l'œilleton. Ben sortit son pistolet et le pointa sur l'endroit où la porte allait s'ouvrir.

Je regardai dans le judas et vis l'ombre d'un homme sur le mur. Il s'approchait.

24

L'homme s'avança encore un peu : c'était le chasseur. Ne se sachant pas observé, il glissa une enveloppe sous la porte.

J'attendis qu'il soit parti avant de reposer mon pistolet et la ramassai. Sous les yeux de Ben, le cœur battant, oscillant entre l'espoir et la retenue que je m'imposais, j'ouvris l'enveloppe et en sortis un simple feuillet.

Je le lus, sentis le mur d'angoisse s'écrouler, et secouai la tête, stupéfait.

« Qu'est-ce que ça dit ? demanda Ben.

— Je suis un idiot. Échelon n'aurait jamais pu capter de message. Cumali n'avait pas besoin d'aller à la cabine téléphonique. Notre homme est déjà là.

— À Bodrum ? Comment le sais-tu ? »

Je lui montrai la lettre. « Elle veut venir me chercher à 11 heures demain matin. Elle m'invite à venir à un pique-nique avec son prétendu fils.

— Non, tu te trompes, répondit Ben. Qu'est-ce qui peut se passer si le gamin est là ?

— Il ne sera pas là, rétorquai-je. Elle trouvera une excuse. Pourquoi m'inviterait-elle soudainement à un pique-nique ? Elle me déteste. Non, son frère est là, Ben. Demain, je vais le rencontrer. »

Les doutes de Bradley disparurent sous le poids de ma certitude, et je vis, clair comme de l'eau de roche sur son visage, qu'il redoutait le rôle qu'il allait être obligé de jouer. Pour être franc, j'appréhendais aussi le mien.

Je déverrouillai la porte pour lui. « Appelle Murmure, vite. Dis-lui juste : les affaires reprennent, mon vieux. »

25

J'étais venu en Turquie en éclaireur, je finissais en appât. Du coup, je n'avais pas pris la peine de mettre mes affaires en ordre, et là, j'eus conscience de l'urgence qu'il y avait à m'en occuper.

Une fois Bradley sorti pour appeler Murmure, je m'assis au petit bureau, sortis un morceau de papier et, malgré l'heure tardive, me mis à rédiger mon testament. Dans des circonstances normales – avec juste une pension de retraite de l'État, la rente annuelle de Grace et une petite collection de peintures –, je ne m'en serais pas donné la peine.

Mais la situation était devenue plus compliquée. Lorsque Ben et Marcie avaient fait éclater ma couverture, me contraignant ainsi à quitter Paris, parmi les rares choses que j'avais jetées dans mon sac il y avait les deux lettres d'un avocat new-yorkais concernant les décès de Bill et de Grace.

Il s'appelait Finbar Hanrahan, fils d'immigrants irlandais sans le sou, homme d'un certain âge et d'une telle intégrité qu'il aurait redoré le blason de tous les avocats à lui seul. Il était déjà le Conseil de Bill avant que celui-ci n'épouse Grace et je l'avais rencontré à maintes reprises au fil des années.

Ces deux lettres en main, j'avais donc pris rendez-vous avec lui dès mon retour à New York. On était en fin d'après-midi et il m'accueillit chaleureusement dans son majestueux bureau. Il me conduisit à un canapé dans un coin d'où l'on avait une vue panoramique sur Central Park, et me présenta aux deux autres hommes présents dans la pièce, dont l'un avait été secrétaire du Commerce. Finbar m'informa qu'ils étaient avocats, mais qu'aucun d'eux n'était associé de son cabinet.

« Ils ont lu certains documents et je leur ai demandé de venir en tant qu'observateurs impartiaux. Leur tâche consiste à s'assurer que j'agis en toute légalité et que rien de ce que je vais faire ne puisse être mal interprété ou remis en question plus tard. Je tiens à être très scrupuleux sur ce point. »

Cela me parut bizarre, mais je laissai courir. Je partais du principe que Finbar savait ce qu'il faisait. « Dans votre lettre, vous disiez qu'il y avait encore un détail à finaliser concernant le patrimoine de Bill, dis-je. C'est ce que nous allons aborder ?

— Oui, mais nous avons d'abord une question importante à traiter. » Il regarda les deux sages, qui acquiescèrent. Allons-y, semblaient-ils dire.

« Vous ne le savez peut-être pas, reprit Finbar, mais Bill vous aimait beaucoup. Et plus encore, il pensait que, d'une certaine façon, vous étiez un homme à part. Il vous croyait destiné à faire de grandes choses. »

— Oui, l'une des amies de Grace me l'a dit. Manifestement, il ne devait plus avoir toute sa tête ! plaisantai-je.

— Non, il avait toute sa tête, je vous assure, mais il s'inquiétait de plus en plus à votre sujet. Surtout quand vous avez quitté Harvard et que vous êtes parti vivre en Europe. Pour être franc, il n'a jamais cru à votre histoire de travail dans le commerce de l'art, jamais. »

Cette nouvelle ne fut pas pour me surprendre. Non seulement Bill était intelligent, mais il avait beaucoup d'intuition. Je ne répondis pas, me contentant de regarder le vieil avocat, l'air impassible.

« Bill n'avait pas la moindre idée de la façon dont vous gagniez votre vie, continua-t-il, et l'éventualité que vous puissiez être mêlé à des affaires illégales, ou même immorales, le préoccupait beaucoup. »

Il attendit une réponse, mais j'acquiesçai, sans faire de commentaires.

« Il disait avoir essayé d'aborder le sujet à plusieurs reprises, mais vous n'avez pas été très coopératif. »

Je me contentai d'acquiescer à nouveau.

« Alors, voilà ma question, Scott : que faites-vous exactement ?

— Pour l'instant, rien, répondis-je. Je suis revenu à New York dans l'espoir de trouver quelque chose qui m'intéresse. » Je doutais que lui confier que je cherchais une couverture pour fuir mon passé soit une bonne idée.

« Oui, mais avant cela ?

— Je travaillais comme fonctionnaire, déclarai-je après un silence.

— C'est le cas de la moitié du pays, bien que le mot "travailler" ne soit pas à prendre ici au pied de la lettre. » Ce vieux Finbar avait un sens de l'humour non dénué d'ironie. « Mais que faisiez-vous exactement ?

— Je suis désolé. J'ai ordre de ne pas en parler. » J'ai vu les deux sages échanger un regard. Il était manifeste qu'ils ne le croyaient pas.

« Ordre de qui ? » insista Finbar, les ignorant. J'étais désolé pour lui ; il voulait manifestement trouver une solution.

« Du pouvoir exécutif », répondis-je calmement.

L'ancien secrétaire du Commerce leva les yeux. Il trouvait que ça commençait à faire beaucoup. « Vous avez travaillé en Europe, mais la Maison-Blanche ne vous permet pas d'en parler, c'est bien cela ?

— C'est cela, monsieur.

— Il doit bien y avoir quelqu'un, un supérieur, à qui nous puissions en parler, même en termes généraux, dit Finbar.

— Je crains que cela ne soit pas possible, répondis-je. J'en ai sans doute déjà trop dit. » Sans compter que, de toute façon, la Division – qui n'avait jamais existé officiellement – avait déjà été enterrée depuis longtemps.

Finbar soupira. « Bill a été formel, Scott. On ne peut pas aller plus loin si je ne suis pas sûr de votre intégrité et de votre honnêteté. Il va falloir que vous nous aidiez…

— Je ne peux pas. J'ai donné ma parole. J'ai signé des engagements. » Je pense que ma brutalité et le ton sans appel avec lequel j'avais dit ça les surprit.

« Alors j'ai bien peur… » Tristement, l'homme de loi demanda confirmation d'un regard aux deux autres, qui acquiescèrent. « Je crains que nous ne soyons obligés de mettre un terme à cette réunion. »

Je me levai et les autres firent de même. J'étais déçu à l'idée de ne jamais pouvoir prendre connaissance des intentions de Bill, mais je ne savais pas quoi faire d'autre. L'ancien secrétaire du Commerce me tendait la main pour prendre congé, quand il me vint une idée.

« J'ai une lettre qui pourrait vous aider. Elle concerne un événement auquel j'ai été mêlé il y a quelques années de cela.

— Un événement ? Quel genre d'événement ? Un cross de l'espoir ou quelque chose comme ça ? demanda l'ancien secrétaire.

— Pas vraiment, non, dis-je. Certaines parties de la lettre devront être caviardées, mais je pense que vous pourriez la voir.

— De qui est-elle ? demanda Finbar.

— Du président. Elle est manuscrite sur papier à en-tête de la Maison-Blanche. »

Les trois hommes ne dirent mot. Finbar était bouche bée, à s'en décrocher la mâchoire. L'ancien secrétaire fut le premier à s'en remettre, toujours sceptique.

« Quel président ? demanda-t-il.

— Votre ancien patron », dis-je froidement. Je n'aimais pas beaucoup ce type. « Vous n'avez qu'à l'appeler, poursuivis-je. Je suis sûr que vous avez son numéro. Demandez-lui l'autorisation de lire cette lettre. Dites-lui que c'est à propos d'un jeune homme qu'il connaît et d'un événement terrible qui s'est produit sur la place Rouge. Je suis sûr qu'il s'en souviendra. »

L'ancien membre du cabinet en resta coi et c'est Finbar qui brisa le silence. « Nous allons en rester là. Je crois que nous butons sur une question de sécurité nationale…

— Il n'y a aucun doute là-dessus », renchéris-je.

Finbar jeta un coup d'œil aux deux autres juristes, et s'adressa à l'ancien ministre : « Jim, si cela ne vous dérange pas, pourriez-vous passer ce coup de fil un peu plus tard ? Simple formalité. »

Il acquiesça.

« En attendant, nous sommes d'accord, n'est-ce pas ? continua Finbar. Nous avons notre réponse ; nous pouvons avancer ? »

Les deux hommes approuvèrent d'un signe de tête, mais je vis, à la façon dont l'ancien secrétaire me regardait, qu'il avait participé à la réunion du cabinet lorsqu'il avait été question de la mort du Cavalier de la Bleue. Il ne pensait sans doute pas se trouver un jour face à l'homme qui l'avait tué.

26

Finbar sortit un dossier d'un coffre-fort mural, les deux autres juristes se débarrassèrent de leur veste et, de notre nid d'aigle, je regardai les bourrasques de pluie balayer le parc, toujours sans la moindre idée de quoi il retournait.

« Comme vous le savez, lorsque Bill est mort, sa fortune, très substantielle, était détenue par une série de trusts qui furent intégralement transmis à Grace, expliqua Finbar en ouvrant le dossier. Cependant, il y avait dans sa vie une parenthèse, pas très importante mais un peu particulière, qu'il avait isolée du reste de son patrimoine et logée dans une structure *ad hoc*. Ce qu'elle renfermait avait été accumulé au fil des années et, à dire vrai, Grace n'y avait jamais accordé le moindre intérêt.

» Avant sa mort et avec mon aide, Bill a pris des dispositions pour que cela vous soit transmis. Je crois qu'il craignait que si Grace lui survivait, elle ne prenne aucune disposition en votre faveur. » Il sourit. « Bill était manifestement un homme intelligent – nous savons ce qu'il en a été, n'est-ce pas ? »

Je lui rendis son sourire. « Elle m'a tout de même accordé quatre-vingt mille dollars par an.

— Uniquement parce que j'ai insisté, rétorqua-t-il. Je lui ai dit que si elle ne faisait pas un geste, vous pourriez probablement attaquer le testament et vous retrouver avec une fortune.

— Ça a dû lui retourner les sangs.

— Comme vous dites. Bill voulait que ces dispositions soient gardées secrètes jusqu'à la mort de Grace. Je pense qu'il craignait qu'elle ne puisse les remettre en question et que vous ne crouliez sous les frais d'avocat.

» Maintenant qu'elle n'est plus, et que votre intégrité est démontrée, tout est en ordre. » Il prit son

803

dossier et en sortit une liasse de documents. « La première partie des dispositions de Bill concerne une propriété à SoHo. La connaissez-vous ?

— Je n'en ai jamais entendu parler.

— C'est un ancien entrepôt de thé, un espace gigantesque, avec une façade en menuiserie métallique. Plusieurs personnes ont trouvé que ça ferait une maison magnifique. Je ne vois pas très bien ce qu'ils voulaient dire, mais enfin. »

Finbar, veuf sans enfant, vivait dans un appartement de quatorze pièces dans l'immeuble d'avant-guerre le plus huppé de Park Avenue, et je ne fus pas surpris que, pour lui, un entrepôt converti en loft ne vaille guère mieux qu'une benne à ordures.

« Bill l'avait fait assainir et y avait installé des systèmes de contrôle d'humidité, de détection d'incendie et de climatisation. Ce bâtiment et tout ce qu'il renferme, c'est ce qu'il voulait que vous ayez. »

Il donna le dossier et une liasse d'autres documents aux sages, qui se mirent à signer en qualité de témoin.

« Tout ce qu'il renferme ? » demandai-je.

Finbar sourit. « Bill était très organisé, un homme parfaitement rationnel, mais il y a un domaine dans lequel… bref, il ne s'est jamais défait de….

— Ses tableaux ! interrompis-je, partagé entre le choc et l'étonnement.

— Exactement. Comme vous le savez sans doute, il n'y a pratiquement pas eu d'artiste inconnu qu'il n'ait soutenu en achetant ses œuvres, parfois une exposition entière.

— Un jour, renchéris-je, il m'a dit que pour la plupart des gens la charité consistait à donner de l'argent aux pauvres. Lui soutenait les artistes qui crevaient de faim.

— Et c'est ce qu'il a fait – toute sa vie, jusqu'au bout. Mais le plus étonnant, Scott, c'est qu'il avait l'œil, et qu'il a gardé toutes les œuvres qu'il a achetées.

— Dans l'entrepôt de thé ?

— C'est pour ça qu'il l'a aménagé. Il les a empilées comme des planches de bois : Warhol, Roy Lichtenstein, Hockney, Jasper Johns, Rauschenberg… La liste est interminable. Voici l'inventaire. »

Il poussa un paquet de feuilles devant moi, que je parcourus. Chaque page était couverte de noms désormais mondialement connus.

« Mais, et Grace ? Après la mort de Bill, elle n'a jamais posé de question à ce sujet ?

— Je vous l'ai dit, ça ne l'intéressait pas. Je pense qu'à un moment donné il a dû prétendre avoir vendu tout ce qu'il avait encore en sa possession et que les produits de la vente étaient allés alimenter un des trusts. » Il me glissa un autre épais document sur le bureau. « Naturellement, j'ai assuré les toiles, ce qui impliquait une actualisation régulière de leur valeur. Voici la plus récente. »

Je consultai la liste. À côté de chaque toile, il y avait sa valeur estimée. Un total figurait à la dernière page. Je regardai le chiffre et vis que j'étais devenu très riche – peut-être pas aussi riche que Cameron, mais au moins à moitié aussi riche.

Les trois hommes me regardèrent me lever et aller à la fenêtre. Je ne saurais dire si c'était la pluie audehors ou les larmes qui m'étaient montées aux yeux, mais ma vue se brouilla. Même à la fin de sa vie, alors qu'il avait des doutes me concernant, Bill avait essayé de me protéger. Qu'aurais-je pu demander de plus ? C'était un homme merveilleux et, une fois encore, j'eus conscience de ce que j'aurais dû le traiter avec plus d'égards.

Je me retournai et regardai Finbar. Il me tendit tous les documents – signés, cachetés et ainsi dûment transmis.

« Félicitations. Vous êtes maintenant le propriétaire de l'une des plus belles collections d'art contemporain au monde. »

27

Assis tout seul dans une chambre d'hôtel bas de gamme d'une petite rue de Bodrum, en train de rédiger mes dernières volontés et mon testament, je devais décider du sort d'un trésor pour lequel se seraient damnés la plupart des conservateurs de musées.

La collection était absolument intacte. J'avais passé beaucoup de temps dans le silence de l'entrepôt de thé – errant parmi les casiers de toiles empilées, sortant des chefs-d'œuvre que personne n'avait pu voir pendant des décennies –, mais je n'en avais vendu aucun. Ils faisaient trop partie de Bill, et j'étais encore bien trop sensible à ce don, de même qu'encore trop sous le choc de la valeur qu'ils représentaient, pour m'en occuper.

Curieusement, toutefois, ce qu'il adviendrait d'eux dans l'éventualité de ma mort ne me posa aucun problème. J'imagine que la solution devait être là, quelque part dans ma tête, déjà toute prête, depuis des heures, sinon plus.

J'écrivis que je voulais que le MoMA de New York reçoive une centaine de toiles de leur choix, à condition qu'elles soient exposées en permanence. J'indiquai aussi qu'il leur reviendrait le carton de dessins de Rauschenberg qui était à l'origine de notre voyage à Strasbourg à Bill et à moi, il y avait si longtemps. Ensuite, je décrivis la photo de la paysanne et de ses enfants marchant vers la chambre à gaz que j'avais vue au camp de la mort de Natzweiler – cette photo qui avait si souvent hanté mes rêves – et demandai que le musée fasse l'acquisition d'un tirage.

J'indiquai que le reste des toiles, y compris l'entrepôt où elles étaient stockées, devaient être vendus et que le produit de la vente servirait au financement d'un orphelinat William J. Murdoch pour les enfants roms et tziganes.

J'en vins ensuite à la partie la plus délicate de l'exercice. En conclusion, j'indiquai qu'à l'entrée de la salle où les cent toiles seraient exposées, je voulais que le MoMA établisse une petite présentation incluant les dessins de Rauschenberg, la copie de la photo du camp de la mort et l'inscription suivante : « En mémoire de Bill Murdoch, donation aux habitants de la ville de New York. »

Je restai immobile un long moment puis reposai mon stylo. Je n'étais pas sûr de ce que je devais écrire ensuite, incapable de trouver les mots qui témoigneraient dignement de l'hommage que je voulais rendre à la mémoire de Bill. Je repensais à notre balade dans la forêt de pins des Vosges. Je me rappelai avoir perçu la présence du mal dans la chambre à gaz, je ressentis à nouveau la force de Bill quand j'avais spontanément mis ma main dans la sienne, je revis le bonheur que ses yeux exprimèrent alors, et les mots disant ce que j'éprouvais à l'égard de mon père adoptif s'imposèrent soudain : « En mémoire de Bill Murdoch, donation de son fils aimant, Scott, aux habitants de la ville de New York. »

Je terminai en désignant Finbar Hanrahan, avocat à la cour résidant Park Avenue, et James Balthazar Grosvenor, président des États-Unis, comme exécuteurs testamentaires. Si je devais mourir pour mon pays, il me devrait bien ça.

J'appelai la réception, entendis la voix ensommeillée du jeune directeur de service et je lui demandai de venir dans ma chambre. Sans lui laisser voir le contenu du document, je lui fis attester de ma signature, puis mis le tout dans une enveloppe adressée à Finbar.

Je plaçai ensuite cette enveloppe dans une autre, y griffonnant le nom de Ben, avec une note : « Si je meurs, veux-tu s'il te plaît remettre la présente lettre en mains propres quand tu seras de retour à New York. »

Je la glissai sous la porte de la chambre de Ben et retournai dans la mienne. Je verrouillai la porte, me débarrassai de mes chaussures et m'allongeai tout habillé sur le lit. Dans le silence de la nuit, deux lignes d'un vieux poème dont je ne me rappelais pas le nom de l'auteur vinrent me trotter dans la tête :

Je dormis, rêvant que la vie n'était que beauté ;
Au réveil je découvris que la vie n'était que devoir.

La vie n'était que devoir. Comme tout soldat allant au feu, je pensais au combat qui m'attendait. Pour être franc, je n'espérais pas le succès ou la gloire. J'espérais seulement m'en tirer avec honneur et courage.

28

Il était 11 heures du matin, pratiquement aucun nuage dans le ciel, une chaleur inhabituelle pour la saison ; Cumali arriva pile à l'heure.

J'attendais sur le trottoir devant l'hôtel, des baskets aux pieds, vêtu d'un pantalon en toile et d'une chemise d'été flottante. Je m'étais dit que ce serait la tenue idéale pour un pique-nique. Je portais mon Beretta dans le dos, glissé dans la ceinture de mon pantalon, mais il n'était là que pour la forme, comme accessoire indispensable à la légende d'un agent de renseignement malgré lui. Je savais qu'il ne pourrait pas me sauver et qu'on m'en soulagerait à l'instant même où on me sauterait dessus. Le pantalon avait des poches profondes, c'est pour cette raison que je l'avais choisi : mon arme véritable se trouvait dans l'une d'elles et, en me penchant un peu en avant, jouant la décontraction, les mains enfoncées dans les poches, je pouvais le garder dans ma main.

La Fiat noire s'arrêta et je vis que Cumali était seule. Si j'avais encore eu besoin d'une confirmation quant à ce qui était vraiment en train de se tramer, elle venait de me la donner. Le sourire aux lèvres, je m'avançai vers la portière côté passager. Celle-ci était verrouillée et Cumali me fit signe de monter à l'arrière. Conduire un homme à la mort ne posait semble-t-il aucun problème à une femme musulmane, mais il n'était pas question qu'il monte devant, à côté d'elle.

J'ouvris la portière arrière et je grimpai. « Où est le petit gars ? demandai-je.

— C'est une sortie scolaire, répondit-elle, et on lui a permis d'y participer. Nous les rejoindrons pour le pique-nique. Il est fier de présenter son ami américain à tout le monde. »

Pour une actrice, c'était un bon flic. Elle avait un peu trop réfléchi à ce qu'elle allait dire ; ça manquait de naturel.

« Quel genre de sortie ? demandai-je, poursuivant comme si de rien n'était.

— De l'archéologie, "des ruines débiles", comme disent les enfants. » Elle rit, ce qui parut alléger son angoisse. « Un endroit très intéressant ; je crois que vous allez aimer. »

Je ne savais pas pourquoi, mais j'en doutais. « C'est loin ?

— En voiture oui, assez. Mais je suis copropriétaire d'un demi-cabin-cruiser. Si ça ne vous dérange pas de faire le matelot, c'est plus rapide et la vue est plus spectaculaire. Du coup, on pourra ramener mon fils ; il adore le bateau. »

J'en connaissais un qui savait ce qu'il faisait. Il était facile de suivre une voiture ; un bateau, c'était presque impossible. Le champ de vision était bien trop large et on ne pouvait pas se cacher dans la circulation. Ils voulaient s'assurer que personne ne me suivrait pour me venir en aide.

« Sympa », dis-je.

Ce n'était pas exactement ce que je ressentais. Malgré mes années de formation, malgré le plan que j'avais échafaudé, je sentis les vrilles de la peur se déployer et se resserrer autour de ma gorge ; avancer consciemment vers le danger n'est pas chose aisée.

Cumali se dirigea vers une crique cachée avec une

vieille jetée et deux ou trois dizaines de petits bateaux au mouillage. Comme j'étais assis à l'arrière, je n'avais pas pu voir si elle avait emporté le seul instrument qui était crucial pour mon plan. Si ce n'était pas le cas, j'allais être obligé d'abandonner. « Vous avez votre portable ? demandai-je.

— Pourquoi ? » répondit-elle, sur le qui-vive, observant mon visage dans le rétroviseur.

Je haussai les épaules. « On ne va pas se contenter de faire des signaux, si le bateau coule, si ? »

Elle sourit, l'inquiétude disparut. « Oui, bien sûr. » Elle porta la main à la ceinture de son jean et exhiba son portable.

La mission était lancée : on ne pouvait plus faire marche arrière.

Elle s'arrêta sur un parking et je détachai ma ceinture. « Il y a quelque chose à décharger ?

— Il y a un panier de pique-nique dans le coffre. Je ne bois pas d'alcool, mais j'ai apporté de la bière, et il y a plein de trucs à manger, vous aurez le choix. »

Le condamné à mort aura mangé de bon appétit, me dis-je, et je faillis rire. Je me rendis compte que la tension et la peur étaient en train de m'envahir et je m'imposai de les cadenasser. Je sortis le panier de pique-nique et suivis Cumali sur la jetée. Elle s'était accroupie pour larguer les amarres du petit bateau de plaisance, qui était vieux, avec une coque en bois, mais bien entretenu. Je me demandai ce que leur avait coûté la location pour la journée.

Elle se releva et, sans remarquer que je l'observais, fit une pause pour contempler la petite crique. Dans la lumière du matin, elle était magnifique – l'eau turquoise, la plage déserte, les maisons chaulées – et, dans ce moment d'épiphanie, je pris conscience qu'elle la gravait dans sa mémoire, lui disant adieu. Un peu plus tôt, je m'étais demandé si je lui avais fait suffisamment peur, et je constatai que la menace de Bright Light et d'un orphelinat bulgare l'avait terrifiée. Je me dis qu'elle et le petit gars allaient bientôt quitter le pays avec son frère, et rouler sans doute à tombeau ouvert en direction de la frontière irakienne ou syrienne. À bien y réfléchir, je compris que, si je disparaissais, elle serait la première à être suspectée, ce qui ne lui laissait guère le choix. Le séjour à Bodrum arrivait à son terme pour nous tous.

Elle abandonna ses réflexions et descendit dans la cabine du petit bateau. Quand je fus monté à bord et que j'eus rangé le panier, elle démarra le moteur, alluma une petite radio VHS près de la barre et parla en turc dans le micro. Elle le reposa sur son support et se retourna.

« Juste pour que la capitainerie sache où on va, je lui ai donné notre route », dit-elle.

Pas mal trouvé, mais faux ; elle ne parlait pas à la capitainerie. Elle parlait à son frère et à quiconque se trouvait avec lui, pour leur annoncer que nous n'allions pas tarder. Bien entendu, j'avais déjà deviné quelle était notre destination.

29

Les ruines de la cité engloutie étaient accrochées à la falaise avec ses vieilles marches usées qui descendaient à l'infini dans la mer, et la Porte de Nulle Part se profilait sous le soleil écrasant de midi.

Cumali avait ralenti en approchant, me permettant de voir les ruines dans toute leur splendeur, et j'avais réagi par un émerveillement de bon aloi, comme si je ne les avais jamais vues.

Le front de la falaise et le parking étaient aussi déserts que d'habitude et, quand nous passâmes la piste de danse engloutie, nous n'entendîmes que la plainte de quelques mouettes tournoyant dans les airs, un cri lugubre qui me parut de circonstance quand Cumali dirigea le petit cruiser vers la jetée pourrissante.

J'empoignai l'amarre, je sautai du pont et j'attachai solidement le bateau. Sur la plage, une quantité de boulettes de goudron, deux mouettes mortes, des hordes de crabes courant se cacher comme des cafards dans une cuisine. Je détestai cet endroit.

Cumali me rejoignit, portant le panier ; je le lui pris, et lui désignai les lieux. « C'est pas l'endroit idéal pour un pique-nique, si ? »

Elle rit, plus détendue à présent qu'elle m'avait amené au lieu prévu et que son rôle était presque terminé.

« On ne reste pas ici. Il y a un tunnel qui conduit à un amphithéâtre romain. Les connaisseurs disent que c'est le plus beau spécimen au monde après le Colisée. »

Je fis de mon mieux pour avoir l'air ravi. « Ça m'a l'air super. Où sont les enfants ? »

Elle y avait manifestement pensé – elle, ou son frère. « Ils sont déjà là, dit-elle tout naturellement. Ils sont venus en car, puis il y a un sentier qui y mène directement depuis la route. »

Je savais que ce n'était pas vrai. Nous y étions allés en reconnaissance quand nous préparions l'attaque de Finlay, et l'Autorité nous avait prévenus que, si les choses tournaient mal, il ne fallait pas ouvrir la porte du tunnel pour essayer de trouver refuge dans les ruines. C'était un cul-de-sac ; il n'y avait aucune issue.

« J'ai hâte de voir le petit, dis-je, alors que nous avancions sur des rochers couverts de varech.

— Il était très excité. J'ai eu tout le mal du monde à lui faire prendre son petit déjeuner. »

Il y avait un sentier rocailleux qui conduisait à une ouverture dans le flanc de la falaise, juste au-dessus de la plage.

« C'est le début du tunnel, expliqua-t-elle. Les dignitaires et les généraux arrivaient en barges. Accompagnés de fanfares, ils descendaient par là pour faire leur entrée dans l'amphithéâtre.

— J'aurais pensé que cet endroit serait plus connu, qu'il y aurait plus de touristes, soulignai-je.

— Il y a des années, il y en avait plein, mais ils ont fait tellement de dégâts que seuls les archéologues et les groupes scolaires y ont accès désormais. » Les mensonges lui venaient de plus en plus facilement.

« Et comment s'appelle cet amphithéâtre ? » demandai-je.

Elle dit quelque chose en turc que, bien sûr, je ne compris pas.

« Et en anglais ?

— Je crains que ce ne soit intraduisible. Je ne suis pas certaine du sens. »

Elle avait dû penser que m'annoncer que j'allais entrer dans un endroit appelé le Théâtre de la Mort n'était pas une bonne idée.

Nous nous arrêtâmes à l'entrée du tunnel et je vis que, à moitié dissimulée dans l'obscurité, il y avait une grille avec de gros barreaux rouillés. Si elle avait jamais été fermée par des chaînes et verrouillée, ce n'était plus le cas. « Ils ne la ferment pas ? demandai-je.

— La seule voie d'accès est par la mer, et pratiquement personne ne la connaît. Ça fait des années qu'elle n'a pas été fermée », dit-elle.

Ce fut leur première erreur. Je repérai des marques dans la rouille, là où une chaîne avait dû être ôtée, probablement coupée quelques heures auparavant. C'était rassurant : cela signifiait qu'ils agissaient dans la précipitation et négligeaient les détails. Je savais d'expérience que ce serait à mon avantage.

Cumali poussa la grille et allait entrer lorsque je l'arrêtai. « Attendez, laissez-moi entrer en premier », dis-je, me conduisant en parfait gentleman.

Rien de tel que de respecter les bonnes manières quand on vous conduit à la mort. Et puis, si ça tournait mal, je disposerais d'une zone dégagée devant moi pour faire feu.

Je franchis la grille, m'avançai dans l'obscurité et sentis la sueur couler autour du Beretta niché dans le creux de mes reins. Je savais que le Sarrasin m'attendait au bout du tunnel.

30

Bradley n'avait eu aucun mal à trouver la maison. Comme prévu, il avait quitté l'hôtel cinq minutes après que Cumali était venue me prendre et, à l'aide d'un plan détaillé que j'avais dessiné pour lui, il était d'abord allé chez le fournisseur d'équipements nautiques le mieux approvisionné de Bodrum.

Trois minutes plus tard, il quittait le magasin avec

un sac de courses et, toujours suivant mon plan, mit le cap vers le sud-ouest. Au bout de onze minutes, il tourna dans la rue qu'il cherchait et, au milieu, vit l'entrepôt Coca-Cola. Il s'en approcha, traversa la rue et s'arrêta devant une petite maison.

Il s'assura d'avoir trouvé la bonne grâce aux six caractéristiques qu'il avait mémorisées. Il ouvrit le petit portail, passa devant les nains de jardin et frappa à la porte d'entrée. 11 h 25 : il était parfaitement dans les temps. Quelques secondes plus tard, il entendit une voix de femme à l'intérieur l'interpeller en turc et, quoiqu'il ignorât cette langue, il devina qu'elle demandait qui c'était.

Il ne répondit pas, laissant la tension monter et, comme beaucoup de gens dans la même situation, la femme, qui était la nounou du petit gars, ouvrit la porte. Le plan de Bradley consistait à la pousser violemment dès qu'elle serait déverrouillée, pénétrer à l'intérieur, la claquer derrière lui et affronter la femme à l'abri des regards.

Cela ne marcha pas comme prévu. En discutant de la chose avec Bradley, j'avais oublié de tenir compte du fait que cette femme était obèse. Lorsque Bradley poussa violemment la porte, celle-ci buta contre la masse qui se tenait derrière, immobile. Ce qui donna à la jeune femme surprise le temps de repousser fortement la porte et de se mettre à hurler. Pendant un instant, on aurait pu croire que Bradley allait rester dehors et que le plan allait capoter. Mais réagissant vite – heureusement –, le flic sortit son pistolet et, dans l'entrebâillement, le pointa vers les dents de la nounou terrifiée en lui criant de reculer.

Certains mots lui échappèrent, mais elle comprit le

message. Elle fit un pas en arrière, Bradley se rua à l'intérieur et, son arme toujours pointée sur elle, il claqua la porte. La femme fut trop effrayée pour crier à nouveau, ce qui donna à Bradley le temps d'écarter un rideau pour regarder dehors par une fenêtre étroite. Rien ne bougeait et il se rendit compte que trois camions de Coca-Cola manœuvrant pour accéder à l'entrepôt, moteurs grondant, avaient couvert les cris de la femme.

Il se retourna et vit qu'elle tremblait, en proie à une très grande peur. Avant qu'il ne puisse dire quoi que ce soit, un visage apparut dans l'embrasure d'une porte qui les regardait depuis le bout du couloir. C'était le petit gars.

L'arme de Bradley était cachée par la masse de la femme, et il la baissa pour que l'enfant ne la voie pas, puis il lui adressa un sourire. Il n'en fallait pas plus pour que le gamin s'avance, souriant en retour, lui parlant turc.

La nounou s'avança pour le prendre contre elle, et ce geste protecteur – associé au sourire de Bradley – eut l'air de la calmer, les tremblements s'apaisant du même coup.

« Qu'est-ce qu'il dit ? » demanda Bradley, désignant le petit gars, sur un ton aussi amical que possible.

La nounou déglutit et fit un gros effort sur elle-même pour rassembler le peu d'anglais qu'elle avait appris en travaillant pour différentes familles au fil des années.

« Il demande si vous Américain ? » réussit-elle à articuler.

Bradley sourit au petit bonhomme. « Oui, de New York. »

La nounou traduisit pour l'enfant, le tenant toujours serré contre elle. « Il demande : vous ami de l'homme qui fait les saluts ? »

Bradley eut l'air perplexe – l'homme qui fait les saluts ? Qu'est-ce que ça pouvait bien vouloir dire ? Mais la nounou vint à son secours. « Il signifie l'homme du FBI.

— Ah, répondit Bradley. Brodie Wilson. Oui, c'est mon ami. »

Le petit gars dit quelque chose que la nounou traduisit : « Il est où, l'homme qui fait les saluts ?

— Il est avec ta maman, répondit Bradley.

— Où ça ? » traduisit la nounou.

Bradley, ne voulant pas inquiéter l'enfant, eut ce qu'il crut être une bonne idée. « Ils sont allés pique-niquer », dit-il.

Dès que cela lui fut traduit, le garçon fondit en larmes, apparemment inconsolable. Bradley ne pouvait pas savoir que c'était le rêve le plus cher de l'enfant – aller pique-niquer avec son ami américain –, et voilà qu'ils l'avaient laissé tomber.

Bradley le regarda, perplexe. À travers les larmes et le chagrin de l'enfant, la nounou réussit à comprendre quel était le problème et l'expliqua à Bradley.

Le flic se pencha et, gardant son arme hors de vue, dit au petit garçon que tout allait bien, que sa maman allait très vite venir le chercher, mais qu'auparavant ils allaient jouer à un jeu.

La nounou ayant traduit, le petit garçon sourit à Bradley, rassuré, puis il lui fit une de ses plus belles révérences.

Ben et Marcie n'ayant jamais eu d'enfants, celui-ci était un peu comme une rencontre du troisième type, pour Ben. Pourtant, il ne put s'empêcher d'être très touché par le gamin et cette histoire de pique-nique qui semblait tant lui tenir à cœur. Il sentit une nausée monter en lui, révulsé qu'il était à l'idée de ce qu'il avait à faire, mais il savait aussi qu'il n'avait pas le choix. La souffrance d'un seul enfant n'était rien comparée au carnage que ferait la variole. D'un signe, il invita la nounou à le devancer dans le couloir.

Dans la cuisine, il alla aussitôt fermer les volets et verrouiller la porte de derrière. Ensuite, seulement, il s'intéressa à la configuration des lieux. C'était une maison traditionnelle, avec une cuisine dotée d'un plafond haut et très en pente qui facilitait l'évacuation de la chaleur, comme souvent à Bodrum. Au centre, un lustre était suspendu à une poutre. Il était tenu par un gros anneau de cuivre dont Bradley pensa qu'il ferait parfaitement l'affaire.

Il se tourna vers la nounou, lui demanda son téléphone portable et le brancha au chargeur qui traînait sur le plan de travail. C'était bien vu – si le téléphone n'avait plus de batterie au moment critique, tout serait fichu.

Parlant lentement et clairement, il expliqua à la nounou qu'il n'avait aucune intention de leur faire du mal, qu'elle et le petit gars devaient en sortir sains et saufs. « Mais ce ne sera pas le cas, dit-il, si vous essayez de vous échapper, d'ouvrir la porte ou de toucher au téléphone. Vous devrez faire tout ce que je vous dirai. Compris ? »

Elle fit oui de la tête, sur quoi Bradley s'assit avec son arme à portée de main, ouvrit son sac de courses et en sortit un long rouleau de corde épaisse.

Le petit bonhomme, intrigué, vint s'asseoir à côté de lui. Et c'est ensemble qu'ils s'employèrent à confectionner un nœud coulant.

31

Je m'enfonçai plus avant dans le tunnel avec Cumali sur mes talons, les murs décorés de fragments de mosaïques anciennes, la voûte très lézardée par des siècles de séismes, le silence pesant.

De chaque côté, il y avait les ruines de ce qu'on appelait l'*hypogeum*, des voûtes souterraines et des cellules où étaient parqués les esclaves et les animaux utilisés pour la chasse aux bêtes sauvages, et je ressentis la profonde mélancolie du lieu. C'était comme si la souffrance était enracinée dans la pierre.

Cumali me désigna les barreaux des cellules, parlant un peu trop vite, avec un peu trop de nervosité. « Les prisons ne pouvaient contenir que quelques centaines de personnes, expliqua-t-elle. Les grands spectacles et les batailles navales, au cours desquelles des milliers de prisonniers ou d'esclaves étaient tués, étaient presque exclusivement réservés au Colisée.

» Ici, dans les provinces, sans la richesse d'un César, il y avait surtout des gladiateurs et des reconstitutions de mythes célèbres. Le grand public les adorait – beaucoup de violence et de tueries, mais une intrigue assez rudimentaire.

— Comme dans les films hollywoodiens, alors ? » dis-je, la bouche sèche, tâchant de paraître naturel. Cumali n'eut pas l'air d'avoir entendu.

Nous sortîmes du tunnel après un virage resserré et là, je vis l'amphithéâtre pour la première fois. Cumali n'avait pas menti : la symétrie, les gradins, les colonnades de marbre presque intactes, la dimension même de l'ensemble étaient remarquables. Le silence également. Sous un soleil au zénith, implacable, on aurait dit que le Théâtre de la Mort était pétrifié, dans l'attente du spectacle qui allait commencer.

« Où sont-ils tous ? demandai-je.

— Au-dessus de nous. Il y a une plateforme avec une vue superbe sur l'arène. En suivant la colonnade, on va tomber sur une volée de marches qui nous y conduira. »

Elle tourna pour ouvrir le chemin, et là, j'aperçus le premier d'entre eux. Il était posté au fond d'un passage en ruine, ne se doutant pas que, pour un œil exercé, l'obscurité n'est parfois que relative. Il était habillé en noir, tache plus sombre que le reste dans cette zone d'ombre. J'imaginai que son rôle était de se placer derrière moi pour me couper toute possibilité de retraite dans le tunnel.

Je parcourus l'arène des yeux comme n'importe quel touriste intéressé : le Sarrasin et les hommes à sa solde allaient me prendre en feux croisés et, à partir du positionnement de l'homme que je venais d'apercevoir, j'avais une bonne idée de l'endroit où les autres devaient se trouver.

Marchant un peu plus vite, Cumali me désigna le centre du site. « Il y a deux mille ans, le sable de l'arène aurait été coloré d'un rouge profond.

— Pour masquer le sang ? demandai-je.

— Exactement. »

Je localisai un autre membre de l'équipe, trapu et costaud, une espèce de taureau posté dans un dédale d'arches en ruine juste au-dessus de nous. Il avait la soixantaine – bien trop âgé pour ce genre de rodéo, à mon avis –, et il y avait quelque chose en lui qui éveilla un souvenir, mais je n'eus pas le loisir de m'y attarder.

Sans cesser de parler pour apaiser ses nerfs, Cumali m'avait conduit dans un passage à moitié effondré qui se trouvait un peu en hauteur – un cul-de-sac à coup sûr.

« Bien entendu, il fallait enlever les corps avant que ne commence le spectacle suivant. Deux hommes déguisés en personnages mythologiques entraient dans l'arène pour superviser la chose.

» Le premier représentait Pluton, le dieu des morts. Il frappait les corps avec un marteau, montrant ainsi que l'homme, la femme ou l'enfant lui appartenaient désormais.

» Le second était Mercure qui, selon le mythe, portait un bâton et escortait les âmes jusqu'en enfer. En l'espèce, le bâton était un fer rouge, et il touchait les corps pour s'assurer que la personne était bien morte.

— Alors il n'y avait pas moyen d'y échapper, même en simulant ?

— Non, aucun », dit-elle.

Nous nous enfonçâmes un peu plus dans l'obscurité. Au-dessus de nous, la lumière du soleil filtrait à travers le toit défoncé, et je supposai que c'était là que j'allais me retrouver face à face avec Zakaria al-Nassouri. J'étais presque au bout du voyage.

À présent, j'allais devoir suivre mon timing à la seconde près. Je ne pouvais pas me permettre la moindre erreur – ma vie et tout le reste en dépendaient.

J'enfonçai les mains dans mes poches, en une attitude de décontraction totale, certain que les hommes qui me surveillaient dans l'obscurité avaient déjà remarqué la petite bosse que j'avais dans le dos, à la ceinture de mon pantalon. Ils devaient sourire, me dis-je, sachant que je n'aurais pas le temps de sortir la main droite pour défourailler, viser et tirer.

Idiot d'Américain.

On m'avait appris comment travaillaient les amateurs : ils se concentraient sur le pistolet, pensant que c'était là que résidait le danger, sans se préoccuper de ma main gauche, serrée autour de la seule arme qui m'importait : mon téléphone. Il était allumé, programmé pour que le même numéro soit appelé quelle que soit la touche sur laquelle j'appuierais, et ce numéro était celui de Ben Bradley, qui avait lui aussi son portable dans sa poche, là-bas, chez la nounou.

Juste avant que ces hommes ne me sautent dessus, tout ce que j'avais à faire était d'appuyer sur une touche du clavier. N'importe laquelle.

Bradley ne répondrait pas : il reconnaîtrait le numéro et le compte à rebours serait lancé. Quatre minutes plus tard, très précisément, il prendrait le portable de la nounou et composerait le numéro de Cumali. Celle-ci, voyant que c'était la nounou, répondrait aussitôt, craignant que quelque chose de grave ne soit arrivé au petit gars. Et là, tout allait changer.

Ces quatre minutes étaient cruciales. C'était le temps qui, selon moi, allait s'écouler entre la première attaque du costaud et le moment où le Sarrasin sortirait de l'ombre. Si le téléphone de sa sœur sonnait trop tôt, le Sarrasin pourrait sentir que quelque chose ne tournait pas rond, faire demi-tour et disparaître dans les ruines. Comment contraindre ensuite un homme qui se serait échappé ?

Si le téléphone de Cumali sonnait trop tard, je serais dans de sales draps. Le Sarrasin était prêt à tout pour avoir des informations sur le soi-disant traître, et il avait très peu de temps. Il ne le perdrait pas à discuter de la pluie et du beau temps, et j'imaginais qu'il devait avoir quelque chose comme une batterie de camion de douze volts et des pinces crocodiles sous la main. Comme le savait tout tortionnaire, c'était un instrument aisément transportable, facile à acheter et, si on ne se souciait pas trop des dégâts causés à la victime, extrêmement efficace. Je n'étais pas sûr d'être capable de tenir bien longtemps.

Quatre minutes – déconne pas, Ben.

Nous passâmes devant un tas de gravats et d'ordures – des morceaux de verre cassé, des bouteilles de bière vides, l'acier poli d'un couvercle de boîte isotherme. Des groupes de jeunes étaient manifestement venus faire la fête ici au fil des années.

À côté de ce tas, il y avait un long pédiluve de marbre. Utilisé jadis par les dignitaires pour se laver les pieds, il était alimenté en eau par une gorgone en pierre. Le pédiluve était cassé à un bout et j'aurais dû y faire plus attention. Il avait été obstrué par des rochers. Mais j'avais l'esprit ailleurs. J'attendais qu'ils passent à l'attaque pour presser sur la touche magique avant qu'ils ne m'aient immobilisé les bras dans le dos.

Nous avancions dans la lumière filtrant à travers le toit défoncé et je vis que, plus loin, le sentier disparaissait dans un énorme éboulement de pierres.

J'étais arrivé au bout du chemin, piégé dans un canyon en cul-de-sac et l'index de ma main gauche était ma seule chance d'éviter un désastre.

32

« On s'est trompé de chemin ? » demandai-je, indiquant le mur de gravats et me retournant vers Cumali.

Elle n'était plus seule.

Le premier des hommes de main avait émergé d'un passage latéral, bloquant toute possibilité de fuite, n'essayant pas de se cacher, me regardant bien en face. C'était M. Muscle, celui qui était entré par effraction dans ma chambre d'hôtel, portant toujours sa veste de cuir et un T-shirt moulant. Peut-être était-ce parce que j'avais les sens en éveil, ou bien le fait de le voir en chair et en os, mais je me rendis compte que j'avais vu une photo de lui il y avait bien longtemps – riant sur le pont du brise-glace reconverti de Christos Nikolaïdes alors qu'il était au mouillage à Santorin.

Je sus aussitôt à quel cartel de la drogue Cumali avait demandé de l'aide et pourquoi. Quand un vieil homme de Thessalonique avait appris que cela concernait un agent de renseignement américain, il n'avait été que trop heureux d'accepter.

« Vous aussi vous cherchez votre chemin ? dis-je à l'homme. Vous êtes avec le groupe scolaire ? »

Je ne devais pas leur laisser penser que je me doutais de quoi que ce soit. Ils devaient être persuadés que l'effet de surprise serait total, sinon le Sarrasin se dirait que c'était un piège.

J'entendis un pas sur le gravier – M. Muscle n'était qu'une diversion, l'attaque venait de derrière. Pas le temps de réfléchir, juste de prendre une décision. Oui ou non ? On y va ou pas ?

Et sans plus attendre, résolument, j'appuyai sur une touche du téléphone.

Ce fut la bonne décision. À peine en retirai-je l'index qu'ils me frappèrent – tous les deux, vite, avec une grande brutalité, presque comme des professionnels. J'allais me retrouver à genoux mais, avant de tomber, j'en frappais un au larynx avec la pointe du coude et l'envoyai rouler par terre, le souffle coupé par la douleur. Me prenant par le cou, l'autre m'asséna un coup de poing en plein visage, et je sentis ma pommette exploser. J'aurais pu riposter, mais je n'avais pas intérêt à ce qu'ils me fichent une raclée ; j'allais avoir besoin de toutes mes forces pour ce qui m'attendait.

Je m'étalai par terre, me tenant la joue. J'étais déjà en train de compter. Quatre minutes : deux cent quarante secondes.

Deux cent trente-deux. Deux cent…

L'homme au larynx amoché se redressa tant bien que mal pour se joindre à l'autre attaquant. Et je vis son visage. C'était le type qui ressemblait à un taureau – ramassé, les cheveux coupés très court et, dans les yeux, une cruauté que l'on trouve rarement chez les hommes, hormis dans l'univers carcéral. Je l'avais déjà vu, son expression aussi, sur une photo anthropométrique fournie par la police grecque, et il me revint que cet homme-là avait un casier aussi épais que l'annuaire téléphonique. C'était Patros Nikolaïdes, le père de Christos : le vieux parrain en personne, qui était sorti de sa forteresse.

Lui et son second couteau arrachèrent le pistolet de ma ceinture, mirent ma chemise en lambeaux, m'empoignèrent l'entrejambe et m'arrachèrent mes chaussures pour voir si je n'avais pas d'arme cachée. Ils déchirèrent mes poches et en sortirent mon portefeuille, mes clés et mon téléphone, puis Nikolaïdes s'adressa à Cumali :

« Vous les avez ? »

Elle lui lança une paire de bracelets en acier de la police, puis lui et son second couteau me tordirent les bras dans le dos pour me menotter les poignets si serré que je sus que les tissus, exsangues, seraient nécrosés en vingt minutes et que je pourrais perdre à jamais l'usage de mes mains. M'ayant immobilisé, ils se levèrent, satisfaits, puis après avoir ramassé leurs armes et fracassé mon téléphone qui alla rejoindre mon Beretta par terre, ils se laissèrent aller à fanfaronner. Ils parlaient dans un mélange de grec et d'albanais, mais il n'était pas difficile de deviner ce qu'ils se disaient : ces agents américains ne sont plus aussi bons qu'ils le croient, surtout face à de vrais durs des Balkans.

Là-dessus, le vieux taureau s'avança, un impressionnant pistolet Glock en main, et me regarda, menotté, étendu à plat, le visage dans la poussière, avant de me donner un grand coup de pied dans les côtes, avec le bout renforcé en acier de sa chaussure de sécurité.

« Ça, c'est pour ma gorge », dit-il d'une voix rauque, puis il fit signe à M. Muscle et au second couteau – l'un et l'autre armés de pistolets-mitrailleurs Skorpion – de me remettre sur mes pieds.

Je réprimai la nausée provoquée par le coup dans les côtes, me tins chancelant et regardai Cumali.

« Qu'est-ce qui se passe ? » demandai-je en serrant les dents. Le souffle coupé, j'essayais de résister aux élancements de douleur dans la poitrine et au visage. Cette fois, je ne faisais pas semblant. Ce n'était pas une promenade de santé.

Cent soixante-dix-huit secondes.

« Vous n'auriez pas dû passer la frontière bulgare dans votre voiture de location, dit Cumali. C'était idiot. Elle est surveillée par des caméras équipées d'un système de reconnaissance des plaques d'immatriculation. »

Elle n'essaya pas de cacher la nuance de triomphe qui se percevait dans sa voix. C'était simple : elle s'était montrée plus maligne que l'agent d'élite américain.

« La Bulgarie ? répondis-je. Mais j'ai jamais foutu les pieds en Bulgarie. »

Elle secoua la tête en ricanant. « Et vous n'êtes jamais allé à Svilengrad, et vous ignorez tout de Bright Light et d'un orphelinat pour un petit garçon ? Vous vous appelez Michael John Spitz et vous êtes un agent de renseignement, membre d'un groupe spécial de la CIA. »

J'attendis, juste assez pour qu'on pense que j'avais été désarçonné, mais que j'essayais de n'en rien laisser voir.

« Je ne sais pas de quoi vous parlez, niai-je. Vous savez très bien que je suis un agent du FBI qui enquête ici sur… »

Vlan ! La chaussure au bout en acier me prit juste sous la rotule et j'aspirai une grande goulée d'air pour combattre la douleur, fulgurante. Je me serais écroulé si M. Muscle et le second couteau ne m'avaient pas soutenu.

« Arrête tes putains de mensonges », rugit Patros Nikolaïdes, le sourire aux lèvres. C'était un plaisir de rencontrer un homme qui aimait son boulot.

Cent trente-deux secondes.

Puis je le vis.

L'homme le plus recherché au monde sortit du passage latéral et, laissant l'ombre derrière lui, avança dans un rai de lumière.

Il était grand et musclé, comme je m'y attendais d'un ancien guerrier *moudjahid*, et le costume occidental bon marché qu'il portait n'arrivait pas à dissimuler toute la tension emmagasinée en lui. « Dangereux » fut le mot qui me vint aussitôt à l'esprit, malgré l'atroce douleur. Je le regardai droit dans les yeux, qu'il avait noirs, et il était impossible de ne pas y voir une très grande intelligence. Fais attention, me dis-je, fais très attention.

Sa barbe était bien taillée, il avait la mâchoire serrée, des lèvres minces bien dessinées, et il émanait de lui une autorité naturelle. « Vous vouliez me rencontrer, je crois, monsieur Spitz, déclara-t-il calmement.

— Je ne m'appelle pas Spitz et je n'ai aucune idée de qui vous… »

Je vis la chaussure du taureau reculer et je me préparai à l'explosion, mais le Sarrasin leva la main pour l'arrêter.

« S'il vous plaît, me dit-il, comme si les mensonges le blessaient. Ma sœur, grâce soit rendue à Dieu, a des contacts dans le Renseignement turc. Elle a découvert qui vous êtes vraiment…

— Votre sœur ? »

Il ignora ma question. « Elle ne sait rien de mon travail, et peu de choses à mon sujet, surtout pour ce qui est de ces dernières années, mais elle a une bonne idée de ce qui arrive aux musulmans recherchés par des agents comme vous. Le monde arabe tout entier le sait.

— Je suis un agent du FBI, répétai-je, à travers un brouillard de douleur teinté de rouge. Je m'appelle Brodie Wilson, et j'enquête sur un meurtre.

— Je n'ai pas beaucoup de temps. Je vais vous poser quelques questions et vous allez me dire très exactement ce que je veux savoir. O.K. ?

— Qu'est-ce que je peux vous dire ? Je ne suis pas Spitz ! Je ne sais pas de quoi vous parlez. »

Quatre-vingt-dix-huit secondes. Pas plus, mais j'étais impatient que Bradley appelle. Mon genou enflait, et j'étais submergé par des nausées de plus en plus rapprochées, ma poitrine était un champ de douleur et il m'était de plus en plus difficile de parler à cause de ma joue.

« Épargnez-vous cette peine, reprit le Sarrasin. Vous êtes américain, monsieur Spitz – un homme sans Dieu. Lorsque vous serez au bord de l'abîme, qu'on vous aura brisé les os sur la roue, vers qui vous tournerez-vous ?

» Vous avez commis quelques toutes petites erreurs, laissé suffisamment de traces derrière vous pour vous retrouver ici. Non, vous n'êtes décidément pas si fort que ça.

» Pour quelle raison croyez-vous que ces erreurs se sont produites ? Quelle main m'a protégé ? Qui vous a amené ici, à votre avis ? Non, ce n'est pas Leyla al-Nassouri. C'est Dieu. »

Je ne dis mot, me voûtant un peu, comme si j'étais vaincu. Essayant de me soutenir, M. Muscle et le second couteau relâchèrent leur prise une fraction de seconde, et j'en profitai pour me projeter en avant et, me servant de ma tête comme de la seule arme à ma disposition, donner un bon coup de boule à Nikolaïdes avec le sommet de mon crâne, lui éclatant la lèvre inférieure, sentant le sang chaud jaillir, l'envoyant voler en arrière et lui faisant cracher deux dents du bas.

Quelques secondes s'écoulèrent encore. *Vas-y, Ben. N'attends pas. Triche un peu.*

Beuglant de douleur, le taureau s'apprêtait à se jeter sur moi mais fut arrêté par l'épaule du Sarrasin, qui s'interposa.

« Nous perdons du temps, dit-il, et il regarda M. Muscle et son acolyte. Allez-y. »

J'aurais aimé continuer de bavarder, j'aurais aimé

bavarder encore soixante-trois secondes, mais ils ne semblaient pas intéressés. Les deux voyous albanais me tirèrent en arrière, dans le passage, ce qui me laissa perplexe. Je pensais qu'ils auraient la batterie de camion, ou tout autre matériel nécessaire sous la main.

Ma perplexité disparut quand je vis le pédiluve de marbre débordant et que je compris ce que cela signifiait. Mentalement, en désespoir de cause, j'essayai de me réadapter : je m'étais préparé à la douleur, pas à la terreur. Je pensais pouvoir résister aux pinces crocodiles ou aux ongles arrachés pendant un court moment, mais maintenant je traînais les pieds, cherchant à gagner du temps. Chaque seconde compterait. Si je commençais à parler, tout serait perdu.

Quarante-deux secondes. Le passeur de drogues de Khun Yuam, ce dur à cuire avec ses cicatrices de machette sur le torse, avait tenu vingt-neuf secondes.

Le Sarrasin s'arrêta au pédiluve de marbre et s'adressa à sa sœur en arabe. Je ne compris pas, mais le geste de la main fut suffisamment éloquent – il lui disait d'aller faire un tour. Ce qui allait se passer n'était pas un spectacle pour une femme.

Trente-huit secondes. Ne me laisse pas tomber, Ben.

33

Bradley aussi comptait les secondes, mais il utilisait une montre, si bien que son décompte était différent et plus précis que le mien. Il en était à quarante-six secondes.

La nounou obèse, en nage, flageolait sur ses jambes, prête à s'effondrer à tout instant. Pire encore, elle pataugeait dans une flaque d'urine ; elle s'était pissé dessus quand elle avait compris ce que Bradley avait en tête. Sous la menace d'un pistolet, suivant mes instructions, il leur avait intimé l'ordre, à elle et au petit gars, de venir au centre de la pièce, sous la grosse poutre du plafond. À présent, sept minutes plus tard, la femme continuait à gémir et à demander de l'aide en turc et, même si l'enfant ne hurlait plus, ayant surmonté la peur qui l'avait d'abord envahi, il continuait de pleurer et de réclamer sa mère.

Toute cette histoire était terriblement éprouvante pour les nerfs de Bradley et, quand il ne regardait pas sa montre, il fixait le sol, comme s'il était sur le point de vomir. Malgré sa détresse, la nounou l'avait remarqué et n'arrivait pas à comprendre ; peut-être n'était-il pas si méchant que ça, en fin de compte. Ce qui l'incita à nouveau à aller puiser dans le peu d'anglais qu'elle connaissait et de l'implorer de les libérer.

« Silence ! » cria Bradley et, comme elle n'arrêtait pas, il leva son pistolet sur elle et le répéta encore plus fort.

Elle fut agitée de sanglots, le petit bonhomme pleurait maintenant à fendre l'âme et tout ce que voulait Bradley était d'en finir. Il restait du temps, mais il ôta le téléphone de la nounou du chargeur et, malgré mon ordre strict de suivre rigoureusement le timing, il se trouva une bonne raison de n'en rien faire, en se disant que composer le numéro de Cumali allait prendre du temps et qu'il y aurait un délai avant qu'elle ne réponde.

Il sonna quatre fois. *Allez, allez !*

Il y eut une réponse – grâce à Dieu, se dit-il – et il entendit une voix de femme parler en turc. Il n'écouta que quelques mots avant de parler plus fort qu'elle, lui demandant si elle était bien Leyla Cumali et lui disant d'être très attentive à ce qu'il…

La femme continua de parler d'un ton égal. Comme si c'était une… Bradley comprit : c'était une messagerie.

La nounou, vacillant sur ses jambes, ses cent cinquante kilos pesant sur ses genoux tremblants, vit à travers ses larmes que quelque chose ne tournait pas rond : Bradley n'était pas loin de paniquer. Il respirait fort, se taisait. La voix s'exprimait dans une langue qu'il ne comprenait pas, il n'avait aucun moyen de la déchiffrer et ne savait pas quoi faire. Ça ne figurait pas dans le manuel. Où pouvait bien être Cumali ?!

Il regarda sa montre. Il restait trente-deux secondes avant que les quatre minutes ne soient écoulées. Il était sur le point de raccrocher et de réessayer, quand la voix, par égard pour les clients de la compagnie du téléphone, répéta le message en anglais. « L'abonné que vous appelez est hors zone ou a éteint son téléphone portable. »

Bradley laissa retomber son bras et regarda dans le vide. Oh mon Dieu !

34

Cumali avait descendu une volée de marches en marbre cassées et elle était entrée dans une zone qui avait plus que toute autre attiré des légions d'archéologues et d'historiens dans ces ruines.

Plus bas sous terre, dans un espace voûté encore décoré de fragments de mosaïques et de fresques, elle se tenait près d'un bassin dont la surface miroitante était aussi immobile que la mort. C'était le joyau de ce qui avait été jadis un temple, lieu où les plus hauts dignitaires faisaient des offrandes à leurs dieux pour les remercier d'être rentrés sains et saufs de leurs voyages. Cumali l'avait déjà vu plusieurs années auparavant, et elle était revenue voir sa mystérieuse beauté en pensant que, si bas sous terre, elle n'entendrait pas les cris de Spitz ni ses supplications désespérées. Elle ne pensa pas au fait que cet endroit souterrain la mettait du même coup hors de portée de tout appel téléphonique.

Elle regarda son visage qui se réfléchissait dans l'eau, songeant que, quoi que son frère fasse à cet Américain, ce ne serait guère différent de ce qu'on avait infligé à des musulmans à Abu Ghraib et Guantanamo. À Bright Light aussi.

Réconfortée par cette pensée, elle poursuivit sa promenade, dépassa l'extrémité du bassin et s'enfonça plus avant dans le temple, au cœur de ce qui ressemblait à des catacombes.

Là, aucun son ni aucun signal ne pourrait jamais l'atteindre.

35

M. Muscle et le second couteau avaient récupéré une courte planche de bois qui avait été dissimulée dans le tas de gravats et d'ordures. Je me débattis, essayant de grignoter quelques secondes, mais, avec mon genou blessé et la douleur dans ma poitrine, ils n'eurent aucun mal à m'attacher sur la planche avec de grosses lanières de cuir.

J'étais étendu sur le dos, ligoté si serré que je ne pouvais pas bouger, lorsque le visage du Sarrasin apparut au-dessus du mien, impassible, sa main s'approchant pour me saisir le poignet. Il était médecin, et il prenait mon pouls. Il grogna de satisfaction : mon rythme cardiaque lui indiquait que j'avais peur.

Il désigna Nikolaïdes. « Quand j'en aurai fini avec toi, dit-il, l'homme au problème dentaire te questionnera au sujet d'un meurtre que tes services de renseignement ont commis à Santorin. Il veut savoir qui a donné l'ordre d'attaquer et le nom des exécutants. Tu as compris ?

— Santorin ? Mais de quoi parlez-vous, je ne connais pas Santorin. »

Ils n'eurent pas l'air convaincu. Nikolaïdes lança un seau à M. Muscle et ramassa un morceau de serviette sale qui traînait par terre. Ils étaient prêts à commencer.

Le Sarrasin me regardait toujours. « Tu peux t'éviter ça, tu sais. »

Je ne dis rien, et il haussa les épaules.

« Quand j'étais dans l'Hindu Kush, certaines personnes m'ont aidé. Comme tu le sais, l'une d'entre elles a décidé de nous trahir. Je ne peux évidemment pas laisser passer ça. Je veux que tu me dises le nom du traître. »

— Même si je le savais, répondis-je, tu me tuerais dès que je te l'aurais révélé. »

Il acquiesça. « C'est vrai, je vais te tuer de toute façon.

— Je m'en doutais ; sinon vous auriez dissimulé vos visages. »

Je savais que, dans le meilleur des cas, j'allais finir dans un linceul étanche, qu'on avait probablement déjà caché dans un placard du petit cruiser, et des années s'écouleraient sans doute avant qu'un pêcheur ne finisse par le remonter sur son bateau. Si Ben ne se manifestait pas, j'espérais juste être mort avant qu'ils ne me mettent dedans.

« Puisque tu sais que tu vas mourir, à quoi bon souffrir avant ? Le nom, Spitz.

— Je suis un agent du FBI, je suis venu à Bodrum pour...

— J'ai vu un mail ! me coupa-t-il, son visage s'approchant du mien. Du directeur adjoint de la CIA. »

Je fis de mon mieux pour avoir l'air secoué. Il le remarqua et sourit. « Allez – le nom du traître.

— Je suis un agent du FBI... »

Exaspéré, il fit signe à Nikolaïdes. Le Grec m'entoura le visage de la serviette sale, couvrant mes yeux et mon nez, et l'enfonça dans ma bouche ouverte. Il prit les deux bouts de la serviette et en fit un nœud serré derrière la planche. Je ne voyais plus rien, j'avais déjà du mal à respirer et la tête maintenue si fermement à la planche que je ne pouvais pas bouger.

Je sentis qu'ils me soulevaient et, dans les ténèbres et la terreur qui étaient miennes, je sus qu'ils me suspendaient au-dessus de l'eau.

Il restait vingt-neuf secondes, d'après mon décompte – le temps qu'avait tenu le passeur de drogues. Malgré mes propres faiblesses, même si j'avais toujours douté de mon courage, je n'avais plus qu'à résister aussi longtemps que lui.

Ils commencèrent à me descendre et je pris une inspiration. La serviette puait la sueur et l'huile de moteur. La dernière chose que j'entendis fut le Sarrasin disant : « Tu trembles, Spitz. »

Puis je plongeai.

36

L'eau me balaya le torse dès que la planche bascula dans le pédiluve, me réfrigérant les testicules et ravivant la blessure ouverte que j'avais à la poitrine. Je glissai plus bas et sentis le niveau de l'eau monter jusqu'à l'arrière de mon crâne sanglé, me recouvrant les oreilles.

Puis ils penchèrent la planche en arrière.

L'eau m'inonda le visage. Essayant de ne pas céder à la panique, ne pouvant me servir de mes bras ni même gigoter, je pris une énorme gorgée d'air huileux, ce qui me fit sucer plus vite l'humidité à travers la serviette. L'eau me coula dans la gorge et je me mis à tousser.

Un mur d'eau me heurta en plein visage et je cessai de tousser pour suffoquer. Dans mes ténèbres, ma tête partit en arrière, je ne sus si l'eau provenait d'un seau ou s'ils m'avaient plongé plus profondément dans le bain. J'avais un tel besoin d'aspirer de l'air à travers la serviette trempée que j'étais persuadé d'être en train de couler.

Au lieu de quoi, le fluide coulait dans mes narines et ma bouche, et descendait dans ma gorge. Le réflexe laryngé se déclencha et se mua en une série de spasmes violents.

L'eau arrivait encore et encore, et j'étais en train de perdre pied. Je n'avais qu'une pensée, qu'une vérité à laquelle me raccrocher : dix-huit secondes, et Bradley allait appeler. Dix-sept secondes et le salut serait proche. Seize…

J'étais ligoté tellement serré que je ne pouvais pas me débattre ou donner des coups de pied, malgré ma terreur, qui allait grandissant. L'eau pénétra encore dans mon nez et ma bouche, me noyant presque, et l'asphyxie, les spasmes ininterrompus me mettaient la gorge à vif. J'aurais hurlé, mais la serviette dégoûtante et l'eau qui déferlait m'interdisaient même cette soupape. N'ayant aucun moyen de s'exprimer, ma peur se retournait contre elle-même et se répercutait en écho dans les cavités de mon cœur.

Mes jambes et mon dos furent pris d'un mouvement convulsif, comme s'ils voulaient m'aider à fuir, mais me faisaient perdre une énergie précieuse, et je sentis que l'on me penchait un peu plus en arrière. L'eau me submergea. Je suffoquai à nouveau. Que fichait Bradley ? Il fallait qu'il appelle.

Dans mon esprit perturbé, j'avais perdu le fil du décompte. Combien de secondes ? Rien, sauf le noir, et le besoin désespéré de respirer. Résister, survivre, ne pas faiblir, il n'y avait plus que ça qui importait.

J'étais comme emporté dans un tourbillon de ténèbres et de peur. On me pencha encore la tête en arrière et je plongeai. Peut-être n'était-ce qu'un autre énorme seau d'eau, mais j'eus la sensation d'être complètement immergé, m'étranglant, suffoquant dans ma tombe aquatique, essayant désespérément de respirer, désespérément de vivre.

Je sus que je ne pourrais pas en endurer davantage, mais je sentis mon corps basculer. Le visage hors de l'eau, je pus aspirer un peu d'air à travers la serviette. Ce fut une toute petite, une minuscule bouffée d'air, mais c'était un souffle, c'était la vie et ils étaient en train de redresser la planche. Bradley avait appelé – il avait dû appeler, c'est sûr.

J'essayai de faire passer un peu plus d'air dans ma gorge – je devais être prêt à jouer mon rôle – mais je continuais de suffoquer. Puis on m'enleva la serviette et je pris plusieurs inspirations, ma poitrine se soulevant chaque fois, ma trachée frémissant de spasmes.

Il fallait que je me contrôle, que je reprenne la main. Par Dieu, il fallait que ce soit au tour du Sarrasin, à présent, de s'asseoir au banquet des conséquences.

Une main se glissa sous ma chemise. Je clignai des paupières pour chasser l'eau de mes yeux et vis que c'était lui, contrôlant le rythme et la force de mes battements de cœur. J'aperçus le vieux taureau qui se tenait derrière lui, se moquant de moi à travers ses dents abîmées, savourant ma détresse et ma peur.

Je fus pris d'une panique incontrôlable : personne ne semblait se comporter comme si les rôles avaient été inversés. Je compris, alors, qu'il n'y avait pas eu d'appel. Mais où diable était Ben ?

Je m'effondrai. J'étais seul dans le Théâtre de la Mort, véritablement en train de mourir pour le monde, cette fois. Je serais tombé par terre si M. Muscle et le second couteau n'avaient tenu la planche, me maintenant debout.

« Le nom du traître ? » exigea le Sarrasin.

J'essayai de parler, mais j'avais le gosier à vif et mon esprit, inondé d'adrénaline et de cortisol, luttait. Je me contentai de secouer la tête en fixant le sol des yeux. Non, je ne lui donnerais aucun nom.

« Tu as tenu trente-sept secondes. C'est plus que la moyenne ; tu peux en être fier. Tu as fait tout ce qu'on pouvait attendre de toi. Mais ça peut durer plusieurs minutes, si on veut. Tout le monde finit par craquer ; personne ne peut gagner. Quel est son nom ? »

Mes mains tremblaient, je n'arrivais apparemment plus à les contrôler. Je levai les yeux et j'essayai à nouveau de parler. Ma voix était si faible que la première syllabe fut presque inaudible et le Sarrasin se pencha plus près pour m'entendre.

« Remettez-moi la serviette », murmurai-je.

Il me gifla sauvagement d'un revers de la main, me fendant la lèvre. Mais il ne pouvait plus me faire peur. Dans un coin de mon esprit, j'avais trouvé une petite réserve de courage. Je pensais à Ben Bradley et à ses soixante-sept étages.

M. Muscle et son assistant renversèrent la planche et me ramenèrent au-dessus du pédiluve. Le Sarrasin s'apprêtait à me remettre la serviette quand Nikolaïdes l'appela, lui disant de s'écarter. Je vis qu'il avait ramassé un marteau de tailleur de pierres, un sale instrument, très lourd, qui se trouvait parmi le matériel qu'ils avaient caché à côté des gravats.

Quand je fus à plat sur la planche, mes pieds déchaussés juste devant lui, il recula ses épaules puissantes et frappa de toutes ses forces.

Le marteau m'atteignit en plein sur la plante du pied, le gauche, faisant éclater les chairs, écrasant tous les petits os et les articulations. Une douleur aiguë, irradiante, à vous retourner l'estomac – comme une énorme décharge électrique –, parcourut mon tibia, remonta ma cuisse jusqu'à mes parties génitales. Il aurait tout aussi bien pu m'écraser les testicules. Je me serais évanoui si, curieusement, mon hurlement ne m'avait permis de rester conscient.

Nikolaïdes rit. « Tu vois, il a retrouvé sa voix, dit-il

au Sarrasin. Parfois, rien ne vaut les bonnes vieilles méthodes. »

Il me frappa à nouveau. Plus près des orteils, cette fois. J'entendis d'autres os se briser, et je hurlai encore plus fort. J'étais sur le point de perdre connaissance, mais son acolyte – qui se tenait près de ma tête et encourageait le vieux taureau – me gifla violemment.

Il s'adressa au taureau : « Encore un.

— Non, ordonna le Sarrasin. Ça a déjà bien trop duré. S'il s'évanouit, on va y passer la journée. » Il se tourna vers moi. « Allez, donne-moi ce nom.

— Je m'appelle Brodie David Wilson. J'appartiens au FBI… »

Ils remirent la serviette en place et abaissèrent à nouveau la planche au-dessus de l'eau.

37

Cumali avait marché jusqu'au bout du temple, était passée entre ce qui restait des épaisses murailles pour entrer dans la partie souterraine appelée le *spoliarium* – lieu où l'on récupérait les armes des gladiateurs morts et où l'on se débarrassait des corps.

Elle se demanda ce qui se passait au-dessus. Son frère allait sûrement bientôt l'appeler pour lui dire que c'était fini et qu'ils pouvaient s'en aller.

Quel gâchis ! pensa-t-elle. Spitz était un enquêteur brillant, sans doute le meilleur qu'elle ait jamais rencontré. Rien que l'idée d'utiliser les miroirs de la Maison française en était la preuve. Et, avec sa fausse identité, il aurait réussi à leur donner le change à tous s'il n'avait pas franchi la frontière dans une voiture de location à laquelle il avait pu être relié. N'avaient-ils donc pas de caméras avec reconnaissance des plaques d'immatriculation, en Amérique ? C'étaient sûrement eux qui les avaient inventées. Étrange qu'un homme si intelligent commette une telle erreur.

Certes, elle ne l'aurait jamais démasqué si l'homme du MIT ne l'avait pas appelée. Que faisaient ces types, d'ailleurs ? Un coup de fil, et puis plus rien – aucun suivi, pas de questions, pas de vérification des déplacements de Spitz ou d'autres détails. En se servant de ses contacts dans le monde des stupéfiants, elle en avait découvert plus sur lui que le Renseignement turc avec toutes ses ressources. En fait, ils n'avaient pas du tout l'air de s'intéresser vraiment à Spitz.

Une terrible pensée lui vint : et si l'Américain n'avait pas commis d'erreur en franchissant la frontière ? Et si le directeur adjoint du MIT était à leur solde, ou si quelqu'un avait détourné son appel et que ce n'était pas à lui qu'elle avait parlé ? Et si tous les indices qu'elle avait exploités avaient été délibérément semés ? Et si tout ça était un coup monté ? Cela signifierait qu'on attendait d'elle qu'elle transmette l'information à son frère pour qu'il sorte de l'ombre.

« Seigneur… », dit-elle, et elle se mit à courir.

Elle dépassa les voûtes sous lesquelles les armes et armures des gladiateurs étaient autrefois rangées et courut le long d'une rampe en direction de la Porta Libitinensis – la Porte de la Mort – par laquelle leurs dépouilles étaient évacuées.

Elle était presque arrivée à l'arche en ruine, l'arène tout entière se déployant devant ses yeux, quand son téléphone – revenu dans une zone de réception – se mit à sonner. Elle le sortit et vit qu'elle avait manqué au moins douze appels. Tous venaient de sa nounou.

Elle décrocha, terriblement inquiète, parlant turc : « Que se passe-t-il ? »

Ce ne fut pas la nounou qui répondit, mais un Américain.

« Leyla Cumali ?

— Qui êtes-vous ? » cria-t-elle, terrifiée.

Mais il ne répondit pas à sa question, utilisant les mots précis que nous avions choisis ensemble dans ma chambre d'hôtel : « Je vous ai envoyé une vidéo ; regardez-la. »

Dans sa confusion et sa peur, elle ne parut pas avoir entendu et exigea à nouveau de savoir qui il était.

« Si vous voulez sauver votre neveu, regardez la vidéo, exigea Ben. Elle est tournée en direct, ça se passe en ce moment. »

Neveu ? pensa Cumali. Ils savent tout.

Les mains tremblantes, presque en larmes, elle trouva la vidéo et la fit défiler. Elle faillit s'évanouir en la voyant et hurla au téléphone : « Non… je vous en prie… oh, non. »

38

J'étais à nouveau en train de me noyer, autant dans la douleur que dans l'eau. Je luttais pour survivre, le liquide dégoulinant sur mon visage et mon pied fracassé, provoquant un afflux ininterrompu d'atroces souffrances. Ce fut très vite la seule chose dont j'eus conscience.

J'avais la tête en arrière, la gorge béante, l'eau coulant à l'intérieur et provoquant d'interminables spasmes. J'avais la poitrine qui se soulevait, les poumons qui hurlaient, le corps qui lâchait. La peur, qui avait chassé toute pensée rationnelle, était en train d'avoir raison de moi. J'avais essayé de compter à nouveau, mais laissé tomber à cinquante-sept secondes. J'avais l'impression qu'il y avait déjà une éternité de cela.

Derrière le bandeau, j'avais dépassé la dernière étoile. J'avais vu le vide au bout de l'univers, une obscurité sans forme et sans fin. Je savais qu'ils m'avaient atteint bien au-delà de la douleur physique, marqué dans l'âme.

Un souvenir ténu me revint. Murmure avait dit quelque chose. Il avait dit que si jamais c'était trop pour moi, il valait mieux que j'en finisse. Prendre mon flingue et, en soldat, partir retrouver mon Dieu. Mais – et c'était le summum de la cruauté –, comme les tortionnaires maîtrisaient le flux d'eau, je ne pouvais même pas ouvrir plus la gorge pour inonder mes poumons et précipiter ma noyade. Même cette ultime dignité, celle de me suicider, m'était refusée. Je devais continuer, souffrir, rester à la Porte de Nulle Part sans pouvoir la franchir.

Le Sarrasin regarda sa montre. L'Américain avait résisté déjà cent vingt-cinq secondes – plus longtemps qu'aucun homme qu'il avait connu, bien plus longtemps qu'il ne s'y était attendu, approchant le record établi par Khalid Sheikh Mohammed, un grand guerrier, disciple du seul vrai Dieu et courageux exégète du saint Coran. Il devait certainement être prêt à parler, maintenant. Il fit un signe aux deux Albanais.

Je sentis l'eau ruisseler de mes cheveux et ils m'arrachèrent la serviette sale en me sortant du pédiluve.

Je tremblais, je n'avais plus du tout le contrôle de mon corps et à peine plus de mon cerveau. La terreur était physique, faisait ressurgir toutes les peurs de ma vie. Je n'arrivais pas à parler, mais la douleur de mon pied se raviva avec une telle force que j'allais plonger dans une inconscience bienvenue. Mais le Sarrasin me frappa violemment sur l'os fracturé de ma pommette.

Il m'ouvrit les paupières et examina mes pupilles, pour voir ce qu'il restait de vie en moi, tandis que son autre main sondait mon cou en quête d'une artère, pour vérifier les battements de mon cœur. Il recula et me regarda – m'efforçant de retrouver mon souffle, de contrôler mes tremblements, de chasser la douleur de mon pied.

« Qui es-tu ? » me demanda-t-il, si doucement que je fus sans doute le seul à l'entendre.

Je vis l'inquiétude et la perplexité sur son visage, ce qui me redonna un peu de force. Dans cette lutte épique de volontés, j'étais en train de mourir, mais aussi de gagner.

« Le nom ? » dit-il.

Je secouai la tête faiblement.

« Laisse-le-moi, intervint Nikolaïdes, explosant d'impatience.

— Non, objecta le Sarrasin, tu vas finir par le tuer et nous ne saurons rien. On prendra tout le temps qu'il faudra.

— Sauf si quelqu'un passe en bateau pour regarder les ruines et devient trop curieux, rétorqua Nikolaïdes.

— Alors, va déplacer le cabin-cruiser. Mets-le derrière les rochers, hors de vue. »

Nikolaïdes hésita, peu habitué qu'il était à recevoir des ordres.

« Vas-y, dit le Sarrasin. On perd du temps, là. »

Le taureau lui lança un regard noir mais il céda, se tourna vers les deux Albanais et leur intima l'ordre de venir l'aider. Les hommes disparurent dans le passage principal, et le Sarrasin se pencha vers moi, effondré contre le pédiluve, toujours attaché à ma planche, les poignets gonflés et déformés, les menottes d'acier entaillant la chair, mes doigts, que le sang n'irriguait presque plus, aussi blancs que du marbre. Du bout de sa chaussure, il me donna un petit coup sur mon pied fracassé et me regarda grimacer de douleur. Il recommença, plus fort, et, malgré moi, je hurlai.

« Ça ne va pas s'arranger », promit-il calmement.

Il recula son pied pour shooter à nouveau dans la chair à vif, mais n'en eut pas le temps. Du fond du passage latéral, dans l'obscurité, une voix se fit entendre.

Elle hurlait comme une folle, en arabe.

39

De là où j'étais étendu, j'avais une vue dégagée sur Cumali courant dans la lumière, le visage marqué par la peur, son téléphone serré dans sa main, son frère se précipitant à sa rencontre.

L'espace d'un instant, je me demandai ce qui s'était produit : dans ma tête, le plan était réduit à néant et j'avais du mal à traiter même les informations les plus rudimentaires. Je n'arrivais pas à imaginer que Bradley fût vivant ; je n'avais plus souvenir qu'un appel téléphonique pouvait encore nous sauver, moi et la mission.

Je les observais sans comprendre, essayant de ne pas m'abandonner à la douleur de mon pied et de mes poignets, tandis que Cumali avait rejoint son frère et lui tendait le téléphone. Il parlait en arabe, mais il était clair qu'il exigeait de savoir ce qui n'allait pas. Cumali, essoufflée, se contenta de lui montrer le téléphone. Le Sarrasin regarda l'écran…

Son fils bien-aimé le fixait du regard, innocent, plein d'incompréhension. Des larmes coulaient sur les joues du petit gars mais, comme il était filmé, il faisait de son mieux pour sourire. Il avait un nœud coulant autour du cou.

Le Sarrasin avait les yeux rivés sur l'image. Son univers tout entier basculait, tout ce qu'il croyait savoir et comprendre vacillait sur ses bases. Puis il porta sur moi un regard meurtrier et incertain. Quelqu'un menaçait son fils ! Il allait…

Il fonça vers moi, blême de rage, et un déclic se fit dans mon esprit troublé. C'était l'appel téléphonique que j'avais tant attendu, seconde après seconde, celui que j'avais désespérément voulu entendre. C'était la seule explication du désarroi de cette femme et de la colère du Sarrasin…

Bradley y était arrivé !

J'essayai de me redresser un peu, mais j'étais toujours ligoté sur la planche. Malgré la douleur fulgurante, je réussis à me rappeler ce que j'avais répété dans ma chambre d'hôtel lorsque mon esprit et mon corps étaient intacts et que, contrairement à d'autres, je ne savais pas ce que c'était que la terreur. J'avais imaginé que le moment du plus grand danger serait lorsque le Sarrasin comprendrait qu'il s'agissait d'un coup monté et que la vie de son fils était en jeu : il pourrait très bien donner libre cours à sa furie et tuer quiconque lui tomberait sous la main. Je cherchai au plus profond de moi ce que je devais dire.

« Sois raisonnable et tu pourras sauver ton fils, articulai-je avec difficulté.

— Comment sais-tu que c'est mon fils ? hurla-t-il.

— Tu peux le sauver si tu veux », répétai-je, sans prendre la peine de le lui expliquer.

Cumali avait suffisamment retrouvé ses esprits pour se mettre à crier après son frère – à moitié en arabe, à moitié en anglais, mais toujours au supplice – lui disant de me demander sans perdre de temps ce qu'il devait faire pour sauver l'enfant. Le Sarrasin, les yeux toujours fixés sur moi, hésitait entre raison et rage.

« Regarde l'image ! hurla Cumali. Regarde ton fils ! »

Elle lui mit le téléphone sous le nez et il scruta à nouveau l'image de l'enfant. Il se tourna vers moi…

« Qu'est-ce qui se passe ? Dis-moi ce qui se passe ! demanda-t-il.

— Parle à l'homme qui est au téléphone », répondis-je.

Le Sarrasin prit le téléphone et parla en anglais, plein de hargne. « Qui êtes-vous ? » mugit-il, tentant de montrer un peu d'autorité.

Je savais que Bradley ignorerait la question. Comme prévu, il dirait au Sarrasin de regarder un clip vidéo qu'il allait lui envoyer. La première image serait une pendule ou une montre pour prouver que ce n'était pas simulé, que ce n'était pas une mise en scène, que cela se passait bien en temps réel.

Le Sarrasin regarda le clip. Il vit la pendule, puis sembla vaciller. Sa sœur s'accrocha à lui, criant dans un mélange d'arabe et de turc. Le clip montrait une extrémité de la corde attachée au crochet de cuivre auquel avait été suspendue la lampe de la cuisine. L'autre extrémité était le nœud coulant autour du cou du petit gars. Il était debout sur les épaules de la nounou obèse, en nage. Quand ses genoux flageolants céderaient, elle tomberait, et l'enfant serait pendu.

La scène était horrible et il n'était pas étonnant que Bradley s'y soit violemment opposé, mais j'avais besoin de quelque chose qui choque le Sarrasin, qu'il ne puisse avoir le temps d'agir ni même de réfléchir. À dire vrai, l'idée n'étant pas de moi, je n'avais aucun mérite – si tant est qu'on puisse parler de mérite.

J'avais lu quelque chose à ce sujet des années auparavant. Pendant la Deuxième Guerre mondiale, des militaires japonais avaient obligé des pères européens faits prisonniers à porter leur enfant exactement de la même façon. Ils avaient ensuite obligé les mères à regarder jusqu'à ce que leurs maris titubent et tombent. Bien entendu, les Japonais, eux, en avaient fait un sport national.

Le Sarrasin baissa son téléphone et me dévisagea, plein de haine. Pendant qu'il restait planté là, Cumali se rua sur moi, prête à m'arracher les yeux.

Son frère la retint. Il réfléchissait, jetant des regards partout autour de lui sur les murs des ruines. Cela témoignait mieux de son enfermement que les barreaux de n'importe quelle cage. Mon esprit se remettait à fonctionner, et je sus qu'il me fallait maintenir la pression pour lui ôter toute chance de perturber le scénario que j'avais écrit.

« Mon pays et moi ne tolérerons aucun retard, dis-je. Reprends le téléphone. »

Comme un automate, sous le choc, le Sarrasin porta de nouveau le téléphone à son oreille et entendit une femme sangloter, hystérique, à l'autre bout, qui lui parlait en turc. Ne sachant que faire – c'était une langue qu'il ne comprenait pas – il le tendit à sa sœur.

Elle commença à traduire en arabe, mais je l'interrompis. « En anglais », exigeai-je.

Elle dit à son frère que c'était la nounou. « Elle nous implore. Elle ne tient plus debout ! Elle dit que si on ne peut pas la sauver, qu'on sauve au moins l'enfant. »

Elle agrippa la chemise du Sarrasin, hors d'elle. « Qu'est-ce que tu as bien pu faire, mon Dieu ? Dans quoi est-ce que tu nous as entraînés ?! »

Il la repoussa, et elle faillit tomber en arrière. Elle le regardait, suffoquant de rage.

« Nous avons estimé que la nounou serait sans doute capable de tenir encore six minutes, dis-je. Bien entendu, nous pouvons nous tromper. Il se pourrait que ce soit moins. »

Je venais d'inventer ça, mais, compte tenu des circonstances, personne n'en douta. Le Sarrasin observa l'image du téléphone, puis moi. Je le savais ébranlé, désemparé.

« Tu es son père, dis-je calmement. Tu es responsable de ton fils. Sauve-le. »

J'avais appris, longtemps auparavant à Genève, que l'amour n'était pas faiblesse, que l'amour était force. Et c'est sur cette force que j'avais tout misé. Le Sarrasin ne dit rien, il était paralysé – incapable de réfléchir ni de décider –, tiraillé entre son grand dessein et la vie de son fils.

Il fallait que je le pousse un peu et, cherchant dans mon cerveau éclaté, je me souvins de ce que je devais dire. « Quelle est la valeur d'une promesse, surtout à une épouse en train de mourir ? Mais si tu veux manquer à la promesse que tu as faite devant Allah, vas-y. »

Il me regarda, affolé, la respiration haletante, entrecoupée. « Comment tu sais ça ? Qui t'a parlé de Gaza ?! »

Je ne répondis pas, et il se détourna. Il était dans le noir le plus complet, essayait de trouver le moyen d'échapper à cette prison, pensant – j'en étais certain – à sa femme agonisante qu'il tenait dans ses bras, au fait que son fils était le dernier lien tangible avec elle et la promesse sacrée qu'il avait faite, à elle et à Dieu, de le protéger.

Je vis ses épaules tomber, puis sa voix se brisa, soudain pleine d'angoisse. « Qu'est-ce que tu veux ? Dis-moi ce que je dois faire. »

Cumali, sanglotant de soulagement, se jeta à son cou.

« Il faut que je fasse savoir à l'homme du téléphone que je suis sain et sauf, déclarai-je. Détache-moi. »

Le Sarrasin hésita – s'il me libérait, il savait qu'il ne pourrait plus revenir en arrière –, mais il n'eut pas le temps d'y réfléchir plus longtemps. Cumali s'avança, défit les lanières de cuir qui m'attachaient à la planche, sortit une clé de sa poche et déverrouilla les menottes.

Elles tombèrent par terre et je défaillis sous l'effet de la douleur que provoqua le retour de la circulation dans mes mains enflées. Je réussis à me retenir au bord du pédiluve. Dès que mon pied blessé toucha le sol, l'explosion des nerfs écrasés me renvoya presque dans la boue, mais je parvins tout de même à rester debout et à tendre la main vers le téléphone.

Le Sarrasin me le donna, mais je ne le portai pas aussitôt à mon oreille.

« Les armes », dis-je.

Ils me remirent l'un et l'autre un pistolet. Celui de la femme flic était un Beretta standard 9 mm, mais celui du Sarrasin, sans doute fourni par Nikolaïdes, était un SIG 1911 Stainless, fabriqué en Suisse, la meilleure arme qu'on puisse acheter au marché noir.

J'empochai le Beretta et gardai le SIG, le tenant mollement. Compte tenu de l'état de mes mains, je n'étais même pas sûr de pouvoir tirer. Je soulageai mon pied blessé en m'appuyant sur l'autre, chassai une vague de nausée et portai le téléphone à ma bouche.

« Ben ? dis-je, d'une voix rauque et cassée, sans doute difficilement reconnaissable pour lui.

— C'est toi ? » demanda-t-il.

La voix du flic, que je pensais ne jamais plus entendre, ce fut presque trop pour moi. Je m'effondrai un instant et me rendis compte, alors, qu'ils m'avaient presque détruit.

« Si on veut, dis-je au bout d'un moment. Je vais mettre le haut-parleur, Ben, continuai-je, essayant de me remémorer tout ce que j'avais planifié avec tant de soin. Tu entendras tout ce qui se passe. S'il m'arrive quelque chose, tu butes la nounou – d'accord ? »

Je vis que le Sarrasin et Cumali avaient compris le message, et je baissai le téléphone. Malgré les trous fraîchement creusés dans mon cerveau, je savais qu'il fallait que j'avance, vite. Je me tournai vers la femme.

« Allez au bout du tunnel et surveillez la plage. Quand vous voyez les autres, revenez vite me prévenir. N'oubliez pas : faites la maligne, demandez-leur de m'attaquer, et l'homme de Bodrum le saura aussitôt. Vous savez ce qu'il fera. »

Elle acquiesça et partit en courant, voulant à tout prix que ça se passe bien, à tout prix sauver l'enfant. Dans son angoisse et sa peur, je ne suis pas sûr qu'elle se soit rendu compte qu'elle était devenue mon alliée.

Je me tournai vers le Sarrasin. Je savais que, quand bien même je venais de souffrir le martyre, la partie la plus difficile était encore à jouer : je devais l'amener à me dire la vérité, faire attention à ne pas me faire avoir avec des mensonges et de la désinformation.

« Je m'appelle Scott Murdoch, déclarai-je, surmontant la douleur que me causaient mes blessures. Je suis un agent de Renseignement américain. Et j'ai des questions à te poser. »

40

J'étais resté éveillé des heures la nuit précédente, pensant à la façon dont j'allais interroger Zakaria al-Nassouri, si jamais j'y arrivais enfin.

J'avais décidé que mon seul espoir était de le soumettre à une batterie roulante de questions, sans lui donner le temps de deviner quelles étaient les réponses que je connaissais et celles que j'ignorais. Je devais entretenir la confusion au maximum, pour qu'il n'aille pas se risquer à me mentir, et le faire si vite qu'il n'aurait pas le temps de réfléchir et raconter des salades.

Je savais déjà que ce serait difficile quelques heures auparavant mais, maintenant, atteint dans mon corps et dans ma tête, j'ignorais totalement si j'allais y parvenir. Une erreur, un mensonge qui m'échapperait, et tout cela n'aurait servi à rien.

« Si tu mens, si tu me donnes une seule réponse incorrecte, le menaçai-je, je t'abats et je raccroche le téléphone. Je te rappelle que, à Bodrum, l'homme a des instructions concernant ton fils. C'est clair ? » Je n'attendis pas la réponse. « Qui a engagé Patros Niko-laïdes ? » enchaînai-je, craignant que ma gorge blessée ne me lâche.

Cette question le prit d'emblée à contre-pied. Personne n'avait mentionné le nom du vieux taureau, et le Sarrasin se demandait comment je pouvais bien le connaître. Il était déjà sur la défensive.

« Ma sœur, répondit-il, essayant de ne pas montrer qu'il était déstabilisé.

— À douze ans, elle a gagné un prix pour une épreuve écrite – dans quelle matière ?

— En anglais… un exercice de compréhension. » Qui diable avait bien pu leur dire ça, devait-il penser, qui pouvait connaître ce genre de détails ? Sa mère… ?

« Dans quel hôpital as-tu été traité pour l'éclat d'obus reçu dans la colonne vertébrale ?

— Au dispensaire de Gaza. »

Je passais d'un pays à un autre, sautant d'une décennie à l'autre…

« Est-ce que ta sœur a déjà fait de la plongée sous-marine ?

— C'est mon père qui lui a appris, quand elle était jeune. » C'était sans doute vrai, leur père avait travaillé au département de Biologie marine de la mer Rouge.

« Combien d'hélicoptères de combat Hind as-tu abattus ? »

Je m'assurai du fonctionnement du micro du téléphone, espérant de toutes de mes forces que Bradley prenait des notes – dans mon état, je n'étais pas sûr de pouvoir mémoriser toutes les réponses.

Le Sarrasin était sous le choc – nous étions en Afghanistan à présent. « Trois, quatre selon certains », répondit-il. Mais qui est cet homme ? pouvais-je lire sur son visage.

« Après la guerre contre les Soviétiques, où as-tu acheté ton certificat de décès ?

— À Quetta, au Pakistan.

— À qui ?

— Comment le saurais-je ? C'était dans le bazar.

— Qui t'a fourni une nouvelle identité ? »

— Abdul Mohammad Khan. »

Sa réponse fut dite d'une voix un micron plus bas que les autres, et je me dis que c'était une trahison. Excellent.

« Parle normalement, dis-je. L'adresse de ta maison d'enfance à Djeddah ?

— Tu la connais, tu en as vu la photo.

— J'y suis allé. La photo, c'est moi qui l'ai prise, répondis-je. Où étais-tu basé quand vous combattiez en Afghanistan ?

— Dans l'Hindu Kush, un village qui s'appelle… »

J'anticipai, pour lui montrer que je connaissais déjà la réponse, et pour garder un rythme implacable. « Quelle était la nationalité de ta nouvelle identité ?

— Libanaise. »

Je tenais ma première info : j'avais une nationalité et, de là, je savais que nous pourrions remonter sa trace s'il le fallait. Le piège se refermait.

Dans la maison de Bodrum, Bradley tenait le téléphone tout près de son oreille, essayant de tout entendre, des papiers éparpillés sur le banc devant lui, griffonnant à toute allure pour me suivre.

Il racontera plus tard qu'il était presque sûr – à en juger par ma voix – que j'étais en train de mourir tout debout.

41

C'était aussi mon impression. Je me penchai sur le pédiluve pour prendre un peu d'eau dans ma main et m'en asperger le visage – n'importe quoi pour me permettre de continuer, pour diminuer la douleur et calmer la fièvre que je sentais monter. « Qui est Saïd bin Abdullah bin Mabrouk al-Bishi ? demandai-je.

— Le bourreau du royaume, répondit le Sarrasin.

— De quel pays ?

— Arabie saoudite.

— Comment se fait-il que tu le connaisses ? »

Il marqua une pause et je vis que, malgré les années écoulées, la blessure était encore à vif. « Il a tué mon père.

— Plus vite, l'avertis-je. Ta date de naissance ? »

Il avait à peine commencé que je lui assénai la suivante. « Ton groupe sanguin ? »

Il n'avait encore répondu qu'à moitié que je déviai à nouveau. Il fallait maintenir la pression…

« Le nom commun de l'*Amphitrion ocellaris* ?

— Le poisson-clown.

— Où as-tu obtenu ton diplôme de médecin ?

— À la faculté de Beyrouth.

— Qui l'a financé ?

— Une bourse – du département d'État des États-Unis. »

Je ne réagis pas, mais oui, ça n'avait rien d'étonnant.

« Quelle mosquée fréquentais-tu dans ta jeunesse à Bahreïn ? »

Je n'arrivais pas à me rappeler son nom, mais la réponse du Sarrasin me parut bonne.

« À quel groupe radical était-elle affiliée ?

— Aux Frères Musulmans.

— Le nom du dernier hôpital où tu as travaillé.

— L'hôpital régional d'el-Mina. »

C'était la deuxième info : les hôpitaux ont des archives du personnel, et elles révéleraient le nom dont il s'était servi depuis qu'il avait obtenu son passeport libanais.

« Qui était le directeur médical ?… En quelle année as-tu commencé ?… Quel mois ? »

Le Sarrasin était bien obligé de répondre. Le rythme était implacable, mais c'était aussi très éprouvant pour moi. Le peu d'énergie qui me restait s'épuisait rapidement, et j'étais maintenant certain que la douleur qui me martelait l'arrière du crâne était un symptôme de fièvre. Sans doute une infection venant des blessures ouvertes se répandait-elle dans tout mon corps. Accélère, me dis-je. Accélère…

« Le nom de la mère de l'enfant ?

— Amina.

— Ebadi ?

— Oui, répondit-il, stupéfait.

— Combien d'autres identités a-t-elle utilisées ?

— Quatre.

— Quelle est la relation entre la brigade des Martyrs d'al-Aqsa et l'orphelinat de ton fils ?

— Ils l'ont fondé.

— Comment ta femme a-t-elle été tuée ?

— Une roquette sioniste. » Dieu, que d'amertume dans sa voix !

« Quel était le nom du fils de Nikolaïdes qui est mort à Santorin ?

— Quoi ? rétorqua-t-il, perplexe, aux abois. On revient aux Grecs ? »

Il ne savait absolument pas où nous allions, et cela me redonna de la force. Je me rendis compte que chaque détail de mon voyage épique comptait. J'utilisais chaque fil ; pour une fois, je reliais tous les points. Rien n'avait été perdu. Rien.

« Le nom du fils ? » répétai-je.

Il essaya de s'en souvenir, n'étant même pas certain de l'avoir jamais su. « Je sais pas… Je peux pas… » Il paniquait. « Christopher…, hasarda-t-il. Non, non…

— Christos, dis-je, lui accordant un répit. Où étais-tu le jour précédant ton arrivée à Bodrum ?

— En Allemagne. »

Je le crus. Ça devait être quelque part par là-bas.

« Combien de temps y as-tu passé ?

— Deux mois.

— Le nom de la rue où se trouvait la mosquée que tu fréquentais ?

— Wilhelmstrasse.

— Dans quelle ville ?

— Karlsruhe.

— Quel est le nom des trois étrangers que tu as tués dans l'Hindu Kush ?

— Je ne sais… Je ne me rappelle pas…

— Les prénoms ! Comment s'appelaient-ils entre eux ?

— Jannika… »

Je n'attendis pas. Je ne me les rappelais pas nonplus. « T'es-tu servi d'un forum sur Internet pour communiquer avec ta sœur ?

— Oui.

— Poisson-clown, c'est quoi ?

— Mon pseudo.

— Quelle maladie a eue ton fils quand tu étais dans l'Hindu Kush ? »

Il me dévisagea – comment diable savais-je que son fils avait été malade ?

« La grippe… »

Ne sachant plus à quel saint se vouer, il tentait un mensonge pour me mettre à l'épreuve, mais je le regardai droit dans les yeux et il se reprit.

« Une méningite à méningocoques.

— Trop lent. Et ne recommence pas ça. Quel est le nom du plus grand hôtel de Karlsruhe ? »

Je ne connaissais pas cette ville, et il me fallait autre chose pour être sûr qu'il n'y aurait pas de confusion sur le lieu. Je sentais la fièvre monter encore.

« Deutsche König, dit-il.

— Y as-tu travaillé ?

— À l'hôtel ?

— Non, à Karlsruhe !

— Oui.

— Où ça ?

— Chyron. »

Le nom ne me dit rien, et je n'étais même pas sûr de l'avoir bien entendu. « Le nom complet.

— C'est américain, c'est son…

— Le nom complet ! »

Le Sarrasin, qui transpirait, essayait sans doute de se représenter l'enseigne sur la façade du bâtiment, mais il sécha. Je levai le téléphone pour parler à Ben, comme si je menaçais l'enfant. Il le retrouva.

« Chyron Pharma-Fabrik GmbH.

— Le nom de la mosquée que tu fréquentais enfant. »

Je m'en fichais – je vis le Sarrasin se détendre, à peine un léger relâchement des muscles de sa mâchoire, et je sus que Karlsruhe et son usine chimique étaient la zone sensible entre toutes.

« Ton adresse quand tu travaillais à el-Mina ? »

Le Sarrasin avait du mal à suivre, mais il donna un nom de rue et un numéro. Il n'avait pas encore fini que je remis ça : « Donne-moi trois noms de personnes auprès de qui je peux le vérifier. »

Il me les donna, mais je me fichais aussi d'el-Mina, même si je devinais que c'était là qu'il avait synthétisé le virus.

« Quel travail tu faisais, chez Chyron ? » J'étais revenu là où je voulais en venir – dans la zone sensible. Je vis à son expression qu'il ne partageait pas mon enthousiasme.

« Employé aux expéditions.

— Le nom du contremaître.

— Serdar…

— Tes horaires ?

— Service de nuit.

— L'activité principale de Chyron ?

— Laboratoire pharmaceutique.

— Quelle sorte de médicaments ?

— Les vaccins. »

Et là je fis un pari. Probablement le plus gros de ma vie, mais un médecin ne prendrait pas un job de nuit dans le département des expéditions d'un laboratoire pharmaceutique pour rien.

« Quand le virus a-t-il quitté Karlsruhe ? »

Il s'arrêta un quart de seconde, et je portai à nouveau le téléphone à ma bouche, prêt à dégoupiller la grenade. Il me regarda un petit peu plus longuement.

« Hier », dit-il calmement.

Je sentis les tours de granite du mystère s'écrouler et un immense soulagement me tomber dessus, un soulagement tel que, pendant un instant, j'en oubliai la douleur. Enfin, je savais : dans les dernières vingt-quatre heures, un vaccin contaminé avec le virus de la variole avait quitté un laboratoire en Allemagne appelé Chyron Chemicals.

Il était déjà aux États-Unis, ou près d'y être, et la question qui me vint aussitôt fut : quel volume ? Quelle était l'ampleur de l'attaque ?

« Combien de doses ?

— Une centaine. »

Ce fut la légère inflexion, la voix qui retombait à la fin, comme s'il essayait de se débarrasser de la chose, qui m'alerta. J'avais toujours le téléphone près de la bouche. Je tenais toujours le SIG dans l'autre main et je pointai le canon sur son visage…

« Je vais te reposer la question, mais c'est la dernière fois. Combien ? »

Il sembla s'affaisser. « Dix mille ».

Il me fallut tout le sang-froid du monde pour ne pas réagir. Dix mille ?! Le nombre devait être exact ; c'était si fou que ça ne pouvait pas être un mensonge et, à cet instant, je mis la dernière pièce du puzzle en place. Compte tenu de l'ampleur de l'attaque et de la période de l'année, il n'y avait qu'un endroit où le virus avait pu être dissimulé. J'étais certain de savoir où il se trouvait et ce qui avait été planifié. Pour la première fois dans ce qui m'apparaissait comme une éternité ou presque, je n'avais plus de question.

Je m'appuyai contre le pédiluve. Je souffrais, j'étais au-delà de l'épuisement et, avec cette fièvre qui envahissait peu à peu mon corps, la sueur commençait à me couler le long des joues.

Je levai les yeux et vis qu'al-Nassouri me regardait. Il savait pourquoi l'interrogatoire s'était arrêté. J'avais tous les renseignements dont j'avais besoin, et toutes ses années de travail, cela même qui avait donné de la valeur et un sens à sa vie, étaient anéanties. Il était sur le point de me dire quelque chose, sans doute de me maudire au nom de son Dieu, mais il n'en eut pas le temps. Cumali réapparut, courant vers nous.

« Ils arrivent ! cria-t-elle, s'arrêtant brutalement.

— Ensemble ? demandai-je, oubliant mon épuisement. En ordre dispersé ?

— Non, ensemble. »

Cela me donnait un avantage. S'ils s'étaient déployés, l'homme resté en arrière aurait été alerté par la fusillade, et je ne donnais pas cher de ma peau contre un connard armé d'un pistolet-mitrailleur. L'effet de surprise et les frapper simultanément, c'était ma meilleure arme.

J'entendis Bradley hurler dans le téléphone, craignant que quelque chose ne soit arrivé.

« Un problème, lui dis-je. Tiens bon, trois minutes… »

Je fourrai le téléphone dans ma poche et tentai de plier mes doigts enflés pour voir si j'étais capable de tirer avec le SIG. Une chose était certaine : avec mon pied meurtri, je ne pourrais pas me tenir debout, ni même m'accroupir. Il me fallait de l'aide.

42

Le Beretta vola. Je l'avais sorti de ma poche et aussitôt lancé à Cumali. Elle l'attrapa et me dévisagea, étonnée.

« S'il m'arrive quelque chose, dis-je, l'homme de Bodrum ne voudra rien entendre ; il abattra la nounou. Alors vous avez intérêt à ce que je vive. Compris ? »

Elle allait acquiescer, mais son frère la devança. « C'est pas un travail pour elle, c'est une femme. Donne-moi le pistolet. »

Je le regardai avec incrédulité mais, en réfléchissant, vu son passé et ses convictions, j'aurais dû l'anticiper. « Non, dis-je.

— Tu sais que j'ai été *moudjahid*, insista-t-il. J'ai déjà tué, et je tire mieux. Donne-le-moi.

— Non, refusai-je, catégorique. Je ne te fais pas confiance et, de toute façon, tu es le leurre. »

Le leurre ? Il parut ne pas comprendre. Je n'avais pas le temps de lui expliquer et je me tournai vers Cumali. « Vous avez déjà tué quelqu'un ?

— Jamais. » Et l'idée n'avait pas l'air de l'enchanter.

« Alors, souvenez-vous d'une chose : ce n'est pas un homme que vous abattrez, c'est votre neveu que vous sauverez. »

Je lui indiquai un amas de pierres qui lui ferait un abri tout en ayant une vue dégagée sur les trois hommes. « Votre cible, c'est le vieux, dis-je. Il sera plus lent et il n'a qu'un pistolet. J'essaierai d'avoir les deux autres avec leurs pistolets-mitrailleurs.

» Je serai assis. Le leurre sera debout ; il fera semblant de m'interroger. À l'instant où vous me verrez rouler sur mon épaule, ouvrez le feu. Visez la poitrine de Nikolaïdes. Lorsqu'il tombera, continuez de tirer, d'accord ? Le bruit, ça aide toujours. »

Je pris le couvercle en acier poli de la vieille boîte isotherme et le plaçai contre une colonne écroulée. Je me laissai glisser par terre et me penchai contre le pédiluve, le dos à moitié tourné à l'ennemi qui approchait.

Quand ils me verraient écroulé vers une autre direction, ils ne soupçonneraient rien. Et ils ne verraient pas le SIG sur mes genoux. Le couvercle en acier poli n'était pas un miroir parfait, mais il ferait son office : j'aurais une vue dégagée du champ de bataille et de la position exacte des trois ennemis en approche.

« Ils arrivent ! » chuchota Cumali.

J'enlevai le cran de sûreté du SIG, espérai que malgré son angoisse Cumali n'aurait pas oublié de faire de même, et attendis, le Sarrasin debout au-dessus de moi. Je respirai péniblement, jouant un homme brisé dont les yeux étaient rivés au couvercle en acier poli.

Je vis le reflet de Nikolaïdes et des deux autres quand ils entrèrent, et je me forçai à attendre qu'ils soient à la distance optimale de tir, comme disent les tireurs d'élite. Quatre secondes… trois…

Le soleil se déplaça légèrement sur son axe et un rai de lumière passa au travers du toit défoncé. Il frappa le dessus de la glacière, produisant un reflet qui attira l'attention des trois hommes.

Nikolaïdes n'était pas idiot. Il remarqua que le couvercle d'acier avait été déplacé. Il lorgna de mon côté et me surprit en train de les observer. Il hurla un avertissement aux Albanais, se jeta de côté et sortit son pistolet.

Je me laissai tomber sur l'épaule et roulai en position de tir. Cumali ouvrit le feu avec le Beretta, mais sans parvenir à toucher quoi que ce soit, encore moins le taureau qui s'était mis à courir.

Je roulai sur moi-même plusieurs fois dans la boue et la poussière, laissant échapper un cri dû à la douleur fulgurante que me causèrent mon pied écrasé et ma poitrine blessée, et je mis M. Muscle en joue. Il approchait avec son pistolet-mitrailleur, prêt à arroser le pédiluve et tout ce qui se trouvait à proximité, moi y compris.

Je vis le Sarrasin se baisser et essayer de se mettre à l'abri derrière les gravats.

J'étais retourné sur le dos, j'avais le doigt sur la détente, mais il était tellement enflé que je ne sentais pratiquement rien. En désespoir de cause, je tirai une salve de trois coups sur M. Muscle, m'appliquant à les disperser.

En temps normal, mon premier tir aurait dû faire mouche, mais rien ne relevait du normal ici, et les deux premiers coups de feu manquèrent complètement leur cible.

Le troisième l'atteignit à l'entrejambe. Rien de mortel, mais à si courte distance il bascula en arrière sous l'impact. Il lâcha son Skorpion et empoigna ce qui lui restait de ses parties génitales.

Tirant au jugé sur Nikolaïdes qui se déplaçait rapidement, Cumali n'avait aucune idée de ce qui se passait ailleurs sur le terrain. Elle manqua le vieux taureau d'un kilomètre, mais atteignit le second couteau en pleine gorge. Il s'écroula aussitôt.

Elle continua de tirer sur Nikolaïdes, même s'il approchait rapidement du pédiluve. Les balles giclaient autour de moi dans la boue.

Seigneur ! J'aurais bien crié un avertissement, mais personne ne l'aurait entendu par-dessus les hurlements de M. Muscle qui essayait de retenir le sang qui ruisselait de son entrejambe. J'essayai de rouler pour me mettre à l'abri, mais je fus violemment rejeté en arrière. Une douleur me déchira l'épaule, touchée par l'une des balles perdues de Cumali.

Je parvins à me mettre sur un genou, dirigeant aussitôt le SIG vers la silhouette floue encore indemne de Nikolaïdes. Je maudis mon foutu doigt qui avait tant de mal à presser sur la détente, tandis que ma main gauche, soutenant le canon, tremblait comme une feuille.

Je tirai à quatre reprises, très vite, mais je ne réussis qu'à atteindre le vieux taureau aux jambes, l'envoyant à terre, son pistolet lui échappant des mains. Je roulai vite sur moi-même, sachant qu'il fallait se dépêcher d'en finir, mes forces risquant de m'abandonner. Je vis notre M. Muscle émasculé ramper vers son pistolet-mitrailleur.

Je tirai en me retournant – cette fois enfin à la hauteur de la situation – et lui en collai deux dans le buffet, ce qui n'était pas un exploit mais suffit à le tuer.

Nikolaïdes – perdant son sang, désarmé – vit M. Muscle se ratatiner. Étalé dans la poussière, il leva des yeux pleins de haine et d'incrédulité vers moi. Je suppose qu'il s'était dit que ce serait simple, une promenade de santé, mais j'avais réussi à survivre au supplice de la planche, à retourner mes ravisseurs contre lui et même à tirer encore suffisamment bien pour en abattre deux.

« Putain, mais qui êtes-vous ? » grogna-t-il.

Je vis son regard se poser sur son pistolet qui se trouvait sur le sol, presque à portée de main. Je ne pus m'empêcher de me rappeler son sourire lorsqu'il m'avait explosé la rotule avec sa chaussure à bout d'acier, et la violence de ses coups de marteau sur mon pied.

« On m'appelait le Cavalier de la Bleue, dis-je. C'est moi qui ai donné l'ordre de tuer Christos à Santorin. »

Le visage de Nikolaïdes se décomposa – échouer, alors qu'il était si près d'avoir sa vengeance ? Il hurla, puis il eut un grand sursaut d'énergie, comme un râle d'agonie, et se jeta sur le pistolet. Je fis feu à deux reprises, et à cette distance, sa tête explosa.

Je me détournai. Il n'y a aucun plaisir à ôter la vie, même celle d'un homme comme lui. Le jour où j'aurais l'impression d'en ressentir, je saurais que l'heure est venue de quitter définitivement le champ de bataille. Je levai le SIG vers Cumali – en nage, sous l'effet d'une telle poussée d'adrénaline que je doute qu'elle ait vraiment pris la mesure de ce qui se passait –, et lui intimai d'ôter le chargeur du Beretta.

« Maintenant, dirigez le pistolet vers le sol et appuyez trois fois sur la détente, dis-je, voulant être sûr qu'il ne restait pas de balle dans la chambre. Bien, laissez-le tomber. » Lorsque l'arme toucha le sol, je lui ordonnai de procéder de la même façon avec celles de Nikolaïdes.

« Maintenant, apportez-moi tous les chargeurs. »

Elle les ramassa, me les tendit et je les mis dans ma poche. Toutes les armes ayant été vidées de leurs munitions, je lui désignai les menottes par terre, là où elle les avait jetées, la clé toujours dans leur serrure.

« Menottez-le », dis-je en désignant le Sarrasin.

Il s'était traîné hors du tas de gravats et se tenait appuyé contre le pédiluve, au comble du désespoir, se demandant pourquoi son Dieu l'avait abandonné au dernier moment.

« Les mains dans le dos », précisai-je à Cumali.

Pendant qu'elle s'exécutait, je vis que des hordes de mouches étaient déjà en train de s'attaquer aux corps, et je me fis la réflexion que ce n'était rien comparé au déchaînement des services de Renseignement d'une demi-douzaine de pays quand ils lui tomberaient dessus.

Il releva la tête et me regarda. J'avais le SIG dans une main, toujours braqué sur lui, et, de l'autre, j'entrepris de mettre ma chemise en pièces pour me faire un pansement de fortune à l'épaule et arrêter l'hémorragie. Nos yeux se croisèrent et nous sûmes l'un et l'autre que, quoi que lui réserve sa vie, il n'aurait plus jamais la possibilité de parachever son grand œuvre funeste.

« Je l'aime, dit-il simplement, parlant de son fils.

— Je sais, répondis-je. C'était la seule arme dont je disposais. »

Cumali me tendit la clé des menottes et je la rangeai dans ma poche avec les munitions. Je serrai le bandage avec mes dents, le nouai et, comme l'épanchement de sang se calmait, je sortis le téléphone de Cumali de ma poche : les trois minutes étaient pratiquement écoulées.

« Tu es toujours là, dis-je d'une voix râpeuse.

— Nom de Dieu ! s'exclama Ben. Combien de morts ? » Il avait entendu la fusillade dans le micro.

« Trois. C'est fini, tu peux les libérer. »

Quelques instants plus tard, il me dit que la nounou venait de s'effondrer sur ses genoux et qu'il avait coupé la corde du gamin. Je me tournai vers le Sarrasin et sa sœur et le leur laissai lire sur mon visage : la femme et l'enfant étaient saufs.

Le Sarrasin, assis dans la boue près du pédiluve, les mains menottées derrière le dos, baissa la tête, et je sus qu'il priait. Cumali frissonna, s'abandonnant au soulagement qui la submergeait et se mit à pleurer.

J'étais sur le point de raccrocher. Je savais que je devais donner un autre coup de téléphone, crucial, mais la fièvre avait monté et j'avais la tête qui tournait. Dans ce tumulte, il y avait quelque chose que je devais savoir.

« Est-ce que tu aurais abattu la nounou ? » demandai-je à Ben. Il ne répondit pas, et je sus que cela, en soi, était une réponse.

« Et toi ? rétorqua-t-il, au bout d'un moment.

— C'est la différence entre nous, Ben. Voilà pourquoi j'étais fait pour ce métier et pas toi. Bien sûr que je l'aurais fait. »

Tremblant, et pas seulement de fièvre, je raccrochai et fis signe à Cumali de s'approcher. Incapable de marcher – j'étais tellement épuisé, j'avais tellement mal que je tenais à peine debout –, je devais m'appuyer sur elle. Elle me soutint sous le bras, me permettant de ne pas peser sur mon pied mutilé, et je me retournai vers le Sarrasin.

« Tentez de me suivre, et je vous abats tous les deux. »

Il acquiesça et nous nous regardâmes une dernière fois, nos vies respectives changées à jamais. Ce qu'un groupe de soldats britanniques avait dit après la guerre des Malouines me revint en mémoire : seuls leurs ennemis savaient ce qu'ils avaient vraiment vécu au front.

Je ne lui dis rien – que dire ? – et je fis signe à Cumali de se mettre en route, le laissant menotté par terre. La seule clé était dans ma poche, les armes étaient inutilisables, je savais de façon certaine qu'il n'y avait qu'une seule issue aux ruines – par bateau – et j'allais prendre le seul disponible. J'étais sûr que le Sarrasin était piégé et que dans les vingt minutes suivant l'appel que j'allais passer des hordes d'hommes d'une dizaine de services différents allaient débarquer. L'arrêter, c'était la seule chose qui leur restait à faire. Il n'y avait pas de complot à déjouer, pas de réseau à faire tomber, pas de conspirateurs à poursuivre. Le programme de « *soft kill* » de l'Amérique était pratiquement réduit à néant.

Me dépêchant, à présent, j'entrepris de donner le deuxième coup de téléphone, les doigts gonflés et tremblants, essayant de me rappeler le numéro que l'on m'avait communiqué, mais qui était enregistré dans mon téléphone écrasé.

Traînant la patte, soutenu par Cumali, je me dirigeai vers le passage écroulé, m'enfonçant dans l'obscurité. Il y avait une chose, néanmoins, que j'avais négligée, et, pour le restant de ma vie, j'allais me demander comment j'avais pu faire une telle erreur.

43

Cumali me fit franchir la grille d'accès jusque sur les rochers, ébloui par la lumière aveuglante du soleil.

La courte distance depuis le pédiluve avait été le trajet le plus douloureux de ma vie, chaque pas comme un coup supplémentaire. Le supplice de la planche, la perte de sang et la fièvre, de plus en plus forte, se conjuguaient pour mettre à mal mes dernières forces.

J'avais la sensation que le passé et le présent se téles-copaient. Ne faisaient plus qu'un.

Je m'appuyai contre un rocher et j'ordonnai à Cumali de sortir le cruiser de sa cachette puis de l'amener à la vieille jetée. Alors qu'elle s'éloignait en direction d'une petite crique derrière un amas de rochers, je pressai le dernier chiffre du numéro et j'entendis le bip du téléphone établissant la liaison internationale. On répondit immédiatement.

Ma voix était à peine audible. « Monsieur le président ? dis-je, du mieux que je le pouvais.

— Qui est-ce ? répondit un homme trop jeune pour être Grosvenor.

— Il faut… Il faut que je parle…

— J'ai du mal à vous entendre. Veuillez vous identifier. » Il parlait comme un marine.

J'étais plus faible que je ne l'aurais jamais cru possible, meurtri au-delà du raisonnable, mais je compris ce qui se passait. Je me servais du téléphone de Cumali, et le système de communications de la Maison-Blanche avait identifié l'appel comme venant d'une source totalement inconnue. Certes, j'avais composé la ligne directe du président, mais ils n'allaient pas laisser passer un tel appel avant de savoir de qui il émanait. Aussi avais-je été détourné sur un centre de communications de haute sécurité enterré profondément dans les montagnes du Colorado, et je parlais à l'un des dix-huit cents marines et techniciens qui y étaient affectés.

« Veuillez vous identifier, répéta le marine du corps des transmissions.

— Je m'appelle Sco… » mais je sus que ce n'était pas ce qu'il fallait dire. Un nom ne signifierait rien. Debout sous le soleil de plomb, les yeux douloureux, j'avais l'impression de quitter mon corps. Comme si je me regardais moi-même d'en haut.

« Je vous entends à peine, dit l'homme des transmissions. Répétez, je vous prie. »

Ce fut tout juste si je l'entendis. Je voyais le vieux taureau brandir le marteau de tailleur de pierre et j'entendis quelqu'un crier dans ma tête. Je me rendis compte que c'était ma propre voix, mais le seul bruit sur la plage était celui du moteur du bateau qui approchait et les mouettes qui tournoyaient au-dessus de ma tête.

« Pilgrim… », parvins-je à dire. Tout au moins pensai-je l'avoir dit, sans en être certain – peut-être n'était-ce que dans ma tête.

« Je n'ai pas saisi. Répétez. »

Silence. Je voyais un petit garçon trisomique courir sur le rivage et sauter dans les bras de son père.

« Vous êtes toujours là ? Voulez-vous répéter, je vous prie. » La voix de l'homme des transmissions me ramena au présent.

« Je… suis… Pilgrim », dis-je.

Il l'entendit. Depuis un mois, chaque fois qu'ils prenaient leur service, les marines se voyaient marteler une instruction qui devait l'emporter sur toute autre. S'ils entendaient un mot, un certain nom de code, ils devaient accorder une priorité absolue à cette communication. Et le marine venait de l'entendre.

« Vous êtes toujours là ? Restez en ligne, s'il vous plaît, monsieur. Surtout, restez en ligne, Pilgrim ! »

Il actionna une série de fonctions sur son clavier, alertant une liste d'officiels qui devaient en être immédiatement informés – *Pilgrim est vivant ; Pilgrim est en ligne ; Pilgrim est sorti de la clandestinité.*

Le premier de la liste était l'officier de permanence à la Sécurité nationale assis à sa table dans un petit bureau de la Maison-Blanche. Il était très tard, juste après 4 heures du matin sur la côte Est, lorsqu'il décrocha son téléphone et entendit une voix anonyme : « Pour le président. Pilgrim. »

Même si l'officier de permanence était certain que le chef suprême serait en train de dormir, ses instructions étaient claires, et il appela immédiatement le téléphone de la chambre du président.

Mais Grosvenor n'était pas près de s'endormir : plus de douze heures auparavant, Murmure l'avait appelé pour lui transmettre le message optimiste de Bradley. Assis dans un fauteuil, il regardait les lumières de Washington, sans en voir aucune, quand son téléphone sonna. Il sauta dessus, surprenant l'officier de permanence qui s'attendait à devoir patienter. Grosvenor écouta l'homme trébucher sur le message.

« Qu'avez-vous dit ? aboya le président, vaincu par l'angoisse.

— C'est Pilgrim, monsieur », finit par dire l'officier de permanence. Il entendit Grosvenor murmurer quelque chose qui ressemblait à « mon Dieu », sans en être sûr. Pourquoi le président prierait-il ?

« C'est vous, Pilgrim ? » J'entendis la voix reconnaissable entre toutes de Grosvenor, même si la ligne résonnait étrangement. Quelque part dans mon esprit malmené, je compris qu'ils la codaient dans le Colorado.

« Dix mille doses, murmurai-je.

— Dix mille ? répéta le président, incrédule.

— Elles sont déjà là-bas. Il se sert de nos propres médecins… Ça va sans doute démarrer dans quelques heures. »

À un certain stade, après avoir laissé le pédiluve derrière moi, ma formation a dû prendre le dessus et, sans en avoir conscience, j'avais répété ce qu'il fallait que je dise. J'avais la gorge qui brûlait et désespérément besoin d'un verre, mais à peine y pensai-je que j'écartai cette idée, de crainte que le réflexe laryngé ne se mette en action. J'essayai de rester concentré.

« Ça vient de Chyron, poursuivis-je, d'une voix de plus en plus faible.

— Répétez, dit le président.

— C'est un laboratoire pharmaceutique… Karlsruhe… en Allemagne. »

Une autre voix vint en ligne. C'était Murmure, ils avaient dû le connecter. « Peux-tu l'épeler ? » demanda-t-il.

J'essayai plusieurs fois, sans dépasser les premières lettres. De toutes mes forces, je m'appliquai.

« Karlsruhe ? » dit Dave, essayant de confirmer.

Je ne l'avais jamais entendu parler aussi doucement, et je me demandai pourquoi. J'espérais qu'il allait bien.

« Il y a un hôtel, là-bas, le Deutsche König, parvins-je à articuler, avant que ma voix ne faiblisse à nouveau.

— Formidable, c'est formidable », dit Murmure.

Le président se demandait sans doute si je n'étais pas en train de mourir, mais, malgré les enjeux et l'urgence, il ne me pressa pas. Il savait que j'allais finir par y arriver.

« Continuez, se contenta-t-il de dire. Vous êtes un sacré héros. Allez-y, je vous écoute.

— J'aurais dû lui demander les numéros de lots, fis-je, plus faible que jamais. J'ai oublié des choses… Le Sarrasin m'a blessé, voyez-vous… Il y avait un enfant…

— Oui, nous sommes au courant, dit Murmure.

— On n'aurait pas dû faire ça… C'était… C'est juste que je n'ai pas trouvé d'autre solution…

— Bien sûr, nous comprenons, répondit Murmure. C'est fini, maintenant. »

Je trouvai un dernier élan d'énergie venu de je ne sais où qui me permit d'apporter une précision. « C'est un vaccin. C'est dans des flacons de vaccins.

— Quel vaccin ? demanda Murmure, toujours de cette voix étrange et douce.

— Contre la grippe. Il l'a mis dans des flacons d'antigrippe. C'est la saison, la vaccination commence demain. »

Il y eut un silence à l'autre bout du fil. Je crois qu'ils prenaient conscience que j'y étais arrivé. Deux coups de téléphone dans l'Hindu Kush avaient d'une certaine façon mené aux cabinets médicaux de tous les États-Unis. Puis Murmure le confirma, disant au président qu'ils avaient tout ce qui leur fallait : le jour, le laboratoire et la méthode. Je crus qu'ils allaient raccrocher – il devait y avoir un million de choses à faire –, mais Grosvenor me parla encore.

« Où êtes-vous ? » demanda-t-il.

Je ne répondis pas. C'était fini. Et je plissais les yeux à cause du soleil, pensant au long voyage qui m'attendait.

« Il est sur la côte, dit Murmure. À trente kilomètres au nord de Bodrum. N'est-ce pas ? »

Je continuai de me taire. Je rassemblais mes forces, mobilisant les quelques ressources qui me restaient. J'allais devoir me traîner dans le sable jusqu'à la vieille jetée.

« Pouvez-vous tenir le coup, Scott ? demanda Grosvenor, de plus en plus inquiet. J'envoie des hélicoptères de la flotte de Méditerranée pour vous récupérer. Pouvez-vous tenir ?

— Il va falloir prévenir les autorités turques, intervint Murmure.

— J'emmerde les autorités turques, riposta Grosvenor.

— Non, ne faites pas ça ! N'envoyez personne, dis-je. Je ne serai plus là. »

Grosvenor allait objecter, voulant savoir ce que je voulais dire, mais Murmure l'arrêta.

« D'accord, Scott, je comprends. D'accord.

— Qu'est-ce que vous me chantez là ? dit Grosvenor. Écoutez-moi, les hélicoptères sont déjà en route.

— Il est blessé, monsieur le président... Ils l'ont amoché... »

Je devais y aller, à présent, mais subitement inquiet, je me demandai si je n'avais pas oublié quelque chose. « Vous avez entendu ? Dix mille doses... Chyron... Vaccin contre la grippe.

— Oui, nous avons entendu, répondit doucement le président. Je veux vous dire, au nom de... »

Je raccrochai. C'était fini. Tout était fini. Tenir le coup – n'était-ce pas ce que j'avais dit que j'allais faire ? Tenir le coup.

44

La marée avait monté et, même si ce n'était qu'un effet du hasard, ce fut une bonne chose pour moi. Je me dirigeai vers la jetée, titubant et traînant la patte sur le sable brûlant de soleil, et n'eus d'autre choix que d'entrer dans la mer qui gagnait du terrain.

Quand l'eau m'arriva à la cheville, la fraîcheur soudaine calma la douleur au pied et me fit du bien au crâne. J'y restai une longue minute, permettant à l'eau d'apaiser ma fièvre, laissant le sel piquer et nettoyer mes blessures ouvertes.

L'esprit plus clair, je parvins à la jetée et, me tenant au garde-fou, je m'avançai vers l'endroit où m'attendait Cumali. Elle avait amené le petit cabin-cruiser la poupe en premier, et le moteur tournait au ralenti. Je ne lui avais pas parlé – nous n'avions discuté de rien –, mais elle était arrivée au bout du voyage. Je partais seul et, sachant que ce qui m'attendait serait difficile, surtout dans mon état, j'étais impatient de commencer.

Et là, nous entendîmes le coup de feu. Nous nous retournâmes pour regarder du côté du Théâtre de la Mort et j'eus conscience de ce que j'avais négligé, de l'erreur sur laquelle j'allais m'interroger toute ma vie. L'avais-je commise délibérément ?

Certes, lorsque j'avais quitté les ruines, j'étais épuisé, je tenais à peine debout et il fallait que j'appelle Washington de toute urgence. J'avais bien entendu pris toutes les précautions en déchargeant les armes et en conservant les chargeurs. Mais tout cela était parfaitement réfléchi. Ailleurs, à un autre niveau de conscience, savais-je qu'il y avait une autre arme ? Une arme chargée à bloc : mon Beretta, le pistolet que les Albanais m'avaient pris près des gravats, celui qu'ils avaient jeté à côté du téléphone. L'avais-je laissé là-bas pour que le Sarrasin s'en serve contre lui-même ? Et si oui, pourquoi ?

Manifestement, il s'en était souvenu et, à l'instant où j'entendis le coup de feu, je sus ce qu'il avait fait : les mains menottées dans le dos, il s'était traîné ou avait rampé plus avant dans le passage et s'était assis à côté de l'arme. Il avait descendu ses mains sous ses fesses, pris le pistolet, l'avait tenu entre ses cuisses et s'était penché jusqu'à avoir le canon pratiquement dans la bouche, puis avait pressé la détente. Sans doute connaissait-il lui aussi la chanson :

« Quand tu es blessé, abandonné sur une plaine afghane
Et que les femmes arrivent pour découper ce qui reste
Prends ton flingue et fais-toi sauter le caisson,
Comme un soldat, rejoins ton Créateur. »

Cumali comprit en même temps que moi ce que signifiait le coup de feu et commença à courir vers les ruines. Je lui empoignai le bras, mais j'étais si faible qu'elle réussit à se dégager. Ce fut l'urgence dans ma voix qui la stoppa dans son élan.

« Écoutez ! Lorsqu'ils viendront, dites-leur que vous n'étiez au courant de rien. Dites qu'à la fin vous m'avez sauvé la vie, parlez-leur de l'homme que vous avez abattu. Dites que vous m'avez libéré et que vous avez trahi votre frère. Dites-leur ce que vous voulez. Je suis le seul à savoir, et je ne serai pas là. »

Elle me regarda, ne sachant que penser. « Pourquoi faites-vous ça ? me demanda-t-elle. Pourquoi faites-vous ça pour une musulmane ?

— Je ne le fais pas pour vous ! Je le fais pour l'enfant. Il mérite une mère. »

J'agrippai le toit de la cabine du bateau et je me hissai à bord. Cumali courut vers le tunnel, mais je savais que c'était vain. Son frère était un *moudjahid*, il avait abattu trois hélicoptères d'attaque soviétiques Hind : il n'avait pas pu se rater.

Me retenant au fauteuil du capitaine, luttant contre la fièvre et la douleur, j'écartai doucement le petit bateau de la jetée et je mis le cap sur la haute mer. Je virai plein sud, longeant la côte, et mis les gaz.

Le vent avait tourné, soufflant fort contre la marée, et la proue laboura la houle creusée, soulevant des giclées d'eau, faisant rugir le vieux moteur. Je finis par doubler un promontoire, entrer dans une longue bande de mer abritée du vent et je laissai le bateau avancer sur son erre.

Je descendis dans la cabine et j'entrepris de la fouiller. Dans un placard, je trouvai un vieux sac à dos et j'y rangeai le SIG et les munitions qui me restaient dans les poches. Enveloppé dans un sac à voile, il y avait là aussi un sac mortuaire étanche déjà lesté de poids en plomb. C'était idiot, mais, terriblement éprouvé, je n'avais aucune envie de voyager avec mon propre linceul. Je le jetai à la mer à travers un hublot et le regardai danser sur l'eau puis sombrer dans l'écume.

Sous une banquette à l'arrière, je trouvai ce que je cherchais : le kit de premier secours du bateau. Il devait avoir une vingtaine d'années, mais il n'avait jamais été ouvert, et il était étonnamment bien garni.

Je le rapportai au poste de pilotage et j'utilisai des compresses pour nettoyer mon pied écrasé puis des ciseaux pour ôter la chair brûlée à l'endroit où la balle m'était entrée dans l'épaule. J'ouvris une bouteille d'antiseptique, dix-huit ans après sa date de péremption, et en versai sur les blessures. Il était encore actif

– encore sacrément actif, putain –, je hurlai de douleur et demeurai juste assez conscient pour me réjouir que personne ne m'ait entendu.

J'en étais là, mes blessures enveloppées de bandages jaunâtres, empestant l'antiseptique et équipé d'une canne bricolée à partir d'une rame, quand je vis enfin apparaître l'endroit que je cherchais sur la côte. Aux dernières lueurs du jour, très au sud et alors qu'une tempête s'annonçait, je tournai la barre et passai entre des rochers battus par la mer qui abritaient un village de pêcheurs isolé. En raison des premières bourrasques de pluie, la jetée était déserte et je m'arrêtai à proximité, sans être vu.

J'amenai le petit bateau par la poupe, je laissai le moteur tourner et l'amarrai à une bitte. Je coinçai l'autre rame dans les rayons de la barre pour la maintenir en position et lançai le sac à dos et ma béquille de fortune sur la jetée. Comme le moteur toujours en marche exerçait une forte pression sur le bateau pour l'entraîner vers la mer, la corde d'amarrage était tendue et je me tins à elle pour me traîner jusqu'à la béquille. Armé d'un couteau que j'avais trouvé à bord, je tranchai l'amarre et regardai le bateau s'élancer dans l'obscurité vers les rochers. Même s'il parvenait à franchir le canal, le littoral environnant était tellement déchiqueté que je ne doutais pas qu'il serait propulsé sur la côte et mis en pièces avant l'aube.

J'enfilai le sac à dos sur mon épaule et je pris appui sur ma béquille. Ayant tout du soldat revenant d'une guerre lointaine, je passai devant deux cafés aux volets clos puis m'enfonçai dans les ruelles d'un petit village dont j'avais un vague souvenir.

Les rideaux étaient tirés aux fenêtres des petites maisons sans prétention, les lampadaires peu nombreux étaient espacés. Dans l'obscurité qui tombait, j'avançai dans une rue étroite et, juste au moment où j'étais en train de me demander si je n'avais pas tourné au mauvais endroit, j'aperçus la fontaine communale.

Le vieux seau était toujours attaché à la corde, les fleurs alentour toujours aussi fanées. Presque à bout de forces, je parvins à me traîner jusqu'au vieux cottage avec sa plaque de cuivre devenue quasi illisible. Je frappai fort à la porte qui s'ouvrit au bout de ce qui me parut être une éternité, et vis le Dr Sydney apparaître sur le seuil, pas rasé, ayant troqué son grand short pour un pantalon de toile usé assorti d'un vieux T-shirt marqué « Oktoberfest 92 », mais, à part cela, comme inchangé malgré les années.

Même si l'alcool avait probablement continué de faire des ravages sur tous les autres organes, son esprit et sa mémoire avaient remarquablement tenu le coup. Il devait penser que je lui rappelais quelqu'un parce que je le vis chercher dans le passé en quête d'un nom. « Jacob, c'est ça ? dit-il.

« C'est presque ça », répondis-je.

Son regard embrassa mon épaule et mon pied bandés, mes vêtements en lambeaux et mon air hagard. « Vous m'avez l'air en forme, Jacob », dit-il, pince-sans-rire.

J'acquiesçai. « Vous aussi, docteur. Toujours sur votre trente et un, à ce que je vois. »

Il s'esclaffa. « Entrez. On peut toujours continuer de se raconter des bobards pendant que je regarde si je peux sauver ce pied. »

Il me conduisit à l'intérieur. La mémoire est une chose étrange : les pièces me parurent beaucoup plus petites, les distances plus courtes, que la nuit où j'avais amené Mack. Dans la cuisine, l'Australien installa trois lampes, m'aida à m'étendre sur le banc, enleva les bandages, jeta un coup d'œil à mon pied et m'injecta une dose massive d'antibiotiques, puis une dose plus massive encore d'antalgiques. Heureusement, quand il s'agissait de médecine, la subtilité n'était pas son fort.

Malgré les hématomes, violets et enflés, il jugea que ni les côtes ni la rotule n'étaient cassées. Fêlées peut-être, mais seules des radios permettraient de le déterminer.

« Prêt à faire un tour à l'hôpital de Milas ? » demanda-t-il. Il vit l'expression de mon visage et sourit – « Ce n'était sans doute pas une bonne idée » –, puis il ajouta qu'il allait me mettre une attelle et me bander du mieux qu'il pouvait.

Après cela, il m'injecta un anesthésique local, nettoya et sutura la blessure par balle et me dit que j'avais de la chance.

« Ça me paraît pas évident, répondis-je.

— À un centimètre près, ce n'est pas à l'hôpital que j'aurais dû vous emmener, même pas un hôpital de fortune. Vous auriez été bon pour la morgue. »

Après s'être occupé des autres blessures, il porta son attention aux dégâts provoqués par les coups de marteau. Comme il avait été chirurgien en pédiatrie, qu'il avait donc une grande expérience des victimes d'accidents de la route, je le crus lorsqu'il me promit que les hématomes guériraient d'eux-mêmes.

« Je ne peux pas faire grand-chose pour les petits os qui ont été cassés sans scanner, sans radio, et sans salle d'opération, dit-il, avec le sourire. Une main sûre ne serait pas de trop non plus. »

Il décida de remettre chaque os dans la meilleure position, puis de les immobiliser avec un bandage, en espérant que le tout tienne en place.

« Il va falloir que vous fassiez des exercices intensifs pour que la cheville garde sa mobilité et éviter l'atrophie des muscles du bas de la jambe. Ça marchera peut-être. »

J'acquiesçai, et il régla les lampes pour pouvoir s'y mettre. « Ça va faire mal. »

Il ne croyait pas si bien dire. Un peu après minuit, le travail était fait, il décida d'en rester là. Je perdais conscience par intermittence, et il se disait sans doute que je ne pourrais pas en supporter beaucoup plus. Me tenant sous les bras, il m'aida à me lever du banc, et nous sortîmes de la cuisine pour passer dans le salon et nous diriger vers un escalier menant à une chambre qui n'avait pas servi depuis longtemps.

En chemin, j'entendis des voix provenant d'un coin du salon et je vis à nouveau la vieille télévision branchée sur CNN. C'était le journal du soir et le correspondant à Washington de la chaîne parlait des efforts désespérés déployés très tôt dans la matinée pour localiser et saisir dix mille doses de vaccin contre la grippe qui avaient été accidentellement contaminées par des traces d'huile de moteur pouvant entraîner la mort.

Je ne voulais pas que le médecin sache que cet événement avait un quelconque intérêt pour moi, si bien que je prétendis avoir besoin de me reposer un instant et, me tenant au dossier d'un fauteuil, je regardai l'écran.

« L'alerte a d'abord été donnée par le président au cours d'une conférence de presse à 6 heures du matin, disait le correspondant. Simultanément, le FBI et les services de police locaux de tout le pays se sont employés à localiser et sécuriser tous les vaccins contre la grippe fabriqués par une usine des laboratoires Chyron située à Karlsruhe, en Allemagne.

» Le président a rendu hommage au personnel de la Food and Drug Administration qui a découvert le problème et alerté la Maison-Blanche par un appel téléphonique à 4 heures du matin… »

« Prêt ? » demanda le médecin, et j'acquiesçai, le laissant m'aider à monter les marches. Je n'étais pas surpris que Washington ait inventé cette histoire. Qui avait dit ça, déjà ? Que dans une guerre, la première victime, c'est la vérité.

J'atteignis le lit et m'étendis. Ma tête tomba sur l'oreiller, le médecin éteignit la lumière et je dérivai dans une étrange inconscience.

47

S'ensuivit une confusion de jours et de nuits au cours desquels la fièvre monta en flèche et le médecin put à peine quitter la petite chambre. Il me raconta plus tard que, assis à mon chevet, sirotant un verre sans fond de Jack Daniels, il m'avait écouté divaguer dans un remarquable paysage onirique.

Il entendit parler d'un homme attaché à une planche se noyant dans un océan sans fin, d'un père décapité sous un soleil de plomb, d'une ville jonchée de gens perdant leur sang à cause d'un virus incurable, d'un petit trisomique pendu par le cou. Le sourire aux lèvres, il me fit remarquer que le cerveau était une drôle de chose, que c'était terrifiant, les élucubrations auxquelles il pouvait se laisser aller sous les assauts de la fièvre et de fortes doses de médicaments.

S'il avait su.

Craignant une aggravation et convaincu qu'il s'agissait d'une réaction aux médicaments, il décida de réduire les doses. Peut-être fut-ce ce réajustement, ou bien la nature qui suivait son cours, mais la fièvre plafonna et les cauchemars diminuèrent. Quand je réussis enfin à m'alimenter, il décida de faire un saut à l'épicerie du village pour reconstituer les provisions. Il devait être à court de Jack.

Il revint perturbé. Un homme et une femme étaient arrivés, prétendant être des touristes en goguette, et, mine de rien, ils avaient posé des questions dans les cafés du village, cherchant à savoir si des Américains étaient passés par là récemment.

J'avais toujours su que Murmure et ses légions finiraient par me retrouver – les gens parlent, Échelon écoute, quelqu'un serait allé dans les archives et tombé sur le rapport concernant la mort de Mack il y avait si longtemps. Je ne craignais pourtant pas ces étrangers. Je savais qu'ils avaient été envoyés pour me venir en aide si nécessaire, mais je n'avais aucune intention de leur parler. Je n'étais plus qu'une ruine, mais j'avais fait mon devoir, personne ne pouvait m'en demander plus, et la façon dont j'allais reprendre pied après ce naufrage ne regardait que moi.

Je ne fis aucun commentaire sur ces intrus, mais je remarquai que, à mesure que la journée avançait, le médecin se faisait de plus en plus de souci concernant l'épave qu'il avait trouvée sur le seuil de sa porte. Ce soir-là, pour la première fois, je descendis lentement à la cuisine et découvris qu'il était bon cuisinier. Il assaisonnait son plat de prédilection – de l'agneau mariné au thym et à l'ail – et il me demanda si je chantais toujours *Midnight Special*.

« Est-ce que je pense à Mack, vous voulez dire ? répondis-je. Plus souvent que je ne l'aurais cru.

— Moi aussi. Quelle nuit ! Juste après votre départ, j'ai entendu un hélicoptère atterrir. C'était pour ramener le corps, n'est-ce pas ?

— Oui.

— Où l'a-t-on enterré ? » La question était étrange, pas du tout aussi anodine qu'il voulait me le faire croire, et je sus où il voulait en venir.

« Au cimetière d'Arlington, répondis-je.

— C'était un militaire ?

— Absolument – combattant d'une guerre qui n'a jamais été déclarée, c'est tout. »

Le médecin reposa ses herbes et se tourna vers moi. Il était arrivé là où il voulait en venir. « Vous aussi, Jacob ? C'est ce que vous faites ?

« Inquiet, docteur ?

— Évidemment que je suis inquiet, foutrement même ! Depuis le premier soir, je suis inquiet. Quand vous êtes allé vous coucher, j'ai ouvert votre sac à dos. Il y avait un SIG avec des résidus de tir et suffisamment de munitions pour armer un État africain. Maintenant il y a deux personnes qui se pointent et je me demande quand ça va se mettre à canarder. »

C'était un brave homme. Il avait fait tout ce qu'il pouvait pour moi, et il méritait une réponse franche. « Oui, moi aussi je suis un soldat.

— Engagé ou mercenaire ? »

Je souris. « Conscrit pour l'occasion.

— La CIA, ou quelque chose de pire ?

— J'aime à penser que c'est mieux, mais ça dépend de quel point de vue on se place.

— Et ceux qui ont débarqué au village ?

— Des gens à nous. Ils sont là pour s'assurer que je vais bien.

— Vous êtes sûr ?

— Ce ne sont pas des tueurs, doc. Si c'était le cas, on serait déjà morts. Vous n'avez aucune inquiétude à avoir. Je vous en donne ma parole. »

Ça l'avait rassuré, et je fus content de le lui avoir dit. Quelques jours plus tard, juste après la tombée de la nuit, on frappa à la porte. Je ne sais pas pourquoi – peut-être le boucan, le fait que le portail n'avait pas grincé, l'heure tardive –, mais cette visite m'inquiéta.

Je fis signe au médecin d'aller ouvrir et clopinai aussi vite que possible jusqu'à la vieille chambre, d'où, par une fenêtre étroite, j'avais vue sur la porte d'entrée. Il y avait là un type, la trentaine, vêtu comme un touriste, sauf qu'il sentait l'uniforme tellement il était sous tension, et que sa tenue n'aurait trompé qu'un observateur peu attentif.

Le touriste demanda à parler à l'homme arrivé dans cette maison quelques semaines auparavant. Le médecin répondit que le seul autre occupant des lieux avait été son frère, venu lui rendre visite, mais reparti en Australie deux jours plus tôt.

L'agent se contenta d'acquiescer. J'imagine qu'on lui avait demandé de ne pas insister. « Eh bien, si votre frère revient, et que vous découvrez qu'il est américain et qu'il a une blessure par balle à l'épaule, donnez-lui ceci, voulez-vous ? »

Il tendit un paquet scellé et s'en alla. Quelques minutes plus tard, dans la cuisine, le médecin me regarda briser le sceau et répandre un paquet de lettres sur la table. Il écarquilla les yeux en voyant que la première enveloppe comportait le sceau gravé du président des États-Unis.

Il fut encore plus étonné de me voir la laisser de côté et jeter un coup d'œil aux autres. Je reconnus l'écriture manuscrite sur l'une d'entre elles. Elle venait de Murmure, et je la mis sur celle du président.

Il y en avait encore deux. L'une était dans une enveloppe de la police de New York avec les coordonnées de Bradley sur la patte, l'autre, d'une drôle d'écriture, avait été adressée au Bureau ovale avec une note : « Prière de transmettre à l'homme qui se fait parfois appeler Jude Garrett. » Je savais de qui elle était.

Je pris ces deux lettres, sortis de la cuisine en clopinant et montai dans ma chambre.

48

Je lus celle de Bradley d'abord. Il disait que, dès qu'il avait quitté la maison de la nounou, elle avait téléphoné aux flics de Bodrum pour leur raconter ce qui s'était passé.

Comme elle travaillait pour Cumali, elle n'eut aucune difficulté à les convaincre de la véracité de l'histoire, en dépit de son caractère invraisemblable. Un Afro-Américain n'était pas difficile à repérer et, alertée par un avis de recherche général, une voiture de police le ramassa avant même qu'il n'arrive à l'hôtel. Ils le jetèrent sur le capot, le désarmèrent et l'emmenèrent au commissariat. Il craignait le pire – un interrogatoire poussé façon turque – mais entre-temps l'enfer s'était déchaîné sur le Théâtre de la Mort.

Des hélicoptères américains de la flotte de Méditerranée étaient déjà en l'air sur instructions du président – non pas pour me prendre, mais capturer le Sarrasin et réunir les preuves. Grosvernor prévint le président turc de leur approche et lui dit qu'ils avaient localisé l'homme qui essayait d'acheter le détonateur nucléaire. Résultat, les opérationnels du MIT et l'armée turque convergèrent vers les ruines. Avec deux destroyers de la Marine turque mouillés au large, une demi-douzaine d'hélicoptères américains sur place et deux cents militaires et autres agents de Renseignement dans les ruines, l'ordre fut donné de mettre Bradley au frais jusqu'à ce qu'on y voie plus clair.

Au bout de cinq jours de cellule – et à la suite d'une requête directe exprimée par Grosvenor à son homologue turc – Bradley fut relâché, on lui rendit son passeport. Il rentra à l'hôtel et eut une conversation téléphonique pleine d'émotion avec Marcie qui, une fois revenue de sa surprise, lui demanda quand il allait rentrer.

« Dans quelques jours.

— Quoi ? » s'écria-t-elle.

Flic jusqu'au bout des ongles, il n'allait pas partir sans avoir organisé l'extradition de Cameron et d'Ingrid pour le meurtre de Dodge et de la femme de l'Eastside Inn. Le lendemain matin, moins de douze heures après avoir été relâché, il retourna au commissariat et se présenta au bureau de Cumali. Hayrunnisa lui chuchota qu'on était encore en train de débriefer sa patronne – se tenant mordicus à la version que je lui avais recommandée, semble-t-il –, si bien qu'il demanda à voir quiconque était chargé de l'enquête criminelle. Après avoir passé moult coups de fil, la jeune fille aux bottes rutilantes l'escorta jusqu'au bureau luxueux du chef de la police de Bodrum.

Je me souvenais de cet homme – je l'avais vu lorsque la moitié de ses effectifs me poursuivaient dans le chantier naval, la nuit où j'avais transformé Bob l'éponge en crêpe. Le chef de la police, la cinquantaine, était un homme fort, rubicond, tout pomponné, la moustache bien taillée, les boutons dorés de son bel uniforme prêts à exploser à tout moment. Il se parfumait à l'eau de Cologne mais il sentait autre chose, et je dois dire que ce que Ben me racontait ne m'étonna guère.

Il m'écrivait que le chef avait dit avoir reçu des conclusions juridiques très complètes d'avocats agissant pour le compte de Cameron et d'Ingrid. Comme je l'avais prévu, à peine les deux femmes en avaient-elles eu fini avec mon interrogatoire qu'elles s'étaient pourvues d'une armée d'avocats. Le chef de la police avait dit que ces conclusions l'avaient conduit à remettre personnellement en question toutes les preuves.

« Naturellement, dit-il à Bradley, je n'ai pas pu prendre en compte ce qui avait prétendument été découvert par l'homme se faisant appeler Brodie David Wilson. Il n'appartient même pas au FBI et a pénétré en Turquie sous de faux prétextes. Comme nous le savons, il avait des raisons particulières de vouloir compliquer et retarder cette affaire.

» J'en suis arrivé à la conclusion que le travail effectué par les enquêteurs turcs est remarquable, comme d'habitude. Il n'y a aucun doute que leurs premières conclusions étaient les bonnes : M. Dodge a bien été victime d'une mort accidentelle. Une chute tragique. »

Ben le regarda incrédule, mais le gros Turc feignit de ne pas le remarquer. Il sourit, alluma une autre cigarette et posa les mains devant lui, tous les doigts bien écartés.

« Bien sûr, je ne voulais pas prendre seul cette décision ; j'ai donc soumis les preuves et ces conclusions juridiques à l'un de nos magistrats les plus estimés. Lui aussi n'a vu aucune raison de retenir plus longtemps ces deux femmes ainsi que les autres témoins à Bodrum.

» Il m'a suggéré – et j'en fus d'accord – de leur restituer leurs passeports et de les relâcher sous caution, en attendant la suite de l'enquête.

— Les relâcher ? demanda Ben, irrité. Et de combien était la caution ? »

Le flic turc essaya de noyer le poisson. « Il y en a dix... Je ne sais plus... Il y a un dossier, il va falloir que...

— Combien ? » insista Ben, n'essayant même pas de masquer sa colère.

Le chef laissa tomber toute velléité de courtoisie. « Deux cent mille dollars chacun », aboya-t-il.

Dix personnes – deux millions de dollars ! C'était une fortune – mais pas pour Cameron. Ben n'eut pas besoin de demander des détails : bien sûr qu'elle avait payé le pot-de-vin pour acheter leur liberté !

« Quand sont-elles parties ? demanda-t-il, en désespoir de cause.

— Il y a trois jours. Elles ont embarqué sur l'énorme yacht ; une heure plus tard, elles avaient levé l'ancre.

— Et si la suite de l'enquête faisait apparaître quelque chose ? demanda Ben avec amertume. Que ferez-vous, alors ?

— Nous leur écrirons pour leur demander de revenir. Mais comme je vous l'ai dit, je suis sûr que ce ne sera pas nécessaire. » Ben me rapportait que le type souriait presque.

Je le répète : je n'en fus pas étonné. Une fois le FBI hors du paysage, mais disposant de tout le travail que j'avais accompli, le chef de la police de Bodrum et un juge corrompu avaient compris qu'ils tenaient Cameron et fait ce que des générations de leurs prédécesseurs ottomans avaient fait avant eux : ils avaient tendu la main.

Ben m'écrivait qu'il ne pouvait pas faire grand-chose. Les deux présumées coupables avaient quitté Bodrum, et le versement de Cameron avait garanti la dispersion de tous les témoins. Il aurait fallu rouvrir le dossier à New York, bien sûr, mais il était suffisamment réaliste pour savoir que, avec des ressources limitées et une des tueuses officiellement recensée parmi les victimes du World Trade Center, il n'aurait pas grand espoir de déboucher, à moins que les deux femmes ne rentrent aux États-Unis. Et, avec tout l'argent dont elles disposaient, elles n'avaient certainement pas besoin de rentrer. Elles pouvaient parcourir le monde leur vie durant.

Je restai quelques instants songeur, pensant aux deux femmes et à leur crime, mais, même à ce moment-là, ça ne m'est pas revenu à l'esprit. Non, le commentaire d'Ingrid, comme quoi je n'avais pas compris la moitié de tout ça, ne m'est pas revenu à l'esprit.

49

La deuxième lettre, celle adressée à Jude Garrett par l'entremise du Bureau ovale, venait de Battleboi.

Elle était mieux écrite que je ne l'aurais imaginé et, connaissant le gros, j'étais certain qu'il avait dû transpirer dessus pendant des heures.

« J'étais menotté et enchaîné avec dix autres prisonniers dans un bus aux fenêtres grillagées. Nous étions déjà en train de traverser la piste de l'aéroport de La Guardia pour prendre un vol pénitentiaire à destination de la prison fédérale du Kansas, quand deux SUV noirs sirènes hurlantes nous ont fait stopper.

» Je me suis dit que, qui que soient ces gars, ils devaient disposer d'un super laissez-passer pour pouvoir rouler sur une piste d'aéroport, mais sinon, la chose ne m'a pas intéressé plus que ça.

» Ce matin-là, j'avais écrit à Rachel pour lui dire de ne pas m'attendre et j'essayais de me faire à l'idée de passer quinze ans à Leavenworth. »

Il me racontait que les deux officiers de police fédérale chargés du transfert – des mecs qui n'avaient pas arrêté de se foutre de lui à cause de son gabarit et de son excentricité – étaient sortis du bus pour aller à la rencontre des hommes en civil ayant giclé des SUV.

Leur responsable – qui se révéla être un haut fonctionnaire du ministère de la Justice – présenta ses papiers d'identité et se mit à aboyer des ordres. Alors que les prisonniers observaient la scène à travers les fenêtres grillagées, les deux fédéraux remontèrent aussitôt dans le bus et s'avancèrent dans l'allée centrale.

« Ils se sont arrêtés devant moi, ont déverrouillé la chaîne qui me maintenait attaché à mon siège et m'ont conduit à la portière. Je leur ai demandé ce qui se passait, mais ils ne m'ont pas répondu. Ils ne le savaient probablement pas eux-mêmes.

» Sur la piste, le haut fonctionnaire m'a tendu une lettre. J'ai ouvert l'enveloppe et vu qu'elle venait du Bureau ovale, mais sans comprendre ce que ça signifiait. Pour une fois dans ma vie, j'ai pas capté.

» Quand j'ai eu fini de la lire, j'étais pas loin de pleurer. C'était une grâce présidentielle. "Pour services rendus dans la défense de votre pays", disait-elle.

» Dieu sait qui vous êtes, mais vous aviez dit que vous feriez tout votre possible pour m'aider, et vous avez tenu parole. »

Une fois toutes les formalités effectuées, il était rentré au Vieux Japon, avait couru à travers l'appartement sans même ôter ses chaussures et trouvé Rachel, défaite, dans un coin de leur chambre. Elle avait levé les yeux et, le voyant, avait cru rêver. Puis le rêve avait souri, lui avait tendu les bras et, en bon fils de parents catholiques pratiquants, il lui avait dit, émerveillé : « C'est l'Évangile de saint Marc, mon cœur ; chapitre 16, verset 6. »

Elle n'avait aucune idée de ce dont il parlait et s'en fichait. Elle se laissa prendre dans ses grands bras, l'embrassa et, après être resté un long moment à rendre grâce en silence, il s'était assis pour m'écrire cette lettre.

« Vous m'avez donné une seconde chance – une chance de vivre, une chance d'aimer, une chance d'avoir des enfants. Comment pourrai-je jamais vous remercier ?

» J'imagine que nous ne nous reverrons pas, mais n'oubliez jamais que chaque année, à cette date, nous mettrons un couvert pour vous à notre table et attendrons que vous frappiez à notre porte.

» Prenez soin de vous et que Dieu, ou quel que soit le nom que vous Lui donnez, vous protège. »

50

Le lendemain, après mes exercices de rééducation quotidiens, je fis le point sur ma santé. Il était clair que mon pied guérissait, mais si je voulais en retrouver le plein usage, il allait clairement falloir que j'en fasse beaucoup plus que ça.

J'en discutai avec le médecin et, ce soir-là, après le dîner, le village plongé dans l'obscurité, je m'aventurai dehors pour la première fois. Doucement, remplaçant ma béquille de fortune par une canne, je me promenai dans les ruelles et sur le front de mer, traînant la patte, de plus en plus bizarrement à mesure que se faisait ressentir la fatigue, mais poussant mon pied au-delà de ses limites.

C'était lent et extrêmement douloureux et, au bout de deux heures, enfin rentré, je m'écroulai dans le salon. Le médecin était déjà couché et, après avoir récupéré, j'en profitai pour parcourir les rayonnages de sa bibliothèque qui ployaient sous l'amoncellement de livres. J'y trouvai un exemplaire de la Bible couvert de poussière, offert par son père quand il avait obtenu son diplôme de médecin.

Je cherchai dans l'Évangile de saint Marc, au chapitre 16, verset 6. Même pour celui qui n'a pas la foi, les paroles sont toujours aussi belles. Je restai assis là un bon moment, songeant à Battleboi et Rachel, et, sans jusqu'à prétendre qu'il s'agissait là d'une prière, je rendis grâce qu'une bonne chose au moins soit sortie de cette terrible aventure.

Le lendemain soir, malgré la douleur et la fatigue, je parcourus à nouveau les rues inhospitalières. Et je remis ça le soir suivant et le soir d'après. Je ne rencontrais jamais personne, je ne parlais à personne. J'étais une ombre dans l'obscurité, mais une ombre qui reprenait des forces.

Un mois plus tard, m'étant progressivement aventuré de plus en plus loin, je me sentis assez en confiance pour soumettre mon pied à un test radical : une marche de quinze kilomètres le long d'un sentier côtier, jusqu'à un village de pêcheurs peu fréquenté que le médecin considérait comme l'un des plus beaux du littoral.

« Ne manquez pas le chantier naval, me recommandat-il. Ils construisent encore à l'ancienne ; c'est le dernier à travailler le bois. »

Il faisait froid, l'air était vif lorsque je me mis en route de bon matin. Je partis marcher sur les collines désertes de la Turquie méridionale, accompagné seulement d'une odeur de pins et d'une mer agitée et, à ma grande surprise, y parvins assez facilement. Je boitais toujours, et je devais me reposer de temps à autre, mais la méchante douleur à vous saper le moral avait disparu. Je sus que mon séjour chez le médecin touchait à sa fin.

Le sentier côtier menait en effet à un village préservé du tourisme, une juxtaposition authentique de petites maisons et de hangars à bateaux où vivaient des hommes et des femmes dont le style de vie avait très peu changé au cours des derniers siècles.

Après avoir mangé des fruits de mer dans un café assoupi, je me dirigeai vers le chantier naval au bout de la petite crique. Le médecin avait raison : c'était un spectacle réjouissant que celui de ces vieux fours allumés, la fumée flottant dans l'air, et de ces charpentiers de marine qui cintraient les planches de bois, les mettaient en forme pour réparer les bateaux de pêche en prévision de la prochaine saison. Personne ne me prêtant attention, je me promenai parmi les piles de bois à sécher, songeant à tout ces précieux savoir-faire que le monde avait perdu, au nombre de valeurs qui avaient disparu sans même qu'on en ait conscience. Ces hommes âgés avec leur ciseau à bois et leur scie à main étaient jadis les mieux rémunérés du village, et par quoi les avions-nous remplacés ? Par des experts de la finance et des jeunes cambistes.

Au détour d'un hangar, je tombai soudain en arrêt. Au fond du chantier, sous une bâche détendue, haut perché sur des cales, il y avait un ketch à la coque en bois. Il mesurait à peu près vingt-cinq mètres de long, avait sans doute une cinquantaine d'années, et il était clair que, même s'il n'avait pas été repeint et si ses mâts n'étaient pas dressés, ce bateau avait dû être une petite merveille autrefois.

Le propriétaire l'avait confié aux talents presque perdus du chantier pour entreprendre sa restauration mais, à en juger par la poussière sur son vasistas, il avait dû manquer d'argent ou de motivation. Je m'approchai et j'écartai un bout de la bâche pour que la lumière l'éclaire mieux. J'ai toujours pensé qu'il n'y a rien de plus triste qu'un bateau abandonné, mais le travail qui avait été fait sur le ketch était exceptionnel et lui conférait une dignité qui contrastait avec son état actuel.

Grâce aux leçons de Bill à Long Island Sound, j'avais beaucoup appris sur les voiliers et je sus au premier regard que celui-là pouvait résister à tout.

« Il est à vendre », déclara une voix d'homme derrière moi, dans un anglais excellent pour cette partie du monde.

Je devinai que c'était le propriétaire du chantier. Il avait la trentaine, un sourire avenant, un homme qui essayait sans doute de faire tourner son entreprise et de maintenir son village en vie.

« Un Russe fortuné l'a trouvé et apporté ici, expliqua-t-il. En son temps, ce voilier a remporté la Fastnet, la Transpac, la Sydney Hobart et la plupart des autres classiques de la course au large. Quand nous l'avons récupéré, ça faisait des années qu'il pourrissait au mouillage dans les îles grecques, et on a tout repris depuis la quille.

— Et ensuite, qu'est-ce qui s'est passé ?

— Le Russe n'a plus donné signe de vie ; et plus grave, les factures sont restées impayées. Il a dû faire faillite, ou alors il s'est fait buter par un autre oligarque. »

Le second cas de figure, probablement, me dis-je. C'était ainsi que la plupart des différends commerciaux se réglaient en Russie. Le propriétaire du chantier me montra une vieille échelle appuyée sur le bord du ketch. « Je vous en prie », m'invita-t-il, et je grimpai sur le large pont en teck.

La cabine était placée très à l'arrière, plantée bien bas, alors que la barre était placée haut pour offrir une vue dominante sur la mer. Il n'était pas difficile de comprendre pourquoi le Russe avait voulu le sauver.

Je fis un tour dans la timonerie, descendis en dessous pour déambuler dans la cambuse et les cabines. Au cours de mes années de navigation, j'avais entendu des hommes dire que, une fois dans la vie d'un marin, un bateau lui parle, et je sus que le ketch m'était destiné – pour le meilleur ou pour le pire...

Le type m'avait suivi à bord et, sortant par l'écoutille avant, je le retrouvai à côté des winches. « Combien de temps pour le repeindre ? demandai-je.

— Une semaine.

— Le problème va être de trouver un jeu de voiles...

— On a encore les voiles d'origine. Elles sont rapiécées mais en bon état. Venez au bureau, je vais vous montrer tous les documents. »

Vingt minutes plus tard, j'avais négocié un prix et rajouté vingt mille dollars pour moderniser les équipements de navigation et le ravitailler en nourriture, carburant et eau douce. J'empruntai le téléphone portable du propriétaire et je sortis pour appeler Finbar Hanrahan à New York et lui demander de transférer les fonds sur le compte du propriétaire.

Le vieil avocat ne me posa pas de questions. Apprenant que je me trouvais en Turquie, il avait sans doute supposé que j'étais en mission officielle et il ne chercha pas à en savoir plus. Avant de raccrocher, je le priai aussi d'envoyer trente mille dollars au Dr Sydney pour tout ce qu'il avait fait. J'avais déjà décidé que je n'allais pas rentrer ; je dormirais sur le bateau pour superviser les travaux. J'avais mon sac à dos avec le SIG et les lettres dedans. Je n'avais besoin de rien d'autre. De toute façon, je n'ai jamais aimé les adieux.

Je retournai dans le bureau, me rappelant qu'il y avait une chose que j'avais oublié de demander : « Comment s'appelle-t-il ?

— *Nomade*. »

Je hochai la tête. Si j'avais eu encore le moindre doute de ce que ce ketch m'était destiné, son nom le dissipa. Je crois l'avoir déjà évoqué : dans une très ancienne acception du mot, Sarrasin signifie vagabond, nomade.

51

Je levai l'ancre un lundi matin et, bien que le bateau fût vraiment trop grand pour une personne, tout le savoir-faire que j'avais hérité de Bill me revint d'un coup. Tant que je ne serais pas trop ambitieux, je pourrais très bien le manœuvrer seul.

On devait le remarquer, cela dit, avec sa coque fraîchement peinte, ses voiles décolorées et son spin rapiécé, mais il n'y avait pas lieu de s'en inquiéter. Il était tard dans la saison, et l'hiver était si proche que les seuls autres bateaux que j'aperçus étaient toujours très loin à l'horizon.

Retrouvant peu à peu une certaine confiance, ainsi que mes compétences de marin, je constatai que *Nomade* avait encore une étonnante pointe de vitesse et, au bout de trois semaines, j'avançai à bonne allure vers la botte italienne dans l'idée de remonter la mer Adriatique vers Split, en Croatie.

Je fis halte dans un tout petit avant-poste sur la côte ouest de la Grèce – une épicerie générale et une jetée décrépite – pour refaire le plein de carburant et acheter des provisions. Le vieux propriétaire des lieux pompa le gazole du Diesel, mit les fruits et le lait que j'avais achetés dans un carton et y jeta une pile d'exemplaires du *Herald Tribune* invendus au cours des mois précédents.

« Autant vous les donner, j'allais les brûler. »

Deux jours plus tard, sirotant mon café sous un soleil de fin d'après-midi et naviguant le long d'une côte désertique, j'en étais aux derniers journaux, quand je tombai sur un article, presque perdu à côté des pages financières. Rien d'important, le genre d'information qu'on pouvait lire tout le temps, un simple écho disant que la police grecque n'avait rien trouvé de suspect dans les circonstances de la mort d'une jeune femme américaine qui était tombée de son luxueux yacht au large des côtes de l'île swingante de Mykonos.

« La femme, veuve du riche héritier de l'industrie automobile, Dodge… »

Je me penchai en avant et parcourus rapidement les paragraphes pour trouver son nom : Cameron était morte. Selon la police, elle était tombée de son yacht alors qu'elle était en état d'ivresse ; les examens pratiqués par le médecin légiste local avaient révélé la présence dans son sang d'un cocktail de drogues et d'alcool.

Au milieu de l'article se trouvait une photo de Cameron et d'Ingrid, bras dessus, bras dessous, posant avec le corniaud devant un très bel immeuble baroque. Je parcourus la suite, non sans une certaine appréhension, pour avoir le fin mot de l'affaire.

Je le trouvai quelques lignes plus bas. On y disait que Cameron venait de se remarier en justes noces avec Ingrid Kohl, une jeune femme qu'elle avait récemment rencontrée à Bodrum, en Turquie.

« Les deux femmes étaient parmi les premières à bénéficier de la nouvelle loi allemande autorisant le mariage homosexuel. Elles s'étaient rendues à Berlin en avion puis mariées à la mairie quatre heures après la promulgation de la loi, en présence de deux témoins recrutés dans la rue et de leur chien Giancarlo. Le couple avait entamé sa lune de miel en revenant à bord de leur bateau, qui mouillait à proximité de… »

Je me levai de mon siège et j'allai au bastingage de tribord pour respirer un bon coup. Le soleil était en train de disparaître dans la mer, mais je le voyais à peine. Ingrid avait eu raison : je n'avais pas compris la moitié de l'histoire. Mais à présent, oui, j'étais certain d'avoir tout compris.

Toute mon expérience – toute mon intuition – me souffla que Cameron était pour ainsi dire condamnée dès l'instant où, mariées, elles avaient quitté Berlin. Bien que je sois dans l'incapacité de le prouver, j'étais convaincu que le plan magistral mis au point par Ingrid dans le maelstrom du 11 Septembre comprenait un codicille secret dont Cameron n'avait jamais rien su : Ingrid allait veiller à être la seule héritière de la fortune de Dodge. Mais Ingrid n'était-elle pas amoureuse de Cameron ? se demanda l'enquêteur que j'étais toujours. Je connaissais déjà la réponse. Elle avait été trahie et abandonnée par son amour de toujours. Elle n'aimait pas Cameron, elle la *haïssait*.

Évidemment, la connaissant, j'étais persuadé qu'elle n'avait dû avoir aucune difficulté à dissimuler ses sentiments profonds ; c'était une actrice, et elle avait joué son rôle jusqu'au bout. Une fois mariée, elle savait qu'elle n'avait même pas besoin que Cameron rédige un testament. En tant qu'épouse légitime, elle hériterait de tout, même si Cameron mourait intestat.

Le reste avait dû être facile : une longue soirée de fête, une promenade sur le pont, un dernier baiser au clair de lune, une main délicate poussant Cameron par-dessus bord tandis que le grand yacht poursuivait sa route.

Dans la lumière crépusculaire, je laissai retomber ma tête. Je m'en voulais de n'avoir rien vu venir, même si Dieu sait que j'avais été prévenu. Je quittai le bastingage et retournai vérifier la date du journal.

Il y avait des mois de cela, trop de temps s'était écoulé. Le bateau avait dû être vendu et le reste de l'argent transféré à travers un maquis de sociétés off-shore intraçables pour finir dans une banque comme celle de Richeloud.

Quelqu'un d'aussi malin qu'Ingrid Kohl – ou quel que soit son nom – devait avoir une nouvelle identité, une nouvelle vie qui l'attendait, et je savais qu'elle aurait déjà disparu dans l'anonymat du monde, protégée par son intelligence et son ingéniosité sans limite.

Je n'avais jamais rencontré quelqu'un d'aussi fort qu'elle, et pourtant… pourtant… J'avais l'intuition que quelque part… sur d'étranges rivages… dans une rue d'une ville étrangère… à Tallin ou à Riga… à Dubrovnik ou à Cracovie… je verrais un visage dans la foule…

52

Je restai sur le pont longtemps après que la nuit était tombée, à penser aux deux femmes et aux événements qui avaient conduit à ce que nos vies se croisent.

En tant qu'agent secret, l'obscurité avait toujours été mon amie mais, depuis mon passage au Théâtre de la Mort, j'en avais une peur dont je soupçonnais qu'elle survivrait à tout le reste jusqu'à la fin de ma vie. Je me levai pour allumer les feux de position et vérifier mon cap. À mi-chemin du pont, je m'arrêtai.

C'était comme si mon cap était déjà fixé. Je regardai la configuration des étoiles, la position de la lune et la houle. Tendant l'oreille, j'entendis un silence aussi assourdissant qu'un cri.

J'eus une sensation de déjà-vu.

C'était la vision qui m'était apparue le soir où je regardais par la fenêtre du Bureau ovale. Exactement comme je l'avais entraperçu à l'époque, je me retrouvais seul sur un vieux ketch aux voiles rapiécées et décolorées, le vent me poussant dans la nuit, le bateau et moi disparaissant progressivement sur une mer infinie.

Eh bien, cette nuit, ce moment étaient arrivés, et j'étais là, à veiller seul, respirant à peine, alors que les lames roulaient vers moi. *Nomade* tangua et une moustache d'écume se forma à l'étrave tandis que le vent mollissait un peu puis forcissait de nouveau. L'allure s'accélérait et j'allai au bastingage pour manœuvrer le winch. Le gréement chanta sous l'effort et bien qu'il n'y eût pas âme qui vive sur l'océan noir, je n'étais plus seul.

Bill Murdoch était à l'autre winch, ses larges épaules en action, riant et me criant une fois de plus de lui remettre son foutu nez au vent.

En haut, devant, une femme avançait pour allumer les feux de position. Comme ma mère mourut quand j'étais très jeune, je ne me rappelais pas grand-chose d'elle et c'était pour moi source d'une douleur intime que le souvenir de son visage se soit estompé avec les années. Ce soir-là, à la lumière des feux de signalisation, je la vis parfaitement, avec une grande précision.

Des voix en polonais s'élevèrent derrière moi. La femme dont j'avais vu la photo, serrant ses enfants contre elle pour les conduire à la chambre à gaz était à bord elle aussi. Elle était assise dans le poste de pilotage avec moi, vieillie, heureuse, avec, autour d'elle, ses enfants devenus adultes et ses petits-enfants.

Oui, quelque chose était en train de mourir, et ce que j'avais vu était sans doute une vision de mort, mais ce n'était pas la mienne. C'était une autre sorte de mort. Je prenais congé de tous les fantômes de mon passé. Exactement comme me l'avait dit le moine bouddhiste sur la route de Khun Yuam il y avait tant d'années : si vous voulez être libre, il suffit de lâcher prise.

Et sous la voûte céleste, voguant sur la mer vineuse, je pris conscience que j'étais en train de naître au monde du Renseignement, que j'étais fait pour être agent secret. Je ne l'avais pas choisi. Je ne l'avais jamais réellement voulu, mais c'était mon destin. J'avais commencé ce voyage en pensant que c'était un fardeau et, cette nuit-là, je compris que c'était un cadeau.

Et je sus que, pas cette année, mais peut-être la suivante, je rentrerais à New York. Un certain jour, à une heure fixée, je me dirigerais vers un immeuble proche de Canal Street, sonnerais à l'interphone et monterais l'escalier jusqu'au Vieux Japon.

La porte de l'appartement s'ouvrirait et, à l'intérieur, je verrais une table mise pour trois, car je savais que l'homme qui y vivait tiendrait toujours parole.

Et sous les yeux de Rachel, Battleboi rirait et tendrait vers moi ses énormes bras. Au bout d'un moment, nous nous regarderions l'un l'autre et il me demanderait pourquoi j'étais venu.

Je sourirais, je me tairais mais, au fond de moi, je connaîtrais la réponse, je saurais exactement ce que j'avais laissé derrière moi : c'était écrit dans l'Évangile de saint Marc au chapitre 16, verset 6.

Cette partie du récit évoquait le retour d'entre les morts, la renaissance à la vie. « Il est ressuscité », était-il écrit.

Il est ressuscité.

REMERCIEMENTS

Je pense que c'est John Irving – récompensé à la fois par le National Book Award pour un roman et par un Oscar pour un scénario – qui a dit qu'écrire un film était comme nager dans une baignoire, écrire un roman comme nager dans l'océan.

J'avais lu ce commentaire bien avant de m'embarquer dans *Je suis Pilgrim*, mais je ne m'attendais pas à découvrir l'étendue de l'océan, et la somme d'efforts que j'aurais à fournir pour le traverser. Je n'y serais jamais parvenu sans une pléiade de personnes qui, sur les bateaux d'accompagnement, m'ont prodigué leurs encouragements et de temps à autre crié « requin ! » quand il leur semblait que je faiblissais. Je ne peux donc décemment pas ne pas les citer ni les remercier du fond du cœur.

Merci tout d'abord à Doug Mitchell, grand producteur de cinéma et plus grand ami encore depuis tant d'années que j'en ai perdu le compte, pour ses conseils éclairés, son soutien et sa foi en moi. À George Miller – metteur en scène et lui-même récompensé d'un Academy Award – qui est un jour entré dans mon bureau et m'a demandé si j'aimerais travailler avec lui sur un scénario. Ce fut le point de départ d'un voyage dans le *storytelling* qui se poursuivra sans doute jusqu'au moment où, comme nous l'avons dit dans *Mad Max 2*, « ma vie déclinera et ma vision faiblira ».

Je dois remercier toute l'équipe du Groupe Secoma en Europe, et en particulier Tony Field, Louise Knapp et Carolina Scavini – tous de grands professionnels – pour leur amitié, leur fidélité et l'aide très concrète qu'ils m'ont apportée.

Merci aussi à François Micheloud et Clément Bucher, amis de longue date et partenaires, qui m'ont guidé à travers les arcanes de la vie en Suisse. Ce sont eux qui m'ont invité à les accompagner au camp de concentration du Struthof, un endroit sinistre où je suis resté seul un long moment à regarder la photo d'une femme et de ses enfants sur le chemin de la chambre à gaz, laquelle m'a inspiré pour ce livre.

Bill Scott-Kerr est l'éditeur de Transworld, dont Bantam Press fait partie. Son enthousiasme, ses remarques pertinentes, son excellent marketing, son soutien sans faille et sa connaissance approfondie du monde de l'édition – un sujet digne d'un roman de Dan Brown – ont été au-delà de ce que je pouvais attendre. Ou probablement même mériter. J'espère avoir l'occasion de continuer de naviguer de conserve avec lui et le reste des remarquables équipes tant à Transworld qu'à Random House.

Le même sentiment s'applique à Steven Maat, mon éditeur aux Pays-Bas, qui fut la première personne à acheter les droits du manuscrit. J'étais encore un romancier débutant, et un tiers seulement du livre était achevé. J'ai toujours pensé que les Néeerlandais étaient un peuple courageux et intelligent et j'en suis maintenant persuadé ! Merci, Steven.

Jay Mandel à New York et Cathryn Summerhayes à Londres, de chez WME, ont fait leur travail d'agents avec une compétence et une réactivité exceptionnelles – répondant au pied levé à d'innombrables e-mails affolés de ma part. L'un et l'autre se sont véritablement surpassés. Que leur réussite perdure.

Je dois également remercier Danny Greenberg à Los Angeles, non seulement un ami, mais mon agent pour le cinéma depuis plus d'années que ni lui ni moi ne voudrions l'admettre. Le sort des droits d'adaptation de ce roman au cinéma est entre ses mains et je sais qu'il n'y en a pas de plus compétentes.

Don Steele risque fort de redorer le blason de tous les avocats à lui seul. Spécialiste du droit de la propriété artistique chez Hansen, Jacobson à Los Angeles, c'est un homme de bien – doublé d'un excellent juriste – dans une ville qui manque cruellement des deux. Tom Hansen est un homme intelligent et doté d'un goût sûr qui a le don de rassembler des gens qui lui ressemblent autour de lui. Merci à tous les deux.

Une mention spéciale pour Brian et Sandi Maki. Brian fut un lecteur insatiable, qui s'est infusé la lecture de chaque version du roman en me faisant quantité de suggestions utiles, sans compter de précieuses corrections grammaticales. Même si nous n'étions pas toujours d'accord sur le bon usage de la langue, cela ne diminue en rien l'importance de sa contribution !

Jennifer Winchester nous a été d'une aide dont seuls ma famille et moi pourrons jamais apprécier la mesure. Patiente et flegmatique, elle a toujours été là, sans jamais s'énerver, y compris dans les moments où j'avais moi-même bien du mal à me contrôler. Merci à elle et aussi, tout particulièrement, à Marinka Bjelosovic qui a travaillé si dur pour nous au cours des huit dernières années. Je suis sûr que ça a dû lui paraître bien plus long.

À mes enfants – Alexandra, Stephanie-Marie, Connor et Dylan –, merci pour votre indéfectible soutien et votre inépuisable confiance. Vous êtes ce qui donne un sens à tout cela. Avec une mention spéciale pour Dylan. Il entrait le matin, dans mon bureau, avisait les pages écrites pendant la nuit, puis hochait la tête. « Tu travailles bien, papa », disait-il chaque fois. Il avait quatre ans, ne savait pas encore lire – et je n'ai aucun doute que cela restera l'appréciation la plus touchante que je recevrai jamais.

Enfin, à ma femme, Kristen – ma meilleure amie, ma table d'harmonie, ma compagne à chaque étape de ce voyage – merci. Elle a patiemment écouté d'innombrables mauvaises idées, a su comment les enterrer en douceur, et a toujours su reconnaître les bonnes quand j'avais le bonheur d'en trouver. Toutes les erreurs dans ce livre sont miennes, mais c'est à elle que je dois tout ce qu'il s'y trouve de bon. Je n'aurais jamais pu y arriver sans son aide, ses conseils et ses inlassables encouragements. *Je suis Pilgrim* lui est dédié, avec tout mon amour.

Le Livre de Poche s'engage pour
l'environnement en réduisant
l'empreinte carbone de ses livres.
Celle de cet exemplaire est de :
850 g éq. CO_2
Rendez-vous sur
www.livredepoche-durable.fr

PAPIER À BASE DE
FIBRES CERTIFIÉES

Composition réalisée par NORD COMPO

Achevé d'imprimer en août 2015 en France par
CPI BRODARD ET TAUPIN
La Flèche (Sarthe)
N° d'impression : 3012975
Dépôt légal 1re publication : avril 2015
Édition 07 – août 2015
LIBRAIRIE GÉNÉRALE FRANÇAISE
31, rue de Fleurus – 75278 Paris Cedex 06